1　アーサー・ラッカム
『不思議の国のアリス』（1907）

2　メイベル・ルーシー・アトウェル
『不思議の国のアリス』（1910）

3　初山滋
『1928 年の作品』

4　椿花山人
『お正月お伽噺』表紙（1911）
国立国会図書館蔵

5・6　芳村椿花
『長編お伽噺　子供の夢』表紙・裏表紙（1911）
国立国会図書館蔵

7 『愛ちやんの夢物語』表紙（1910）
成田山仏教図書館蔵

8　アルフォンス・ミュシャ
ジョブのためのポスター（1897）

9　『愛ちゃんの夢物語』
裏表紙（部分）（1910）
国立国会図書館蔵

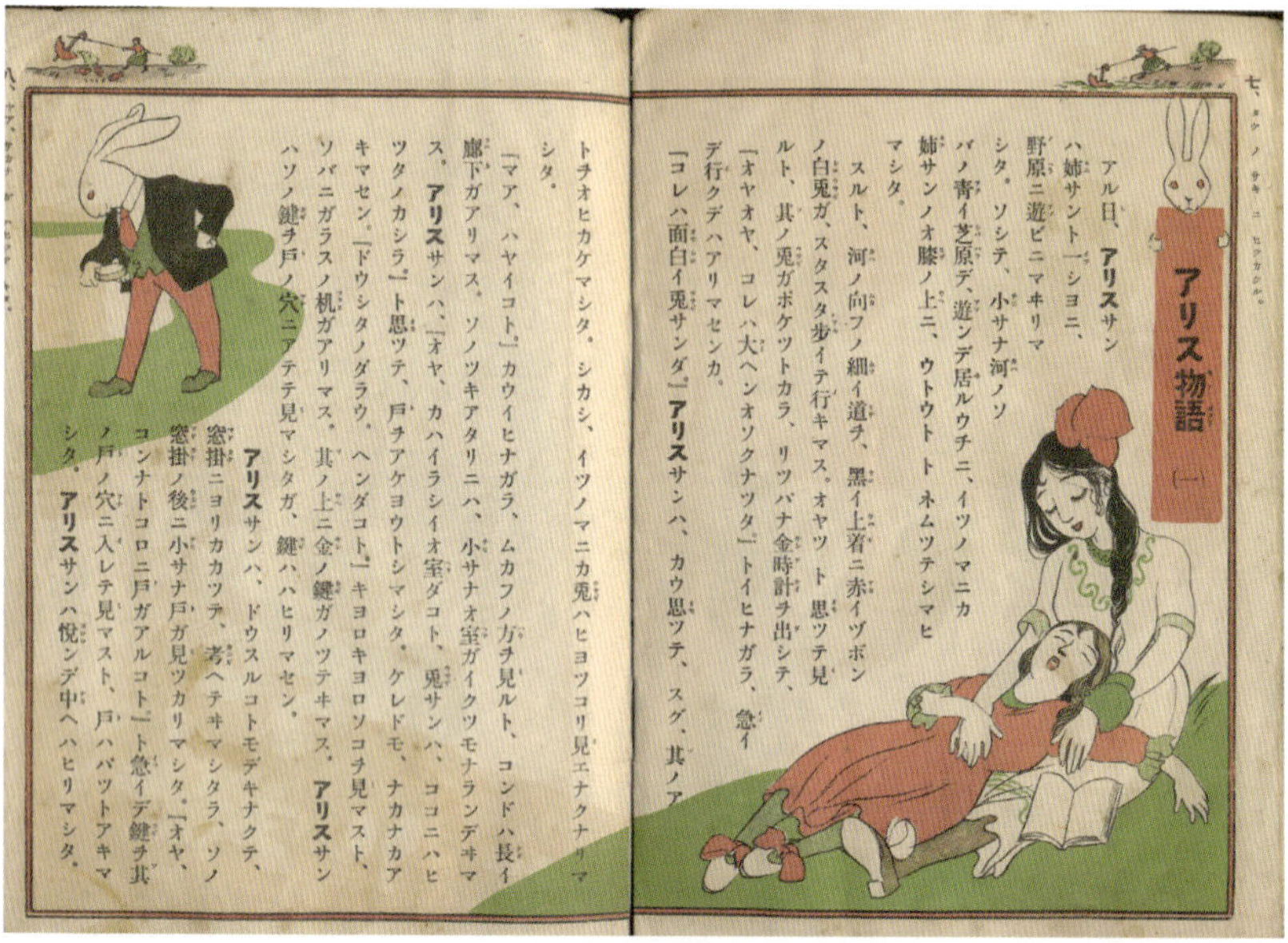

アリス物語（一）

アルヒ、アリスサンハ姉サント一シヨニ、野原ニ遊ビニマヰリマシタ。ソシテ、小サナ河ノソバノ青イ芝原デ、遊ンデ居ルウチニ、イツノマニカ姉サンノオ膝ノ上ニ、ウトウト ト ネムツテシマヒマシタ。

スルト、河ノ向フノ細イ道ヲ、黒イ上着ニ赤イヅボンノ白兎ガ、スタスタ歩イテ行キマス。オヤツ ト 思ツテ見ルト、其ノ兎ガポケツトカラ、リツパナ金時計ヲ出シテ、「オヤオヤ、コレハ大ヘンオソクナツタ。」トイヒナガラ、急イデ行クデハアリマセンカ。

「コレハ面白イ兎サンダ。」アリスサンハ、カウ思ツテ、スグ、其ノアトヲオヒカケマシタ。シカシ、イツノマニカ兎ハヒヨツコリ見エナクナリマシタ。

「マア、ハヤイコト。」カウイヒナガラ、ムカフノ方ヲ見ルト、コンドハ長イ廊下ガアリマス。ソノツキアタリニハ、小サナオ室ガイクツモナランデヰマス。アリスサンハ、「オヤ、カハイラシイオ室ダコト、兎サンハ、ココニハヒツタノカシラ。」ト思ツテ、戸ヲアケヨウトシマシタ。ケレドモ、ナカナカアキマセン。「ドウシタノダラウ。ヘンダコト。」キヨロキヨロソコヲ見マスト、ソバニガラスノ机ガアリマス。其ノ上ニ金ノ鍵ガノツテヰマス。アリスサンハソノ鍵ヲ戸ノ穴ニアテテ見マシタガ、鍵ハハヒリマセン。

アリスサンハ、ドウスルコトモデキナクテ、窓掛ニヨリカカツテ、考ヘテヰマシタラ、ソノ窓掛ノ後ニ小サナ戸ガ見ツカリマシタ。「オヤ、コンナトコロニ戸ガアルコト。」ト急イデ鍵ヲ其ノ戸ノ穴ニ入レテ見マスト、戸ハパツトアキマシタ。アリスサンハ悦ンデ中ヘハヒリマシタ。

10　『アリス物語（一）』『日本幼年』4巻6号（1918）
札幌市中央図書館蔵

「コケツコー、皆オ池ニオチタノデス。コケツコー。」アンマリ大キナ聲ナノデ、アリスサンハビツクリシテ、逃ゲダシマシタ。

スルト向フノ方カラ、年トツタ駝鳥ガ杖ヲツイテ、ヨボヨボト歩イテ來ルデハアリマセンカ。「オヤオヤ」ト見テヰマスト、駝鳥ハ側ノ立札ヲ見テ、「ハハア、運動會ガアル。ドレドレ、オクレナイヤウニイカネバナルマイ。」ト、マタヨボヨボ歩イテイキマス。アリスサンハ、スグ駝鳥ノアトヲツイテイキマシタ。スルト廣イ野原ニ出マシタ。モウ運動會ガ始マツテヰマス。

サキノ駝鳥ガ、大キナ紙ノ喇叭ヲ吹キナガラ、「鷲ト鼠ノ駈ツコ。」トドナリマシタ。スルト鷲ガ、バタバタバタト空ヲトビ初メマス。鼠ガチヨロチヨロ地面ヲ歩キ初メマス。駝鳥ガ「鳩ノ競爭、一二三。」カウイヒマスト、バラバラバラト鳩ガ大ゼイトンデ來テ、豆ヲタベ初メマス。「マア面白イ運動會ダコト。」アリスサンハ、カウ思ツテ見テヰマスト、向フカラ、サキノ白兎ガヤツテ來マシタ。

「ハテナ、ハテナ。」ト兎ハ首ヲマゲテ、チヨツキヤズボンノカクシニ手ヲ突込ンデ、一生懸命何カ探シテヰマス。「兎サン、何カナクシタンデスカ。」アリスサンハ、カウ聞キマシタガ、兎ハヘンジヲシマセン。「ハテナ、家ニ忘レテ來タノカシラ、道デオトシタノカシラ、大事ナ手袋ダガ、ハテドコヘヤツタカナ、モウ一度家ノ中ヲ探シテ來ヨウ。」カウ獨言ヲイツテ、兎ハスタスタ向フヘ行キマス。

「アノ兎サンノ家、早ク行ツテ見タイ。」アリスサンハ、カウ思ツテ、マタ兎ノ後ヲ追ヒカケマシタ。

（ツヾク）

11　『アリス物語（三）』『日本幼年』4巻8号（1918）
函館市中央図書館蔵

12 『アリス物語（二）』
『日本幼年』4 巻 7 号（1918）
函館市中央図書館蔵

13 『アリス物語（六）』
『日本幼年』4 巻 11 号（1918）
札幌市中央図書館蔵

15　ベッシー・パース・ガットマン
『不思議の国のアリス』(1908)

14　鈴木淳　表紙「兎の時計」,『地中の世界』
『赤い鳥』7 巻 2 号(1921)

16　アーサー・ラッカム
『不思議の国のアリス』(1907)

17　清水良雄
口絵「御褒美」,『地中の世界』
『赤い鳥』7 巻 3 号（1921）

18　清水良雄
表紙「茸と青虫」,『地中の世界』
『赤い鳥』7 巻 4 号（1921）

19　岡本帰一
口絵「アザラシの唄」，『鏡國めぐり』
『金の船』3巻3号（1921）

20　ジョン・テニエル
『鏡の国のアリス』（1871）

21　岡本帰一
『西条八十童話集　第一版　鏡國めぐり』口絵（1922）

22　斎田喬
『ふしぎなお庭　まりちゃんの夢の國旅行』口絵（1925）

23　グウィネズ・ハドソン
『不思議の国のアリス』(1922)

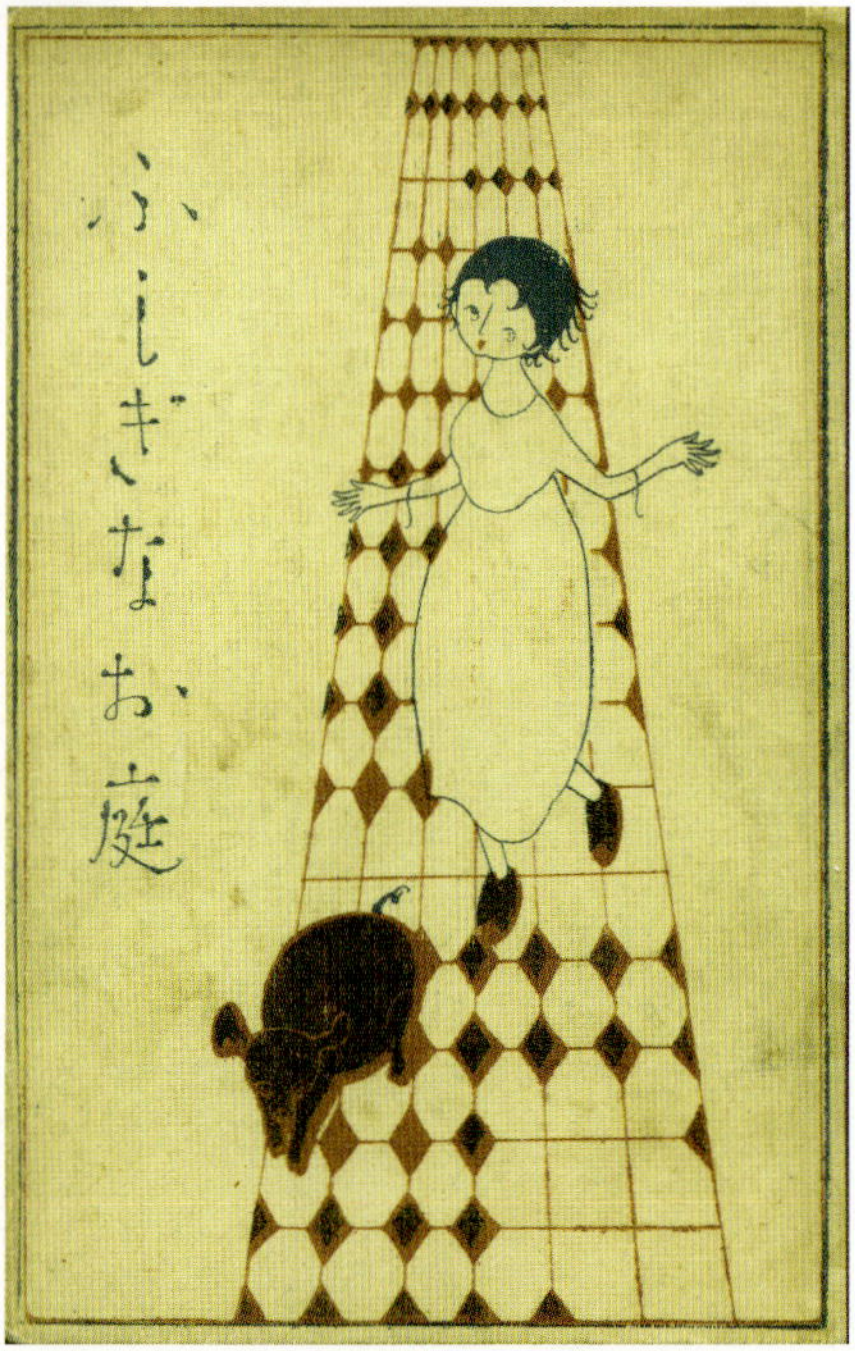

24　斎田喬
『ふしぎなお庭　まりちゃんの夢の國旅行』
表紙 (1925)

海野精光先生畫
アリス

25　海野精光
『アリス物語』口絵（1927）

The whole pack rose up into the air.

26　チャールズ・ロビンソン
『不思議の国のアリス』（1907）

27　平澤文吉
『アリス物語』表紙（1927）

28　マーガレット・タラント
『不思議の国のアリス』（1916）

29　マーガレット・タラント
『不思議の国のアリス』(1916)

30　平澤文吉
『アリス物語』(1927)

千森幹子

表象のアリス

テキストと図像に見る日本とイギリス

法政大学出版局

表象のアリス ◉ 目次

プロローグ……1
多様なアリス／本書の概要／先行研究／本書の特徴と独創性／アリス図像／アリス邦訳／イギリスのアリスから日本のアリスへ――受容と融合

第一部　キャロルの内と外なるアリス

第一章　キャロルと二つの『アリス』物語……13

一・一　作家ルイス・キャロル　13
キャロルの感情生活／キャロルの女性観／キャロルと子ども／キャロルとアリス姉妹／アリスたちとの別離／キャロルの転機／晩年のキャロル

一・二　アリス　38
アリスとは／キャロルの内なるアリス（アリスの変化とメタモルフォーシス）／キャロルの外なるアリス／女性の登場人物

一・三　ヴィクトリア時代のアリスたちへ　60
読者への問いかけ／アリスの未来／ヴィクトリア時代の子どもたちへのメッセージ

第二章　挿絵画家キャロルとテニエル――『不思議の国のアリス』と『鏡の国のアリス』……65

二・一　挿絵画家ルイス・キャロル　65
キャロルと挿絵／『アリス』以前に描かれたキャロルの挿絵／『アリスの地下の冒険』

二・二　挿絵画家キャロルとテニエル　78
キャロルの影響

二・三　ジョン・テニエルの『アリス』　88
ヴィクトリア時代のイラストレーター／テニエル、キャロルそして『アリス』／テニエルのヴィクトリア解釈

第二部　オリエントと『アリス』

第三章　オリエントと『アリス』……109

三・一　背景研究――言語学的文化的観点から見た日英比較　109
ジャンルと言語／日本の翻訳者があう困難／言語と世界観／ノンセンス

三・二　受容の文脈――読者層　128
明治から大正にいたる文化的社会的背景／明治から大正期にいたる教育制度の変遷／変

容する児童イメージと児童観／子どものイメージとその時代的変遷／児童文学における少女イメージ・少女観の誕生／明治時代から大正時代にいたる児童文学

三・三　西洋と日本の融合——幻に終わった初山滋画『不思議國のアリス』　149

出版されずに終わった初山滋の『不思議國のアリス』図像発掘／ジョン・テニエルの「アリスと子豚」／アーサー・ラッカムのアリス——思春期の少女の系譜／チャールズ・ロビンソンとメイベル・ルーシー・アトウェル——かわいさの系譜／初山滋の『アリス』図像／初山滋の世界——日本と西洋の融合

第四章　初期『アリス』翻案と翻訳（一八九九—一九一二）……175

四・一　日本最初の『アリス』翻訳——長谷川天溪の『鏡世界』　175

四・二　明治の初期『不思議の国のアリス』翻訳　192

初期の『不思議の国のアリス』翻訳／翻訳者の『不思議の国のアリス』解釈／翻訳？それとも翻案？／日本の『不思議の国のアリス』翻訳に見る因習と道徳／日本化／誤訳／言葉遊びと造語／日本の少女アリス

四・三　明治期の『不思議の国のアリス』挿絵（一九〇八—一九一二）　222

『アリス物語』の川端昇太郎の挿絵／芳村椿花画『子供の夢』と椿花山人画『お正月お伽噺』／『愛ちゃんの夢物語』

第五章　大正児童雑誌における『アリス』邦訳……245
五・一　昭和初期の絵雑誌における『アリス』邦訳　245
初期絵雑誌と『アリス』邦訳／『幼年の友』掲載の『フシギナ　クニ』／『日本幼年』に掲載された『アリス物語』
五・二　児童雑誌『赤い鳥』におけるアリス翻訳『地中の世界』　252
雑誌『赤い鳥』／『赤い鳥』の絵画／鈴木三重吉の『地中の世界』／『地中の世界』のイラスト／清水良雄と『地中の世界』／清水良雄の世界／おわりに
五・三　『鏡國めぐり』　279
『鏡國めぐり』翻訳／岡本帰一の『鏡國めぐり』挿絵／むすび
第六章　一九二〇年から一九三三年の『アリス』翻訳……303
六・一　大正末から昭和初期にかけての『アリス』翻訳　303
六・二　『ふしぎなお庭　まりちやんの夢の國旅行』　310
鷲尾知治編『まりちやんの夢の國旅行』／斎田喬の挿絵／むすび
六・三　『アリス物語』（海野精光口絵、平澤文吉表紙／菊池寛・芥川龍之介共訳）　331
プロローグ／『アリス物語』のイラスト／菊池寛・芥川龍之介共訳『アリス物語』

六・四　『アリス』とジェンダー――棟方志功の『アリス』図像　359
棟方志功／棟方とテニエル／棟方芸術／棟方のアリスと日本美術／棟方のアリス図像の独自性／棟方志功と初山滋／おわりに

エピローグ――現在のアリス　379
子ども期と思春期／フロイト解釈／キャロルにとっての思春期／第二次世界大戦以降の多様な解釈／女性の時代／「かわいい」アリス／戦後の翻訳――センスの崩壊の時代／二一世紀のアリス研究――視覚表象研究の未来

あとがき　393
注　397
初出一覧　406
図版リスト　(25)
参考文献　(7)
索　引　(1)

プロローグ

多様なアリス

アリスとは多様な姿でわたくしたちの前に現われる幻であり、また現実でもある。その幻影ともつかない姿はチェシャ猫のニヤニヤ笑いのように、わたくしたちの目の前に現われては姿を消す。アリスに自分の姿を仮託する人もいれば、自分の願いを、あるいは、夢や希望、欲望を見出す人もいるだろう。子どもと少女のあいだに立ち尽くすアリス。わたくしたちに問いかけつつ拒否する姿。昼と夜、子どもと大人の狭間に漂うミステリアスな存在。それがアリスである。

ウラジミール・ナボコフはアリスにインスピレーションをえて誘惑者としての少女ロリータを生みだし、ディズニーは、水色のエプロンドレスを着たスウィートな金髪のアリスのイメージを創成した。ディズニーのアリスは、現在、世界中、とりわけアメリカ文化圏で、すでに古典としてのゆるぎない地位をえ、戦慄さえよびおこすほどに不気味でリアルなヴィクトリア時代の原作ジョン・テニエルの図像解釈を超越してしまった。アリスは母国イギリスからアメリカへ、フランス、フィンランドなどのヨーロッパ、さらに、日本へと広がり、世界中に増殖している。女流画家マリー・ローランサンやトーベ・ヤンソン、シュールレアリストのサルバドール・ダリ、さらに、二〇一〇年にはティム・バートンが映画『アリス・イン・ワンダーランド』で、キャロルが最後に撮った一八歳のアリス・リデルの写真のイメージを髣髴させる不機嫌な一九歳のアリスのその後を映像化してみせた。

日本では、一八九九（明治三二）年に『鏡の国のアリス』が初訳され、一九〇八（明治四一）年、若き川端龍子が『少女の友』で日本人画家として初めてアリスの挿絵を描く。以降、大正・昭和、さらに平成へとアリスは増殖し再創造されていった。まだ西洋の文化や習慣になじみのうすかった近代日本に、二つの『アリス』物語、『不思議の国のアリス』（*Alice's Adventures in Wonderland* 一八六五年）と『鏡の国のアリス』（*Through the Looking-Glass* 一八七二年）[1]はどのように受け入れられたのであろうか。ルイス・キャロル（Lewis Carroll 一八三二―一八九八年）がヴィクトリア社会のセンスをノンセンス化した原作の言葉遊びは、また、知的で理屈っぽいヴィクトリアのアッパー・ミドル・クラスの教育と常識に裏打ちされたアリスは、日本の土壌のなかでどのように移植され、文章化され、視覚化されていったのだろうか。ヘアスタイルは、服装は、そして表情は。原作テニエルや他の西洋のイラストレーターの影響は。さらに、日本美術の伝統や当時の美術潮流との関わりは。このような新たな疑問や興味がつぎつぎと生まれ、この本の原型が形づくられていった。

本書の概要

この本は、『不思議の国のアリス』と『鏡の国のアリス』を、文学と視覚芸術の両面から考える、はじめての本格的な『アリス』の比較研究であり、また、明治から昭和初期にいたる『アリス』邦訳と図像にかかわる受容研究である。

本書の関心は二点――第一に、文学と図像の関わり、第二に、イギリス・ヴィクトリア朝のノンセンス作品が、明治・大正・昭和初期の日本で翻訳図像の両面において、どのような変貌をとげたのか、その全貌を子ども、とくに女の子の視点から読みとくことにある。キャロルのノンセンス・テキストや英版図像のなかに出現する主人公アリスや、その読者であるヴィクトリア時代のアリスたち幼い少女が、どのように日本のアリスとして姿を現わし変貌していったのだろうか。その足跡を追った。

先行研究

本書の研究は一九九一年にはじまった。わたくしが、『アリス』の邦訳と図像研究に着手した頃、『アリス』の翻訳研究はほとんど省みられない状況にあった。また、日本の『アリス』図像に関する学術的な研究は現在に至るまで他の研究者によっては試みられていない。[2] 一方、翻訳論に関しては、いくつかの先行研究がある。日本の『アリス』翻訳の最初の紹介は、原昌の「『二つのアリス』、日本での受容史」（一九九三年）[3] である。一九九九年以降は、川戸道昭の明治翻訳についての啓蒙的な論文が数本ある。

書誌に関して、まず特記すべきは、小原俊一の『日本における Charles Lutwidge Dodgson 関係文献目録』（一九九一年）[4] である。この書物は、成田みゆき・藤原万記子編の『日本におけるルイス・キャロル書誌』（一九七五年）[5] を大幅に補選し、一九八二年までに出版された文献を網羅した本格的な書誌である。さらに、二〇〇五年に出版された川戸道昭・榊原貴教編の『児童文学翻訳作品総覧　明治大正昭和平成の一三五年翻訳目録1巻イギリス編』には、キャロル作品の現在までの邦訳書誌が収録されている。

研究書としてまず、あげられるのは、楠本君恵著『翻訳の国のアリス――ルイス・キャロル翻訳史　翻訳論』（二〇〇一年）である。この本は日独仏ロシア語を含む『アリス』の外国語翻訳を論じている。第一部「日本の初期の『アリス』の翻訳」は、小原の書誌に基づいて、第二次世界大戦までの初期『アリス』邦訳を簡潔適切に年代順に網羅的に紹介している点、重要な文献である。しかし、学術書としては弱点も見られ、研究書や論文に関わる書誌がなく、先行研究、とりわけ、数少ない日本の『アリス』翻訳研究への言及が不十分・不明確である。[6]
また、一部、推測や仮定に基づき論述しているためか、事実関係に齟齬が見られる点など、惜しまれる。[7]

本書の特徴と独創性

本書が、『翻訳の国のアリス』の内容を展開させ新たに新機軸を打ち立てた点は三点。第一に、キャロルの作品の基本であったノンセンスを日本の翻訳者がどのように解釈し、原作のノンセンスが日本の文化にどのように受容されたのか、第二に、キャロルが原作のなかでパロディ化した道徳や社会の規範や教育である「ヴィクトリア時代のセンス」が邦訳のなかでいかなる「日本のセンス」として認識され、パロディ化され、「日本のノンセンス」あるいは「センス」として再構築され変容していったのか、第三に、キャロルの女性観や子ども観に焦点をあて、日本語訳や日英のさまざまな『アリス』図像に、時代思潮——キャロルの時代から第二次世界大戦前の日英の社会的文化的変化——が、どのように反映されてきたかを、検証することにある。

本書の主要な観点は、子どもの教育や女性の教育、彼らを取り巻く因習や道徳などの文化的社会的状況が、キャロル作品や日本語翻訳、さらに日英図像のなかで、どのように表象されたのか、とりわけ、『アリス』邦訳史のなかで、イギリスの少女アリスが、日本のアリスとしてどのように受容・変容され、再構成されていったのか、その過程を検証することにある。この観点は、一九九四年の拙論「ヴィクトリア時代のアリスたち」以降の一貫した重要な研究テーマであり、二〇〇〇年に出版された拙論 “The Readership of Early Japanese *Alice* Translations”[8]などのなかで、具体的かつ明確に示されているが、類似した見解が述べられた『翻訳の国のアリス』には、拙論への言及がない。[9]

従来のルイス・キャロル研究や受容研究における、学術研究としての本書の独創性は、単なる女子教育や女性観のみならず、「少女原理」に焦点をあてた点、ジェンダー論に立脚した社会文化史的観点からのテキストと図像研究である点、さらに、学際的観点からの日英比較研究である点にある。とくに、子どもとりわけ女の子の視点に着目した。キャロルは、一般に信じられているようなロリコンの少女誘惑者ではない。むしろ、彼は家父長的なヴィクトリア社会のなかで、女性であるがゆえに、従属的な立場に甘んじなければならなかった年若い女の子たちの未来や苦境に思いをはせていた。当時としては、かなり早い段階から女性の高等教育や自立、女性教授の出現などを祈願していた。このキャロルが二つのアリス作品に織り込んだ子どもや女性への真摯な共感と願いを縦軸に、日英視覚芸術としての挿絵とその日本語翻訳を横軸に、キャロルが生きたヴィクトリア時代から二〇世紀半ばに至るまでに、日英両国で起こった社会的な変動が日本語翻訳や日英図像にどのように反映されてきたのかを、問題化した。

アリス図像

『アリス』挿絵に関しては、キャロルが最初に描いた『アリスの地下の冒険』(*Alice's Adventures Under Ground*)とマクミランから出版された初版のジョン・テニエルの『不思議の国のアリス』『鏡の国のアリス』の挿絵をその原型としてとりあげ、さらに、このイギリス図像が日本の挿絵としてどのような発展をとげたのかを、時代・文化・美術的な背景から考察した。事実、日英の美術様式や文化の混在のありようは、かなり複雑である。テニエルの『アリス』がすでに「ある種の伝説・伝統」になり、テニエルが描いたイメージが、後続のイラストレーターや読者の胸に強烈な印象を残していたのである。一方、日本の初期の挿絵画家には、浮世絵や装飾模様など日本固有の美術様式の影響が見られる。日本初期の『アリス』図像には、この日本とイギリスの美術様式が混在融合している。いいかえれば、西洋のみならず日本、あるいは世界のイラストレーターにとって、テニエルの影響は超えがたいほどに絶大であった。たとえ彼を否定し、乗り越え、何か新しい独創性を打ちたてようと企てたとしても、その影響から逃れることはそう容易ではない。もとより、拒否し乗り越えようとすること自体、すでに、テニエルの影響を無視できない証左でもある。たとえば、現在すでに世界中の大半の子どもが原作と信じて疑わないディズニーでも、テニエルの挿絵のイメージを完全に払拭することができなかった。(10) しかも、いまから百年近く前の明治末期にはじめて『アリス』挿絵に挑戦した画家が、身近にモデルを見つけることはイギリスの画家以上に、至難の業であり、その道のりははるかに険しかったといえる。

また、『アリス』邦訳の挿絵画家たちが、どのような考えをいだき、女性とくに女の子を解釈し、原作にこめられた万華鏡のようにきらめく多様なアリスの性格のどの側面を抽出し、アリスの挿絵に挑戦したのか。どの場面、どんな行動を、視覚化したのかに注目した。そこに、画家自身の特徴や独創性、作品解釈、さらに、子ども観や道徳、さらに教育観や女性観、新しくおこった「少女」概念などについての独自の解釈やアイデアが生き生きと表象されている。

アリス邦訳

翻訳に目を転じれば、英語の言葉遊びによって成り立つノンセンス作品『アリス』の翻訳、とくに英語とはかなり隔たった日本語への翻訳は、きわめてハードルが高い作業である。キャロルとアリス・リデル研究家であるアン・クラークは、キャロル自身は自著への翻訳にかなり早い段階から関心をいだいていたと述べる。

一八六六年八月、ドジソンはマクミラン出版社への手紙のなかで、アリスをフランス語やドイツ語に翻訳してはどうだろうかという意見をしたためている。……外国語翻訳に対するマクミランの反応は、好意的であったため、ドジソンは適当な翻訳者探しに乗り出した……独仏二ヵ国語の翻訳が一八六九年にでたが、ドイツ語翻訳はフランス語翻訳のほぼ四ヵ月前に出版された。(1981: 110)

いわば、キャロルの自作翻訳への関心は強く、かなり早い段階、すでに『不思議の国のアリス』出版の一年後からはじまっていた。しかし、自著の外国語翻訳を希求していたキャロルにあっても、独仏の初訳の三十年後に、ヨーロッパ言語とはまったく異なる構造をもつ日本語に初訳されるとは想像もできなかったことであろう。日本語への翻訳は、一八九九年、長谷川天溪の『鏡世界』にはじまるが、これはロシアを除くアジアで最初の翻訳であった。

翻訳論に関しては、先に述べた次の三点に留意した。第一に、キャロルの作品の基本であったノンセンスの日本への受容、いいかえれば、英語の言葉遊びによって成り立つナンセンスを、日本の翻訳者がどのように解釈し、日本の言語文化として受容変容させたのかという問題。第二に、キャロルが原作のなかで、パロディ化した道徳・社会規範や教育といった「ヴィクトリア時代のセンス」が「日本のセンス」としてどのように翻訳されパロディ化されたのか、あるいは「日本(語)のノンセンス」として再構築され変容されていったのかという問題。第三に、キャロルの女の子を中心とした女性観に照準を当て、日本語翻訳や翻案でどのような展開を見せてきたのかという、問題意識をもって論じた。

イギリスのアリスから日本のアリスへ——受容と融合

キャロルの『アリス』は日本の文学・文化風土には前例のないノンセンス・ファンタジーである。この作品が、明治から昭和にいたる日本に受容される過程で、伝統的な日本文化とどのように融和し、言語文学美術においてどのような独創性をもつにいたったのか、その軌跡をたどった。とりわけ『不思議の国アリス』では小さな女の子にすぎなかったアリスが、『鏡の国のアリス』では思春期初期の少女へと成長するが、こうした思春期前後の幼い少女読者の視点、「ヴィクトリア朝のセンス」に縛られていた英国のアリスたちと、「良妻賢母」という戦前の女子教育における最重要スローガンである「日本のセンス」に従うことを余儀なくされた、日本のアリスたちの視点に重点をおいた。

さらに、一九一〇年代から一九二〇年代、大人の女性の視点とはまったく異なった「少女」概念が日本に誕生したが、従来の『アリス』邦訳研究ではほとんど論じられることのなかった、この「少女」概念の発展と少女文学の到来は『アリス』邦訳の誕生・図像解釈において、重要である。

残念ながら、近代日本では、第二次世界大戦終了まで、『アリス』邦訳にたずさわる女性の翻訳者やイラストレーターをほとんど生み出すことができなかった。[11] その意味において、本書で扱う『アリス』邦訳や図像は、日本の男性作家や画家が、当時、子どもや女の子に対してどういった考えをいだいていたのかを理解するきわめて貴重な資料、試金石となろう。

「絵も会話もない本なんてなんの役に立つのかしら」、そう、つぶやいたアリスの言葉に従い、本書にもかなり多くのイラスト図版を挿入した。今回初めて紹介されたり、カラーで再現される作品もある。変貌するアリスのイメージを追って、そこに映し出された幻と現実を探す旅を、ヴィクトリア朝の英国を生きたチャールズ・ラトウィッジ・ドジソン（Charles Lutwidge Dodgeson）、ペンネーム、ルイス・キャロルその人からはじめてみたい。

凡例

一、英文の著書および論文からの引用は、特記されている場合を除き、すべて著者が翻訳を行った。

二、なお、*Alice's Adventures in Wonderland* を『不思議の国のアリス』、*Through the Looking-Glass* を『鏡の国のアリス』、*Alice's Adventures Under Ground* を『アリスの地下の冒険』と翻訳した。なお、文脈の関係で、それぞれ、『不思議の国』『鏡の国』と省略した場合もある。

三、本文引用については、引用のあとの（ ）内に、著者名・出版年・ページを記した。

四、キャロルのテクスト引用は、特記されている場合を除き、*The Complete Works of Lewis Carroll.* London: The Nonesuch Press, 1939 による。

五、本文中の引用はできる限り原点に忠実に行ったが、一部、新仮名づかいを使用した。

六、本文および註に出てくる単行本と雑誌及び雑誌のなかの『アリス』邦訳を『 』で、それ以外（叢書名、単行本中の章や論文）を「 」で表記した。

七、斎田喬氏の著作権者である山根玲子氏、および、初山滋氏の著作権者である初山斗作氏、棟方志功氏の著作権者である棟方良氏、成田山仏教図書館、国会図書館、栂尾山高山寺、札幌市中央図書館、函館市中央図書館、The Governing Body of Christ Church Library, Oxford, The National Gallery, London, Art Gallery of Ontario から、挿絵掲載のご許可を頂いた。ここに深くお礼申し上げます。

八、Images from *Alice's Adventures in Wonderland* created by Mervyn Peake reprinted by permission of Peters Fraser & Dunlop（www.petersfraserdunlop.com) on behalf of the Estate of Mervyn Peake.

第一部　キャロルの内と外なるアリス

第一章　キャロルと二つの『アリス』物語

一・一　作家ルイス・キャロル

キャロルの感情生活

ルイス・キャロル（図版1）の書簡や伝記を、長期にわたり、実証研究してきたモートン・コーエンは、キャロルの自己表現・自己解釈能力について次のような解釈をくわえる。

自分の気持ちを表現できないと芋虫に言ったアリスとは異なり、ドジソンは例外的なほど自己表現がうまかった。それゆえに、芸術、写真、子ども友だちやヌード・モデルに対する彼の態度については、本人に直接語ってもらうのが最善であろう。たとえ本書のようなほとんどの解説書が忘れ去られた後でも、キャロル本人の言葉は長く残るであろうから。（コーエン 1979：31）

キャロル自身も自作のなかで、自分の解釈や表現について、詳しい説明をくわえている。しかし、いうまでもなく、作家自らが語り記述した芸術観や思想が、つねに文字通りに解釈できるわけがない。デレック・ハドソンは、キャロルの性格を「きわめて複雑である」（ハドソン 1954: 194）と評している。キャロルのなかに潜む二面性、いいかえれば、ヴィクトリア朝の礼儀と自己規制という外的世界との関わりと、内なる想像のなかに潜む既成概念を破壊したいという欲望のせめぎあいによって、彼の言葉や作品にはある種の歪曲や誇張が生じたと考えられる。こうした傾向は、二つの『アリス』作品に対する評価が彼の生存中に、確実となり、未来の読者や伝記作家が作品や日記などを興味津々で調べる可能性が高くなって以降、なおさら強くなっていった。

図版1　ルイス・キャロル（1857年6月）

キャロルの性格形成には、ヴィクトリア時代の家父長的家族制度が強い影響を与えている。ハドソンはそれを「宗教と伝統、忠誠と精励、社会的スティタスへの自負、さらに彼自身の精神的な独創性と拮抗する生来の保守性」（ハドソン 1954: 23）と、端的に述べる。キャロルは一一人兄弟姉妹の長男であり、父、チャールズ・ドジソン師（Rev. Charles Dodgson）はデアズベリーの牧師館の終身牧師補をへて、後にクロフトの教区牧師となる。フランスのキャロル研究者ジャン・ガッテニョは、キャロルの人生を抑圧されたヴィクトリア朝の社会生活からの「拒否と自己閉塞」と定義し、「ここで、彼を苦しめていた三重の抑圧を思い出す必要がある。父親の影、宗教の重圧、ヴィクトリア朝社会の窮屈さだ。もちろんあの時代に、そうした抑圧にあえいでいたのはキャロルだけではないが、彼の場合、その抑圧は限界に達していた。……したがって順応することが社会的義務となり、逃避することが心理的要求となる」（鈴木晶訳 1997：425）と述べている。社会への順応と社会からの逃避という二律背反によって、彼の孤独感や子ども時代への回顧的な執着はよりいっそう強くなった。

この傾向は、かなり早い時期に現われた。たとえば、初期に書かれた「掟と規則」（"Rules and Regulations"）や「孤独」（"Solitude"）と題する詩では、自己規制や宗教的な精励、孤独感がまだ未分化の状態で表現されている。いいかえれば、キャロルのなかには二つの相反する要素が、共存していた。社会規範や宗教的実践への追従と自己規制や長男としての家族への強い責任感、反面、孤立感、孤独癖、世間のプレッシャーから無垢な子ども時代へ、論理学や数学という抽象性へと、逃避したいという願いが共存する。こうした相反する感情のために「自然が一方的強引に決めた性的役割」を否定し、自分を「女性」と関係づけ（ブルーミングデール 1972：9）、「奇妙に女性的な顔」（ボウマン 1972：9）をした自画像を描く。「おそらく通常の人間的な幸せというのを彼は一生味あわなかったのではないか」（高橋康也 1977：86-87）と考えられている。「現実の少女たちが『女王』になるとき、お別れをいうかなしい練習をいっぱい積んできた」（ラッキン 1991：148）、そんな寂しい生活を心に決める。こうした批評家たちの言葉を待つまでもなく、ふたつの『アリス』作品が、彼の屈折した心のうちから誕生した物語だと、容易に推測されよう。

キャロルの女性観

ルイス・キャロルの女性観は、複雑多様であった。女性の年齢や階級、さらに、彼自身の年齢によっても微妙に変化している。キャロルは生涯独身で、女性との成熟した性的な関係もなかったと考えられている。おそらく一度や二度、恋した経験はあったかもしれない。しかし、たとえそうであったとしても、そうした感情をコントロールし抑制する術は心得ていた。フローレンス・ベッカー・レノンは、「おそらく彼の性生活は……未成熟な段階にとどまっていた」（1972：212）と説明しているが、成熟した女性から距離を保つだけではなく、女性、とりわけ、アリスの母でありクライスト・チャーチの学寮長の妻であるリデル夫人のような社会体制のなかで高い地位にある女性たちに、ときには、敵意を示すこともあった。

これに反し、二〇歳代に書かれた詩「たかが女の髪ひとすぢ」（高橋康也訳 1977：140-144）（"Only a Woman's Hair"）には、後年の作品とは異なる抑制されたエロティシズムが漂っている。この詩のなかでは多種多様な女性、つまり「黄金なす霞のごと／はしやげる頬と瞳をかくす」（"Veiling, beneath a cloud of golden mist, / Flushed cheek and laughing eyes" 15-16）巻き毛の無垢な少女から、年月を経た白髪の冠をかぶった老女へ、そして肌浅黒いジプシーの情熱的な女性から、神聖なマグダラのマリアまでが描かれている。

ヴィクトリア時代、女性たちは「堕ちた女」と「家庭の天使」に代表されるような極端な二者択一に分類されるとともに、二次的、従属的な地位に甘んじていた。ニーナ・アウエルバッハは、ヴィクトリア小説のなかに描かれた女性主人公を、三つの類型、つまり、「天使か悪女、年老いた未婚の女、そして堕ちた女」（1982：61）に分類する。当時、女性たちは、知的で意識が高ければ高いほど、社会や家庭の抑圧や偏見に直面し、耐えるか、あるいは、闘わねばならなかった。

しかし、時代がすすみ、一八七〇年代になると、女性の権利は、教育、不動産、離婚、子どもの養育権や専門職への参入など、ある程度、改善されていった。いうまでもなく、こうした専門職につくことのできたのは、おもに中上流階級の女性であった。たとえば、一八七五年から世紀末までのあいだに、高等教育に通じるような私立学校に学び、大学に入りアカデミックなカリキュラムを学ぶ機会に恵まれた少女たちも、わずかであるが現われ、男性が中心であった専門職につく機会をえる可能性も生まれてきた。財産権に関しては、一八七〇～八〇年代になると、既婚女性財産条例によって女性は自分の財産を管理することができるようになる。さらに、婦人参政権に関しては、すでに、ヴィクトリア時代に参政権運動の兆しがあらわれ、一八六七年、思想家であり国会議員であったジョン・スチュアート・ミルは女性の参政権をみとめる選挙法改正案の修正案を提出した。しかしこの修正案は八票の賛成票をえられたにすぎず、結局、可決には至らなかったが、時代はすでに女性の地位向上に敏感に反応していたといえる。反面、現実の大多数の女性たちは、若い頃には自由を願いながらも、ひとたび結婚すれば、しばしば保守的体制的となり家庭制度や社会秩序のなかでの安定を望んだ。とりわけ、社会規範から逸脱しようとする少女たちに対しては、「女性にとっての唯一可能な職業は妻になること」（クラーク 1981 : 15）であると、警告し時には厳しく対処した。いわば、未来を希求する女性は、男性だけではなく、すでに安定した体制のなかにいる年上の女性からも、二重に抑圧されることとなった。

オックスフォード大学で、講師が結婚できるようになるのは一八七八年であった。英国では、現在でも教授になるのはそう容易くはない。そんなイギリスのオックスフォード大学で、若い講師に過ぎなかった自制心の強いキャロルが、将来の結婚や家庭生活の喜びを思い描き、成熟した女性との間で愛を育むことは容易ではなかった。

キャロルには、女優のエレン・テリー（Ellen Terry）や画家のガートルード・トンプソン（Gertrude Thompson）といった大人の女性友だちもいたが、その関係がフレンドシップ以上であったという証拠はほとんどない。彼の大人の女性に対する態度は、一般的には冷淡あるいは無関心で、お気に入りの女の子に対するときとは対照的であった。

キャロルがいだいた否定的な女性観は、アリスの母であるリデル夫人に代表される。リデル夫人は「心があたたかく思いやりのある」（クラーク 1981 : 42）女性であったが、学寮長の妻として礼節を重んじ、とりわけ美しい娘たちの幸せ、いいかえれば、より良い結婚を望んでいた。ヴィクトリア時代「多くの少女は家庭で母や姉、家庭教師から教育を受けていたが、母親の重要な役割は娘に訪問・社交術を教え、結婚市場に娘を送り出す訓練や準備をすることであった」（デヴィドフ 1990: 101）。中上流階級の娘には、男性と同じ専門教育は不要であった。女子教育はというと、内容も凡庸で、しばしば、テーブルマナー、エチケット、音楽、絵画とフランス語などに限定され、ほとんどの子どもたちが家庭教師から教育を受けていた。キャロルが、リデル夫人やアリス姉妹の家庭教師であったミス・プリケットのような子どもの日常になんらかの力をもっていた女性に対して、強迫的な反感をいだいていたことは「三つの声」（"The Three Voices"）という詩のなかにはっきりと表現されている。「仇同士か　いや　もっと悪縁／おまえは吃りの臆病男／彼女は禍いの　雪崩なのだ」（高橋訳 1989: 124）（Yea, each to each was worse than foe: / Thou, a scared dullard, gibbering low, / AND SHE, AN AVALANCHE OF WOE! 82-4）。

キャロルと子ども

キャロルが関心をいだいたのは、アッパー・ミドルあるいはミドル・クラスの子どもや女性に限られていた。キャロルにはスノッブとも見なされるような強い上流志向があり、子どもに対しても、同じような態度を崩さなかった。クラークは、「足首が太いので労働者階級の少女の写真を撮るのを好まなかった」（1981: 52）と、キャロルの好みについて語る。そういえば、アリスも、メイベルのような低い階級のこどもたちによく似た侮蔑的な言葉を発していた。

キャロルは子ども、とくに幼い女の子を性的対象と見なしていたと、一部で信じられている。しかし、それはまったく事実無根の誤解であり偏見である。たとえ、彼が女の子を男の子以上に好み、ときに子どもの無邪気なヌードを撮影していたとしても、それは子どものつかのまの無垢な姿を印画紙に永遠に残したいと願う、芸術家の心情から発していた。子どもたちは共感をいだくことのできる友人であり、ある種の成熟した男性が子どもにいだくエロティックな欲望の対象ではなかった。

ジュディス・ブルーミングデールが論文「アニマとしてのアリス」のなかで、「キャロルがヒーローよりヒロイン、つまり女の子を選んだのは性的な前段階の自己を両性具有的性格とみなしていたことを検証する意味で重要である」（ブルーミングデール 1971：383）と述べている。キャロル自身も、『牧師館の雨傘』のなかで、ひげを生やしスカートをはいた自画像を描いている。ヴィクトリア時代のパブリック・スクールでは、男らしさが理想であった。身体的にも精神的にも繊細なキャロルが、ラグビー校でいじめの対象となり、その経験を通じて、男の子に反感をいだき、女の子を好むようになったとしても不思議ではない。彼が描くヒロインは「動物を連想させる傾向のあるヴィクトリア文学の男の子」（アウエルバッハ 1987：42）とは、はるかにかけ離れた存在であった。現実の抑圧に苦しむ齢若い女の子たちは、ある意味、家父長社会の抑圧感とその体制を内から支えるようとするリデル婦人のような二重の抑圧に対して、ともにたたかう仲間であり同士でもあった。

女の子たちに対するキャロルの態度は、複雑かつ多面的であり、常に揺れ動き、容易に断定できない。フランスの研究者、ジャン・ガッテニョは、たとえば「キャロルの女の子たちとの関係は非常に感情的でありまた性的な部分がふくまれていた」（1977：82）と述べている。しかし、キャロルの女の子あるいは少女に対する考えや感情を論じる場合に、彼の四期に分けられる成長過程に注目する必要があるだろう。つまり、第一に幼年期から『不思議の国のアリス』（一八六五年）への時期、第二に『不思議の国』から『鏡の国のアリス』（一八七二年）、第三に『鏡の国』から写真を断念した一八八〇年まで、そして最後に『シルヴィーとブルーノー』（*Silvie and Bruno*）から晩年にいたる、四期である。

幼少期からリデル家の三姉妹と交友をむすび川遊びのおりに『不思議の国のアリス』の元となる話をするまで、彼の子どもや女の子に対する態度は、首尾一貫していた。いいかえれば、オックスフォードの学者として高等学府の一員でありながらも、子どものような気持ちや感情をいだき、子ども、とりわけ、女の子に共感を示し、自然に感情を移入し共有することのできる稀有な大人であった。こうした彼の感情生活は、おそらく二十代後半ごろまで続いたと考えられる。

キャロルが一八五五年末に書いた詩「いかさまの宮殿」（"The Palace of Humbug"）には、子どもたちを抑圧しようとする大人に対する強い怒りが、はっきりと示されている。

One showed a vain and noisy prig,
That shouted empty words and big
At him that nodded in a wig.

And one, a dotard grim and gray,
Who wasteth childhood's happy day
In work more profitless than play.

Whose icy breast no pity warms,
Whose little victims sit in swarms,
And slowly sob on lower forms.　(10-18)

たとえば騒がしい気どった自惚れ野郎が

中身からっぽの大仰な文句をぶっている
またそれを神妙に聞いているかつらの紳士

あるいはまた陰気な白髪頭の老いぼれ
彼こそは子供らの楽しかるべき日々を
遊びごとよりも益体のない勉強に駆り立てる男

その冷たい胸に憐れみの火は燃えず
幼い犠牲者らは群れをなして座りつくし
低くうずくまってすすり泣く

(高橋康也訳 1977: 69-70)

しかし、現実のキャロルは、この詩を書いた頃、すでにオックスフォード大学の数学講師であり、社会体制のなかでも比較的高いステータスをえていた。にもかかわらず、あるいは、そのためであろうか、キャロルはこの詩のなかで、大人社会のスノッブを「騒がしい気どった自惚れ野郎」(“a vain and noisy prig”) や子どもたちを「小さな犠牲者」とする「陰気な白髪頭の老いぼれ」(“a dotard grim and gray”) と揶揄する。

キャロルとアリス姉妹

翌一八五六年四月二五日、キャロルは学寮長館で遊んでいたアリスたち三姉妹をはじめて目にする。(1) 彼はこの日の日記の最後を「今日を幸運の日として特記しておく」(“I mark this day with a white stone”)と、締めくくっている。一八五六年六月三日、「彼は初めてアリスとほかの子どもたちの写真を自分のカメラで撮り」(クラーク 1981:52)、翌年の「一八五七年 五月五日、はじめてアリスの名前が単独で日記に記載される。それは彼女の五回目の誕生日の後であった」(クラーク 1981:60)。それ以降、キャロルは継続してアリスたちを学寮長館に訪ね、その親しい交流は、一八六三年まで続く。図版2は、キャロルが一八五八年に撮影したリデル三姉妹の写真であり、図版3は、一八六〇年七月にアリス・リデル(Alice Liddell)を写し、彼女に後に贈った手稿本の最後のページの似顔絵の裏に潜ませた写真である。

モートン・コーエンによると、キャロルは趣味の「写真撮影によって普段では接することのできない学寮長館という閉ざされた社会に近づくことができた。……リデル夫人は入念に盛装した子どもたちの写真を撮ってもらいその姿が子どもたちの将来の幸せにつながるようにと願った」(コーエン 1995:62)。幸せの絶頂は、一八六二年七月四日、その日、児童文学の不朽の名作『不思議の国のアリス』が誕生したのである。それは、キャロルが、友人のダックワース、リデル三姉妹とともにグッドストウへ一緒にボートで遠出した川遊びの日であった。

しかし、幸せは長くは続かない。一八六三年六月二七、二八、二九日三日間の日記のページが、後に、姪のメネッラ・ドジソン(Menella Dodgson)によって切り取られる。この辺の事情についてコーエンは、「このページにはチャールズと学寮長館との関係が危機に陥ったことが記録されていたことは確実だ。この三日のあいだにこの関係を断ち切る何か、キャロルを追放し子どもたちから切り離してしまう何かが起こったのだ」(コーエン 1995:100)と、推測する。いいかえれば、この頃、リデル姉妹だけではなく、おそら、多くの子どもたちとの幸せで屈託のない交流が、キャロルの手元からすべり落ち、終わりを告げたのであろう。

ヴィクトリア時代、人びとは子どもをその美徳ゆえに大人とは異なる特別な存在と見なしていた。アン・ヒグ

図版 2　キャロルが写したリデル三姉妹（1858 年夏）

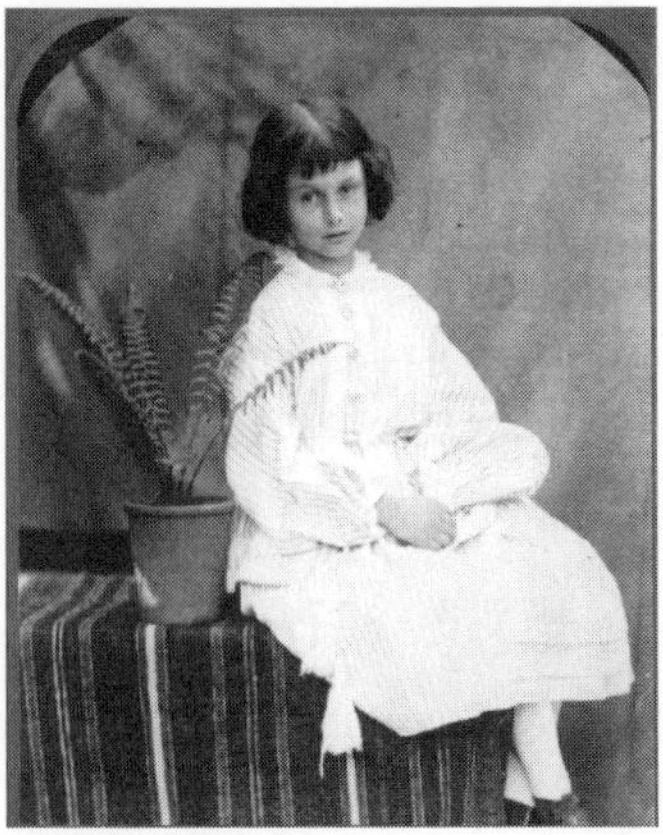

図版 3　アリス・リデル　（1860 年 7 月）

ノットは、ジェームス・キンケードの説を引用しながら[2]、「子どもが無垢だと心底信じられるならば、初めて魅力的となりうる。いわば、純真さそれ自体が魅力の対象になるのである。この無垢さを逆説的に渇望する気持ちが存在するためにロマン主義的な子ども観の核心には解決できない緊張感が生まれることとなった」（1998: 132）と述べている。しかし、キャロルは、ロマン主義者のような、完全に大人の視点から子どもの自然な美しさや無垢さを愛でていただけではなかった。むしろ、彼は子どもたちの潑剌とした伸びやかさや好奇心、驚異などの既成概念にとらわれない想像力をそのまま受け入れ、自らが子どもの気持ちになったかのように、子どもたちとのふれあい、友情をあたためていたのである。

しかし、子ども時代のあるいは子どもたちとの幸せな日々は長くは続かなかった。すでにふれたように、一八六三年、『不思議の国のアリス』の出版も待たず、リデル家の三人の子どもたちひいてはアリス・リデルとの別れのときが、突然訪れる。こうした悲しげな雰囲気は一八六三年以降に加筆修正されたであろう箇所からも読み取れる。たとえば、最終章では、アリスの夢の中の冒険話を聞いたお姉さんが、子ども時代から思春期にいたる過度期の女の子特有のメランコリーな雰囲気を漂わせ、過ぎ去った子ども時代を回顧する。その心情は子どもであるアリスの旺盛な好奇心や生き生きとした活発さとはきわめて対照的だ。「そうして眼を閉じたまま座っていました、すると、自分が不思議の国にいるように半ば信じられたのですが、再び眼を開ければ、すべては退屈な現実に戻ってしまうこともわかっていたのです」（119）。その後、アリスに贈られた手稿本『アリスの地下の冒険』(*Alice's Adventures Under Ground*) の元の話を、即興で子どもたちに話したときには共有できた子どもらしい感性が、『アリスの地下の冒険』に加筆修正し『不思議の国のアリス』として書き改めた一八六三年ごろには、変質し、幼い女の子たちへのキャロルの態度はもっと微妙でアンビヴァレントとなっていた。いわば、キャロルは子ども時代と思春期のあいだにもっと明確な一線を引くようになる。

アリスたちとの別離

キャロルの人生の第二段階は、アリスやその姉妹たちとの別離によって幕を開け、『鏡の国のアリス』出版にいたる時期まで続く。『鏡の国のアリス』の巻頭詩には、子どもの書物にはまったく不似合いな「結婚」を暗示するキーワードがちりばめられている。キャロルはこの詩のなかで、すでに遠くに去っていったアリスに、まず、「きみの愛らしい微笑がきっと迎えてくれるだろう／おとぎ話という愛の贈り物を」(Thy loving smile will surely hail/ The love-gift of a fairy-tale.) と呼びかけ、次のように続ける。キャロルの英文は重層的な意味合いを含み、原文の解釈は微妙であるため、まず、一部英文で引用してみたい。

A tale begun in other days,
　When summer suns were glowing—

A simple chime, that served to time
　The rhythm of our rowing—
Whose eyes live in memory yet,
Though envious years would say "forget."
Come, hearken then, ere voice of dread,
　With bitter tidings laden,
Shall *summon to unwelcome bed*
　A melancholy maiden !
We are but older children, dear,
Who fret to find *our bedtime near.*

(Italics mine, 13-24)

たとえば、「曇りなき眉を澄ませ／驚きに目を見開いた子」("Child of the pure unclouded brow and dreaming eyes of wonder") であるアリスがやがて「心ふさいだ乙女」("a melancholy maiden") に成長し、「心すすまぬ床」("unwelcome bed") へ呼ばれる。高橋康成は自らの訳詩で、「君よ　私たちはみな年のいった子どもたち／床につく時が近づくと　むずかるのだ」と翻訳し、「子供にとっての毎日の就床時間と、大人にとっての死の時間を同一視した」(高橋 1977 : 223-4) と解釈する。しかし、キャロルは、語句に多義的な含蓄のある意味を重ね合わせる豊かな才能を持ち合わせていた詩人である。この「心すすまぬ床」とは「婚姻のためのベッド」を意味し、「床につく時」("our bed time") とは、乙女が不安にかられる純潔を失うベッド・タイムと、キャロル自身のベットタイム（さらに、キャロルが想像する自分と誰かとのベッドタイム――アリスという場合もありうるであろうが）という多義的な意味合いが含まれている。そう考えれば、その前の *"The rhythm of our rowing"* は「ボートをこぐリズム」と同時にまた「私たちがこぐリズム」という性的な結婚の意味合いも内包していると考えられるのである。子どもの読者に語りかける巻頭詩に織り込まれた性的かつ重層的なイメージから、直截な言葉では表現できないキャロルの揺れる気持ちがベールを通したように透けてみえる。

モートン・コーエンは、一八六三年に行なわれた皇太子の結婚と『鏡の国のアリス』の結婚のイメージを結びつける。「ロイヤルカップルの話題や彼らのオックスフォード訪問は一八六三年ごろにはみんなのあいだでは一般的であり」（1995: 102）、「キャロルは後にこのアリスとの外出［皇太子夫妻の結婚祝賀のイルミネーション］を、芸術へ、『鏡の国のアリス』執筆へと、昇華させたのである」（1995: 94）と述べている。『鏡の国のアリス』の巻頭詩で暗示した「ベットタイム」をキャロルがどの程度、意識的に暗示したかは不明であるものの、皇太子の結婚のときの思い出とともに、すでに逢えなくなって久しい思春期のアリス・リデルを回想しひそやかな思いをいだいたとしても、不思議ではない。

コーエンは、日記などの一次資料を使いながら、キャロルとアリス一家の別れを次のように推量する。「彼は、たしかに、直接、アリスにプロポーズしたり、そのときその場で彼女の両親に結婚を申し込んだりはしなかったであろう。……たぶん、彼ができたのは、せいぜいアリスの両親に、もし彼女の彼に対する愛情が、将来、さめることがなければ、喜んで結婚の申し込みをすると、示唆することであったろう」（1995: 102）。事実、アリスは彼にとって理想の子ども友だちであるだけではなく、また、今はまだ幼い未来のレディー、いつかエスコートしたいと願う理想のレディーでもあった。

アリスが子どもだった頃、女子教育の目的は「夫が話をするときによき聞き手となれるような知識のある妻を育てること」（ドロシー・トンプソン 1969: 198）であり、夫の成功や社会的地位を支え、夫人として家庭で客を上手にもてなすことであった。一八七〇年代から八〇年代になってはじめて、オックスフォードやケンブリッジ大学、ロンドン大学で女性が教育を受けられるようになる。しかし、ミドル・クラスの親は「女性がカレッジに入学するのは女性らしくないのではないか、あるいは、両親が娘を十分に扶養できないために大学に入学させたと他人にみなされるのではないだろうかと心配した」（ドロシー・トンプソン 1969: 199）という。アリスや姉妹たちも寄宿学校には行かず、大学教育も受けなかった。かわりに、いつも家庭で女性の家庭教師や個人指導の先生から教育を受けていた。それが当時のアッパー・ミドル・クラスでは一般的であった。

当時の女性は、たとえ十分な教育を受けたとしても、結婚できなければ、人生に成功したとはいえなかった。男の兄弟が医者や教育者、弁護士、あるいは家族のビジネスを継ぐために高等教育を受けたが、こうした専門教育への道は女性には閉ざされ、家業も息子だけに継承された。いわば、ミドル・クラスの女性に開かれた唯一の職業が、家庭教師であった。当時、人気を博した小説『ジェーン・エア』（一八四七年）を読めば、家庭教師の厳しい状況の一端が推測できよう。彼女たちの現実は、社会的地位はほんのわずかに高いものの、同じ住み込みのメイドのように多忙で重労働、その上、薄給であった。家庭教師と子どもたちの関係も必ずしも良好ではなかった。長時間一緒にいて、しつけや教育をしながらも、時として、子どもたちから疎まれることも多かっただろう。

キャロルは、『ステージ上のアリス』（*Alice on the Stage*）という記事のなかで、赤の女王を家庭教師にたとえる。「赤の女王を怒り狂う人物として描いたが、別のタイプの怒りである。いいかえれば、彼女の激怒は冷たく冷静である。彼女は形式的で厳格に違いないが、極端に不親切なほど知ったかぶりをしてはいない、いわば、あらゆる家庭教師を凝縮したような人物である」（傍点筆者、ガードナー 2000: 161）と。おそらく、リデル家の家庭教師であったミス・プリケット（Miss Prickett　図版４）はキャロルに対して、リデル夫人（図版５）ほどには厳しくはなかっただろう。「プリケットは今や子どもたちの日々の生活には欠くことのできない存在であり、子どもたちが彼女を必要とするあいだはその役割を果たすことになっていた」（クラーク 1981：42）。しかし、家庭教師は役目上、必要とあれば、子どもたちの自由を制限し、子どもたちに規則を強いざるをえない存在でもあった。キャロルは、ヴィクトリア社会が子どもに求めた形式的で規律化された行儀作法を快く思っていなかった。キャロルの気持ちは、この子どもを抑圧する母親に代表されるセンスをノンセンス化した作品からも明らかであるが、まさに、この子どもへの厳格さを、家庭教師自身が社会や親から求められていたのである。

一八七〇年代以降になると、比較的容易に、中流階級の男女が二〇歳代で結婚するようになり、その結果「年のいった独身女性」（“old maids”）や「家庭教師」（“governesses”）の数は減っていった。ブルー・ストッキングに代表されるフェミニスト運動はすでに一八世紀にはじまっていたが、ヴィクトリア時代になっても、一般的には歓迎されなかった。ヴィクトリア女王や教会はフェミニズム運動に対して相変わらず保守的な反応を示していたが、キャロル自身の意識もまた保守的であり、「ブルーストッキングとして知られているようなタイプの女性を……強く嫌悪した」（レノン 1972：271）。彼自身は、急進的な女性解放運動家を憎んでいたにもかかわらず、若い女性や女の子たちが強いられていた抑圧に対して、あたかも自分自身のことのような共感をいだいていた。彼が深い愛情を注ぎ、密かな恋愛感情さえもいだいていたかもしれなかったアリス自身も、子どもから思春期へと成長し、やがてキャロルとの交流も失せ、ついには、他の男性と結婚する。キャロルに残されていた道は、限られていた。すでに以前のように頻繁には会えなくなって久しいアリスへ、おそらく耳を貸してもらえないだろうと自覚しながらも、二人のあいだの空白を埋めるかのように、アドバイスや贈る言葉にかたちを変えたメッセージを、続編『鏡の国のアリス』のなかに織り込むほか術はなかった。

後年、キャロルがリデル夫人に送った手紙（一八九一年一一月一九日付け）は、しばしば『鏡の国』執筆時に、アリス・リデルに、あるいは何人かの少女友だちに対して「恋愛感情」をいだいていた証拠として引用されることが多い。手紙のなかでキャロルは、「もしもう二〇歳若ければ、おそらく、こんな招待をするほど大胆になるべきではなかったでしょう。しかし、しかし、私はもう今では六〇歳に近いのですから、あらゆる恋愛感情はまったく人生からは遠くなりました」（コーエン 1995：103）と述べる。しかし、キャロルはしばしばウイットに富んだ表現をする傾向があり、ずっと以前の出来事をすこしばかり脚色してみようという気持ちで、このように表現した可能性もある。彼が、昔、思春期のアリス・リデルに恋愛感情をいだいていたとしても、たとえそういう種類の感情を短期間いだいていたとしても、それは長くは続かなかったか、あるいは夢のなかでだけ生き続けていただろう。キャロルがそれ以降、女の子たちとの交際を子ども時代に限定し、思春期に入るとその交際を控

図版 4　ミス・プリケット

図版 5　リデル夫人

えたのは、おそらく、アリスやリデル家との出来事と、その後の世間や社会とのあいだで生じた確執や軋轢と無関係ではなかった。

一八七二年、アリスの父でもある学寮長に絶えず対抗していたキャロルはカレッジ内の学寮長の改革計画を批判するパンフレット『オックスフォード大学クライスト・チャーチ学寮の新しい鐘楼』(*The New Belfry of Christ Church Oxford* 一八七二年)を出版し、その後、風刺をこめた『三つのTの幻影』(*The Vision of the Three T's* 一八七三年)を、出版した。同じ年、重要な出来事がアリスの身の上に起こる。ヴィクトリア女王の末の王子であるレオポルド・ジョージ・ダンカン・アルバート王子 (Prince Leopold George Duncan Albert) が、オックスフォード大学クライスト・チャーチの学部生として入学した。王子はオックスフォードで学生生活を過ごす四年間のあいだ、学寮長の家族であるアリスやリデル家の人びととも親しく交流を深めた。一八七四年、学部生のジョン・ホーウ・ジェンキンス (John Howe Jenkins) が匿名で出版した風刺劇『ケイクレス』(*Cakeless*) のなかで、アリスとレオポルド王子のロマンスが揶揄され、学寮長の家族が風刺されるたのも偶然ではない。アン・クラークは、著書『真実のアリス』(*Real Alice* 一九八一年) のなかで、この風刺劇でキャロルにたとえられた登場人物クラフツソンが婚儀に異議をとなえた状況を説明しつつ、次のようにキャロルの心中を測る。

講師としてのドジソンは比較的自制的な行動をとった。しかし、学部生に過ぎなかったジョン・ホーウ・ジェンキンスはそうではなかった。彼はこの件により退学を命じられたのである。(クラーク 1981: 154)

学寮長の娘アリスと王子とのロマンスというセンセーショナルなゴシップが、自分のカレッジであるクライスト・チャーチで流布する。こうした状況のなかで、キャロルが『不思議の国のアリス』の頃のような無邪気な気持ちそのままでいたり、『鏡の国のアリス』のようなメランコリーな助言者の立場のままでいることも、そうたやすくはなかったであろう。一八七〇年、こうした出来事がおこる直前に、キャロルが最後に写した一八歳のアリス（図版6）には、すでに美しくはあるが憂いをたたえた大人の女性の面差しがみえる。

キャロルの転機

四〇歳代になったこの頃、キャロルの女性や幼い少女への態度は、よりいっそうアンビヴァレントとなる。ターニング・ポイントは、一八八〇年。その年、アリスがレジナルド・ハーグリーブズと結婚し、キャロルが、突然、あんなにも熱中していたカメラをやめ、さらに、翌一八八一年、クライスト・チャーチの講師の職をやめる決心をする。こうした出来事が矢継ぎ早に起こったのは、単なる偶然かもしれない。また、キャロルが、アリスのロマンスや結婚に動揺したのかどうかも定かではない。オックスフォードでは、一八七〇年代になると、大学の教授以外の教員も、結婚できるようになった。しかし、キャロルはすでに四〇歳に近く、結婚は意識からも現実からも遠ざかりつつあった。風刺劇で揶揄されたように「鐘楼に閉じこもり」（"confined in a belfry"）自らは味わえない「喜びにため息をつく」（"sighing at pleasure"）、決意をしていた。彼自身は、成長した「少女友だち」とも、また、交流のあった女優のエレン・テリーや女流イラストレーターのガートルード・トンプソンのような「大人の女性」との結婚も考えなかったことであろう。

図版6　アリス・リデル18歳（1870年6月）

『ルイス・キャロルの生涯』（*The Life of Lewis Carroll*）の著者フローレンス・ベッカー・レノンは、「キャロルは小さな女の子を愛していたが、ピーターパンのようにその子たちと結婚する意志はなかった」（1972：231）と述べる。だが、彼がこうした幼い女の子たちの写真をヌードで撮っていたことも事実である。はたして、子どもたちに対してまったく無垢な感情だけで、何らかの性的な感情をまったくもたずに対していたかどうかは、微妙である。しかし、ヴィクトリア時代、ポルノグラフィー産業の成長にもかかわらず、子どものヌード写真はポルノというよりも天使のような無垢さの表象と、往々にして考えられていたのもまた事実であった。

一方、『不思議の国の男たち』（*Men in Wonderland*）の著者キャサリン・ロブソンは、男性は女性的な初期段階をへてはじめて男性になるというヴィクトリア時代の誤った認識と関連づけ、キャロルやジョン・ラスキンなどのヴィクトリア時代の作家について論じ、「美しい女の子の写真のイメージは……以前の自分を空想化し女性化した姿である」（ロブソン 2001：141）と評する。しかし、ロブソンの「小さな女の子は大人の男性が喪われた自分自身と再度つながることを意味する」（ロブソン 2001：3）という説は、ラスキンなどのヴィクトリア朝の作家には当てはまるかもしれないが、レノンが考える大人にならない（なれない）ルイス・キャロルには合致しないといえる。

ヴィクトリア朝のマスキュリニティ（男性性）という範疇から判断すると、キャロルには、生涯にわたり、成熟した男性とはいえないある種の要素、非男性的な要素があった。いいかえれば、あまりにも幼い女の子への関心や興味を内在化してしまったがために、ロブソンが説く小さな女の子から男性へという成熟のプロセスは、キャロルには当てはならなかったといえる。子どもを着衣をまとわないできる限り自然な姿で撮影したいというキャロルの想いの底に、少女たちのつかのまの美しさをただく印画紙に残したと願う純粋な情熱を凌ぐ、どのような動機が隠れていようとも、「内的な女性的な段階」を超えて成長していくというロブソンの仮説にあてはまる、いかなる要素も認められないのである。

トーマス・ヒンデは、小さな女の子に対するキャロルの愛情を次のように説明する。


一八七〇年代になると、小さな女の子へのドジソンの興味は全開する……彼が明らかに恋愛感情をいだいた何人かの子どもたちへあてた手紙が残されている。アグネス・ハル（Agnes Hull）に彼は次のように書いている。「僕のアギー」（My own Aggie）、でも、僕が君から受けた苦しみをおもうと、君の名前のつづりを並べ替えて「僕の苦しみ」（'My Agg-own-ie'）[3] といってしまいたくなるんだ。（1991: 100）

この文章を文字どうりに解釈すれば、キャロルが女の子に愛情や恋愛感情をいだいていると誤解するかもしれない。しかし、子どもが喜ぶ言葉遊びを使ったこの文面をもって、キャロルが恋愛感情を吐露していると解釈することはできない。むしろ、先のリデル夫人宛への手紙以上に、冗談やウィットと解釈するのが妥当だろう。

キャロルは、世間に物議をかもす可能性のある子どものヌード写真を、子どもたちの穢れなさを賞賛する記録であり芸術作品であると考えていた。モデルの母親のひとりであるヘンダーソン夫人（Mrs. Henderson）にあてた手紙に、その心中を吐露している。「子どもたちのイノセントな無意識はとても美しく、何か神聖なものを前にしたような、畏敬の念を起こさせる……私は、写真が芸術作品としてどんなに貴重なものであろうと、写真を撮ることでだれかに恐れをいだかせる可能性のあるような写真を望むほど自己中心的ではありません」（コーエン 1979: 21）と。キャロルが自分で説明している以上の複雑で潜在的な動機が存在したのか、あるいはしなかったのか、そして、たとえ、存在していたとしても彼自身が気づいていたかどうかの判断は難しい。

「キャロルが写真を断念したのはオックスフォード内でのゴシップ、子ども友だちの母親たちが、彼が子どものヌード写真を撮っているといううわさを盛んに流したせいだと、伝記作家たちは述べてきた。しかし、彼がこのような理由で写真をあきらめた証拠はみあたらなかった。もっとも可能性があるのはおそらく彼が研究をし、執筆しようと考えていた様々な本の完成にさらに関心を抱くようになったからであろう」（傍点筆者、コーエン 1979: 22）と、コーエンは評する。しかし、こうした写真撮影をやめた理由が、ゴシップにあったかどうかは別にして、少なくとも世間はその動機を真摯だとは見なさず、結局、一八八〇年七月写真を断念する。

キャロルにとって子どものヌード写真の撮影は、ポルノグラフィーでもまた単なる記録でもなく、芸術であった。[4] しかし、こうしたキャロルの考えは因習的なヴィクトリア社会のなかではなかなか受け入れられなかった。やがて周囲の無理解によって、写真がアカデミックな世界とは相容れないのだという思いが、次第に募っていく。彼は一八八一年六月二一日ヘンダーソン夫人にあてた手紙のなかで、自分の写真がなかなか受け入れられない苦境を次のように訴えている。

> 私が自分について申し上げたいことは、（これらがまったく無垢な行為だと考えているにもかかわらず）従来の因習的な規則に敢然と挑戦するこの写真を渡したいと考える友だちもいないのです。トムソン嬢は、この写真を見たただひとりの友人なのですが、その彼女にも写真を差し上げるべきだとは思わないのです。
>
> （コーエン 1979: 27）

キャロルが子どもたちのヌード写真を撮ったのは、汚れない、純粋で、美しい子どものありのままの姿を残したいという真摯な気持ちからであった。女流画家トンプソンに送った手紙から、キャロルがどのように子どもの気持ちに寄り添い、その気持ちを鋭く洞察していたかが、推測できる。

もしモデルの子どもが、臆病さからほんのわずかなためらいでもみせるなら、私の本の挿絵のなかに裸の子どもを描かないでください。そういった子どもたちの直感には、十分な注意を払うべきなのです。そして、もし私がこの世で最も愛する子どもを描いたり写真を撮ろうとしたとき、その子がほんのわずかでも、裸でいることにしり込みしたら（どんなにかすかで、どんなにすぐにためらいが消えても）その仕事を完全にやめるのが神に対する宗教的な義務だと考えるのです。（傍点筆者、コーエン 1979：30）

幼い女の子に対するキャロルの洞察力は鋭い。子ども、とくに女の子は、大人の無意識な欲望をも鋭く察知する。子どもが画家や写真家のモデルになり、おびえやためらいを少しでも示すのは、往々にして、彼らに向けられた不純な欲望や視線に違和感を感じ取ったときである。しかし、キャロルの場合、モデルの女の子たちがしり込みをしたりおびえたりすることがほとんどなかったのだろう。とすれば、それは彼が子どもたちにその種の欲望を、少なくとも、写真を撮っているあいだは、いだいていなかった証左でもある。モートン・コーエンは、キャロルの信仰と子どもの美しさへの敬愛について次のように結論づける。「ドジソンは芸術への献身と神への勤めのなかで迷うことはなかった……その両方、幼い少女たちへの崇拝と、神への愛は、彼にとっては本質的なものであった。しかし、もし両者が衝突したとしたならば、疑いもなく神への愛が勝ったのである」（1979：30-31）。

キャロル自身、健康な男性としておそらくある種の幻想をいだき、眠れない夜をすごしたこともあっただろう。さらに、アリスのロマンスの相手に対して激しい嫉妬を感じたかもしれない。また、今やすでに四〇歳代、もし結婚を願うとするとすればそのラストチャンスは目前に迫っていた。にもかかわらず、親の視点ではなく、子どもの視点に立って世界を見、子どもの気持ちに自然な共感を示すことができた。それはこの年代の男性としてはきわめて希有といえよう。

キャロルは写真を通して、愛する少女モデルの自然な表情やしぐさを永遠に印画紙に焼き付けることができた。ヒグノットは、キャロルがカメラ芸術の真髄を把握していたと述べる。「純粋さや簡潔さの価値をなにによって同時代人に伝えることができるかを理解していたのはキャロル自身であった。……写真は現実を記録すると心から信じて、キャロルは『自然な』子どもの『自然な』イメージを印画紙に写しこんだ。……カメラの機械的な客観性を信じて、彼はすばらしい写真を撮った」(1998: 110) と。しかし、キャロルがものの外見を鏡のような迫真性をもって捕らえることのできるカメラの能力を評価しながらも、写真が芸術であり、それゆえに写真に価値があるということも十分承知していた。彼は写真術がもつ自然なリアリティと、つかの間にすぎない人生のある時期のある一瞬にモデルの子どもが見せる表情や動作を記録する、この写真という技法が気に入っていた。にもかかわらず、このささやかな喜びが因習的な人びとから眉をひそめられ、真意を認められることもなく終わりを告げる。

晩年のキャロル

アリスが結婚し、彼が写真をやめた翌年、キャロルはクライスト・チャーチの教壇に立つ講師生活に終わりを告げる。後年、彼の女性観はもっと精神性をおび、ある種、社会通念に沿ったものとなる。にもかかわらず、キャロルは現実の若い女の子たちの教育や未来に心をはせる。

『シルビーとブルーノ』(一八八九年) のなかに出てくるシルビーは、上品で穢れない。この世には存在しない天使のようなヒロインである。デレック・ハドソンは、キャロルが母性的な愛にあこがれていたと考え、「彼が理解しあこがれるのは保護的な愛であるが、いつまでも子ども時代を引きずっていた」(ハドソン 1954: 188) と述べる。一八八二年、子ども友だちの母親に次のような手紙を書いている。「こんな子どもの『可愛さ』と『穢れなさ』にふれられるのはわたしにとって（聖書を読むのと同じように精神的な意味で）すばらしいことです」（ヴエルシュレガー 1995 : 21）。キャロルは『シルビーとブルーノ』のイラストを描いたハリー・ファーニスのシルビー像を評価し次のように述べる。「シルビーに白い服を着せるという君の考えには心打たれた。いいかえると、僕もそっくり同じような考えをいだいていた。僕は彼女が清純さを体現した存在であってほしいと願っている」（ヒンデ 1991 : 140）。このシルビーの白い服に象徴されるキャロルの理想化され幻想化されたかわいらしく、優しい清純な少女イメージは、アリスの好奇心や活発さ、強靭さ、知性、そして、ときとして見せる、手厳しい率直さや思いやりのなさとは、まったく乖離している。

では、この時期、キャロルはヴィクトリア時代の典型的な男性とおなじように、シルビーのような「清純さ」と「無垢さ」だけを、女の子に期待していたのだろうか。もちろん、答えはノーである。この時期にいたってもキャロルは、女性を抑制する社会通念や因習を憎んでいた。たとえば、ファーニスに対して、女性の身体を矯正する「クリノリン・ファッションは嫌いだ」とか、「シルビーにハイヒールをはかさないでください」（ヒンデ 1991 : 140）などと、手紙で要請している。いいかえれば、骨や鋼で膨らませたクリノリン・ファッションやハイヒールは、不健康なだけではなく、若い女性の行動や自由、活発さを抑圧する象徴でもあり、キャロルが嫌悪する理由もそこにあった。また、レノンによれば、子ども友だちであり生涯交流の続いた女優のアイザ・ボーマン（Isa Bowman）がキャロルに自分の婚約を告げたとき、「彼はとても動揺していた」（レノン 1972 : 150-1）という。しかし、キャロルの動揺は単なる個人的感情だけではなく、むしろ、ヴィクトリア社会の結婚制度への嫌悪と読みかえられる。溌剌としていた子どもが大人になると、自立心やきらめくような好奇心を失い、やがて結婚という安全なかごのなかで隷属的な地位に甘んじる。たとえ、アイザ・ボーマンのような自立したプロの女優であっても、その例外ではないという、失望であろう。

ルイス・キャロルは、後年、女子教育に熱心にかかわった。学校やオックスフォードの女子カレッジで女子教育を行い、晩年の一八九六年三月には、将来的なヴィジョンを含んだ女子大学設立認可申請の必要性を強調したエッセイ「女子寮生について」(“Resident Women-Students”)を書く。そこには、女子教育の未来にかけるキャロルの夢と希望が熱く語られている。

こうした大学そのものが、すぐに、多くの若い女子学生を魅了することだろう。そう時間のかからないうちに、カレッジが設立され、そして、私たちは、二〇年、いや、一〇年で、数の上だけではなく、学識においても、現在のオックスフォード大学に匹敵する「新しいオックスフォード」の姿を確実に目にすることでありましょう。おそらく、当初は、既存の大学から教員を援助する必要があるだろうが、まもなく、必要なことであるが、人材はすべて新しいオックスフォード大学内部で養成されるようになり、旧来の大学が輩出してきたよりも優れた女性の講師や女性の教授が生まれることだろう。(傍点筆者、キャロル 1989: 1070)

一・二　アリス

アリスとは

アリスとはいったい何者なのか？　これは重要な問いかけである。にもかかわらず、的確に答えるのは難しい。

アリス・リデルなのか、それともルイス・キャロル自身か、あるいは読者の子どもたちなのか、それとも、そのすべてを内包している存在なのだろうか。拙論「キャロルの内と外なるアリス」（一九九〇年）で、主人公アリスが不思議の国と鏡の国を通じてどのような成長をとげたのか、その過程を作者キャロルと対比させて論じた。アリスが、「キャロルの内なる存在」（ガッテニョ 1977：257）として出発しながら、その後の鏡の国における冒険を通じて、キャロルを越えた外なる存在となった、その変化の過程を追った。本書では、両作品における主人公アリスと作者キャロル、さらにそのモデルとなった実在のアリス・リデルという、三者の関係性から、作品『アリス』について考えてみたい。

アリス・リデルはかつて、キャロルにとってミューズであり理想であり夢であった。それは『ステージ上のアリス』のなかでの彼の回想からもうかがえる。「君は育ての親の目にはどのように映るのだろうか、夢のようにすばらしいアリス？　君をどのように心に描けばいいのだろうか？　このうえもなく愛にみち、愛らしく高貴で、誰に対しても思いやりにみち礼儀正しい、そして信じる心を失わず、夢見る者だけにしかわからない心からの信頼を抱き、このうえもなく狂気じみた不可能なことも受け入れようとする。そして、好奇心に、燃えるような好奇心に燃える」（傍点筆者）。キャロルが『不思議の国のアリス』の物語をリデル家の三姉妹に語って聞かせたとき、主人公アリスは限りなくアリス・リデルに近かった。いや、アリス・リデルが「アリス」その人であったといったほうが正しいかもしれない。

アリスの性格はさまざまな解釈を誘う。ニーナ・アウエルバッハは、「ヴィクトリア時代の文学作品においては小さな女の子は……成長することはない」（1987：43）が、アリスは、前例のない成長するヒロインであると論じる。一方、ジュディス・ブルーミングデールは、「［アリス］像は不思議の国および鏡の国という作品において、イノセンスから経験へ、無意識から意識へと移行する積極的なアニマ的役割を果たしている」（1974：379）

と、異なる解釈をする。フローレンス・ベッカー・レノンは、第一作『不思議の国』ではアリスはチャールズ・ドジソンであったが、二冊目の『鏡の国』ではドジソンと新しい子ども友だちのアリス・レイクス（Alice Raikes）が混在していると考え、[5] 他方、ロナルド・ラッキンは物語のなかでのアリスの役割を「読者の代理人」（1974: 453）と解釈する。さらに、ガッテニョは、「キャロル、アリス・リデル、アリスという三角関係のなかで、そのうちのだれかひとりを特定するのは現実的ではない」（1977: 27）と、評する。

いわば、物語の主人公アリスは、現実のアリス・リデルというよりもルイス・キャロルの目を通してみたアリス・リデル、つまり、キャロルの理想の女の子であり、キャロル自身でもあり、さらに、読者、ある意味すべての子どもの読者等の、さまざまな要素を内包していたといえよう。さらに、テキストに挿入されたナレーションの影響もある。アリスの性格や彼女と作者キャロルとの関係が暗示されたナレーションによって、アリスの実在感がより鮮やかに浮かびあがる。

キャロルの内なるアリス（アリスの変化とメタモルフォーシス）

『アリスの地下の冒険』でルイス・キャロルが描き、さらに、『不思議の国のアリス』でジョン・テニエルが描いた主人公アリスのイラストは、実在のアリス・リデルのイメージとは程遠い。アリス・リデルは黒髪でボブ、美しく、神秘的で、すこしエキセントリックな印象がある。一方、キャロルが描いた『地下の冒険』では、アリスの髪は長くウェーブがかかり、ほとんど心をどこかに置き忘れたようなうつろで悲しげなラファエル前派風な表情を漂わせる。『不思議の国』と『鏡の国』でテニエルが表象したアリスは、長く波打つ髪に凛とした表情を浮かべている。キャロルもテニエルも、意識的に実在のアリス・リデルとは似ても似つかない、まったく別の独自なアリス・キャラクターを創作しようと努めていたかのようだ。

『不思議の国』のアリスの性格には、キャロル自身の性格が幾重にも投影されている。アリスの好奇心、驚嘆、ユーモアは、明るく溌剌とした若い女の子にも見られる要素でもあるが、また、キャロル自身の性格でもあった。もちろん、彼ははるかに幅広い知識をもっていたが、ある意味、子どもっぽい要素もあった。

『不思議の国』の物語の基盤はノンセンス。キャロルは、そのノンセンスをつぎつぎと駆使し、子どもの日常生活をコントロールし抑圧してきた道徳をパロディ化した。ストーリーのなかでパロディ化された教訓や道徳は、たとえばアイザック・ワッツ（一六七四―一七四八年）の「忙しいミツバチさんが」（"How doth the busy bee"）等の詩にみられる。キャロルはこの教訓詩をノンセンス詩「小さなワニさんが」（"How doth the little crocodile"）へと変貌させ、子どもを教訓から解放する。

キャロルは、一八六四年六月一〇日、トム・テーラーにあてた手紙のなかで、『不思議の国のアリス』の構想にふれ、「君の『教訓』にもかかわらず、僕は何かセンセーショナルなものが欲しいのだ」（コーエン 1979: 65）と、述べる。というのも、彼はノンセンス、あるいは「何かセンセーショナルなもの」を歓迎し楽しまない子どもはいないと確信していたからである。しかし、ヴィクトリア時代、ノンセンス詩や挿絵で独自の境地を確立したエドワード・リアをのぞけば、成功したノンセンス作品はほとんどなかった。こうした文学的背景のなかで、キャロルは作品全体をノンセンスで構築するという前例のない試みを、イマジネーションと創作力だけを頼りとして創成したのである。完成した『アリス』は、現在では普通ではあるが、当時としては画期的な、子どもの目線に立った児童書であった。

ヒゴネットは、この時代、絵画に描かれた一般的な子どものイメージを五種類に分類する。「小さな大人、母親の腕に抱かれた赤ちゃん、翼のある子ども、動物と子ども、そしておしゃれをした子」（1998: 36）である。いずれも、ヴィクトリア朝らしいイメージだが、アリスとはまったくイメージが異なる。おそらく、キャロル自身があまりにもアリスと一体化してしまったために、大人がいだく類型的な子どものイメージではなく、子どもの現実をそのままアリスに仮託したのであろう。

そういう意味において、『不思議の国のアリス』は正真正銘子どもの想像力から生まれた物語なのである。[6] アリスの冒険は好奇心からはじまった。アリスは、白兎がチョッキから懐中時計を出して、「たいへん！ たいへん！ 遅れてしまう！」と独り言を言うのを聞き、チョッキを着て言葉を話す白兎を不思議とも思わずに、ただ好奇心に燃え、その後を追いかけウサギの穴に入る。アリスは物語の冒頭から、目的もなくただ好奇心だけで白兎を追いかけていく。後先も周りの状況も考えずに、自分の興味のままに行動するアリスは、まぎれもない子どもである。一方、続編、『鏡の国のアリス』では、成長が見られ、彼女は鏡の国の家についての自分の考えを確認するという目的をいだき、鏡の後ろの世界に行きたいと願う。『不思議の国』では、アリスは好奇心や興味に駆られて行動し、目的はつぎつぎと移り変わる。美しい庭へ行きたいという興味は、子犬や芋虫、ハトなど、つぎつぎと現われる他の不思議な出来事へとむけられる。にもかかわらず、アリスの希望や夢は、「事実、不可能なことはほとんどないと」思えるほど叶ってしまう。ウサギの穴に落ちてもまったく怪我はない。大きさをかえる魔法の品（ビンや、扇、小さなケーキやキノコのかけら）は必要なときには、すぐに目の前に現れる。それは、この物語が子どもの夢であり、アリス自身が不思議に心を開き、大人の「常識」から解放されていたからであろう。

キャロルの外なるアリス

作家キャロルとアリスの関係は、『不思議の国』では、一体化し緊密化していた。そのため、二人のあいだにある年齢や世代の違いなどはまったく問題ではなかった。『不思議の国』では、アリスの年齢はまったく問題にならず、「おまえはだれだ」（48）あるいは「どのくらいの大きさになりたいのだ」（52）と、唐突かつぶしつけな質問をしたイモムシでさえ、『鏡の国のアリス』のハンプティ・ダンプティのように、「おまえは何歳だ」と、直截にたずねることはなかった。

物語のナレーターというのは、第三者的客観的な機能をもち、主人公に主観的な共感をいだこうとする読者に、客観的批評的視点を提供する。二冊の『アリス』のナレーターは、主人公アリスをよく知る実在の著者チャールズ・ドジソンの性格を併せもつが、反面、このナレーション自体が、キャロルとの関係からアリスを解き放ち、主人公を自由に叙述する手段でもあった。

小説や物語では、ふつう著者とナレーターを区別するが、こと二冊の『アリス』、とりわけ、『不思議の国のアリス』では、キャロル自身がナレーターと緊密に一体化している。さらに、作家でありナレーターでもあるキャロルと主人公アリスが、酷似し重複しているために、児童文学作品のなかで描かれた子どもの主人公としては例外的なほど複雑な性格となっている。アリスはミドル・クラスの躾のいい礼儀正しい女の子であり、ときにはスノッブと間違えられるほどである。たとえば、「空中を落ちながら」(17) 西洋風な会釈をし、ビンに「有毒と書いてあるかどうか」(19) をチェックするほど用心深い。また、大きくなりすぎて庭園に入れなくなったときに、「あなたみたいな大きな子がこんなに泣くなんて自分を恥じるべきよ。泣くのはやめなさい」(24) と、自分を叱咤激励するほどに、勇敢で自己抑制がきく。この過度な自己抑制はキャロルにも見られた。彼が若いころに書いた詩「掟と規則」や「孤独」などには、彼が子どもの頃からいだいてきた脅迫的な自己抑制が認められるのである。

アリスは不思議の国の奇妙な状況や不合理な（あるいは狂気じみた合理性をもつ）キャラクターとの会話のなかで、つねに自己弁明や自己正当化を試みる。アウエルバッハは、こうしたアリスを評して、大人のようなキャラクターと比較しても、「アリスはしばしば本当の大人のようにみえる」（アウエルバッハ 1973: 94）と評する。

反面、アリスには、子ども特有の特性も見られる。たとえば、彼女は予測不能な状況のなかでも、驚くほど平静冷静であり、また、他人の気持ちを推し測る柔軟性がないために、不思議の国の動物たちとコミニケーションを図ることができない。それは、子ども特有の狭い一面的な価値判断に起因する。たとえば、第三章の「コーカスレースと長い話」では、ネズミや鳥などまわりの気持ちを汲むこともなく、彼らが恐れるペットの猫や犬の話をする。ねずみは怒り、集まった動物たちはおびえて、結局、アリスひとりが取り残される。ひとりぼっちになったアリスは、悪びれずに「ここでは誰もがダイナを嫌いみたい。世界で一番の猫なのに」と自分の思いやりのない言葉を反省することもない。

しかし、アリスを自己中心的で思いやりに欠けた性格と決めつけることはできないだろう。アリスにはやさしく親切な面と、きつく思いやりにかける面があり、彼女の性格はきわめて複雑だ。たとえば、公爵夫人の不快なほどとがったあごが自分の肩にあたっていても文句ひとつ言わないかと思うと、赤ん坊をあやす上手な方法はきわめて残酷で「結び目のようになるほど赤ん坊の身体をひねって、元に戻らないように、右の耳と左の足をしっかりとつかむ」(63) ことである。また、子豚に変わってしまった赤ん坊に対して、「もし大きくなったら、とてつもなく醜い子どもになったでしょう。でもブタにしてはどちらかというとかわいいと思うわ」(64) と、率直かつ思いやりのない言葉を口にする。

アリスは、天真爛漫で融通のきかない発想で、大人が仕掛けた論理の罠をやすやすと滑りぬける能力を備えているかのようにみえる。次に取り上げるチェシャ猫とアリスのあいだで交わされる、「マッド」をめぐる丁々発止の論戦を英語で引用し、アリスの論理の醍醐味を味わってみたい。

“To begin with,” said the Cat, “a dog’s not mad. You grant that ?” “I suppose so,” said Alice. “Well, then,” the Cat went on, "you see a dog growls when it's angry, and wags its tail when it's pleased. Now I growl when I'm pleased, and wag my tail when I'm angry. Therefore I'm mad." "I call it purring, not growling," said Alice. (64)

アリスは、「のどをごろごろ鳴らす」("purring") と「うなる」("growling") を同一化することによって、自分の論理の正しさを実証しようとするチェシャ猫の「推論の根拠」の矛盾を突き、そのマッドな論理をことごとく粉砕する。この卓越した手法は、まさにキャロルの得意分野であり、読者はそこに、期せずして、主人公アリスの背後にいる論理学者キャロルの影を見ることとなる。

『不思議の国』では、アリスの身体が極端に伸び縮みするが、それは、子ども時代に子どもたちが経験する「アイデンティティの危機」へのメタファーとも考えられる。アリスはイモムシに、自分のアイデンティティの危機を訴える。「私――私、ほとんどわからないの。今はね――少なくとも、今朝、起きたときは自分が誰かはわかっていたのだけど、その時から何度も変わってしまったに違いないと思うの」(48)。しかし、アリスはこうしたアイデンティティ・クライシスを経験しながらも、物語の最後には、その危機を乗り超え、現実世界に無事に帰還する。アリスは、不思議の世界という夢のフィクション世界を通じて、最後には、物事に冷静に対処できる「賢い子ども」として新たな自信をえる。裁判の場面では、「首を切れ」と叫ぶ強権的なハートの女王に対して、「だれがあなたたちなんか気にするというの?」と女王の権威に疑問を呈し、さらに、「ただのトランプにすぎないじゃないの」と、トランプの紙切れという存在を白日の下にさらす。

このアリスの叫びは、おそらく単なる不思議の国のトランプだけではなく、現実の大人社会にも向けられている。ブルーミングデールは、キャロルがノンセンスを使い攻撃したのは、「排他的な家父長制という秩序に蔓延する果てしない道徳という風土病」であり、「不思議の国と鏡の国の登場人物とアリスの出会いに象徴されている社会秩序である」(1971:380) と指摘している。しかし、『不思議の国』においては、こうしたキャロルのメッセージはユーモアや笑いという子どもの好きなスウィート・キャンディによって緩和されているのに対し、『鏡の国』では、現実のアリスとの関係が疎遠になっていたという状況からか、たびたびメランコリーで性急な説教調になる。

パトリシア・メイヤー・スパックスは、著書『思春期　若者の神秘と大人の想像力』(*The Adolescent Idea: Myths of Youth and the Adult Imagination*) で、「思春期は個人の性的な能力が十分成長しながらも、いまだ社会的には成人としての役割を期待されていない時期と考えられる」(1981:7) と、思春期を定義する。ラッキンは、「『鏡の国のアリス』では、アリスはいまだ成長段階にはいないが、成長期初期の重要な現象がすでにはっきりと夢として反映されている」(1991:71) と、論じる。アリスは『不思議の国』では子どもであったが、この続編『鏡の国』ではもっと大人びたた行動や配慮を欠かさない。いいかえれば、続編ではアリスは、性的な成熟が今まさにはじまる、あるいはその寸前の子ども時代と思春期のあいだを浮遊しているかのようだ。

キャロルが『鏡の国』を執筆しはじめたときアリス・リデルは一二歳、出版したときはすでに一六歳であった。この時期、現実のアリスは、すでに思春期の扉をたたき、大人の女性としての第一歩を歩みはじめていた。事実、キャロルとアリス・リデルのあいだに接点はなかった。以前のような頻繁な交流がないだけではない。身近で見かける機会もほとんどなかった。『鏡の国』のアリスに成熟と無垢という両方の要素が混ざり合うのは、キャロルがアリスとの接点を失っただけではなく、彼自身が思春期よりも子ども時代を好んでいたからであろう。実際、この続編では、成熟さ以上に、キャロルの世界観や、親密だった若かりし日のアリス・リデルとの思い出から浮かび上がるアリスの無垢さ、キャロル自身の感情の投影が目立つ。とりわけ、次の巻頭詩には、追憶と悲しみのイメージが満ちている。高橋康也の日本語訳と英文を併記してみよう。

曇りなき眉を澄ませ
驚きに目を見開いた子よ
時は速く流れ　私と君の間には
半生の齢の差がひらいている
でも君は微笑んで受けてくれるね
お伽話という愛の贈物を

君の輝く顔を見なくなって
君の銀の笑い声を聞かなくなって久しい
これから君が生きてゆく若い人生に
私を思ってくれるいとまはあるまい
よいのだ　いまこの私のお伽話に
君が耳を傾けてくれるならば
(高橋康也訳 1-12)

Child of the pure unclouded brow
　And dreaming eyes of wonder!
Though time be fleet, and I and thou
　Are half a life asunder,

Thy loving smile will surely hail
The love-gift of a fairy-tale.

I have not seen thy sunny face,
  Nor heard thy silver laughter:
No thought of me shall find a place
  In thy young life's hereafter—
Enough that now thou wilt not fail
To listen to my fairy-tale.　　(1-12)

「曇りなき眉を澄ませ／驚きに目を見開いた子」（"Child of the pure unclouded brow / And the deaming eyes of wonder"）であるアリスとのあいだに、「半生も齢の差がひらいている」（"Are half a life asunder"）。「でも君は微笑んで受けてくれるね／お伽話という愛の贈物を」（"Thy loving smile will surely hail / The love-gift of fairy-tale"）と、呼びかけずにはいられないキャロルの素直な思いが、胸に迫る。しかし、現実は、アリスの「輝く顔を見なくなって／君の銀の笑い声を聞かなくなって久しい」（"I have not seen thy sunny face, / Nor heard thy silver laughter"）。若い、未来をみつめるアリスに、「よいのだ　いまこの私のお伽話に／君が耳を傾けてくれるならば」（"Enough that now thou wilt not fail / To listen to my fairy-tale"）と、はかない願いを伝えるしかすべがないキャロルである。

『不思議の国』と『鏡の国』では、物語の起源がまったく異なっていた。第一作は、キャロルがリデル三姉妹と親しく交流をしていた頃に、子どもたちからせがまれて、直接、三人をイメージして話した物語であった。一方、続編では、両者の距離は隔たり、思い出やノスタルジー的な雰囲気が漂う。彼は、はるかに隔たったところから、今でも自分を信頼し、少しでも自分の話に耳を傾けてほしいと願いながら、すでにアリスの心が離れていってしまっているのではないかとの恐れをいだきつつ、アリスたち読者に語りかける。アリスがはるかかなたに去り、その思い出がかすかになればなるほど、記憶のなかの彼女はより美しく理想化され、同時に、画一的なイメージに堕していく。

アン・クラークはこの時期（一八六五―一八六九年）のアリス・リデルを、次のように描写する。

この頃アリスが彼〔キャロル〕をみかけることはほとんどなかった。彼女はいまや十代にはいり、急速に大人になりはじめていた。思春期のやや難しい段階になり、とても美しい娘となっていた。彼女の容姿は並外れて美しかった。その人を射抜くような妖精のような魅力は時がたっても変わらなかった。愁いに沈んだまなざしも、額にそってまっすぐ切りそろえられた前髪も昔のままであった。（1981: 110-111）

『不思議の国』では明記されなかったアリスの年齢が、『鏡の国』では七歳六ヵ月と明かされる。この年齢を、ハンプティ・ダンプティは、「居心地のよくない年齢だ。もし、私にアドバイスを求めていたら、『七歳でやめておけ』といったのに――しかし、もう遅すぎる」（"An uncomfortable sort of age. Now if you'd asked my advice, I'd have said 'Leave off at seven'—but it's too late now" 194）と、一刀両断に決めつける。この横柄とも思える言葉に、アリスが子どものままでいてくれればと願う著者キャロルの苛立ち、悲しみ、あきらめが投影されている。キャロルは、ハンプティ・ダンプティというペルソナを使いながら、アリスに自分の気持ちを訴えるが、ふたりが交わす会話はまったくちぐはぐで折り合わない。

「年をとることについてアドバイスなんか求めないわ」アリスは憤然としていった。「高慢すぎるじゃないか？」ともう一方がいった。

アリスはこう言われてもっと腹を立てる。

「私がいいたいのは」といった。「人は年をとらずにはいられないってことよ。」（"that one can't help growing older."）

「ひとりでは、たぶん、できない」（"*One* can't, perhaps"）と、ハンプティ・ダンプティはいった。「でも、ふたりだったらできる。適切な助けがあれば、七歳でやめることができるのだ。」（"but *two* can. With proper assistance, you might have left off at seven."）（194-195）

アリスが意味した「人」をあらわす "one" を、ハンプティ・ダンプティは「ひとり」と解釈し、ふたり一緒に七歳で成長をやめることができたのにというハンプティ・ダンプティの呼びかけに、アリスは答えることなく、話題を変える。彼女の話題の変更は婉曲的な拒否を意味し、さらに、ずんぐりした身体につけたネクタイを「きれいなベルトね」とコメントし、二重の怒りをかうこととなる。

先に述べたように、アリスの『鏡の国』での旅は、『不思議の国』以上に、確かな目的に裏打ちされている。不思議の国ではウサギを追いかけ、たまたま穴に落ちたのに対して、鏡の国では、鏡世界に入っていきたいという強い自覚と意図をもっていた。アリスは、「ああ、キティ！　もし鏡の国の家に入っていけたらどんなにすばらしいかしら」（134）と、その願いを口にする。鏡の国では、不思議な事柄に出会っても、途方にくれることなく、自分がしなければならないことや目的を冷静に実行しようとする。アリスは鏡の国に入るとすぐに、ジャバーウォッキーのちんぷんかんぷんな詩を目にしても、あまり長くこだわることなく、元の目的を思い出す。「もし急がなかったら、この家の他のところがどんなのか見る前に、鏡を通り抜けてもとのところに帰らないといけなくなってしまうわ！」（142）と、時間を有効に使おうとする。さらに、鏡の国の世界を見渡し、巨大なチェスのようだと感じ、赤の女王に「ああ、なんて愉快なんでしょう！　チェスのこまのひとつになりたいわ！　もし入れてくれるなら歩でもかまわないわ――もちろん、女王に一番なりたいけど」（150）と願ったとおり、アリスはチェスの歩から女王へと昇進するその動きに沿って、物語が進行する。

前作と異なり、『鏡の国』ではアリスとキャロルの共通項はほとんどない。ハンプティ・ダンプティや白の騎士のようなキャロルのペルソナと見なされる登場人物からのアドバイスを、アリスが歓迎したり感謝したりする様子はあまりうかがえない。『鏡の国』では、著者とナレーターの関係は、不思議の国ほど一体化していないために、キャロルはアリスとの関係にこだわりなく、作品を創作することができた。アリスのキャラクターや行動、言葉なども自由に創作し、また、自分の真摯な気持ちを作品のなかで吐露することもできた。

『鏡の国』では、『不思議の国』ほど、アリスの身体が大きく変化することはなかった。かわりに、アリスの周囲のあらゆるものが移り変わり変貌していく。その様子をみたアリスは、第五章「羊毛と水」の章で「ここではいろんなものが流れていくのね！」（185）と、感嘆の声を上げる。『鏡の国』のアリスは、身体的な変化のかわりに、精神的な成長を遂げ、その経験が「メタモルフォーシス」の旅と呼ばれうるほどに、多くのことを学ぶ。『不思議の国』では、アリスのさまざまな性格、たとえば、好奇心、合理性、論理性、勇気、半ば無意識なスノッブさ、正直すぎるほどの率直さ、明るさ、やさしさ、そして何にもまして強い自意識と不屈の精神が見られた。しかし、こうした個々の要素が統合されひとつの人格を形成することなく、それぞれの要素がアリスのなかで粒子のようにばらばらに点在しているかのようであった。しかし、『鏡の国』では、アリスは自立した人格をもったひとりの人物として描写されている。また、他の登場人物とのコミュニケーションなどももっと円滑である。たとえば、アリスは小鹿と親密になり、トウィードル・ダムとトウィードル・ディの仲介をし、ライオンとユニコーンにケーキをすすめ、白の騎士を見送る前に彼の長い退屈なワーズワースのパロディに、辛抱強く耳を傾ける。この白の騎士とアリスの関係を見ると、アリスが大人で、騎士が子どものようにも思われる。いいかえれば、この鏡の国でアリスは七歳六ヵ月になったが、年齢的な成長だけではなく、精神的にも成長していることがわかり、すでに、歩から女王になる準備ができているかのようだ。

アリスの成長は、キャロルとイメージが重なる白の騎士やハンプティ・ダンプティとの関わりからも明らかである。アリスとの論争がヒートアップした後、ハンプティ・ダンプティは憤然として「ジャバーウォッキー」の詩の解釈をはじめる。彼はへ理屈、「僕がある言葉を使うと、僕が意味しようとした意味になるんだ――それ以上でもそれ以下でもない」、「問題はどちらが主人になるか――それだけなんだ」(296)と言い放ち、アリスを困惑させる。

しかし、マーティン・ガードナーは、そこにペルソナであるキャロルの存在を示唆する。「ルイス・キャロルはハンプティ・ダンプティの意味論にかかわるウィットに富んだ議論の深さは十分理解していた」(1965: 268)と。いいかえれば、ハンプティ・ダンプティの論理的かつ機知に富んだ話し方は、キャロル自身のカリカチャーとも考えられ、彼の苛立ちや怒りは、アリスとのあいだに存在する深い亀裂、アリスの成長にともなって二人のあいだに広がっていった深淵を、自らが自覚していた気持の現われとも考えられる。ハンプティ・ダンプティとの別れ際に生じた幾分不自然で不愉快な雰囲気は、キャロルとアリス・リデルのあいだに横たわる緊張と亀裂を反映していると考えられる。ハンプティ・ダンプティのアリスへの言葉、「たとえもう一度あっても、君のことはわからないだろう」(202)や「君の顔はみんなと同じだ」(202)という言葉は、すでに画一的な大人社会の一員となってしまったアリスに対する、キャロルの幻滅のパロディのようにも聞こえ、反面、アリスが別れた後に耳にした森の端から端まで響くような大きな衝撃音は、マザーグースの歌で暗示された卵の割れる音と、二人の関係が永遠に壊れてしまったことに対するペルソナ・キャロルの苦痛をパロディ化したようにも響く。

アリスとキャロルあるいは彼のペルソナと考えられる登場人物とのあいだでかわされる議論は、次章「それは拙者の発明だ」の白の騎士とのあいだでも続いていく。マーティン・ガードナーが指摘するように（2000：236）、白の騎士をキャロルのもうひとつのカリカチュアと考える研究者は多い。さらに、騎士は女王になるアリスを助ける別の役割をも担っている。白の騎士は自らの駒の目的が、『鏡の国』と現実世界の両方でアリスが女王になる補助であると十分に自覚していた。いいかえれば、アリスはすでに思春期に近い年齢である。もはや、ふたりが親密であったあの幸せな日々はすでに遠くに去り、キャロルは完全な別離の予感におびえる。アリスと白の騎士が互いの行動に対して示す対照的な修飾語句には、それぞれの気持ちが象徴的に表現されている。アリスを修飾する言葉は、「好奇心をいだき」「優しい」「微笑んで」「小さくキャッキャッと笑って」「快活に」「丁寧に」など、明るく前向きである。反面、白の騎士には、「やや苛立って」「不機嫌な調子で」「驚いて」「とても勇敢に」「謹厳な」「深刻そうに」「思案ありげに」「疑い深げに」など、否定的で自己肯定的な言葉が羅列される。

白の騎士の発明は、本人が自慢するような品ではなく、まったく無用の長物であり、ジョナサン・スウィフトの『ガリヴァー旅行記』第三渡航記のラガード学士院で行われていた不毛で愚かな実験や発明を髣髴させる。たとえば、雨水とサンドイッチを入れないようにするサンドイッチボックスや、馬の背中にいるネズミを捕らえる罠などとても実用に耐えない。それは、数学や論理学という抽象的で非実用的なキャロルの専門を、象徴し揶揄しているとも考えられる。これらの自虐的な発明品から、アリスや子どもの読者が自分をどう考えるのか、たとえ、今はそうでなくても、近い将来、自分を軽んじ軽蔑するのではないだろうか、というキャロルの不安や猜疑心が透けてみえる。当然のことながら、アリスは、ハンプティ・ダンプティのなぞなぞ以上に、白の騎士の発明品に対して、厳しい批判的な質問を投げかける。たとえば、「髪の毛が抜け落ちないようにする」白の騎士の妙案は、髪の毛に添え木を添えて上向きにしておくことである。それを聞いたアリスは「あまり居心地のいいプランのようにはみえないわ」と直截な言葉で不備をつく。

このアリスの言葉は、直接的には白の騎士に向けられている。にもかかわらず、そのペルソナである著者キャロルにむけて、今は会えなくなって久しい実在のアリス・リデルが指弾しているように感じずにはいられない。いいかえれば、白の騎士の発明が役に立たないのは、著者キャロルが、言葉遊びや論理学のような非実用的なものに、不毛な興味をいだいているからではないのかという問いかけが、あたかも自分に向けられているかのように感じずにはいられないキャロルの気持ちが見え隠れして痛々しい。いうまでもなく、アリスの指摘は正しい。しかし、アリスに愛情をいだき、彼女にほめてもらいたい一心の白の騎士にとっては、心に刺さる言葉である。彼はアリスの賞賛を、いや、少なくともお世辞を求め、さらに、空しく、他の発明品を自慢せずにいられない。しかし、「拙者は物を発明するのに長けているのだ」と自分の発明品を自慢しながらも、その欠点を一番よく認識していたのは騎士自身であった。アリスの答えはきわめて合理的かつ的確であり、白の騎士は悲しげでいらだたしげな様子を見せながらも、彼女の正しさを認めざるをえない。

おそらく、不思議の国のアリスであれば、子どもにしては強かな現実感覚をもっていたとしても、無用なものに対して、少なくとも好奇心を示し、こんな一刀打尽の判断を下すことはなかったであろう。しかし、鏡の国のアリスは、大人びた客観的な指摘をするだけではなく、また、思いやりに満ちた励ましの言葉をおくる。白の騎士は、騎士の威厳などほとんど見られなかったものの最初はアリスを救助するために登場した。しかし、別離のときは立場が逆転し、アリスは大人のように、子どもっぽい騎士にやさしい心遣いを示す。この最後のシーンは、キャロルとアリス（アリス・リデル）の決別と二人の未来を象徴的に予兆しているかのようである。

「そう長くはかからない。拙者が道の曲がり角にいくまで、待ってハンカチを振ってくれ。それで、勇気づけられるのだから。わかるだろう」

「もちろん、待っているわ。」とアリスはいいました。「そして、こんなに遠くまで来ていただきありがとうございました——そして、歌も——とてもよかったわ。」「そうだったらいいのだが。」と、騎士は疑い深そうにいったのです。「しかし、お前は拙者が思ったほどは泣かなかったな。」（傍点筆者、228）

『不思議の国』でも『鏡の国』でも、アリスにはアンビヴァレントで曖昧な要素があった。しかし、鏡の国のアリスの不安定さは、七歳六ヵ月よりもう少し年上、ハンプティ・ダンプティが「居心地のよくない年齢」（194）と断言した、思春期前のアンビヴァレントな年齢の特徴のように思われる。アリスは、穏やかさと不安、涙と快活、そして、不安と勇気のあいだで、揺れ動く。『不思議の国』のような四角四面の論理性合理性を持ちあわせながらも、『鏡の国』では他者への配慮を欠かさない。不親切でありながらもやさしく、ロマンチックで感受性豊かでありながらも現実的合理的な方向へと、つねに揺れ動く。礼儀正しく、ときには、気位の高い未来の淑女であり、同時に、最終のディナーパーティで、あまりの不合理さに直面し、赤と白の女王に対し、「もうこんなことに耐えられない」（244）と叫び、突如、テーブルクロスをつかみ、このばかげた饗宴を終わらせる。いいかえれば、彼女はヴィクトリア時代のアッパー・ミドル・クラスに属しながらも、必要な場合には、女王の権威に対しても、敢然と疑義を呈し現実的な対処をする。

高橋康也は、『ノンセンス大全』のなかで、「考えてみると、ルイス・キャロルがとりわけこの人物［ハンプティ・ダンプティ」に魅せられ、彼を『アリス』中最重要の人物に仕立て上げたということは、キャロルのノンセンスの質にとって象徴的である。二つの中心をもったその形状と名前、そしてその危うさ――キャロルはそこにみずからの二重人格的・分裂病的性格の危うい平衡を見たのではないか」(1977:49-50)と、論じる。この危うさアンビヴァレンスは、思春期の特徴でもあり、現代ではいささか古い批評となっているがジャン・ガッテニョが「自分の性的な生活を完全に閉め出し、成人レベルでの問題解決を示すことができない」(1977:255)とキャロルを評した、心理学的な発展段階の特徴でもある。

一方、アリスに見るアンビヴァレンスは過度期的な現象といえる。アリスは『鏡の国』での旅を通じて、子ども時代に別れを告げ、思春期もまた一過性の期間だと暗示しながらも、その移ろいやすい思春期に足を踏み入れていく。思春期では、成人期への期待と不安が共存し、成長にともない、やがて期待が不安や恐れをやわらげる。エリック・ラブキン(Eric S. Rabkin)は『幻想と文学』のなかで、「われわれが住む世界の規則を幻想的に逆転させ、別の秩序ある世界を示すことにより、成熟という涙は満たされ象徴的に癒される」(1976:59)と評するが、アリスにとっての逆転の世界である鏡の国における旅は、大人へ向かう経験の旅でもあった。

女性の登場人物

二つの『アリス』物語のなかでアリスが出会う女性の登場人物は、対照的である。ハートの女王と赤の女王は、権力、暴力、激怒を、一方の公爵夫人、白の女王と羊は、愛と優しさ、思いやり、賢明さを、表象している。白の女王の両方に動く記憶についてラッキンは次のように述べる。

ドジソン自身の記憶はしばしば両方向に動いたようであった。同時に、彼はしばしば近づきつつある死と、彼が愛してやまない「ピュアーな」年若い女の子たちが、悲しいことに、避けがたく成熟していくことに思いをはせ、目の前に横たわるであろう現実を鋭く洞察していたゆえに、自分の過去を詳細に記録し続け、絶望的なほどその時間を取り戻そうとしたのである。(ラッキン 1991:72)

しかし、白の女王のアリスへの対応や態度には、ラッキンが指摘した以上のもっと積極的なキャロルの意図が隠されていたと理解できる。たとえば、白の女王が泣いているアリスを励ます場面を例にとってみよう。

「お前がどんなに立派な女の子か考えなさい。今日、どんなに長い道を来たか考えてごらん。今何時か考えてごらん。なんでもいいから考えてごらん。泣かないでいられるように何でもいいから考えてごらん!」

アリスはこの言葉を聞いて、泣いている最中でしたが、笑わずにいられませんでした。「何かを考えたら、泣かずにいられるの。」

「そんな風にしたらできる。」女王はとても決然といった。「だれも二つのことを同時にすることはできないのだよ。まず、手はじめにお前の年齢を考えてみよう――お前は何歳だい?」(183-184)

マーチン・ガードナーは、何か別のことを考えて、孤独や不幸を乗り越えようとするのはキャロルが自分で実行していたことだと述べている(1970:251)。白の女王もアリスに、「お前の年齢のときには、毎日、半時間いつも[不可能なことを信じる]練習をしていた」(184)と述べ、「不可能なこと」を信じる練習をするように、アドバイスする。ガードナーは「キリスト教のある種の教義の逆説的なあり方を弁護するテルトォリスアヌスのよく引かれる言葉に『不合理ナルガ故ニ我信ズ』というのがある」(高山宏訳 1970:97)と解説し、彼自身が子ども友だちのひとりであるメアリー・マクドナルド（Mary MacDonald）にあてた手紙にも、よく似たアドバイスをしていると述べる。いわば、これは大人の階段をのぼりはじめたアリスたち読者にむけられたキャロルの真摯な忠告なのである。

また、第五章「羊毛と水」で、羊に変身した白の女王は、アリスにノンセンスという衣を身にまとった現実的な人生訓を伝授する。ここでは、すべてのものが変化流動し、アリスが願う珍しいものがいっぱい詰まった棚や香りのよい燈芯草などは、すぐに消えてしまう。たとえば、小さな蟹を見つけ「家に連れて帰りたい」というアリスに、羊は次のようなアドバイスをする。「蟹でも、何でもあるよ、選べるものはいっぱいある。決めればいいんだ。さあ、何を買いたいのだい」（傍線筆者 190）と。つまり、何か欲しいのであれば、ただ望むだけではなく、たくさんの品物の中から選び、買わないといけない。それがこの世界の規則なのだと。

この羊のアドバイスを聞いた、アリスや読者は望みがすぐにかなわず失望するかもしれない。しかし、ここでキャロルが込めたメッセージの意味は深い。つまり、わたくしたち人間の欲望の様態は際限がなく、ひとつの欲望が充足されれば、つぎつぎとさらなる望みや願望をいだくこと、そして、本来、ほとんどの欲望や願いは、満たされることはなく、それゆえにこそ、わたくしたちは事前に最悪の事態を予期し、たとえ満足できなくとも、穏やかな諦観と平静な心で現実を受け入れなければならない。さらに、「クイーン・アリス」の章で、アリスは女王になるために、赤の女王からばかげた質問をうける。しかし、彼女は、「それってまったく答えのないなぞなぞだわ」（234）と、その質問の無意味さを内心理解しながらも、辛抱強く耳を傾ける。この彼女の態度に見る変化は、鏡の国の女王となることの意味、つまり、現実世界で大人になるとはどういうことなのかを示唆している。いいかえれば、人生は子どもが想像するほど、単純でも合理的でもなく、むしろばかげた状況や矛盾、不可思議さに満ちていること、さらにその混沌とした現実を受けいれることこそが女王に、大人になることであるという意味を、アリスは理解したのである。

もうひとつ別のタイプの女性像は、「凶暴さ」や「激情」を体現したハートの女王や赤の女王である。このタイプは、ヴィクトリア時代の家父長社会の枠に子どもを組み入れようとする母親や家庭教師に代表される。キャロルやアリスたちにとって馴染み深いタイプであり、過重な仕事に追われ苛立ちときには威張る家庭教師や看護婦にも見られる。

また、『アリス』のなかでは、こうした赤の女王的な強権的な女性や白の女王的な優しい女性が登場するのに対し、母親をはじめとする、幸せな結婚や家庭生活、幸せそうな子どもなどは登場しない。アリスは一人二役の遊びが好きである。そのアリスが優しい妻や穏やかな母の役を演じることはない。公爵夫人が放り投げた赤ん坊を抱く場面でも、アリスは暴力的で、優しい母親の役割を演じることもなく、アリスが「奇妙なかたちの小さな生き物」だと感じた赤ん坊も、すぐに子豚に変身してしまう。しかし、この態度はアリスだけではなく、著者キャロルにも共通している。赤ん坊を奇妙と形容し子豚にかえてしまうのは、著者自身であり、そこに彼の本心がこめられていると判断できる。一緒に遊んでいた小さい女の子がやがて成長し結婚し、赤ん坊を産み、自分とはまったくかけ離れた世界で生きていく、その結婚や出産を嫌悪するキャロルの気持ちが、投影されていると考えられる。

ヴィクトリア時代、一般的であった「良き妻」あるいは「無垢な女の子」というイメージと、アリスの性格や行動は対照的といえる。アリスはやさしく上品、しかし、おそらく実益性、合理性、知性や自立心があまりにも強すぎるためか、ヴィクトリア朝の未来の淑女が受け入れることのできたおとなしく従順な態度をとることができない。彼女が心から願うのは、白ウサギの後を追い、美しい庭に入り、自らが女王になることであった。そういう意味で、ティム・バートンが二〇一〇年に公開した映画「アリス・イン・ワンダーランド」のなかで一九歳になったアリスがプロポーズを断り、新世界に旅立っていくのは、七歳六ヵ月のアリスの未来にキャロルがかけた願いを、実現したともいえるのである。

一・三　ヴィクトリア時代のアリスたちへ

読者への問いかけ

エリック・ラブキンは、著書『ファンタジーと文学』（*The Fantastic in Literature*）のなかで、自己投影を次のように論じる。

> 自己投影とは、現象世界の存在論に疑問を提起しつつ、自分自身の全体像を「大局的に」とらえることである。……アリスは赤の王様の夢を見たのか、彼が彼女の夢を見たのか分からない。私たちはこの本を読みながら、自分自身を見つめているのだ。自己投影とは私たちが物事を見る基本なのである。（1976：243-244）

『鏡の国』を読みながら、そこにさまざまな自己投影を読み取るのは、大人の読者だけではない。子どもの読者も同じである。ナレーターが最後に読者に向けた問いかけ、アリスが赤の王様の夢を見たのか、それとも、その逆なのか、「どちらが夢を見たのか」という問いかけは、大人の読者、とくに、この哲学的な懐疑論的命題に関心のある大人の興味をひくが、実際には子どもの読者にむけられている。

さらに、この最後の問いかけは、子どもの読者のなかでも、キャロルがとりわけ関心をいだいたヴィクトリア時代の年若い女の子の読者に向けられ、女性のアイデンティティへの抑圧というキャロルの関心に、深く関わっていると考えられる。いいかえれば、子どもたちよ、君たちはどちらの未来を選ぶのか。赤の王様が目覚めたときにアリスが想像したように、すぐに燃え尽き消えてしまうろうそくのような因習的なヴィクトリア時代の妻や母になるのか、それとも、「わたし他の人の夢のなかになんかいたくないわ。……勇気を出して、彼のところに起こしに行くわ、そしてどうなるか見てみるわ」(214) と、叫ぶアリスのような積極的な人生を生きるのか、という問いかけにも聞きとれるのである。端的にいえば、キャロルは読者の女の子たちに、将来、君たちはヴィクトリア社会の因習に従い、自分の自由や個性を失っていくのか、それとも自分自身の人生を生きていくのか、君はどちらを選択するのかと、問いかけている。

アリスの未来

『鏡の国』でアリスは女王になったが、それは主人公アリスの夢であり、将来の理想であった。一方、現実のアリス・リデルは、「この世界で起こっているあらゆることに適度な興味関心」(クラーク 1981 : 131) をいだく知性が十分あったにも関わらず、ナレーターであるキャロルの問いかけに積極的に答えることはなかった。レジナルド・ハーグリーヴズとの結婚以降も、「彼［レジナルド］がアリスと知的なレベルで一致しなかったために、彼女はなにものをもってもかえられないような孤独感におちいった」(クラーク 1981 : 197) と、クラークが述べるように、孤独であった。大きな地所を維持するのが困難となり、キャロルからプレゼントされた『アリスの地下の冒険』の手稿本を、彼の死後、オークションにかける。そのときのアリスの様子が、次のように描写されている。「アリスは、そのイベントと不思議の国の頃の昔の思い出に明らかに影響されている様子であったが、部屋から止めてあった車のところまで友人たちに付き添われていった。『その金額［一万五千四百ポンド］にはとても満足しています』と車が出る前に言った。それは莫大な金額であり、今はどうしていいのかわからなかった」（クラーク 1981：235）。アリスは母であるリデル夫人と同じように、因習的な社会規範のなかで、ヴィクトリア時代の女性として、生を全うした。クラークは、アリスの時代性について次のように語る。「アリスはヴィクトリア中期という時代のしきたりをしっかりと身につけていた。母からの強い影響は今でも残り、母が亡くなってもう何年もたつのに、その影響がアリスの思想や感情のなかで強く生き続けていたのである」（クラーク 1981：239）。

ヴィクトリア時代の子どもたちへのメッセージ

社会史的観点から考えると、キャロルの二つの『アリス』作品には、二つの特徴、つまり、時代に先んじていた点と、時代の制約を受けていた点がある。制約されていた点としては、まず、アリスのメイベルへのスノッブで侮蔑的なコメントからも判断がつくように、労働者階級の子どもたちへの啓蒙的な視点が欠けていた。第二に、ヴィクトリア時代の児童文学においては前例がないほどきわめて知的で理屈っぽいヒロインを創作しながらも、作品のなかで、女性の地位向上に関する、たとえば職業教育などの、なんら明確で具体的なヴィジョンを示すことができなかった点があげられよう。他方、時代に先んじていた点としては、まず、ミドル・クラスの女の子や女性に求められていたヴィクトリア朝の因習や常識をパロディ化し、女性が直面している困難は、母親たちが娘を結婚市場に出し、結婚でよりよい地位をえさせようと躍起になる結婚制度そのものにあると明確化し、第二に、平均的なミドル・クラスの少女よりはるかに知的で賢明な主人公を創作し、知性、論理や一般教養以上の教育の必要性を説いたことにある。

女性の参政権を求めたジョン・スチュアート・ミルとは異なり、現実のキャロルは『鏡の国のアリス』執筆以降、女性解放運動や女性運動にも、積極的な支持を示したわけではなかった。後年、女子の学校と、女性のカレッジで教え、折りにふれて女子教育等にかかわるいくつかのエッセイを書いたことを除けば、現実のキャロルは、女性の未来や現実の問題について、積極的な行動をとるというよりは、むしろ女性としての時代的な苦難の外側にいる子どもの友だちを永遠に求め続けることによって、つまり少女たちの成熟や結婚から目をそらすことによって、辛くも自らの解決策、いや心の慰め平安を見出していこうとした。

しかし、彼の作品を読んだアリスたちはどうだったのであろうか？　アリスをはじめとする女性、とりわけ少女から娘へのはざまにいる女性が、時代のモラルや常識に反し生きていくためには、閉塞、偏見、敵意といったさまざまな負の部分を背負う覚悟が必要であった。男性であり、オックスフォードという安定した体制内にいたキャロルでさえ、結局は、大学という狭い世界とファンタジーの中にしか自らの解決を見出せなかった現実のなかで、専門教育や数々の法的権利を阻害され、男性優位の体制のなかにいる少女たちの将来が険しくないわけがない。自覚や向上心がよりいっそうの苦悩と失望を生む結果ともなり、時代が強いた苦境のなかで、苦闘し、失望し、果ては心理的な混乱や精神に障害を生む女性たちまで出現したのである。(7)

先駆者は常に苦難を強いられる。しかし現実のアリス・リデルが実現できなかったことも、一人、二人と数を増していけばやがて大きなうねりとなろう。女性に関するさまざまな法的制限や社会通念が変化しはじめる一九世紀末は、ヴィクトリア朝のアリスたちの眼前にあった。キャロルのメッセージ、すなわち、女性の苦境はヴィクトリア朝の規範センスという欺瞞と家父長体制、とりわけその隷属的結婚制度にあり、それを脱するためにも鋭い平衡感覚・現実感覚と知性をもつ必要があるという二つの『アリス』物語に込めたキャロルの願いは、女性の高等教育の普及、財産権の認可、そして女子の専門職の増加などの一九世紀末から台頭しはじめる男女不平等改善運動のうねりの夜明け前、その曙光のような輝きを心ある少女たちの胸に植えつけたことであろう。なぜなら、キャロルのメッセージは、近代社会において社会的改善を希求する現実の女性たちが必要としたことであり、それさえあれば、現実のアリスたちは、目前にある現実の壁を少なくともハンプティ・ダンプティのように落下することなく超えていける。そういった意味において、『不思議の国のアリス』と『鏡の国のアリス』には、軽やかなナンセンスの表面下に、白の騎士やハンプティ・ダンプティの非現実性とは正反対の現実的建設的なメッセージが織り込まれていると解釈できるのである。

『アリス』は二〇世紀はじめから現代に至るまで、世界中のイラストレーターや英語とはかけ離れた母国語をもつ翻訳者にとって、きわめて魅力的な作品である。アリスの性格の多面性、物語の豊かさ、二冊の『アリス』の読者の多様性、そして、ヴィクトリア時代における類似作品の希少性、こうしたあらゆる要素が、画家や翻訳家を魅了し、独自の解釈を誘う。

『アリス』作品は、『鏡の国のアリス』の献詩にあるように、「常に漂い」、「黄金色の光のなかでたゆたい」読者や創作者の様々な解釈に身をゆだねている。次章では、この原作がイラストレーターであるキャロルとジョン・テニエルによって、どのような画像として再構築されていったのか、二人の協力関係と図像解釈について考えてみたい。

第二章　挿絵画家キャロルとテニエル――『不思議の国のアリス』と『鏡の国のアリス』

二・一　挿絵画家ルイス・キャロル

キャロルと挿絵

ルイス・キャロルの二つの『アリス』作品は「著者と画家が一体となった完璧な例である」（マホニー、ラティマー、ホルムスビー 1961: 49）と、称えられている。しかし、この著名な名作の作者キャロルとそのイラストレーター、ジョン・テニエル（John Tenniel）は、しばしば、この本を共同で制作する過程で、鋭く対立してきた。

事実、キャロルは『落日三たび』（*Three Sunsets and Other Poems*　一八九八年）に挿絵を描いた女流挿絵画家であり友人でもあったE・トンプソンに「私は、アマチュアなので、真の芸術家の作品を批評する権利は、まったくないのです」（S・D・コリングウッド 1898: 198）と、謙虚で控えめな手紙を書いている。しかし、キャロルが自作の挿絵画家に対して、常にこのように親切で配慮ある批評家であったとはいえないだろう。むしろ、トンプソン以外の画家に対してはきわめて手厳しく、『アリス』をともに生み出した挿絵画家テニエルに対しても例外ではなかった。しかし、マイケル・ハーンは「二人の相違がどのようなものであっても、キャロルによってテニエルは最大限の力を発揮することができた」（1983: 17）と、その功績を評価する。いわば、二人のあいだに多くの葛藤や対立があったにもかかわらず、二つの『アリス』作品を創作しようとするその切磋琢磨した共同作業から、この挿絵本の傑作が生まれたのである。

『アリス』以前に描かれたキャロルの挿絵

初期に出版されたキャロルの伝記『ルイス・キャロルの人生と書簡』（*The Life and Letters of Lewis Carroll*）において、著者スチュアート・コリングウッドは、「キャロルが他の人たちよりアーティストとの付き合いを好んだのは、写真に熱中し美しいものをこの上もなく賞賛する傾向があったからだ」（1898: 101-102）と述べる。キャロルは当時人気のあったラファエル前派のアーティストである、ミレー、ホルマン・ハント、ワッツ、アーサー・ヒューズたちと、親交があった。彼は、写真家としてこうした時代を代表する芸術家の写真を頻繁に撮っていただけではなく、また、芸術そのものを愛し芸術家たちとの親交を深めていたのである。アーサー・ヒューズの絵画『ライラックの乙女』を購入しクライスト・チャーチの自室に飾っていたのは有名な話である。事実、もし彼に画才があったら、『アリスの地下の冒険』の挿絵だけではなく、マクミランから出版された『不思議の国』『鏡の国』にも自分で挿絵を描いていたことであろう。

キャロルが挿絵を描いたのは、アリスに贈った『アリスの地下の冒険』が最初ではなかった。もっと若い頃、家庭内回覧誌として創作した『有用かつ教訓的なる詩』（*Useful and Instructice Poetry*）と『牧師館の雨傘』（*The Rectory Umbrella*）、『ミッシュマッシュ』（*Mischmasch*）にも自分の挿絵を挿入している。最初の作品『有用かつ教訓的なる詩』は、一八四五年、わずか一三歳で、弟や妹のために創作した。その後、一〇年間に渡って続く家庭内回覧誌の最初の作品であり、挿入された挿絵はぎこちなく稚拙であり、あまり洗練されているとはいいがたい。むしろ、彼の画才は、図版1からもわかるように、芸術面ではなくユーモアの才にある。彼は生涯を通じてシャレやユーモアセンスに恵まれていたが、その才能は文才だけではなく画才にも見られることがわかる。キャロルの稀有なユーモアセンスは、同時代のノンセンス詩人でありイラストレーターでもあるエドワード・リアにも匹敵するが、リアの『ノンセンスの本』(*A Book of Nonsense* 一八四六年)に影響された(ハドソン 1954: 10)のか、キャロルの独創かどうかはわからない。

図版1　ルイス・キャロル

フローレンス・ミルナーは、『有用かつ教訓的なる詩』の後に出た二冊の雑誌、『牧師館の雨傘』と『ミッシュマッシュ』にいたって初めて文学と美術が結合したと指摘する。(1) 最初に出版された『牧師館の雨傘』は、一八四九年から一八五〇年に創作されたが、ほとんどのページにイラストが描かれている。たとえば、口絵とその裏のページ(図版2・3)には、キャロルの人生観と芸術観が自画像として描かれている。一九三二年版の序で、ミルナーはこの二枚をはじめとする「若々しいイラストは、どんなに描写がひどくても、躍動感があり、テキストの内容を伝えている」(ix)と、賞賛する。

稚拙なキャロルの挿絵も、次作の『ミッシュマッシュ』になると、描写力が向上し、『牧師館の雨傘』で往々にして見かけられたむだな描線は

図版 2　ルイス・キャロル

図版 3　ルイス・キャロル

図版 4　ルイス・キャロル

姿を消す（図版4）。しかし、『ミッシュマッシュ』では、挿絵の枚数が減り、おそらく、掲載予定であっただろうと推測される箇所も空白のまま残され、キャロルは、元々挿絵よりテキストに関心があり、さらに、この時期、「すでに写真に没頭し、後にはその楽しみに夢中になった」（1932: xii）と、ミルナーが述べるように、挿絵より興味の持てる視覚芸術をみつけたのが、その理由であろう。

キャロルがかなり早い段階からイラストに関心をいだき、作家としても、またイラストレーターとしても、自作の創作に意欲的であったことがわかる。しかし、彼のイラストレーターとしての野心は、後に、マクミラン社から

『不思議の国のアリス』を自費出版するときに、打ち砕かれる。というのも、後に、オックスフォード大学の美術の教授となるジョン・ラスキンが、ストップをかけたのである。ラスキンは、アリス・リデルに絵を手ほどきしたといわれているが、キャロルにプロの挿絵画家としての才能がないとアドバイスし、結局、キャロルは自著の挿絵を描くことを断念する。

図版5　ルイス・キャロル

キャロルにとって、挿絵の穴を埋めたのが写真であり、当時、写真家としてはすでにかなり世間に認められていた。デレック・ハドソンは『有用かつ教訓的なる詩』の一九五四年度版の序で、「キャロルがこのように生涯を通じて視覚芸術に敬意を払い、そのため、いつも自分の本のイラストに細心の注意を払っただけではなく、こうした野心から一九世紀の傑出した写真家のひとりになりたいと思うようになった」(1954: 13) と、彼の視覚芸術へのこだわりについて言及している。

いいかえれば、キャロルのなかには、おそらく、アリスに懇願されて『アリスの地下の冒険』に文章と挿絵を描くずっと以前から、将来、テニエルのようなプロのイラストレーターをライバル視するような野心が潜んでいたといえよう。

『アリスの地下の冒険』

『アリスの地下の冒険』の起源は、一八六二年七月四日。この夏の日、キャロルは親交のあったリデル家の三姉妹とともに、ゴッドストウへボート遊びに出かけ、三人に懇願されてその場で即興の物語を話す。二年後、この話を元に、手書きのテキストとイラストを添えた手稿本を完成し、「夏の日

図版６　ルイス・キャロル

図版７　ルイス・キャロル

の思い出に愛しい子にささげるクリスマスプレゼント」と記して、アリス・リデルに贈る。ハドソンは、この本の制作にかけたキャロルの熱意を次のように記している。「一八六三年二月一〇日までに『アリスの地下の冒険』を書き終えていた……ドジソン［キャロル］は、アリスに贈る手稿本にゆっくりと自分で挿絵を描き始めたが、長い期間を要し、一八六四年秋まで完成することができなかった」（1977：117）と。いわば、彼は二年間もの歳月をかけ精魂を傾けてこの手稿本を創作した。なかでも、挿絵の制作には一年半もの歳月を費やしたことになるが、多くの時間を費やしても省みないほど挿絵は重要であった。

もとより、この書物はプライベートな目的のために制作されたものであり、出版を目的としたものではなかった。しかし、『不思議の国のアリス』がベストセラーとなった後、キャロルはすでに結婚していたアリスから、原本を借り受け、一八八六年、ファクシミリ版として出版する。このファクシミリ版に寄せた序文で、「この小さな本を書いたときは出版など思いもよらなかった」と、素直な気持ちを述べている。しかし、お気に入りのアリスに喜んでもらいたいという個人的な気持ちが真摯であればあるほど、キャロルの天賦の才は、発揮された。コリングウッドは、「彼がその後、創作したどのような作品も、この作品以上の新鮮さやウィット、真の意味での非凡な才能をかいま見せることはなかった」（1898：106）と評するように、無欲な気持ちで長い年月をかけアリスに贈呈するためだけに制作したこの本にこめたキャロルの真摯な気持ちは、

図版８　ジョン・テニエル

図版９　ジョン・テニエル

文章や挿絵装丁など随所に見られる。

マイケル・ハンチャーは、キャロルが物語を挿絵本にした理由について、『不思議の国のアリス』におけるアリスの言葉を引用しながら、次のように説明する。「『絵も会話もない本なんてなんになるの』とアリスは思った。そのため、キャロルが贈呈する本にはイラストが添えられなければならなかった」（1985：27）と。『不思議の国のアリス』出版時に、新たに挿入された挿絵の内容について、キャロルとイラストレーターは十分な意見交換を行った。元々、挿絵を入れるのが前提条件であったため、すべてを文章で説明する必要はなかった。挿絵をみれば、登場人物の風貌や背景などのイメージを容易に想像することができた。そのためか、テキストの説明は、挿絵でわかるキャラクターなどの容姿や服装など最低限で、たとえば、アリスのヘアスタイルや服装なども具体的な記述はない。

初期の作品と比較すると、『アリスの地下の冒険』の頃になると、キャロルの描写力はかなり上達する。もちろん、たとえば図版5に見られるように、線描はかならずしも正確とはいえず、ときには不要な線も目立つが、概して、以前より、はるかに、簡潔で的確になる。白兎やトカゲのビルなどの描写はぎこちなく生き生きした躍動感を欠くが、ユーモア感覚は秀逸だ。さらに、ウイリアム父さんを描いた図版6と図版7にはウィット感が躍如としている。キャロル作品は、テニエルの同じ場面を描いた優れた写実的な描写力が光る作品（図

図版10　ルイス・キャロル

図版11　ジョン・テニエル

版8・9）と比べても、原作に潜むナンセンス性をはるかに直裁に読者に訴え、秀逸である。

『アリスの地下の冒険』にキャロルが描いた挿絵は三七枚、そのうちアリスが登場するのは、アリスの左手の一部をクローズアップした一枚を含む二七枚でかなりな枚数である。ここから、キャロルがアリス描写にかなり強いこだわりや関心をもっていることがわかる。しかし、アリスに肉薄しながらも、彼のアリス表象はその意欲を超えるほどの秀作となったわけではなかった。ハーンは、キャロル絵画の欠点を次のように指摘する。「挿絵のなかでキャラクターを統一的に描くことはキャロルには難しかった。とくに、彼が描くアリスは、挿絵によってはおなじ子どもには見えない」（1983：12）と評する。いいかえれば、キャロルの人物描写、とくにアリス描写には、一貫した描写力が欠如していた。アリスはときには、思春期の少女にもみえ、また、ときには、情動も動きもみえない子どもの操り人形のようでもある。彼のアリス描写の欠点も指摘されている。たとえば、「小太り」、「庶民的」そして「ときには中年の主婦」（コリングウッド 1964：232）など、必ずしも正しい批評ばかりではないが、揶揄され批判されることも多い。

いいかえれば、キャロルのアリス描写に一貫性や連続性が欠如しているのは紛れもない事実である。その理由としてあげられるのが、プロのイラストレーターとしての技量の欠如であろう。しかし、キャロルのアリス描写には、数は少ないものの、原作者でなければ描ききれなかった優れた独創性がひそんでいる。たとえば、ウサギの家に閉じ込められたアリスを描いた二枚の挿絵（図版10のキャロル作品と図版11のテニエル作品）を比べると、キャロルの挿絵はプロのテニエルの描写力解釈力をはるかに凌駕していることがわかる。ハンチャーはこの挿絵を賞賛し、「キャロルが描く、小さな部屋で身体が大きくなりすぎ画面いっぱいになったアリスの挿絵は、テニエルの同じ場面を描いたイラストと比較すると、胎児が抱く閉所恐怖症的な感覚を強く喚起させる」（1985: 31）と評する。

ラファエル前派との関わりから、キャロルの『アリスの地下の冒険』図像を分析する批評もある。精神分析学者ジェフリー・スターンは、いうまでもなくキャロルがロゼッティのアニマ・イメージと自分の審美世界を重ね合わせていると考え、キャロルのアニマ・イメージを次のように評する。

きわめてシンプルな精神分析学的見解に立つと、少なくともユング学派は、この世に存在しない個人や人格に対する妄想を、ふつう、「アニマ」――永遠の女性、あるいは（キャロルにとって、この上もなく重要なことには）「夢に出てくる女性」――の表象と分類する。夢見る人あるいは妄想を抱いている人は、現実と理想のあいだの実際的な不一致というものに気づかないために、アリスは、あらゆる子どもにみられる現実的な欠点をもつ子どもというよりは、天使とみなされる。キャロルが『アリスの地下の冒険』で描いた手書きのアリスはアリス・リデルとはまったく異なっているということは、きわめて重要である。（1976: 165）

アリスをアニマとするスターンのユング派的解釈は、キャロルのアリスにはあてはまらない。なぜならば、キャロルのミューズである実在のアリス・リデルの髪型は、ボブ・ヘアー、キャロルが最初に物語のために描いたアリスのスケッチは、実在のアリスの髪形であるボブに近い。現在、イギリスのオックスフォード大学クライスト・チャーチ図書館が所蔵する、『アリスの地下の冒険』のための初期スケッチ（図版12・13）をみれば、アリスの髪型の変遷がわかる、最初のボブから最終版の長髪のシャギーまでさまざまに変貌を遂げる。さらに、キャロルがイラストを描く際には常に実在のモデルが必要だと強調し、想像上のイメージを軽蔑していたことも考え合わせる必要があろう。(2) こうした理由から、スターンの説、つまり、キャロルのイラストにはロゼッティなどとよく似たアニマ・イメージがあり、「キャロルは単なる画廊の愛好家ではなく、ラファエル前派の画家である」（スターン 1976：179）という解釈は、いささか誇張にすぎると考えられよう。ようするに、キャロルのアリスには、スターンがユング的な観点から実証しようした意味合いは少なくともなかったと、判断できるのである。

図版12　ルイス・キャロル

図版13　ルイス・キャロル

しかし、キャロルがラファエル前派の大勢の画家たちと親密な交際をし、ヒューズやロゼッティの絵に深く傾倒していたことから判断すると、キャロルが描いたアリスにラファエル前派的要素がみうけられるのも事実である。いいかえれば、彼が無意識に影響を受けたのはしごく自然であった。キャロルのアリスは波打つ長い髪、物思いにふけるような雰囲気を漂わせている（図版14）。こ

than she expected: before she had drunk
half the bottle, she found her head pressing
against the ceiling, and she stooped to save
her neck from being broken, and hastily
put down the bottle, saying to herself "that's
quite enough—
I hope I shan't
grow any more—
I wish I hadn't
drunk so much!"
Alas! it
was too late:
she went on
growing and
growing, and very
soon had to
kneel down: in
another minute there was not room even for
this, and she tried the effect of lying
down, with one elbow against the door,
and the other arm curled round her
head. Still she went on growing, and as
a last resource she put one arm out of
the window, and one foot up the chimney,
and said to herself "now I can do no
more — what will become of me?"

図版 14　ルイス・キャロル

図版 15　アーサー・ヒューズ
[permission is granted by Art Gallery of Ontario, ©AGO 2015]

の挿絵は、クライスト・チャーチの自室に飾っていたラファエル前派のアーサー・ヒューズの『ライラックの乙女』（図版15）の油彩画と雰囲気が似ている。キャロルは、このヒューズの絵を購入しクライスト・チャーチの自室に飾っていた。スターンも二つの作品の類似性について、「そのため、アリスとヒューズのライラックの乙女は、ポーズ、服、そしてとりわけ顔の特徴が明らかに似ているのは偶然ではない」（1976: 174）と言及している。さらに、スターンは、ヒューズの作品に見られる「女性の清純さ」「もろさ」は、「死への恐れ」や「死への瞑想の喜び」というテーマと同じように、キャロルに直接的な影響を与えた（1976: 177）と評する。いわば、ロゼッティのアニマ・イメージがキャロルのイラストと関係があるかどうかは別として、「ヒューズの傑作が内包するメランコリックなほろ苦さが、不思議の国の特徴である」（1976: 179）といっても過言ではないだろう。

しかし、美術的観点からいうと、キャロルの『アリスの地下の冒険』の挿絵には評価に値する要素もある。F・サルザーノは、「キャロルがスケッチしたイラストは弱々しい稚拙な絵ではあるが、時としてエドワード・リアのノンセンス絵画に見られるような魅力、洗練と純真さが混ざりあっている」と評している。コリングウッドも同じような意見をのべる。

画家としては、ドジソン［キャロル］は、粗悪で見苦しいものを嫌悪し、鋭い審美眼をもち、きわめて洗練されているといえるだろう。形体に対してはすばらしい見識を持ち、重要なことを描き残してはいるが、細部にこだわる生真面目な注意深さがある。他方、彼の色彩感覚はやや不十分で、技術はまったく未熟であった。そのため、真の芸術家としての情熱を持ちながらも、その作品をみれば、常にアマチュア的な欠点が目についた。（1898：193）

つまり、キャロルは審美眼がありながらも、アーティストとしての十分な技量がなかった。そのため、彼が描く挿絵は、時として「力なく」「稚拙に」見え、不必要なまでに細部にこだわった。いいかえれば、波や羽などの二次的な描線に、注意を払いすぎるあまり「イラスト全体の構成を無視する」（ハーン 1983：12）結果を招くこととなったのは、疑いもない事実である。

他方、ドナルド・ラッキンは、少し異なった解釈をする。「キャロルの戦慄するようなイラストから、テニエルのもっと冷静な描写にかわることによって、キャロルの滑稽なファンタジーの深みに常につきまとう恐怖感が、失われる結果にもなった」（1976：8）と。さらに、「アリスの顔の表情（図版16）、とくに表情のみられるイラストには、同じような効果がみえた。アリスの当惑したような様子は、少しばかり滑稽ではあるが、同時にまた戦慄をあたえずにはいられない」(1976: 10)。ラッキンが指摘するこうしたキャロルの挿絵の特徴——その軽妙でありながらもまた驚愕するような陰鬱な雰囲気は、彼の物語とイラストの特徴でもある。いわば、キャロル自身が自作の真髄と特徴を十分に認識していたために、『アリス』の挿絵画家を探さざるを得なくなった時に「いわゆるかわいさとグロテスクさをあわせもつことのできる画家をテストしようとしていた」(エンジェン 1991: 69)のである。

一方、キャロルの写真には、『アリス』テキストやイラストにはかいま見られたグロテスクさ、暴力性、不快感は、ほとんど感じられない。E・ギリアーノ (E. Guiliano) は、「キャロルの写真は、異なる芸術的な衝動、つまり純潔や美への希求から生まれた。絵や文学作品では顕著であったグロテスクなるものへの衝動と拮抗したこの衝動は、創作者キャロル以上に、チャールズ・ドジソン自身の人柄やヴィクトリア時代の規範とマッチしている。キャロルの写真が彼の時代に高く評価され、一方、絵画の才能があまり省みられなかったのも驚くことではないだろう」(1976: 146) と、評しているが、まさにそのとおりである。しかし、『アリス』のイラストやテキストに潜むグロテスクさは、いいかえれば、作品自体の真髄でもある。キャロルに画家として十分なテクニックが備わっていなかったが、むしろ、その技術の未熟さを補なって余りある解釈力、それが、彼の強みであった。

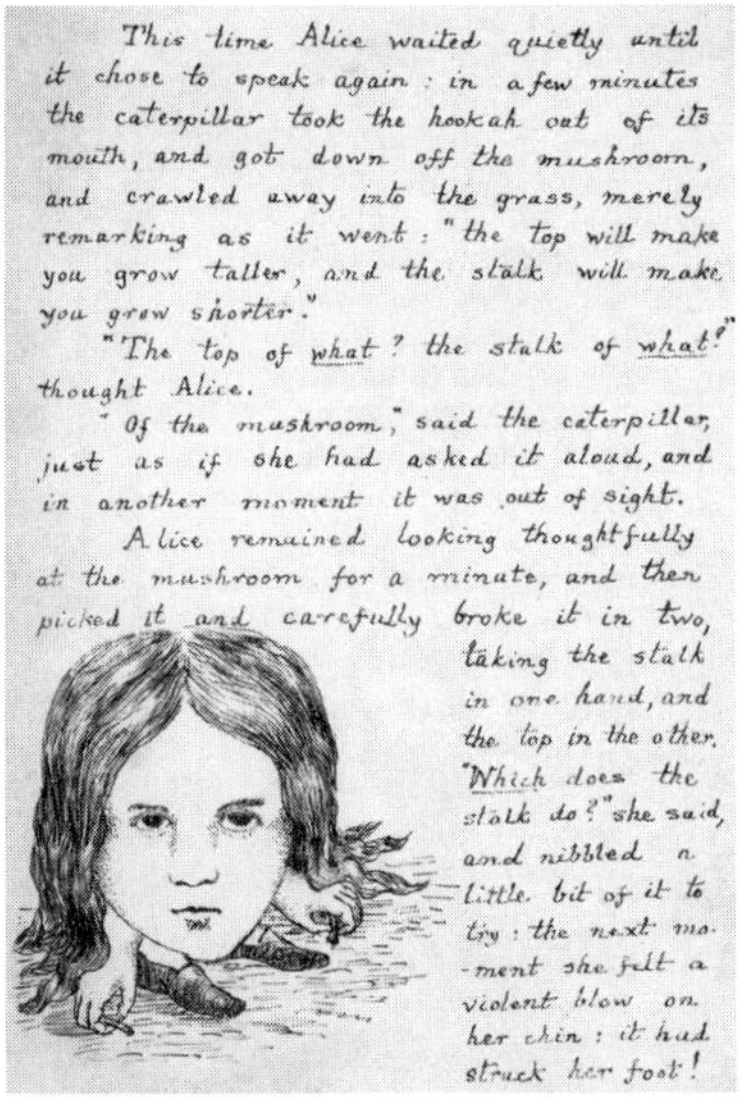

図版 16　ルイス・キャロル

二・二　挿絵画家キャロルとテニエル

次に、挿絵本『不思議の国のアリス』出版に際して、キャロルと画家テニエルがどのように共同で作品を生み出したのか、その制作過程と葛藤を追ってみたい。まず、テニエルによるアリスのイメージが最初に出現したのは、『不思議の国』出版の一年前、『パンチ』の一八六四年一月から六月号のタイトル・ページである（ハンチャー 1985: 20）（図版17）。もちろん、当時、だれひとりとして、このイラストがアリスと関わりがあるとは気づかなかった。というのも、この『パンチ』誌の女の子がアリスと銘記されたわけでもなかった。しかし、その一年後の一八六五年、同じ風貌の女の子が、今度は『不思議の国のアリス』のなかでアリスとして描かれたのはただの偶然ではないだろう。しかし、どの程度、テニエルが意識的に使ったのかはわからない。

キャロルがリデル家の三人の子どもたちに聞かせた物語が、『不思議の国のアリス』と『鏡の国のアリス』として出版されるまでには、作家キャロルと挿絵画家テニエルの長期にわたる緊密な共同作業が必要であった。第一作『不思議の国のアリス』の起源について、コリングウッドは次のように語る。

彼がリデル嬢［アリス］のために『アリス』物語を書く約束をした時、まったく出版は頭になかった。しかし、この物語を見た友人のジョージ・マクドナルドが出版社に見せるように勧めたのである。マクミラン社がその出版に同意し、ドジソンは自分に本の挿絵を描くほどの芸術的技巧が十分にあるという自信が持てなかったため、挿絵画家を探す必要があった。トム・テイラーの勧めで、幸いこの仕事に関心のあったテニエ

ルと接触し、一八六四年四月五日、最終的な合意がなされた。（1898: 97-99）

キャロルが挿絵画家をテニエルに決めるまでには幾多の紆余曲折があった。彼は絵画の基礎訓練を受けていなかったにもかかわらず、自分の本の挿絵を描きたいと願い、小口木版画の基本をマスターし、さらに、自然史の書物を借り、物語に登場する動物描写を学びはじめていた。キャロルは、印刷者のトーマス・コンベ（Thomas Combe）に、「自分のデッサンをみせ、コンベのところにいたラファエル前派の彫刻家トーマス・ウルナー（Thomas Woolner）から厳しいが善意あふれる忠告を受け、さらに、ジョン・ラスキンからは、どんなに時間を費やしてスケッチをしても、優れた作品を生み出すような才能がないと忠告される」（エンジェン 1991: 68）。さすがのキャロルも、ついに、自分でイラストを描くことを断念する。芸術を愛し、自費出版のこの思い入れのある自著の挿絵を自分の筆で描きたいと願ったキャロルにとって、実に心痛む断念であったろう。エンジェンはそんな無念な心中を次のように推察する。「ドジソンの鋭い批評眼、出版やイラストへの愛情、気難しい性格からすれば、これは手痛い挫折であった」（1991: 68）。

図版 17　ジョン・テニエル

こうしてキャロルは『不思議の国のアリス』の挿絵画家を捜し始めたが、自分の審美眼や批評眼に照らしても、『アリス』作品にふさわしいイラストレーターを探し、ともにこの挿絵本を作り上げることがどんなに難しいのか、身にしみてわかることとなる。エンジェンは『サー・ジョン・テニエル——アリスの白の騎士』（*Sir John Tenniel: Alice's White Knight*）のなかで、その経緯を詳細に述べている。（1991: 70-73）「問題はドジソンがテニエルから『アリス』の挿絵を描く合意をえたときからはじまった。自分の物語の挿絵を描いてくれるプロの挿絵画家が見つかり、その経費を自分が支払うことによって、彼は元の手稿本の一万八千字を、三万五千字に、ほぼ二倍の長さにしようという野心を抱いた」（1991: 71）。テニエルがこの素人画家の並外れた関心や要求に、当惑したり困惑したのも一度や二度ではなかったであろう。現在、クライスト・チャーチにあるキャロルが書いたタイトル・ページのレイアウトの試作（図版18）からもわかるように、キャロルはこの出版計画に没頭する。

初期の伝記作家であるコリングウッドによると、「最初の版は、挿絵がよくないために、著者も画家も気に入らなかったが、修正版は完璧な成功作であり、ドジソンが『パーフェクトな芸術的印刷』と呼んだという。当初、かなりな損失を覚悟していたが、実際は、毎年十分な印税をもたらした」（1898: 104）。私費を費やし、プロのイラストレーターに挿絵を依頼した努力は報いられた。内省的で物静かなオックスフォードの数学者が、突然、子どもの本のベストセラー作家として脚光を浴びることとなる。

第一作が成功したにもかかわらず、第二作『鏡の国のアリス』の挿絵画家探しは、さらに難航した。今回は、テニエルからの承諾を容易にえることはできなかった。というのも、テニエルは、前作の制作過程で、凝り性のキャロルからうけた干渉や要求にほとほと疲れ果てていた。テニエルは、次回作はもっと理解のある相手と仕事をしたいと考えていた。そのため、キャロルはリチャード・ドイルやジョセフ・ノエル・パットン卿など、他の画家に打診しなければならなかった。ドイルは、『パンチ』のイラストレータであったが、後に、一九世紀イギリスが生んだ挿絵本の傑作『妖精の国で』（*In Fairyland* 一八七〇年）を出版し、他の追従を許さない幻想的な妖精世界を描き出した。エンジェンは、キャロルとドイルの関わりについて次のように記述している。「キャロルは明らかにドイルの想像力豊かなスタイルを尊敬し、ロンドンにある彼のアトリエを訪れ、その頃、制作していた妖精が群舞する奇想をこらした風景画を検証した。……これらの何枚かの作品はおそらく彼の傑作『妖精の国で』のためであろうが、ドジソンはあまり感銘をうけずに、すぐに、彼に挿絵を依頼するのを辞めた」(1991: 86)という。

しかし、このキャロルの選択は正しかった。ドイルの妖精の描写は実に幻想的独創的であるが、『アリス』の

図版 18　キャロルによる『アリス』の内表紙のデザイン

幻想性とは性質を異にする。またノンセンスかつウイットに富んだハンプティ・ダンプティやトウィドル・ディやダムなども、ドイルの特徴的な幻想性に合致しない。さらに、前作のテニエルの写実性とも一貫性がなかった。ドイルは静謐で不穏な雰囲気の感じられない夢のように美しい空想的な妖精世界を描き出した。一方、キャロルにとって、ノンセンスやウイットは物語における最も重要な要素であった。

次いで、キャロルは、妖精の絵が気に入ったパットンに依頼したが、病気を患っていた彼から、「テニエルこそまさに適任だ」（S・D・コリングウッド 1898：130）との指摘を受け、意を決する。一八六八年六月、テニエルが要請を受け入れ、再び、二人の長期にわたる刺激的な共同作業がはじまることとなる。

しかし、再びはじまった二人の共同作業は、もちろんスムーズかつ協調的に進行したわけでなかった。今回、主導権はテニエルにあった。キャロルはテニエルが時間をかけて仕事を完成するのを辛抱強く待たねばならなかった。すべての挿絵が完成するまでに、一年以上の歳月がたち、テニエルは気難しく頑固なキャロルから仕事を依頼されたという自分の立場を楽しんでるようでもあった。こうして、同じように「狭い世界に生き」「保守主義で、視野の狭い、細部にこだわる」（エンジェン 1991：73）作家と挿絵画家が、『不思議の国のアリス』に続いて、再び、『鏡の国のアリス』の出版作業に乗り出したのである。

キャロルの影響

まず、キャロルの『アリスの地下の冒険』の原画が、ジョン・テニエルの『アリス』挿絵にどのような影響を与えたのだろうか。図版19は、キャロルが書いた『鏡の国のアリス』のための手書きメモである。この詳細なメモを見ると、二冊の『アリス』作品の挿絵にかけるキャロルの並々ならぬ意気込みが感じられる。

さらに、すでに言及したようにマクミラン社からの出版経費はすべてキャロル負担であった。彼には、単なる

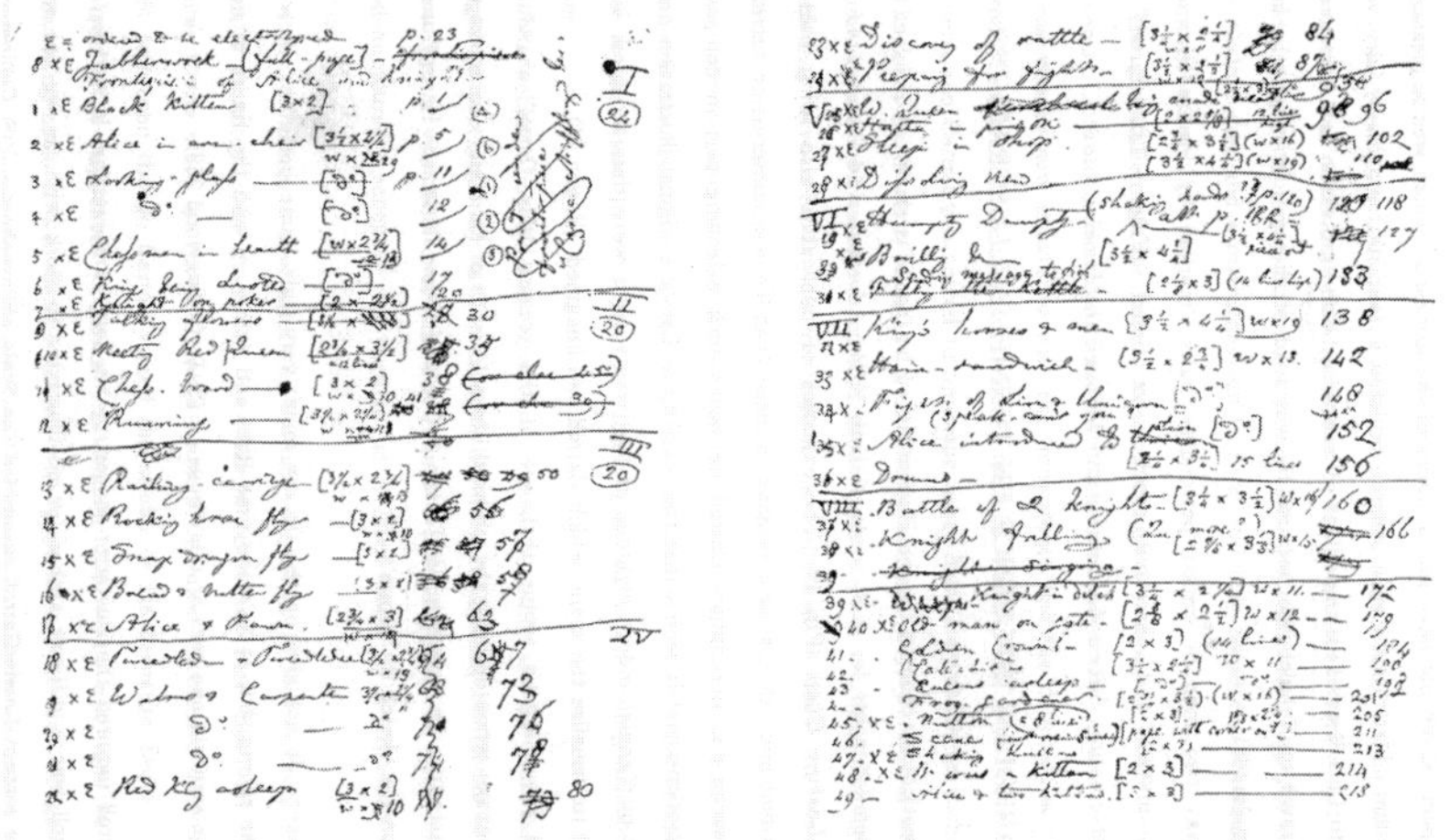

図版 19　キャロルによる『鏡の国のアリス』のための手書メモ

美術的な関心だけではなく、作家としても挿絵画家としても強いこだわりがあった。テキストのどの場面を挿絵化するのか、また、容姿は服装はどうするのかなど、細部にいたるまで自分の考えをテニエルに要請する理由は十分にあった。キャロルは、挿絵の決定に指導的な役割を果たし、結局、彼が描いた二八枚の原画のうち、一八枚を、テニエルが参考にすることになる。いいかえれば、キャロルの原画はこの物語のノンセンス性を視覚化したテニエルの挿絵に多大な影響を与えることとなった。(エンジェン 1991:74)。

すでに述べたように、キャロルがテキストの説明や描写を最小限にしたのは、挿絵でそのイメージを補おうと計画していたからに他ならない。アリスを初めとする主要な登場人物やキャラクターの身体的な特徴や容姿の記述はまったく見られない。『シルヴィーとブルーノ』の挿絵画家であるハリー・ファーニスに、ブルーノの描写について要請する次のような手紙の一節がある。

いやいや！　どうか、その醜い、実に現代的な服にしないで欲しい……ブルーノは強い子だが、同時に軽快で行動的

にしたいのです。――まるでサーカスの曲芸師の子どものような姿に。（コリングウッド 1898：261）

このような手紙から推測すると、挿絵画家にとって、キャロルと一緒に仕事をするのはかなりな忍耐を要することがわかる。コリングウッドは、「ある意味ルイス・キャロルはストイックな哲学者のようである。……しかし、彼の場合一つ例外があり、議論の際にしばしば興奮することであった」（1898：271）と述べる。いいかえれば、キャロルは生真面目なだけではなく、細部に執着する潔癖さや興奮癖があり、近くで一緒に仕事をするのはかなり大変であったと推測できる。キャロルが「『アリス』に入れる挿絵すべての詳細なリストや正確な寸法や配置を、数理学的記号を使い細心の注意を払って記してテニエルに送りつけた」（エンジェン 1991：74）というエピソードまであるほどだ。

しかし、いうまでもなく、テニエルがキャロルの意見につねに従ったわけではない。初期のテニエル研究家であるサルザーノは、「二人の関係がよくなったわけではない。この二人の際立って頑固なヴィクトリア人のあいだで論争に発展するような往復書簡が交わされていた」（サルザーノ 1948：17）と述べる。キャロルは現実のモデルを使って描くことは、「十倍も価値がある」（コリングウッド 1898：199）と評価したのに対し、テニエルは「モデルは断固として使わない。私［キャロル］が数学の問題を解くときに掛け算表を必要としないようにモデルは必要ない」（コリングウッド 1898：199）と宣言する。二人のあいだでは挿絵をめぐって論争や亀裂が生じた。たとえば、キャロルは、女王になったアリスに着せようとテニエルが考案した窮屈なクリノリンをつけたチェスのようなスカートのデザインに反対する。（図版20・22）キャロルは子どもの身体を締めつけないもっと自然な服を好んでいた。（ハンチャー 1985：104）。テニエルは、図版21と23に見るように、スカートのデザインはキャロルの意見に従い変更する（ハンチャー 1985：104）。さらに、キャロルは自分を仮託したとも考えられている白の騎士の描写に関して、騎

図版 20　ジョン・テニエル

図版 21　ジョン・テニエル

図版 22　ジョン・テニエル

図版 23　ジョン・テニエル

士は「ひげをはやすべきではなく、あまり老人ぽく描き過ぎてはならない」と、なるべく若々しく描写してほしいと依頼する。しかし、今回、テニエルは白の騎士の年をとった顔やひげを変更することはなかった（ハンチャー 1985：74）。

テニエルからもキャロルに厳しい要求が突きつけられる。テニエルは挿絵画家として、「かつらをかぶったスズメバチ」（“A Wasp in a Wig”）の章を挿絵にするのはむつかしいと、異を唱え、キャロルは、彼の意見を取り入れ、この章をテキストから削除する。[3] この変更要請について、テニエルは丁寧ではあるが決然とした手紙を、キャロルに送る。

私のことを無茶だとは考えないでいただきたいのですが、私は「スズメバチ」の章にまったく興味が持てないと、言わずにはいられないし、どんな風に描いていいのか分からないのです。もしその本を短くするのでしたら、きっと成功すると考えずにはいられないのです。（ガードナー 1977：16）

また、テニエルは『不思議の国のアリス』の初版の印刷にもまったく満足することができなかった（ハンチャー 1985：100）。初版を刷りなおすには、大きな出費が必要であったが、この点に関して、キャロルはイラストレーターであるテニエルの意見をうけいれ、再度、印刷しなおす。テニエルの依頼は一見わがままに見えるかもしれない。しかし、最初の版とその後に出版された版を比べてみると、テニエルが異論を唱えたのも無理はないと考えられる。イギリスで出版されなかったこの最初の版は、彫りや印刷の加減からか、アリスの表情などやや平板にみえ、優しさや優雅さに欠ける印象をうけるからである。

キャロルとテニエルは、背景以上に人物やキャラクターを重視するという点で、考えは近かった。「テニエルはどちらかというと景色を重視する画家ではなく、背景に関しては彫版師の裁量に任せるのを好んだ。同じように、キャロルも、舞台にたつ俳優のようなやや無表情な人物を太い線で背景のなかにかきくわえる、テニエルのスタイルを認めていた」(エンジェン 1991: 75) のである。

『鏡の国のアリス』完成後、キャロルとテニエルは二度と一緒に挿絵本を制作することはなかった。また、テニエルは、それ以降、キャロルを含むどのような作家からの挿絵依頼も受諾することはなかった。ハーンによると、

「奇妙なことですが、『鏡の国のアリス』とともに本の挿絵を描く能力が私から消えてしまい……その種の仕事は、それ以来、何もしていないのです。」と認め、テニエルは別の本のイラストを描かないかという誘いを断る。一八七五年三月、テニエルはキャロルの企画した『アリスのパズルブック』の口絵を描くと同意したにもかかわらず、この企画は実現せずに終わる。(ハーン 1983: 13)

事実、テニエルは、キャロルの次作の挿絵画家に決まっていたファーニスに、次のような手紙を書き、キャロルに対する反感をあらわにする。「君、一週間の猶予をあげよう。君はあいつに一日も耐えられないだろう……ルイス・キャロルは手のつけられないやつだ。君は私の予言が本当だと分かるだろう」[4]。まもなくこの言葉が現実となり、ファーニスの報酬をテニエルの報酬と比較するため、キャロルはファーニスの挿絵を計測し、一インチ四方の描線の数を数えるというような、ひどい対応をしたと伝えられている。(エンジェン 1991: 98)

こうした対応を見ると、キャロルがテニエルの後継者を探しながらも結局は満足した結果を得られなかった理由も理解できよう。その後、キャロルは、アーサー・フロスト、ヘンリー・ホリデイやガートルード・トンプソン等の他のイラストレーターと、コンタクトをとるが、結局は、テニエルに匹敵する素晴らしいイラストレー

ターを見出すことができなかったのである。

二・三　ジョン・テニエルの『アリス』

ヴィクトリア時代のイラストレーター

ここまで、挿絵画家としてのキャロルの経歴と、『アリス』作品の著者にして『地下の国のアリス』のイラストレーター・キャロルと挿絵画家テニエルの共同作業について、論じてきたが、次に、テニエルの『アリス』解釈とその独自性について考えてみたい。

ジョン・テニエルが二冊の『アリス』のイラストを描いた時代は、「六〇年代」とよばれるイギリス挿絵本の黄金時代であった。具体的には一八五五年から一八七五年近くまで続いた六〇年代は、ヴィクトリア朝のイラストレーターが華麗な活躍をした時代であった。ジェイムスは、その六〇年代の画家と作品を次のようにあげる。「ラファエル前派の仲間であったロゼッティ、ミレーとホルマン・ハントに加えて、『六十年代』の傑出したイラストレータとしてヒューズ、サンディーズ、ピンウェル、キーン、ウォーカー、ノース、テニエルとホートンがいた」（ジェイムズ 1947: 42）。彼らの熟練した技から多くの傑作が生み出された。ジェイムスはさらに続けて、「すぐに、ミレーの『救世主イエスキリストの話』(*The Parables of Our Lord*) が思い浮かぶ、さらに、キーンの優れた挿絵の技術が冴え渡った『コードル婦人の寝室説法』(*Mrs. Caudle's Curtain Lectures*)、クリスティナ・ロゼッティの『シング・ソング童謡集』(*Sing Song*) あるいは、ヒューズの絵がつねに連想されるジョージ・マクドナルドの『北風のうしろの国』（*At the Back of the North Wind*）、そして、いうまでもなく、二冊の『アリス』が連想される」（1947: 43）と、述べている。このテニエルに代表されるように、多くのイラストレーターが子どもの挿絵本も描いたのである。

なかでも、テニエルは、ヴィクトリア時代のなかで最も人気がありまた影響力をもつイラストレーターのひとりであった。サルザーノは、彼の五〇年近くにわたる功績を「未来の歴史家のために二〇〇〇枚の『パンチ』の風刺画、ヴィクトリア朝の収集家のために三八冊の書物と、来るべき世代に二巻の小さな本『不思議の国のアリス』と『鏡の国のアリス』を残した」（サルザーノ 1948: 9）」と称える。この多くの作品を後世に残したアーティストは一八二〇年、エンジェロ・スクールの絵画教師であるジョン・バプティスト・テニエルの息子として、ロンドンのケンジントンで生まれる。父は息子にフェンシングを教えるが、テニエルは絵画を学び、美術にかかわることとなる。（サルザーノ 1948: 9）。

テニエルの経歴は油彩画家としてはじまった。弱冠一六歳で描いた「別れの杯」（'The Stirrup Cup'）は、「展示されただけではなくまた買い手がつく」（エンジェン 1991: 7）。この油彩画に続いて、テニエルの作品は、一八三七年から一八四二年まで、ロイヤル・アカデミーで連続して展示される。二年後、ワシントン・ホールのフレスコ画の実物大の下絵のコンペで勝利を収め、その結果、制作に必要なフレスコ画技法を学ぶためにミュンヘンに研修にでるが、結局、出来上がった作品はフレスコ画ではなくリトグラフとなる。

このように画家としては比較的輝かしい業績を上げていたが、生活の糧のため、テニエルは「すでに、二、三年前から、ペン画の仕事で生計の足しにしようと決心していた」（サルザーノ 1948: 11）。一八四八年は、挿絵画家テニエルにとっては、ターニング・ポイントにあたる。その年、トーマス・ジェイムスの『イソップ寓話』（*Aesop's Fables* 一八四八年）に描いた挿絵が注目され、『パンチ』のイラストレーターになる契機となる」（サルザーノ 1948:12)。当時、『パンチ』は、次席風刺画家であったリチャード・ドイルがカトリック教会に対する同誌の容赦のない攻撃に抗議し辞任していた。そのため、『パンチ』はきわめて困難な状況にあった。テニエルにとって、「『パンチ』の専属イラストレーターになるということは、芸術的な理想と、専属の挿絵画家になりたいという野心との妥協を意味する」(エンジェン 1991:26) が、結局、『パンチ』誌のオファーを受け入れ、ドイルがやめた三日後の一八五〇年一一月三〇日、テニエルの最初のイラストが『パンチ』誌を飾る。彼の絵は、当初、あまり人々の関心を引かなかったが、徐々に高い評価を受けるようになり、一八六四年、先輩のジョン・リーチが亡くなった後は、『パンチ』の主任イラストレーターとなる。

一八九三年、テニエルは『パンチ』での目覚しい政治社会風刺画と、先例がないほど長期にわたる高度な挿絵技術を評価され、ナイトの爵位を与えられる。この勤勉実直なイラストレーターは一九一四年二月二七日、彼が『パンチ』誌で予告した第一次世界大戦が勃発する宵、九三歳で没する。

死後、ヴィクトリア時代の風刺画家のなかでテニエルが果たした功績が再評価されるようになる。『タイムズ』誌の死亡記事欄には、「彼が生きた時代のなかで最も重要な政治風刺画家」という賛辞がよせられている。さらに、ロジャー・シンプソンは、「事実、テニエルは言うまでもなくドジソンの五〇年代風の歴史主義的な風刺的観点と共通点をもつ唯一の画家である。こうした風刺的な観点は、テニエルがこの時代『パンチ』に描いた作品に、幾分かみられ、劇作家が役者の役を考え出すように、ドジソンは二つの小さな作品[『アリス』]を創作した際に、テニエルの『パンチ』イメージをはっきりと心に浮かべていたに違いない」(1994:141) と、評する。

しかし、シンプソンの仮設はあまり信憑性がないと考えられる。というのも、キャロル自身が自分で挿絵を描きたいと考えていたために、テニエルの絵を思い浮かべるというシンプソンの説はいかにも不自然といえるだろう。この見解については議論の分かれるところであろうが、シンプソンは「『アリス』はテキストと挿絵両面において、伝統的風刺的な表現形式と深く結びついている」（1994: 143-4）と考え、「パットンは空想的な風刺の達人、ファーニスは視覚的な風刺の達人、テニエルはその両方に秀でていた」（141）と結ぶ。テニエルとキャロルが『アリス』を共同で創作した際、どの程度、風刺的な伝統に影響されたのかは微妙であるが、少なくともテニエルの他の作品は、疑いもなく風刺的であるといえよう。

サルザーノは、テニエルの挿絵に見る滑稽味とユーモアを高く評価しているが、二つの大きな欠点をも指摘する。

> 彼は、木口木版の可能性と限界を理解する技能はなかった……その結果、彼の作品は印刷には十分耐えられなかった……第二に、テニエルは描写する場合あまりにも優れた記憶力に頼りすぎていた。……クリストファー通りの時代は別として、彼は決して写生をしなかった。しかし、記憶というものは、どのように優れたものであっても、視覚的な幻覚（トリック）を引き起こしがちである。たとえば、三次元的描写が必要な時に、時として二次元的平面的になることもある。テニエルのいくつかの素描は、絵から描いた絵のようで、まるで、彼とその画題のあいだには直接的な関係がないかのようだ。（1948: 14）

サルザーノが指摘する第二の欠陥については議論の余地もあるが、最初の欠点である木口木版に対するテニエルの技術的未熟さは事実であろう。『不思議の国のアリス』の初版が完全ではないために新版に刷りなおされたのも、その証左であり、原画を制作したテニエルにも非はあったと考えられよう。

テニエル、キャロルそして『アリス』

マイケル・ハンチャーはイラストとテキストの関係について、「イラストとテキストでは、どこを強調しどこを説明するかという点が異なるのは、きわめて当然であり……そのため『どの瞬間を選択するか』が非常に重要となる」（1985：114）と述べる。いわば、文章と挿絵では、何を強調するかだけではなく、文章表現や絵画表現などの表現形式の相違なども考慮し、それぞれの手法の利点を活かすとともに限界を認識する必要がある。著者とイラストレーターでは、場面選択に際し、異なった判断をする必要があるといえる。

事実、キャロルの絶えまない干渉にもかかわらず、「テニエルはテキストを狭義に解釈することなく、自分自身の考えにそって、キャロルの作品を独自に解釈した。そして、ほとんどの場合、彼の現実的な視点が作品解釈に役立ったのである。」（レオ・ジョンディ・フレイタス 1988：43）いいかたを変えれば、テキストの内容に過度な変更を加えないという制約のなかで、イラストレーターが独創性をさしはさむことは可能であった。偉大なイラストレーターは、挿絵に自分自身の解釈をくわえ図像作品として再構築し、新境地を開くことがある。写実的な描写に終始したかに見えるテニエルもその例外ではない。彼はキャロルの要請や干渉にもかかわらず、独自のヴィジュアル解釈をくわえた独創的な画家のひとりであった。

イラストレーターとしてのキャロルとテニエルは、多くの点で共通点があった。両者とも、背景よりも、登場人物（一人あるいは二人程度の少人数の人物）に焦点をあてた。アン・クラークは「作者も画家もともに、おもに登場人物に関心を抱き、背景にはほとんど無関心であった。テニエルの背景描写は、わずかなクロスハッケング[5]以上の何者でもなかった」（1981：105-106）と、論じる。

しかし、たとえ、キャロルとテニエルがともに、背景よりも人物に関心を注いでいたとしても、物語の解釈と挿絵の場面選択は異なっていた。この二人のイラストレーターを比較し、ドナルド・ラッキンは次のように述べる。

本の題が『地下』（*Under Ground*）というタイトルからやや一般的な『不思議の国』（*Wonderland*）に変わっ

図版25　ルイス・キャロル

図版24　ジョン・テニエル

たように、キャロルの時々かいまみられる戦慄するようなイラストから、テニエルのもっと落ち着いた絵に変わることによって、キャロルのノンセンスなファンタジーの深みに常に付きまとう恐怖が、当然、放逐されることになった……キャロルの挿絵にはテニエル挿絵のやや穏やかで、上品な落ち着いた作品にはまったくない、ぞっとするような恐怖感を呼び起こす力がある。（1976：8）

このラッキンの解釈も正論である。たとえば、アリスとハートの女王という同じ主人公を描写したとしても、キャロルが物語の底流を流れる戦慄するような側面を強調するのに対し、テニエルはこの冒険を淡々と写実的客観的に描く。

これに対し、ハンチャーの解釈は、やや異なっている。ハンチャーは、女王がアリスの首を切れと命じアリスがそれをノンセンスとして退けた場面をとりあげ、テニエルとキャロルの挿絵の構図（図版24・25）を比較し、キャロルの挿絵が、テニエルに影響を与えたと指摘する。もちろん、テニエルのイラストでは、女王は横顔という点でキャロル作品とは異なる。しかし、女王がアリスより高い位置から警告を発し、アリスは女王の怒りにひるむ

図版 26　ルイス・キャロル

ことなく女王を直視している点、さらに、冷静なアリスの頭部の描き方などをとりあげ、類似点・影響点を指摘する。（1985：60）

ハンチャーは、さらに描写についても二人の作品を比較する。テニエルの挿絵では、女王を除くトランプにでてくる人物が二次元的に描写され、「アリスだけが完全に三次元的に描かれる」（1985：58）。テニエルが、カードというトランプの特性を活かし人物を平面的に描写するのに比べ、キャロルは、この点には留意していないようだ。たしかに、王と女王が行進する場面（図版26）では、本来二次元的なトランプを三次元的に描いてはいるが、ハンチャーが指摘するように[6]、その扱いに、相当、苦労している様子がうかがえる。

いわば、ラッキンが、キャロルの挿絵の魅力は、テキストの驚愕するような不思議世界を再現している点にあると評したのに対し、ハンチャーはテニエルの長所は、トランプが主人公の二次元世界と現実の三次元世界の描写の妙味にあると主張する。R・マックジリスは、テニエルの図版24について、「このイラストはテニエルの解釈力を物語る顕著な例である。……この絵のなかで、テニエルはキャロルの物語の場面を忠実に挿絵化するとともに、独自のコメントを加えているが、彼が視覚化したのは、この物語を構成する社会的、性的、独我論的な総体である」（1977 : 326）と述べる。マックジリスが考えるキャロルテキストが内包する問題、とくに性的な要素に関しては議論の分かれところであり、本書ではこれ以上追求しない。しかし、テニエルがキャロルテキストを忠実に解釈するとともに、恐らくキャロルとの議論や合意をへた範囲内で、自らの解釈を加える才に長けていたといえよう。

一方、テニエルとキャロルの挿絵には共通点も多い。たとえば、アリスとハートの女王が対峙する図像では、両者ともハートの女王の怒りや威圧感をテーマとする。もし、違いがあるとすれば、おそらくアリスの描写法であろう。テニエルのアリスは、腕を組み女王に対峙しひるむ気配を見せない。一方、キャロルは、背中を見せたアリスを描くことによって、女王の迫力を強調して見せる。サルザーノは、先に紹介したテニエルの平面描写については的確な指摘をしたが、背景にいるトランプの二次元描写と、実在のアリスの三次元描写のコントラスト、そのテニエルの技巧の妙味については言及していない。

ラファエル前派がキャロルの『アリス』に影響を与えたことについてはすでに指摘したが、テニエルの『アリス』図像にも、時折、ラファエル前派の影響が見られる。ハンチャーは「長い髪の毛以外で、テニエルがキャロルの描いたアリスから継承した特徴のなかで最も重要なのは、アリスの平静でほとんど不機嫌ともいえるほどの表情だろう」（ハンチャー 1985 : 103）と評する。一方、マックジリスも「テニエルの花や植物人物描写やアリスの描写は、雰囲気的にはラファエル前派的であるが、多くのラファエル前派の作品がもつ精神的な特徴は、その細部描写や人物描写にはみられない」（1977 : 327）と述べる。いわば、テニエルがラファエル前派に、直接、影響されたのではなく、ラファエル前派の独特の雰囲気を漂わせていたキャロルの挿絵の特徴を、継承することとなったと、言ったほうが正しいだろう。

要するに、テニエルはラファエル前派的な特徴を残したイラストレーターキャロルの技法に倣いながらも、同時に、キャロル原作のテキストを自分流に解釈し、そこに独自の図像学的観点を交えて、物語を再構成したのである。テニエルとキャロル両者の図像作品を比較してみると、テニエルの卓越したプロフェッショナルとしての技量の冴えがかいま見られるのである。

テニエルのヴィクトリア解釈

ここまで、一八六〇年代のイギリス挿絵の黄金時代におけるテニエル作品の位置づけと、ルイス・キャロルの『アリスの地下の冒険』の挿絵と比較したテニエルの『アリス』挿絵の独創性と特長について論じてきた。次に、テニエルのアリス描写がどの程度ヴィクトリア時代の女性表象の伝統に立っていたのかを、『不思議の国のアリス』『鏡の国のアリス』さらに『シルヴィとブルーノー』などの女性描写と比較し検証したい。

まず、アリスのモデルはだれであったのだろうか。最も有力と見なされてきたのが、キャロルがテニエルに写真を渡したメアリー・ヒルトン・バドック（Mary Hilton Badcock）（図版27）（エンジェン 1991: 79, ハンチャー 1985: 101-2）である。他の可能性としては、当時七歳六ヵ月であったアリスの妹のイーディス・リデル（Edith Liddell）（図版28）がある（エンジェン 1991: 79）。しかし、実際、テニエルは挿絵のモデルを使わなかったことから考えると、モデルの特定は難しいといえよう。

ロジャー・シンプソンは、テニエルの『アリス』にはゴシック的な要素が残っている（1994: 143）と指摘しているが、この特徴は「『アリス』のイラストを描く以前にも見られた。一八六一年に出版されたトーマス・ムーアの『ララ・ロッホ』（一八六一年）には、すでにヴィクトリア時代のジャンルであるホラー（恐怖）画の痕跡がみられる」（1994: 146）と指摘しているように、テニエルの挿絵にはゴシック的要素が見られた。

さらに、アリスの表象についてはいえば、子どもを大人のように描くのはヴィクトリア時代の伝統であり、アリスの顔もまた「七歳の子どもにしてはやや大人っぽすぎる」（ハーン 1983：19）と、ハーンは評す。一方、マックジリスは、「［テニエルの］アリスは大人ではないが、大人こそ彼女がなりたいと望んだものであったために、しばしば大人のように見えるのではないか」（1977：328）と推論する。マックジリスが考えるように、アリス自身が、とりわけ、『鏡の国』では大人になりたいと願ったために、テニエルがアリスを大人っぽく描いたのか、それとも、ヴィクトリア時代の様式だったのか、あるいは、テニエル自身の独創であったのか議論の分かれるところである。おそらく、ヴィクトリア様式とテニエルの独創性という後半の二つの推測がもっとも近いのだろう。事実、「［テニエル］にとって子どもはお気に入りの画材ではなかった……そして、『アリス』以外では、決して子どもの本のイラストを描こうとはしなかった」（エンジェン 1991：76）。テニエルの初期のフレスコ画『聖セシリア祝日のオード』（一八五〇年）（図版29）から『ララ・ロッホ』（図版30）にいたるテニエルの女性描写を

図版 27　メアリー・ヒルトン・バドック

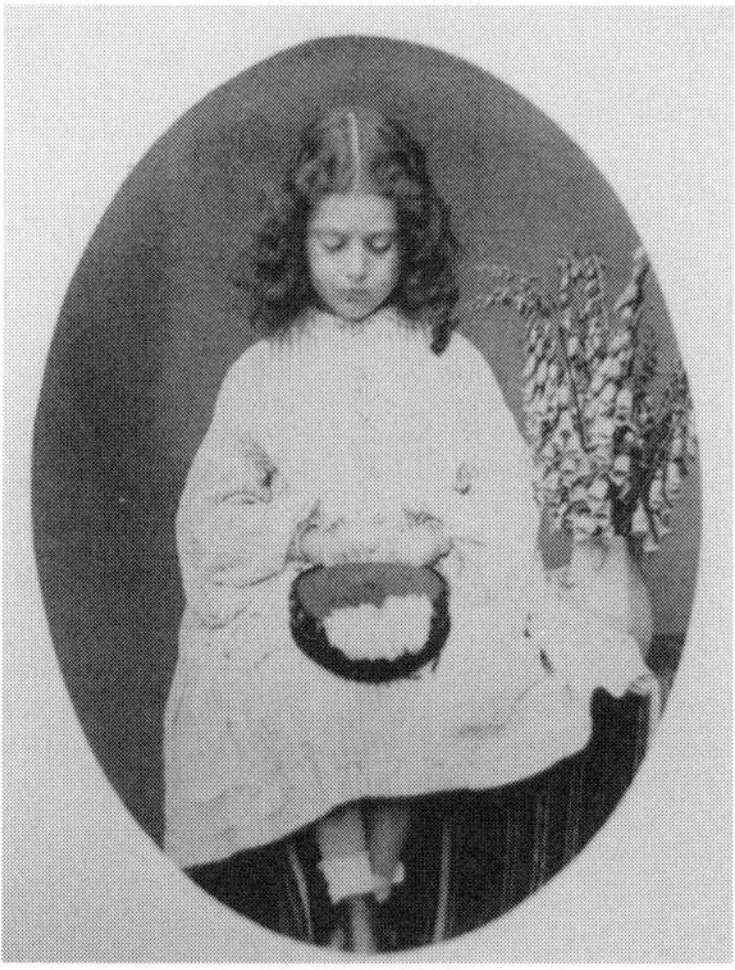

図版 28　イーディス・リデル

見ると、テニエルの女性には「しみ一つない古典的な美しさ」（エンジェン 1991：76）が、ハーレムの女性の抑制された成熟した魅力のなかにも映し出されていることがわかる。そういう意味で、テニエルの『アリス』挿絵を考えるに際し、重要なのは、この本が子どもを主人公にしたテニエルの最初で最後の作品であるということである。

エンジェンは、次のようにテニエルのアリスについて解説する。

テニエルのアリスには陶磁器の人形のような特徴が見られる……彼女はこの物語を通じてみられる子どもらしい無垢な表情をうかべるとともに、まさに大人のような不機嫌さや急激な怒りの発作にかられる得体の知れない、大人子どもであるかのようにも見える。（1991：76）

図版 29　ジョン・テニエル
［© Palace of Westminster Collection WOA 2886 www.parliament.uk/art］

図版 30　ジョン・テニエル

図版31　ジョン・テニエル

図版32　ジョン・テニエル

図版33　ジョン・テニエル

すでに何度も指摘したが、テニエルのアリスには、キャロル原作のアリスのイメージが幾重にも重なる。たとえば、ラファエル前派的な髪型、少しばかり大人のような「奇妙なプロポーション」（ハーン 1983：19）や子どもらしい優しさのない、陶人形のように硬く強い印象を与える顔の表情にも見られる。さらに、テニエルが『アリス』以前に描いた女性のイメージと比べても、アリスの表象は不自然で一貫性がない。よく似た場面と比較しても、アリスの表情は、かならずしも同じ人物とはいいがたい。たとえば、図版31と図版32を比較すれば明白である。ヴィクトリア時代の伝統に従って、アリスの表情は大人のように硬い。同時代の他の画家、たとえばファーニスが描くシルヴィーと比較しても、アリスは血の通った生き生きとした子どものようには見えない。おそらく、テニエルが子どもの本のイラスト経験に乏しかったためであろうが、アリスは完璧な子どもにも大人にも見えないのである。

一方、『鏡の国のアリス』では、アリスの描写は洗練され技術も冴えてくる。ほぼすべての場面で、彼女は、表情、

図版34　ジョン・テニエル

図版35　ジョン・テニエル

図版36　ジョン・テニエル

姿態、ポーズともに同一人物と認識できる。顔は、第一作『不思議の国のアリス』のように、かたい表情をしているものの、幾分優しげで、とくに、王冠をかぶったアリス（図版33）は大人びてみえる。しかし、反面、図版34や図版35では、描写力は向上しているものの、アリスは成熟味のない小さな大人のようにもみえる。鏡の国の悪夢から目を覚ました場面（図版36）では、生命感も活発さも感じられない、凡庸な女の子に戻っているかのようだ。不思議の国に出てくる他のキャラクターや動物たちとのコミュニケーションの欠如がアリスの横顔に表現されているとマックジリスが評しているが（1977：331）、アリスは孤独にひとりたたずむ平凡な女の子に戻ってしまったかの観がある。

次に、他の女性キャラクターの表象について、まず、醜い公爵夫人（図版37）を例に挙げて検証してみたい。公爵夫人のキャラクターは複雑で、ある時は、かんしゃくを起こしアリスに赤ん坊を投げつけ、また、ある時は、うって変わった優しい態度で、と

図版 37　ジョン・テニエル

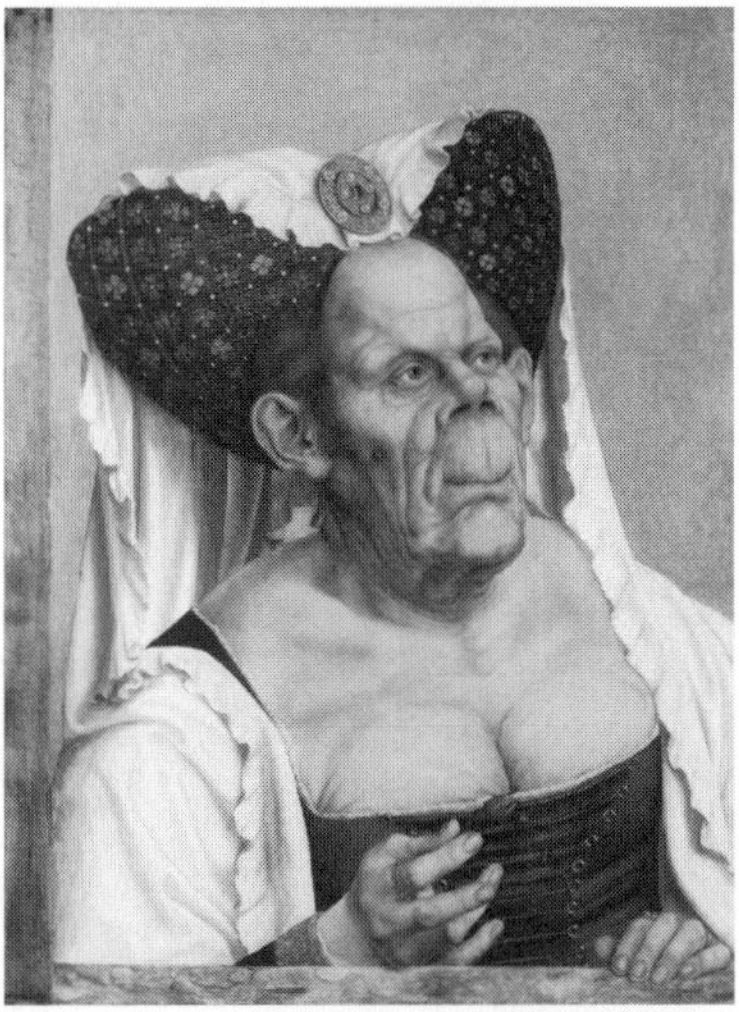

図版 38　クィンテン・マサイス
［© The National Gallery, London］

図版 39　F. W. フェアホールト

がったあごをアリスの肩に押しつけながら、優しく教訓話をする。このテニエルが描く、醜い公爵夫人の挿絵には、いくつかのモデルがあったといわれている。ハンチャーは、テニエルの醜い公爵夫人のモデルに関する、先行研究を詳しく紹介している（1985: 40-47）が、なかでも、有力なモデルとして、現在ロンドンのナショナル・ギャラリーにある一六世紀のフランドル派の画家であるクィンテン・マサイスの絵画『醜い老女』（図版38）をあげている（1985: 46）。テニエルの作品と比較すると、髪飾りや醜い顔、上を向いた鼻や目立つ頬骨、長い鼻の下や大きく分厚い唇などは酷似している。おそらく、マサイスの絵と異なるのは、大きく開いた襟元であろう。テニエルの公爵夫人は、男性のような容姿で女性的なセクシュアリティを感じさせないが、マサイスの作品では、男性的な顔とコントラストをなすようなセクシュアリティが胸元に感じられる。ハンチャーはこの点に関して、「公爵夫人が手にしている象徴的なバラが、手足をのばした赤ん坊にかえられ、彼女の下品なネックラインをすべて覆い隠している。キャロルはマサイスの絵の性的な風刺を好まなかったので、テニエルがその元の雰囲気を減じようとした」(1985:46) と推測する。さらに、ハンチャーは、F・W・フェアホールトのレリーフ（図版39）も影響を与えていると指摘する (1985:46)。

要するに、テニエルはいくつかのモデルやイメージからインスピレーションを受けたのは確かであろうが、アリスと同じように、彼が描いた公爵夫人は、性的な雰囲気を完全に払拭した、『不思議の国』の内容にも、読者の子どもたちの心にも沿った、「醜い公爵夫人」となった。

もうひとりの暴力的で支配的な女性キャラクターとして思い浮かぶのが、ハートの女王である。ハンチャーによると、彼女の原型は、ヴィクトリア女王と、クローディウスの妻でありハムレットの母であるガートルードだという。テニエルは『パンチ』のシェイクスピアの挿絵（一八五五年、図版40）で、ガートルード王妃を風刺的に描いている。ハンチャーは、「アリスがハートの女王からうけた脅威は、何よりもまず母性的かつ性的なものである。」(1985:64)「トランプのなかでのライバルであり復讐の女神で死の女王でもあるスペードの女王の服装をしている」(1985:64) と指摘する。おそらく、ハートの女王が母性と同時に死の脅威をも表象しているというのはまぎれもない事実であろう。しかし、ハムレットが実母ガートルードからうけたような性的な脅威は、『不思議の国』のハートの女王からまったく感じられず、むしろ、「首を切れ」と繰り返すハートの女王には、暴力と死のイメージがふさわしい。

キャロルが『アリス』の後に、執筆出版した『シルヴィーとブルーノ』（一八八九年）は、すでに紹介したハリー・ファーニスがイラストを描いている。しかし、彼が描くヒロインシルヴィーは、アリスとも二人の暴力的な女性とも際立って対照的なタイプである。『シルヴィーとブルーノ』は、即興で作った『不思議の国のアリス』と異なり、何年にもわたってキャロルが子どもたちの言葉を聞き取ったメモを使って創作された。キャロルはこのメモの会話を使って物語を書いたという。（コリングウッド 1898：16）いわば、『アリス』と『シルヴィーとブルーノ』では、創作の経緯が根本的に異なっている。『不思議の国のアリス』創作時にはこんこんと湧き出てきた子どもと共有できる想像力が、すでにキャロルから失われてしまっていた。さらに、この時期、すでに挿絵画家テニエルの協力をえることができなかったことも、大きな相違であった。

シルヴィーは、キャロルが主人公として描いたアリスとは、まったく別のタイプの女の子である。コリングウッドによると「ドジソンはシルヴィーをなにか妖精を超えた存在、ある種の守護天使とみなしていた」（1898：208）。コリングウッドは、キャロルの手紙の一節を引用しながら、シルヴィーのイメージについてさらに説明を加える。

図版 40　ジョン・テニエル

なにか美しい空想（それ以上の言葉はないと思うのでそう呼ばせてもらおうと思うのですが）――『この世に子どもを後に残して死んだ母親がその子の守護天使になれるような』そんな空想があるように思うのです。（1898：209）

いいかえれば、シルヴィーは、優しさに満ちた神聖な天使のような存在である。『シルヴィーとブルーノ』の出版は、『アリス』と同じくらいの成功をおさめた。コリングウッドは、「高次元的にはキリスト教徒としても博愛主義者としても彼が今まで書いた本としては最高のものだと考えられる」（1898：288）と述べるように、彼女にはなにかアリスにはかけているものがある。いわば、アリスには、「シルヴィーがもつ真摯さや正直さ、さらに人生の重大事項を鋭く感知する能力などがすべて備わっ

図版 41　ジョン・テニエル

図版 42　ハリー・ファーニ

ている。しかし、シルヴィーを天使と結びつけるような、空を『こんなすばらしい青』に変えてしまうようなやさしさ、いいかえれば、自然の秘められた力を見透かすような神秘的な魅力が欠けている」(1898: 367)。いいかえれば、シルヴィーには、なにかアリスには欠けている神秘的な神々しさがあるといえる。

一方、ファーニスが描いたシルヴィーは、多くの点で、テニエルのアリス描写とは対照的である。アリスとシルヴィーがそれぞれ白の女王とブルーノの世話をしている似たような内容のイラスト（図版41・42）を比較すると、その相違が際立つ。いわば、シルヴィーにはエンジェルあるいは母親のような真摯な優しさ、生まれながらの優雅さが見られるのに対して、アリスには優しい雰囲気はあるものの、全体としては硬い印象が残る。大人子どものようなアリスとは異なり、シルヴィーには、ときには天使とも見まがうばかりの思春期の少女がもつ伸びやかさと清らかさがある。彼女からは、何かもっと深い精神性と、図版43に見られるような、昆虫のカブトムシに対してさえ示す、真摯で自然な優しさが（もちろん、あまりにも甘美過ぎる雰囲気もあるが)、滲み出ている。

要するに、テニエルのアリスは、「超然としてほとんど表情がなく」(エンジェン 1991:99)、写実的で、夢のような理想像であるシルヴィーと対照的である。いいかえれば、ハンチャーが指摘するように、「キャロルが創作したファンタスティックな世界に対抗するかのように、テニエルは現実的な世界を創造した」(ハンチャー 1985:34)といえよう。しかし、二つの『アリス』物語の底流を貫くファンタスティックな特性は、まさにこのテニエルのリアリズムによって、より効果を発揮する。いわば、『アリス』におけるテニエル挿絵の重要性は、テニエルがキャロルのテキストを写実的に忠実に視覚化しながらも、その作品に独自の解釈をくわえ、物語の内容をさらに展開させた点にある。

図版 43　ハリー・ファーニ

一方、テニエルの弱点も指摘されている。ハーンは、それを、ユーモアの欠如と「堅苦しさ、古典的な雰囲気と毅然とした雰囲気」と指摘する(1983:19)。しかし、このテニエルの堅苦しく無表情で子どもとも大人ともつかないアリス表象こそが、まさにヴィクトリア期の伝統でもあった。

しかし、視点を変えれば、テニエルの弱点であるはずの、この現実性・リアリズムこそが、逆説的には彼の作品の魅力であり長所とも考えられる。たとえば、ブライアン・ロブは、「テニエルのユニークな能力というのは、記録者としての距離のとり方、いいかえれば、著者が神がかり的な論理によって高らかに構築した不合理さに対する冷静さにある」(1965:311)と評する。ある意味、『アリス』挿絵のユニークさは、キャロルのファンタスティックで変幻きわまりない文字テキストと対照をなす、テニエルの「記録者としての距離感」にある。テニエルは不合理な人びとや出来事がつぎつぎと起こるこの世界、いいかえれば、逆転した合理性をもった奇妙な人びとのいるキャロルの『不思議の国』のナンセンス世界を、より写実的な迫真性をもって描ききったのである。

また、テニエルのアリスはその大人のような無表情で硬質な表象においてきわめて特異であり、伝統的な砂糖菓子のような甘ったるいほど優しく魅力的な天使のようなヒロインとは対照的である。アリスはシルヴィーとは異なり神聖でも天上的でもない。強い自負心と実用性を重んじながらも、時として、感情のない陶人形のように硬質である。しかし、この物語の内容を省みれば、アリスのような強さや現実感覚をもたずして、いったいだれがこの悪夢のようなナンセンス世界を生き抜き、受難のような旅と冒険を続けることができたであろうか。いいかえれば、テニエルの現実味を帯びたアリス描写こそが、この物語の戦慄するような不合理な雰囲気とコントラストをなすがゆえに、また、この物語の挿絵として相応しいといえるのである。

同じように、テニエルのモノクロームの挿絵は、アリスの夢に見られる、時として色彩豊かな細部描写ときわめて対照的だ。しかし、この物語を白黒で描くことが、果たして、物語の醍醐味を殺ぐかといえば、恐らくそうではない。『不思議の国』のヴィヴィッドな色彩豊かな情景を、白黒で描くことにより、よりいっそう、アリスの夢が真実味を帯びる。というのも、普通、夢は白黒でカラーは珍しいと考えられている。アリスは、色彩豊かな赤いハートのトランプの兵士に追いかけられ夢から覚める。そういう意味において、テニエルの白黒の挿絵は、アリスの夢を暗示すると同時に、また、キャロルの不合理世界の現実感をさらに効果的に浮き彫りにしているといえる。

キャロルからの抑圧的な要請や葛藤にもかかわらず、テニエルの『アリス』挿絵は大いなる成功をおさめた。テニエルのイラストとキャロルのテキストは、それ以降の幾世代にもわたるわたしたち読者にとって、すでに分かちがたく結びつき、批判の余地がないほどに一体化してしまったのである。

第二部　オリエントと『アリス』

第三章　オリエント(1)と『アリス』

三・一　背景研究——言語学的文化的観点から見た日英比較

この章では、『アリス』を言語学・社会史・文化史的観点から、作品創作と作品受容の両面から検証し、日本の『アリス』図像としての独創性を、東西美術の交流からとらえてみたい。

まず、日本の翻訳者が『アリス』の英文テキストを翻訳するその手法に大きな影響を与える日本語と英語の言語的・文化的な差異について論じる。もちろん、本書は、体系的な翻訳論・翻訳研究史ではない。むしろ、本書の目的は『不思議の国のアリス』『鏡の国のアリス』を日本語に翻訳する場合に、とくに注意するべき重要な文学的条件や言語学的可能性に的をしぼり論じていきたいと思う。

＊

三島由紀夫は、一九五二年、子どものための抄訳『ふしぎの国のアリス』を翻訳したが、その七年後に出版した『文章読本』のなかで、「われわれは今日、外国文学あるいは外国文化のあらゆる概念が、一つ一つそのまま日本語に移管されうるという幻想を抱いてゐます」（三島由紀夫 1975：434）と述べている。この三島の観点は翻訳論における重要な論点の一つである。とりわけ、本書で論じる日本語とは言語的にも文化的にもかけ離れた英語から日本語への翻訳、さらに、英語の多様な言葉遊びを含んだノンセンス作品の邦訳においては、三島の論点は重要な問題提起である。日本では、明治以降、現在にいたるまで、西洋文化を貪欲に吸収するため、多くの翻訳が出版されてきた。外国文学あるいは外国文化のあらゆる概念が、原文の意味やニュアンスの香りを失うことなく別の言語に移管できるか否かという核心的な問題に、疑念を呈した三島の見解は、日本語の特質や日本文化の伝統を敬愛し文筆を糧としてきた作家三島の経験に基づく直感として、適切かつ重い。

さらに、言語学者マリーナ・ヤゲーロは、著書『鏡の国の言語――言語と言語学を探って』（*Language Through the Looking Glass: Exploring Language and Linguistics*）のなかで、翻訳の難しさについて述べている。

ある言語から別の言語に翻訳する場合に困難が生じるのは――論じられる現実は同じでも――異なる言語では現実をまったく異なった方法で峻別するという事実に、起因する。「話をしている人にとっては、話し手の言語は現実にぴったりと適し、いいかえれば、言語記号が現実を描き制御する、つまり、言語が現実である」[2] ために、言語の自律性を強調するこの事実はいささか受け入れがたいのである。これはあらゆる言語を話す人にあてはまる。「言語は、世界や社会を秩序づける手段であり、『現実』であるとみなされる世界に適用され、この『現実』世界をも『反映している』のである。しかし、こういう意味において、それぞれの言語が独自であり、それぞれ固有の方法でその世界のありようを示している」[3] ということが、重要なのである。（マリーナ・ヤゲーロ 1998：75）

しかし、異なった言語を介して異なった世界観を扱うむつかしさこそが、翻訳の醍醐味であり、その二つの言語が日本語と英語のように乖離している場合には、なおさら味わい深い。

三島は翻訳に関する自論をさらに展開する。

翻訳された小説は、その国の国語における一個の芸術作品でなければならないので、語学的正確さや学生の勉強のためのテキストとしての便利さや、さういふ要素が残つてゐるうちは、文学作品として独立してゐないと言はなければなりません。外国ではともあれ小説は楽しんで読まれるべきものであり、研究されるべきものではないのであります。

私は語学者ではありませんし、また外国語に堪能でもありません。したがつてひとつひとつの翻訳の細部が誤訳であるか、文法的にまちがひであるかについては、多くの場合、判断をはづしてしまひます。もちろん翻訳文があまりわかりにくいときなどは、どうせ誤訳だろうときめつけることはできますが、しかしその小説や詩や戯曲の少なくとも全体的効果が損はれてゐるやうな翻訳は、如何に語学的に正確であつても、日本語で読んでよい翻訳といふことはできません。要は作品としての全体的効果がうまく移されてゐるかどうかといふことであります。（三島由紀夫 1975：490）

三島は、さらに外国文学の翻訳としての高い水準を維持するためには、「日本語や日本文学に対する教養と訓練が必要なのであります」、「翻訳者の恣意のおかげで如何に外国文学が歪められて伝へられてきたか、その害悪は測り知れないほどであります」（1975：492）と述べ、翻訳作品も日本文学としての芸術性を保持するべきであると力説している。

翻訳論には相異なる二つの学説がある。第一は翻訳に言語学的正確さを要求するもの、第二は、読者が原作世界を味わい生き生きと再現できるように、言語的な正確さにあまりこだわらずに、原作者が創作した世界を翻訳で再構成することに主眼をおくものである。

ノンセンス作品『不思議の国のアリス』『鏡の国のアリス』には一般にノンセンス技法として知られる地口やしゃれ、造語やノンセンス語などの言葉遊びが随所にがちりばめられているため、邦訳、英語とは言語構造や文体・属性において乖離している日本語に直すのは、とりわけ難しいと容易に想像することができる。[4]

そのために、ここでは、日本語と英語を四つの観点、(1)ジャンルと言語、(2)日本の翻訳者が遭遇する困難、(3)言葉と世界観、そして、(4)文化的言語学的観点から見たノンセンスから、比較検討していきたいと考える。

ジャンルと言語

英国には日本よりはるかに長い児童文学の歴史がある。一四八四年、カクストンはフランス語の『イソップ寓話』を、自分で英語に翻訳出版した。この寓話は、大人だけではなく子どものための古典文学作品として、現代に至るまで何世代にもわたり読みつがれてきた。一六世紀になると、行商のチャップマンが売り歩いた表紙に挿絵が印刷された小さなチャップブックが女性たちのあいだで人気を博したが、この短く平易な物語は子どもたちのお気に入りともなった。一七世紀になると、フェアリーテールが子どもたちの人気を集め、子どもたちはベッドで読み聞かせてもらうのを楽しみにした。このフェアリーテールは、大人が与えようとしたピューリタンによる教訓的・道徳的な物語より、はるかに子どもたちを魅了した。一八世紀にはいると、『アラビアン・ナイト』

や『ロビンソン・クルーソー』『ガリヴァー旅行記』などの改作が、子どもたちを引きつけた。

一八世紀、子どもの読者を対象にした教訓書が、トーマス・ホワイトやアイザック・ワッツなどによって書かれる。しかし、ほとんどの書物が子どもの教化を目的とした教訓詩であった。子どもたちが暗誦させられたこうした教訓詩のなかには、ワッツの金言詩があり、キャロルは『不思議の国のアリス』のなかで、彼の詩をパロディー化しノンセンス詩に変えたのは有名な話である。パーシィ・ミューアによると、「ワッツは初期のピューリタン作家ほど道徳や教化に熱心であったわけではない。……彼は、リズムや韻律を使って作られた作品は、より速く習得されまた思い出しやすいということを、知っていただけではなく、子どもの理解力の限界や単純であるが魅力的な詩歌――道徳的な色彩は濃厚であるが、脅迫的というよりは説得的な詩歌――の必要性についても理解していた」(ミューア 1954:56)。

英語圏でうたいつがれていた伝承童謡のなかで、記録上、最も初期に出版された子どもの本は、アン女王治世下に出版されたT・Wの「Aはアーチャーの A」である。(ミューア 1954:77)「マザーグース」の起源は、伝承童謡集である『マザーグース・メロディ』(一七六五年)にあり、その後、現在に至るまでイギリスやアメリカなどの英語圏で長く歌い継がれてきた。

一八世紀後半に登場した女性作家の多くが子ども向けの物語を書いた。また、一九世紀に入ると、児童書は出版界のひとつの主流となり、一九世紀半ばのノンセンス作品誕生に、寄与することとなる。いわば、エドワード・リアとルイス・キャロルが創作したジャンルであるノンセンスは、斬新でそれ以前の伝承童謡に見られた「ノンセンス」(5)とは、かなり異なる。エドワード・リアの最初の子ども向けの書物は、一八四六年に出た『ノンセンスの本』である。一方、ルイス・キャロルの『不思議の国のアリス』は一八六五年に出版された。リアもキャロルもともに自分たちの本務は、子どもを教化し過度に道徳的な物語を与えるよりは、楽しませることにあると考えていた。
日本では、明治期に児童文学が登場するまで、大人の読物が部分的に子どもにも使われ、その一部が口承で伝えられた。「口承文芸」とは『児童文学事典』によると「個人の創作によって書物に記されたのではなく、民衆のあいだで口伝えされてきた文芸全体を指す学術用語。……そこに含まれるものは、昔話（本格昔話、笑い話、動物昔話）、伝説、世間話、ことわざ、なぞなぞ、わらべ唄、民謡（労働歌、祝い歌、弔い歌など）、早物語り、口説き、説教節、物売りの呼び言葉などである」（1988：253）。そのなかで「昔話」は次のように定義されている。

民衆の間で、口伝えされてきたお伽噺。……昔話は、時代、場所、人物が不特定で、内容を真実として信じられることを求めていないが、伝説は、時代、場所、人物を特定し、共同体の歴史として信じられることを求めている。昔話は、一定の語りの様式をもって語るが、伝説は事がらを伝えればよいのであって、一定の様式をもっていない。……昔話は、勧善懲悪の物語としてよりも、多様な人間像、とくに若い時期の成長の姿を語るものとして理解されるべきものである。（1988：740-741）

さらに、「お伽噺」は、同事典を紐解いてみると、もともと戦国時代に新たに現れた新しい種類の物語で、「噺」の字は「同一の話を繰り返さないために新味を加えた話」（1988：135）を意味し、最初は、「大名の夜の話相手であった『御伽の衆』が、民間説話を整理し、潤色して、それまでの素朴な昔話に新味を加えたり、主人のご機嫌をとるために笑いの要素を加えるようになったといわれている。初めのころは、話者も聴者も成人で、子どもを聞き手として予想していなかった。一方、家人が子どもたちを聞き手とする民間説話は『祖父祖母之物語』、『昔がたり』、『童話（わらべものがたり）』として存在した。この口承説話が江戸期に版本絵本にもなって読み物の形をとる」(135)。

明治期、「巌谷小波が、『幼年雑誌』に『お伽ばなし』欄(一八九四)を設けて以降、昔噺を含む伝説説話の再話とともに創作お伽噺を主唱し、少年小説と区別して『お伽噺』の用語を定着させた」(滑川 1988：135)。明治時代の児童文学を牽引したかの感のある巌谷小波がそれまでのお伽噺の特徴を生かしつつ、西洋のおとぎばなし的要素を混合させた新たな「創作お伽噺」を提唱する。この小波のお伽噺は、現代の作家が新しい素材を使い書いた作品であった。もちろん、語りではなく物語形式で、読者は児童の少年少女であった。

日本最初の『アリス』邦訳である長谷川天溪の『鏡世界』は、一八九九年、この巌谷小波が編集をした雑誌『少年世界』に掲載された。その副題は「西洋お伽噺」、西洋文学でありながらも、巌谷の「創作お伽噺」の概念と関連しているとも考えられる。事実、この長谷川天溪の初訳にはじまり、邦題および副題に「お伽噺」と銘打っているのは、丹羽五郎の『長篇お伽噺　子供の夢』と、うさぎ山人の『お正月お伽噺』(ともに、一九一一年)の合計三冊、はしがきで、「お伽噺」と解説している丸山英観(一九一〇年)の邦訳を入れれば、明治から大正期初期にかけて出版された五種の邦訳のうち四種が「お伽噺」と称している。(6) いいかえれば、それほど、巌谷が創作した近代のお伽噺のイメージが濃厚であり、また、『アリス』邦訳が単なる翻訳ではなく、日本の子どもの読み物として受容され出版された証左でもある。

日本の翻訳者がであう困難

英文から日本語に翻訳する場合、翻訳者が、普通、直面する問題は主として四点ある。まず、日本語の文字の多様さがあげられる。日本語では、表意文字である漢字と表音文字である二種類の「かな」(カタカナ・ひらがな)、さらに、西洋のアルファベットなどがある。ヨーロッパ言語では主に大文字小文字の二種類の表音文字があるが、それに比べ、日本語では驚異的な文字の組み合わせが可能となる。スイスの言語学者であるフェルディナンド・デ・ソシュールは、言語記号は意味するもの（シニフィアン、signifier）と意味されるもの（シニフィエ、signified）の二つの要素があると定義する。漢字にはこのシニフィアンとシニフィエの両方の要素が含まれ、読みだけを表記する表音記号とは異なり、読みとともに考えや概念をも表象する。また、日本語は、中国に由来する漢字を書き言葉として借用したおかげで、表意文字である漢字を使った多種多様な同音異義語表現を作り出すことができる。日本語では、文字の組み合わせによって新語を比較的容易に創り出すことができる。そのため、「漢字の組み合わせにより膨大な数の語彙を創り出すことができ、日本語学習者が漢字を知っていれば、文字を見るだけで意味があきらかとなる」（イアン・トンプソン 1987：221）。漢字の読みの多様さ・曖昧さ、多種の文字表記などから考えると、日本語は、言語学的には、比較的容易に言葉遊びや造語を造りだせる言語だということがわかる。

日本語の音声の種類は、英語に比べて比較的少ない。日本語の母音は五種、他方、標準的な英語では短母音一二種、二重母音が八種、合計二〇種の母音がある。一方、日本語の音節構造は非常にシンプルで、母音と子音が結びついた「かきくけこ」などの音節、母音のみで成り立つ「あいうえお」などがあり、その他、「ん」などの子音がある。日本語の発音でよく指摘されるのは、たとえば、よく知られた、/l/ と /r/、/v/ と /b/ の区別のなさや、“th” などの発音が日本語に存在しないこともあり、英語の *Alice* や *Jabberwocky* などを、日本語表記で正確に表現することはきわめてむつかしい。

また、日本語には同音異義語が多く存在するために、英語の言葉遊びを日本語の言葉遊びに移しかえるのは、ある程度可能だが、同じ意味の翻訳を探すのはそう容易ではない。また、日本語の音声の種類が少ないために、英語の擬音語や擬声語、音声的な遊びを日本語になおすのはかなり難しい。

その他、英文を翻訳する際に、とくに注意を要するのは、日本語特有のあいまいさや婉曲表現である。[7] 国語学者である金田一春彦は、日本初のノーベル賞受賞者である湯川秀樹の随筆を引用して、この日本語の特質を明らかにしている。

一つの思想を日本語で表現した場合と、外国語で表現した場合とでは、非常にちがうことである。日本語では一応筋が通っていて、非常に明確であることが、そのまま、外国語（わたしの場合は英語）に翻訳してみると、ぼんやりしたものになるばかりでなく、論理的矛盾がはっきりと出ておどろくことがある。……西洋の文章構造は論理的である。すくなくとも、論理に反するものはすぐ気がつくようにできている。一口に言えば文法的である。それに対して、日本文は感性的である。論理的でないものがあっても、それを感情や情緒でおぎなって理解できるような仕組みになっているように思う。（引用 金田一 1982：26）

日英の言語とその語法における論理性と非論理性について、イアン・トンプソンの『日本語の話者』と金田一春彦の『日本語セミナー』を参考にしつつ、比較検証してみよう。まず、文法的には二つの言語の語順はまったく正反対である。「日本語とは『主語、目的語、動詞』の順番で構成される言語である。修飾語が修飾される言語の前に、……従属的なものが主体的なものの前にくる……どんなに形容詞が長くともすべて名詞の働きをするものの前にくる」（トンプソン 1987：216）と、日本語の語順について説明する。

第二に、日本語独特の動詞の用法のために、あいまいな表現が可能となる。「日本語はとても独立した言語で、『だ』を除けば、あらゆる動詞が、それだけで、主語や目的語を伴わなくても、文章となることができる。……人称や数によって動詞が変化することはない」（トンプソン 1987：216）。いわば、日本語の主語や目的語が省略される場合、文脈があいまいかつ非論理的となる。逆に、日本語の主語や動詞が省略されない場合には、年齢や性別、話者と聞き手との関係性などにより、多様な語彙や用語が生まれる場合も多い。この点については、この章の後半で、詳しく述べたい。日本語の動詞の時制は、英語ほど複雑でも厳密でもない。たとえば、日本語には英語の過去と過去完了、あるいは現在と現在進行形に見るような体系的な相違はない。つまり、日本語の時制はそれが先に起こったのかその後に起こったのかをおおざっぱに示しているに過ぎないのである。また、日本語の代名詞がしばしば省略されるのに対し、英語の人称代名詞には、女性、男性、中性の明確な区分があり、日本語に置きかえる場合には、多くの選択肢のなかから、性別、関係、地位や態度など複雑な要素を考慮しつつ、適語を選択あるいは省略しなければならなくなる。

第三に、英語の日常会話表現を日本語に翻訳する場合、ただ単に辞書で適当な日本語を探す以上に、はるかに難しい。金田一春彦は、「同じ日本語の中にもたくさんの違った言葉があること、これは、日本語の著しい特色の一つということになります」（1991：26-35）と述べ、日本語の方言の相違や、身分、職業、性別、口語体と文語体、普通体や、尊敬語、謙譲語、丁寧語等の日本語表現の多様さについて、言及している。とくに、会話の翻訳はかなり難しい。たとえば、話し言葉をフォーマルな日本語に直せば、会話がもつカジュアルで親しみやすい雰囲気が損なわれることにもなりかねない。英語の日常会話を日本語に翻訳する場合に、いったい日本語のどのスタイルが適切なのかと、考えながら適語を選択するのはそうたやすくはないだろう。

言語と世界観

日本語と英語のどちらの語彙が多いのか、その判断は難しい。たとえば、日本語の「おもしろい」には、英語の“interesting”や“funny”“strange”“amusing”“delightful”“curious”“promising”“queer”など多くの意味がある。一方、英語の“girl”は、日本語では「女の子」「少女」「娘」「娘さん」「おじょうさん」「おじょうさま」「乙女」はては、現代の「ギャル」まで多岐に渡った表現がある。いいかえれば、日英それぞれの言語が、固有の文化や世界観を反映した語彙をもつのである。ある国で、ある言葉が多様な表現をもつということは、その文化や地域がその言語の相違やニュアンスを尊重しているからに他ならない。

金田一春彦は「言語は、その国の文化の影響を受ける。日本語の場合も、その例にもれない。……文化とは、何かとは簡単には言えないが、ここでは、自然的環境への順応の仕方、社会構造、それから導かれる生活行動の規範、ものの見方、などを考えておく」（金田一 1982: 59-8）、と述べる。さらに、「注意すべきは、一国語の性格は、その全部が文化の影響を受けたものではないことである。すなわち、祖語の性格を受け継いだ部分もある」（金田一 1982: 57）と注意を促す。

荒木博之は英語と日本語のあいだの主要な社会言語的相違について、「日本の社会においては、弁論をもって相手を説得する必要はムラ的共同体のなかでは必要とされなかったのである。ムラにおいては、論理的思考よりは義理と人情が優先する。これに対して、西洋社会においては、ゆるぎない論理と話術において相手を説得しなければならない」（荒木 1994: 117）と指摘する。英語は強い個の意識をもつ人びとの考えや意見を伝達手段とする言語であり、他方、日本語は遠回しに、状況に合わせ、相手の感情を優先する日本人の気持ちを反映している言語である。トンプソンは、こうした日本語と英語の違いを次のように説明する。

日本語にはあいまいさや不確かさを表現する印象的な仕組みがあり、そのために、「たぶん」や、「どちらかというと」、「少し」、「こんな」といった表現が多用されるようになる。（トンプソン 1987: 220）

日本人の学生が作文を書く際に起こる問題は、つづりや、構成や文法は間違いがあまりないが、抽象的な名詞を多用したりよくわからないイメージを喚起したりするので、イギリス人の読者は内容がよくわからなくなる。抽象性は日本では重んじられている。(トンプソン 1987：222)

日本人のあいまいさや「抽象性」(“abstraction”)——ここでトンプソンが意味したのはおそらく哲学的な意味での抽象性ではなく「一般性」という意味であると考えるが——の原因は、日本人が自分以外ものへの配慮を重んじ、その結果として明晰、率直、論理的過ぎる表現を避ける傾向があるためであろう。

これに対し、金田一は、「日本人は、しばしばすべての人称を抽象した行動を考え、日本語の動詞は原則としてそれを表わす形である。……日本語がヨーロッパ語などよりも〈抽象化〉が進んでいるためだろう」(1982：114-115)と、考える。

言語が文化に優先するのか、あるいは、文化が言語に優先するのかは議論の分かれるところである。金田一は、「日本語は、けっして非論理的にしか言えない言語なのではない。使う日本人が、非論理的な使い方を喜んでいるだけである」(金田一 1982：140-141)と、判断する。しかし、婉曲的一般的な表現を重んじる日本文化が、日本語の非論理的であいまいな特質を育てていったことも、また事実である。

三島由紀夫は、日本語の特徴は、形而上学的な概念に使われる男性的特質よりも、むしろ、感傷性や情緒性を好む女性的特質にあると考えている。

しかし日本語の特質に帰ると、日本人は奇妙なことに男性的特質、論理および理知の特質をすべて外来の思想にまつたのであります。……さうした日本には、日本独特の抽象概念といふものがなかつたので、平安朝の昔から男性は抽象概念を、すべて外来語によって処理してしまふ習慣になつてゐました。そして日本語独特の抽象概念にあたるものは、いつも情緒の霧にまとひつかれ、感情の湿度に浸潤されて、決して抽象概念すら自立性、独立性、明晰性を持つことはできませんでした。……多くの作家がかういふ特質から逃れようとしてさまざまな試みをしましたが、根本的には日本人が日本語を使ふ以上、長い伝統と日本語独特の特質から逃れることはできないのであります。日本文学はよかれあしかれ、女性的理念、感情と情念の理念において世界に冠絶してゐると言つてもよろしいでありましょう。（1975：420-423）

三島の女性的男性的という定義自体、現代のジェンダー概念からいうと、いささか時代錯誤的である。しかし、にもかかわらず、彼の日本文化や日本語の特質に対する分析には、優れた職業作家のみがいだきうる鋭い洞察が含まれている。

とくに、西洋と比べた、日本文化の際立った特徴は、社会の上下関係にある。西洋では絶対主義時代に存在したような社会のたて構造が、日本のあらゆるところに今でも広くいきわたっている。第二次世界大戦以前の天皇制を頂点とした絶対主義的な国家社会体制から、現在の社会、あるいは地域共同体や、現在の家族組織にいたるまで、有形無形なかたちで存在し、人びとの生活や考えを拘束する。金田一は、「この上下関係においては、上位のものは権威と、いわゆる『親心』をもってのぞみ、下位のものは、上位のものに対して価値観の低いものとしてふるまい、献身的行動、ないしは卑屈な感情をもって対するのが通例である。この社会制度は、当然、日本語の上に反映する」（金田一 1982：70）と、結論づけ、日本語の上下関係にかかわる敬語や語彙の多さはそこに起因すると述べている。その結果、「日本人の生活行動にはいろいろの特徴が生じて来ている。たとえば下の階級の人は、上の階級の人に対して、自我をなくして服従することを美徳とするところから、さらに一般の人のあいだには自主的な批判を許さない傾向が強くなっている。このために日本人は型にはまった考え方を喜ぶ傾向がある。……このようなものの考え方から、日本では、会話などにおいても、相手にさからうことは禁物とされ、その意を迎える言い方が発達している」（金田一 1982：70-71）と論じる。いわば、金田一が述べるように、日本語自体が、社会や家庭・組織における上下関係により深い影響を受けているのである。

日本語が他の言語と大きく異なるのは、敬語表現の多様さにある。日本語には謙譲語、尊大語、尊敬語、丁寧語、美化語がある。さらに、日本語特有の女性独特の言葉使いや表現も、江戸時代の儒教の影響から派生した「婦道」の影響を受けて、著しく発達した。女性的という概念自体が、社会階層や地位によって規定された役割と深く関係している。英語にはほとんど見られない女性独特の語彙や言葉使いは、話者の年齢や、たて社会における地位、社会階層などに応じて、大きく変化する。日本語特有の敬語表現と女性表現は、『不思議の国のアリス』『鏡の国のアリス』の邦訳を試みる翻訳者にとっては、大きなハードルであった。とりわけ、明治・大正期の日本では、子ども期と思春期の中間の年齢に位置するアッパー・ミドル・クラスのヴィクトリア朝のアリスに近い年齢や階層の女の子はきわめて少なかったために、アリスが話す言葉を、それぞれの時代に適した日本語に翻訳するのは、よりいっそう難しかったと考えられる。

さらに、旅というテーマは、日本文学においてもイギリス文学においても、アイデンティティの探求あるいは人生そのものにたとえられてきた。しかるに、日本文学においては、西行の『山河集』や芭蕉の『奥の細道』に見られるように、孤独な望郷として旅が描かれてきたのに対し、英文学では旅はチャレンジであり冒険そのものであった。アリスは、燃えるような好奇心にかられて不思議の国に入ったが、そこでの彼女の冒険は、耐えがたい受難というよりはむしろ、教育的色彩はあるが楽しいわくわくする好奇心に満ちた旅であった。さらに、日本の物語では、明治以後も、女の子が主人公であるストーリーはゼロに等しく、さらにその子が一人旅や冒険をするといった類の物語はほとんど見当たらない。いわば、キャロルの作品は初期の日本の翻訳者や読者にとって、異質に映ったにちがいない。

ヴィクトリア朝英国と明治・大正期の日本では、思想、言語、文化など多くの点で、乖離している。そのために、もし、三島由紀夫が述べるように、翻訳に文学作品としての完成度を期待するならば、英国文化のなかで生まれた『アリス』を日本文化に根づいた日本文学作品まで高めるために、多くの高い障害を乗り越えなければならなかっただろう。とくに、キャロルの二つの『アリス』物語は、その論理性においても感傷性の排除においても、一般的なファンタジーというよりは、きわめてイギリス的なノンセンスのジャンルに属する。

日本人にはまったく異質なヴィクトリア朝のノンセンス作品を、元のイギリス文化や英語の独特の味わいを逸することなく、日本の文学作品として再構成し、日本の読者が理解し楽しむことが、果たして可能であろうか？

この疑問を胸に、次に、ノンセンスについて考えてみたい。

ノンセンス

エリザベス・シェールは「ノンセンス詩人としてのルイス・キャロルとT・S・エリオット」のなかで、次のようにノンセンスを定義する。

「ノンセンス」というジャンルないしゲームには厳重なルールがある。その目的は、厳密に選択され統御された論理的な談話の宇宙を単語によって構成することである。そうすれば精神はこの遊びの場の中で、主として事物の名前と数からなるその材料を操作することができる。操作がつねに目指すのは材料を分解してばらばらの駒の集まりにしてしまうことである。……綜合を求める傾向はすべてタブーである――精神においての想像や夢、言語での詩的および隠喩的な要素、題材として美とか豊饒、聖俗を問わずあらゆる愛の形に関係あるもののすべてがそうである。およそ統合力のあるものはすべて「ノンセンス」の大敵であって、どんな犠牲をはらっても排除すべきである。

「ノンセンス」を純粋に実践するには高度の禁欲が必要である。限定と不毛によらねばそれはそもそも精神の内に存在し得ないのだから。「ノンセンス」は本来、論理的で反詩的なものである　（柴田稔彦訳 202-3)

さらにこの論を、一九七六年に出した「ルイス・キャロル作品と現代世界にみるノンセンスのシステム」のなかで次のように発展させる。

その結果、一個の閉ざされた自立的な領域がイメージできてきた……この領域は絶対的なルールに支配されていて、時間と空間の中に孤絶している。その中で運動する一つ一つの単位は――人間という「単位」をも含めて――たがいに分離され個別的（つまり「孤独」）である。白の女王の言葉を借りるなら「一たす一たす一たす一」なのである。コントロールされた競合関係の閉じた世界にふさわしいもの以来［以外］は、いかなる情緒もここからは厳密に絞めだされている。そこにありうる関係といえば、議論であるとか敵意にみちた無礼さといった狭隘なものに限られ、ある一定のパターンの中で全く当然のものとされている分だけ強烈になる。そこから想像力、夢、共感、愛、詩といった「総合」をめざすような傾向もそっくり締めだされているのは言うまでもない。詩をパロディに化すことで隠喩《メタファー》というものをキャロルがいかに周到に武装解除しているか思ってみるだけで十分だろう。そしてまた我々をして人間たらしめる大問題のことごとく、悲しみとか美とか神とかなどなども、きれいさっぱりここからはしめ出されているのである。こうした除外もろもろがノンセンスにとって必須の要件であることは、あの『シルヴィとブルーノ』というおそろしくごたごたした作品を見れば一目瞭然であろう。そこでキャロルは別種のノンセンスをめざし、色々と取りこんだけれども失敗に終わった。さらにここは個別的な単位の世界なのであって、一切は操作の伎倆と、彼我を分かつ距離にかかっている。（高山宏訳 73）

文学作品としてのノンセンスの定義は、シェールが「異なった種類のノンセンス」あるいは「ノンセンス的要素」と表現した（1976: 67）ように、微妙である。ノンセンスとは、センスの欠如であり、それゆえに、ノンセンスを作り出すには、娯楽的な要素や微妙なニュアンスを排除することが必要だと考える場合もある。しかし、「ノンセンスはセンスの欠如とはまったく異なっている……ノンセンスは単にセンスのかたちを変えたものであり、変質してはいるが元々は同質異形である」（マリナ・ヤゲーロ 1998: 93-94）と、ヤゲーロは述べる。

言葉遊び、とりわけ地口やだじゃれは、ノンセンスを代表する技法である。地口は同音語や同音異義語、多義語を使って、同じ発音でありながら異なった意味をもつ言葉を組み合わせて作る。ノンセンスの技法としては、逆転や、メタ言語的な要素、パロディ、レトリックなどがあり、こうした技法が組み合わされてノンセンスが構成される。

英語のノンセンス作品を日本語に翻訳するとき、翻訳者は先に言及したような日英の言語的相違に留意する必要がある。たとえば、英語のメタファーが、あたかも文学的な意味をもつかのように扱われ、わたくしたちが普段なれた世界とは異なる論理を生み出す場合には、邦訳者はその英語のメタファーに相当する日本語だけではなく、文学的な文脈もあわせて翻訳しなければならない。英語のパロディの場合は、さらにむつかしい。というのも日英の社会的・文化的な相違が、言語的相違以上により大きな隔たりがあったからである。マリナ・ヤゲーロは、キャロルのパロディ技法について、アイザック・ワッツの教訓詩「忙しいミツバチさんが」をパロディ化した詩「小さなワニさんが」の例を引用して次のように論じている。

そのため、このような場合、ノンセンスの背後にはセンスが存在する。いいかえれば、そのこっけいな要素はパロディから生まれる。文法的、意味論的、リズミカルな並列法とともに、教訓は、とりわけうまくパロディ化される。……というのは、話し手がこのように元の言葉からの転訛を理解したり楽しむためには、その言ったことを理解する同じ枠組み、いいかえれば、同じ文化に属する必要がある。(ヤゲーロ 1998: 89)

パロディとは、わたしたちがもっている価値観を打ち壊し、ノンセンス的な価値観へと転覆することであるゆえに、パロディ化されるものに対する知識、いわば、文化的価値観を共有することが、きわめて重要である。英語のパロディを日本語に翻訳する際、パロディが生まれたその背後にある英国の文化を日本人読者が理解できるようにする必要がある。あるいは、代わりに、元の英語のパロディが生まれた英国文化に近い要素をもった日本の文化的コンテキストをみつけだし、英文のニュアンスに近い日本語のパロディを構築する必要があるだろう。少なくとも、こうしたいずれか、あるいは両方の方策を講ずることが不可欠なのである。

ヴィクトリア時代以降、ノンセンスが文学ジャンルとして初めて成熟するにいたる。いうまでもなく、限定的なノンセンス的要素は、それ以前の時代に、『マザーグース』やリメリック(こっけいな五行詩)やチャップブックのなかに散逸していたし、ジャンルとしてのノンセンスあるいはナンセンス的要素は、イギリス文学における広義なユーモアの伝統である、風刺、ファルス(笑劇)、コメディ・オブ・ウィットや、コメディ・オブ・

マナーズ（風俗喜劇）やバーレスク（風刺劇）などに見られた。

一方、日本文学においては、同音語、同音異義語、多義語を使った修辞技法は伝統的に多く試みられた。中世の和歌には一定の語句の前に修飾句としてつかわれる「序詞」や「枕詞」、ひとつの言葉に同時に二つの意味をもたせる「掛詞」などがあるが、それはノンセンスというよりも叙情的な雰囲気を高める目的をもっていた。近代文学においては、狂歌や散文体の町人文学で、同音語や同音異義語、類似語などを使っただじゃれや機知にとんだ言葉遊びが多く使われ、こちらは叙情性とはかけ離れていた。この駄洒落文学には、エリザベス・シェールのノンセンスの定義に通じる特徴が見られる。しかし、シェールの定義にあるような、あらゆる「統合的」な傾向を思想感情言語すべてにおいて、厳密に排除するほど徹底したレベルにはない。そのために、この江戸時代のジャンルを、ノンセンス、少なくともシェールの定義に沿ったノンセンスと、簡単に限定することはできない。

こうした日本文学におけるジャンルとしてのノンセンスの欠如はすでに述べた日本語の特徴である、漢字、語彙の多義性とあいまいさ、情緒や感傷性を論理や抽象性以上に配慮する傾向と、深く結びついている。さらに、明治以降におこった自然主義や浪漫主義の文学運動は、人間のあらゆる統合的総合的傾向を排除し、厳密に抑制され選択された論理的な宇宙を作るという、ノンセンスの原則とはまったく相容れない。

日本には、言語的文化的に考えれば、未分化な混沌としたナンセンス的な要素が存在した。たとえば、駄洒落や漢字の読みの多様さ、漢字の組み合わせによる容易な新語句の創作、「ふりがな」や「ルビ」等があげられ、将来、ナンセンスに発展する背景は十分にあった。にもかかわらず、ノンセンスが日本文学として根付くには、キャロルのノンセンス作品が初めて日本に紹介されてから、ほぼ半世紀近い歳月を要したのである。

言語というものは、会話であろうと書き言葉であろうと、常に変貌しつづけ、あらゆる段階において、変化、消滅、再生されていく運命にある。外国語とくに西洋言語からの翻訳作品は、現代の日本語会話や書き言葉に大きな影響を与えてきた。明治以降一〇〇年もの歳月を経るなかで、すでに、現代の日本語は翻訳文体の影響を受け大きな変化をこうむってきた。なかでも、本書では、『不思議の国のアリス』『鏡の国のアリス』の翻訳を例に取り、その邦訳史を考察することにより、『アリス』邦訳と図像における変化変遷をたどりたいと考える。

三・二　受容の文脈——読者層

明治から大正にいたる文化的社会的背景

明治維新は日本が外国に門戸を開いた日本の近代化のターニング・ポイントであった。しかし、反面、維新によって封建的な旧体制が完全に払拭されたわけではなかった。資本主義社会が成立した後も、江戸時代から脈々と続く封建性が社会の底流で生き続け、この封建的な諸要素が近代のナショナリズムや資本主義と結びつき、明治期の「富国強兵」「立身出世」「殖産興業」「文明開化」などのスローガンが生まれた。この時代思潮に鼓舞され、明治の男性は「末は博士か大臣か」という言葉に象徴されるような上昇志向的な野心を掻き立てられた。

明治時代を特徴づける言葉がパブリックとすれば、大正期はプライベートといえる。いいかえれば、明治期、人々は大正期とは対照的に、個人よりも社会を重視した。明治四〇年代（一九〇七年一月—一九一二年七月）は、ある意味、明治から大正への移行期にあたるが、わずか五年半のこの期間は、重要な国家社会の形成期でもあった。明治四〇年代は、日露戦争（一九〇四—一九〇五年）で勝利して以降、実質的に世界の強国としての日本の評価が急速に高まっていきつつあった時期にあたり、この勝利によって日本のナショナリズムが育っていった。

他方、日本現代史を専門とする松尾尊兊は、歴史学の視点から「大正デモクラシーとは、日露戦争のおわった一九〇五年から、護憲三派内閣による諸改革の行なわれた一九二五年まで、ほぼ二〇年間にわたり、日本の政治をはじめ、ひろく社会・文化の各方面に顕著にあらわれた民主主義的傾向をいうのであるが、これを生み出したものは、基本的にいって、広汎な民衆の政治的、市民的自由の獲得と擁護のための諸運動であった」（松尾 1974：v）と述べ、明治四〇年代は、西洋思想が日本のあらゆる分野に影響を与えたという意味で、すでに大正時代の前兆と考えられると述べる。

要するに、四〇年代は明治期へのレクイエムであるとともに、大正期への黎明を告げる時期であった。いいかえれば、古い時代思潮と新しい時代思潮が共存相克し、やがて、明治政府の反動的な政策にもかかわらず、新しい潮流が流れ込みはじめた新しい時代の到来を予兆する時期でもあった。女性の権利に関していえば、女性解放運動が一般の女性にも知られるようになり、女性が自らの価値やアイデンティティを意識しはじめた時代でもあった。

明治末の一九一一年九月一日、一八世紀イギリスで発刊された女性解放雑誌『ブルーストッキング』に倣った、日本最初の女性による月刊誌『青鞜』が、平塚らいてうら、いわゆる「新しい女性」たちによって発刊された。『青踏』創刊号の巻頭言からは、新時代に向けた、平塚ら新しい女性の意気込みが感じとれる。

> 元始、女性は実に太陽であつた。真正の人であった。今、女性は月である。他に依って生き、他の光によつて輝く、病人のやうな蒼白い顔の月である。

さらに、明治を代表する情熱的な女流詩人与謝野晶子は、この『青鞜』の創刊号の巻頭に「そぞろごと」と題した詩を寄せ、女性たちに檄を発する。

山の動く日来る
かく云へども人われを信ぜじ……
すべて眠りし女今ぞ目覚めて動くなる

いうまでもなく、『青踏』に代表されるような女権運動にかかわるのは、少数のエリート、都会に住む富裕層の女性たちであった。しかし、この運動が、時の政府や一般の女性の認識にも大きな影響を与えた。それまでの伝統的な家族制度や儒教に基づいた因習的な良妻賢母という女性の役割を打破し、新しい教育制度を導入する必要があるとの認識が、政府にも生まれた。

中村悦子は、大正期の個人主義や消費生活に関心を持ちはじめた文化的風潮を、明治と比較して次のように解説する。

国家の絶対支配に対して今や個人や家庭を拠り所とする生活文化への希求が中間層と呼ばれる人々の間に広がるにつれて生産文明に対する消費文化が培われていった。(1989: 26)

さらに、中村は大正期を三段階に分ける。第一期は、明治の末から欧州大戦の終結する大正七（一九一八）年、第二期が関東大震災（一九二三年）まで、第三期が震災から昭和初期までとする。(1989: 38)

『不思議の国のアリス』のような書物が、なぜ、忽然と、ある時期に、翻案翻訳され、何種類も一気に出版されたのか。その理由を説明するのはそう簡単なことではない。『不思議の国のアリス』の翻訳翻案が数種出版されたのが一九一〇年前後、それは、大正期の第一段階と考えられる明治期と大正期をつなぐ明治四〇年代にあたる。そして、『アリス』翻訳の第二次最盛期が一九二〇年前後。まず、絵雑誌『幼年の友』（一九一七年）に『フシギナ　クニ』が、『日本幼年』（一九一八年）に『アリス物語』が掲載される。さらに、日本最初の近代的な児童雑誌『赤い鳥』に『不思議の国のアリス』の翻案『地中の世界』（一九二一―一九二二年）が、ライバル雑誌『金の船』に『鏡の国のアリス』の翻訳『鏡國めぐり』（一九二一年）が掲載され、楠山正雄が、『不思議の国』と『鏡の国』の二冊を完訳した『不思議の國』（一九二〇年）を出版する。この翻訳時期と歴史的文化的な背景、とりわけ、明治末から大正期にいたる日本の女子教育とのかかわりから、なぜ、この二つの時期に『アリス』翻訳が、華々しく一気に輩出したのか、その意味や理由がある程度明らかとなるだろう。

明治から大正期にいたる教育制度の変遷

文部省が設置された翌年の明治五（一八七二）年八月、フランスの制度にならった学制が発布され、「邑に不学の戸なく、家に不学の人なからしめん」ことが目的とされた。この「新学制は、全国を八大学区に分け、各大学区は三二中学区に分け、各中学区には二一〇の小学区を設け、それぞれに――小学校を置くことにした。……これは人口六〇〇人に対し――小学校を設け、江戸時代まで国民の上層一部の者しか学校教育を受けられなかったのとはおおいに異なり、国民すべての者に普通教育を授けることにしたのである」（陶山 1983：50）。翌一八七三年の就学率はかなり低く学齢期の児童に対する割合は、二八・一二パーセント、男子は三九・九パーセントであるのに対し、女子はその半分にも満たない一五・一四パーセントであった。五年後の一八七八年までに、就学率は平均四一・二六パーセント、男子五七・五九パーセント、女子二三・五一パーセントへと増加する。

（1984: 50）

一八七九年、「学制」にかわって「教育令」が発布される。学制は当時の日本の子どもたちの状況に合わない理想主義的な傾向をもっていたが、この教育令も当時の日本の教育の現状を考えると、革新的すぎたといえる。いわば、その頃の学校政策は、既存の日本の制度や子どもたちの現状に配慮し調整することなく、文明開花期の西洋精神を、そのまま移入したにすぎない。

一八八五年、「学校令」が国会で採択された。その結果、初等教育制度はより日本の現状に合うようになり、就学率は四九・三六パーセントまで上昇し、ほぼ半数の生徒が小学校に通えるまでになる。

女子教育に関しては、一八九五年、中学校教育で男女の区分を初めて法的に導入する。当時、日本の女子を国際的に通用するような水準にまで教育するべきだという進歩的な考えと、日本の風土にあった日本女性として育成するべきであるという保守的なふたつの相対立する考えが相克していた。外国人が日本人のなかに自由に居住できるようになった一八九九（明治三二）年七月以前には、革新的な思想が影響力をもっていたが、その後は、保守的な教育観が急激に大勢を占めるようになる。日本人が自国固有の文化や道徳を再認識し再評価するような機運が生まれたのである。

明治三二（一八九九）年、「高等女学校令」が承認され、江戸期の武士階級の封建的な婦道が再評価される。良妻賢母教育が女子教育界では大きなウェートを占めるようになる。明治三〇年代から四〇年代初めにかけて、日本の女子教育は完全にこの旧態依然たる良妻賢母教育というスローガンのもとに統一されていった。日本の教育制度を研究していた吉村寅太郎は、一八九八年、「日本現時教育」において、次のように記している。

女子教育ノ要ハ、其ノ固有ノ性質及ビ能力ヲ伸暢発達セシメ、良妻タリ、又一家ノ主婦タルニ適合セシムル

ニ在リ（引用 片山 1984: 115)

要するに、日本の女子教育は、男女同権という理念のもとで形成されたわけではなかった。むしろ、男子を養育する将来の母にもしかるべき教育的配慮を払うべきだという二次的な教育理念に基づいていたといえる。女子教育の目的は、家を守り、外で働く男性や夫に家内の憂いを与えることなく全身全霊で夫や家庭を支える女性の育成であった。そのため、女子教育にもっとも必要なのは、女性特有の美徳を伸ばすことであり、次いで、家事に必要な技能や知識を習得することであった。

一八九九年と一九〇〇年に法制化されたさまざまな教育令には、教育における道徳的な位置づけが、明確に示されている。たとえば、「小学令施行規則」で、小学校の道徳の授業で女子は「貞淑」の徳を養うこと、読本では、とくに「家事」の内容を加えるべきであると示されている。また、高等教育である「中学校令施行規則」と「高等女学校令施行規則」を比較すると、「男子の品格として具体的に教育される内容は倫理学の一斑であり、女子の品格として教育されるものは作法だということになる。つまり、男子には学問、女子にはしつけという教育姿勢が如実に示されている」(片山 1984: 119) といえる。しかし、一八九〇年に制定され一八九五年に施行された教育勅語に代表される日本政府の反動政策は、教育だけではなく、広く女性の人権にまで及んだ。たとえば、民法において女性は離婚訴訟権や戸主権、相続権はなく、また、戸主や夫の許可なく訴訟することも結婚することもできなかった。一八九九年の治安警察法によって、女性はグループや集会を自由に作ったり参加をすることも、法的にも禁じられるようになる。

時代錯誤的な教育政策に対する反対運動が、さまざまな分野で起こった。たとえば、鳳晶子（後の与謝野晶子）は歌集『みだれ髪』（一九〇一）のなかで奔放な情熱を大胆に詠んだが、保守派からの批判の的となる。同年、女性解放の象徴となったヘンリック・イプセン（一八二九―一九〇九年）の戯曲『人形の家』（一九〇一年）が初めて日本の読者に紹介され、紡績女工を擁する大規模な工場ではストライキがおこる。こうした社会情勢下で、政府が、学校で児童とりわけ女子に封建的反動的な道徳を植えつける政策を施行しようと考えたのも、あながち不自然とはいえない。

明治四〇年代、数種の『不思議の国のアリス』翻訳翻案が輩出したことはすでに述べたが、この時期、近代化と封建制の維持という二つの大きな潮流がまきおこり、こうした相克を経ながら、時代は大正へと移行していった。

大正デモクラシー期の女子教育には、市民的な女子教育と社会主義的な女子教育の流れがあり、この二つの大きな流れが競い合い、向上していった。一九二一（大正一〇）年には日本最初の社会主義婦人団体が結成され、一九二二（大正一一）年文部省が、女性教師に六週間の産休を認める。女子大学の卒業生や女学校の卒業生が、明治末から増加していたのである。たとえば、女学校の卒業者数は一九〇三（明治三六）年の二六、〇〇〇人から、二〇年後の一九二三（大正一二）年には一二六、〇〇〇人に、さらに一九二六（大正一五）年には、二九九、〇〇〇人へと、飛躍的に増大する。また、大学に入学する女性も出てきた。事実、一九一三年には、女子学生が東北帝国大学に入学し、一九一八年には、女性の履修選科生が北海道帝国農科大学で学び、一九二〇年、女性の聴講生を東京帝国大学が受け入れる。いわば、新しい時代が到来し、「婦人参政権、高等教育の女子への開放、妻の公民権・財産権の要求、姦通罪の廃止など、婦人運動そのものが幅広く発展していった」（金森・藤井 1977: 82-83）。

他方、こうした大正期の民主的な社会運動と対照をなす封建的な教育が、教科書などからもわかるように学校現場で強化された。この時期もうひとつ特記すべきは、一九二〇年前後、突如、『アリス』翻訳翻案が何種も出版されたことである。それは、明治の四〇年代に起こった第一次『アリス』翻訳ブームと同じように、保守と革新という二つの時代思潮が相克する時代であった。

「大正デモクラシー」と呼ばれるつかの間の市民権運動の興隆にもかかわらず、日本の女子教育は、一九二三年の関東大震災とともに、やがて旧態依然たる反動教育へと舵を切った。「良妻賢母」というスローガンに代表されるような因習的な女子教育が再び前面に現われる時代が到来した。こうした時代思潮は、大正末期から昭和初期にかけて、一九二九年の世界大恐慌とそれに続く長期的な不況により、さらに保守的反動的となり、日本全土を巻き込む太平洋戦争の突入前夜の暗い時代へと流れ込んでいった。

変容する児童イメージと児童観

日本では、大人がいだく子ども観や子どものイメージは、社会的・文化的な背景に大きな影響をうけ変化してきた。とりわけ、こうした概念に大きな影響を与えたのが、明治末期から大正期にいたる日本の教育制度であった。

学制が施行される一八七二年以前は、親の階層や性別によって子どもが区別され、それぞれの枠組みを超える発想はなかった。しかし、学制の導入によってすべての児童の初等教育が義務教育となり、あらゆる階層の子どもたちが等しく平等な初等教育を受けることとなった。いわば、関口が、「子どもの発見（もしくは再発見）は、日本の場合大人が子ども自身の幸福を願い、見出したものではなく、大人の考える理念、――富国強兵を旗印とした国の忠実なしもべとしての児童という点に照準を当てて形成された。そのため日本の児童文学は、時代や制度や差別との闘いの中から生まれた近代文学に比べ、かなりの遅れをとることになるのである」（関口 1997：26）と述べるように、国家主導型の子ども観が主流であった。

こうした明治期の子ども観の変遷は、国定教科書にはっきりと反映されている。江戸時代には子どもの教育は成人の教育と同じであったが、明治維新以降、大きく変革される。たとえば、一八七二年から一八七七年にかけて、子どもの教科書から、大人の読者向きの政治的な話題が排除され、子どもに適した内容に書き直される。明治二〇年代になると政治談議は完全に払拭されるが、日常的実益的な内容はいまだ残っていた。事実、大人向きで子どもには不適切な要素が学校の教科書から完全に姿を消すのが三〇年代頃。その頃から、学校の教科書はより平易で子どもに親しみやすいものとなった。この三〇年代に段階的な教育法が確立して以来、日本の義務教育は進歩したことになる。国定教科書には明治の時代思潮が映し出されている。教科書では子どもや生徒に繰り返し精神的価値観、勤勉や努力の重要さが説かれているが、そこに明治期に自由主義的個人主義的な子ども観が育たなかった鍵が隠されている。神宮輝夫は『児童文学と社会』のなかで、明治期の児童観について次のように述べている。

やはり明治以来ほとんどの日本人は、子どもに対して〝こうあらねばならない〟〝こうあってほしい〟という形での自分たちの要求を押しつけ続けて来た。かつ、子どもにはそういった対し方をしなければいけないという意識が非常に強い。これは国家形成そのものにもあるんじゃないかと思うんです。近代国家を、わずか一〇〇年ぐらいに築き上げていくうえでの使命感というのかな、それが非常に強いから、無意識にも〝子ども対おとな〟という関係でしか子どもを見られないということがあるんじゃないか。(1974:91)

明治時代には、こうした一般的な子ども観とは正反対のユニークな子ども観も存在した。たとえば、与謝野晶子は、それぞれの子どもの人間性や独創性を尊重し、自由や情操教育の必要性を勘案した、かなりラディカルで近代的な子ども観をいだいていた。晶子は、エッセイ「姑息な学制改革」のなかで「私は、徹底した学制の改革を希望します。それは男女平等主義を基礎として、小学より大学に至るまで一貫して男女共学制を採るもので無くてはなりません」(与謝野 1980: 16, 528) と近代的教育を提唱する。また、「人間性の教育」において、当時の教育を次のように批判する。

そうして、今日の教育が実に人間性を抑圧して居る教育です。女子教育のみならず、一般に教育がさうです。家庭教育と学校教育とが何れも人間の独立を促すことの代わりに、人間の自己以外の何物かに隷属させることばかりを目的にして居ます。……

試みに男子で云えば、小学校時代から既に何かの職業に就くことの準備として勉強すると云う自覚を促されます。……

女子教育も同様です。女子は小学教育から早くも妻として、母として、家庭婦人として、男子と家族制度とを隷属するための薫陶のみが強要されます。(与謝野 1980: 17, 376)

晶子は私立の文化学院を一九二一年東京に設立した後も、教育に人間性、自由、愛や個性が大切であると説き続けた。

もちろん、与謝野晶子は進歩主義的な教育観をいだいた数少ない明治期の先駆者のひとりであるが、大正期にはいると、民主的教育観がもっと一般に普及するようになる。社会学的観点から児童文学の研究を行っている河原和枝は、著書『子ども観の近代』のなかで、大正期の児童観について次のように言及している。

大正期の童話・童謡運動のなかから生み出された「童心」の観念が、いわばおだやかな対抗価値として、ともすれば明治以来、一元的な価値体系に支配されがちであった日本の近代に、いくぶんかの多元性を、いくぶんかの複雑さと深さとを与えたということは認めてよいであろう。(1998：196)

河原は、この童心観が勃興し普及した、社会的政治的背景を次のように分析している。

〈子ども〉を純粋で無垢な存在とみる「童心」……こそが大人にとって導きの糸であるべきだという考え方がある。しかしもちろん、現実にそれが当時の人びとの行動の「導きの糸」であったわけではない。近代化、産業化の過程が急速に進展する大正期の日本社会にあっては、その過程の推進に不可欠な合理主義や功利主義、業績主義こそが支配的な価値であり、「童心」(「無垢」)の理想はいわば片隅の価値にすぎない。なぜ、支配的な価値観に対立、逆行するこのような観念が、子どものイメージとしてこの時期に形成され、人びとに迎えられるようになったのだろうか。

「富国強兵」「殖産興業」として政府主導で推進されたわが国の近代化、産業化は、明治末期から大正期になると市民生活のレベルにまで浸透した。その結果、一方では個人への関心が深まり、欧米の思想や知識を吸収した市民主義的な理想主義が発展したが、他方では、資本主義の急速な発達に伴い、功利主義や私生活享受主義への傾斜も強まっていった。……

「成功」に向かうベクトルからは取り残された、世俗にまみれない純粋さや理想主義、無私への憧憬は、「成功」への圧力が強いほど強化される。世知に生きる大人たちは、そうした憧憬を掬いあげ、世俗の汚れを洗い流してくれる場を、社会生活からは隔離された〈子ども〉の心、「童心」に求めたということができる。(河原 1998：192-4)

「童心」は、新たな子ども観が生まれた大正時代に端を発する。大人は生活の重圧と対比させ、子どもをイノセントな存在ととらえようとした。ブレイクやワーズワースのようなロマン派の子ども観の系譜をもつ英国ヴィクトリア時代でも、子どもを無垢な存在と考えながらも、子どもに道徳や教訓を教えようと考えた。日本にあってはその傾向はさらに強かった。たとえば、『赤い鳥』のライバル児童文学雑誌『金の船』の編集者であった斉藤佐次郎は、『赤い鳥』の「童心主義的」新運動に言及しつつも、『金の船』の目的を、次のように編集後記で述べる。

近頃になって、こどもの読物に新運動が起こりました。……此の尊敬すべき新運動はこどもの読物の詩的、芸術的方面を十分に開拓しました。しかし、惜しむらくはこどもに無くてならぬ道徳的、教訓的方面を閑却している傾があります。その上、程度が高まり過ぎて、こどもの読物らしくない観をさえ呈して来ました。吾々は此の新運動の意義ある方面は何処までも見習って行きます。併し同時にその足りない方面を見習って行かなければならないと思うのです。如何に教訓的方面がこどもに必要だからと言って、吾々は学校で教える修身を雑誌の上で繰り返そうとするのではありません。……面白い童話の中から自ら人として学ばねばならぬ事を教えて行く様なものを発表したいと考えています。(8)

こうした大正期の児童雑誌には、教訓性だけではなく、男性中心的な編集方針や内容が見られる。たとえば、『赤い鳥』に描かれる保守的な父親像について河原は次のように解説する。

一般に『赤い鳥』に登場する父親たちは、子どものうちで男女を差別することもないし、しばしば自分の失敗や後悔の気持ちを語って内面を吐露し、子どもを優しく教導しようと努めている。彼らは権威主義的支配者ではなく、わが子の人格を尊重している。それにもかかわらず、母親でありまた妻でもある女性に対しては、男性中心主義的な態度が平然と堅持されている場合が多い。
童心主義の母性礼賛と母性無視は、表裏一体となって現実の女性を否定している。(1998: 171)

いいかえれば、大正期に花開いた民主的な児童文学運動では、新しい子ども観が提起されたが、彼らがいだく子どものイメージ、子ども観は、子どもの人間性や個性を重視した西洋近代の子ども観とは異なり、現実の物質主義や合理主義を補完する、失われた憧憬の対象としての無垢で純粋な存在としてであった。

子どものイメージとその時代的変遷

日本近代の児童文学は、第二次世界大戦の終結まで、封建的な江戸期の価値観を拭い去ることができなかったが、この因習的な価値観の確立に大きく寄与した文学者として滝沢馬琴をあげるのが、児童文学者船木枳郎である。

武士精神の糧となったのは「里見八犬伝」などで知られている滝沢馬琴の勧善懲悪主義の啓発主義の文学であります。馬琴の文学は当面の武家専制政治の社会と世襲制度を肯定して、儒学の仁義礼知信考悌の倫理道徳観を基底としたもので、これが「鳩翁道話」とともに広く普及したのでありまして、これらに現われてる人間は「権力と世襲制度に従順な人間」であり、「生命を鴻毛のごとく軽んずる人間」であり、「主君に忠義な人間」なのであります。こうした人間観が明治期の小学教育に採り入れられ、「教育勅語」によって、「忠良なる臣民」としての子ども像を形成することを目的としたのであります。（船木 1967：48）

江戸期の馬琴だけではなく、明治期、日本最初の真に近代的な児童文学者と目された巖谷小波（一八七〇―一九三三年）でさえも、勧善懲悪的雰囲気を残しながら、明治政府の政策を是認していた。いわば、明治期の児童文学作品に出てきた主人公の多くは、冒険や探検物語のなかで勇気や開拓心をもち忠孝忠義心に満ちた、個人より国家、天皇制や国益を優先する人物であった。

明治から昭和二十年の終戦に至る日本の児童文学について、船木は「以降、小川未明や大正期における童話文学系統の作家らの児童観は別として、他の作家らの思考は昭和期の二十年ごろまで、だいたいにおいて、明治期のそれを踏襲して、一歩も進展をみせていないのであります」（船木 1967：41）と嘆いている。いわば、第二次世界大戦終了まで、小川未明や一部の大正期の童心主義的な子ども観をいだいた作家を除いた普通の作家や一般の人々は、子どもは大人によって教育され導かれていくべきだと考えていたのである。

明治の近代児童文学を牽引した巖谷小波の文学は、明治日本の明日を開く少年たちを教化、啓蒙、鼓舞するという目的の延長線上にあり、西洋列強の近代化の影響のもとに、冒険小説を通じて、感傷性を廃した勇気や男らしさを教化するという、日本政府の帝国主義的軍国少年育成政策の一翼を担っていた観がある。他方、『赤い鳥』に代表される大正期の児童文芸雑誌では、子どもを純粋無垢な存在ととらえ、明治期の教訓的な読み物を排し、子ども自身の人格をありのまま認め、子どもに芸術的香りの高い作品を与えることによって、子どもの自然な感情や感性を伸ばすことを意図した。

大正時代、こうした「観念的なヒューマニズム（ときには単なるセンチメンタリズム）への傾斜を残した」

（乾 1974：228）童心主義の対極にあるかの観のある『少年倶楽部』などの大衆的な児童雑誌が一般の子どもたちに愛読された。少年雑誌に掲載された低俗ではあるが大衆の人気を博した物語にはステレオタイプ的な少年たちが登場したのである。これらの雑誌は政府の殖産興業政策に喚起された立身出世主義に基づき編集されていたが、こうした従来の国家主義的な風潮を体現した観のある児童観は、第二次世界大戦終了にいたるまで、絶えず一般大衆のメンタリティにアピールし続けたといえる。

砂田弘は日本の児童文学の特徴を次のように語っている。「子どもの本の世界は、教育勅語と帝国憲法に集約される絶対主義的国家体制にきびしく束縛され、ついに真の意味での近代的な児童観が根づくことはなかった。つまり、その間の日本の子どもの本の世界は、資本主義の急速な発達と教育の驚異的な普及に支えられて、欧米の先進諸国に匹敵する購読圏を保持したにもかかわらず、その内容は非近代的なもので大勢を占められているという矛盾を拡大させながら発展してきたとみてよいであろう」（1974：13）と。いいかえれば、日本の児童文学が、真の意味において近代的な児童観を発展させることができたのは、まさに第二次世界大戦の敗戦以降であった。

児童文学における少女イメージ・少女観の誕生

一八九九（明治三二）年、高等女学校令が発布されると、すでに述べたが、中等教育で男女の区別がはじまるが、児童文学でも同様であった。さらに、「少女」というイメージ・概念が、児童雑誌によって、社会的にも文学的にも誕生することとなった。

日本児童文学を研究する滑川道夫は、「明治の児童雑誌」において、明治期における、子どもの発達段階における微妙な区分について次のように述べている。

初め、「成人」に対する「少年」の概念が雑誌に反映する。その場合の「少年」は、少女を含んだ「子供」というほどの意味をもったが、成長発達段階の意識は出てこない。また、読書能力の所有者である子供は「少年」期およびそれ以上としてとらえたわけである。二〇年までは、「少年」を冠する雑誌が多い。

この「少年雑誌」が、二三〜二四年頃から「幼年」を分化していくのである。二三年の『こども』（少年園、東京教育社刊）、二四年『学びの友』（三育社刊）『幼年の友』（博文館刊）などの創刊誌は、いずれも「少年」より低学年の子供を読者層に設定している。現今からみると、当時の「少年」は青年に、「幼年」は小学高学年の「児童」期にあたる感がある。当時の一般児童読み物の出版においても、この二四〜二五年頃から、「幼年文学」「幼年玉手函」の名称が使われだしていく。小学校の就学率の上昇によって、低学年の子供たちにもそれなりな読書の可能性が育ってきた時期にほぼあたっている。

成人と子供の二区分が、成年、青年、少年、幼年の区分に分化してきたことを示しているといっていいだろう。それに対応する雑誌が生産されてきたわけである。（1983：93）

他方、男子と女子の区別は、それから一〇年後の一九〇二年から一九〇七年の間、いわば、数種の少女雑誌、『少女界』（一九〇二）や『日本の少女』（一九〇五）、『少女世界』（一九〇六）、『少女の友』（一九〇七）などが、創刊された頃に起こった。滑川の言葉を借りれば、こうした少女向きの雑誌の出現は、「女性の社会的地位向上のための諸運動の盛り上がりも影響しているかに思われるが、むしろ良妻賢母の養成志向の反映があったろう」（1983：93-4）。いいかえれば、一九〇二年以前は「少女」という概念は少年に組み込まれていたため、少女向けの物語は少年雑誌に一括して掲載されていた。たとえば、長谷川天溪の『鏡の国のアリス』の初訳である『鏡世界』は『少年世界』に掲載されていた。それまでは少年少女を総称していた「少年」という呼び方が、少年だけを指すようになり、一方、児童雑誌名からもわかるように、「少女」という言葉が女の子に使われるようになっていったのは、一九〇二年以降である。

『少年世界』には、創刊から九ヵ月で少女読者のためのコラムができた。このコラムは少年読者向けのページとは異なり、全体的に女の子の好みに沿った雰囲気があるが、少女読者の多くがこの少年雑誌を愛読していたことがわかる。この少女向けのコラムから「少女小説」という新しいジャンルが生まれることとなった。

ひとたび、少女向けの雑誌が出版されはじめると、それ以前には少年雑誌に連載されていた若松賤子（一八六四―一八九六年）などが執筆した少女向けの物語や記事が少女雑誌に掲載されはじめた。いわば、こうした新たに創刊された少女雑誌は、本田和子によれば「あらゆる少年雑誌的なものの反措定でなければならず、徹底した『男性性の欠如』の上に成り立つことになる。……ただし、少女雑誌が選びとった『男性的でないもの』とは、女子教育が内容とした『良妻賢母』主義と、必ずしも重なり合わない。少女雑誌が前提としたのは、むしろ、『女学生』の身分的曖昧さ、宙吊り的とでもいうべきそんなありようであった」（本田 1983：220）。

この少女雑誌の輩出について、上笙一郎は、「初等教育の女子への普及と日清・日露の両戦争の勝利による児童待遇の水準上昇という出来事をモメントとして、いわば〈アドレッセンス前期〉の女性の特性が尊重されはじめ、それまでの〈少年雑誌〉のなかから〈少女雑誌〉が派生してくる」（1994：107）と述べる。「少女小説」という新たなジャンルが誕生した時期については、専門家によって意見が微妙に異なる。たとえば、先の上笙一郎は、「大正期の半ば」（1994：108）、河原和枝は、「明治末期になって興隆する」（1998：44）、さらに、本田和子は、「大正五年、『少女画報』誌が、吉屋信子という少女投稿家を起用し、彼女の書き綴る『花物語』によって、文学的制度としての『少女』が誕生した」（1983：227）と、考える。

本田和子は、少女雑誌とそこに描かれた少女のありようについて述べる。「こうして、少女たちは『良妻賢母』

という封印から自己を解き放ち、それら外側の要請から巧みに身を逸らして、己のリズムを問い直し始める。このとき、彼女たちをしるしづける一切の意味は失速して機能することを止め、ただ想像力の戯れだけが『ひらひら』と彼女らを覆うのである」(1983：231)。さらに、「少女」を社会的存在と定義し、次のように続ける。「社会的存在としての少女とは、大人と子どものあいだに『青年期』という境界的範疇を出現させた近代が、さらに、『男性ではない』不要不急の部分を分離・析出したことで出現したカテゴリーである。それらが、雑誌という、ことばで組み立てられたからくりに操られ、紙の上に形を摑まえたとき、虚構としての『少女』が誕生する。……『少女』は、成熟を拒んで時間なき世界の住人となる」(1983：229)。そのため、初期の少女雑誌の保守的な編集方針にもかかわらず、日本の少女雑誌がもつ男性主義への抵抗感は、必ずしも時代が要請した良妻賢母教育主義への直截な抵抗ではない。少女はこうした権力側が彼女たちに強要した女子教育に、その非政治的・非社会的・モラトリアム的存在として、しなやかでありながらラディカルに抵抗する存在たりえたのである。

少女小説に代表される少女文学は大正時代に開花した。画期的な児童雑誌『赤い鳥』の創刊以前の大正初期に、子どもたちを惹きつけたのは、少年向けの戦記ものや冒険小説であり、少女向けの感傷小説であった。大正中期になり、児童文学が花開くと、児童文学の潮流は二派に別れることとなった。「日本の児童文学には『赤い鳥』に代表される芸術派と『少年倶楽部』に代表される大衆派とがあって、前者は大正中期、後者は大正末期から昭和初期にかけて成立した。芸術的児童文学には童心主義的な〈童話〉という系譜しかなかったが、大衆的児童文学の方には〈時代小説〉〈軍事冒険小説〉〈小市民小説〉〈少女小説〉など多くの系譜が数えられる」(上 1994：210)。しかし、日本の少女小説は、たとえば、社会あるいは大人と主人公アンの関係のなかで物語が展開していくモンゴメリーの『赤毛のアン』(一九〇八年)などの西洋の少女小説とは異なり、日本の少女たちが自分たちだけの狭い世界の中に閉じこもり他の読者を排除したために、西洋のように、大人の読者が少女小説を読む機会はきわめて限られていたのである。

明治時代から大正時代にいたる児童文学

日本の明治・大正の児童文学は、同時代のイギリスの児童文学とは多くの点で異なっている。まず、日本では、児童雑誌がより中心的な役割を果たし、ほとんどの児童文学の傑作が児童雑誌に掲載された。第二に、鈴木三重吉をはじめとする多くの編集者が自分の雑誌に作品を寄稿した。第三に、西洋の作品、とくに、英語で書かれた作品のほとんどが翻訳・翻案され日本の読者に紹介されていったのである。

明治期に出版された最初の翻訳翻案書としては、福音書を除くと、一八七二年に出版された斎藤了庵訳の『英国魯敏孫全伝』と渡辺温訳の『通俗伊蘇普物語』があげられる。斎藤の翻訳は、ダニエル・デフォーの『ロビンソン・クルーソー』の翻案で、陶山国見によると、嘉永初年黒田行元が『漂流記事』として訳したものが斎藤訳として刊行された(9)。しかし、翻訳文学と呼べる作品としては、明治一一（一八七八）年に出版されたブルワー・リットンの『(欧州奇事) 花柳春話』（丹羽純一郎訳）が最初だと考えられている (1983: 56)。以降、『ガリヴァー旅行記』（一八八〇年）や『アラビアン・ナイト』（一八八三年）などの名作がつぎつぎと翻訳され翻訳文学の興隆を見る。

しかし、明治初期には、子どものための書物はほとんどなく子どもたちは大人と同じ本を読んでいた。普通の家庭では、子どもがひとり家で本を読む習慣はほとんどなく、家族のひとりが他の家族、とくに、子どもたちにむけて声に出して本を読む、読み聞かせの習慣があった。こうした読み聞かせを聞きながら、子どもたちは祖父母の語る物語や民話に親しんでいったのである。明治初期に出版された西洋のストーリーの翻訳も、読み聞かせで読まれ人気を博し、大人にも子どもにも親しまれていったのである。

近代の邦訳挿絵本が出版されたのは一八八七年から、グリム童話集からの邦訳である呉文聡訳の『八つ山羊』(一八八七年)と上田萬年訳の『おほかみ』(一八八九年)、さらにローマ字で書かれた翻訳書 *Wampaku Monogatari*(『腕白物語』)(一八八七年)が、日本人画家の挿絵を添えて出版された。この『腕白物語』はローマ字表記ではあるものの自然な日本語で書かれている。また、日本人画家による挿絵は、元の西洋挿絵の木口木版の代わりに正目木版を使用したにもかかわらず、西洋版のように見事なできばえであった。これが日本で初めて出版された本格的な子どものための挿絵本で、文章のみのテキスト版や大人の書物の邦訳と比較しても、かなり初期に出版されたことがわかる。

他方、一八七六(明治九)年一二月、「よろこびのおとづれ」という一雑誌が刊行された。第二号からは「よろこばしきおとづれ」と改題されるこの雑誌は、日本ではじめての児童文学雑誌であった。スポンサーとして編集・発行にあたったのは、当時多数来日していた婦人宣教師のひとりで、横浜の共立女学校の教師もしていたS・B・マクニールであった」(関口 1997: 16)。

一方、一般読者向けの雑誌としては一八六七年の『西洋雑誌』が最初の雑誌である。総合雑誌としては一八七四年の『明六雑誌』が最初であった。つまり、子ども雑誌の出版は大人用の雑誌と比較しても、出版時期はそう遅くないことがわかる。しかし、『よろこびのおとづれ』が、最初の児童雑誌かどうかは専門家のあいだでも議論が分かれ、それ以外に、一八七七年三月に出版された『頴才新誌』が青少年向けの最初の雑誌(本田 1983: 217-8)という意見もあれば、明治二一(一八八八)年一一月に創刊された『少年園』が最初であるという意見(村松定孝 1983: 77)もある。本田は『頴才新誌』の特徴について、次のように述べている。

これは、全国の小中学生を対象とした、漢詩、和歌、作文、図画などの投稿誌である。出版文化と学校教育を結び付け、教科書以外の書物を学校を媒介として子どもに浸透させようというこの企画は、見事に成功して全国の小中学生や教師たちを巻きこんでいった。……やがて、少年誌は、投稿誌から脱して今日のような読物誌へと変貌する。その端緒となったのが、明治二十一年発刊の『少年園』である。（本田 1983：216-7）

『少年園』の読者は中学生であり、他方一八八五年創刊の『女学雑誌』は女性読者を対象としたクリスチャンの啓蒙書で、一八八八年には母親が子どもに読み聞かせる物語を収録したコラムがはじまった。このコラムでは多くの西洋文学作品の傑作が翻訳され、若松賤子の『小公子』もここで初訳された。イギリス児童文学者村松定孝は若松の翻訳を、「洗練された言文一致体の新鮮さをもって、翻訳文学としての近代児童文学の先駆的役割を果たした」（1983：77-78）と評している。

『女学雑誌』の子ども欄は、その翻訳の洗練度や多岐にわたる内容にもかかわらず、他の少年向けの物語とおなじように子どもに道徳的教訓を伝授しようとする目的をもち本質的には勧善懲悪的傾向をもつ。しかし、その根本には子どもを独特の存在としてとらえようとするキリスト教的な思想も存在する。しかし、この頃、相次いで出版された児童雑誌や西洋文学の翻訳書のいずれもが、日本の著者が日本の子どもを対象にして創作した作品ではなく、単なる外国文学の紹介、翻訳翻案であった。

真の日本の児童文学といいうる文学作品が創作されたのは、一八九一年、巖谷小波が『こがね丸』を出版したときである。その後、巖谷は多くの物語を創作し、当代きっての児童文学作家としての名声を確立し、すでに言及した、『少年世界』の編集出版にも携わる。

編集者としての巖谷は、少女小説を含めたさまざまな児童文学のサブジャンルを紹介したが、日本児童文学界への何よりの功績は、近代の日本の児童に西洋の物語や日本の物語を再話で紹介したことであろう。にもかかわらず、彼の仕事は前近代的な勧善懲悪的な雰囲気と日本政府の軍国的な政策を助長するような少年文学の興隆に寄与した点もあり、かならずしも近代的民主的とはいえなかった。そういう意味において、日本の児童文学作品に西洋風な民主的な価値観がくわわるのが、明治末、日本の風土のなかで子ども特有の特質を評価した小川未明『赤い船』（一九一〇年）の出現を待たねばならなかった。

三・三　西洋と日本の融合——幻に終わった初山滋画『不思議國のアリス』

出版されずに終わった初山滋の『不思議國のアリス』図像発掘

初山滋の『不思議の国のアリス』挿絵の存在は、現在では、既に一般に知られている。しかし、一九九六年一二月の日本比較文学会関西支部例会で、筆者が口頭発表「幻に終わった初山滋画『不思議國のアリス』——日英比較文化的観点から見た『アリス』図像」で、その詳細を報告するまでは、「一九二八年の作品」とのみ記されていた。(10)

まず、この初山の『アリス』図像の発掘の経緯について簡単に述べよう。この発掘は、一九九六年三月一五日、イギリスのロンドン大学で行なわれたルイス・キャロル協会月例会での発表“Japanese *Alice* Books in the 1920's”準備に端を発した。当時、日本の挿絵画家の図像を調査研究するなかで、この初山滋の「一九二八年の作品」を目にする機会があり、その瞬間、この絵が「アリスと赤ん坊とチェシャ猫」だと、直感した。しかし、当時、最も信頼できる書誌であった小原俊一の『日本における Charles Lutwidge Dodgson 関係文献目録』にも初山滋の『アリス』挿絵の記述はなかった。

その後、様々な一九二〇年代の『アリス』邦訳を検証した結果、この頃、シリーズで出ていた「研究社英文譯註叢書」（一九二九年から一九三五年）のほとんどの叢書に初山滋が挿絵を寄稿していること、さらにそのなかに岩崎民平譯註の『不思議國のアリス』が存在し、そこにはキャロルの写真と署名さらにジョン・テニエルの挿絵が七葉添えられていることがわかった。さらに、訳註者岩崎は「はしがき」のなかで、挿絵について、「繪のない御本が何になるだろう」とアリスも云っていますが、“Alice” の原本は Tenniel と云ふ名畫伯が挿繪を描いたので、話と繪と相俟つて天下一品の名を恣にしたのです。本書の挿繪もその寫しです」(1929: iv) と、この本はテニエルの挿絵と物語が一体化した名作であると紹介していることから判断して、岩崎がこの邦訳に、他のシリーズに添えられた初山滋の挿絵にかえてテニエルの原画を挿入するように希望あるいは要請し、すでに出来上がっていた初山の挿絵と差し換えられたのではないかと、推論したのである。

初山滋の『アリス』挿絵は、彩色画が一枚、さらに白黒のペン画が四枚、つまり「アリスと子豚」の彩色画、「私を飲んで」「アリスと芋虫」「マッド・ティー・パーティ」「裁判の場面」のペン画——の合計五枚である。一方、岩崎の翻訳に掲載されたテニエルの挿絵は七枚、「ネズミの長い話」「アリスと芋虫」「公爵夫人とコショウ」「マッド・ティー・パーティ」「チェシャ猫とクロケーグランド」「偽海亀とグリフォンとアリス」「裁判の場面」である。初山のペン画四枚のうち三枚までもが、譯註叢書のテニエルの挿絵と同じ場面を扱っていること、さらに、その他の研究社譯註叢書では、カラー口絵が一枚と数枚の白黒挿絵が挿入されていることから判断して、この初山の挿絵がもとは同書の口絵と本文中の挿絵として制作されたと、推論できる。おそらく、初山は他の研究社譯註叢書の挿絵と同じように出版社あるいは編集者から『アリス』の挿絵制作を依頼され、最後に、岩崎民平の意向で差し替えられたと考えられる。

初山滋の長男で著作権者初山斗作氏にこの件についてうかがったが、詳しいことはわからないとのことであった。しかし、譯注叢書に掲載された他の口絵の原画の所在がわからないのに対し、『アリス』のカラー原画の所在は確認されている。おそらく、譯註叢書には使用されなかったために、他の口絵のように出版社あるいは編集者の手元には渡らなかったのであろう。原画は、岩絵の具で描かれているためか、透明感のあるバラ色が基調の美しい小品である。出版されずに終わったが、初山滋が『アリス』の挿絵を描き、その原画が現存していることは、『不思議の国のアリス』邦訳史・図像研究史にとってはきわめて意義深い。

本章の目的は、初山の代表的『アリス』図像「アリスと子豚」を、その絵画手法、テキスト解釈を中心に、イギリスのジョン・テニエル、アーサー・ラッカム (Arthur Rackham)、メイベル・ルーシー・アトウェル (Mabel Lucie Attwell) などによる同じ場面を描いた作品と比較分析し、先行する西洋図像からの影響と、伝統的な日本美術との関わりを分析することによって、日本の『アリス』図像の傑作の一つである初山作品の独自性と源流について考える一助とすることである。さらに、初山の事例を本書の研究目的である、日英文化受容、交流と融合のケース・スタディーとして、位置づけたいと考える。

ジョン・テニエルの「アリスと子豚」

すでに、第二章で述べたように、ジョン・テニエルの五〇年近くにわたる画歴は、雑誌『パンチ』の風刺画家としての活躍と、ルイス・キャロルの二つの『アリス』作品の挿絵画家としての名声に彩られている。『アリス』作品として文字テキストと図像テキストが分かち難く一体化したテニエルの挿絵のなかでも、『不思議の国のアリス』初版の表紙を飾った「アリスと子豚」の挿絵は、彼の卓越した技法を示す好例である。

この図像を検証するに際し、次の二点に留意する必要があるだろう。第一に、出版の参考にとテニエルに渡された手稿本『アリスの地下の冒険』のキャロル原画にはこの場面が含まれていないため、テニエルは他のシーンとは異なり、執拗なキャロルの注文とアドバイスからのがれ、比較的自由に画想を練り技法を駆使することができた。第二に、『パンチ』の風刺画家としてのテニエルは子どもの本や子どもを主人公に描く経験に乏しく、アリスのような子どもの描写に熟練していなかったために、彼のアリス描写に関しては、第二章で論じたような欠点が多く指摘されている。この仕事をみずから引き受けたのも人物ではなく『不思議の国』に数多く登場する動物を描きたいためであり、それを論証するかのように、キャロルが『地下の冒険』のなかで三七枚の挿絵中二七枚にアリスを描いているのに対し、テニエルは四二枚中二三枚にアリスを登場させているに過ぎない。さらに、彼の二三枚のアリス図像のなかでアリスを正面から描写しているのは、わずか二枚、その一枚がこの「アリスと小豚」である。

テニエルの「アリスと子豚」（図版1）の構図についていえば、アリスと小豚が圧倒的な存在感をもって描かれた前景と細密な描写に徹した背景の調和が特徴的である。中央に立つアリスが、絵を垂直に、一方、アリスに抱かれた小豚は微かに体をよじりながらも彼女のからだと水平に交差し、その十字の交差点が絵の中心を構成している。ニーナ・アウエルバッハは論文「落下するアリス、堕落した女、ヴィクトリア時代の夢見る子どもたち」のなかでこの図像におけるアリスと小豚のとらえがたい微妙な関係性について、「小豚はこの絵において構図及びアリスの体のへそとしての機能を果たしている」（1982：54）と言及しているように、アリスと小豚の身体的な交差点が、絵の構図と二人の体の中心点を構成している。

背景の空間処理、空間構成も注目に値する。まず、右手上部の空白が画面全体に安定感を生み、右手の草と左手の花のわずかに中央に向かうカーブと、左手のジギタリスの花の下に向かうベクトルと右手の草の上に向かうベクトルが調和し、この左右、上下の二つの方向性によって絵全体にバランスと調和が生じている。影の描写も効果的。アリスの背後の細長い影は、足元から斜めに伸びる凝縮した影の線と相まって、アリスと小豚の人物群を浮かび上がらせる効果を生み出している。

他方、アリスの顔にむけられた小豚の細いまなざしや、背後で伸び広がる草が同じ方向を向き、アリスだけが、こうしたさまざまなベクトルのなかで、絵の中央で周囲のあらゆる喧騒から取り残されたかのように呆然とまっすぐ前を見据えたまま立ち尽くしている。

一方、テニエルのアリス描写は、細密にして写実的、感傷的な余地はほとんどなく、物語のそれぞれのシーンを写真のように克明に再現しているのに対し、現実の写真家であったキャロルは、自分が描いた『アリスの地下の冒険』の挿絵では、人物とくにアリスの描写に専心し、非現実的、感傷的効果を重視しているのは、なんともアイロニカルである。

図版1　ジョン・テニエル

アリスと小豚の描写を比較すると小豚は生命のほとばしりや躍動感が、その曲げた足、ピントたてた耳、匂いをかいでいるような鼻、半ば閉じかけた好色そうな目やアリスの腕に重くのしかかる丸々とした身体の重量感などに見られる。この小豚の生き生きとした活発さは、印画紙に刻印されたかのような静止したアリスの描写と秀逸なコントラストをなし、その構成力と描写力はテニエルの人物像のなかでは傑出している。そのうつろで虚空を凝視するかのようなアリスの表情はラファエル前派の女性像の典型的な特徴であり、それゆえにまた議論と多様な読みをも誘う。アウエルバッハは「アリスは超然と決然と虚空を凝視している。もしも、キャロルがこの暗く不合理な夢の世界にかえて少女たちへの処世本を書いていたならばこの図像を『混乱に動じない少女像』とでも名付けたかもしれない」(1982:50)と指摘し、マックジリスはアリス挿絵へのラファエル前派からの大きな影響に関して、「道徳的精神的意味合いはないが、その女性像にみられる櫛を入れていない髪やすねたような口元にみられる」(1977:327)と評す。しかし、テニエルのアリス像には、ラファエル前派の女性像がもつ弱々しさ、うつろいやすさ、受動性を超越したなにかが、存在する。先に引用したアウエルバッハが暗示したように、アリスは赤ん坊の子豚への変身にもまったく動じず、うつろないくぶん虚無的な超越的なまなざしでまっすぐ一点を見据える、その抑制された微妙なセクシュアリティを漂わせた平静さ、意思強さ、唇を真一文字に結んだ表情、言い替えれば、アリスの自尊心、常識、したたかさなどのテニエルが描くアリス的性格は、キャロルが描いたアリスには全くといっていいほど表象されていない。反面、テニエルのアリスに欠如しているものは、彼女の活発さ好奇心そして生命の躍動感。いわば、テニエルはアリスの強さを強調するあまりアリスの性格の逆の側面を過小評価し、それによって、大人とも子どもともつかない感情の動きの少ないアリス像を再構築したのである。

テニエルの『不思議の国』における他のアリス図像と比較することによって、この「アリスと小豚」の特徴はさらに明確となるであろう。テニエルのアリス描写は、一般的に容姿や年齢描写に一貫性を欠き、他の人物や背景描写に比べると、硬質で古拙であることはすでに先で指摘した。

とりわけ、正面から描かれたアリス図像は二三枚中わずか二枚、他の挿絵ではアリスは横顔あるいは上目づかいで他に視線を走らせたり、伏し目がちな面差しに当惑したような表情を浮かべる。そのため、この「アリスと小豚」のアリスは超絶したかのような態度やその描写において他の絵と比較するとまったく異彩を放っている。

このテニエル技法の特徴はキャロルの挿絵と比べるとより明瞭となる。キャロルのアリスにはテニエル以上にラファエル前派の女性像の影響が色濃く、その物憂げなうつろいやすく感傷的な雰囲気はクライスト・チャーチのキャロルの自室に飾られたラファエル前派のアーサー・ヒューズの「ライラックの乙女」を彷彿させた。

アマチュア画家のキャロルは絵画技法においては凡庸でありながら、作家キャロルが創作した主人公アリスの感情表現においては、その絵画技法の未熟さを補ってあまりある迫真性をもつ。ジョン・デイビスは『「アリス」のイラストレーターたち』の序文のなかで「キャロルの絵画はもはやその技術的正確さがあまり重要視されないゆえに、再評価に値する。いいかえれば、彼の絵にはテニエルの絵には欠如している魂がありそれゆえに人の心を揺り動かすのである」(1979: 9) と評している。もし、テニエルの図像に何らかの欠点があるとすれば、それはキャロルのアリスと対極にある、あまりにも情感の欠如したアリスの描写にあると考えられるのである。

しかし、テニエルの「記録に徹した客観性」(ロブ 1965: 311) 情景を写真のごとく記録する細密性とリアリズム、そしてアリスの肖像に見られる重々しく感情の凍りついたかのような生命感のなさは、アリスの独立心、強さのみならず逆に不思議の国の現実、その不条理を逆照射する効果をもあわせもつ。テニエルはキャロルのテキストにおけるアリスのディケンズ的「他者性」を描出し、キャロルの画像に見られる夢見るような甘美さファンタジーと対照的なアリス像を再構築した。コールリッジの定義によれば、前者は、キャロルの想像力の産物であり、後者は、彼の空想の産物となる。いわば、直解主義的なテニエルは作者キャロル以上にさらに忠実にテキストを再構築したと解釈できるのである。

アーサー・ラッカムのアリス——思春期の少女の系譜

『不思議の国のアリス』の版権が消滅した一九〇七年、母国イギリスでは、多種多彩なテキストとイラストが洪水のような勢いで出版された。なかでもアーサー・ラッカムは、テニエル以後第二次世界大戦そして現在に至るまで、代表的な『アリス』画家の一人として評価されている。現代に至るアリス図像における多義的な読みを生む礎ともなったマービン・ピーク（Meryn Peake 一九一一―一九六八年）の一九四六年における斬新な脱テニエル解釈の出現以前にテニエルから影響を受けた芸術家のなかでは、ラッカムは卓越した存在であった。

ここでは、ラッカムの「アリスと小豚」（口絵1）の図像を中心に比較考察を試みたい。ラッカムのこの挿絵は、きわめて独創的である。画面の五分の三を占める背景に描かれた長く伸びた草の茎のベクトルは劇的な効果を生み出し、その茎の動きとアクセントとして配された花が画面全体の構図に広がりと生動を引き起こすとともに、前景の中央に位置するアリスと小豚と絶妙のコントラストをなしている。線描に関しては、アリスの髪とドレスのうねりにも似た曲線と、足元の草の短い上向きのベクトルが相乗効果を生み、絵に調和を与えるとともに、こうした線描が中央で不器用に身体をねじる小豚の描写と絶妙の対照を生み、秀逸である。アリスのスカートのすそに広がる白っぽい小石が、絵の構図と色彩に安定感を生んでいる。また、この足元の白い小石と、画面の下部に描かれた草とたんぽぽの上に向かうベクトルが調和よく配され、下部全体に安定感を与えるとともに、上部の草の茎の広がりと方向性を劇的に浮彫りにする効果をも生んでいる。さらに、下部の草や花の短いタッチが、上に向かうにつれ密から疎へ短から長へと移行する、そのベクトルが絵に跳動感を与えているのである。

セピア色に統一された半透明な色彩技法は、ラッカムの水彩画の特徴であるが、絵全体に調和と安定感が生じている。中央のアリスの服の模様や頬、小豚の皮膚に見られる淡いピンク色が、灰色がかったセピア色の煙るような色調のなかで、上品なアクセントとなり、絵に彩りと軽やかさを与えている。この印象的なピンクを取り巻くように絵の下部の五分の一を占めるモスグリーンやダークグリーンの草の暗さと、絵の画面の大半を占めるその他の明るい色調が、好対照をなす。

しかし、ラッカムの絵には上記のような絵画技法に加えて、テニエルが成し遂げずに終わった、いや、おそらく全く意図もしなかった緊迫感がみなぎっている。赤ん坊が豚に変身しアリスがその変化に気づくその直前の一瞬を、テニエルが挿絵に切り取ったのに対し、ラッカムはこの覚醒の緊迫した瞬間、キャロルのテキストの「再びブウとないたのでアリスは驚いてその顔を見た。今度はもう間違いではなかった。つまりその顔はもはや紛れもない豚であった」(63) という一瞬を描き出している。ラッカムはアリスの赤ん坊への愛情と赤ん坊がもはやまぎれもない小豚であると認識したその混乱した心中を見事にとらえている。小豚のアリスへの愛着ともはや人間と動物のあいだには以前のような緊密感が存在しないとのアリスと小豚の相互認識の劇的な一瞬は、『鏡の国』のアリスと小鹿にも例えられる、愛と拒否の瞬間が、彼の優雅で透明感のある線描と色調のなかで見事に表象されている。

ラッカムとテニエルの図像に共通するのは、アリスと小豚のポーズであり、そのわずかな相違は、人物描写のアングルと背景の草花と人物の対比法にある。テニエルがアリスを正面から描いているのに対し、ラッカムは斜めからとらえている。このラッカムの描写はテキストで説明された「結び目のようになるほど赤ん坊の身体をひねって、元に戻らないように、右の耳と左の足をしっかりとつかむ」(63) 赤ん坊の適切なあやし方を、忠実に再現しているといえる。にもかかわらず、小豚の変身、顔やわずかにひらいた目ややせた手足や尻尾と対照的な丸々とした重量感のある身体の写実描写などに、二つの挿絵の類似性が認められる。また、背景の草の茎と人物の対比については、ラッカムの背景に描かれた草は、テニエルの草の描写から着想をえたと考えられるが、原作を凌ぐ象徴性をもつ。

しかし、両者を二分するのは、色調と画面全体にみなぎる雰囲気にある。いわばラッカムの水彩画は、細密描写に徹しながら、透明で伸びやかな雰囲気を醸し出しているのに対し、テニエルの木版画は、細密描写に徹するあまり硬質な印象を拭きれない。こうしたテニエルの細部へのこだわりは、ラッカムに比べると、彼の図像は硬く動きがないという批評をも実証する結果となり、この緊迫した一瞬をおなじように写実的に描出しつつも、草に茎の広がりや花の点描によって背景に象徴性を生むことに成功したラッカムと対照的に、テニエルは写実の陥穽におちいっているのである。

第二の相違は、アリス描写にある。ラッカムの描き出すアリスはミドル・クラスの思春期直前の少女。その穏やかさ、優しさ、そして優雅さ、そして、その成熟度はキャロルの『アリスの地下の冒険』の図像を彷彿させながらも、キャロルにもまたテニエルの図像にもまったく認められない特徴である。反面、ラッカムのアリス像に欠如しているのはテニエルが誇張ぎみに、しかし、鮮烈に再現したアリスの強靭さ、生意気さ、優越的な無関心さ、そして子ども独特の単純明快なあっけらかんとした論理性である。

事実、テニエルもラッカムもともにキャロルの原作テキストのもつアンビヴァレンスを十分に描ききることができずに終わった。ラッカムのアリス図像は思春期前後の特徴であるその優雅さ穏やかさにとらわれ、『不思議の国』というよりは『鏡の国』のアリスに近い少女を再現した。それゆえに、ラッカムの図像は、原作のアリス的性格を十分再現できずに終わるといった欠点を持ちつつも、なお、アリスの年齢や優雅さに関して、彼独自の解釈を加え、それ以後の多くの『アリス』画家に影響を与えた傑出した作品といえる。

ラッカムの影響を受けながらも個性的なアリスを描き出した画家としては、トーマス・メイバンク（Thomas Maybank 一九〇七年）とA・E・ジャクソン（Jackson 一九一三年）があげられる。メイバンクは同じ場面を描いた挿絵（図版2）において、アリスが赤ん坊に警告するテキスト「ねえ、もし豚に変わるのだったら、あなたとはなんの関係もないわ。分かったわね」を英文で挿絵に挿入しているが、赤ん坊は人間というよりすでに子豚のような雰囲気を漂わせ変身をはじめている。背後では、ごつごつとした人面をも思わせるこぶのある木の幹が子豚への変身を見つめ、この場面の不気味な雰囲気をかきたてる。しかし、アリスはこうした変化や不穏な空気に気づく気配はない。

一方、アメリカのジャクソン（図版3）は、アリスと子豚が見つめあう緊迫した瞬間をとらえたラッカムとも、子豚の変貌に気づかぬ、あるいは、無関心な様子のメイバンクのアリスとも異なり、すでに子豚に変身してしまった赤ん坊をやさしげに下ろそうとし、子豚はアリスの腕にまだ抱かれていたいかのような未練で身体をよじり彼女をすがるように見上げる。青みがかったセピア色の木々や草を背景に、アリスのピンクのサッシュベルトや頬のピンクと金髪を束ねた青い色が水彩画のような淡い色調のなかで印象的なやさしい雰囲気を漂わす作品である。

メイバンクとジャクソンのイラストからはテニエルの作品がもつ不機嫌さや強情さは姿を消す。反面、ラッカムの影響ははっきりとうかがえる。メイバンクのアリスの優雅さ上品さ、ジャクソンのアリスのポーズや横顔、伏し目がちなまなざしや思春期前期の少女らしい容姿など、ラッカムの描写に近い。しかし、メイバンクのアリ

図版2　トーマス・メイバンク

図版3　A. E. ジャクソン

スはその金髪を後ろに編みこんだ髪形、ドレスや肌のピンク、むずがる子豚をやさしげにおろす様子などはるかに健康的で明るくのびのびとしたアメリカの少女として描かれている。

しかし、メイバンクとジャクソンの背景描写は、ラッカムの空白と長く伸びた草のベクトルを使った空間処理とは異なり、洗練度や劇的効果を欠いているといえる。メイバンクは、背景描写で『不思議の国』の作品独特の陰鬱さや魔界性を表象している。暗くうっそうと茂った森、人間の顔を髣髴させる木の幹、人か動物の手のような木の枝などが、キャロルのテキストの暗く恐ろしい雰囲気と強く響きあう。しかし、メイバンクの絵には赤ん坊が子豚へ変身し、それを見たアリスが驚愕する様子は見られない。一方、ジャクソンはラッカムの描線を真似てはいるが、背景をラッカムの長い草に代え木の枝や幹でうめたために、アリスと子豚の緊迫感は半減している。ジャクソンの木々はセピア色を基調にグレイ、ブルー、ピンクと色調を変えているが、結局、全体としては緊迫感を欠いた雑然とした印象を生む結果となった。おそらく、こうしたテニエルに代表される脱テニエルの挿絵の特徴は、アリス自身の優しく素直な雰囲気にあると考えられる。いわば、彼らが描くアリスの性格は、不思議の国というより鏡の国の少し大人に近づきつつあるアリスに近いといえよう。

チャールズ・ロビンソンとメイベル・ルーシー・アトウェル——かわいさの系譜

ラッカムに代表される優雅な『アリス』イラストレーターの系譜に、「かわいさ」という特徴を加えたのが、ラッカムと同じ一九〇七年に出版したチャールズ・ロビンソン（Charles Robinson）と英国における初めての女性の『アリス』イラストレーターであるメイベル・ルーシー・アトウェルである。

チャールズ・ロビンソンのアリスは、単なるかわいさだけではなく、不気味さや女の子特有のなぞめいた不可思議さをも表象している。しかし、彼のアリス画には、従来の作品にはみられなかった「かわいさ」の萌芽がみ

図版４　チャールズ・ロビンソン

図版５　チャールズ・ロビンソン

られる。アリスと赤ん坊を描いた挿絵（図版４）と変身した豚が自分でとことこと林の中に歩いていくシーン（図版５）をとらえた二葉は、テニエルやラッカムに見るような、赤ん坊の変身の瞬間をとらえたわけでも、また、アリスに関しても余り丁寧に肉薄して描いたわけでもなく、アリスのかわいさもあまり際立っていない。ただ、服や髪型、靴やしぐさから見て、テニエルが描くアリスよりやや幼い子どもとして描かれていることは間違いなく、ヴィクトリア時代の硬質で無表情な画像とは異なり、赤ん坊や子豚、アリスのしぐさや動物など、子ども独特の生き生きとした現代風な息づかいが感じられる。

一方、一九一〇年に出たアトウェルのアリスは、はるかにかわいい、やさしい雰囲気の作品である。アリスと子豚のシーン（口絵２）でも、アリスはやさしげで、顔やローブの先から見える手足がすでに子豚に変身してしまった赤ん坊の姿を見ても、驚愕するでも無関心でもなく、相変わらずやさしくあやし続けている。子豚は変身が悲しいのかアリスとの別れが寂しいのか、目に涙をたたえている。その二人を、翼を広げた小鳥が前景から、白いチェシャ猫が背後の木の枝からながめ、夕日やメルヘンチックな建物がさらにそのやさしく穏やかな雰囲気を高めている。やわらかいオレンジ色の色調が画面いっぱいに広がり、安らかで優しい雰囲気が漂う。摩訶不思議な知恵者チェシャ猫は愛らしい縫いぐるみの猫のようにみえ、テニエルやラッカムに見られる写実的な小豚のからだの触感は包まれたローブに隠れ、顔がなければ赤ん坊と区別がつかない。アリスはおそらくチャールズ・ロビンソンのイラストよりはやや年上であろうか、髪にリボンを飾り、ハイソックスにプリント柄のゆったりとしたドレスを着ている。かわいさとやさしさ、さらに擬人化された動物の描写など、子どもとくに女の子の読者の好みにそった女流画家らしい作品である。背景に見えるメルヘンチックな家と前景のアリスに見入る小鳥は、人間の腕の様に翼を広げ、おとぎの国の情景を髣髴させる。さらにアリス自身も年若くキャロルのテキストのもつアリスの性格の複雑さアンビヴァレンスは微塵も見えない。アトウェルの作品の特徴に関しては後に詳しく述べるが、アトウェルは、子どもたちのやさしく無垢な世界を穏やかな色彩と簡潔化しデザイン化した形態で描き、キャロルからテニエル、ラッカムに至る『アリス』画家の系譜とは全く異なった新境地をひらくテキスト解釈として、『アリス』図像の歴史に新たな潮流を作り出すパイオニア的役割を果たしたといえよう。

以上、テニエルにはじまる西洋の『アリス』図像の系譜について概観してきたが、二〇世紀はじめに新たに生まれたラッカムに代表される優雅なアリス、さらに、アトウェルに代表されるかわいい『アリス』図像の系譜は、それ以降数多く誕生する西洋のみならず、遠い日本の挿絵に測り知れない影響を与えたのである。

初山滋の『アリス』図像

次に、日本の『アリス』挿絵の傑作のひとつである初山滋の作品を取り上げ、図像における日英比較を試みたいと考える。

初山滋（一八九七―一九七三年）は伝統的な日本美術と西洋美術を融合させた先駆者であり、また彼の童画は西洋にも日本にも前例のない独自性をもつ。初山は、少年期に模様画工「宇佐美」に奉公に出て着物の染めの絵柄を描き、その後、日本画家井川洗崖に弟子入りし、浮世絵の影響を受ける。彼が挿絵画家として活躍をはじめる一九一九（大正八）年頃には既に伝統的な日本美術の意匠と色彩感覚に熟達していた。

同時に、初期において、初山が西洋美術の影響を受けていたことは広く知られている。岡田隆彦は「洋風童画から浮世絵の現代化へ――初山滋の出発と到着点」のなかで童画家とヨーロッパ美術について「童画といえども同時代の美術の動向と密接な関係を持っている。……一九世紀末から二〇世紀初めにかけて、ラファエル前派がしきりに紹介され、これは印象派と同じかそれ以上に、わが国の近代美術の展開に刺激を与えた。これに続いて、ビアズリーやアール・ヌーヴォーも紹介されていったのである。それ以後は、大正リベラリズムの気風とともに、ヨーロッパで生まれたばかりの革新的な傾向、つまりキュビズム、フュチュリスム（未来主義）、フォーヴィスム、表現主義などなどが矢継ぎ早に紹介され、画家たちを、それらの様式上の目新しさと革新的な意欲において興奮させた」（1985：113-4）と論じ、さらに、「初山滋は初期にオーブレー・ビアズリーに影響を受けたという。実際、童画家として出発してから、基礎固めをしていった時期の、モノクロームの線描には、ビアズリーそっくりのものもあり、本人が自己韜晦癖から否定していようとも、その影響は明らかである。……初山は、ビアズリーから、そのデカダン的な雰囲気やエロティスムをとりのぞき、白黒のコントラストの強い流麗な線描と垂直に富む人物像、すなわち長細く、姿勢が傾いている人物像を自分の表現にとりいれているようである」（1985：114-5）とビアズリーからの影響を強調する。

しかし、初山本人は、「ブレイクは関係ない。白樺派には癖があってね。デューラーの線が大好きです。ビアズリーよりデューラーだな。私は外国のものより、浮世絵がすきだ。歌麿がいい。北斎はきらいだった。清長はこのごろいいと思う。なんといっても師宣だね」（瀬田 1985：351）と、ビアズリーよりデューラーと浮世絵の影響を強調する。いうまでもなく、こうした影響関係を必ずしも画家本人が認めるとは限らないが、初山がビアズリーからなんらかの影響を受けていたとしても、かなり早い時期にその影響から脱していたのは事実である。なぜならば、「先生［初山］には、あのような偶然的効果を拒否しているビアズリイの影響が永続きする筈はなかったのだ。……ビアヅレのは硬い線でリズム感は無く、『おやじ』のは線に流動性があり画面に動き」（飯沢 1973：48-53）があるからである。

さらに、アーサー・ラッカムからの影響についても指摘されているが(11)そうした西洋美術の直接的影響は、ここで論じる『アリス』図像創作時点である一九二八（昭和三）年には、すでに、完全に脱していたと考えられる。

さて、初山滋の『アリス』図像はカラー版の「アリスと小豚」とモノクロームのペン画四枚（図版6・7・8・9）の合計五枚。しかし、このカラー図像を除くと初山の『アリス』図像には西洋からの間接的な影響が見られないわけではない。つまり、この四枚のペン画はジョン・テニエルによる同じシーンの挿絵と、アリスや動物たちの容姿を除けば構図や描写が類似している。一方、「マッド・ティー・パーティ」（図版9）では遠近法を無視したキュービスムの手法を駆使し、テーブルと三月兎、ヤマネは上から、帽子屋だけは脇からのアングルで描くことにより、テニエルの類型的な手法とかけ離れた、独創性な構図となっている。要するに、西洋美術が初山に与えた影響は、多岐にわたり、テニエルの直接的な影響から間接的なキュビスム的手法にまで及んでいるのである。

一方、「アリスと小豚」（口絵3）は他のペン画とは異なり初山の画風がもっとも際立つ作品である。いうまでもなく、他の作品のようなテニエルの影響も一部見られる。たとえば、アリスと子豚を中心にすえた構図はまぎれもなくテニエルの系譜を踏襲している。しかし、前述したように、テニエルが背景を含んだ全体の構成を優先

図版 6　初山滋

図版 7　初山滋

図版 8　初山滋

図版 9　初山滋

させているのに対し、初山はあくまで人物に肉薄している。さらに、岩絵の具で描かれたバラ色を基調にした透明感のある色彩の美しさ、全体を貫く独自な色彩は、まさに初山風、その背景を大胆にカットした構図や描写はテニエルの影響をはるかに超えた初山独自の作品であると結論づけられる。

岡田は、初山がアーサー・ラッカムからもなんらかの影響を受けたと指摘しているが、具体的にこの場面の両者の絵を比較してみると、アリスの横顔、年齢、ワンピースのドレスや小豚をあやすしぐさなどは類似しているにもかかわらず、色彩、線描、背景と人物の配置などは乖離している。テニエルの挿絵はむろん入手していたと考えられるが、はたして、ラッカム版の『アリス』を入手していたかは不明である。むしろ、ラッカムの絵全体をベールがかかったように覆いつくす半透明な灰色がかったセピア色の色調は、初山の赤を基調にした新時代を画する大胆な色使いとは全く趣を異にする。ラッカムの繊細かつ慎重な筆使いは、初山の一気に引かれた簡潔かつ巧みな描線とは異なり、また人物を画面の真正面に配した構図もラッカムには見られぬ特徴である。いわば、両者の絵全体を覆う色合、初山の絵の赤い太陽や、茸や白いチェシャ猫が乗った木の枝などに見られる装飾的かつ象徴的な大胆な図柄から、両者の相違は一目瞭然である。

それに反して、初山が「アリスと小豚」のシーンを挿絵化するにあたり、なんらかのインスピレーションをえたのではないかと推論されるのが、メイベル・ルーシー・アトウェルである。印象派やキュービスムなど当時の美術の潮流がアトウェルの作品にどんな痕跡を残したかについては、いまだ論議のわかれるところであるが、彼女の独自性は次の三点に要約される。第一に、アトウェルは、テニエルやラッカムに比べて、対象を立体より奥行きや量感の乏しい二次元的画像として処理する傾向がある。第二に、形態や色彩の簡潔化、単純化。この特徴は、柔らかなカーブを描く線描やほとんどキアロスクーロ（淡彩明暗画）に近い微妙な色彩に見られる。第三に、一九〇七年アメリカのベッシー・パース・ガットマン（Bessie Pease Gutmann）が描いたような、無垢な世界を描き、キャロルのテキストの底流を流れる魔界的要素を一蹴している。

では、まず、アトウェルの「アリスと小豚」（口絵2）が初山の挿絵に与えた影響について考えてみたい。その影響は主に三点。まず、暖色で統一された色彩、アトウェルの画面がオレンジ色を基調にしているのに対し、初山のそれは赤とバラ色。第二に、構図もまた酷似している。画面上部には、大きな夕日が丸く描かれその背後「数ヤード離れた木の枝にすわるチェシャ猫」（64）は真っ白で、テニエルたちの縞模様のチェシャ猫とは全く印象が異なる。テキストではアリスが猫に気づいたのは、「その子どもを降ろし、その子豚が林の中へとことこすばやく消えるのを見てほっとした」（64）後であるゆえ、子豚をあやしているアリスを猫が見つめているアトウェルの構図は少なくともテキストと矛盾はしない。対する初山の挿絵では、アリスと猫が互いに見つめ合っているが、この描写は、テキストの内容からは逸脱し、彼の創作と考えられる。第三に、二人の酷似点は平面描写

図版10　メイベル・ルーシー・アトウェル

にある。アリスの髪形と髪に飾ったリボン、赤ん坊のローブ、顔や手足や「いも虫ときのこ」（図版10）に見るきのこの描写、とりわけ、三次元的な深みと奥行きを欠いた平面的な画面処理などがあげられる。いわば、他の画家の挿絵本とおなじようにアトウェルの図像を初山が実際手に入れていたという論証はできないまでも、こうした状況的類似点から初山がこの場面を描写するに際しアトウェルから着想を得た可能性は、十分あったと推論できるのである。

しかし、初山の作品に西洋の『アリス』図像の系譜

図版 11　初山滋作　版画『花・鳥』1953 年

が部分的に影を投げかけていたとしても、彼の図像はきわめて独創的なオリジナル作品であり、その独自性は浮世絵や装飾美術の伝統に立脚した日本的要素と西洋的要素の融合にある。

初山の独自性が最も発揮されたのは色彩である。料治熊太は初山の色彩のオリジナリティーについて次のように論じている。

初山滋の挿し絵は、線の美しいことに特色があったが、それ以上に美しいのは、その色彩であった。

彼は少年期に、井川洗崖という日本画家の弟子になったことがあったが、彼はそこで、日本画の色の溶き方を学んだ。それは、青年期から初山滋として仕事をはじめるようになって、大きなプラスになった。すなわち、彼は子ども向きの童画を描くにあたっても、日本画の岩絵の具を用いていたし、色彩感覚に、細心の注意を払った。後年版画制作にあたっても、彼の色彩は、藍を主調とし、絵は近代的であったが、色は古典的であった。(1974: 21)

彼の配色は西洋に類を見ない紛れもない日本美術の伝統に基づき、アリスのスカートに例を見るような赤、黄、紫の大胆な配色と黒白の対比は、多くの着物に見られる日本の伝統的な図柄であり配色であるが、反面、赤と白のコントラストは現代的で初山の創意といえる。

第二に、初山の意匠的な曲線は「影響を受けたのは光琳で、水の線描きは生涯その様式をもちつづけている」（堀尾 1974：118）という光琳と師直の影響を反映し、この独特の水の流れを彷彿させる涼しげではなやかな曲線の妙味は初山後年の版画の傑作（図版11）にも見られる特徴である。さらに、アリスのスカートに見られる伝統的な日本の染めの技法であるにじみやぼかしの技法と、線と色面の組み合わせは、初山独自のアレンジである。

第三に、アトウェルよりはるかに徹底した初山の画面の二次元的平面処理は、歌麿や写楽のような絵に見られる特徴である。事実、「初山さんは文展出品のお夏をかくために浮世絵を漁り、模写をした。歌麿、春信に夢中になり、やがて師宣に傾倒するが、同時に役者絵もたくさん見た」（堀尾 1974：120）。いわば、初山は、堀尾が述べるような日本美術の伝統に立脚しつつ、描写や描線をできる限り簡略化し省略するとともに背景を殆ど赤一色に染め上げ、描写を省略することにより主要人物を背景から浮かび上がらせる独特の効果を生む画面構成を考案したのである。

初山滋の世界——日本と西洋の融合

美術批評家河北倫明は大正美術とその時代思潮に対する初山の姿勢について次のように論じている。

総じて大正美術の傾向は、明治時代に流入した西洋的手法の肉体化にあり、自由な主観化の中におのずから日本的性情をにじませたところに特色があった。単なる洋風の写生調を脱出し、近代風の分解と再構成の中に日本的装飾味を発揮することによって清新な作風がうまれたのである。そうした作調を内部からひっぱったのが大正期のみずみずしい芸文風潮であり、ややハイカラみをおびる自由な詩心であった。

こうした性格は当然、同時代の児童文学興隆の風潮の中にも含まれていたのだから、この流れによって刺激された童画家初山さんが、やがて清新な画体に開眼していったのも自然といってよい。若いとき鍛えられた日本画の本すじの技法が、こうした生きた時代の潮流の中で新しい芽をふき、爽やかな可能性を打ち出していったわけである。(1977：3-4)

いわば、日本の伝統的美術技法と西洋技法が渾然一体となり、初山滋独自の境地が生まれたのである。

この初山作品における日本と西洋の融合について、岡田は次のように自論を展開している。

平面性にもとづいて描くことにおいて、ヨーロッパの傾向は、初山滋に違和感を与えるものではなかった。とはいえ、描かれている題材や技法の機微、合理的な画面構成、日本よりも深い歴史をもつ印刷術を通じて伝えてくるグラフィック・アートの表現効果などを、初山がヨーロッパのものから学びとったのは、無視できないことである。(1985：114)

この西洋美術と日本美術の受容と変容の問題については、すでには『アリス』図像の模様やデザイン、曲線を例にして論述してきたが、初山が西洋から学びとったものは多いにせよ、他方、伝統的な日本美術の技法、その配色や図柄、デザイン、線と色面の組み合わせの妙見、にじみやぼかしなどの染色技法等から、多くを学び取っていたことも事実である。彼が描く曲線に、デューラーそしておそらくビアズレーなど西洋からの影響が見られたことは否定できないが、初山の線は西洋の画家に比べるとはるかに柔らかく白黒の『アリス』図像に見られるように、師直や光琳のように偶然の線の効果を重視している。しかし、これら日本の画家と比較しても、初山の細い線と太い線の組み合わせは日本美術の伝統を凌駕した初山風である。いわば、アリスのスカートの西洋的デザインと日本的色彩の組み合わせの中にも例示されているごとく、初山の特質は西洋と日本の融合とそのオリジナリティーの確立にある。

しかし、彼の芸術にもむろん弱点はある。友人の日本画家島多訥郎は「正直言って僕は、初山君の絵は、才気は十分すぎるほどあるが甘いと思う。そして、対象にがっちと四つに組むようなところはなかった。あくまでもさらさらと流れるところが彼の絵の特徴でもあるのでしょう」(1974:84) と、初山の作画には人間性の荒々しく粗野な側面はなかったと評している。反対に、彼の長所も指摘されている。「現実を内観的に見ていて、現実の奥にある超現実的のものを直感的に描いている」(船木 1961:432)。「初山さんの小さな体の芯には、芸術家としての自由と抵抗の精神が火と燃えていた。第一あの絵を見ればわかる。初山さんの絵こそ平和で自由でないかぎりえがききれない世界だ」(堀尾 1974:77)。要するに、初山は単なる夢想的な子どもの世界を描くセンチメンタルな童画家ではなく、また自由と平和を一つの根本理念としてもつ、表層的現実の背後にある内面世界を描き出すことのできる現実的な画家でもあった。

岡田は、西洋美術と東洋美術のあいだの初山の位置づけを次のようにおこなう。

初山滋の出発から晩年に至る全行程を眺め直してみると、ラファエル前派や後期印象主義などの輸入を通して、これらの西欧絵画がとり込んで独自に醸成した浮世絵の豊かな魅力が逆輸入され、当初の西洋化に感覚を解放しつつ、やがて、日本独自の表現にたどりついた経緯がそっくり重なって見えてくる。どこまでも独学で、いまではほとんどすたれてしまって江戸っ子気質に徹しながら孤独のうちに生涯を閉じた初山滋にも、洋化を性急に強いた明治維新のひずみが影を投げかけていたのである。(116)

図版 12　マービン・ピーク

この初山の西洋美術の受容と変容のプロセスに関する岡田の解釈には百パーセントは賛成できかねるところがある。というのも、初山は浮世絵を輸入した西洋美術を逆輸入したのではなく、むしろ、本来初山の中にある日本的要素（浮世絵、日本画、工芸の染めの技法）が西洋美術の受容のなかでその西洋美術と相克し、それが調和し、独自の初山流が生まれたというほうが正しいのではないだろうか。

それゆえに、初山の「アリスと子豚」はテニエルに始まり、ラッカム、メイバンク、ジャクソン、アトウェルらにいたる西洋の『アリス』挿絵の系譜を受け継ぎつつも、なお内在する日本美術の伝統を融合させ、さらに独自の境地を切り開くターニング・ポイントに制作された作品として注目に値する。さらに、初山の『アリス』図像は日本のみならず西洋においても実に先駆的な試みであり、初山の一九二八年における『アリス』解釈は、戦後の一九四六年に発表されマービン・ピークの画期的な『アリス』図像（図版12）の出版後においてさえ、その新鮮さ独創性は色褪せることはない。初山のアリスには、生き生きとした思春期の少女としての実在感が感じられる。初山は、テニエルのうつろな様子で空を凝視している陶人形のような無感動な大人とも子どもともつかないアリスとも、ラッカムやその後継者たちが描き出したやさしげな中流階級の娘とも、またメイベル・ルーシー・アトウェルの無邪気な子どもの楽園に生きるアリスとも、全く異なった少女アリスを日本の土壌のなかで創造したのである。テキスト解釈の観点から言えば、おそらく、原作の内容を端から端まで詳細に眼を通さなかった可能性もあり、一部、飛躍した箇所もあるが、要は主題を再構成し直す彼の大胆さ自由闊達な気風にある。

総じて、初山滋は不思議の国の言葉の論理によって成立する不条理な幻想性を独自の甘美な幻想性によって再構築し直したといえる。いわば、初山の『アリス』図像は、その技法においてもまたアリスの描写においても、西洋的影響を受けつつも内在的な日本美術の特徴をも融合させることに成功した、西洋にも日本にも比類ない、日本が生んだ『アリス』図像の傑作として世界に誇りえる作品であるといえる。

第四章　初期『アリス』翻案と翻訳（一八九九—一九一二）

四・一　日本最初の『アリス』翻訳——長谷川天溪の『鏡世界』

日本で、はじめて『鏡の国のアリス』が、長谷川天溪によって、『鏡世界』として、翻訳され、少年雑誌『少年世界』に、掲載されたのは、一八九九年。『鏡世界』は、翻訳というより、むしろ、翻案と呼ぶほうが相応しい。日本最初の『不思議の国のアリス』翻訳『愛ちゃんの夢物語』が出版されたのが一九一〇年。『鏡世界』はそれより一一年早く出版されたことになる。

『少年世界』は、日清戦争のさなかの一八九五年に創刊され、一九三四年まで、博文館により発刊された。「創刊号の誌面には戦時下の高揚した雰囲気がかなり漂っている」(河原 1998 : 39-40)。『少年世界』は、また広範なテーマを扱うことを、編集方針とした。『幼年雑誌』『日本の少年』『少年文学』などの既成の多様な雑誌や刊行物の内容を総合した雑誌として、その内容は、たとえば、歴史物語、科学エッセイ、フィクション、劇、文学、教本、遠足情報や、新刊案内など、多領域多岐にわたっている。近代日本において児童文学のサブジャンルが生まれたのは、『少年世界』をはじめとする児童雑誌の出版に帰することが多いが、『少年世界』の独自性は、その内容の多様さと、少女の読者をもターゲットにした「少女欄」にあり、明治期、最も有名な少年雑誌として知られていた。

巌谷小波（一八七〇―一九三三年）は、二四歳で、『少年世界』の主筆にむかえられ、以後、一九一八年に至るまで、その編集にたずさわるかたわら、自作を発表していく。桑原三郎は、巌谷小波の児童文化活動について、次のように概観している。

どういう仕事があったかといえば、まず第一には、『少年世界』『少女世界』『幼年世界』『幼年画報』などの博文館の子供の雑誌に寄せた創作児童文学――お伽噺と小波は名づけた――があげられよう。……第二は、『日本昔噺』や『世界お伽噺』で代表されるリテリングの仕事である。……日本を初めとして、世界中のお伽噺、昔噺を、日本の子供のために小波がおもしろく語り直すという大きな仕事を、明治の後半から大正の初めにかけて、ひとりで成しとげたということである。(1983: 62)

巌谷は、西洋やその他の国々で育まれた空想的な物語やおとぎばなしを、日本の子どものために、大量にまた体系的に紹介するという、実に先駆的で画期的な仕事を成し遂げる。さらに日本の伝承説話に新たに西洋風な自由なファンタジー的要素をくわえて、「お伽噺」という新しいジャンルを定着させたことは、とりわけ意義深い。

この巌谷小波から『少年世界』のために『鏡の国のアリス』の翻訳を依頼されたのが長谷川天溪（一八七六―一九四〇年）である。おそらく、この依頼は、早稲田大学の教授であり、当代一流の文芸批評家、劇作家、翻訳家でもあった坪内逍遥の推薦によるものであろう。長谷川は、翻訳を通じて、文学作品や哲学、心理学、科学などの西洋文化を、広く日本の読者に翻訳し紹介するだけではなく、また、自然主義的観点から文芸批評にも精力的にかかわった。一九一〇年から一九一二年までの二年間、博文館から英国に派遣され、帰国後、早稲田大学の英文学の講師に就任する。

長谷川が、『鏡世界』を翻案した一八九七年は、彼が博文館に就職した直後にあたる。『鏡世界』は、この『少年世界』に一八九九年四月から一二月まで合計八回にわたり連載されたが、長谷川は、『少年世界』に子どもの読者のための翻訳や翻案だけではなく伝記やストーリーなども寄稿している。

しかし、巌谷が、『鏡の国のアリス』を、なぜ自分で翻訳せず、若い長谷川に依頼したのか、詳しいことはわからない。おそらく、すでに長谷川が『少年世界』に英文学の専門家として採用されていたこと、さらに、英語よりドイツ語にすぐれていた巌谷が、[1]自分より英語力があり英文学に造詣の深かった長谷川に依頼したというのが、だいたいの真相と考えられる。さらに、キャロルの二つの『アリス』物語のうち『鏡の国のアリス』を日本最初の翻訳として選んだのは、巌谷自身であったのか、それとも長谷川であったのか、[2]そして、日本の読者に、なぜ有名な第一作である『不思議の国』を紹介せずに、後編の『鏡の国』を紹介することにしたのか、依然、なぞは多い。

『鏡世界』の挿絵に関しては、ジョン・テニエルの作にきわめて酷似している。しかし、当時、まだ、写真製版術が実用化されていなかったことを考え合わせると、テニエルの原作を日本人の職人が、木版に克明に写したというほうが正しいだろう。初期に連載された『鏡世界』の挿絵は、西洋風の木口木版ではなく、精巧な彫りがむつかしい板目木版と推測されるためか、テニエルの線描の繊細さ（図版1）は、時として、大胆に単純化あるいは省略され細密とはいえない（図版2）。しかし、テニエルの原作がもつ特徴と雰囲気を生き生きと再現している。

長谷川は、『鏡世界』の翻訳を、かなり短期間、実際は一年にも満たない期間で、完了している。『鏡世界』の前半の構成は、キャロルの原作を踏襲している。原作の第一章「鏡の家」から第七章「ライオンとユニコーン」は、長谷川の翻訳では一章ふやし八章となっている。しかし、後半の章（第八章「これは拙者の発明」から第一二章「夢みたのはどっち」）になると、長谷川が独自に創作した内容が大胆に書き加えられ置きかえられているが、結末部分では、キャロル作品と同じように、主人公の少女が眠りに陥った鏡の部屋のなかで、再び夢からさめ物語は終わる。

日本版『アリス』翻訳史、とくに初期翻訳史上における、『鏡世界』の翻訳の意義は、日本最初の『アリス』翻訳にとどまらない。『鏡世界』は、ヴィクトリア社会を背景としたキャロルの空想世界を、完訳とも翻案ともつかない、日本と西洋の物語形式を融合した「西洋お伽噺」として、明治日本の文化背景のなかに移植した点にある。

作品構造の大きな変更点は、すでに言及したように、最後の五章すべてを省略するとともに、第七章「ライオンとユニコーン」の後半部を、結末に結びつけた点にある。この変更部分に注意しながら、長谷川のストーリーの終盤を、原文を引用しつつながめてみよう。まず、主人公である「美代」あるいは「美ちゃん」（日本版のアリス）は、獅子（ライオン）と犀（ユニコーン）のあいだで手にもっていたカステラ（プラムケーキ）を一切れ食べたために、王様に命じられた「水の滴たる様な刀」をもった一助（日本版のハッタ）と二吉（ヘア）に追われる。殺される寸前、河を跳び越し、大きな林に逃げ込み、道もわからず、泣きながら、歩いていると、遠くに火が見える。「大悦《おおよろこび》で其方に参つて、外から窺《のぞ》いて見ますと、丁度自分と同じ位の可愛らしい女の兒が独で毛糸を編むで居りました」と原文で描写されている。この女の子は親切に上にあげてくれ食事を出してくれるが、なんと食事は人間の腕であった。驚いて見るとその子は、「今迄は可愛らしい兒であつたのが、恐ろしい鬼に」なり、口は耳まで裂け、目はギラギラ光り、髪は針のように逆立っている。「美ちゃんは『アレイ』と云ひながら庭の方に逃げ出しますと、鬼も続いて飛び出て、いきなり美ちやんを捕まへて、鏡の様にぴか〳〵光つて居る池の中に抛《な》げました。すると丸で硝子の破れる様にガラ〳〵といふ音がして、美ちやんは深い所に落ちる様な気がすると目が覚めて、其邊を見ますと、やつぱり自分は毛糸を持つて、椅子の上から落ちて居ました」(5-6: 257-258) と結ばれる。最後、目を覚ますところは原作と同じであるが、刀をもった一助二吉人食い鬼といい、鬼の話が数多くでてくる日本の昔話から着想をえて長谷川がこの結末を創作したことは、明らかである。

『鏡世界』の構成が、キャロルの原作と大きく異なっているのは、『鏡の国のアリス』のプロットや登場人物と深く関わっていたチェスのゲームが、完全に削除された点にある。キャロルの鏡の国の「地理」を構成していたチェス盤が、日本の将棋に変わった。そのため、チェスと同じように将棋にもある王様や歩は可能であるが、女王を登場させると矛盾が生じる。そういう意味において、将棋への転換は、ある種、キャロルの原作の根幹、原作のアリスは歩から女王になることを希求して鏡の国を旅する、その旅の目的を否定することとなる。長谷川の

図版 1　ジョン・テニエル

図版 2 『鏡世界』

翻案では、チェスはただのおもちゃ、白の王様と女王様は、「自分の玩弄物《おもちゃ》と仝じやうな白や赤の王様、お妃様」(5-11:26）と説明されるほかない。『鏡世界』では、チェスのゲームが削除され将棋に変わったにもかかわらず、日本のアリスである美ちゃんは、原作のアリスと同じように、鏡の世界を旅し、女王になりたいという強い願いをいだく。この美ちゃんの願いを聞いた白のお妃様は、キャロルの原作のように、この世界に行くには白のお妃の娘になるのだと念を押す。鏡世界に行きたいという美ちゃんの希望は叶えられる。しかし、女王になりたいという願いは、結局は、実現されず、恐ろしい鬼に追いかけられ鏡のようにピカピカ光る池の中に投げられ、目を覚ましてしまう。

第三に、言葉遊びの翻訳はあまり成功しなかったのも、最初の邦訳であり言葉遊びの多い『鏡の国のアリス』という点を考えあわせれば、当然であろう。キャロルの『鏡の国のアリス』の際立った特徴はいうまでもなく、ノンセンスであるが、ノンセンスを形づくる地口（パン）、言葉遊び、新造語、ナンセンス言語や、その他のノンセンス・ジャンルに属する技法が、『鏡世界』のなかで、適切な日本語に翻訳・翻案されることは不可能に近い。『鏡世界』では、ほとんどの地口や言葉遊びが、削除あるいは逐語訳された。「ジャバーウオッキー」の詩は学校で習う唱歌となる。しかし、その内容は、キャロルの原作に似ている。ジャッケルロッキーという少年（おそらく「ジャバーウオッキー」を日本風に発音したと考えられるが）が、「ジャブジャブ」という名前の恐ろしい怪物を殺す。しかし、この詩を彩るノンセンス言語も地口もまったく日本語に移し変えることは出来なかった川戸道昭は論文「キャロル・イン・ザ・メイジ・イアラ」のなかで長谷川天溪の翻案について次のように述べている。

要するに天渓には、キャロルのノンセンス文学の意味がまったく理解できていなかったのである。……結局、天渓は、幼い少女が遊びに疲れて眠りに陥り、鏡の世界に彷徨するといった物語の表面的な趣向に興味を覚えその紹介の労を取ったものの、物語の背後に存在する数々の言語的、文学的遊戯には最後まで意味を見いだせずじまいであったというのが真相だと思う。(1999 : 365)

長谷川は、『鏡の国のアリス』というノンセンス・ファンタジーの言語的文学的文脈は、ある程度は理解していただろう。しかし、残念ながら、この作品を日本語からなるノンセンス世界として再構築する翻訳家としての十分な技能がなかったといったほうが正確である。長谷川の『鏡世界』は、日本初の『アリス』翻訳であり、読者の日本の子どもたちはヴィクトリア時代のイギリスについても言葉遊びについてもなんの知識もなかった。この明治に、ノンセンスはいうに及ばず、原作の内容をそのまま日本語で表現することさえ困難であったろう。

しかし、たとえ長谷川が英語の言葉遊びを日本語に翻訳することができなかったとしても、少なくともキャロル作品におけるナンセンスの重要性は認識していたことであろう。長谷川の翻訳の工夫を例にあげてみよう。たとえば、キャロルの原作の第二章「生きた花園」で、アリスはバラと会話をかわす。原作では、危険なものがきたらどうすると聞かれたバラは「Boughwoughs(わんわん)」と「bark(ほえる)」から、バラの枝は「boughs(枝)」とよばれるという。この英文の言葉遊びを、長谷川は、次のように翻訳する。

『可恐い目に合う時は什麼《ごう》するの
『あの木がゴーザーつと吠へるのさ (5-12 : 28)

つまり、「どうするの」の言葉遊びの「什麼《ごう》するの」と、「什麼《ごう》するの」の言葉遊びである擬音語「ゴーザー」を考え出したが、木の擬音語である「ゴー」を連想させる。もちろん、長谷川の試みは原作の “bark” と “bough-woughs”、“boughs” 三語を使った言葉遊びにははるかに及ばず、洗練された翻訳とはいえない。しかし、初めて試みた日本語の言葉遊びであった。

第二章「生きた花園」では、“bed”（「寝床」と「花壇」）を使った、言葉遊び（“In most gardens ... they make the beds too soft—so that the flowers are always asleep” 146）を、同じように寝床と花壇を意味する「床」に翻訳する。第五章のお店のエピソードでは、英語の “have” と同じように、「買う」と「ください」の両義語である「ちょうだいな」を使って、美ちゃんの羊への会話を、日本語の言葉遊びにうまく変えている。

老『あ、鶏卵かへ、一つが一銭で二つで五厘。
美『ぢやあ二個の方が安いの
老『其替りお前さんは殻とも二つ一度に喰なくては善けませんよ。
美『そんなら矢張一つ頂戴な。
老『まあ此兒はずるいね、頂戴だつて、
美『あら買んですよ、さ、お銭を置きますよ。（傍点筆者、5-23：39）

もし長谷川に『鏡の国のアリス』の言語遊戯の楽しさを味わうような感性がなかったら、おそらく、ここまで軽妙な言葉遊びは考えつかなかったことであろう。そういう意味で、長谷川はキャロルのノンセンスの真髄は理解していたといえるのである。

一方、川戸道昭は、「[長谷川天渓は] この作品［キャロル作品］をして単なる小波の『黄金丸』や『新八犬伝』と変わらない〈おとぎ話〉に変えてしまった」（1999：365）と、長谷川天溪は、原作に見られるノンセンスの真髄を日本の伽噺へと転換してしまったと論じている。たしかに、長谷川の『鏡世界』についての川戸の見解は真実をついている。たとえば、アリスと蚊のあいだで交わされる“miss”（「お嬢さん」「逃す」）を使った言葉遊びは、いたずら坊主に捕まえられ虫かごに入れられ不遇の死を遂げるキリギリス（蟋蟀太郎）のあだ討ち物語へと変貌するが、この物語は、長谷川の翻案に顕著に見られる教訓性の表象とも考えられ、キャロルのノンセンスの真髄とは、少なくとも表面的には、まったく乖離しているといえるだろう。

しかし、長谷川天溪が、『鏡の国のアリス』におけるノンセンスの真髄と重要性が理解できなかったかというと、そう簡単には断言できないだろう。上記のシャレの翻訳からも、長谷川がノンセンスを（少なくともその片鱗は）理解しながらも、おそらく、当時の読者に違和感がないように、日本人になじみのある教訓的な御伽噺の雰囲気で味付けする必要があると考えていたのだろう。

『鏡世界』は翻案であり、新たに創作された物語も組み入れられている。しかし、最初の二章はキャロルの原作にきわめて近い。この部分は、一九二一年、西条八十が『金の船』誌上で翻訳した「鏡國めぐり」よりはるかに原文に忠実である。長谷川は翻訳上のミスはほとんど犯していない。第三章の車掌の言葉「機関車を走らせる人」（“The man that *drives the engine*” (italics mine, 155) を、長谷川が、『あの山に穴を掘つて居る奴が』（傍点筆者 5-14：12）と誤訳した例がある程度である。

ヴィクトリア時代の英国や西洋を十分知らなければ理解できないようなエピソードなどは、当時の日本の読者のために、省略あるいは変更された。たとえば、英国の伝承童謡集であるマザーグースの童謡に出てくるトヴィードルダムとディの歌などがあげられよう。

長谷川の第四番目の特徴として、日本の名称や事物への置き換え・変更があげられる。まず、名称、とりわけ固有名詞が日本風な親しみやすい名前に変えられている。たとえば、「アリス」は「美イちゃん」というニックネームをもつ「美代」ちゃん、猫の「ダイナ」は猫によく使われる「トラ」。トウィードル・ダムとトウィードル・ディーは「太郎吉」と「次郎吉」に変更されている。第二に、名前以外のものも、日本の読者が親しめる事物に変更される。たとえば、「蠟人形」は「土人形」になる。また、習慣も日本風に変わり、たとえば、西洋風な「握手をする」が日本風な「お辞儀をする」へ、英国のお茶の時間が、日本のお茶会になっている。第七章「ライオンと一角獣」における「鏡の国のケーキの切り方」が「日本の茶の作法」を使ったカステラの切り方に変わる。『鏡世界』では、カステラを切る前にそのお皿を三度回す。これはまさに、お茶を味わうときに手のひらでお茶碗を三度回す日本の茶事のお点前のパロディといえよう。

メタファーもまた日本風だ。たとえば、アリスと赤の女王の走り方は「韋駄天のように」と形容されてる。「セイウチと大工」の唄なかで、大工は仏教の極楽往生を願う。『おらが一生のお願は／濱の真砂をかき分けて／かん〲堅い岩が根に／五重の塔をうち建てゝ／後生願うて極楽に／行きたい』(5-20:32) と、五重の当を立てたいと願う大工は、キャロルの原作では、ハーメルンの笛吹きのように、最後にはセイウチとともに牡蠣をみんな食べてしまう。おそらく明治の読者は、この西洋のお伽噺を味わうのに、原作の唄より、この仏教思想と合体した日本の大工の唄のほうに、もっと親近感をいだくことができたのではないだろうか。

『鏡の国のアリス』原作のストーリーも巧みな日本の『鏡世界』へと変更されている。かわいらしい女の子が「口は耳の邊迄裂けて目はぎら〲光つて髪は針の様に」になった恐ろしい鬼にかわる。そして、美イちゃんはその鬼に追いかけられ鏡のように光っている池に投げられる。すると、ガラスの破れるような音がして、夢から覚めるという巧みな日本の物語に置きかえられている。

また、『鏡世界』に添えられたテニエル風な挿絵との齟齬を防ぐために、長谷川は物語と挿絵に矛盾が生じないように、適切な説明をくわえる。たとえば、「ジャバーウオッキー」の詩に出てくるキャロルのかばん語から創作された空想上の動物は、日本のハンプティ・ダンプティである權兵衛が「魔法を使つて拵らへた動物で、三千世界にも有りません」(5-24：23)と説明される。ハンプティ・ダンプティが踏み台の上に立ち使者に耳打ちするイラストは、長谷川の翻訳では、使いの耳が遠いと考えた權兵衛が耳のそばで大声を出し、それに腹を立てた使いが權兵衛の頭を殴り、それを笑った美ちゃんに腹を立てた權兵衛が、彼女をやかんの中に押し込もうとして、反対に火鉢のかどで頭を打ってつぶれてしまうストーリーへと、実に巧妙に変更される。(図版3)そして、美ちゃんが權兵衛が実際は卵だったと気づくや否やその屋敷はたちまち霞のように消え、大きな森にかわってしまう。

図版3『鏡世界』

長谷川の『鏡世界』は忠実な翻訳でも戯作でもない、巧みな翻案である。副題である「お伽噺」「西洋お伽噺」は巖谷小波が新しく提唱したジャンルであるが、また同時に、長谷川がめざした西洋のファンタジーと日本のおとぎ話・民話の融合とも考えられよう。

この『鏡世界』の第二の特徴は、明治の時代思潮、とりわけ明治時代の日本のアリスたちいわば日本の女の子たちがおかれた社会的教育的背景が、翻訳から透けて見える点にある。長谷川の翻訳には、当時の封建的な時代思潮、子どもの教育や女性の行動に対する因習的な考えが、色濃く映し出されている箇所が随所に見られる。たとえば、キャロルの原作以上に、学校に関する話題が挿入されている。白の女王とアリスの会話「まず、お前の年齢を考えてみよう、年はいくつなんだ」「私は丁度七歳半よ」は、「鏡世界」では、「『何年《いくつ》におなりだへ。』」「『八ツ。二年生よ。』」(5-20: 40) と、年齢だけではなく学校の学年も自然にくわわっている。

長谷川天溪の『鏡世界』は、キャロル原作は言うに及ばず明治期の他の翻訳に比べても、かなり保守的である。原作から変更した箇所を、とくに美代ちゃんの描写に焦点をあてて考えてみると、女の子や女性の品格・行動など、かなり保守的封建的な時代精神を反映している。大正後期に児童雑誌『金の船』で『鏡の国のアリス』を翻訳した西条八十の翻訳と比較しても、その特徴は明らかである。たとえば、原作の第三章で、アリスは「丘を走りおり六つの小さな小川の最初の小川を飛び越えた」(155) 活発な子どもである。一方、「鏡世界」では次のように脚色される。

恐ろしい急な坂の上に来ました、中々女児《むすめご》などの下れる坂ではお坐《ざ》いませぬから……可哀《かあひ》さうに美ちやんは一足でては転び、二足行つては尻餅をつき……終には歩けなくなつて、ころ〳〵転がり落ちました。(5-14: 11)

美ちゃんは、しとやかでか弱い女の子であり、ここに、長谷川だけではない時代がいだいた女性観が映し出されている。また、三章では、アリスの態度や反応は当時の日本の現状に合わせて変更されている。原作では、列車のなかで、アリスは乗り合わせた紳士に、「こんな小さな子は……自分の名は知らなくても行き先は知っていなければいけない」("So young a *child* … ought to know which way she's going, even if she doesn't know her own name" (italics mine, 156) と注意される。一方、長谷川の美ちゃんは、次のように揶揄される。「『全体女の兒なんて、自分の名を忘れても、行く先だけは覚えて居なけりやならないや。それを此兒は忘れて居る様じやが愚物《ばか》な兒じやな。……『左様さ、いろはを知らないでも、切符を売つて居る處位知つて居なければならない』（5-14：12）と変更される。いいかえれば、原文の"child"を「女の兒」に限定することによって、男児に比べて女児は元々たいした知識はなくとも、世間的な常識ぐらい知らなくてはいけないという明治の女子教育の一端を挿入したのである。

第四章では、原文のアリスはトウィードルディとダムに「森からでられるのはどちらの道か教えて」（"Would you tell me which road leads out of the wood?"）(167) と尋ねる。一方、日本のトウィードルディとダムである「太郎吉と次郎吉」に聞く言葉には、日本の女の子への教育やしつけが見てとれる。『あのもう日が暮さうになりましたから、早く森の道を聞かして頂戴な、余《あんま》り晩くなると母ちゃんに叱られますから』（5-17：38）という美ちゃんの言葉は、日本の戦後あるいは現在に至るまで、躾のいい若い女性が一般に心がけている分別である。身に降りかかる危害を避けるためのこうした配慮を、『鏡世界』が出版された明治三〇年代、女の子や若い女性はなおさら心しなければならなかっただろう。美ちゃんの育ちやしつけのよさは、『まあ草の上に眠て居て、風邪ひかうものなら大変だわ。起して上げませうか』（5-20：34）という赤の王様への優しい心遣いにも見られる。女性には上品さや優雅さ優しさが、反面、男性には勇敢さや勇気知性が求められるのが、明治の時代思潮であった。キャロルの原文では、アリスがトウィードルディとダムの臆病さを、「それはただのおもちゃのがらがらだわ」「ガラガラへビじゃないのよ」と揶揄するが、長谷川の翻案では、男子たるもの臆病どころか勇敢であらねばならないという教えのもと、美ちゃんは臆病な太郎吉を揶揄するだけではなく、恥ずべきものと断罪する。『オホヽ縄ですよ、蛇じやないわ。まあ男で居ながら、あんなに泣いたりして、見つとも無い。』（傍点筆者 5-20：36）と。

キャロルのノンセンスが、長谷川の翻訳にかかると、なんと、時として、武士道にもとづく封建時代の勧善懲悪的な倫理観へと変貌してしまうことについてはすでに言及した。蚊のジョークが、キリギリスのあだ討ち物語へと変わり、カキを躊躇なく食べてしまう大工が、五重塔を建立し極楽往生を望むほど信心深い。長谷川の英語力や翻訳力、文学的素養をもってしても、明治後期の日本の子ども、とくに女の子の読者のために、『鏡の国のアリス』を日本語に翻訳翻案するのは簡単ではなかったと推測される。ましてや、これは日本初の『アリス』翻訳の試みであった。編集者巌谷が、自分で翻訳せずに長谷川天溪に依頼した理由もここにあったと、納得できる。

さらに、『少年世界』に、ジョン・テニエルのイラストの模写が使われたことも、長谷川の翻訳にとって大きな意味をもっていた。テニエルの西洋風な原画が掲載される以上、再話はもとより翻案にも限界があった。挿絵と邦文の内容が一致するように、日本的なものへの置き換えも最小限度にとどめる必要があった。その点、大正期の児童雑誌『金の船』に連載された西条八十の『鏡國めぐり』は、日本人のイラストレーターである岡本帰一が挿絵を担当したという意味で、原作に拘束されずにはるかに自由に翻訳することができたのである。とりわけ、明治三〇年代の子どもの読者が日本の事象とは全くかけ離れた西洋のテニエル風な挿絵に描かれた人物や事物をそのまま理解するのはかなり難しい。たとえば、美ちゃんはふつうの日本人が普段あまり現実に見たこともないような服を着、靴を履いている。そういう意味において、『鏡世界』の美ちゃんは、図像上も翻訳上も、完全な日本の美ちゃんにもまたヴィクトリア朝のアリスにも、なりえなかった。この主人公が日本人の名前を冠しながら、図像的には完全な西洋人で、内容的には日本人であるという曖昧さのために、美ちゃんは個性的な生き生きとした主人公として再現されることはなかった。時代が望む良妻賢母教育のもとに育った、上品で優しい中流階級の女の子として、美ちゃんが文章化された。そういう意味においては、この挿絵に添えられた勝気そうな西洋の女の子が、物語の最後で、「口は耳の邊迄裂けて目はぎら〳〵光つて髪は針の様に立つて」いる鬼に追いかけられて「アレイ」と言いながら、庭のほうに助けを求めて逃げるかよわく優しげな美ちゃんと同一人物であると

図版4 『鏡世界』

図版5 『鏡世界』

はなかなか想像しがたいのである。

第二に、時代的・文化的・社会的・言語的な制約のために、長谷川はキャロルの原作以上に詳しい説明や描写をくわえ、また、時にはもとの筋を発展、変更、さらには逸脱しなければならなかった。例えば、『鏡の国のアリス』の第一章で、アリスが白の王様の鉛筆をもって「白のナイトが火搔き棒を滑り降りている」という文字を王様に書かせる場面が、テニエルのイラストで表現されている。このイラスト（図版4）を掲載した長谷川の翻案は全く異なった内容に変更されている。白の王様が

図版6 『鏡世界』

美ちゃんによって書かされた文は『白い王様、滑つて、転んで、鼻の頭に怪我をして』(5-9:29) で、この白の騎士の挿絵の説明は「お玩弄物の馬が飛び出して、鉛筆の上を滑つて遊んで居ります」(5-9:29) に変わり、白の騎士はおもちゃの馬になってしまう。また、前述したように「ジャバウォッキー」のノンセンス詩に出てくる想像上の生き物は、長谷川の翻訳にも使われている (図版5) が、権兵衛 (ハンプティ・ダンプティ) の庭にいる「見た事の無い変な物」で彼が魔法を使って創り出した三千世界にもない動物と説明される。戦いの場面 (図版6) は、ジャッケルローという子がジャブジャブというお化けを退治する場面の詩と絵を美ちゃんが思い出して描いたと説明される。この権兵衛は、先に説明したように、美ちゃんが笑ったために、王様のお使いが権兵衛の頭を殴り、美ちゃんに逆ギレした権兵衛が、美ちゃんを押そうとしたが反対に突かれてころがり、火鉢の角で頭を打って、潰れてしまう。いいかえれば、長谷川は、マザーグースに出てくる塀の上に座るハンプティ・ダンプティのなぞなぞを、別のストーリーに仕立て直し、最後には、権兵衛は卵だったという同じ答えを導き出したのである。

『鏡世界』は雑誌に連載された。それ故、原作とは異なった連載としての醍醐味が必要であった。各号の最後は、子どもの読者が次号を楽しみにし、興味をそそられる、「さあ、是から美ちゃんが旅をするのです」などの決まり文句で終わる。

長谷川天溪の『鏡世界』は、日本最初の『アリス』翻訳であるが、翻訳と翻案の中間にあり、初訳が直面しなければならなかった時代的制約や明治末期の時代思潮が透けて見える。いいかえれば、長谷川が原作のノンセンスを日本語に再現することはきわめて難しかったであろうが、少なくとももう少し忠実な邦訳に直す程度の英語力はあった。にもかかわらず、すでに紹介したような理由で、意図的に翻案に編集しなおしたと考えられる。いうまでもなく、結局は主人公の夢であったという点は、民話などとは決定的に違うにせよ、長谷川はキャロルのノンセンス作品を明治の読者が理解しやすい、たとえば、ファンタジー的要素の多い日本の民話や昔話に、編集しなおす必要性を感じたのであろう。おそらく彼が試みた日本語の言葉遊びから判断すれば、原作のノンセンスを理解し鑑賞するに十分な力があったことは明らかである。にもかかわらず、長谷川は西洋的なお伽噺ではなくもう少し土着的・民話的趣で色づけしたのである。

いいかえれば、長谷川はヴィクトリア時代のアリスを、いまだ封建的な香りが残る明治に生きた日本の少女美ちゃんとして再現した、そこに彼の功績がある。時代は女性、とりわけ女子教育に関しては、いまだ保守的で、良妻賢母教育が主流であった。にもかかわらず、長谷川は少なくとも明治の伝統的あるいは同時代の物語に出てくるような優しく上品なだけの類型的な主人公とは異なる、明白な自我をもち、時には原作のアリス以上に大胆で勇敢にもなれる少女を、翻案の上ではあるが、構築した。幕藩体制や天皇制を経験した日本では、女王という存在は、ヨーロッパの王制における女王ほどの権威や畏敬、さらには将軍や天皇ほどの現実的な実在感がなかった。しかし、キャロルのアリスが、先に引用した「ああ、なんて愉快なんでしょう！チェスのこまのひとつになりたいわ！　もし入れてくれるなら歩でもかまわないわ——もちろん、女王に一番なりたいけど」（150）という謙虚な願いをするにもかかわらず、美ちゃんは「妾は此処の女王様になりたい」（5-11：32）と、言い放つ。いわば、長谷川天溪の『鏡世界』は、日本最初のキャロル作品邦訳であるだけではなく、日本の昔話的要素をとりいれながらも、原作のノンセンスと、好奇心旺盛で強靭な性格をもつ主人公の香りを、日本の読者に伝えたという意味で、特記すべき作品といえるのである。

四・二　明治の初期『不思議の国のアリス』翻訳

初期の『不思議の国のアリス』翻訳

先に、日本初の『鏡の国のアリス』翻訳『鏡世界』についてふれたが、ここでは、その一〇年ほど後に出版された明治の『不思議の国のアリス』翻訳について、考察したい。この時期、数種の『不思議の国のアリス』翻訳が、立続けに出版されはじめた。まず、一九〇八（明治四一）年『不思議の国のアリス』が、永代静雄（須磨子というペンネームを使い）によって初めて部分翻訳され、雑誌『少女の友』に掲載される。この永代の翻訳は、『少年世界』に掲載された日本最初の『鏡の国のアリス』翻訳である長谷川天溪の『鏡世界』（一八九九）の九年後に出版されたが、部分翻案あるいは部分抄訳であり、初訳と言えるかどうかは微妙である。永代静雄の翻訳から明治末までの四年間で、『不思議の国のアリス』の翻訳が、更に六種類出版される。そのなかには、四種の翻訳・翻案があり、さらに英語の学習用テキストとして出版された注釈つきの対訳本が二種ある。

『少女の友』に掲載された永代静雄の翻訳としては、一九〇八年三月から四月にかけて出版された三章、『黄金の鍵』（創刊号）『トランプ國の女王』（一巻二号）『海の学校』（一巻三号）があり、川端章太郎（後の、川端龍子）の挿絵が添えられている。『少女の友』に掲載された永代の『アリス』翻案は、その四年後の一九一二年、『アリス物語』として単行本出版される。『不思議の国のアリス』全体が単行本として初めて翻訳されたのは、一九一〇年、丸山薄夜（英観）訳[3]で、『愛ちゃんの夢物語』と題され、表紙に英文の原題“Alice's Adventures in

Wonderland" と原作者 Lewis Carroll 名も並記されている。翌一九一一年、『長篇お伽噺　子供の夢』が丹羽五郎編、芳村椿花絵として出版され、続いて、同年一二月『お正月お伽噺』がうさぎ山人編、椿花山人画として、出版された。小原俊一は、論文「『子供の夢』発掘調査報告」のなかで、『お正月お伽噺』は細部の訂正を除けば、『子供の夢』の本文と酷似しており、それぞれの表紙と裏表紙のカラー画は同一ではないものの、画家の名前も「芳村椿花」と「椿花山人」とよく似た名前を使っていること等から判断し、この二冊の翻案『子供の夢』と『お正月お伽噺』は、同一の翻案者と挿絵画家による作品と推測している。[4] それ故、本書では、小原の詳細な報告に準拠し、この二冊の翻訳をほぼ同一の書物と判断し、先に出版された『子供の夢』を中心に論じていく。さらに、一九一二年、先に述べたように、永代静雄の『アリス物語』が、紅葉堂書店から単行本出版される。しかし、この本は、先の三章を除けば、『アリス』翻案とは言い難く、『不思議の国のアリス』のエピソードと永代自身が創作した日本の民話風の物語を合成した作品という方が正確であろう。

一方、註とキャロルの原文を並記した対訳本は、翻訳と呼んで差し支えなく、その中には、一九一〇年一〇月から一九一一年七月まで、雑誌『英語之友』に連載された長谷川康訳注の『不可思議國探検記』と、日進堂から「初等語学文庫」として出た大溝惟一訳注の『アリス夢物語』がある。長谷川康の連載『不可思議國探検記』には、一八九六年ニューヨークで出版されたブランチ・マクマナス（Blanche McManus）のイラストが添えられ、キャロルのテキストの第一、二、四章を収録しているが、ネズミの「長い話」やアリスが暗唱する「ウイリアムお父さん　もう年だ」（"You are old, Father William"）の詩は、省略されている。大溝惟一の『アリス夢物語』は、完訳本であるが、イラストはそえられていない。[5]

翻訳者の『不思議の国のアリス』解釈

はしがきを読むと、明治期の翻訳者がキャロルの原作をどう解釈したかが、かなり明らかとなる。永代静雄は、『アリス物語』（一九一二年）のはしがきのなかで、自分の著書について次のように概説している。

アリスは空想の子である。理屈を離れて空想の世界を飛行したところに、**アリス**の面目が躍つている。一体我々は何かの空想無くして活き得る者ではない。事実を歴史の父とすれば、空想はその歴史を生む母である。空想に親しむことは、やがて新らしい歴史を築く手段だとも云へよう。私は諸君に空想の力を説きたい。正しく、美くしい空想――そこに**アリス**の無邪気と、同情と、快活と、熱心と、そして正義を求める心とが育くまれた。私はこの物語の多くの愛読者たちに、**アリス**を学んで、そうした空想的気分を養はれるやうにお勧めしたいと思う。

永代はアリス作品の真髄を「空想」と捉えているが、現実を解き放つものとして空想をとらえているわけではない。「空想の世界」が「理屈を離れる」のは当然であるにせよ、反体制的で現実を転覆させるきわめて私的なものである空想と道徳的規範が相容れないと考えるのは普通である。しかし、永代が考えるように空想が道徳律と共存することは不可能かと問われれば、いうまでもなく、可能な場合もあるだろうが、道徳と空想を意図的に結び付けようとする永代の姿勢は、第九章「偽海亀の話」のなかの、"fancy" という英語の翻訳の仕方からも推察できよう。グリフォンが、偽の海亀の嘆きについて、アリスに説明する英文、"It's all his *fancy*, that: he hasn't got no sorrow, you know." (italics mine, 95) が、永代の本文では、『なあに、あれは嘘です、悲しいことも何でも無いんです、たゞ自分で、悲しいことが有る様に思ふだけなんです。』（永代、48-49）と「空想」("fancy") が「嘘」へと変化している。「空想」が道徳規範と分かち難く結びついていると考えるこうした永代の考え方、つまり、偽海亀の「空想」と「嘘」を同一線上でとらえ、アリスの「空想」に「正しさ」や「正義を求める心」をつけくわえてもなんら不思議とは考えない態度は、教訓化を徹底的に粉砕しようとしたキャロルの精神と真っ向から対立する。

丸山英観は、『愛ちゃんの夢物語』のはしがきのなかで、この作品の特徴を次のように解説する。

> 邪気《あどけ》なき一少女の夢物語、滑稽の中自ら教訓あり。むかし、支那の荘周といふ人は、夢に胡蝶と化つたと云ふ話しがありますが、夢なればこそ、漫々たる大海原を徒渉りすることも出来ます、空飛ぶ鳥の真似も出来ます。世に夢ほど面白いものはありません。今少時、姉さんの膝を枕の仮寝に結んだ愛ちゃんの夢、解いてほどけば美しい花の数々、色鮮やかにうるはしきを摘みなして、この一篇のお伽噺は出来あがつたのです。
>
> （傍点筆者）

丸山はキャロルのテキスト解釈のキーワードとして「夢」「お伽噺」「滑稽」「教訓」をあげている。物語のすべてが夢であったという展開が、どのように明治の人びとにとって新奇な考えであったのかを暗示するかのように、「夢」という言葉が、邦文タイトルにも、また、はしがきのなかでも繰り返し使われている。「お伽噺」は、巌谷小波が、近代的な「お伽噺」というジャンルを創設して以来、児童文学においては人気のある分野であった。丸山は、日本の読者がキャロルのファンタジーに、もっと親近感をいだけるようにと願い、「お伽噺」と説明したと考えられる。「滑稽」という言葉にも、丸山の明治の日本人気質が、読み取れる。丸山は、この滑稽を「教訓」と結びつけ、キャロルの精神と真っ向から対立するかのように、「滑稽の中自ら教訓あり」と、その原作を解釈している。それは、丸山がキャロル原作を的確には把握できなかったり、彼自身にキャロル的なユーモアのセンスがなかったというよりは、むしろ、原作の渾沌とした無秩序世界が十分理解できなかったといった方が正しいだろう。

丹羽五郎（うさぎ山人）は、日本語の題名（『長篇お伽噺　子供の夢』と『お正月お伽噺』）に「お伽噺」や「夢」といった言葉を使っているが、それは原作に対して、丸山英観と同じような考え方をいだいていたからであろう。丹羽は、はしがきで、原作と自分の翻案について、次のように、述べている。

此のお伽噺の大体の結構は Lewis Carroll の Alice's Adventure in Wonderland から来て居る。……作中の事件の推移なども、大きに原作とは異つた所がある。殊に原作中言葉の洒落が土台になつて居る処などは、日本語にしては全然無意味のものに成つて了ふ。恁んな支障から、噺の筋道を変えねばならぬやうにもなつた。

丹羽五郎が、キャロル作品が言語遊戯によって成り立った傑作であると、どの程度、認識していたかどうかは明らかではない。しかし、こうした言葉遊びが、『不思議の国のアリス』のプロットにおいて重要な役割を果たしていたと、少なくとも彼自身は理解していたといえる。

翻訳？　それとも翻案？

はしがきのなかで、永代静雄は、原作と『アリス物語』の関係について、次のように、説明している。

アリスの本家は英国である。私は曾て早稲田大学教授内ヶ崎愛天先生から、キャロールといふ人の書いた

『**アリス**の奇界探検』といふ本を拝借して讀んで、非常に面白いと感じた。それで、その中の特に面白さうなところを、三四回に譯して、その傾創刊の『少女の友』の初号から続けて寄稿した。それが幸に読者の歓迎を受けたので、以下引続いて、私の頭脳の中にゐた**アリス**嬢を活動させることになつた。謂はゞ、日英同盟合体の**アリス**なのである。

最初の三つの章は翻訳であるが、残りの部分は、原作とはかけ離れた自分自身の創作であると永代は認めているが、最初の三章の訳の部分も、どちらかというと翻案に近い。というのも、原作を取捨選択し、自由自在に変更し、自分で考案した内容やエピソートをつけくわえ、再構成しているからである。

『トランプ國の女王』において、アリスは、「兎の國から取つて来た、小さい黄色の鍵を出して、色々と面白かつたことを思ひ出しました。そして、その時に見た立派な花園へ、どうかしてもう一度行きたいものだ、と思いました。すると不思議！『あら！』と云ふ間に、いつか知ら、アリスはもう、その花園の真中に立っていました」（永代 22）。しかし、この花園は、彼女が入りたいと思っていた女王の花園ではなく、その目的の花園に入るためには、アリスが今いる花園の木の中にある深い穴の中を抜けていかねばならず、その入り口の戸を開くことができるのが、アリスが手にもっていた黄金の鍵であった。原作の第七章後半では、アリスはマッド・ティー・パーティを後にし、森の中で見つけた一本の木の下のドアを通って再びウサギの穴の中の広間に戻り、元の小さな黄金の鍵をみつけ広間にある戸を開け、女王のクロケーグラウンドに出る。永代は、この原作のエピソードにある兎の穴にある広間のドアにかえて、森の木についているドアから直接女王の庭に入るように変更し、キャロルの第八章「女王のクロケーグランド」から翻案した『トランプ國の女王』の章の導入部へと結びつける。その理由は、永代の第一章『黄金の鍵』には、原作の第五章の芋虫の話から第八章のマッド・ティー・パーティが省略されているためである。さらに、この章の終わりで、永代のアリスは、原作の女王のパイの代わりに黄金の鍵を盗んだとして、裁判にかけられる。原作では、トランプの全員が空中にまいあがると、アリスめがけてふりかかり、アリスはこの悪夢から目をさますが、永代のアリスは夢からさめ、「起きて、御飯を済まして学校へ行ってから、お友だちにこの面白いお話をして聞かせました」（永代 42）となる。もちろん、原作では、このお話を聞かせる相手は、学校のお友だちではなく、アリスのお姉さんである。

丸山英観は、『愛ちゃんの夢物語』のはしがきの最初に、「此書は有名なレウィス、キャロルと云ふ人の筆に成つた、『アリス、アドヴェンチュアス、イン、ワンダーランド』を訳したものです」と、はっきりと、原作に言及している。丸山英観の翻訳は、対訳本を除く明治の『アリス』翻訳のなかでただ一つ、表紙と内表紙に、翻訳者丸山英観の名前とともに、原著者名と原題名を、英語で印刷していることはすでに言及した。丸山は、『愛ちゃんの夢物語』という幾分原題と異なった邦題をつけているにもかかわらず、永代とは対照的に、『不思議の国のアリス』が翻案というよりは翻訳であるとはっきりと明記している。丸山の作品は、巻頭の詩の削除はあるものの、キャロルの原作と全く同じ一二章の構成である。

丹羽五郎の作品は、翻案であるが、その神髄においては、永代の作品以上に、翻訳に近いといえる。丹羽は、先に引用したはしがきのなかで、『子供の夢』の物語形式について、次のような意見を述べている。

　此のお伽噺の大体の結構は Lewis Carroll の Alice's Adventure in Wonderland から来て居る。それゆゑ私の創作ではない。それなら翻訳かと云うと左様でもない。つまり骨は外国《あつち》のもの、肉は内国《こつち》のもの、と云つた塩梅《あんばい》である。……

要するに、此の噺は舶来の噺ではあるものゝ、原作とは余程離れたものになつて居る。

とは云へ、私は原作の結構に據つて、此の噺を全然日本化しやうと試みた訳ではない。噺の匂は何う塩梅した所で、矢張西洋の匂である。

独り匂ばかりではない。……大抵の背景なり、動作なりが、外国らしい色彩を帯びて居る。

丹羽の作品構造は、第九章の「偽海亀の話」と第一〇章「ロブスターのカドリール」が、削除されているが、基本的には、キャロルの原作にそって翻訳されている。丹羽は、原作の一二章と一致するよう、自分の翻案を一二章に再構成し、原作の物語の流れに沿った構成に変更している。反面、ヴィクトリア時代のイギリスの文化に不馴れな日本の読者のために、原作にのっている日本の読者にはなじみのない細部の多くを、日本風にかえる工夫も怠らない。丸山英観と同様に、丹羽も、キャロルがあの黄金の午後とリデル三姉妹に捧げたロマンティックで感傷的な巻頭詩を省略し、その他、第四章の大きな子犬や、前述の偽海亀の話、第一〇章「ロブスターのカドリール」など幾つかのエピソードを、削除している。

この章で取り上げた三編の明治の『不思議の国のアリス』翻訳のなかでは、丹羽五郎の作品が、もっとも、明治の子どもの読者の心を引きつけたことであろう。丹羽がこの本を翻訳しようと考えた動機は、永代のように道徳を向上させるような内容を組み入れようと考えたからではなく、むしろ、『アリス』の物語を日本の子どもに馴染みのある内容にしたいと望んだからである。それは、キャロルの物語と挿絵に興味をいだいた自分の息子が、この本に興味をいだいたにもかかわらず、原作のもつ異国的要素のため理解し難い箇所に何度もぶつかった自らの経験に根ざして、翻訳を試みたからであろう。

日本の『不思議の国のアリス』翻訳に見る因習と道徳

『不思議の国のアリス』は、もともとヴィクトリア時代の子どもたちを、社会によって強いられた道徳や常識といった抑圧的な規範から、解放するひとつの手段として、キャロルが創作したと、みなされてきた。初期の日本の翻訳者が、どの程度、このキャロルの意図を理解し無意識あるいは意識的に様々な変更を加えていったかを、比較検証することは、初期『アリス』翻訳に、新たな視点を提供するものである。また、翻訳者が自分の感性や時代思潮、さらに、読者の理解力を考慮して、どのように原作を再構成しようと試みたのか、彼等の明治文化理解をはかる指針ともなる。

『アリス物語』の作者である永代静雄は、一八八六年、兵庫県に生まれ、関西学院大学、同志社大学、早稲田大学で学ぶ。『アリス物語』執筆中は、毎朝新聞の記者であった。永代は、また、田山花袋の私小説『蒲団』(一九〇七年)のなかで、主人公・竹中時雄が思いを寄せていた女弟子・横山芳子と恋に落ちる田中秀夫という青年のモデルでもある。永代は、現実にこの横山芳子のモデルである岡田美知代と後に結婚している。『少女の友』に収録された『アリス物語』は、『蒲団』の一年後に出版されているが、永代は、西洋文学の翻訳や創作、文芸批評の方面でも活躍した。(6)

永代静雄が『不思議の国のアリス』を道徳心向上の書とみなしていたのは、『アリス物語』のはしがきからもはっきりとわかるが、彼が道徳心を向上させようとする意図は、本文にもかなり色濃く見られる。例えば、第一章「ウサギの穴に落ちて」の原文と永代の訳を比較してみよう。身体が小さくなったアリスは勇んでドアからお庭に入ろうとして、小さな鍵をはるかに高いテーブルに置き忘れてしまったことに気づき泣き出すが、そんな自分に対して、「さあ、そんな風にないても仕方がないわ」「今すぐ、なくのをやめなさい」と、厳しく忠告をする。アリスは正義感が強く、ときには、一人二役で遊んでいるクロケーゲームで自分をだましたという理由で、涙が出るほど厳しく自分を叱りつける。一方、永代のアリスはかなり変更されている。

『泣いては可けない。泣くなんて、そんな卑怯なことは仕まい。何でも困難な事に出会ふ度に、段々賢こくなつて、而して偉くなるんだもの、私も泣かないで、何とかして彼の鍵を取り度いものだ。』と、賢い**アリス**は涙を拭いて四辺を見回しました。（永代 1912: 9）

いわば、自分をだます可能性を信じて自分をしかる原作のアリスの内なる正義感が、永代の翻訳では、サミエル・スマイルズ張りのヴィクトリア時代の道徳書を彷彿させる自己改善をとく説教書へと変化している。キャロルの『アリス』の神髄が、ヴィクトリア時代の偽善へのアンチテーゼであり、正しい行動とは、結局、因習的な行動なのだと考えるヴィクトリア時代の中産階級の社会通念に、キャロルが明らかに拮抗しこの作品を創作したことを考えれば、実に、逆説的である。しかし、正しい行動という明治時代の社会通念自体が、英国ヴァクトリア時代の規範以上に、日本の道徳——とくに、明らかに日本の武士階級の道徳規範——と深く結びつき、キャロルがカレッジで風刺パンフレットを書いたような、権威に対抗し、個人の意識を、道徳的決定の最後のよりどころとみなすような、伝統的な平衡感覚を、永代は、持ち合わせていない。日本最初の『アリス』翻訳である長谷川天溪の『鏡世界』以来、日本における初期の『アリス』翻訳、もっと正確にいえば翻案のほぼすべてに支配的なのが、この武士階級がいだいていた倫理観である。

永代の第二章『トランプ國の女王』で、白兎がアリスに、「『お前さん、今日は気をお注けなさい。これから女王様が裁判を為さるのだ、誰でも悪い事をした者は皆首を斬られるのだ。あゝ、今日は恐ろしい日だ。』」（傍点著者、永代 1912: 32）と囁く。すべてのものが、理由もなく、首を斬られるという『不思議の国』の超現実の背後に、おそらく、王室の専断的権力と抗争したイギリスの過酷な歴史が、垣間見られると考えられるが、一方、永代の翻訳には、女王には裁判で「罪人」と判決を下す権威がないという、英国風な暗示は見られない。

永代は、キャロルほど権威に疑念を呈することが少ないだけではなく、キャロルが英国ヴァクトリア時代の新しい物質主義にいだいた以上の興味を、明治政府の「富国強兵」のスローガンに代表される当時の新しい物質主義に示しているように思われる。いうまでもなく、二人が生きた時代の相違を考えれば、それは永代ひとりの責任とはいいがたいが、この物質主義に対する永代の関心は顕著である。たとえば、アリスは白兎の家に入り、「何も彼も忘れて、その美しさに見惚れました。ふく〳〵とした絹の寝台、絹の窓掛、室中に施こした装飾物、それは実に大した物で、目も眩み相です」（永代 1912: 19）ときらびやかな事物に魅惑されるのに対し、キャロルのアリスは、「テーブルのあるきちんとした小さな部屋」に入り、白兎からもってくるように命じられた白いヤギの手袋と扇に、関心を示すだけである。原作がウサギの部屋の中の調度品を抑えた簡潔な筆致で描写しているのに対し、永代の筆は華麗な描写を繰り広げている。

丹羽五郎の翻案『子供の夢』にも、明治の時代思潮の影がさしているが、永代ほど色濃くは漂ってはいない。永代が、倫理観を公然と表明し、教訓臭い調子を崩さないのに対し、丹羽は永代ほど大胆に原作の精神を変更していないといえる。にもかかわらず、丹羽の作品には、やはり、『不思議の国』は、価値観においては現実世界とはそう違わない秩序ある世界――それは、キャロルが創作した現実世界の価値観を転覆させ、逆転させることをめざした世界とはかけ離れた世界――であるという認識がうかがえる。アリスがやっと入ることのできた庭は、原作では、物語の重要テーマのひとつであり、善悪、あるいは、おそらく、少し、恐ろしい感じはするものの快不快さえも暗示していない非現実的な存在である。一方、丹羽の作品では、この庭はクリスチャンにとっても、仏教徒にとっても、すべての人間が――とくに、日本人であれば、民話や子どものための物語のなかで――すぐさま目に浮かべることのできる地獄の庭にかえられてしまう。丹羽の作品では、「漸々の思で来ることの出来た花園は、楽しい園生と思ひの外、怖ろしい鬼女王が、此処へ来る誰でもの首を刎ねて悦ぶと云う、地獄の庭なのであります」（傍点著者、丹羽 911: 202）となる。さらに、キャロルの作品では、首切り役人が、王様に決然とおもねることもなく、首だけのチェシャ猫について「斬りはなす身体がなければ首を切ることはできず、いままでこんなことをしなければならない状況にはおかれたことがなく、自分の代からそんなことははじめたくない」と、論破しがたいへ理屈で、議論を吹きかける。一方、丹羽の物語では、既成の体制を代表する王の言葉を受けて「私も是まで女王様の仰を受けまして首を斬りますこと、何万と申す数になりませうか。此の鉞の刃には数へ切れぬ程大勢の罪人の怨の血を塗りました。首斬役を勤めましては、誰一人私の右に出る者が御座いません。それが今度と云ふ今度は、何うして此の首を斬りませうやら、頓と良い思案も出ませんのです」（丹羽 1911: 210）と、当惑を率直に申し述べている。

『愛ちゃんの夢物語』の翻訳者、丸山英観の略歴は、拙論「『不思議の国のアリス』の翻訳者・丸山英観再考——『不思議の国のアリス』と山梨」[7]で、詳細に報告しているので、本書では、この拙論から簡単な抜粋を行う。

丸山英観は、一八八五（明治一八）年一月一八日[8]に横須賀に、新潟県出身で仏門にあった父丸山貞直［生年不明——一八九九（明治三二）年一一月二七日］と母キンの長男として生まれる。本名は市太郎、出生後まもなく葉山村木古庭の貫名日乗《ぬきなにちじょう》の養子となり、その後、当時本円寺の住職であった貫名日乗《ぬきなにちじょう》のもとで、六歳で得度[9]、英観と称する。そこで、漢文などを習うが、成績優秀で、尋常小学校に一年早く入学し卒業する。明治二七年四月二七日貫名との養子縁組を解消し、丸山姓に戻るが、その仔細は定かではない。その後、明治三一年四月五日、戸籍上も、本名を市太郎から英観と改名し、一四歳で池上にある僧侶養成学校の檀林に入学、明治三七年三月、檀林を卒業するも、僧職を志さず、文部省の大学資格をめざし、麻布中学に入学、四修で卒業し、旧制中学卒業資格をえる。

その後、早稲田大学英文科に入学するが、正確な入学時期は不明、おそらく、明治末と推測される。明治四一年七月、早稲田大学英文科を得業（当時、授業料が払えず、卒業証書を取得できなかったため、卒業ではなく得業となった）、同年夏には、山梨民報社に入社、明治四一年夏から四二年ごろのあいだに、山梨民報社から、再度、東京毎日新聞社に移り、明治四二年夏、早稲田出身者と共に東京毎日新聞社を退社したと考えられる。

翌一九一〇（明治四三）年は、翻訳者丸山にとっては実り多い年となった。一九一〇年二月一二日に『愛ちゃんの夢物語』が、六月には『動物の同業罷免』が共に東京の内外出版協会から、出版される。おそらく一九〇九（明治四二）年夏の東京毎日新聞社退職から一九一一（明治四四）年までの二年間のいずれかの時期には、すでに山梨民報社に再入社していたと、推測されるが、いわば、この二年間の経歴における空白時期が、丁度、内外出版協会から『愛ちゃんの夢物語』を含む二冊の翻訳書を出した時期にあたる。明治四二年夏に東京毎日新聞を退社した後、二冊の翻訳出版まで、それぞれ、一年未満（『愛ちゃんの夢物語』は半年、『動物の同業罷免』は一〇ヵ月程度）の出版企画校正期間を考慮すれば、『愛ちゃんの夢物語』の翻訳は、丸山が東京毎日新聞社を退社する一九〇九（明治四二）年夏以前、あるいは丸山が初めて東京毎日新聞社に入社し早稲田を得業した明治四一年夏ごろまでには、すでにほぼ完成していたと考えるのが妥当である。

孫の丸山邦雄氏は、『愛ちゃんの夢物語』に関しては、早稲田大学時代の卒業研究ではないかとの推測をされている。その理由として、明治四三年に出版した『愛ちゃんの夢物語』と『動物の同盟罷業』以後大きな著作も翻訳も出版していないこと、早稲田大学得業の明治四一年以降は新聞社勤めという時間的制約のなかで、大作を翻訳する時間的余裕がなかったことなどから推測して、早稲田大学の講義か何かで、キャロルの原作が使用され、それを学生時代に翻訳したのではないかと推量する。しかし、翻訳の厳密な時期などは、未だ、特定できていないが、早稲田を出てすぐの二〇代前半までには翻訳に着手していたと考えられる。

丸山は、その後、山梨民報社、大阪の『日本一』の記者時代[10]を経て、一九一七（大正六）年までには上京し、東京の早稲田実業で英語の教鞭をとっている。大正九年三月、早稲田実業学校の英語の教員を辞す。大正九年、横須賀泉福寺の前の住職が転職したため、恩師及川の命により、丸山英観が同住職として赴任することとなり、妻子が先に同寺に転居し、英観本人は、大正九年一二月に転居。その後は泉福寺の住職に専念し、一九五六（昭和三一）年二月五日七二歳で永眠する[11]。

明治の時代思潮に対する丸山の考えは、その翻訳から判断すると、永代静雄や丹羽五郎より、はるかに民主的である。第八章「女王のクロケーグランド」で、キャロルの原作では、アリスは、ハートの王様と女王様の行列を見て、その権威主義的な儀式ばったやり方について、園丁たちのように地面にひれ伏したほうがいいのだろうかと思いながら、行列についてそんな規則は聞いたことがないし、ましてやひれ伏したら行列が見られないのだから、行列の意味がないと合理的に考え、立ったまま見る。（“Alice was rather doubtful whether she ought not to lie down on her face like the three gardeners, but *she could not remember ever having heard of such a rule at procession,* ‘and besides, what would be the use of a procession,’ thought she, ‘if *people* had all to lie down on their faces, so that they couldn’t see it?’ So she stood where she was, and waited.” italics mine, 79）

明治末の日本では、江戸時代の「大名行列」の記憶は、まだまだ生々しく、それに遭遇すれば、不思議の国の三人の園丁のように、武士階級以外のすべての人びとが、地面に平伏しなければならなかった当時の記憶はまだ生々しかったことであろう。さらに、明治から第二次世界大戦までは、もはや人びとは地面に座る必要はなかったが、現人神である天皇、皇后を直視することはタブーであった。三人の翻訳者のなかではもっとも保守的であった永代静雄は、当然ながら、この場面の描写で原作のアリスの非礼な考えすべてを、削除し、丹羽は、

「綾子さんは構はずに突立つたまゝ、何んな女王が通るかと思つて見て居りますと、やがて向ふの方から女王の行列が粛々此方の方へ近づいて来るのが見えました」（丹羽 1911：186）と、アリスの無礼な行為を簡単に述べるにとどめている。丹羽と永代の二人が行列に対してアリスがいだいた考えを削除した理由は、はっきりとしている。つまり、日本の読者なら、ごく最近の江戸時代まで大名行列にであったときに従わなければいけない習慣を即座に思い出すだろうし、こんな習慣は無意味だというアリスの言葉は、明治天皇への敬意が欠如しているとみなされても仕方がないであろう。明治の日本はすでに、公式には、立憲君主国であるが、支配者たちによって作り上げられてきた思想と同様、現実の権力構造においては、例えば英国のような西洋近代の立憲君主制と共通した側面はほとんどなく、現実は、一七、一八世紀フランスの絶対君主制により近いと言えるかも知れない。

こうした時代背景を考えると、丸山はアリスが行列にいだいた感想をほぼ原作どおりに翻訳しているのは、実に大胆といわねばならない。

> 愛ちやんは自分も亦、三人の園丁のやうに平伏さなければならないか何うかは些と疑問でしたが、嘗て行列に出逢った場合、かうした規則のあることを聞きませんでした、『行列なンて一体何の必要があるのかしら』と思ふと同時に、『若し人民どもが皆な平伏さなければならない位なら、寧そ行列を見ない方が益ぢやないの？』其故愛ちやんは自分の居た所に静かに立停つて待つてゐました。（丸山 1910：196）

とりわけ、アリスの言葉「もし、みんなが座って顔を伏せなければならないのだったら、［行列］を見ることができない」（"if *people* had all to lie down on their faces, so that they couldn't see it?"）のなかの"people"に「人民」という、民権意識を紹介するために明治になってから作られ、それゆえに子どもの『夢物語』のなかで使われる表現としてはドキッとするような反体制的な響きのある言葉を、使っている点から考えると、子どもの視点に立つというよりは、訳者の視点から翻訳していたのだろうが、原作以上に急進的な響きを読者に与えたと考えられる。

日本化

初期のほとんどすべての『不思議の国のアリス』翻訳者は共通して、日本人には難解な英語を、日本でよく知られた事物やエピソード、つまり、日本風なものに置きかえた。イギリスの読者にとっては至極当然でありながら大部分の日本の読者にとっては紛らわしいヴィクトリア時代の日常生活の細部が、明治の日本人になじみやすいものに、置きかえられている。例えば、永代静雄は、『少女の友』の翻案のなかで、“White Rabbit”を「兎三郎」に、そしてメリー・アンを日本人のお手伝いさんの名前としてよく使われた「おたけ」に、クロケーを当時の日本人に比較的知られた「テニス」へと変化させる。

第二章『海の学校』では、原文の「魚の別当」(“Fish-Footman”)から直訳された「お魚の子どもの別当」がアリスを、日本の読者には竜宮城を連想させる目にも鮮やかな海の宮殿へと誘う。彼女はこの宮殿の主であるグリフォン殿下に招かれ、そこで、二人は「偽海亀の身の上話」を聞くことになる。

一方、丹羽五郎は、『子供の夢』の「はしがき」で述べているように、日本の子どもたちが最大限理解できるように、名前、事物、エピソードや物語の筋さえも大胆に変更する。アリスは綾子に、オレンジ・マーマレードは甘納豆に、ドードーは駝鳥に、ビルは伊之《いの》に、そして、永代と同様にクロケーがテニスになっている。第三章のネズミの長い話は昔話の「桃太郎」に、第二章のミツバチの歌は大江山の鬼の伝説に、「ウイリアムお父さん」の歌はイソップ唱歌に変わってしまう。[12] 法廷で急激に身体が大きくなったアリスは、奈良の大仏さまにたとえられてしまうのである。

丸山英観は、『愛ちゃんの夢物語』が完全な翻訳本であるということを意識しているためか、他の翻訳者ほど日本の事物への置きかえに関心を示さない。当時なじみの薄かった英語の名称を日本語に置きかえる程度で、日本風な喩えやエピソードを使用する様子はない。[13]すでに述べたが、アリスが愛ちゃんに、ネコのダイナが玉に、そして、クロケーは毬投に、そして、パイが日本の和菓子栗まんじゅうにと、日本化はあまり数多くない。

誤訳

明治の翻訳者たちの英語力はとても完璧といえるものではない。とくに、丸山英観は、前半部でかなりミスを犯している。『愛ちゃんの夢物語』の第一章には、少なくとも六ケ所の誤りがある。キャロルの英文 “she had never before seen a rabbit with either a waistcoat-pocket, or a watch to take out of it, and burning with curiosity, she ran across the field after it” (キャロル 1939: 16) は、「愛ちゃんは兎がチョッ衣の衣嚢から時計を取出して、面白そうにそれを焼いて了うなんてことを、是まで決して見たことがないわと心に一寸思いました」(傍点筆者、丸山 1910: 2) と誤訳され、兎穴を「井戸」と訳したために、アリスは落下 (“fall”) によって、「びっしょりに」なってしまうことになる。しかし、章を追うごとに、丸山の理解力と翻訳力は向上し、翻訳の後半部となると、誤訳はほとんど見つからない。

永代静雄の翻案については、誤訳を見つけるのはそう簡単ではない。というのも、永代の英語力がかならずしも丸山より優れていたからではなく、翻案ゆえに、キャロルの原文を一字一句翻訳する必要はなかったのが幸いしたのである。

一方、丹羽の翻案は永代よりは原文に近いため、ミスは簡単に判別される。たとえば、原文の「女王の耳を強くうった」(“She boxed the Queen's ears”) は、「夫人が女王の首を箱の中へ蔵って了いましてね」(丹羽 1911: 197)

と、誤訳され、なぞなぞ（“Why is a raven like a writing desk ?”）は、『何故、気狂は机が好きなのでしょうか』（丹羽：151）と“like”を動詞に、「大ガラス」（“raven”）と「狂乱」（“raving”）あるいは「奔放な人」（“raver”）を混同し、誤訳する。

言葉遊びと造語

翻訳者が『不思議の国のアリス』を外国語に訳する場合におそらく最も大切なことは、言葉遊びや造語、だじゃれといったキャロル世界の本質的な構成要素を、どう再構築するかということにかかっている。しかし、残念なことに、初期の三人の翻訳者たちはすべて、言語遊戯の重層的な意味やニュアンスを伝える試みをなおざりにして、省略するか、直訳に終始してしまった。

永代静雄は、原作の言葉遊びのうち、唯一“tortoise”（「陸ガメ」）と“taught us”（「私たちに伝授する」）の同音異義語のだじゃれの翻案を試みる。

> 『私達は子供の時分、海の中の学校へ上りました。』……
> と話し出しましたが、矢張し折々は泣噓くつて居ます。『先生は年の老つた**カム**でした——私達はそれを亀先生といつたのです——。』（永代 1912：51）

しかし、永代の語呂合わせは、キャロルほど成功せず、「亀先生」と呼ぶ理由を聞かれた偽海亀は、『亀と云って皆が教えたからです』と腹立たし気に怒鳴るほか道がない。いわば、永代は、はしがきのなかで言及しているように、キャロル原作のノンセンスにはほとんど関わることなく、原作の混沌とした不合理とは全くかけ離れた異質な正義感や善行といった倫理観を、自らの作品に付加しようと試みたのである。

一方、丸山英観は、はしがきのなかで、「邪気なき一少女の夢物語、滑稽の中自ら教訓あり」と述べている。いわば、丸山は、『不思議の国のアリス』は、教訓のみならず、もっと複雑な技巧上の手段としてのユーモア、あるいは、「滑稽味」が、駆使されていたと、認識していたことになる。丸山がノンセンスをどのように考えていたかは『愛ちゃんの夢物語』だけでは判断がつかない。しかし、少なくとも数カ所はキャロルのだじゃれを日本語のだじゃれにうまく置きかえている。たとえは、第四章「ブタとコショウ」では、「ブタ」(“pig”)と「イチジク」(“fig”)を、「豚」と「贅肉《むだ》」の言葉遊びに変える。また、「図画やスケッチ、油絵」(“drawing, sketching, painting in oil”)の言葉遊びである“Drawling, Stretching, and Fainting in Coils”(「のろのろ歩き、ストレッチやとぐろを巻いた失神法」)を、身体が堅いためにアリスに披露できない偽海亀を、丸山は、「体が余り岩疉《がんじょう》だから」と漢字をうまく組み合わせた日本語のかばん語を考案し説明する。いわば、偽海亀のからだの嵩高さと堅さを「岩《がん》疉《じょう》」という造語によって、キャロル以上に巧みに表現しているといっても過言ではないかもしれない。しかし、三月兎にお茶を勧められたアリスが、“I've had nothing yet ... so I can't take more”と不満を漏らしたのに対し、帽子屋が“You mean you can't take *less* ... it's very easy to take *more* than nothing”(74)と答える、言葉遊びは、丸山の翻訳では、行為の主体が逆転し、言葉遊びはあまりうまく翻訳されていない。

『もっとお茶を呉れ』と三月兎が切に愛ちゃんに願ひました。
『もう些とも無いわ』と愛ちゃんは焦心ッたさうに応えて、『そんなに私、進上られなくッてよ』
『ナニ、少とばかりは進上られないッて』と帽子屋が云つて、『何にも無いのを呉れるのは難しいけど、沢山有るのを呉れるのは容易なことだ』(丸山 1910: 115)

『子供の夢』のはしがきから判断すると、翻案者である丹羽は少なくともキャロルの作品においてはナンセンスが重要だということは、ナンセンスが『不思議の国』を支配していた真髄だと認識していたか否かは不明であろうとも、なんらかのかたちで理解していたと考えられる。丹羽は、言葉遊びが重要な要素となる原作部分を省略したり筋を変えたり工夫をこらしているが、一部、キャロルの言葉遊びを、日本語のだじゃれにつくりかえようと試みている箇所もある。例えば、“flamingoes and mustard both bite”（88）の「ひりひりする」と「つつく」の二重の意味がある“bite”を使った言葉遊びは、丹羽の造語では、「その鶴、突ッ突きはしなくって」（217）と、フラミンゴに似た「つる（鶴）」とそのつるが「つつく」という行動をうまく使い日本語の言葉遊びに変えている。また、キャロルのナンセンスな論理を、日本語の論理に置きかえるのに苦労している点も多いが、部分的には成功している箇所もある。例えば、アリスとチャシャ猫のあいだで交わされる“a cat without a grin”と“a grin without a cat”の“without”前後の単語の置き替えを使った論理的逆転は、丹羽のテキストでは、アリスの猫であるミイヤとチェシャ猫である黒猫を巻き込み、その狂気正気が、重層的に問われていくという、三段論法的な展開を見せる。

『誰だつて可笑しい時には笑ふわ。……貴嬢だつて左様ぢやなくつてよ』
『そりやア、私は左様よ。けれどもミイヤは笑はなくつてよ』
『だから化猫だつて云ふのよ』（丹羽 1911：135-6）

つまり、丹羽の黒猫の論理は、笑わない猫であるミイヤが狂っていて、笑う黒猫が正気であるという別のノンセンスな論理に支配されてしまうが、これはこれで興味深い。

日本の少女アリス

キャロルの二つの『アリス』、とりわけ、前作『不思議の国のアリス』は、ヴィクトリア時代に子ども、とりわけ女の子たちにしいられた礼儀や行儀作法に対するパラドックスとして創作された側面は否めない。一方、ヴィクトリア時代の女性や女の子たち以上に、過酷な重圧のなかにいた日本の女性や女の子たちが、明治の倫理や道徳という呪縛にもかかわらず、初期邦訳をおいて、どの程度、日本の主人公としての本来の個性や知性を保つことができたのか、あるいは、それはほとんど絶望的な試みであったのかに、焦点をあて考えていきたい。

永代静雄の翻訳は、三種の明治翻訳のなかでは、もっとも時代的特徴を鮮明に反映している。日本最初の『鏡の国のアリス』翻訳である長谷川天溪の『鏡世界』と同様に、永代の『アリス物語』には、明治の女子や子どもの社会教育倫理的背景、とりわけ、時代思潮が色濃く映し出されている。永代は、キャロル以上に、女の子や少女の家庭や学校での日常を頻繁に挿入しているが、『少女の友』に毎月連載された物語の最後は、学校生活にかかわる描写で終わる。たとえば、『トランプ國の女王』では、女王のテニスコート（クロケーグランド）でのゲームや裁判の場面が描写されているが、物語の最後は、「**アリス**は、起きて御飯を済まして学校へ行ってから、お友だちにこの面白い御話をして聞かせました」（永代 1-2: 70）で、結ばれる。また、『海の学校』の章は、「**アリス**は、素の海岸に坐って居ました。お弁当の折が膝の上にちゃんと有ります」（永代 1-3: 71）で終わる。永代がどの程度意識的に日本の子どもの日常をとりいれていたかは、はっきりとはしないが、日常的な学校生活の描写を取り入れることによって、原作のハチャメチャで不合理な雰囲気を少しでも抑える効果を狙ったのであろう。

少女たちの日常生活（永代がアリスをモデルとして創作したいと考えた、時代や慣習に迎合的な子どもの生活）を連想させる翻訳の工夫は、『アリス物語』の中盤や後半でもしばしば見られる。キャロルの第二章「涙の池」で、自分が誰か他の人に変わったのではないかと心配し、知っている子どもを思い浮かべる場面、「私はたしかにメイベルじゃないわ、だって、私は何でも知っているけれども、ああ、あの子って、ほんのちょっとしか知らないのだから」（25）を、永代は「私は馬鹿になつたんだろうか。昨日までは学校で一等好く出来たのに！」（永代 1912: 13）と、もっと具体的な学校の成績と関連づける。

永代の翻案では、アリスの性格は、原作とかなり乖離している。明治期のアリスとしては当然なことともいえるが、永代のアリスは原作に比較すると、好奇心や知性、個性に乏しい。アリスが自分の意思や考えをはっきりと表明する箇所はほとんど省略され、女王が「首を切れ」と叫ぶような残酷な場面では、アリスの強靭な性格はもっと穏やかな表現にかわる。たとえば、原作では、アリスが女王に対しても「『ノンセンス』ととても大きな声できっぱりと言ったので女王は黙ってしまいました」（80）と、怯まず強く対峙している箇所が、永代の翻訳では「『失敬な事を御仰い！』と、**アリス**も立腹して叫びました」（1912: 30）とのみ翻訳され、アリスは女王を黙らすほどの迫力はないのか、女王の沈黙は言及されていない。永代は、アリスのような一少女に命じられて女王が狼狽し窮地に陥るということは天皇制や王制に対する容認しがたい侮辱であり、その侮辱は、単なるイギリスの君主のみならず、日本の天皇制への不敬につながりかねないと考えたのかも知れない。キャロルのアリスが鏡の国で、たとえゲームのルールにのっとったとしても、不遜にも自ら女王になろうとするのとは、全く正反対である。また、キャロルの原作を部分翻案した箇所では、アリスの知性や好奇心が弱められているにすぎないが、永代が創作した後半の章では、次の老婆の言葉からもうかがえるように、知性や教育以上に、常識や優しさが女性の美徳であるとする女性観を積極的に強調している。

『学問？　女の学問も要るには要るが、それは樹の瘤と同じで有つてもなくつても好い。心のよくない女が学問をしたのは、蛇の皮と一つで、見好いものではない。』

アリスの鷗は顔を赧くして、

『間違つて居ました。女の寶は、優しい心です。』(1912:151)

この種の訓戒は江戸時代の封建的な儒教思想に起源をもつが、将来の栄達を願う明治の時代精神の背後にしばしばこうした根深い男尊女卑的封建的な女性観が垣間見られる。永代のアリスは賢明ではあるが、それは、望ましい「賢さ」であり、彼が強調した重要な美徳である「優しい心」や「貞操」(151)「真心」(174)「死んでも心を諭へぬという気象」(178)は、ものごとに疑問を呈する個人主義的な人生観とは相容れない。永代のアリスには前近代的で控えめな「賢明さ」と、明治の特徴である立身出世型の世間知的「賢明さ」が共存する。彼女は、貧しい身分の出身にもかかわらず、物語の最後では真珠国の王子月麿王と結婚するという世俗的にはこの上もない成功をおさめ、最後に苦楽をともにして来た生命の姫とともに「優しい女心が勝利よ」(209)と誇らし気に語る。

永代静雄が『アリス物語』で創作したアリスは、キャロルからの翻案部分でも、永代が想像力を駆使して創作した部分でも、概して日本のお伽噺にでてくる孝行娘の系譜を受け継いでいる。原作のアリスが七歳であるのに対し、永代の版では思春期前後と推定される。永代版では最後にアリスは、すでに述べたように王子と結婚するが、明治時代においては、思春期初期の女性は結婚可能な年齢だとみなされていた。永代はアリスの年齢を思春期前後に設定したため、原作の幼い七歳のアリス以上に、従順さや忠順さといった女性の美徳を強調することとなった。アリスは、すでに物語の当初から優しい孝行娘で、将来、自己犠牲をいとわない妻になるべく期待されているが、この期待は、『少女の友』の編集部主筆・星野水裏が『アリス物語』の「序」で述べた次のコメントからも明らかである。

> **アリス**の性格は、珍らしいものを好むといふ子供心の満ち〳〵た、併しどこまでも少女らしい気分を失はずに、正しい事の為には撓まざる努力を以て苦しい運命と戦ふといふ、思はず同情の念を湧かしめる性格です。

一方、『子供の夢』（一九一一年）で、丹羽五郎が翻案したアリス（綾ちゃん）は、三年前に出版された永代作品と比較すると、進歩的である。綾ちゃんの育ちの良さや上品さは、原作に近いが、はるかに優しく親切で、原作のアリスが時として見せる短気で頑な態度はまったく見えない。にもかかわらず、キャロルのアリスのもつ決然とした態度や慎重な思慮深さも、あわせもつ。

『子供の夢』の冒頭は、「別荘からは丁度良い距離の河の堤、其処へ綾子さんは是非一緒に行きたいと促んで、お姉様に連れて来て頂いたのでありました」（丹羽 1911 : 1）という描写で始まる。いわば、原作には出てこない別荘に言及することにより、綾子が、明治時代の中上流階級の家庭の子女であることが端的に示され、上品で丁寧な言葉使いからも彼女の育ちの良さがわかる。綾子が白兎の後を追ったのは、アリスの「燃えるような好奇心」（“burning with curiosity”）からではなく、きわめて受け身的な理由による。『さあ、…』と急き立てる兎に「何んだか此の兎と一緒に何処かへ行くお約束でもしてあつたやうに思はれて、ふら〳〵と立上がりたい心持になり」（1911 : 3-4）その後を追い、兎の穴に入っていく。また、『子供の夢』第十章「ハートの女王」では、「ナンセンス」といって女王に対峙する代わりに、丹羽の綾子は本当に首を斬られるのではないかとびくびくしてしまう。さらに、原作の第八章「女王のクロケーグランド」では、チェシャ猫の胴体のない首をどうして斬るかという女王と王と首斬り役人を巻き込んだ議論の仲裁で、アリスは落ち着いて、チェシャ猫は公爵夫人の猫だから彼女に相談したらと、有益というよりは合理的かつかなり尊大なアドバイスをする。一方、綾子は「愕然として、いよ〱首が無くなるかと思ひながら立止まり」（1911：209）、王や女王に対しても慎み深く敬意を払う。また、原作の第五章「芋虫の忠告」では、アリスが「ウイリアムお父さん」を歌うのを聞いた芋虫は、「それは正しくない」（52）と指摘するが、丹羽の版では、綾子は、代わりに、イソップ唱歌を歌い、「文句も節も今度は少しも違はずに唄ひました。その涼しい声と清い泉の流れるような節廻しに、黙つて聞き惚れて居た芋虫は歌が終了になると、『成程違つて居る』」（1911：101）と、指摘する。尊大な態度を崩さないキャロルの芋虫とは全く異なり、丹羽版の芋虫は綾子の女性的な美しい声と歌に魅惑されるところなど、不思議の国の住人とコミュニケーションがとれないキャロルの世界とは、隔世の感がある。ヴィクトリア時代の中産階級のアリスとの乖離を避けるために、丹羽は、注意深く綾子の日本語も上品な明治の中上流階級の女の子の言葉遣いになおしている。アリスと同じように綾子がぶっきらぼうで無礼な態度や言葉を返すときは、「綾子さんは口惜しまぎれに、全然男の子が云ふやうな言葉で」（190）とか、「綾子さんの謹慎深くないのに、些と困つたと云うやうな顔をしました」（198）などと、翻訳の工夫も怠らず、もともとは真摯で謙虚な性格であったのにという説明をつけくわえる。

しかし、丹羽の女主人公には、原作のアリスほどの強い好奇心や進取の気性が見られないのは、しごく当然であるが、永代のアリスに見られるように、完全に消失しているわけでもない。例えば、裁判の場面で丹羽の綾子は原作と同じように、すぐに元気を取り戻し、冷酷な女王にも怯まず対峙する。

『黙れ』

と、女王がとう〱怒り出して雷声《かみなりごえ》を上げました。

綾子さんは最早正常《もうふだん》の身長に成つて居て、王様でも女王でも、細螺のやうにして弾ね飛ばす位は何の雑作もないのであります。……けれども此の時には最早身体ばかりでなく、心持も平常の綾子さんに立戻りましたので、急に気強くなりました。それゆえ今女王が黙れッと云つたのに対して、

『黙らない』

と、怒鳴り返して戯弄《からか》ひますと、女王は真赤な顔になつて、

『首を斬つて了へ』

と命令《いひつ》けました。（丹羽 1911：250-1）

アリスと同様の知性は、綾子からもはっきりと伝わってくる。たとえば、芋虫に対するアリスの賢明な態度（“Alice thought she might as well wait, as she had nothing else to do” 49）は、「併し悧巧な綾子さんは、これは何でも悠然待つ方が可いらしい、と思ひ直して、芋虫が何とか云ひ出すまで、少時我慢して待つて居ました」（傍点筆者、1911：97）と、「悧巧」という単語を付け加えて、アリスの賢明さ礼儀正しさを示す努力も怠らない。

綾子は、永代が設定したような思春期の少女ではなく、子どもである。それゆえ、明治時代の女性に求められたような自制心や謙虚さではなく、子どもらしい活発な潑剌とした描写が可能であったと考えられる。芳村椿花の挿絵や『子供の夢』という題、彼女の言葉使いから判断して、綾子の年齢は、キャロルのアリスと同じ七歳か、少しばかり年長と考えられる。しかし、商人あるいは職人階級の作造や伊之のような脇役が、東京の下町の雰囲気や言葉遣いで生き生きと描写されているのに対し、残念ながら、綾子の性格描写は凡庸で個性があまりうかがえない。白兎と作造、伊之が綾子さんの窓からでている大きな手をどう処分するかを話している場面は、その階級や職業に相応しい東京の下町言葉で見事に翻訳されている。こうした労働者階級に属する男性の登場人物に比

べて、中上流階級の女の子である綾子の描写は、その育ちのよさや彼女の性格、当時の中上流階級の話し言葉としての洗練度からいっても、生彩を欠いている。

丹羽がはしがきで述べているように、息子のために即興で『アリス』の原作を翻訳して読み聞かせた経験から、この作品を翻案したとすれば、作品に漂う男性的な雰囲気も察しがつく。おそらく綾子が存在感のあるヒロインとして、読者に訴えてこないのは、丹羽がキャロルほど女の子の感性に精通していなかったためであろう。永代は、男女を問わず子どもにはあまり関心を示さなかったが、丹羽は、はしがきにあるように、息子の興味に沿って、男の子の読者の関心を中心に翻訳したのであろう。

そう考えれば、丹羽がアリスとお姉さんのデリケートな関係をうまく訳出できなかったのも、当然といえば当然である。子どもであるアリスとは異なり、思春期に達していたアリスの姉は既に自由奔放な子どもではなく、さまざまな重圧や責任が待ち受ける大人の世界への成長成熟の途上にある。その途上で、男の子と同じように、いや、ある意味、未来の女性としてさらに複雑かつ微妙な大人社会からのプレッシャーを幾重にも受けるのは、イギリスのヴィクトリア時代においても、日本の明治・大正においても、変わりはない。しかし、現実の思春期の少女は、未だ子ども時代を懐かしみ、子ども（アリス）の夢物語に引き込まれ、その冒険に思いをめぐらし、冒険を追体験するかのように、夢見心地になる。しかし、一度、目を開けば、すべてがつまらない現実に戻る、その現実を、充分すぎるほどに承知しているのである。原作では、アリスがいつかこの物語を自分の子どもにどんな風に話すのだろうかとアリスのお姉さんが思い描く、ほろ苦い心情（"So she sat on, with closed eyes, and half believed herself in Wonderland, though she knew she had but to open them again, and would change to dull reality..." 119）は、丹羽の翻訳では、カットされ、妹に対する素直な愛情に置きかえられてしまっている。

さらに、原作の最終節で、アリスの姉が妹の未来に思いを馳せどのような女性に成長し、子ども時代の気持ちをもち続けるのだろうかと想像する場面（"Lastly, she pictured to herself how this same little sister of hers would, in the after-time, be herself *a grown woman;* and how she would keep, through all her riper years, *the simple and loving heart of her childhood...*" [italics mine, 119]）を丹羽が日本の綾子さんに置きかえるときに、明治期の理想の女性像が顔を出す。「お姉様はそれから叉、綾子さんが大人に成つた時の夢を見ました。美しい、気高い、優しい、神々しいそれは〱立派な婦人に成つた綾子さんに、今の綾子さんの可愛らしい心持ちを持たせて見て、少時は恍惚と見惚れて了うのでした」（傍点筆者 257-258）と、「大人の女性」が、傍点の箇所のように理想の婦人に変更されてしまった。

丸山英観の翻訳は、丹羽の翻案の一年前の一九一〇年に出版されているが、丸山は、ここで取り上げた三冊の明治翻訳のなかで、もっとも近代的で自立した日本の少女としてアリスを表象している。永代や丹羽の『不思議の国のアリス』邦訳のみならず、長谷川天溪の『鏡世界』の主人公の美代子と比較しても、丸山のアリス愛ちゃんにははるかに原作に近い個性や知性がある。

『愛ちゃんの夢物語』第八章「女王様の毬投場《まりなげば》」で、丸山のアリス（愛ちゃん）は、女王様の行列に対して、他の明治翻訳に比較して、はるかに毅然とした自立した態度を崩さない。しかし、愛ちゃんの行動規範が明治の女性あるいは女の子とはさまざまな意味でかけ離れていたわけではない。時代の要請や常識に沿って微妙に改訳された箇所も随所に見出される。たとえば、キャロルのテキストでは、三月兎がアリスに存在しないワインをすすめるが、若い娘や女の子にお酒を進める事自体が非常識で、ワインと異なり日本の酒はふつう女性が男性に注ぐのがたしなみであった戦前の日本にあって、丸山はワインを酒に、アルコールをもってくる（注ぐ）役割を交代させ、三月兎が愛ちゃんにお酒をもってくるように命じる。

『酒を持つて来い』と三月兎が催促がましい口調で云ひました。

愛ちゃんは洋卓の周囲を残らず見廻しましたが、其上には茶の他に何もありませんでした。『酒なンてなくッてよ』と愛ちゃんが注意しました。
『其処には無いサ』と三月兎が云ひました。（丸山 1910: 104）

しかし、原作のアリスの精神に本当の意味できわめて近い明治日本の少女を再構築しようとする丸山の努力は、ヴィクトリア時代のアリスを日本のアリスとして完全に再現することができなかったのと同様に、避け難い不統一を生み出す結果ともなった。アリスの理路整然とした明快かつ直截な話し言葉を、封建的な良妻賢母教育にうらうちされた明治社会のなかで育った良家の子女である愛ちゃんの話し言葉として、相応しい日本語になおすのは、元来、かなり難しい。おそらく、良家の子女は、他人に対しては、あらぶれた感情や考えをあらわにするような言葉やしぐさを見せないように厳しくしつけられていたことから判断すれば、直訳された愛ちゃんの話しことばは、しばしば、男っぽい乱暴かつ下品な響きをもち、良家のお嬢さんの自然な話し言葉とはほど遠かったと考えられる。

また、丸山は生き生きした愛ちゃんの個性を見極め再構築できないままに、英文を日本語に移し変えるのに汲々としていたのではないかと疑われる箇所もある。たとえば、原作の第一一章「だれがタルトを盗んだの」のなかで、喝さいしたためにすぐさま廷吏におさえつけられたモルモットが、大きなキャンパス地のバックの中に押し込められその上に廷吏が座り、それを見たアリスが喜ぶ場面（"They had a large canvas bag, which they tied up at the mouth with strings: into this they slipped the guinea-pig, head first, and then sat upon it. 'I'm glad I've seen that done,' thought Alice." 109）を、丸山は次のように翻訳する。

（それは漢語交りで些や六ヶ敷い言葉でしたが、説明すれば、皆なで、大きな麻袋の中へ、最初頭を切つた豚を窃と入れ、その口を緊乎と糸で縛り、それから其の上に坐れと云ふことでした）『然うしたら甚《どんな》に面白いでしょう』と愛ちゃんは思いました。（傍点筆者、丸山 1910: 189）

おそらく"slipped"（すばやく入れる）と"slit"（「切り開く」）あるいは"sliced"（「薄く切る」）を混同したのであろうが、丸山が、原作のアリスの性格や礼儀正しさを深く理解していれば、やや独断的で活発な性格ではあっても、この「頭を切った豚」を袋に入れて喜ぶ愛ちゃんの反応が、彼女の人柄にふさわしくないと容易に察知したはずである。丸山が、早稲田大学の英文科を卒業し、学校で英語を教えていた経験があったとしても、他の翻訳者と同じように、西洋の女性や子どもの社会的・文化的な背景に、精通していなかった可能性も十分ある。丸山は西洋風なもの都会的なものにあこがれていたが、もともと幼い頃から仏教界で育ち仏教的な教育を受けていた。にもかかわらず、他の明治期の翻訳者のように、ヴィクトリア時代の教育や子ども観をほとんど無視して日本社会が求める控えめな少女を創作するという轍を踏む代わりに、西洋風な個性をもった愛ちゃんをなんとか創作しようと試みた。しかし、その努力が時として、逆に、粗野なアリスという印象を与えかねない結果をも生み出すこととなった。しかし、丸山の愛ちゃんは、明治期の『不思議の国のアリス』邦訳のなかでは、キャロルのアリスの精神にはるかに近く、おそらく丸山の女学校での教育経験も寄与していたのであろうが、日英の時代的・文化的な背景を度外視して考えれば、初期の四種類の邦訳のなかでは。もっとも原作のアリスがもつ自立心や個性を反映していたといえる。

四・三　明治期の『不思議の国のアリス』挿絵（一九〇八—一九一二）

『少女の友』に掲載された永代静雄の翻訳には、川端昇太郎（後の、川端龍子）の挿絵が添えられている。『少女の友』に掲載された永代の『アリス』翻案は、その四年後の一九一二年、『アリス物語』として、紅葉堂書店から、単行本出版されるが、残念ながら、川端の挿絵は削除された。『愛ちゃんの夢物語』の表紙と裏表紙は魅力的なアール・ヌーボー様式の彩色で描かれているが、画家の名前は明記されていない。そして、翌一九一一年、『長篇お伽噺　子供の夢』が出版され芳村椿花が挿絵を担当し、続く、同年一二月に出版された『お正月お伽噺』は、椿花山人画として出版される。先に言及した小原俊一は『『子供の夢』発掘調査報告』のなかでこの『子供の夢』と『お正月お伽噺』は、同じ翻案者と挿絵画家による作品と推論している。

明治期の『不思議の国のアリス』に関する図像研究は、筆者が書いた四本の論文を除き、従来ほとんど試みられたことのない未開拓の研究領域である。この章では、明治時代に出版された四種の『不思議の国のアリス』翻訳に挿絵を描いたイラストレーターである、川端章太郎（『少女の友』一九〇八年）、作者不明の画家（『愛ちゃんの夢物語』一九一〇年）、芳村椿花（『子供の夢』一九一一年）と椿花山人（『お正月お伽噺』一九一一年）の挿絵をとりあげてみたい。

『アリス物語』の川端昇太郎の挿絵

川端昇太郎（一八八五―一九六六年）が『少女の友』のために描いた挿絵は、日本人画家による初めての『アリス』図像と考えられる。というのも、一八九九年『少年世界』に連載された『鏡の国のアリス』の翻訳『鏡世界』に添えられた挿絵は、原作のジョン・テニエルの一種の模写であり、日本初のアリス図像とはいい難い。しかし、この川端の挿絵は、一九一二年単行本として出版された『アリス物語』からは、姿を消し、代わりに中村和の彩色画が口絵を飾り、本文のなかにも白黒の挿絵はまったく見られず、それぞれのページの上部に鳩とコーモリが五羽ならび口にくわえた紙に「アリス物語」と記されたカットが配される。川端昇太郎は、雅号を川端龍子と称し、後年、日本画で独自の画風を確立し名をなしたが、アリス挿絵を手がけた一九〇八年当時は、まだ洋画から日本画に転向する以前で、日本画家として大成した頃に見られた独創的な画風は影を潜めている。しかし、画家川端にとって、アリス挿絵を描いたこの時期は、重大なターニング・ポイントであった。当時、川端は新しく所帯をもち、新聞や雑誌の挿絵を数多く引き受けていた。『少女の友』の挿絵は一九〇八年の創刊号から、『国民新聞』の挿絵や漫画はすでにその一年前から手がけていた。油彩画家としての活躍はとりたてて目覚ましいものではない。第一回（一九〇七年）、第二回文展（一九〇八年）入選をへて、一九一三年数カ月間の渡米から帰国後、日本画に転じる。一九一五年、第二回院展に初入選。以降、日本画家として脚光を浴びる。

川端は、『少女の友』に挿絵を描いていた明治末の時代思潮と、『少女の友』の編集方針について、後年、次のように回顧している。

ちょうどそのころの挿絵は、渡辺与平、竹久夢二両氏の全盛時代で、その感傷的で魅惑的な画風は自然に与平式、夢二式とよばれて、しきりに多感な少年少女の情緒をそそったが、私の考案になる挿絵は、自分の平凡な資質が手伝ってごく真面目な性質のものであった。もっともこの私の傾向は、そのころ一番たくさん描いていた『少女の友』の主筆だった星野水裏氏がしごく真面目な人で、雑誌は単に娯楽的に読ませるだけではいけない、読ませた上に少女たちの思想や生活を正しく導くものでなければならない、という、いわば一種の指導理念をかたく把握していた人だったから、[14] 私の挿絵の描き方についても、いつも相当にやかましい注文をつけていた結果でもあった。したがって『少女の友』における私の挿絵は星野主幹の指導理念に自然と制約されることになり、自分の意志を自由にのばすことはできなかったのである。（川端 1972: 77）

川端は、『アリス物語』の挿絵に見る「真面目さ」や「平易さ」、いいかえれば、凡庸さは、「自分の平凡な資質」に起因すると謙虚に述べているが、彼の回想記と後年画家として成し遂げた想像力に満ちた業績から判断すると、おそらくその原因は編集方針にあったと、考えるのが妥当であろう。

川端の『アリス』図像は、テニエルの影響下にある作品が多いが、川端は、ただ単に盲目的にテニエルの挿絵を模倣したわけではなく、画家としての創意工夫も随所にこらしている。図版7のバラの木とトランプの衣裳は、テニエルの挿絵（図版8）から直接借りてきたものであろうが、前景の鍬や園丁の刷毛、藁ぞうりや職人のひとりが頭に巻いた鉢巻きなどの細部、人物の表情等いずれをとっても、西洋風なものを完全に日本風な小物に置きかえ日本の子どもたちに親しみをいだかせる工夫を凝らしていることがわかる。

川端は、トランプが舞い上がりアリスの上に落ちてくる最終の場面（図版9）でも、主だった構図、とりわけトランプのカードがアリスの頭上にアーチのように舞い上がり舞いおちる構成に関しては、テニエルの挿絵（図版10）を踏襲している。しかし、テニエルの規則的なトランプの動きとは対照的に、川端は、勢いよく立ち上る

身も心も、その中に溶けて終ひさうです。この御庭の入口に、一本の大きな薔薇の樹があって、真白い花が枝一杯に咲き亂れて居ましたが、その傍に三人の園丁が集まって、一生懸命にその薔薇の花を、赤いオンキで塗ってゐました。不思議なことをすると思ひながら、近寄ると、三人の話聲が聞えました。

「おい／＼三公、困るぢゃないか、氣を注けて呉れねと、私が眞赤になる。」

「仕方が無いさ、何しろ命懸けで塗る仕事だもの、ちっとはオンキが飛んでも我慢しろ。私の手だって、そんなに眞赤になった。」

すると他の一人が、

「おい／＼、三公も五助も、そんな口論をする暇に、さっさと仕事を為ろ。」

と云ひながら、ふとアリスの姿を見付けて、何か三人でコソ／＼さゝやきあいましたが、やがて三人とも、アリスにお辭儀を致しました。で、アリスは

「あの、お前たちは何故白い薔薇の花を赤く為るの？」

と訊ねました。三人は默って顔を見合せてゐましたが、やがて一人が、溜息を吐いて、低い聲で、話し出しました。

「それはね、御嬢様。斯うなんです。實はね、此の庭には紅い薔薇の樹を植えなければならないのでした。ところ

図版 7　川端昇太郎

図版 8　ジョン・テニエル

図版 9　川端昇太郎

図版 10　ジョン・テニエル

怒濤のようなトランプの威力を表現し、圧巻である。川端が描く動物はテニエルの写実的な動物と比較すれば、陽気で躍動感に満ちあふれ、一二世紀、鳥羽僧正（一〇五三―一一四〇年）が描いたと伝えられる『鳥獣人物戯画』の軽妙な動物描写（図版11）をも連想させる。

動物描写に関していえば、ステッキをもち懐中時計をのぞき込む川端の白ウサギはテニエル以上に擬人化され、チェックの帽子に同じ柄のズボンに革靴まで身につけている。鼻眼鏡をかけて懐中時計を見ながら足早に時間がないと急ぐ白ウサギのコミカルさと臨場感が伝わってくる挿絵であり、川端の軽妙さと動物描写の確かさを知らしめる作品といえよう。

図版 11　鳥獣人物戯画　［© 栂尾山高山寺］

一方、川端の空間処理は、テニエルの影響をうかがわせるものの、日本美術の伝統的技法を踏襲し、好対照の要素も多い。たとえば、先の図版7において、川端は三人の園丁をテニエル以上に非対称に配置するとともに、余白を広くとり、挿絵と文字テキストをうまく組み合わせ、一体化させることに成功している。手描きの丸いフレイムはページ中央に釣り合いよく配置され、バラの枝がその丸い円の輪郭を突き抜け、更なる統一感を生み、さらに、挿絵の周りにレイアウトされた文字テキストによって、挿絵自体もひときわ効果的に際立つ結果になっている。他方、白兎（図版12）と海辺のアリス（図版13）の二枚のカットはテニエルの原作には描かれていない構図であるために、線描やバランス感覚等に川端の独自性が強く見出される。図版12では、左右対称に様式化されたひし形や長方形の模様と、兎の幾何学様式の衣裳やトランペットから下がった旗に浮かび上がるハート模様の曲線がコントラストを生んでいる。図版13では、アリスは画面のほぼ半分を占めているが、日本美術の伝統様式である左右非対称の構図である片身替りの技法を使った空間処理を施しているため、あまり閉塞感を感じさせない。

他方、キャロルのテキストに見られるアリスの性格的特徴、とりわけ彼女の強靭さは、川端のアリスからはあまり感じられない。川端が描くアリスはテニエルのアリスより、はるかに年上で、そのためよりいっそう社会性と当時の社会が求めた良妻賢母教育下の女らしさあるいは少女らしさが強調されているようにみえる。原作では弱冠七歳で

図版 12　川端昇太郎

図版 13　川端昇太郎

図版 14　川端昇太郎

図版 15　川端昇太郎

図版 16　ジョン・テニエル

あるはずのアリスが、川端の挿絵では、永代静雄のテキストと同じように、女性に望まれている従順な妻になるという心構えがすでにできつつある明治期の娘の風情がある。「私を飲んで下さい」と書いた瓶を手にしたアリス（図版14）は、当時の良家の子女が着る洋装に革靴、若い女性に人気のあったリボンをつけた髪型であるが、なんとなく身体や顔のバランスに欠け、表情も凡庸稚拙で、子どもとも少女ともみえない。涙の池を泳ぐアリスとネズミのシーン（図版15）でも、黒いネズミが画面中央に大きく、アリスはその背後に小さく描かれ、テニエルの左右にアリスとネズミを配した構図に似ているように見えながら、実はアリスが二次的に扱われると同時に、表情ものびのびとした少女らしさに欠け生彩がない。彼女の顔は、女学生の制服であるセーラー服を身につけている図版13などと同じく、少女特有の内に向かう繊細さと思春期の特徴であるゆらめきが見られず、アリスの姉がいだく現実世界に対するアンニュイささえ漂わせている。川端の何枚かの挿絵を取り上げ、アリスの表象を比較してみると、同一人物としての一貫性の欠如、洋服をきたポーズのぎこちなさ等々、技術的

図版 17　川端昇太郎

図版 18　川端昇太郎

な欠点も認められる。テニエルの挿絵には描かれていたアリスが、川端の同じ場面からは、往々にして削除される。おそらく、子どもの描写に熟達していなかったテニエル自身が、キャロルの『アリスの地下の冒険』のための原画では主役であるアリスを省いたり、二次的に描いたのと似かよったところがあるのだろう。テニエルは、図版16の挿絵のように、アリスよりも動物描写に優れていたが、川端は、図版17の動物描写の巧みさや、後年抽象的な風景画を得意としたことからもわかるように、人物、とくに少女描写における自らの技術的な弱点を自覚していたのかもしれない。

しかし、第三号『海の学校』におけるアリス表象を見ると、先の『少女の友』の第一巻一号『黄金の鍵』と二号『トランプ國の女王』の描写とは異なり、たとえば、図版18のように、アリスには清純さや快活さといった十代の少女のまぎれもない実在感がある。永代静雄はキャロル原作を脚色し、新たなプロットを考案する。つまり、魚の別当はグリフォン殿下からの招待状を持ち、海岸に坐ってお弁当を食べているアリスに、グリフォン殿下の宮殿への招待状を手渡す。アリスはこの宮殿でグリフォン殿下とともに偽海亀の身の上話しを聞くことになる。川端が図版18で比較的自由に本領を発揮しえたのは、この場面がテニエルの挿絵では取り上げられず、それゆえに、編集長である星野の厳しい要請に従う必要が余りなかったためであろう。アリスはくつろいだ風情で、他の川端のアリスに見られるような堅苦しさは見られない。海の風にたなびく髪の毛が、彼女の自然でくつろいだ雰囲気をさらに高めている。

川端の動物描写は、少女描写以上に、巧みで、洗練されている。たとえば、先に上げた川端が描く偽海亀とグリフォン（図版17）は、テニエルの作品（図版16）以上に躍動感に満ちているといえる。おそらく、川端は、『少女の友』の連載を重ねるにつれ、よりいっそう、描写力・表現力をつけてきたと考えられる。たとえば、図版19は『アリス物語』の最終章「大悪龍王の行衛」の一場面であるが、子ども雑誌を意識してか龍の開いた目や爪を広げた手など擬人化した表現過剰な要素はあるものの、東洋の龍の線描は、洗練され躍動感にあふれ、川端の将来の輝かしい可能性を確信させる作品となっている。

図版19　川端昇太郎

川端昇太郎の『アリス』挿絵は、日本人画家が初めて描いたアリス図像である。永代の翻案は、原作の香りを完全に払拭した、日本の少女への教訓物語であるが、川端はこうしたテキスト上の制約と編集者からの強い要請にもかかわらず、伝統的な日本美術の画風を駆使し、独自の創意工夫を凝らして、日本の子どもが理解し楽しむことのできる日本最初のアリス図像を創造したのである。

芳村椿花画『子供の夢』と椿花山人画『お正月お伽噺』

『子供の夢』の挿絵画家である芳村椿花と『お正月お伽噺』の椿花山人は同一人物である。また、両方の書物に掲載した単色カラーの背景に白黒で印刷された一二枚の挿絵は全て同じで、表紙と裏表紙の彩色画だけが異なっていることについては、すでに言及した。芳村椿花と椿花山人の両方が雅号か、それともそのいずれかが実名かは現時点では判然としない。作者丹羽五郎自身が、『子供の夢』の「はしがき」のなかで、「表紙、扉、挿絵。悉く倅の所謂『僕の好きな叔父さん』芳村椿花君の筆に成った」と記しているが、画家を特定する決め手となるものではない。現時点では、芳村椿花、椿花山人ともに当時有名な画家ではなかったが、少なくとも本の挿絵を手がけるのにふさわしい技量を備えていたと判断できる。

端的に言うと、『子供の夢』と『お正月お伽噺』の挿絵は、同じ時期に出版された明治期の他の『不思議の国のアリス』挿絵とはかなり趣を異にしている。明治期に日本人画家によって描かれた挿絵としては、他に、先に紹介した川端龍子の白黒の挿絵と、『愛ちゃんの夢物語』の作者不明のアール・ヌーボー風の彩色表紙、裏表紙がある。いずれの挿絵も日本的な影響はあるものの西洋風な画風を特徴とする。それに比べ、芳村椿花（椿花山人）の挿絵は、日本的な技法や描写に特徴がある。屏風絵や着物柄といった伝統的な日本模様や素描、画面構成が意識的に使用されている。図版20の挿絵では、初山滋の版画にも見られた流水模様を背景に、いくつかの小さな絵が互いに非対称に一部重ねて配される。この創意工夫は日本の装飾芸術ではよく使われる伝統技法である。とりわけ、流水は、この第二章「涙の池」に装飾的にも主題的にも相応しい。水面に描かれた小さな絵には、この章のエピソードを連想させる場面が散らされている。たとえば、黄金の鍵や白い手袋

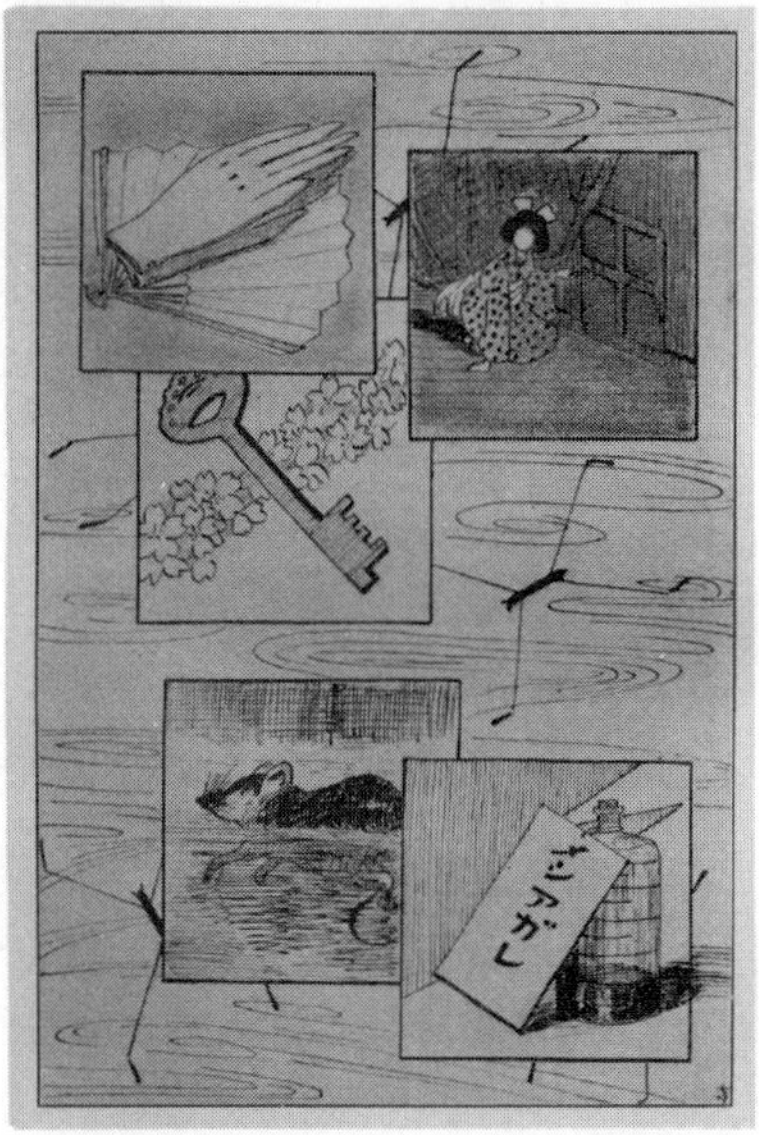

図版 20　芳村椿花

と扇、「メシアガレ」という札のついたビン、小さな着物を着た綾子（アリス）や綾子さんが流した涙の池を泳ぐネズミなどである。日本趣味のミズスマシの形が、水面に浮かぶ絵の上下水平の線を補いあうかのように、対角線の律動感を生み出し、澄んだ水面に浮かぶ絵が幾重にも重なり重層感を生み出している。

図版21は、第三章「コーカス競走と長い長い尾話」の一場面である。「涙の池」の挿絵と同じように、小さな丸い縁取りの絵が幾重にも画面に散らされ、画面の下には、「賞品賞品と云ひながら一同綾子さんの周囲に集まつて」という本文の一部が添えられている。綾子や鳥たちを描いた円形の画面は、日本の双六などにも見られるが、涙の池の絵の正方形の造形と同様、大きさやかたちがほぼ同じで、そのなかにいる様々な動物はおもしろおかしく姿かたちが誇張されている。それぞれかなり形態の違う二種類の鳥、たとえば、オオハシのくちばしと駝鳥の首といった形態が際立って対照的な鳥が並んでいる。おそらく、この対比は英国ヴィクトリア時代の読者以

図版 21　芳村椿花

図版 22　ジョン・テニエル

上に日本の明治の読者にとって異国的な趣があったと考えられる。

しかし、テニエルの同場面を描いた挿絵（図版22）ではメインであったドードー（丹羽の翻案では駝鳥であるが）が、芳村の挿絵では主役というより脇役になっている。丸い画面は、絵の下のおそらく水たまりにいるカニがだしたあぶくとも解釈できる。この丸い画面に、一匹のカニが入っているのか、あるいは浮かんでいるあぶくの背後にいるカニのからだが大きく映っているかどうかは、はっきりとはわからない。挿絵のフレームはかなり異なり、芳村の挿絵が縦長なのに対し、テニエルの挿絵は真四角とかなり異なっている。

芳村は、テキストの随所に、図版23に見られるような本文とは直接の関係のないカットを挿入している。このカットのデザインや毛筆の墨さばきは、芳村が描くストーリーの内容に沿った挿絵より、はるかに闊達で熟練しており、芳村が西洋絵画より伝統的な俳画に深く親しんでいたと容易に推測がつく。

図版 23　芳村椿花

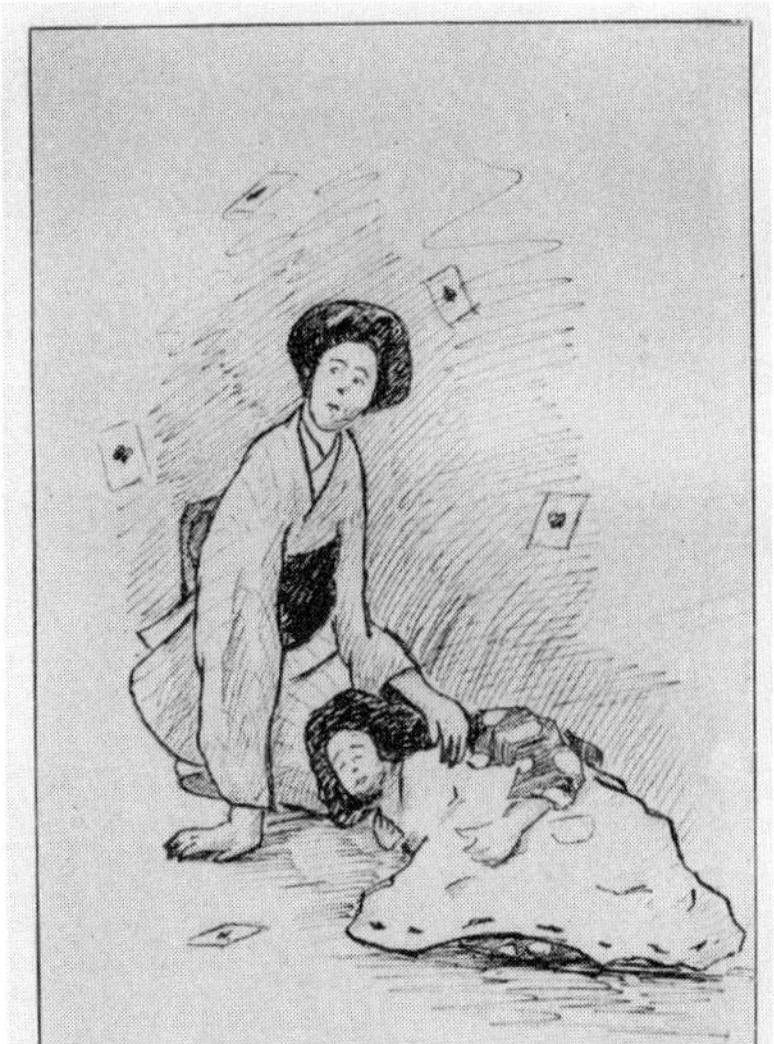

図版 24　芳村椿花

図版 25　芳村椿花

綾子やお姉さん、公爵夫人といった人物は、服や髪型、しぐさひとつとってみても、図版24に見られるように、生粋の日本人、綾子は丹羽の翻案の描写のように子どもらしく、アリスのお姉さんは和服や髪型しぐさや顔立ちから見て、はるかに年長でお母さんとも見まごうほどの落ち着きがある。

芳村の他の一〇枚の挿絵は、先に論じた二枚よりは、美術的には劣っているが、それは、不慣れな西洋技法を用いたためであろう。具体的にテニエルの挿絵と比較すると、芳村はテニエルの構図を踏襲してるものの、従来の簡潔な描線で対象を一気にうつしとる日本画固有の技法とは異なったペン画の技法に戸惑っているかのようである。筆致があまりにも細部にこだわり過ぎるあまり、不要な細い線が目立ち、無駄な描線が多く、絵としてのインパクトを欠く。たとえば、図版25に見るように、入念で細密であるが不要な線が多く見られる。

また、同じ兎を描いた『お正月お伽噺』の表紙絵（口絵4）の芳村の一気に引いた簡潔な筆遣いと比較すると、芳村のペン画のぎこちなさが目立つ。

芳村の画面構成は、筆致と同じように、日本美術の伝統に則る場合、はるかに卓越している。たとえば、『子供の夢』の表紙絵や裏表紙（口絵5と口絵6）は、先の「涙の池」に添えられた挿絵と異なり、丹羽の翻訳やキャロルの本文の内容とはかなりかけ離れている。おそらく、芳村が挿絵を描くに際して、テキストの全体を読了しなかったのであろう。とくに、口絵5の表紙絵は丹羽五郎の本文の内容とは齟齬がある。『ガリヴァー旅行記』の第一渡航記のリリパット国の住民のようなアリのように小さなトランプのカードがはしごをかけ、ガリヴァーのような途方もなく大きな手を伝い巨大なバラの木を上っていく。この絵を見ると、おそらく、芳村はテニエルの二つの挿絵——トランプの園丁が色を塗っていたバラの木と第四章の兎の家の窓から飛び出たアリスの巨大な腕——を合成して造り出したと推測されるのである。しかし、内容の不一致にもかかわらず、この表紙絵の構図はダイナミックで印象的、配色は大胆で、背景のレモンイエローが手の白、枝や葉のグリーンや花の海老茶色とコントラストとなしている。

裏表紙（口絵6）もデザインや配色の上で日本伝統の着物の縞の技法をとりいれたウィットに富んだ作品といえる。何羽もの白兎が一列に並び、その白く伸びた耳が縞模様となって上に伸びているが、物語に登場する白兎は一羽であるためにこのような多くの兎が耳を立てて並んでいるはずもない。しかし、兎を題材にしたこの裏表紙は構図的にもデザイン的にも楽しく機知に富んでいる。伸びた兎の耳と背景が白と茶色の縞模様を織りなし、「籾山書店」という黒い文字が着物の後ろ身頃の紋のように効果的に、中央に配置される。色彩的にもデザイン的にも実に愉快でモダンな作品である。

『愛ちゃんの夢物語』

丸山英観が翻訳した『愛ちゃんの夢物語』の挿絵画家の名前は、把握している限り、不明である。しかし、表紙や裏表紙の洗練された彩色画やテニエル風に描いた一二枚の白黒の挿絵から判断すれば、かなり力のある画家の作品と考えて間違いない。

表紙（口絵7）はアール・ヌーヴォー様式で描かれている。S・T・マドセンは過度期の運動としてのアール・ヌヴォー様式の特徴について次のように述べている。

以上見たように、建築および絵画におけるアール・ヌーヴォーは、たしかに二〇世紀への里程標ではあるが、しかし二〇世紀そのものではない。といってそれは一九世紀でもない。要するにアール・ヌーヴォーとは過度的な独立的現象であって、これを理論的、美術史的、様式的に見る限りは一九世紀的に深く根ざしているが、その全体的な目的としては、一九世紀的な様式から脱却して、何かまったく新しいものを創造することを志向した独自の様式だったのである。(高階・千足訳 309)

この新しい革新的な美術様式は日本の芸術家の心を大いにとらえた。異国的であるとともに西洋的であるアール・ヌーヴォー様式には、西洋の伝統をかなぐり捨て新たな新機軸を打ち立てたいと願う西洋側の熱望と、日本の伝統を払拭したいと考える日本の芸術家の心情が互いに共鳴しあう要素が共存した。さらにアール・ヌーヴォーの革新的な幾つかの特徴は、極東、とりわけ、日本の美術からの影響を抜きに語ることはできない。いわば、アール・ヌーヴォー様式は、印象派の絵画やその日本の浮世絵との密接な関係、あるいはウイーン分離派との関わりに見られるように、日本の芸術家に自らが継承してきた日本の文化遺産のすばらしさを再認識させると同時に、また、彼等にその伝統から解放する道を示したといえる。

高階秀爾は日本におけるアール・ヌーヴォーについて次のように解説している。

明治の末から大正期にかけて、わが国にも確かに「アール・ヌーヴォー」の洗礼を受けた芸術家たちや、芸術活動があった。たとえば……雑誌『明星』に寄せた藤島武二の挿絵や、同じ藤島の手になる与謝野晶子の『みだれ髪』の装幀、挿絵など、あらゆる点でアール・ヌーヴォーの特色を完全に備えている。私はかつて、青木繁、藤島武二、竹久夢二と続く日本の世紀末芸術の系譜を考えたことがあるが、それ以外にも、時代全体の精神風土として、「アール・ヌーヴォー」は当時の芸術界のいたるところにあった。(高階 1983: 287)

藤島武二（一八六七―一九四三年）は近代日本美術界を代表する油彩画家のひとりである。彼が描いた「蝶」（一九〇三年）は明治浪漫主義を代表する傑作のひとつであり、同時に自己の独自性を初めて確立した作品である。藤島は一九〇五年から一九〇九年にかけて渡仏し、油彩画を学ぶ。与謝野晶子の『みだれ髪』（一九〇一年）の表紙絵（図版26）はフランス留学前に描かれた作品であるが、すでに西洋絵画の影響がある程度うかがえる。様式化した花のデザインは日本美術の伝統を継承しているが、ハートの形態、うっとりと心を奪われたような女性の表情、髪の毛に見られる包旋状のうねりなどはまぎれもないアール・ヌーヴォーの特徴を備えている。

マドセンはアール・ヌーヴォーの形態について、「アール・ヌーヴォーの主だった装飾的特徴は、先端が鞭のようにしなって力強い動感を示す左右非対称の波打つような線」（マドセン 38）にあると考え、その左右非対称の形態面的様相を四つに分類している。

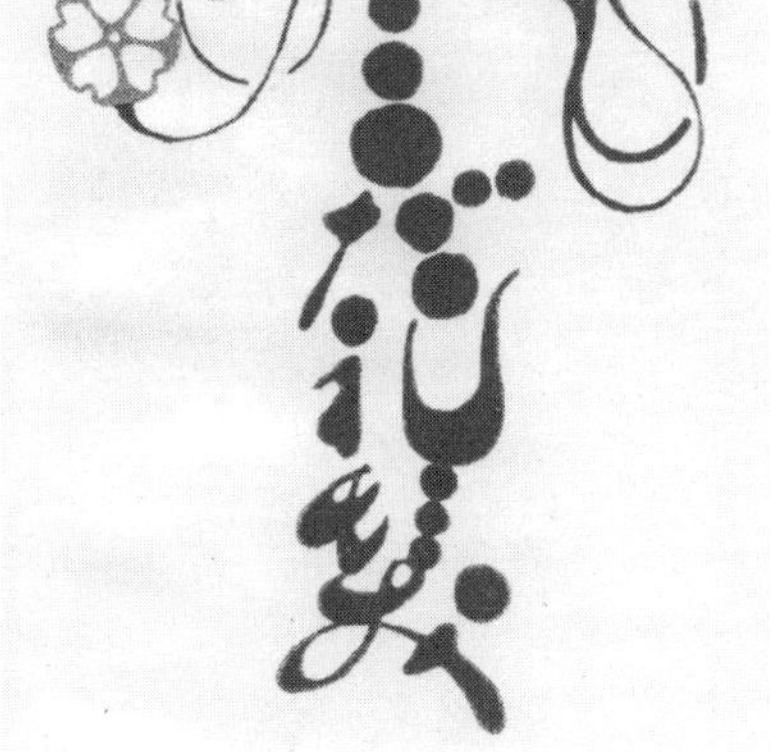

図版 26　藤島武二絵『みだれ髪』表紙

第一は、抽象的、構成的で、時として彫刻的に近い形態感覚で、これはまた同時に、きわめてダイナミックな性格を有している。第二のそれは、フランスにおける花をモチーフとする、あるいはきわめて植物的なイメージによるそれであり、これは成長するもの、あるいはきわめて有機的なものに大きな重点をおいている。一般的に、フランスとベルギーの文化圏においては、構造的な象徴としての装飾に主眼をおいた結果、構造的傾向が目立っている。……第三は、線的、平面的で、かつ文学的、象徴的な形態感覚で、これはとりわけスコットランドのマッキントッシュを中心とするグループに見られる。以上のべた三種類のアール・ヌーヴォーすべてにいえることは、均整のとれた左右非対称が究極の目的になっていることである。次の、第四のそれは、構成的、幾何学的なもので、これはとりわけドイツとオーストリアに発達した。（高階・千足訳 41-42）

『愛ちゃんの夢物語』の表紙絵は、マドセンの定義によると第三のアール・ヌーヴォー様式といってほぼさしつかえない。左右非対称の渦巻くような線と抑えた量感はフランスのアール・ヌーヴォーの特徴である自然な植物の形態より、スコットランドのマッキントッシュとそのグループの芸術を彷彿させる。

アルフォンス・ミュシャ（一八六〇―一九三三年）の有名なタバコの巻き紙「ジョブ」のポスター（一八九六年）の広告（口絵8）はフランスアール・ヌーヴォー様式を代表する作品である。右手にもったシガレットを陶酔したかのように吸う女性の瞼を閉じた目や上向きの顎や開きかけた唇を、黄金色の髪の毛と白いタバコの煙が包みこみ、見る人を魅了する。この女性の髪の毛やタバコの煙のうねりはきわめて様式化されているが、『愛ちゃんの夢物語』の表紙絵の描線と比較してみると、まだまだ具象的である。

グラスゴー派においては、対称そのもの、およびその構造や機能などとは無関係に、象徴的な装飾様式が展開されたが、その構成要素とは要するにきわめて抽象的なハート型、蕾、球根、卵型などである。これらの装飾的モチーフは、生命や成長と結びついた象徴とみることによって最もよく理解される。（高階・千足訳45）

マドソンは、グラスゴー派の特徴について、そう論じているが、『愛ちゃんの夢物語』の挿絵画家も、グラスゴー派のように、おそらく不思議の国のトランプを、具象的に描くよりは、むしろ、トランプのハートやダイヤモンドの抽象的な形態をデザインのなかに組み込み、デザインと一体化させることにより、装飾的な象徴性を取り入れようと考えたのであろう。アリスの頭上の抽象的な渦巻きの形体はテキストの最後でトランプに追われたアリスの上に、舞い上がり落ちてくるトランプの律動感を暗示しているようにも見え、また、うっ積したエネルギーを解き放ち画面を斜に横切り、トランプのカードのダイヤ模様へ、そして風に舞い上がり、ついにはハート形へと変貌をとげている。

『愛ちゃんの夢物語』の裏表紙（口絵9）もまた、アール・ヌーヴォー様式の影響を強く受けているが、とりわけ、藤島武二の『みだれ髪』の表紙絵（図版26）を彷彿させる。『みだれ髪』と『愛ちゃん』の挿絵は女性の顔がハート型のなかに描かれている点では共通しているものの、その表情はかなり異なっている。丸山の愛ちゃんは正面から描かれ伏し目がちな表情にやさしい微笑みをたたえている。一方、与謝野晶子ともみなされる女性は情熱的で強い意志を秘めた表情が横顔からもうかがわれ、その顔は日本でも西洋でも伝統的に性的放恣の象徴とされる「みだれ髪」のうねる線描で囲まれている。この絵のもつ情熱的で大胆な雰囲気は、西洋から受容したハート型と日本では伝統的に性的情熱を表象するとされる赤あるいは深紅色を強調する配色により、より一層高まっている。

藤島の表紙絵とは対照的に、愛ちゃんの顔を縁取る描写ははるかに抽象化されている。顔の周りのハート型は、髪とも模様とも判別できないが、アリスの顔の表情を和らげる効果を生み出す。さらに、そのハートの背後にはダイヤの形体が見えかくれし、顔の左右に配されたクラブとスペード模様とともに、この本がトランプの話だと暗示しているかのようでもある。ハートのオリーブ・グリーン、ダイヤのすみれ色、そして背景の淡いベージュ色は、藤島の色彩以上に、アール・ヌーヴォーの色彩的特徴を表象し、マドセンがアール・ヌーヴォーの配色としてあげた色彩、すなわち「用いられた色彩もきわめて広い範囲にわたっているが、とりわけ乳白色やオリーブ・グリーン、ピンク、それにさまざまなニュアンスの紫など、淡い色彩が好んで用いられた」（高階・千足訳 254）と、驚くほど一致する。

デザイン性や色彩から判断すると、『愛ちゃんの夢物語』の挿絵は、日本だけではなく英米あるいは知る限りの西洋の『アリス』図像においてきわめてユニークで、前例のないアリス挿絵といえる。しかし、残念ながら、日本のアリス挿絵の欠点をもあわせもつ。つまり、愛ちゃんには、キャロル原作で描写されたアリス本来のエネルギーもテニエルのアリスがもつ強さもなく、あまりにも無垢で無邪気、テキストにみなぎる戦慄するような不思議の国の魔界性もまったく感じられない。可愛く無邪気なその描写は、まるで英国のメイベル・ルーシー・アトウェルやアメリカで出版されたベッシー・パース・ガットマンの無垢な世界を連想させる。

『愛ちゃんの夢物語』の図像は、川端のアリス図像のみならず、西洋のテニエルのアリス図像と比較しても、はるかに幼くかわいいが感情のない人形のような少女として表象され、キャロルのテキストがもつ好奇心、論理性、知性や強靭さといったアリスの性格の痕跡はみじんも見られない。しかし、当時流行していたアール・ヌーヴォー様式を取り入れたその斬新なデザインと色彩、原作の内容を意匠的に再構成する作品解釈など、世界に類をみない独創的な日本初期のアリス図像といえるである。

明治期に制作されたアリス図像には、時代がさまざまな形で、映し出されている。日本が開国した一八六八年以来、西洋の美術思潮が大きなうねりとなって、日本の視覚芸術に強い影響を与えてきた。この新たに流入してきた西洋美術を受容しながらも、反面、長いあいだ培われてきた日本美術の伝統も今だ深く日本文化に根を張っていた。初期の日本の『アリス』画家が直面していた問題は、翻訳者にもまた共通であった。しかし、日本人の挿絵画家にとって、西洋的な息吹に満ちた『アリス』作品の挿絵を描くことは、難しくはあるがやりがいのある仕事であったことだろう。テニエルの影響、さらに、アール・ヌーヴォーなどの当時の美術潮流からの影響にもかかわらず、初期アリス画家は、試行錯誤を繰り返しつつも、程度の差こそあれ、日本美術と西洋美術を融合した自分なりのオリジナリティをもった新たなアリス図像の創作をめざした。

明治期の『アリス』翻訳には、明治から大正に移り変わる時代精神が投影されている。一八九九年、まず、『鏡の国のアリス』が長谷川天溪によって、雑誌『少年世界』で初めて翻訳連載された。その九年後、永代静雄が『不思議の国のアリス』を初めて部分翻訳し、その後、数種の『不思議の国のアリス』翻訳が出版された。この『不思議の国のアリス』邦訳が一気に出版された一九〇八年から一九一二年は、大正デモクラシーの予兆ともいえる時期にあたる。この明治末期に、英国ヴィクトリア朝のセンスをノンセンス化した作品が、一気に日本で翻訳されはじめたのは、象徴的である。いいかえれば、『アリス』翻訳興隆の背後に、大正時代に花開く新しい思潮や想像力と古い明治の封建的な思潮との葛藤や緊張が見える。つまり、初期『不思議の国のアリス』翻訳が輩出した明治四〇年代は、近代化と不完全な形で解体された封建制の相克が緊張をはらむ状況にあり、永代静雄や丹羽五郎の翻訳が忠実な翻訳からかけ離れた時代精神を映す翻案となったのも、この時代的思潮が影を投げかけていたためであろう。

初期『アリス』翻訳には、明治日本の社会的・文化的な状況が、主として四点、反映されていた。まず、第一に、明治・大正を通じ、絶対主義的な国家体制が学校や子どもの出版物にあまりにも強い圧力や影響力を継続的に与えたために、児童文学のなかで子どもは十分な社会的役割や地位を得ることができなかった。

第二に、当時の日本の児童文学では、大人の世界と緊密な関係をもって生き、家庭の外の広い世界と緊密にかかわるヒロインはほとんど登場しないかった。子どものための物語のなかで、「少女」という概念が主要なテーマとして現われはじめるのが、一九〇二年の少し後ぐらいであり、その頃になってはじめて、『少女の友』をはじめとする様々な少女雑誌が発行され始め、永代静雄の『アリス物語』もこの『少女の友』で連載される。しかし、すでに永代静雄の『アリス物語』で指摘したように、残念ながら、こうした少女雑誌は少女自身の楽しみや興味にそって編集されたわけではなく、むしろ、当時の教育がめざしていた忠実な妻と自己犠牲を払う未来の母となるべき女性、たとえば、永代静雄の『アリス物語』の結末で象徴的に示された女性像の育成を、その編集方針として掲げていたのである。

第三に、「ノンセンス」というジャンルが従来の日本文学には存在しなかったために、明治期の翻訳者はキャロルのテキストに織り込まれただじゃれやしゃれ、造語といったさまざまな言語遊戯の文学的背景を充分認識できなかっただけではなく、キャロルの言語上の創造性を本能的に感応するセンスさえも十分に持ち合わせていなかったかもしれない。さらに、たとえ、こうしたノンセンス文学や言葉遊びが理解できたとしても、英国の子どもたちがキャロルの書物で楽しむことのできたノンセンスに潜む論理性を、日本の子どもたちが理解し楽しめるような日本の「ノンセンス」作品として日本語で再構築する必要があった。それは、初期の翻訳者の前に立ちふさがっていた大きなハードルでもあった。

第四に、第二次世界大戦終了まで、日本の『アリス』翻訳はほとんど男性の翻訳者によって試みられてきた。さらに、こうした翻訳者のほとんどは、残念ながら、キャロルのように女の子あるいは少女の視点に立つことはできなかった。いいかえれば、明治期の『アリス』翻訳者には、成熟を目前にした女の子の気持ち、その喜びや、かなしみ、さらに、理想の女性となるために社会が強いた抑圧や義務感を前にした思春期前夜特有の繊細でアンビバレントな感情を、真摯に理解する感性を持ち合わせていなかった。そこには、キャロルが子ども、とりわけ、女の子たちに示したような心からの共感が見られない。

ヴィクトリア時代の女性や子どもたちに強いられた道徳や因習、行儀作法は、厳しいものであった（むろん日本の明治・大正に比べれば、それほど厳しくはなかったが）。にもかかわらず、アリスは自分の意見をはっきりと述べ、自分の意思で行動する、その当時としてはかなり自己主張が激しいとも思われるアリスを原作者キャロルは温かいまなざしで共感をもって見守っている。いいかえれば、キャロル自身が、因習や作法を決然と打破すべきであると考えていたのである。一方、明治の翻訳者は、女の子の真摯な気持ちにも、子ども自身の楽しみにも真に寄り添うことはできなかった。唯一、「面白いなア、明日はどうなるんだろう」などといいながら話の先を楽しみにしている息子の様子を見て翻訳を思いついた丹羽五郎だけが、教訓性よりも子ども自身の楽しみ、子どもの気持ちや興味を第一に考えていた。原作に比較的忠実で、やや近代的な女性観をいだいていたと考えられる丸山英観でさえも女の子に対してキャロルがいだいたほどの共感を示しえなかったし、その胸のうちを洞察することもできずに終わった。しかし、それは個々の翻訳者の弱点ではなく明治という時代が強いた限界でもあった。しかし、日本の翻訳者が、ヴィクトリア時代の女の子たちが強いられた因習や重圧を転覆させるためにキャロルがつかった破壊工作としてのノンセンスの弱体化を果たして望み、単なる空想的な物語として創作しようとしたか否かについては、議論が分かれる。

　にもかかわらず、明治の『アリス』邦訳の意義は大きい。幾多の欠点をあわせもちながらも、日本の読者がその原作のノンセンスの醍醐味を、たとえ弱められたかたちであっても、少なくとも味わいえたという意味で、大きな貢献を果たしたのである。また、たとえ明治の翻訳者が従来の教訓的な目的から解放された子どものための文学の創設というキャロルが挑んだ新機軸を十分理解することができず、たとえある種の反感や嫌悪感をいだいていたとしても、キャロルがめざした子どもの目線に立った文学の香りは、封建的な永代の翻訳を通じても、伝わってこない筈はない。同様に、原作のアリスがもつ強靭さや知性、決断力はすべての日本語翻訳のなかにも、かたちを変えて残り今まで味わったことのないような香りを、読者の心に伝えたことであろう。

　ヴィクトリ時代に英国で生まれたナンセンス作品が、半世紀をへて、文明開化と富国強兵への道を邁進し始めた極東の日本で、初めて翻訳されるに至る。近代的な個の概念も、ロマン派的な子ども観も、女性の自立という概念さえもまだ一般に定着していない二〇世紀初頭の日本で、幾多の困難に直面し、多くの欠点を併せ持ちながらも、初期『アリス』翻訳は、その後に続く大正・昭和の児童文学の作家たちに、その先駆性という大きな課題を提供した。それは、キャロル作品に描かれた強い個と、アイデンティティ、論理性と好奇心といった複雑な性格をあわせもつ、日本文学における近代的な自我をもつアリス誕生の瞬間でもあった。

第五章　大正児童雑誌における『アリス』邦訳

五・一　昭和初期の絵雑誌における『アリス』邦訳

初期絵雑誌と『アリス』邦訳

近年、一九一七年の『幼年の友』（実業之日本社）と一九一八年の『日本幼年』（東京社）に『不思議の国のアリス』の翻案が連載されていることが判明した。『幼年の友』の連載『フシギナ クニ』については大西小生が、著書『「アリス物語」「黒姫物語」とその周辺』（二〇〇七年）において、従来の『アリス』受容史では指摘されていなかった『フシギナ クニ』（九巻一号～七号）の存在を公表した。(1) 他方、『日本幼年』の連載『アリス物語』については、三宅興子が著書『大正期の絵本・絵雑誌の研究』（二〇〇九年）で、札幌市中央図書館が所蔵していた『日本幼年』の四巻六号と四巻一一号に『アリス物語』の（一）と（六）が掲載されていることを指摘した。さらに、筆者が二〇一〇年六月に行った調査によって、函館市中央図書館の貴重書コレクションに、『アリス物語（二）』（四巻七号）と『アリス物語（三）』（四巻八号）が含まれていることが明らかになり、その後『アリス物語（五）』（四巻一〇号）の存在が確認された。

大正期の児童雑誌である『赤い鳥』と『金の船』に掲載された『アリス』邦訳、『地中の世界』（鈴木三重吉文・清水良雄・鈴木淳絵）と『鏡國めぐり』（西条八十訳・岡本帰一絵）が、カラー口絵と白黒挿絵からなるのに対して、『幼年の友』と『日本幼年』は絵を中心とした絵雑誌で、彩色印刷され、連載も見開き二、三ページ程度の短いものが多い。『幼年の友』は実業之日本社から出版されているが、これは永代の『アリス物語』が連載された『少女の友』と同じ出版社である。西田良子は、『幼年の友』について、『日本児童文学事典』のなかで、次のように解説する。

一九〇九年（明治四二）一月から、「家庭教育・絵話」（一九〇五年六月創刊）が改題して「幼年の友」となる。A5判、月刊、子どもの喜ぶ挿絵、開くと絵が一変する口絵、楽しい仕掛けのある表紙など、編集や想定にいろいろな工夫がされている。……「赤い鳥」の再話や自由画や曲譜つき童謡の先がけといえよう。(791-2)

一方、『日本幼年』は、一般にあまり知られていない上に、稀覯雑誌であるために現在でも図書館にすべての巻がそろっていない。上笙一郎は『日本児童文学事典』のなかで、『日本幼年』を次のように解説する。

幼児向けの絵雑誌。「婦人画報」と「少女画報」を発行していた東京社が、読者を子どもにまで広げるべく、一九一五年（大正四）三月に創刊、A5判石版刷り約四八ページの絵雑誌であった。……子どものための挿絵専門家としての童画家の登場以前の時期であり、細木原青起、佐々木林風、谷洗馬など児童雑誌に執筆していた挿絵画家に頼り、全号に付録をつけて特色とした。月は不明だが、二一年（大正一〇）に終刊となり、代わって、翌二二年一月、同じ東京社から、当時ようやく登場しつつあった童画家を総結集した絵雑誌「コドモノクニ」が創刊された。(573)

いわば、児童文学史的観点から見ると、大正初期『赤い鳥』や『金の船』などの文芸児童雑誌が出現する以前に、『アリス』邦訳が、こうした幼年絵本雑誌に抜粋ながらも連載されていたことは、きわめて注目に値するといえよう。

『幼年の友』掲載の『フシギナ　クニ』

『幼年の友』に掲載された『フシギナ　クニ』には、執筆者の署名も画家名も記載されていない。しかし、ストーリーの概要は、永代静雄が『少女の友』に連載した『アリス物語』に近いこと、また、挿絵の構図や描写が川端昇太郎の挿絵に似ていることから判断して、「執筆者の署名がないが、明らかに永代版『アリス物語』のダイジェストである。永代自身によるか、あるいは川端龍子によるリライトであろう。画風は明らかに川端のものだ」（大西 2007 : 64）と、大西小生は判断している。また、どちらも同じ実業之友社から出版されていることも、大西の説を裏付ける傍証となろう。物語で、「アリス」は「マリコ」に変わっているが、内容は、ほぼ『少女の友』掲載の『アリス物語』のダイジェスト版といえる。単行本にまでなった永代の作品を絵本として幼児に読ませたいと考え再編集したのだろう。ただ、挿絵の構図や人物描写などは川端の『少女の友』の挿絵を参考にしているのは明らかであるが、平面的なコミックタッチで描かれた着物姿の「マリコ」（アリス）や他の人物などの描写には、『少女の友』の描写のような伸びやかさも才気もあまり感じられないなどからも、川端の作と断定するには不安を感じる。しかし、たとえば、一九一八年、中西屋書店から巌谷小波の文で出た『お伽草子ポンチ之巻』には、川端龍子の絵がこの『フシギナ クニ』とよく似たタッチで描かれていることから判断して、『フシギナ クニ』も大西が述べるように川端の筆になると考えるのが自然であろう。それは川端が挿絵画家としての生活を一新し、日本画家として立つ決心をする、まさにその直前であった。

『日本幼年』に掲載された『アリス物語』

一方、『日本幼年』の『アリス物語』は、未だすべての連載が見つかっていない。連載の（一）（二）（三）さらに（五）（六）の合計五号しか所在が確認されていない。現存する五巻二号にはすでに『アリス物語』が掲載されていないことから判断して、大正一一年一〇月に発行された四巻一〇号の『アリス物語（五）』の前号である四巻九号（九月発行）に、『アリス物語（四）』が掲載されていたと推測される。(2)

ここで、現存する計五号を参考にして、簡単に抄訳と挿絵について論じていきたい。まず、抄訳であるが、絵雑誌であるにもかかわらず、文章の分量もかなり多い。同誌の他の物語や時事がほぼ絵を中心に編集されていることから判断して、『不思議の国』の場合異例といえる。ストーリーを重視したのか、絵だけでストーリーの説明がなければ内容が伝わりにくいと判断したのか、いずれかであろう。まず、アリスがお姉さんのひざで眠っていると、「黒イ上着ニ赤イズボンノ白兎」が通りがかり、その後を追うところから物語は始まる、原作の物語展開をふまえた抄訳といえる。しかし、原作からは一部飛躍した箇所もある。たとえば、アリスは「イツノマニカ姉サンノオ膝ノ上ニ、ウトウト　ト　ネムツテシマヒマシタ」（4-6：7）と描写されている。キャロルの原作ではお姉さんのそばに座りお姉さんが読んでいる本を覗き込んでいるが、具体的にお姉さんのひざの上で眠ってしまったという描写はない。また、プロットや名称なども子どもにわかりやすいように部分的に変更されている。

たとえば、アリスはウサギの穴には入らず「ムカフノ方ヲ見ルト、コンドハ長イ廊下ガ」（4-6：8）あることに気づく。また、涙の池で出会ったネズミは助けを求めるアリスに対し、「サアサア私ノ背中ニオノリナサイ」と親切である。また、ドードーは駝鳥に、コーカスレースは運動会に変更される。植木屋が「オ姫様」（ハートの女王）のために赤く塗っているのは、バラならぬ「菊」。しかし、大胆な物語の省略はあるものの、大筋は（現存する資料から判断すると）かなり原文に近いといえる。

三宅興子は「語り口がなめらかで、読みやすい文体」（2010：169）が使われていると述べているが、具体的には、日本語特有の擬音語や擬態語を多く使い子どもでも読みやすいような工夫を凝らしている。たとえば、第二章で庭に入ろうとして戸をあける描写では「アリスサンハ、広イ座敷ニ出マシタ。向フニ、リッパナオ庭ガ見エマス。シカシ、戸ガナカナカ開キマセン。ガチャガチャ、動カシマスト、「ドーン」ト音ガシテ、アリスサンノ足元ニ、札ガ落チマシタ」（4-7：7）と、「ドーン」や「ガチャガチャ」と子どもが喜びそうな擬音語が使われ、会話表現もわかりやすい。

この『アリス物語』が、一九一七年に出版されたことから、これ以前に出版された『不思議の国のアリス』邦訳を参考にした可能性も否定できない。たとえば、須磨子が『少女の友』に連載した邦題は同じ『アリス物語』、丹羽五郎は『子供の夢』でドードーを同じように「駝鳥」と訳している。その他、英文の原作を何らかの形で参考にした可能性も否定できない。というのも、テニエルの挿絵ではドードーは手に杖をもっているが、キャロルの原文にも明治の三種の翻訳や挿絵にもその記載はない。にもかかわらず、『日本幼年』の第三部で「スルト向フノ方カラ、年トッタ駝鳥ガ杖ヲツイテ、ヨボヨボト歩イテ来ル」と叙述されているところから判断すると、あるいはテニエルの挿絵から、直接、アイデアを得た可能性も否定できない。いずれにせよ、物語の筋はかなりダイジェスト化され、言葉遊びや難しい箇所の説明など完全に削除されている。

挿絵の色彩と構図は、それ以前の明治の挿絵とは異なりかなり近代的である。先に上笙一郎が日本画家系統の挿絵画家が『日本幼年』の挿絵を担当したと言及していたが、具体的な画家名はわからない。しかし、口絵10を見ると、右の下手のお姉さんのひざの上で口を開いて眠っているアリスと、左の上手の野原を駆けていく白兎が、見開き二ページにわたり左右非対称に配されている。この構図や赤緑黒等の原色を使った色彩効果など、日本画の伝統的な技法を踏襲しているといえよう。

さらにコーカスレースの日本版である運動会の場面（口絵11）では、色彩、構図ともにさらに大胆に意匠化されている。まず、アリスを先頭に動物たちがかけっこをする姿が画面上部に左右一列に配され、その一団にメガホンで声援を送るダチョウが右手中ほどに描かれている。アリスたちの背景は朱色、その下部の画面中央の背景はレモンイローと、原色が配される。白兎は左手の下部にダチョウと対角線上に配されているが、白兎の上着は黒、ズボンは赤、チョッキと草原は緑と、大胆な色彩が多用されている。この原色を駆使したビビッドで一見不調和に見える色彩バランスは、伝統的な日本の着物などの装飾文様に見られる。

さらに、動物や登場人物の描写にも従来の『アリス』図像にはなかった特徴がうかがえる。まず、動物などのキャラクターの擬人化である。白兎はいうに及ばず、涙の池から上がった鸚鵡や梟、さらに蛇のように首の長いアリスから逃げようとする鳩もネズミも、子どもたちに親しみが持てるように擬人化され、テニエルの写実的なビクトリア朝的描写とは対照的である。アリスも、動物たちに意地の悪い言葉は一言も発することなく、反対にネズミに助けを求める。ネズミも猫や犬の話をされて怒ってしまう原作とは異なり、親切で頼もしい家来のようにアリスを背にのせて波間を泳いでいく。（口絵12）

さらに、幼い子どもが親近感をいだくような工夫は、動物だけではなく人物描写においても怠らない。たとえば、図版13で、植木屋さんたちが赤く塗っているのは、白バラではなく、当時の日本の子どもになじみの深い白菊、庭師はトランプではなく頭には赤い手ぬぐいを巻き、着物を着ているが、『少女の友』の川端昇太郎の挿絵を連想させる。一方、どうしたのかと尋ねるアリスは洋装に金髪、なにやら親しげに庭師と言葉を交わしている。先のネズミの背中に乗ったアリスと同じように、赤いドレスに髪の緑のリボン、しぐさなど、アリスのかわいらしさや優しさが誇張されている。口絵10のお姉さんのひざで眠っているアリスは、両手を無防備に開き、かすかに口を開いている。娘らしく成熟した大人の姉とは異なり、無邪気でおてんばなかわいい女の子として表象されている。この『日本幼年』のアリス描写は、一九〇七年のチャールズ・ロビンソンに始まり、一九一〇年のメイベル・ルーシー・アトウェルが作り出した幼児化されたかわいいアリスの系譜を受け継いでいる。第四章で紹介した『愛ちゃんの夢物語』の表紙絵の主人公もかわいさ幼さに特徴があった。しかし、裏表紙の愛ちゃんは、かわいいアリスの系譜に属すると断定できない要素もあり、この時期に出版された先の『フシギナ クニ』の川端の挿絵とこの『日本幼年』の『アリス物語』が、日本最初の本格的な幼児化されたかわいいアリスのイメージといえるだろう。しかし、こうした「かわいい」アリス挿絵の系譜がイギリスでの出版の一〇年後にすでに日本で誕生していたのは特記に値する。さらに、現在の日本を代表する「かわいい」サブカルチャの先駆けとしても興味深い。

いわば、『日本幼年』の『アリス物語』は、その抄訳においてもまた挿絵においても、明治の良妻賢母教育に基づく女子教育とはまったく趣を異にする、子どもとくに女の子の視点に立ったアリス表象として大きな意義がある。また、アリスのみならず子どもの心にそう擬人化された動物描写や、大胆な色彩や構成等、その近代性は注目に値する。では、次に、大正期の本格的な児童雑誌『赤い鳥』と『金の船』に掲載された『アリス』翻訳について考えてみたい。

五・二　児童雑誌『赤い鳥』におけるアリス翻訳『地中の世界』

「大正七年六月、鈴木さんが三十六で自分が二十七であった。殆ど二人きりで何から何迄やった輝かしい努力は、ほんとになつかしい『赤い鳥』の存在となった」(121) と『赤い鳥』の画家清水良雄は、「創刊前後片影」のなかで、鈴木三重吉と『赤い鳥』をはじめた想い出をこう結んでいる。冷静な清水のいくぶん高潮気味な回想の中に、若い二人の『赤い鳥』創刊への意気込みと熱意が伝わってくる。

大正中後期、日本の児童文学が花開き、その中心には鈴木三重吉が主宰発行した雑誌『赤い鳥』があった。このいささか高踏的な児童雑誌のなかで、多くの外国の児童文学作品が翻訳翻案されていった。そのなかには、鈴木三重吉による『不思議の国のアリス』の翻案『地中の世界』がある。『地中の世界』は、一九二一（大正一〇）年八月号から連載され、清水良雄と鈴木淳のイラストが表紙や口絵挿絵を彩った。

雑誌『赤い鳥』

鈴木三重吉が、『赤い鳥』を創刊したのが一九一八（大正七）年七月。以降、『赤い鳥』は日本最初の文学的な児童月刊誌として、一時の休刊を含めて一八年の長きにわたり、日本の児童文学界をリードしていく。その活動期間は、一九一八（大正七）年七月から一九二九（昭和四）年三月までの一〇年八ヵ月と、一九三一（昭和六）年一月号から彼の死によって終刊するにいたる一九三六（昭和一一）年八月号までの五年七ヵ月の二時期に分けられる。

三重吉はその創刊号で自らの自負を次のように語っている。「世間の小さな人たちのために、芸術として真価ある純麗な童話と童謡を創作する、最初の運動を起こしたい」と。事実、三重吉が「西洋人と違つて、われわれ日本人は、哀れにも殆未だ嘗て、子供のために純麗な読み物を授ける、真の芸術家の存在を誇り得た例がない(3)」と、嘆いたように、日本の児童文学では、文学性をもった近代的な児童観に裏打ちされた良質な読物はなかったのである。そのころ、子どもたちの心をとらえていたのは、巌谷小波が主宰する博文館を中心とした『少年世界』や『少女世界』、『海国少年』や『少年倶楽部』、『少女の友』や『少女倶楽部』に代表されるような冒険や感傷にみちた刺激的、扇情的な読物が主体であった。阪本一郎によれば「三重吉に反感を持たせたのは、その文学性の欠如にあった」(1958: 307)。

『赤い鳥』創刊以前の三重吉はすでに『山彦』『桑の実』など多くの文学作品を出版、漱石門下として文壇で活躍していた。その彼が一九一五(大正四)年四月を最後に小説の筆を断ち童話作家に転向する。この再出発の理由として、「思想が涸れた(4)」、小説に行き詰った、あるいは、長女鈴の誕生を契機にしたなど諸説ある。(根本 1973: 45-6) いずれにせよ、三重吉が編集、創作、経営、発行などを一手に引き受け、全力を傾けて、自らの「二児のためばかりでなく、日本の子供達のために立ち上がった」(深沢省三 1979: 68) のである。

福田清人は、「『赤い鳥』総論」のなかで、『赤い鳥』の功績として、(一) 従来の『お伽噺』を文学の名に値する作品にまで高めたこと、(二) 北原白秋や西条八十に代表される新しい童謡を誕生させたこと、(三) 子どもの綴方、自由詩、児童画を指導教育したこと、(四)『金の船』『おとぎの世界』などの文学的な児童雑誌を輩出する機運をつくったことなどをあげている。(1979: 9-11) いいかえれば、『赤い鳥』は大正中期の日本の児童文学界で、歴史的なオピニオン・リーダーとしての役割を果たしていたのである。

一方、『赤い鳥』の弱点も指摘されている。つまり、その「芸術至上主義、童心主義は、やがて昭和初期の階級的文学観や、生活主義的な面から批判を受け」（福田 1979: 11）、その翻案翻訳に終始した創作の少なさも批判の対象になっている。すなわち、芥川龍之介の『蜘蛛の糸』（一九一八年）『杜子春』（一九二〇年）など今日名作と評された作品や三重吉の童話のほとんどすべてが、本格的な創作童話ではなく、純粋に創作と呼べるのは有島武郎の『一房の葡萄』（一九二〇年）など数えるほどであった。そのため、「三重吉の童話は、その素材がすべて西洋からの借り物」（阪本 1958: 310）といった手厳しい批評を生む一因ともなった。事実、三重吉自身書簡のなかで「今、日本で本当に芸術的な童話の創作をやつて居るものは小川未明君一人で、アトはみんなネコやシャクシの、併も在来物の Retelling にすぎません、私だって創作は一二編しか出しては居りません。童話のいゝものは中々作れません。私も近々タネ切れになりますから、イヤでも創作に移らなければならないと思って居ります」（一九二二年一〇月三〇日: 649）と、自らの非を認めている。しかし、三重吉は当初『赤い鳥』を、メルヘン、お伽噺専門の雑誌にするつもりでいた（一九一八年一月一六日: 499）ことを考え合わせれば、西洋の童話の翻訳翻案は西洋的なメルヘンの雰囲気づくりには、格好の素材であり、反面、それが『赤い鳥』の個性ともなり、魅力ともなっていった。

後に、『赤い鳥』の画家となった前島ともは「懐しいあの頃」と題して『赤い鳥』を手にした印象を次のようにしたためている。

> 私が、「赤い鳥」を始めて見たのは、私が本郷高等小学校に入った始め頃の様に思います。前の文房具屋が雑誌類なども置いていました。……或る朝その台の上に見た事もない様な新鮮な感触を持った雑誌があったのです。白地に形のよい字で「赤い鳥」と書いた朱の色のよさ、「赤い鳥」と言う言葉のよさ、一目でほれぼれしたのでした。……「赤い鳥」の画はなんと素晴しかったでしょう。白い水連の咲く沼から、すうと

立った水の精のよかった事、だきしめても足りない程でした。……まだ若かった芥川龍之介……などの新鮮な童話がいっぱいで、何とも心豊かな気分だったと思うのです。今の子供達を考えると申しわけない程に幸せでした。（1979：75-6）

彼女の思い出からも、文学的な雰囲気のなかった当時の子どもたち、とくに、都会の中産階級の子どもたちが『赤い鳥』によって、どのように「申しわけないほどに幸せ」で「心豊かな気分」で満たされていったのかが理解できよう。要するに、『赤い鳥』は、日本における最初の文芸的な児童雑誌という弱点を持ちながらも、西洋風なメルヘンのイメージと「赤い鳥ことりなぜなくの」という北原白秋の詩や清水良雄描くそのハイカラな表紙とあいまって、日本に前例のない文芸雑誌として鮮烈なときめきを子どもたちに与えることとなった。それが『赤い鳥』が「子どもの感性と理想を高める文学運動」（『改訂版　鈴木三重吉への招待』1982：213）として、高く評価されるゆえんでもある。

『赤い鳥』の絵画

日本の児童出版美術に造詣の深い上笙一郎は、「童画と呼ばれる西洋画系統の近代的なイラストレーションが誕生するのは、精確にいえば大正七年に童話雑誌『赤い鳥』が創刊されてから」（上 1980：20）であり、わたしたちが今日〈童画〉の名をもって呼んでいる絵画は『赤い鳥』その他の童話雑誌に発表された児童文学作品を飾ったイラストレーションであり、「童画」が日本の児童出版美術に近代を確立したと述べている（上 1980：25-28）。上によれば、この童画が成立するにはいくつかの過程があった。まず、明治初年から一〇年代にかけて江戸時代の赤本の延長としての「明治赤本」のひとつの進展として武内桂舟など浮世絵系統の画家たちによって担われた「お伽画」が成立した。その後、渡辺与平や初期の竹久夢二などによって浮世絵と西洋画をつきまぜたような画法と雰囲気をもった出版美術へと発展していった（1980：16-25）。要するに、『赤い鳥』が文字としての「童話」「童謡」のみならず、美術としての「童画」の成立に貢献したことは特記されるべきことがらである。

この童画の代表的な担い手は、『赤い鳥』では清水良雄、深沢省三、鈴木淳、『金の船』と後の『金の星』（一九一九年一一月から一九二九年七月）では岡本帰一、『童話』（一九二〇年四月から一九二六年七月）では川上四郎、『おとぎの世界』（一九一九年四月から一九二二年一〇月）では初山滋であった。この童画家たちは、一九二二（大正一一）年一月、総アート紙の絵雑誌『コドモノクニ』が創刊されるまで、主にそれぞれ専属の雑誌で活躍していた。瀬田貞二は、帰一を「子どものための最初の画家」（1985：289）[5]、清水良雄を「子どものための絵の新しい創始者の一人である最高の芸術家」（289）、初山滋の絵を「装飾的な平面性」「幻想性」（355-9）と特徴づけている。

しかし、こうした童話画家たちの後年の個性的な華々しい活躍も『赤い鳥』における三重吉と清水良雄の出会いがなければ異なったものになっていたかもしれない。清水良雄が三重吉の『黄金鳥』に絵を描いて以来、二人は互いに芸術的にも、心情的にも交流をあたためた、やがて『赤い鳥』が二人の協力のもと刊行されたのである。奇行が多く、傲慢自尊な反面、神経質な三重吉も、清水良雄には一目置いていた。いうまでもなく、完璧主義で芥川龍之介の作にまで筆を入れたという三重吉が、時として「清水のあのヌなんぞ、貴説のごとし。その比較的ものになつている「雨」の方すら一面イサ、カ、ジュクジュクでイヤなり。困つたもの」（一九一九年一一月一〇日：545）という辛辣な批評を加えたこともある。しかし、概して、清水へのはがきに「……がカタイと妄評したのを取消します。ゴメンナサイゴメンナサイ。縮めて刷ると、チヤンと柔らかになつているからフシギです。阿々。シロートが原畫だけ見てツベコベいふとこの通り。二つの畫まことに結構です」（一九二〇年三月二七日：575）と自分の非を認め、彼の芸術と人柄に敬意を払い、その交流は終生続いていたようである。いわば、三重吉は『赤い鳥』の絵画を清水良雄に委ね、『赤い鳥』の童画は東京美術学校での友人である鈴木淳、後輩である深沢省三そして弟子の一人である前島ともといった主として清水良雄を中心とした人たちによって終刊まで描き続けられた。神宮輝夫は『赤い鳥』の挿絵の特徴は、（一）洋風（二）一種の空想の描出である童心の世界である（1965：180-1）と評しているが、清水を中心とする『赤い鳥』の絵画は、日本の土壌に育った勧善懲悪的な挿絵にまったく左右されない西洋風な自由な息吹をこどもたちの心に吹き込み、童心をかきたてながらも、常に明るさ、かわいさを失うことのない世界をかたちづくっていったといえよう。

鈴木三重吉の『地中の世界』

『赤い鳥』創刊後、三年を経た一九二一年八月一日発行の第七巻第二号において、『不思議の国のアリス』が初めて『赤い鳥』誌上で『地中の世界』として翻案された。後続するライバル誌『金の船』に、西条八十が『鏡の国のアリス』の翻訳である『鏡國めぐり』を、すでに一九二一年一月から連載していたことを考え合わせると、ライバル心から三重吉が『不思議の国のアリス』の方を翻訳したとも考えられる。『地中の世界』は、その後一二月号までの五回の連載と、翌一九二二年二月号から三月号までの二回の連載、計七回の連載が上梓されているが、原作の第六章「ブタとコショウ」の翻案を最後に、理由不明のまま、連載が打ち切られる。

ヴィクトリア時代のセンスに拮抗し、英語の言葉遊びが随所にちりばめられたノンセンス作品『アリス』の翻訳は、童話の翻訳や翻案に長けた三重吉にとってしても手ごわかったであろうと容易に推測がつく。まず、言葉遊びの醍醐味が殆ど伝わらずに終わるか、省略された。第一章“antipodes”（対せき地）と“antipathies”（反感）のシャレは省略され、第四章の公爵夫人とアリスのあいだでかわされる“the world”（「世の中」と「地球」）と“axis”

（「斧」）と“axes”（「地軸」）を使ったシャレは、シャレッ気のない無味乾燥さ、日本語への翻訳がどのように難攻不落であったかは、チェシャ猫のエピソードにつきるであろう。人間が住むセンス世界の猫は、ニヤニヤ笑わない（a cat without a grin）が、センスが逆転するノンセンスなワンダーランドでは、猫のいないニヤニヤ笑い（a grin without a cat）だけが存在し、チェシャ猫は尻尾の先からゆっくりと消えていき、しばらく全身が消えてもニヤニヤ笑いだけがしばらく残っていた（“vanished quite slowly, beginning with the end of the tail, and ending with the grin, which remained some time after the rest of it had gone” 66-67）という、キャロルの言葉遊びは『地中の世界』では存在しない。この個所を、鈴木三重吉は次のような日本語に直している。

「よろしい、分つた。」
猫はかう言ひながら、今度は、しづかに姿をかくしました。ゆつくり〲と、まづ第一に尻尾だけをかき消し、それから順々に、體を見えなくしましたそして、一ばんしまひに、歯をむき出した口先だけを、わざとしばらく見せつけたりなぞして、人をからかひました。（つゞく）（8-3：83）

なぜ「歯をむき出した口元だけ」が最後まで残ったのか、また、なぜ「わざと見せつけたりなぞして、人をからかう」のか、そのなぞは明らかにされることなく、連載も（つゞく）ことなく、この号を最後に、突如、終了する。

日本の児童雑誌で、英語の言葉遊びを英語の原文を使って説明することは不自然であり、さりとて、匹敵する日本語の言葉遊びの構築はさらに難しかったであろう。また、日本の児童文学の土壌にまだ西洋風なナンセンスが十分に根づかなかった現実もあった。さらに、原作では、この後、より多くの言葉遊びが駆使されている第六章「マッド・ティー・パーティ」へと続くことを考え合わせれば、三重吉が休筆あるいは連載中止に追い込まれていった理由も推測がつく。おそらく、連載を続けるにしたがって『地中の世界』は原作のおもしろさ、言葉遊びの切れ味とは程遠い、無味乾燥で退屈な物語に堕していったこととあいまって、これ以上、ノンセンスの妙味を生かした自然な日本語の物語を続けることは難しいと、三重吉は考えたのであろう。そういう意味で、さらに難しい言葉遊びが多用されている『鏡の国のアリス』の翻訳連載を最後まで続けた西条八十とは好対照である。

また、ヴィクトリア時代の背景理解が必要な教訓詩のパロディ翻訳も難しかったようだ。アイザック・ワッツの教訓詩をパロディ化した「小さなワニさんが」は全文が、「ウイリアムお父さん」の歌は詩の内容が省略される。さらに、「頭がすっかり変になって」という英語の慣用表現である"mad as a hatter"と"mad as a March hare"から創作されたキャラクターであるマッド・ハッターは三重吉の翻訳では「いたち」に、三月ウサギは「野兎」に変えられ、そのため、原文でアリスが「今は、五月だから三月ほどは狂っていない」と考える言葉（"as it is May, it [March Hare] won't be raving mad—at least not so mad as it was in March" 66）もまた省略の憂き目にあう。おそらくは、三重吉が創刊の趣旨である「可愛らしさ」「童心」とは矛盾する連想やイメージを読者の子どもたちに与えないようにと配慮したからかもしれない。さらに、アリスの首が蛇のように伸び鳩から蛇だと決め付けられる第五章の後半の省略にも、当てはまるであろう。おそらく、お化けの「どくろ首」を連想させ「童心やメルヘン」を建前とする『赤い鳥』のイメージにそぐわないからであろう。結局、ヴィクトリア社会の通念に乏しい日本の子どもたちが、その社会道徳をノンセンス化した『不思議の国のアリス』の醍醐味を、メルヘンという旗印のもとノンセンスの棘を抜たままで、十分に味わうことができなかったのはむしろ当然であった。

また、一部異訳誤訳も見られる。たとえば、チェシャ猫が浮かべるニヤニヤ笑い（grin from ear to ear）を三重吉は「耳のところまで歯を剝いてゐる」（8-2: 12）と訳したために、原文と比較すると矛盾が生じる。すなわち、キャロルのテキストでは、「その猫はアリスを見てにやりと笑った。アリスには性格のいい猫に映った。」("[t]he Cat only grinned when it saw Alice. It looked good-natured, she thought ...” 64) という箇所が、「猫はすゞ子ちゃんを見ると、歯をむいてブウと言ひました。たちはさう悪くない猫だとすゞ子ちゃんは思ひました」(8-3:80) と直され、なぜ、「たちの悪くない猫」が「歯をむくのか」論理の矛盾が生じる結果となった。

しかし、既に指摘したような言語的・社会的・文化的な背景、また創刊の趣旨から来る制約を度外視すれば、三重吉は全般的にはかなりうまく翻訳しているといえるのではないだろうか。とりわけ、『アリス』邦訳史における『赤い鳥』の功績は、会話や説明文が当時の文化的な状況にあうように再構築された点にある。明治期の翻案と同じように、大正期の子どもになじみのない名前や事物を日本人になじみのあるもの、たとえば、「アリス」は三重吉の娘の名前を取って「すゞ子ちゃん」、猫の「ダイナ」は「玉」、メイドのメアリ・アンは「おたけ」、トカゲのビルは「勘兵衛」、マーマレードは「ダイダイのジャミ」、ボンボンは「金平糖」、水ぎせるは「煙管」に、寸法は三インチが「三寸」、一〇インチが「一尺」にと、変えられている。また、第二章の涙の池で出会ったネズミは、原文では、征服王ウイリアムについてフランスから来たと想像されているが、三重吉の手にかかると「これは朝鮮征伐に行った加藤清正にくつゝいて朝鮮からわたつて来た鼠だわ」(7-3:72) と日本の子どもでも連想できるようなうまい比喩に変えている。また、訳自体も一部の誤訳や日英の言語的制約を除けば、日本の子どもたちが理解できる親しみやすい内容と表現に変更する工夫をしているといえる。

三重吉の成功例のひとつとして、日本のアリスである「すゞ子ちゃん」をあげることができる。すゞ子ちゃんは、原作のヴィクトリア朝の強く自立したアリスとはかなり違った存在感がある。やさしく無垢で理想的な大正期の中産階級の女の子で、アリスとは違い、けっして厳しい言葉を発しない。話し言葉は典型的な中上流階級の女の子の言葉使いで、優しく上品である。原作のアリスがもつ強さ、好奇心、合理性、知性や自立といった要素は見られないものの、三重吉が創作した『地中の世界』の主人公としての魅力、都会的で理想的な女の子の香りが漂っている。

また、ほとんど成功しなかったノンセンス翻訳のなかでも、一〇月号に掲載されたネズミの「しっ尾」のシャレは数少ない成功例のひとつと考えられる。原文は、「僕のは長くて悲しいテールだ」(“Mine is a long and a sad tale”) と言うネズミに対し、「本当に長いテールだわ」(“It is a long tail, certainly” 34) と、アリスが感じる話 (tale) と尻尾 (tail) の同音異義語のシャレを使った言葉遊びを三重吉は次のように抄訳する。


「私のお話をするとなると、それは長いですよ。」と、二十日鼠は考え沈んだやうにかう言ひました。

「何が長いの?」とすゞ子ちゃんは言ひました。

「長い、長い、悲しい、お、は、な ……」

「あゝ、尾と鼻? それや、あなたの尻尾は、長いわ。」(7-4:13)

つまり、long tale / tail を「おはな」「尾と鼻」の言葉遊びに変化させているのである。さらに、三重吉は、「日本の童話はフエイブルとしては材料は実に貧弱、トラデシヨンには、大分おもしろいものがありますが、概して西洋ものゝ如くに豊富な空想がないかと思います」(一九二〇年四月二〇日:577) と、日本の童話に豊富な空想が足りないと嘆いているが、『不思議の国のアリス』が英語によるノンセンス作品であるために、日本語への翻訳翻案が難しいのを承知で連載をはじめた理由のひとつには、『アリス』作品が他に例を見ない奇想天外な空想に満ちたファンタジー作品であったことがあげられるだろう。その連載後の、大正一三年から一五年にかけて三重吉自身がノンセンス・テールを創作していく (松居 1958:33) 事実を考え合わせれば、ノンセンス作品『不思議の国のアリス』の翻訳の苦労が、その後、三重吉をして日本で数少ないノンセンス作品創作に駆り立てたと考えられるのである。

『地中の世界』のイラスト

『赤い鳥』に連載された『地中の世界』のイラストは清水良雄と鈴木惇が描いている。彩色画は三枚、一九二一年の八月号の表紙を飾る「兎の時計」と、一〇月号の口絵「御褒美」、同年一二月号の表紙絵「茸と青虫」がある。「兎の時計」を鈴木惇が、その他の二枚の彩色画はチーフ・イラストレーターであった清水良雄が担当している。白黒の挿絵は、八月号のみ鈴木惇、それ以外は清水良雄の作と推測される。上笙一郎は『赤い鳥』創刊号の表紙画「お馬の飾」（清水良雄画）がウォルター・クレインの『花のおまつり』のアイシスの絵からヒントをえていると指摘している（1980: 155-162）が、鈴木淳の「兎の時計」を、当時、数多く輸入されていた英米の挿絵、とくに、アメリカのイラストレーターであるベッシー・ピアス・ガットマン（一八七六―一九六〇年）の作品と比較検討してみたいと考える。

清水良雄は、鈴木三重吉が当時どんな風に童話に没頭し、洋書を熱心に収集していたのか、次のように当時を回想している。「収入は悉く、世界の童話を集めるのに本屋の払いとなって消え、彼は言葉通りのサバサバした貧乏暮らしの人となりました。そのかわり書斎には実におびただしい童話の本で山を築きました」（1979: 59）。さらに、三重吉は絵本を書店から購入するだけでは飽き足らず、在米の友人から雑誌、切り抜きなどを送ってもらい『赤い鳥』に転載している。彼の欧米情報への渇望は激しく、アメリカの書店に直接書物や雑誌の送付を委託する計画をたてるほどであった。（在米中の小池恭宛、一九二四年一二月二〇日付）(6) いわば、未だ本格的な絵本を持たなかった大正期の童画家や編集者が、すでに五〇年以上の歴史をもつ欧米の絵本をなおざりにするはずもなく、この傾向は『赤い鳥』に限ったことではなかった。たとえば、『赤い鳥』のライバル雑誌『金の船』のイラストレーターであった岡本帰一は、エドモンド・デュラック（一八八二—一九五三年）やアーサー・ラッカムから深い影響を受けたと考えられている。（瀬田 1985: 284-5）岡本帰一への西洋挿絵画家の影響は次の『金の船』のアリス挿絵で詳しく論じるが、こうした傾向は帰一にかぎらず、多くの日本の童画家が外国の絵本に学び、影響をうけ、独自の画風をうちたてていったのである。

まず、鈴木淳とピアス・ガットマンについて簡単にふれてみたい。鈴木淳は明治二五年佐賀県生まれ、東京美術学校西洋画科を卒業後、洋画家として活躍する。在学中は、黒田清輝、藤島武二等に師事し、昭和一一年からは、文展無鑑査となる。一方、童画家としては、美術学校の一級上の友人清水良雄の誘いで、『赤い鳥』の挿絵を五号から描きはじめるが、一九二〇（大正九）年一月号から一九二一年六月号までは、志願兵として入隊していたために『赤い鳥』には一枚も寄稿していない。それ故、「兎の時計」は、除隊後二ヵ月目の作品となる。鈴木淳の夫人は「三人の将来ある青年画家［清水、鈴木、深沢］が情熱をかたむけてお互いに勉強しあった結果、『赤い鳥』風の特長が生まれたものと思われます」（上 1974: 107-8）と、ともに切磋琢磨した当時を回想しているが、いわば「兎の時計」は鈴木淳にとっては、童画の世界に戻った再出発、研鑽の第一歩であったといえよう。

一方、ベッシー・ピアス・ガットマンはアメリカのフィラデルフィアで生まれ、フィラデルフィアやニューヨークの美術学校を卒業した後、一九〇五年、初めて児童書、ロバート・ルイス・スティーブンソンの『子どものうたの園』の挿絵を描く。その後、一九〇七年に『不思議の国のアリス』、一九〇九年に『鏡の国のアリス』の挿絵を描いている。

ガットマンが描くアリスはふっくらとしたあどけない女の子で、アメリカのイラストレーターであるためか、英国のテニエルの影響はまったく見られない。また白いゆったりしたワンピースも、従来のテニエルの服よりもはるかに現代的で、髪には水色の大きなリボンをつけ、偽海亀やグリフォン、三月兎などもファンシーキャラクターやぬいぐるみのような毒のなさ、愛らしさを特徴としている。三年後の一九一〇年、イギリスで出版されたメイベル・ルーシー・アトウェルの無垢な世界を彷彿させる雰囲気をもつ作風といえる。

鈴木惇が描いた「兎の時計」（口絵14）は、三色版、花咲く草原で白い上っ張りに赤いボータイをつけソックスをはいた日本の女の子と、赤い上着にチョッキ右手に懐中時計をもった白兎が見つめあっている。右手の草原に細い小道がうねりながら続き、左手には白い雲が浮かんだ青空が望める。あどけない少女の両手を広げたポーズとやさしい表情が際立っている。これに対し、ガットマンの一九〇七年に出版された表紙（口絵15）は、やはり同じような花咲く草原の上部にゆったりとした白いワンピースを着たアリスが座り、その前をやはり赤い上着にチョッキを着た白兎が、手にもった懐中時計を見ながら通りすぎる。二つの絵を比較すれば、彼女のポーズと白兎が見つめる方向をのぞけば、ほぼ色彩、構図、白兎の上着やチョッキ懐中時計の描写や服の色、草原に咲く花の描写など細部に至るまで、きわめてよく似ていることがわかる。いうまでもなく、日本のすゞ子ちゃんの服装が日本風なセーラー服にかわり、髪の毛の色は栗色から黒髪に、顔立ちも日本の少女に変わっているが、制作年代が『赤い鳥』が一九二一年、ガットマン版が一九〇七年にニューヨークで出版されていることを考え合わせれば、鈴木淳がガットマンの絵を参考に日本風に描きなおしたと考えるのが妥当であろう。

次に、ガットマンの挿絵を他の英米の主要なイラストレーターの作品と比較し、彼女と鈴木の作品がどの程度類似しているのかを証明してみたい。まず、初版に挿入され後世のアリスイラストレーターに鮮烈なイメージを今なお与え続けているテニエルの挿絵（図版1）では、ステッキあるいは傘を抱え懐中時計を心配そうに見つめる白兎の横顔だけが描かれている。その後、一九〇七年にイギリスでの版権が切れるとともに『アリス』の挿絵は、他の多くのイギリスの画家によって描かれはじめた。一九〇七年には、トーマス・メイバンク、アーサー・

図版1　ジョン・テニエル

図版2　チャールズ・ロビンソン

ラッカム、チャールズ・ロビンソン、W・H・ウォーカーが、さらに、ハリー・ラウントリー（一九〇八）、メイベル・ルーシー・アトウェル、フランク・アダムズ（一九一二）、マーガレット・タラント（一九一六）などが、主だった画家としてあげられる。その代表的な挿絵画家であるラッカムの図像（口絵16）では、アリスよりはるかに巨大な体格で左手に傘をもった白兎がアリスと対峙し右手で行くべき方向を指し示す。二人が立つ草原には歩きにくそうな石を敷いた道が続き、草原の背景はセピア色、背の高い草や立ち木が数本伸び、鈴木の挿絵とはまったく異なる雰囲気である。一方、チャールズ・ロビンソンの挿絵（図版2）は、時計を気にしながら走っていく兎の背後の草原にアリスが座り、その前面にポピーが装飾的に描写されるという大胆な構図である。ハリー・ラウントリーはめがねをかけ手には虫取りかごをもった兎を描いているが、アリスはいない。メイバンクとなると、場面は草原から林のなかへと変わり、アリスは成熟した少女として描写され、構図の共通性もまったく見られない。

一方、ガットマンの特徴である夢見るような汚れない子どもの世界を描いた画家の系列として、M・L・カークとアトウェル（図版3）とタラント（図版4）をあげることができる。カークの挿絵は、一九〇四年ニューヨークで出版されたが、残念ながら同じシーンを描いていない。またイギリスのアトウェルとタラントの作品はアリスの髪型や服装がガットマンと類似しているが、アトウェルの挿絵ではアリスは白兎のすぐ後ろに立ち、木立のあいだには夕日が見える。タラントのアリスは同じように林の中から白兎を追って走ってきているが、もう少し年上でつばの広い帽子をかぶり、前景はデイジィが装飾的に配されている。キャロルの原作の冒頭シーンで、アリスが土手でお姉さんの近くに座り退屈してデイジィをつんで花輪をつくろうかどうか迷っているとき、突然、白兎が現れ、上着から時計を出し「遅れてしまう」と独り言をいう白兎の後を、アリスは好奇心に燃えて追いかける場面である。

テキストのどの記述を挿絵化するかが、挿絵の重要なポイントのひとつであることは、すでに述べた。鈴木淳とガットマン、チャールズ・ロビンソンが、テキストの「ピンク色の目をした白兎が突然彼女の近くを走っていったとき」(15) という前半の部分を選択しているのに対し、アトウェルとタラントは「その後を追って野原を横切って走った」(16) あるいはそれにづづく「アリスは生垣の下にある大きな兎穴にひょっと飛び降りるのをちょうど見た」(16) の場面を選択している。さらに、キャロルが視覚的な要素をイラストレーターに任せ、テキストであまり詳しい描写をしなかったために、後世の画家たちは自由な解釈や描写をすることができた。アリスの服装は、いずれも挿絵が出版された時代や国のファッションに影響され、白兎の上着やチョッキの描写もそれぞれ少しづつ微妙に異なっている。たとえば白兎のコスチュームを例にとると、アトウェルの兎だけが靴を

OH DEAR! OH DEAR! I SHALL BE TOO LATE

図版 3　メイベル・ルーシー・アトウェル

図版 4　マーガレット・タラント

履き、後は裸足、またテニエルの兎がステッキあるいは傘をもっているのに対し、カークは虫取り網をもっているといった具合に、ちょっとした工夫を凝らしている。要するに、構図や描写を見ても、「兎の時計」以前に出版された外国絵本のなかでガットマンの挿絵との類似点共通点が際立っている。

では、なぜ数ある挿絵のなかでガットマンの挿絵を参考にしたのであろうか。まず、第一に、三重吉がこのアメリカ版の絵本を何らかのルートで入手し、久しぶりに表紙を飾る鈴木淳に参考にするように手渡した可能性が高いと考えられる。というのも、すでに言及したように、三重吉は在米の友人から多くの絵本や切抜きを送付され、それらが、清水良雄や鈴木淳に手渡されていたこと、[7]さらに、三重吉が口絵や表紙の内容にまで詳しい指示を与えていたことから類推できる。[8]さらに、創刊号の表紙から「兎の時計」までの三年間で清水良雄が挿絵を担当しなかった表紙口絵は、わずか三点。それ以降も、「地中の世界」の二葉の彩色画を含め再びほとんどの表紙や口絵を清水が担当していることを考え合わせると、おそらく清水の都合や健康を考慮して、[9]清水の推薦した鈴木淳が、除隊後、久しぶりに表紙を担当したと考えられ、そのため三重吉は彼に着想をえるようにガットマンの挿絵本を示した可能性が高いと考えられる。[10]

第二に、ガットマンの挿絵が、肯定的な童心主義を高く評価する『赤い鳥』の基本姿勢に沿っていた点があげられる。三重吉は『赤い鳥』の挿絵画家深沢省三に対し、伝説挿絵の注意として、「子どものものとしては、少なくとも誰が見てもたゞ普通の面白き事実を報ずるやうに書くのが私の方針です。この話も、可愛らしいとか、現実をはなれて出来るだけ詩的な空想としての印象を受取らすつもりでサシヱをお願いします。恐ろしい分子は一寸もないように」[11]との、手紙をしたためている。鈴木淳が三重吉に対しては「絵のことはわしにはわからんから、と言ってまかせてくださったので、本当にのびのび描けてありがたかった」（上 1974：108）と回想しているのが事実にせよ、『赤い鳥』の基本姿勢に抵触する絵に対しては、文章と同じように細かい注文をつけている箇所がいくつも残されている。[12]一方、キャロルとテニエルにはじまる『アリス』挿絵は、彼らの影響のもと、不思議の国の不可思議なナンセンス世界を映し出す手段として、何か空恐ろしい要素を少なからず含んでいたが、そのなかにあって比較的イギリスの挿絵の影響から遠く離れたアメリカのガットマンの絵は「恐ろしい分子の一寸もない」「可愛らしい」絵、「詩的な空想としての印象」をモットーとする『赤い鳥』には格好の素材だったといえる。

要するに、鈴木淳は『赤い鳥』の主旨に合致した雰囲気のガットマンの挿絵をいくぶん日本的に脚色して描いたというところが大体の経緯ではないだろうか。しかし、鈴木の絵とガットマンの絵を比べると、感情の動きや生き生きとした躍動感のないガットマンのアリスに比べ、ずゞ子ちゃんには愛らしさや可愛らしさと同時に生身の女の子がもつみずみずしさ新鮮さ、さらに、大正期の育ちのよいこの年齢の女の子に見られる優しさや汚れなさがうかがえる。

清水良雄と『地中の世界』

次に、『地中の世界』を描いた清水良雄の彩色画「御褒美」と「茸と青虫」を中心とした作品を、他の外国版作品と比較し、その影響について考えるとともに、彼の作品が醸し出す独自の絵画世界について考えてみたい。

清水良雄は、一八九一（明治二四）年、八人兄姉の末っ子として東京本郷に生まれる。父は銀行員で、その父の転勤で家族は京都神戸と移り住むが、一七歳で実家が倒産、さらに肉親がつぎつぎと他界し五年間で他家に嫁いだ姉たちを除き一家五人全員と死別する。東京美術学校西洋画科を卒業後、洋画家として活躍するが、「長身で寡黙、内省的で誠実……人生に消極的で、画壇に野心なく、中国旅行以外は遠出もせず、お弟子も少ない人でした。ただ絵を描くこと、生き物を飼うこと、子どもをながめることが、滅法に好きな人」（瀬田 1985：294）だったという。

童画家としての出発点である三重吉との出会いについてはすでに言及したが、彼の童画について、瀬田貞二は次のように評している。

> 大正十一年に、挿絵の線は太いケバ線になり、いわゆる清水好みの男の子、女の子のさびしい顔立ちが描かれ、カットはずいぶんうまくなっています。……つぎの十三年になると、いちじるしく黒とこげ茶のトーンがうまく使用され、構図が大胆に、またすっきりしてきました。もはや完全に夢二調の略画体はなくなり、清水良雄独特のきびしいすぐれたデッサンが、うさぎのマークとともに登場しています。（1985：292）

いわば、大正一三年以降に清水の特徴が確立されたと評しているが、『地中の世界』の口絵表紙が『赤い鳥』を

図版5　ジョン・テニエル

飾ったのが大正一〇（一九二一）年であることから判断して、この時期は、自らの作風を完成するための模索準備期間であったと考えられる。清水良雄の絵の特徴は、（一）精緻なデッサン（二）豊麗な色彩（三）子どもの眼や興味の在りようを意識した構図（四）デフォルメに留意しつつも、芸術的な緊張度と香気とを失わぬ点にある（上 1979: 43）が、彼が自己の特徴である「華麗、優雅な」「気品ある美しさ」（深沢 1979: 67）を完成する以前の『地中の世界』の二作品をとりあげ、比較考察していきたいと考える。

まず、「御褒美」（彩凸版）（口絵17）に関しては、先の鈴木淳が影響を受けたガットマンからの影響はまったく見られない。もし、あえて何らかの西洋挿絵からの影響を思い巡らすとすれば、テニエルの挿絵がもっとも近い関係にあるといえる。テニエルのこの場面を扱った白黒の挿絵（図版5）では、ドードーは左手に杖を持ち、アリスに指ぬきを渡そうとしている。すでに絶滅しキャロル自身がそのドードーという言葉の響きから吃音の兆候のある自己を仮託したと考えられるドードーは、アリスより顔ひとつ大きく威厳をもってアリスに対峙している。背後には、ヒインコ、家鴨や他の鳥や猿が一列に並びこの儀式を眺めている。一方、清水の「御褒美」では、ドードーが「奇態な大きな鳥」と翻訳されているためか、指ぬきをもったすゞ子ちゃんの半分ぐらいの大きさで、ただの黒い大きな鳥にしか見えない。ただ、アリスと「奇態な大きな鳥」が互いに向かい合って指ぬきを手渡す構図、背景のヒインコやリスや鳥たちとの位置やバックの処理の仕方、前景の空間の使い方などの共通点を考え合わせると、テニエルの構図を参考にした可能性を否定することはできない。

図版6　清水良雄

しかし、この作品は先の鈴木淳が描いたアリスと服装、顔立ち印象など、まったく異なり、清水独特の気品のある美しさや伸びやかさが、何かベールにかかったようなさびしげで暗い雰囲気の中に沈み込んでいる。すゞ子ちゃんのさびしげな顔立ちにも、子どもらしい生き生きとした生気がないように感じられる。やはり、テニエルの細密画がもつ何か、底知れない不気味さが清水の絵にも影を投げかけているのかもしれない。

同様の場面を描いた清水の白黒の挿絵（図版6）では、構図は彩色画によく似ているものの、すゞ子ちゃんはもっと伸びやかで可愛い少女にえがかれ、彩色画に見られるような陰気な雰囲気はなく、その伸びやかな雰囲気は、戻ってきた兎と遭遇し驚いて両手で顔を覆った他の場面を描いた挿絵にもうかがえる。色彩においても、「御褒美」の黒白灰色を主体としたモノクロームの背景に黄色と朱赤を散らした配色と、黒一面の背景の影響か、清水が描いた同じ一〇月号の表紙絵「鳥の噂」の明るくのびやかな印象とはまったく対照的である。背景描写や色彩を省略制限し、アリスと動物だけを浮き上がらせる平面描写や、テニエルの細密画とはまったく異なった太い描線でアリスの顔や眉や腕などの輪郭を一気に描く線の技法など、何か日本の浮世絵を思い起こさせるような印象的なアリス図像である。

一方、「茸と青虫」（彩凸版　口絵18）は、他の西洋画家の影響がほとんど認められない独創的な作品である。このシーンは、今まで多くの画家によって描かれてきた。初版のテニエル（図版7）をはじめとして、アーサー・ラッカム、チャールズ・ロビンソン、アトウェル、アリス・ウッドワード（一九一四年　図版8）からマーガレット・タラント（図版9）にいたるまで、青虫は水ギセルを持ち、小さな茸や花に囲まれた大きな茸の上に座り、茸の近くに立つアリスと見つめ合っている。ブランチ・マクマナス（一八九六年）やピーター・ニューエル（一九一一年）の挿絵では、アリスは背中を見せているが、それ以外では原作のテニエルとよく似た構図である。茸は小さな茸やクローバー、マーガレット、あるいは、キンポウゲなどの花にかこまれ、青虫は帽子を被ったり、上着を身につけている場合もあるが、いずれの絵でも、もこもことした青虫の身体の触感が写実的に表現されている。

一方、清水の「茸と青虫」は、テニエルの構図と雰囲気に強く影響されている「御褒美」の二ヵ月後に出版されているが、上記のような英米のイラストレーターの影響は、構図以外にはあまりうかがえない。ただ、清水の絵では、青虫は口に水ギセルではなく短いパイプをくわえている。テニエルをはじめほとんどすべての西洋の画家が長い管のある水ギセルを描くなかで、ガットマンの青虫だけが長いパイプをくわえているようにみえる（図版10）ことから、鈴木淳が参考にしたガットマンの挿絵を清水も参考にし、日本の読者にわかりやすいようにパイプに変えた可能性もあるが、この事実は鈴木淳がガットマンの挿絵を参考にした傍証とも考えられよう。

さて、清水の「茸と青虫」の挿絵の特徴は、装飾的な背景描写や配色にある。草色を基調とした装飾的な草花が唐草模様のように画面いっぱいにひろがり、輪郭を縁取る黒と白、黄緑のあいだにさび朱をしたリボンやネクタイ、花などが、アクセントとして効果的に配されている。茸の白い茎の影は、何か微笑んでいるような表情に

図版7　ジョン・テニエル

図版8　アリス・ウッドワード

図版9　マーガレット・タラント

図版10　ベッシー・パース・ガットマン

も見え、背広を着て腕を組んだ青虫には青虫独特の気持ちの悪い肌合いは感じられない。パイプから立ち上る煙も疑問符を鏡にうつしたようにもみえ、「お前は誰だ」とアリスに問いかける青虫の問いを暗示しているとも考えられる。すゞ子ちゃんの表情も、まだ、清水独特の生き生きした顔立ちではないが、彼が得意とする日本の都会の少女の面影がすでに認められる。つまり、「茸と青虫」は少女の表情に彼独特の叙情性は見られないものの、黒と黄緑と朱を効果的に使い茸と青虫とすゞ子ちゃんの白い顔を浮かび上がらせる色彩感覚、葉を意匠的に使ったデザインの斬新さ、青虫のしぐさや茸の茎に隠したかくし絵の楽しさなど、清水独特の「ゆるく、しかも勢いを殺してある描線」「温かさ、人間味」「図案化の底に手堅い写実性が根づいているところ」（飯沢 1984：36）などの成熟期以降の清水良雄の特長を彷彿とさせる作品といえるのである。(13)

清水良雄の世界

上笙一郎は『児童出版美術の散歩道』のなかで、理想的な子どもの本のイラストレーションの条件を次のように定義している。

すなわち、第一に読者である子どもたちを健全な社会的人間に導いて行く〈教育性〉をそなえ、第二に子どもに本文の内容を映像的に理解させるために十分な〈説明性〉を持っており、第三に子どもを面白がらせる良き〈興味性〉を含んでおり、第四に、複製絵画芸術のひとつとして高度な〈芸術性〉を保持しており、そして第五にはその民族の文化伝統――言葉を換えれば〈民族性〉を十分に体現していることです。（1980：51-2）

さらに、上は『赤い鳥』などの童画は、教育性や芸術性のみを偏重しており、「たとえば……清水良雄の画面はまことに色感が豊かで美し［い］……しかし、文章に書かれていることがらを鮮明に〈説明〉したり、ひと目で子どもの〈興味〉を惹きつけてしまったりする要素は、非常に乏しいと言わなくてはならない」それゆえに、「ある程度の絵画的素養のある中間層以上の子どもにしか受け入れられなかった」（1980：29）と、指摘している。たしかに『赤い鳥』の購読者は都会の中流階級以上の子どもたちが主であったが、たとえば、清水の「茸と青虫」の絵を見れば、パイプをくわえたスーツ姿の青虫と小さな女の子とのサイズや立場の逆転、茸の茎に隠された微笑などに誘われて、大きな葉っぱがうっそうとした茂みのなかで、いったいどんな物語が展開していくのか興味をいだかないはずはない。もし、子どもたちが興味をもつことも理解することもなかったとすれば、それは彼らの生活や教養とは、かけはなれた物語だったからであり、問われるべきは、絵画自体ではなく、受け入れる子どもたちの教養や生活レベルあるいは感性の問題ではなかったかと考えるのである。

清水良雄は、若い頃の実家の破産と家族の悲嘆が彼の人生観に深い影響を与え「『人の悲しみを忘れる世界に住みたい、世捨人になったつもりで絵かきになろう。子どもの時から一番好きな絵筆さえ持っていれば、たとえ裏長屋で団扇の絵を描いて一生を終わっても悔はない』つもりで絵かきになられた」（甲斐 1976：35）という。しかし、この「人の悲しみを忘れる世界に住みたい」という言葉は、かなしみのない童画のなかに逃避したいという意味ではなく、むしろ、己の最も熱中できるものに生涯を賭けたいという絵画への真摯な思いのあらわれで、それ故、成熟期以降の清水良雄の絵は、幼児期という夢の世界、楽園に生きる非現実的な子どもたちではなく、むしろどこか寂しげな憂いを秘めながらも今をひたすらに前向きに生きている子どもたちを描いている。

清水良雄は、子どもに与える絵は「誤魔化しのあるものではいけない」（甲斐 1979：83）「子どもだからといって甘く見ないで――というよりも、むしろ、子どもだからこそ油絵を描くのと同じに打ちこまなければ、立派な童画にならないよ」（上 1974: 69）と自己の絵に取り組む態度を示していた。と同時に、「幼い子に与える良薬は口に甘くなければいけないから、うんと楽しい、説明の言葉のない、絵ばかりの本」（甲斐 1979: 83）を作りたいと願っていた。このごまかしのない「子どもの気持ちのなかにはいる絵」（瀬田 1985: 295）「楽しい絵」が彼の絵画の真骨頂であると考える。そういう意味において、清水良雄の絵の世界は、「絵本全体にみなぎる暖かさ」に特徴がある。「画面にあふれる暖かさとはなんでしょう。いうまでもなく、ひたすらに子どもへ語りかける、ひたすらな楽しみにほかなりません。子どもは敏感で、相手が自分に語ってくれているのか、自己陶酔で冷たいかを確実に見抜きます。見抜いたすえに、ある絵本は古典として愛着して残し、ある絵本は一時の流行としてつっぱねて捨てていきます」（瀬田 1985: 91-2）。結局、『赤い鳥』がその創作だけでなく、絵画においても子どもたちに愛されまた今日再評価されているのは、この清水の暖かく、真摯な姿勢がその基本にあるからではないだろうか。

おわりに

以上、『赤い鳥』と『不思議の国のアリス』のかかわりを、比較文学および比較出版美術的観点から考察を進めてきた。

『地中の世界』が『赤い鳥』に掲載されたのはわずか八ヵ月、作品は途中で中断される。この事実を考えれば、おそらく三重吉自身は翻訳の難しさを悟っていたのであろうし、あまり成功作とは考えていなかったのであろう。さらに、当時中断の反響もそう大きくなかったと予想される。しかし、この『不思議の国のアリス』が鈴木三重吉や清水良雄をはじめとする画家はもとより『赤い鳥』に与えた影響は大きい。

翻訳に関していえば、イギリス社会の知識をほどんど持たない大正時代の子どもたちが英国のヴィクトリア時代のノンセンスを日本語で楽しむにはかなりな困難を伴った。三重吉は言葉遊びの翻訳にいくらかの工夫を凝らしてはいるが、なお、日本の土壌に『アリス』のノンセンスの花が咲くにはまだまだかなりな歳月を要した。しかし、三重吉はそれ以前の日本で並び称されることのなかったノンセンスが児童文学にとっていかに重要であるかを認識するにいたったであろう。にもかかわらず、「小波系の教訓お伽噺と、少年講談と偉人伝のほかには、西洋の先進国に見るような、近代市民社会の児童文学を殆ど持たなかった『赤い鳥』創刊当時の日本」の現状と、「第一次世界大戦中からの西洋デモクラシー思潮の都市知識層への浸透は、子どもの自由な個性の伸長と、感情生活の開放のための文学的読物のサンプルを、西欧の童話文学に見出すこととなった」現状を考えあわせれば、『赤い鳥』初期における「翻案・再話の盛行は……明治以来の封建的半封建的イデオロギーの児童読物から、子どもを解放する意味を持つ自由主義的思潮の反映として、その積極的側面を評価しなくてはならない」（関 1979: 15-6）。

まして、『不思議の国のアリス』は、明治以降の封建的お伽噺の対極に位置する。いいかえれば、『アリス』自体が、ヴィクトリア社会が強要した教訓を子どもたちから解放し、純粋なノンセンスへと転化した作品である。そういう意味において、ヴィクトリア社会のなかで『アリス』のノンセンスのもつ意味は、『赤い鳥』の使命とも元々一致していたとも考えられる。英語で書かれた『アリス』のノンセンスが、『地中の世界』のなかで日本の子どもたちのセンスを十分に解放するノンセンスとして機能し、享受されたかどうか、むしろ、正直、元の英語のノンセンスを日本語のノンセンスとして再構築し日本の読者に理解させるには、三重吉自身のノンセンス感覚や言語能力もあいまって、壁が高すぎたといえる。

しかし、三重吉はさまざまな翻訳の試みを通じて、日本の児童文学にノンセンスが欠如していること、その必要性を痛感するにいたる。『赤い鳥』には、北原白秋のノンセンス詩が掲載され、『地中の世界』の掲載中止から二年を経て彼が創作した作品は、ノンセンス・テールであった。

そういった意味において、大正期の児童文学の時代的社会的文学的な限界や背景を勘案すると、三重吉の『地中の世界』があわせもたざるをえなかった欠点もまた、近代的な児童文学確立にいたる過度期における困難葛藤として、容認できよう。

また、挿絵に目を転じれば、すでに概観してきたように鈴木淳はその表紙絵において、構図色彩ともにアメリカのガットマンの影響を強く受けていた。しかし、人形のように可愛く類型的なガットマンのアリス表象に比べると、鈴木のすゞ子ちゃんの穏やかでやさしい顔立ちや両手を広げ驚いてみせるポーズ、さらに、アリスを振り返る白兎の擬人化されたまなざしに、現代の世界の読者をひきつける「かわいい」という言葉に代表される日本のアニメや漫画の原型が見られる。おそらく、一九一八年に『日本幼年』に掲載された類型化された「かわいい」アリス（マリコ）よりはるかに叙情性や可憐さが鈴木淳のすゞ子ちゃんには見られる。いいかえれば、除隊後すぐに描かれた「兎の時計」はガットマンの作品を参考にしたという意味においては習作でありながらも、一九一〇年イギリスの女流画家アトウェルが提示したアリスの物語性や叙情性を備えたひとりの女の子としてのアリスの個性、さらに、日本の土壌で育った少女すゞ子ちゃんとしての個性と完成度をもつ。鈴木の作品は模倣でありながらそれを脱したひとつの独立作品としての独創性をもつが、そうした独創性は清水良雄に至ってより明白となる。

清水良雄の「御褒美」はテニエルの影響下にありながらも、ワンダーランドの不可思議で不条理な魔界性が、モノクロームを基調とした色彩や構図、さらに、心の内を凝視するようなすゞ子ちゃんの伏し目がちな表情に投影されている。さらに、次作「茸と青虫」は欧米の作品には見られない背景の葉っぱと花を意匠化したその大胆なデザイン性、青虫や茸の擬人化、子どもの気持ちの中にそのまま入る興味性、さらに都会的なすゞ子ちゃんの表情など、成熟期の彼独特の作風をも思い起こさせる。清水良雄は「御褒美」を描きその後欧米のイラストレーターの絵を参考にするなかから、やがて、成熟期以降の彼の独特の画風を確立していったといえるが、「茸と青虫」はそれを予見した作品といえる。

いわば、『不思議の国のアリス』が『地中の世界』として『赤い鳥』で蒔かれた種は、美術的にも文学的にも、模倣と習作を通じた試行錯誤を繰り返しながらも、後年『赤い鳥』とその作家や画家たちのなかで、大きな花を咲かせる礎となったのである。では、次に、同時代に出版された児童雑誌『金の船』に掲載された『鏡の国のアリス』翻訳『鏡國めぐり』が、日本の児童文学や童画にどのような影響を与えたのか考えてみたい。

五・三　『鏡國めぐり』

一九二一年一月、鈴木三重吉が『赤い鳥』に『不思議の国のアリス』の翻案『地中の世界』を連載しはじめた七ヵ月前、児童雑誌『金の船』誌上で、『鏡の国のアリス』の翻訳『鏡國めぐり』が連載されはじめた。連載は一年間、一二月まで毎号合計一二回にわたり続く。翻訳は西条八十（一八九三―一九八四年）、挿絵は岡本帰一（一八八八―一九三〇年）が担当している。『鏡國めぐり』では、キャロルの原作のほぼすべての章が翻訳された。同時代のライバル誌『赤い鳥』に掲載された鈴木三重吉の翻案が、途中で中断されたのに比べ、対照的といえる。

『金の船』の編集者であった斎藤佐次郎は、『斎藤佐次郎　児童文学史』のなかで、西条八十との関わりと、西条の『鏡國めぐり』について、次のように回想してる。

私がはじめて会った頃の西条さんは、すでに「赤い鳥」に童謡を発表していて、北原白秋とともに有名詩人になっていた。だが、早稲田の一級上という同窓のよしみを思ってか、私に対して最初から非常に好意的であった。「金の船」に童謡を書く約束をしてくれたばかりでなく、できるかぎりの応援をすると約束し、そのとおり実行してくれた。

そんなわけで、西条さんとはすっかりしたしくなって、西条さんの作品は「金の船」＝「金の星」に数多く載って、野口雨情、沖野岩三郎につぐ柱の作家といってよいほどであった。すなわち、童謡は創刊号をはじめに翌大正九年にかけて六篇にすぎなかったが、童話や翻訳を数多く書いてくれた。代表的なものは、童話では『不思議な窓』（一九二〇年四～五月号）や『六さんと九官鳥』（同年八月号）、翻訳では、ルイス・キャロル「鏡の国のアリス」の訳、『鏡國めぐり』（一九二一年一月号～十二月号）であろう。これは「鏡の国のアリス」の最初の紹介ではなかったか。(1996 : 290)

いうまでもなく、すでに本書の第四章で論じたように、西条の『鏡國めぐり』は斎藤が考えるように『鏡の国のアリス』の初訳ではない。初訳は、一八九九年四月から一二月まで、長谷川天溪が『少年世界』に連載した『鏡世界』であり、一九二〇年には、楠山正雄によって、家庭読物刊行会から『不思議の國』と題して、『不思議の国のアリス』と『鏡の国のアリス』の完全翻訳が出版された。しかし、『アリス』邦訳史における西条の翻訳の意義は、初訳あるいは完全翻訳としてだけではなく、むしろ、日本人画家の挿絵のついた子どもがこころから楽しめる日本最初の『鏡の国のアリス』翻訳という点にあろう。

西条八十は、詩人、フランス象徴詩の研究者、さらに、大正期から昭和初期にかけて多くの流行歌を輩出した作詞者としても有名である。西条は、一八九二（明治二五）年一月一五日東京の牛込に生まれた。「父親は日本ではじめて石鹸製造業に成功した実業家で、店は伊勢屋といい、舶来用品の香であふれていたという」（斎藤佐次郎 1996: 289-90）。中学校時代から外国人に英語を習い、早稲田大学英文科を卒業し、その後、東京大学国文科でも学ぶ。早稲田在学中から日夏耿之介らと同人誌を創刊。父の財産を兄の放蕩で失った後、苦労を重ねる。斎藤佐次郎は、そのころの西条を次のように評している。

西条さんは早稲田の学生の頃から兜町にかよっている。第一次大戦景気の大正八（一九一九）年には三十万円もうけたほどだったが、翌年の大暴落では一挙に全財産を失うことにもなった。西条さんは二十七、八の若さで天国と地獄を見たのであった。その翌大正十年から西条さんは、詩作と教職のくらしに入って行く。（1996: 291）

西条は、『赤い鳥』刊行直後の一九一八年から、詩を寄稿するように鈴木三重吉に依頼され、同誌では、すでに北原白秋とともに童謡詩人としても名を知られていた。一方、斎藤佐次郎が創刊した『金の船』にはおもに童話や翻訳を寄稿した。西条は、その後、フランス留学を経て早稲田大学フランス語科の教授となる。流行歌作家としても活躍するが、『金の船』に『鏡國めぐり』を連載した一九一九年当時は、いわば、人生のターニング・ポイントにあった。西条八十は、「童謡は単に子供のために書かれる詩ではなく、詩人としての命にかかわる営み」（畑中 1997: 82）ととらえたが、この態度は詩作以外のたとえば『鏡の国のアリス』翻訳にも見られる。

西条は、すでに『赤い鳥』に多くの童謡を寄稿していたが、『金の船』には初期には童謡を、その後は、童話や翻訳を多く書いた。おそらく『赤い鳥』の編集者である鈴木三重吉が後続の児童雑誌である『金の船』や『童話』『おとぎの世界』などに対して、手厳しい批評をしたことと関係があるのだろう。(斎藤 1983 : 181) 西条が『金の船』誌上での創作を童謡から童話や翻訳へと方向転換したことが幸いして、『赤い鳥』のキャロル翻訳『地中の世界』に数ヵ月先んじ、『金の船』で『鏡國めぐり』が翻訳されることとなる。

西条は、自己の児童文学観について次のように述べる。

よしそれが多少難解のものであつても、詩人のほんたうの霊を持つた作品は、ちやうど偉大な作曲家になる音楽が無智の民衆を自然に感動させるやうに、おぼろげにも児童たちの純真な霊に呼びかけて、かれらを崇める作用を努めるでありませう。(『母性読本』1927 : 140)

児童と云ふものはつねに明るく快活であるべきだから、哀愁を含んだやうな歌謡は一切歌はしむべからず、と云つたやうな主張をする者もありますが、私はこれは考へがすこし過ぎると思ひます。(『母性読本』1927 : 137)

世の児童等に悲しみ無しと云ふは誰ぞ?(『母性読本』1927 : 167)

いいかえると、西条は子どもを「童心」をもった存在としてではなく、むしろ、純粋さ無邪気さや悲しみをあわせもった自立した存在と見なしていることがわかる。西条は童謡集『鸚鵡と時計』の「序」で、「態度としては、私は単に市井の児童によき謡を与へると云ふ普通の動機以外、更に大人に謡を与へることによつて、彼等の胸に昔の子供時代の純な情緒を呼び覚ましたいと云ふ希望からも童謡を書いた。……童謡詩人としての現在の私の使命は、静かな情緒の謡によつて高貴なる幻想、即ち叡智想像《インテレクチュアルイマヂネイション》を児童等の胸に植ゑつけることである」と述べている。西条がいうこの幻想は一種の現実逃避であり、いわゆるこの現象世界の背後にある未知の世界へのあこがれである。続橋は、「この幻想は、象牙の船や銀の櫂、赤いバラ、教会堂の円屋根など、当時にあっては西洋風のしゃれたイメージで語られる」（続橋 1996: 225）と、きらびやかなイマジネーションに満ちた言葉で人びとを魅惑した西条の夢と幻想を具体的に説明する。鈴木三重吉は、西条の芸術作品の「砂の中から選り出す点々たる砂金よりも、もっともっと数に於いて僅少な」言葉や「流れ」「魂のふるえ」[14]である韻律や格調を賞賛した。この八十の作品のなかに、「静かな情緒の謡によって高貴なる幻想、即ち叡智想像を児童の胸に植えつけたいと願う、彼の現実逃避としての夢が描かれている。（続橋 1996: 225）いいかえれば、西条八十は子どもの魂のために歌うといいながら、その実、象徴主義という理想世界への憧れを示し、それによって悲しみを緩和しようとしたのである。

『鏡國めぐり』の挿絵は、当時、斎藤佐次郎に乞われて『金の船』の専属画家となった岡本帰一（一八八八―一九三〇年）が絵筆をとっている。岡本は『赤い鳥』の専属であった清水良雄や『おとぎの世界』の初山滋とは経歴画風ともかなりかけ離れている。しかし、岡本の絵は高踏的でも芸術至上主義的でもないが、子どもの心にまっすぐに訴えわかりやすい分、子どもたちには人気があった。岡本は淡路島生まれ。東京の桜田小学校から府立一中に進み、父母の反対を押し切り、黒田清輝の白馬会で油彩画を学ぶ。白馬会に入会したばかりの清水良雄が、「早く岡本君程になり度いな」と羨望の意をもらしたとのエピソードも、『コドモノクニ　臨時増刊　岡本帰一傑作集』の巻末に紹介されている。[15]その後、岸田劉生や木村荘八らが結成したフェーザン会などにも加わる。また、小山内薫の自由劇場に関係し舞台意匠などにも関わっていた。

挿絵画家としての岡本は、楠山正雄の依頼を受けて、冨山房が出版した豪華本「模範的家庭文庫」の『アラビアン・ナイト』や『グリム御伽噺』（一九一五年）などの装丁挿絵を手がけ脚光を浴びる。その後、斎藤佐次郎の誘いを受け『金の船』で人気を博した後、一九二二年から創刊された絵雑誌『コドモノクニ』の童画家としても活躍することになる。岡本帰一は、「他の仕事は一切ことわって『金の船』の仕事に没頭してくれることになった。岡本さん自身も、これを機会に童画家として立つ決意をしたのかも知れなかった」(1931:2)と、斎藤は回想する。帰一は一九二一年の就任以来一九二四年まで、『金の船』の主任挿絵画家として、ほぼすべての挿絵を描き童画に全霊全身を傾けた。

一九二五年、岡本は『コドモノクニ』の主任画家になり童画を天職と考えるにいたったが、「日記沙　吾が子の為に祈る」のなかで、自分の童画家としての仕事や人生について、熱っぽくその真情を吐露している。

三十八歳にしてやつと人生の航路に対して確かな舵がとれる様になつた。今度こそは握つたきり替へなくてもよいと云ふ自信のある舵が取れる。

船足は情ない程遅い。船は情ない程粗悪な材料で出来てゐる上に大きな破損も持つてゐる。

然し、それは如何にもぢやない。運命だ。私はもうそれを恥ぢる気持ちはない。……

それがやつと私に、三十八歳の今日になつて己れは確かに地を踏むで立つてゐると云ふ確かさを得た。

それは何だ。吾が子よ。

お前に私は何所から見ても恥かしくない生活をして行く事だ。(1931:2)

帰一が自らを語る不器用なほどに真面目な態度は、彼が描いたイラストにも投影されている。鈴木三重吉は、ライバル誌の帰一の挿絵に対して、清水良雄にあてた手紙のなかで「『金の船』帰一の画はあの通り、達者なばかりで汁気のない、感情のないもの。まるで大人が子供の扮装をした底の画で、屁とも思はねど、一冊に対し終始一貫、大ムキになつてかき、テイサイの上に、いろいろ努力するところは買つてやるべきか」(一九一九年)(斎藤 1996 : 105）[16] と、揶揄するとともに帰一の生真面目な画風に一定の評価を加えている。いいかえれば、アカデミズムや高踏的な芸術至上主義に拘束されない、純粋で真摯な画風は、『金の船』の庶民性なスタイルとよく合致し読者を魅了した。神宮輝夫は岡本の挿絵の特徴を次のように要約している。「帰一の絵には、清水良雄をはじめとする『赤い鳥』の画家たちにない大衆性があった。そのえがく線は時にやわらかく、時には躍動的、時には素朴というように領域が広く、そこを三重吉などに達者だけといわれたのだろうが、常に日常性を持っていた。子どもの素朴な感情にぴったり寄りそえるわかりやすさがあり、それが帰一の断然たる強みではなかったかと思う」（1965 : 283）。ある種、岡本の作風は、上品で抑制された清水良雄や、自由奔放で独創性のある初山滋や武井武雄などの同時代の童画家とは一線を画しているといえよう。

上笙一郎は、岡本帰一の絵の特徴について次のように述べる。

彼［岡本帰一］の画風は武井武雄や初山滋とは対蹠的です。武井や初山はおのおののスタイルを持ったデフォルメにおいてその童画を描いていますが、岡本はそうではありません。子どもを享受者とする童画ですから、単純化や省略は否定していないのですが、しかし彼は現実をなるべくいためずに描こうと努力しています。その意味で彼の童画は〈写実主義〉にたっており、仮に武井・初山等の絵を〈デフォルメ童画〉と規定するならば、対蹠させて〈リアリズム童画〉と評したら適当なのではないでしょうか。

現実の事物をデフォルメすることなく〈在りのまま〉に描いて行こうとする童画ですから、岡本の童画は違和感がなくわかりやすく、したがって、絵を見る訓練を重ねていない子どもであってもすぐに親しむことが可能です。（上 1983 : 73）

『金の船』が当時の子どもたちに親しまれ歓迎されたのは、帰一の絵の写実的なわかりやすさにあることは、『コドモノクニ　臨時増刊　岡本帰一傑作集』の巻末に掲載された東洋家政女学校校長・東洋幼稚園園長の岸邊福雄のコメントからもうかがえる。岸邊は、大正九年当時欧米を旅した際に『コドモノクニ』の帰一の絵が子どもたちに感嘆をもって受け入れられたとその体験を語る。「子供に好くわかるやうに、はつきりと畫いてある。全く子供に忠実だ。新奇の気分は乏しいが野心がない丈け純真である。線が円い軟い。それが子供に温さとすべつこさも感じさせる」（1921: 1）と。

『鏡國めぐり』翻訳

西条八十の『鏡國めぐり』は、原作の一部の章を省略したものの、ほぼ完訳といえる。八十の『鏡國めぐり』の章は、キャロルの『鏡の国のアリス』の原作に即して展開しているが、『鏡國めぐり』が二二章であるのに対しキャロルの原作は一二章と章立てが異なっている。

『アリス』邦訳史における西条八十の『鏡國めぐり』翻訳の重要性は、邦訳の創意工夫にあり、キャロルの原作が八十の翻訳を通して物語と言語の両面において日本の土壌に融合した作品として再生されたことにある。『金の船』の連載が終了した翌一九二二年、『西条八十童話集第一篇　鏡國めぐり外三篇』のなかに収録され、他の三篇の翻訳『魂のつぼ』『魔法の仮面』『大男ものがたり』とともに、稲門堂書店から単行本出版された。八十は、同書の「序」で、『鏡國めぐり』執筆にかかわる経緯を、次のようにしたためる。

私は原作の約四分の三までの處を自由に換骨奪胎した。私の懐かしい少年時代に、この作が一度長谷川天溪氏の筆によって「少年世界」に繹載されたことがある。當時の私がこの珍奇な物語に對して繋いだ興味は、今から回想して寧ろをかしいほど熾烈であった。自分の貧しい繹筆が、果たして長谷川氏のそれほど原作の妙趣を傳へ得るや否やを案じながら、私は筆を運ばせて行つた。

謙虚な述懐にもかかわらず、西条は執筆に際し、かなりな創意工夫を凝らしている。彼の工夫は、筋やエピソードの大胆な変更、言葉遊び、そして、日本の事物への置きかえの、三点に要約できるだろう。

まず、構成上の大幅な変更としては、原文の第八章「それは拙者の発明だ」、九章「アリス女王」、十章「ゆさぶって」の三章の省略があげられる。『鏡國めぐり』では、「切れないカステラ」（原文では第九章の「赤い女王」）を我慢できずに揺すると子猫の「三毛」（原文では子猫）になり、結局、夢からさめるがこの結末にいたる経過は、かなり、原作から飛躍している。『鏡國めぐり』では、二十章が「切れないカステラ」二一章が「目覚め」である。この二一章の副題はキャロルの十章「ゆさぶって」を翻訳したかのように見えるが、実際は、キャロルの最終章「どちらが夢見たの」と近い内容になっている。

具体的には、キャロルの原作では、赤の女王を揺すっていると黒の子猫になり、アリスは白い子猫のスノードロップが白の女王に、そして母猫のダイナがハンプティ・ダンプティに変わったのかしらと独り言をいう。そして、最後に、この物語が、果たして自分の夢なのか、アリス自身も赤の王さまの夢の一部なのか、「みなさんはどちらだとおもいますか」という読者への問いかけで結ばれる。一方、西条は、カステラのお皿に変わったのが三毛、その三毛はそれ以前は、「足の早いスペイドの女王」、白い子猫は「気が弱いから」ダイヤの王様、そして、母猫のたまは「卵男の飯櫃左衛門《いひびつざえもん》」であると想像する。さらに、最終章の命題、この冒険は「どちらの夢？」かという問いかけを、省略し、「これは多分自分［たま］があのでたらめな詩のお講義をした飯櫃左衛門だつたことをさとられて少々気まりがわるかつたのでしたろう。（おしまい）」（157）と結ぶ。

いわば、原作の白の騎士の発明品や彼の緩慢な長い詩、女王アリスなどの章を省いたにもかかわらず、西条八十の翻訳の筋や物語は、原作の大筋を変更することなく概要をとらえていてわかりやすい。『鏡の国』のチェスを日本人でもなじみのあるトランプに変更したことで、大正時代の子どもの読者には理解が難しい白い騎士の長く緩慢なバラードや、「どちらが夢みたの」という実在論的問いかけを比較的違和感なく削除することができるようになったのも彼の手腕であろう。

第二の創意工夫としては、言葉遊びがあげられる。とりわけ『不思議の国』と比べても『鏡の国』のほうはジャバーウォッキーの詩などからもわかるようにかなり難しい言葉遊びがちりばめられている。八十は、ジャバーウォッキーの邦訳がかなり困難だと熟知していたためか、直訳は最初から避け、「秋のおもひ」という日本語のノンセンス詩に変え、内容はまったく異なってはいるが、実に巧妙な日本語の言葉遊びや地口、かばん語を駆使する。「秋のおもひ」は一見ロマンティックな詩のように見えるが実はかなり機知に富んでいる。日本のハンプティ・ダンプティならぬ飯櫃左衛門の解釈に耳を傾け、文字通りの歌の意味と飯櫃左衛門の解釈の相違を鑑賞してみよう。まず、原文はなひらがなで書かれ、次のようにはじまる。

「もくせいのはやしのなかに
うたをきゝけふもさびしむ。
くろきつきこのまにいでて
ひかり、たいちをながる。—— (120-1)

図版 11　岡本帰一

飯櫃左衛門の解釈によると、「もくせいのはやし」は「杢兵衛の林」、「うたをきき」は「ぶたをきき」、「くろきつきこのまにいでて」は「喰ひつき此の間に出でて」、さらに「ひかり、たいちをながる」は、「叱りたい、血は流る」である。この詩のシーンは、帰一の挿絵（図版11）によって、実に軽妙に描写されているが、八十はキャロルのノンセンス詩の真髄であるかばん語や地口などを使った日本語のノンセンス詩を構築したのである。いうまでもなく、「ジャバーウォッキー」の原詩とは内容はまったく異なっているが、西条はノンセンス詩人としての才能の片りんをかいま見せたといえよう。そういう意味で、いまだ言葉遊びによるノンセンス作品も文学も生む土壌が十分になかった大正中期、西条がこうしたノンセンス詩を創作したことは大いに注目に値する。

しかし、八十ほどの才能をもってしても、キャロルの言語遊戯を完全に日本語におきかえることはできなかった。たとえば、『鏡の国』の昆虫に見られる言葉遊びは完全に省略される。また、日本語の言葉遊びに変えることなく、直訳した部分もある。おそらく元の意味を伝えつつなお適切な日本語のノンセンスに翻訳するには、かなりな、あるいは、不可能とも思われるほどの集中と創意工夫が必要であったことだろう。さらに、子どもの読者にも理解可能なノンセンス翻訳が不可欠であったことを考え合わせると、才能豊かな八十をもってしても、簡単な作業ではなかったのである。

第三の特徴は、八十が日本の読者に理解しやすいような日本の事物に置きかえた点にある。すでに、他の明治の翻訳者が同じような試みをしていたが、固有名詞が日本人に親しみのある名前に変わっている。たとえば、アリスは「あやちゃん」に、ダイナは「たま」に、また、事物もより日本的なものに置きかえられている。「大かがり火」(“bonfire”)は日本人が観光や参詣に訪れる「浅草の観音さま」(3-1:7)へ、チェスは日本人になじみのある「トランプ」(厳密には、「トランプ」は日本固有のものでないので日本化とはいえないかもしれないが)へと置きかえられている。また、語句や比喩表現も、汽車のなかの「白い紙の服を着た紳士」(“[a gentleman] dressed in white paper” 156)が、「その紳士は浅草紙で出来た洋服を着てゐました」(3-4:24)と説明され、「汽車がまっすぐ空中に上昇する」(“the carriages rise straight up into the air”)(158)が、「汽車はいきなり角兵衛獅子のように空に向かって逆立ちをはじめました」(3-4:25)と、「浅草紙」や「角兵衛獅子」など当時の子どもが親しみがもてるような具体的な説明や喩えを使っている。ディーとダムの戦いも日本の剣術で使われる「大上段にふりかざし」「星眼にかまへ」(3-6:59)などの日本の比喩で表現されている。こうしたさまざまな工夫によって日本の読者はイギリス版『鏡の国のアリス』の雰囲気を減じることなく日本語で楽しめる物語として親近感をいだきつつ鑑賞することができたのである。

八十は訳詩集『白孔雀』の序のなかで、翻訳観、とくに、訳詩について次のように自説を展開しているが、この翻訳観は『鏡の国のアリス』翻訳にも通じる。

私は繹詩を試みる毎に、いつも俳優とその持役との関係に想い及ばす。俳優が如何に巧みにその扮する人物の性格を描出しようと努めても、所詮結果する所のものは、その持役たる人物の性格に、俳優自身の性格を加へて二分したものに過ぎぬ、それと同様に、譯詩と云ふものはどんなに忠實に原作の氣分を傳へてあつても、つまりは其の作品を讀んだ瞬間の譯者自身の印象録位の価値しかないものであろう。故に私に云はせれば、譯者は語學者の仕事では無くて、詩人の仕事である、さうしてそれを試みる詩人の藝術的天分が逸れてゐればゐる程、その譯詩は價値あるものとなるのである。(1972: 95)

西条八十は、『鏡の国のアリス』の翻訳に際し、小説家というより詩人としてその芸術的な才能を発揮したのであろう。いいかえれば、西条は『鏡の国のアリス』の英文を一語一語日本語におきかえようと尽力したのではなく、三島由紀夫が目指したように、日本の同時代の子どもたちが興味をいだくような文学作品『鏡國めぐり』の創作を目指したのである。船木枳郎は西条の語学的な才能を「わが国の詩壇において語彙が多彩豊富で、時に俗語を巧みに駆使する、その点ばかりではないが、彼が北原白秋とともに双璧といわれたのもそのためです」(船木 1967: 55) と、評価する。「秋のおもひ」では詩のリズムやスタンザを巧みに使いこなし、言葉遊びを駆使しノンセンス効果を高めたが、この西条の言語的、詩的才能をもってして初めて和製ノンセンス物語『鏡國めぐり』が誕生した。

当然ながら、『鏡國めぐり』翻訳には、弱点もある。第一に、すでに述べたように、機知にとんだ詩人である西条にとってもキャロルの言語遊戯を日本の読者にわかる日本語の言葉遊びに直すことはかなり難しかった。第二に、『鏡の国』はもともとチェスのゲームに基づいて物語が創作されているにもかかわらず、日本の読者に親近感を持たせるためにトランプに変えたことによって違和感と矛盾が生じる結果となった。といっても、一九二〇年代の日本の中産階級の子どもの読者が、果たしてどれほどチェスやチェスゲームのルールを理解していたかは疑問で、もし、チェスのゲームに基づいて翻訳されていたらなら、『金の船』の読者は内容に親しむことはできず、物語の魅力も半減したことであろう。

要するに、西条八十の『鏡國めぐり』邦訳は、初期翻訳としての弱点をもつにもかかわらず、大正中期の子ども読者にとってはわくわくするような興味を掻き立てる物語であり、イギリスの原作の趣を残しつつも、ノンセンス作品として日本の土壌に根ざした日本風な雰囲気をも残した『鏡の国のアリス』邦訳として評価される作品である。

岡本帰一の『鏡國めぐり』挿絵

『鏡國めぐり』のイラストはすでに言及したように岡本帰一が描いているが、『金の船』に掲載されたのは、カラー口絵一枚と白黒挿絵五八枚。翌年、『鏡國めぐり』として出版された単行本には、新たに描かれた「生きた花園」の彩色口絵がくわえられるが、『金の船』誌上に掲載されていたイラストは、残念ながら削除された。おそらく、『少女の友』誌上の川端の挿絵の場合と同じように、紙面の関係と考えられる。岡本が『鏡國めぐり』の挿絵を描いた一九二一年は、画家として重要な時期、彼の画風が成熟しはじめた時期であった。岡本の『鏡國めぐり』が、原画ジョン・テニエルの影響下にあるのは自明であるが、初期の作品に見られた単なる模倣ではなく、自分の画風と原画の融合を目指しはじめていた時期に制作された作品と考えられる。

船木は、帰一の画風と海外の画家からの影響について次のように述べている。「彼の画風は多分に北欧的でぢみで、太い柔らかい描線で外国風の児童をかわいらしくえがいていた。これはドイツの或画家の影響を受けているらしいとおもわれるのであるが、それで彼が外国風の児童をかくと巧くて、日本風な児童をかくと、どことなくあかぬけしなかった」(1967: 436-7)。船木は帰一が影響を受けたと推測するドイツの画家の名前に言及していない上に、果たして彼の画風が北欧風かどうかは、議論のわかれるところである。しかし、岡本が少なくとも西洋絵本の影響を受けたということは間違いがないであろう。

瀬田貞二は、岡本帰一が影響を受けた画家として、具体的にエドモンド・デュラックとアーサー・ラッカムの名前をあげている（1982: 279, 303）。瀬田の指摘のように、帰一の「模範的家庭文庫」の『アラビアン・ナイト』は紛れもなくデュラック、影絵を多用したテクニックはラッカムの模倣といってもさしつかえがないほど酷似している。しかし、一九二一年に同シリーズとして出版した『ガリバア旅行記』は、ウィリー・ポガーニーの挿絵本を参考にしているが、一部、彼なりの創意工夫も凝らしている。[17] 一般的には、一九二〇年以前の帰一の挿絵は、外国の物語については、西洋画家からの影響というよりは模倣といった類のものが多かった。しかし、これは帰一ひとりの責任ではなく、まだ著作権等が一般に十分に認識されず、また、日本人画家には想像がむつかしい西洋の物語の場合、原画を参考にすることはそう珍しいことでなかった。事実、こうした日本の童画家たちの状況は、帰一の妻の次のような回想からも想像がつく。

どんなに小さな仕事でも、ほどほどのところで仕上げるということのできない人で、広告のようなものまでも、自分の作品として念入りに描くのですね。亡くなる少し前くらいには、わたしがずいぶんお断りしたのですが、それでも仕事が山積して、夕食後寝て午前一時に起き、それから仕事にかかって翌一日通す——という無理な生活で、それが命をちぢめる原因になったのでございましょう。……日本橋の丸善などへときどき出かけて、外国の絵本など買い込んでまいりましたが、あれが勉強のひとつだったのでございましょうか。そういう外国の絵本などを見たあとでは、いっそう凝り性になりましてね。（上 1974: 100-101）

帰一が、生真面目に外国絵本のテクニックや構図、主題を参考にしながら自分の作品を創作しようとした功罪は、今後、詳しく論議されるであろう。しかし、このあまりにも直裁的な借用は上笙一郎に代表されるような岡本帰一に対する批判を生み出す原因ともなった。「残念ながらわたしは、岡本の絵をそれほど称賛する気にはなれません。昭和五年の年末に病没したとき岡本はようやく四十二歳、初山滋や武井武雄等の中年以降の仕事のすばらしさに対比して見ると、学ぶに心を用いすぎて未だ本然の仕事には到達できなかったのだ――と言わざるを得ないのではないでしょうか」（上 1980：227）。事実、岡本はこれからという時期に早世し、突然、筆を折らなければならなかった。その無念さは、実に断腸の思いであったろう。また、読者や愛好家、日本初期の童画会にとっても大きな損失であった。そういう意味において、挿絵画家として成熟した時期を迎えることのできた他のイラストレーターと同次元で、彼の独自性や芸術を批評するのは、岡本にとって少し酷ともいえるだろう。

口絵19は、『金の船』に掲載された帰一の口絵「アザラシの唄」である。元々はキャロルの初版にテニエルが描いた「セイウチと大工」の挿絵（口絵20）を元にした彩色画である。構図や描写はほぼテニエルそのものといえるが、大工の風貌やカキの顔など日本の読者に親しめるような変更もくわえている。『金の船』に掲載された他の白黒挿絵もまたテニエルの影響下にある。たとえば、二人の「羊毛と水」の挿絵を比較してみると、帰一の挿絵の構図（図版12）は、羊のキャップ、手袋、編み針、アリスの視線の方向やマントルピース（暖炉）やサッシュの窓など、テニエルの原画（図版13）に似ている。帰一がテニエルの『鏡の国』の挿絵から直截に多くの特徴を吸収しているのは事実であるが、たとえば、アリスの風貌などを含め、自分なりの独自性を引き出そうと努めていることもまた事実である。西条八十の換骨奪胎した比較的自由な翻訳によって帰一も自由に描くことができたのであろう。西条の原文から飛躍し日本的な事象に置きかえられると、帰一のイラストは、テニエルの呪縛からのがれ、本来の創造性や独創性を発揮しているように思われる。それは、先の図版11和製「ジャバーウォッキー」の詩の挿絵からもわかるであろう。図版14の「羊とあやちゃん」の挿絵では、テニエルの原画よりはるかに生き生きとしている。とりわけ、帰一の『アリス』がテニエルと大きく異なるのは、あやちゃんの描写であろ

図版 12　岡本帰一

図版 14　岡本帰一

図版 13　ジョン・テニエル

う。テニエルがイギリスのヴィクトリア時代のアッパー・ミドル・クラスの気難しく、無表情で、つんとした女の子を描いたのに対し、帰一のあやちゃんははるかに新鮮で感情表現に富んだかわいい女の子として描かれている。

山本夏彦は、岡本帰一の挿絵が、当時、大変人気を博した理由のひとつに、現代にも通じる「可愛さ」の表象があると分析する。

> 一世を風靡したり、はなはだしく流行したりする画には、どこか不自然なところがある。華宵はりりしい美少年ばかりかいたが、それは美少女を少年に扮装させたような趣があって、水もしたたるというがいつも何かしたたっていて実はエロだった。
>
> 帰一は華宵より健康ではあったが、どの男の児も口を半ば開いて今言う可愛こ子ぶりっこだった。そこに人気があった。(1983: 30)

いいかえれば、帰一の画は、そのコミック風な描写、たとえば、いつも子どもの眉は細く離れていて、眼は丸く、額は広く、鼻は小さいなど、実に一般大衆の好みを反映している。ここで、帰一が、どのようにして西洋のアリス画を受容し変容させたかを、同じ「生きた花園」のシーンを描いた三葉の挿絵——テニエル(図版15)、帰一の『金の船』の白黒挿絵(図版16)と単行本『鏡國めぐり』の彩色口絵(口絵21)——を使って検証してみたい。

テニエルの挿絵と帰一の『金の船』の挿絵を比較すると、構図、鬼百合やアリスの描写が似通っていることがわかるが、帰一はどちらかというと派生的な変更をくわえている。テニエルとの違いとしては、原作の写実的でやや硬い雰囲気を日本の子どもが好むようなわかりやすく可愛い描写に変えた点にある。ある意味、帰一の作品には『赤

it's not a clever one!'
Still, you're the right
colour, and that goes
a long way."

図版 15　ジョン・テニエル

図版 16　岡本帰一

い鳥』に描かれた清水良雄の『アリス』挿絵に見られるような高踏的な芸術性やオリジナリティが感じられない。

一方、同じ場面を描いた油彩画は、この単行本の出版にあわせて、別途、口絵として新たに描かれた作品と考えられるが、テニエルの模写でも派生的な作品でもない力作である。もちろん、弱点もみとめられる。たとえば、あやちゃんを取り囲む花々の構図が雑多で色彩も過多、画全体が調和した雰囲気にかけている。しかし、逆説的に考えれば、白いワンピースと白いハイソックスをはいたあやちゃんのまわりのこのけばけばしいまでに鮮やかな色彩と雑多な構図こそが、口々に意地の悪い言葉をアリスに浴びせかける擬人化された花たちのかしましさを浮かび上がらせる効果をもあわせもつ。さらに、この油彩画にも帰一の『金の船』挿絵に見られる一般大衆への媚が、あやちゃんの半ば開いた小さな口などに見られるが、先の『金の船』の挿絵に比較すると、類型化されたコミック的な平面描写は影を潜めている。いうまでもなく、日本における『アリス』図像の傑作とは呼べないまでも、清水良雄や鈴木淳の作品と並ぶ、代表作といえよう。この油彩画に帰一の独創性を探るとすれば、それは、大正期の中流階級のモダンな女の子あやちゃんを描き出した点にあるといえるのではないだろうか。岡本のあやちゃんは、テニエルのアリスのように知的でも強靭でも論理的でもないが、やさしく無垢で、原作のアリスの大胆な好奇心とは一味異なった、ためらいがちな好奇心を示して、「話す価値のある人がいれば話せるのよ」（145）という鬼百合のつぶやきに、遠慮がちに耳を傾ける。おそらく日本の子どもたちは、少なくともテニエルのアリスより、このあやちゃんにはるかに容易に自己を投影することができたであろう。

むすび

国分一太郎は、「大正期の児童文学——その二三の問題点」と題する論文のなかで、大正期の児童文学を次のように総括する。「小川未明の早くからの努力と、『赤い鳥』の創刊に追うところの多い大正期児童文学は、たしかに、わが国の児童文学を、その内容・形式において、近代的芸術としての文学にまで高める役割をはたした。新教育ないし芸術教育の思潮と相互浸透して、形式主義的なわが国の教育に、創造的な面を加えることができた」（1977: 123）。

反面、この芸術文学至上主義的な大正期の児童文芸運動の欠点を指摘する批評家もいる。神宮輝夫は児童出版美術の分野から次のような指摘をおこなっている。「童心という観点からつかんだ大正期の子どものさし絵は質量ともにすばらしいものであった。しかし、それは多分に子どもの精神面の強調だったために、あどけなさ、かわいさ、美しさ、素朴さといったものに二流化される危険をはらんでいた。そして事実それが二流化されたことは、今日の絵本の大半を占める童画を見ればよくわかる」（1965: 287）。神宮が指摘するこの欠陥は、当時の児童出版美術一般に見られる現象であるが、とりわけ帰一の童画では顕著であることはすでに指摘した。彼は、初山滋や清水良雄などが到達した独創的で高踏的でない方向性をめざしていたが、残念ながら大成することなく急逝してしまった。

国分一太郎は大正児童文学における重要な問題点を二つあげている。

その欠陥の第一は、わが国民が明治維新以降まがりなりにも近代的国民になった以前にもっていたところの伝統（児童文学の面でいえば、民話・わらべ歌など）と、新しくうみだされたいわゆる近代的児童文学とがつながることができなかったということである。つまりわが国の近代児童文学もまた、その他の近代文化とともに、移入文化として別個に成立し、かつてからの伝統のうちのよいものと、うまく結合する機会を失ってしまったからである。……

第二の欠陥は、多数の国民の子弟がよろこんで読んでいる低俗な大衆文学をそのままにしておき、それとは別個のところで、近代児童文学が創造されることになった。すなわち多くの子どもたちは、国家主義・軍国主義的な匂いの強い少年少女小説・冒険活劇物・封建的な意識のままの講談読物にとりつかれ、むしろそちらの方にこそ、文学ないし読物をよむ楽しさと喜びを感じだした。そして、三重吉がやったような西洋民話のホン案の仕事という例外はあるにしても、やはりあちら側でこそ、外国でつくられた創作児童文学のホン訳ないし再話がなされるというしまつになった。（1977: 123-124）

一つ目の問題は、一つの文化が、他の文化の洗礼を受けはじめる時、あるいは長期にわたってその影響をうける時に、常に問われる普遍的な問題である。他国の文化的な影響を脱し、自国の文化としての新たな新機軸あるいは均衡を生み出すには、何十年あるいは何世紀もの歳月が必要であろう。六世紀、日本が初めて中国や朝鮮文化の影響を受けた時にもそうであったが、明治維新に始まる西欧化の過程は、奈良時代の漢文化の吸収とはかなり違った道をたどった。従来の日本固有の文学と移入した児童文学が十分に融合しえなかったのは事実であろう。

しかし、にもかかわらず、『金の船』のような児童雑誌が積極的に受容しようとした外国童話を翻訳翻案する過程で、日本の従来の児童文学との融合が試みられなかったとは、いえないだろう。西条八十をはじめ明治以降かなりな翻訳者が、日本に例のないキャロルのノンセンス作品に出会い、日本語に翻訳する過程で、日本の読者が理解できるような作品をめざし、日本の文化や風土に合わせる努力を惜しまなかった。こうした事実をふまえれば、作家と編集者が、外国文化をそのまま借用するだけではなく、日本文化に融合させる必要性に気づき、日本の文学図像として同化融合させるようとした、その努力はある程度の成功をおさめていたといえよう。

二つ目の問題は、大正時代特有の現象ではなくおそらく明治・昭和初期あるいは現在にも通じる問題である。日本の児童文学史のなかでは、知識層の子どもが読む文学と、一般の子どもが楽しむ大衆的な読み物は、乖離していた。一部の高尚な知識人家庭の子どもの文学は、比較的低俗な大衆的な冒険もの軍事もの・封建的な勧善懲悪物語といった大衆児童文学とは、基本的には相容れなかった。もちろん、『金の船』の読者が『少年倶楽部』のような庶民であったわけではない。しかし、教養主義的な高尚な文学のみを目指した『赤い鳥』とは異なり、『金の船』は、文化的香りの高い児童文学を代表する『赤い鳥』と、新たに生まれた庶民の子どもの読者が好む大衆的な読物との橋渡し的役割を果たした一面も否定できないだろう。

一九二九（昭和四）年六月、『金の船』改め『金の星』が終刊した。それは『赤い鳥』が休刊を決めた三ヵ月後であった。その時の感慨を、後に、編集者斎藤佐次郎は次のように回顧している。

> 「金の船」＝「金の星」は当初、新興児童文学運動の波にのって、順調なコースですすんだ。だが、「金の星」と改題した頃からおとろえが見えはじめた。「おとぎの世界」と「こども雑誌」が廃刊した大正十一年の頃から、金の星社の経営が少しずつくるしさを増していた。（1996 : 185）

『金の星』は最後までのこった！」と、私は思った。もはや思いのこすことはない。私は「金の星」の終刊を決意した。昭和四年六月、「金の星」は第十一巻七月号をもっておわった。

私が出版界入りしてはじめて作った雑誌！

約十年つづけた「金の船」＝「金の星」！　感無量であった。(1996: 189)

斎藤佐次郎の財力と彼と仲間の情熱と献身によって、『金の船』『金の星』は関東大震災の一九二九年まで、児童文学の出版業界が冬の時代を迎える昭和初期まで、生き延びることができた。斎藤は、大正期の児童文学雑誌の終焉について、自戒の意味を込めて次のように語る。「改めて反省してみたが、大不況の影響は大きいとはいえ、いかに美味なものもおなじものを長く食べればあきるのが当然である。これら児童文芸誌は、いつもおなじ内容で変化がなかった。『赤い鳥』をはじめとして、雑誌の編集者たちは、私をふくめてみな平凡な編集者であったのだ」(斎藤 1996: 190)。この斎藤の言葉にもかかわらず、『金の船』や『赤い鳥』をはじめとする大正期の児童雑誌に掲載された物語は、一九三〇年代に出版された物語とは異なり、なにか新鮮かつ独創的な雰囲気があった。斎藤は大正期の児童文学運動について、「このようにして、児童文芸運動に努力した雑誌はすべて滅びたが、その業績は滅びなかった。……私は過去を顧みて悔いを感じていない。児童文芸の世界には、つきぬ美しい泉のあることを知ることができたからである」(1996: 191) と述べているが、この美しい泉は翻訳や挿絵、創作という地道な努力の結果として、幾世代も経た後に、再び再評価され花開くことになる。もちろん、斎藤の意見や思いは、幾分楽観的すぎる面もある。しかし、彼が『金の船』『金の星』で日本の児童文学文化に果たした貢献は、大正期の児童文学者や童画家たちの尽力とあいまって、第二次世界大戦後、日本の児童文学に新たな息吹をうむ泉を育て、現在に至る児童文学の興隆を生む種子となり土となったといえるのである。

第六章　一九二〇年から一九三三年の『アリス』翻訳

六・一　大正末から昭和初期にかけての『アリス』翻訳

明治期の『アリス』邦訳を代表するキーワードを、「西洋お伽噺」とすれば、大正期のそれは、『赤い鳥』『金の船』などの児童雑誌翻訳に見られるように「童心」といえる。巌谷小波が提唱した「お伽噺」は『アリス』翻訳の副題にも、『西洋お伽噺　鏡世界』（長谷川天溪）、『長篇お伽噺　子供の夢』（丹羽五郎）『お正月お伽噺』（うさぎ山人）など、多く使われた。大正期の児童雑誌『赤い鳥』『金の船』に掲載された『アリス』翻訳のキーワードは「童心」あるいは「子ども」であり、従来の教訓性を極力排し、より子どもの心に沿う内容になっていた。前の第五章では、大正期の児童雑誌における『アリス』翻訳を概観したが、この章では、大正末から昭和初期にかけて単行本として刊行された『アリス』翻訳をとりあげ、この当時の翻訳を要約するキーワードあるいは概念が果たして存在するのかどうかについても、考えてみたい。

この間の『アリス』邦訳を見ると、まず、一九二〇年には、楠山正雄が、『不思議の国のアリス』と『鏡の国のアリス』二冊を収録した『不思議の國』の完全翻訳を果たす。それ以降一九二七年に至る七年間で、五冊の『不思議の国のアリス』邦訳が単行本として刊行される。望月幸三訳『アリスの不思議國めぐり』（一九二三）、鷲尾知治編『ふしぎなお庭　まりちゃんの夢の國旅行』（一九二五）、益本青小鳥（重雄）訳『繪入全譯　お転婆アリスの夢』（一九二五）、大戸喜一郎著『不思議國めぐり』（一九二六）そして、芥川龍之介・菊池寛共訳『アリス物語』（一九二七）と、続く。[1] さらに、一九三三年には、新たに棟方志功が先の楠山の版の『鏡の国のアリス』に挿絵をつけ『鏡の國　アリス物語』と題して、春陽堂少年文庫から出版する。

一九二五年、鷲尾知治が『ふしぎなお庭　まりちゃんの夢の國旅行』を出版した年は、すでに、児童文学の退潮期に当たる。そのため、大正末期から昭和初期に単行本として出版された『アリス』翻訳の代表的な三作品——鷲尾知治編、斎田喬装画『ふしぎなお庭　まりちゃんの夢の國旅行』（一九二五）、芥川龍之介・菊池寛共訳、平澤文吉・海野精光画『アリス物語』（一九二七）、棟方志功画、楠山正雄訳『鏡の國　アリス物語』（一九三三）[2]——は、時代的には、大正デモクラシーに基づく童心主義の退潮と、第二次世界大戦に日本が突入していく前夜、プロレタリア児童文学と生活童話の流行、一九三七年の日中会戦による国家的な文化や思想統制前夜に、翻訳された。

明治期の『アリス』翻訳に、「教訓」や「教育」という言葉や思想が色濃ただよっていたが、現代的視点から見れば、この歴史の闇の中に沈んでしまったかに見える明治翻訳を踏み台にして、「お伽噺」とは全く趣を異にする『赤い鳥』と『金の船』の童心中心的な「夢」や「解放」[3] さらに、「あこがれ」を子どもの心に与える『アリス』翻訳が生まれた。

河原和枝は、『赤い鳥』作品における子どもを、良い子、弱い子、純粋な子の三つのグループに分類し、その純粋さについて「近代文学に描かれる子どものイメージの定番ともいえるが、『赤い鳥』では、子どもの純粋さそれ自体を描くというよりはむしろ、純粋さを具現する存在として子どもが象徴的に扱われていることが多い」(1998：100-101)と指摘しているが、この子どもを純粋性の体現としてとらえる観点こそ、ジャン・ジャック・ルソーやウイリアム・ワーズワースなどの西洋ロマン派的観点にほかならない。このように大正期の「童話・童謡」運動は、西洋のロマン主義文学の「無垢」の観念を移入するとともに、それを「日本的」子ども観や価値観になじませ、「童心」として形成し直していく過程を含んでいたといえる。(1998：164)

西洋ロマン主義の洗礼を受けたと考える大正の児童文学運動は、同時に、その西洋文学がもつ欠陥をも合わせもつこととなる。上笙一郎は近代児童文学の特徴として次のように述べている。

> 童話においては〈子どもを楽しませる〉よりも作家が〈自己の真実〉を訴えるに急な性質に傾き、童画にあっては、〈子どもを相手に物語る〉かわりに〈大人のなかの童心〉を呼びさますことを主眼とするようになってしまっていたと言って誤たない。そして、それだからこそ日本の近代児童文学は、中産階級の子どもたちの支持を得たのみで、ひろく全国民層の子どもたちにまで広まってゆかなかったのである。(1994：19-20)

上笙一郎が語る、子どもの心にそった作品、子どもの目線にたった作品ではなく、大人が自分のなかにある子ども時代への郷愁としてあこがれた作品としての日本の近代児童文学観は、正しいと思う。しかし、それゆえに、全国民層の子どものこころをとらえなかったかどうかは、また別の次元の問題とも考えられ、日本の社会や教育、時代、さらに読者である子どもや親の教養など多くの要因が関与していたようにも思う。

『赤い鳥』において当時としては一時代を築くような新しい新風を子どもの文学に吹き込んだ鈴木三重吉は、

女性に対しては、現代的観点から見ると、実に保守的な考えをいだいていた。彼は、「私の好きな女」というエッセイのなかで、「私は何ういふわけか性来自分といふものを意識した女が嫌ひだ。だから、謂ゆる物を知つた女よりも、何も知らない女が好きだ」（1938：351）と述べている。この鈴木三重吉の女性観は、当時の日本においては特異なものではない。むしろ、大正デモクラシーの時代においてさえ、男性一般の考えを代弁しているといっても過言ではないであろう。

大越愛子は、近代日本独特の国家主義的女子教育と家族制度について、ジェンダー批評の観点から鋭く的確な批評活動を展開している論客である。彼女は、著書『近代日本のジェンダー』のなかで、明治以降の良妻賢母教育を次のような斬新な視点から読み解く。

自己を捨てた他者への献身は、古来日本の女性に当然の如く教化されてきたものだが、それはいったん文明開化の時代に啓蒙知識人によって奴隷道徳と辱められた。だが欧化の熱が消え国粋主義が強化された時期に、欧米女性よりも劣るとされていた日本女性の再評価が始まった。従来のように女性を卑しむ故に女性の献身を当然視するのではなく、女性に徳があるとする故に女性の献身を賞揚していく言説戦略がとられた。

……

このような国家主義的女性教育は、欧米資本主義の基盤となった愛で結ばれた近代性別役割分業家族に代わる、お国への献身で結ばれた日本的性別役割分業家族の形成を目的としていたことを強調しておきたい。欧米近代家族のような、愛や信頼感、心の安らぎなどの私的感情の育成の場であるよりも、家父長への服従を絶対視するミニ天皇制家族の形成である。日本近代化のための国家政策の産物にほかならない人為的家族形態を維持する方向に、いかに女性を利用していくかが、国家主義的女子教育の中心的課題であったと言えるだろう。……

家族が天皇制国家の基盤となる以上、その家族の実質的な担い手となる女性の教育が重視されるのは当然である。しかもそこで女性は、私的感情を抑圧し、最も無能力な立場に転落することで、国家との一体化を実感するという倒錯した役割を演じることを要請されたのである。ここに近代日本の良妻賢母教育の独特な点がある。最も惨めな地位にありながら、最も根源的な役割をになっているという錯覚の内面化のために、日本的ジェンダー・イデオロギーがいかに必要とされたかが、改めて痛感されるのである。（傍点筆者 1997 : 50-51）

大越の論は、日本的国家主義的体制のなかに組み込まれた家族制度において、地位のみならず自己犠牲と徳という精神面においても、幾重にも屈折せざるを得ない近代日本のジェンダー・イデオロギーの陥穽をものの見事に看破しているといえる。つまり、「近代的自我幻想に捕われがちな男性以上に、家の存在を第一義的に考える体制を内面化し、家霊として生きることで、女性には実質的権力を手に入れる可能性が開かれたのである。だがこのような逆転した権力を手に入れるためには、女は男以上に男性中心の家制度と一体化しなければならない。自らを否定する制度に一体化することでしか、突破口を見出せないところに、女を何重にも縛り付ける近代的ジェンダー・イデオロギーの陥穽があった」（1997 : 60）と述べている。

大越は、明治に続く大正時代の社会的な土壌のなかで、この日本的ジェンダー・イデオロギーを密やかに確実なイデオロギーとして伝えていくのに、多大の貢献をしたのが柳田民俗学であり、その「語りを重視した民俗学の方法論は、家族国家を実質的に支えることを期待される女の力をすくいあげるのに、まことにふさわしいもの」（1997 : 60）であったと述べている。いわば、鈴木三重吉の言葉を待つまでもなく、大正デモクラシーの時代においてさえ、都会やインテリの一部の目覚めた女性を除く、大多数の女性たちが、こうした家制度という閉ざされた部屋のなかから、幾重にも覆いをかけられた社会を眺めていたに過ぎなかった。

大越は、日本の家制度の二重構造は、日本の近代化の二重構造と合わせ鏡であると考える。「国外向きには欧米的近代化の衣装をまといつつも、国内的に伝統を再編成した日本的国家主義を中心的政策とする」日本の近代化の二重構造と、「表向きには家父長的近代家族の外観をもつが、それを支えつつ、夫や子供を進んで国家に差し出し、後ろを守る隠れた中心としての母性存在が実質的に切り盛りする、奇怪な制度が作られた」(1997: 111-112) と日本独自の家族制度形成について、明快にしかしラディカルに解明している。

一方、大正一〇年、秋田雨雀は、「私は近来日本で可なり唐突に思索や芸術の対照となったものに二つのものがあると思います。一つは人間としての女性であり、一つは人間としての子供です」(桑原三郎 1974: 72) と、大越と正反対の見解を述べている。いわば、大正日本において、はじめて、子どもと女性が独立した存在として認められるに至ったのではあるが、子どもだけではなく女性の人間性の再評価は、家父長的国家体制と家族制度の枠のなかからながめた、男性原理による評価であり、男性と対等の人間存在としての評価でないことは、残念ながら、誰の目にも明らかだ。

そのため、農村の貧しい女性たちの現実は、ひとたび凶作や飢饉が農村を襲えば、家族国家が女性の人間的尊厳を踏みにじる。彼女達は、家族を助けるために娼婦としてまた子守りとして都会にで、表向きの道徳国家の裏に公認された、男性の性的放恣を容認する公娼制度の犠牲となるのを、家族のためという大義名分によって、義務づけられた。そうした女性達の後半生は、家の救済のための自己犠牲という代償をはらったにもかかわらず、またその家の体面のために郷里や家族のもとに帰ることもできず、異郷に果てる。表向きの道徳と裏の不道徳という日本近代の二律背反は、同様な、二面性を合わせもっていたイギリスヴィクトリア社会以上に、女性に献身という名の自己犠牲を求めるという意味で、より複雑かつ巧妙過酷であった。

第三の特徴としては、「少女」という概念が、この時期、日本ではじめて、生まれたことがあげられる。高原英里は、『少女領域』のなかで、日本近代における少女概念の発生について述べている。

思えば、現在われわれが思い描く「少女」という概念が発生したのはせいぜい明治末か大正くらいでしかない。それ以前は「娘」であり、ただ「未熟な女性」というだけの意味で、積極的に「少女」を視点とするような発想はおよそ一九二〇年代くらいからではなかろうか。「少女」にいくらかでも積極的な意味が加わってきたのは「女性」に人格らしいものが一応想定されはじめた時期の少し後くらいだろうとおもう。
(1999: 16)

少女小説としては、一九一六年に発表された吉屋信子の『花物語』にはじまるとされるが、高原はこうした少女向けの雑誌の多くが、「少女としての自己規定が強すぎ、性を超越していく契機に乏しいため、少女型意識的とは言えないものが多い」(1999: 19) として、野溝七生子の『山梔』を少女型意識文学の発祥と考え、少女型意識を「少女自身の自己主張と批判、自由と高慢への過剰な願望・憧れ、両性具有性、性的限定への意義申し立て、そこから少女という外型すら否定して続く探究・変遷・変奏」(1999: 19) の見えるものと、規定している。いいかえれば、「誰もが認める『無垢なもの』への礼讃を離れ、意識し思索し批判し、現世のあらゆる矛盾と醜さとを指弾してやまない賢さをいかに殺さないようにしていくか、が何よりの課題として立ち起こってくる……それ（少女意識のありよう）は、社会習慣に妥協し従う者となるという意味での成長、の拒否であり、具体的には何よりまず結婚への拒否」(1999: 34-35) であり、近代国家日本の「絶えず、将来に望みをかけ、その一方で現在の不如意に耐えるという「立身出世」型意識の対極にある」(1999:36)と、規定する。少女型意識は、都会の中流階級以上の子弟のあいだに生まれたものであるが、それは、家父長的国家体制とそれと一体となった家制度と、その家制度に依存し安住の場を求める女性とも、また、真っ向から対立する存在とならざるをえない。

高原の観点は、従来、「欲望され期待される少女像」から「少女自らの発想」への視点の転換、「男性原理」から「少女原理」への転換を示すものであり、少女自らのありようを指し示した点で、最も根元的視点といえる。洋の東西を問わず、どのように多くの文学作品や美術作品において、男性が憧れる、あるいはそれによって浄化されたいと願う理想としての聖なる少女像がねつ造され、希求されてきたことか。しかし、こうした少女像は、無垢なる子どもと同様の大人のノスタルジーや憧れのさらには欲望の対象としての「少女」であり、人格をもった存在としての少女のための「少女」ではなかった。

六・二　『ふしぎなお庭　まりちゃんの夢の國旅行』

鷲尾知治編『まりちゃんの夢の國旅行』

一九二五(大正一四)年、鷲尾知治が『ふしぎなお庭　まりちゃんの夢の國旅行』(4)を出版した年は、すでに、児童文学が退潮し始めた時期にあたる。西田良子は、『日本児童文学概観』のなかで、日本児童文学における大正期を次のように規定している。

大正期とは、大正天皇即位の一九一二年七月三十日から大正天皇崩御の一九二六年十二月二五日までの約十四年六か月をいうが、児童文学においては、説話的お伽話から脱皮して、新たな童話的世界を開いた小川未明の処女童話集『おとぎばなし集　赤い船』や、大正期童話の先駆的作品となった竹久夢二の絵入り小唄集『子供の国』が刊行された年、すなわち一九一〇年を始期とし、第一次世界大戦後の大正デモクラシーと児童尊重の時代思潮の中で、華やかに展開されていった「赤い鳥」中心の童話童謡全盛期をその中期とし、関東大震災（一九二三）後、プロレタリア児童文学の台頭によって、赤い鳥童心中心思潮が急速に後退しはじめる一九二六年をその終幕とする。（西田良子 1976: 50）

いわば、『まりちゃんの夢の國旅行』は、時代的には、大正末期、その後に迫りくる、プロレタリア児童文学と生活童話の流行、そして、国家的な文化や思想統制前夜、まだ日本の文学や文化に大正デモクラシーの残照が残っていた時期に、翻訳出版された作品である。

『まりちゃんの夢の國旅行』の翻案者、鷲尾知治は、はしがきのなかで、自らの創作姿勢について次のように、語っている。

尚書くに従って、今年六つになる私の長女と、私の教えて居る四年の子供とに聞いてもらひました。長女からはむつかし過ぎる言葉について、教へ子からは書きぶりのまづい所や、不穏当な言葉づかひ等について教へられました。

鷲尾知治については、ほとんど知られていない。しかし、はしがきの記述から判断すると、『まりちゃんの夢の國旅行』執筆当時、小学校の教師であり、プライベートにはアリスの年齢に近い女の子の父であったことがわかる。しかし、このはしがきで鷲尾個人の経歴以上に大切なことは、彼の作家翻訳者としての創作態度にある。つまり、彼は大人の夢や憧れとしての童心ではなく、子どもの興味や心にそった視点からの創作をこころしていた。いわば、『まりちゃんの夢の國旅行』は、文体、登場する動物、そしてストーリー展開のどれひとつとっても、子どもが自然に親しめる作品となっている。ルイス・キャロルの原作を特徴づける、こうした子どもの目線にたった創作態度は、日本の『アリス』翻訳においては、鷲尾以前には、明治の丹羽五郎の『子供の夢』にも見られた。

鷲尾は、はしがきのなかで、「此のお話は、イギリスのオックスフォード大学の数学の先生であった、ルイズ・カアロル（お伽噺を書く時だけの名）といふ人の本がもとになって……」と紹介しているが[5]、読者の年齢について、次のように具体的に規定している。

> 日本で此の本をもとにして書いたものが三種程ある様です。それは「不思議の國」と「アリスの不思議の國めぐり」と「こどものゆめ」。今一つ大正十年頃の「赤い鳥」に、鈴木三重吉氏が「地中の世界」とかして、訳してゐられた様に思ひますが、単行本となって居るかどうか見つかりません。
>
> 以上のものはどれも皆三四年生以上でないと読めない様に思ひます。しかし私はお話の内容其の物から考へて、もっと下の方の子供に向く物であると思ひます。今の児童読物の多くが、内容と表現とが子供にぴったり合はない欠点を有ってゐる様に思はれます。それで私は、此のお話に於て、いさゝか此の点に苦心して、二三年位の子供に適する様にといふ考で書きました。従って日本のそれらの子供に、わかりにくい様な所は思切って省いたり、書きかえたりしました。（傍点筆者）

尋常小学校の二、三年とは七、八歳にあたり、キャロルが主人公としたアリスの年齢設定にきわめて近い。いいかえると、鷲尾は明治以来の「お伽噺」というカテゴリーを使いつつも、キャロル原作に近い女の子の読者を想定し、その子ども読者の視点に立とうとしていることが、わかる。いわば、鷲尾の作品のこの特徴が、従来の丹羽五郎の翻訳との相違点であり、第二次世界大戦前に出版された『アリス』翻訳における、鷲尾知治の翻案の際立った特徴である。

では、鷲尾が、子どもの視点に立ったどのような翻訳の工夫をこらしたのだろうか。第一に、明治やそれ以降の翻案に見られた教訓臭さが全く見られない。たとえば、キャロル原作の第二章「涙の池」で泣きすぎて「自分の流した涙のなかで溺れるなんて、その罰があたったんだわ」（"I shall be punished for it now, I suppose, by being drowned in my own tears!" 28）という箇所について考えてみると、『赤い鳥』では、全訳され、"punished" の箇所は「罰だわ。あんまり泣いた罰が今当ったんだわ。自分の流した涙で溺れかけるなんてこんなおかしな話があるでしょうか。」と翻訳されている。一方、鷲尾は「わたし、あんなに　なかなければよかった」（1925：30）と翻訳しただけで、それ以下の教訓めいた部分を完全に削除している。

第二の特徴としてあげられるのは、当時の日本の子ども、とりわけ女の子の日常的な情景が自然に取り入れられている点である。たとえば、日本人が春というと必ず様々な連想をする「さくら」がさりげなく挿入されている。主人公まりちゃんは、白ウサギを目撃する少し前、お姉さんと「さくらの木の下にすわ」（1925：4）り、夢からさめる時、まりちゃんの顔に降り掛っていたのは「さくらの花びら」（1925：142）であった。また、冒頭、まりちゃんが野原で、小学生が学校で習う「おててつないで」という唱歌を歌う。

さらに、当時の小学生ぐらいの子どもにわかりやすいたとえがいたるところに見られる点も、彼の翻案の特徴である。たとえば、大きなまりちゃんと小さなウサギの扇子と手袋の大小のコントラストは、「もみじのは」と「まめにんぎやうの手ぶくろ」のたとえに、ウサギの家からぬっとでたまりちゃんの大きな手は「仁王さまのやうな手」の比喩に、当時なじみのうすかった西洋の香辛料「コショウ」は日本の伝統的な薬味「とうがらし」へと、よりわかりやすい品物におきかえられている。

また、内容だけでなく、筋や物語の骨子も、日本の子ども用にかなり大胆に省略、変更されているのは、先の鷲尾のはしがきに書かれた意図の通りである。まず、不思議の国からトランプが、省略されているのは、明治以来の邦訳のなかでは、初めてである。むろん、『赤い鳥』の鈴木三重吉の翻訳にはトランプは登場しなかったが、その理由は至極簡単で、トランプが登場する前の章で、連載が打ち切られたからに過ぎない。鷲尾のテキストでは、ハートの王様と女王様は「さるの王様」と「おうむの女王様」に、その他の動物は子どもたちが親しみのもてる動物に、また「クロケー」は「テニス」へとおきかえられている。また、子どもに恐れをいだかせる言葉やシーンは変更されている。たとえば、「首をきれ」(“off the head”)の言葉や、三月兎や気狂い帽子屋がでてくる第七章「マッド・ティー・パーティ」および不条理な裁判が行われる第一一章「だれがタルトを盗んだの」と第一二章「アリスの証言」の章すべてが省略され、テニスコートの砂けむりをしずめるためにまいた水がまりちゃんの顔にかかり、やがて目覚めるという結末へと展開していく。

ノンセンス作品としての『不思議の国』の特徴について、鷲尾ははしがきでもとくに言及せず、単に「このお話は、もとは　イギリスの　えらい先生の　つくられた　お話です。あちらの　子どもたちは、大そう　よろこんで　よんでゐるさうです。」と説明するのにとどめている。ただ一ケ所、チェシャーネコである「金目の黒ねこ」が「それでは　又　あほう」(1925:115) といってシャボン玉のように消えていくのですが、この「あほう」が「阿呆」と「あおう」の日本語の言葉遊びかどうかは、定かではない。しかし、「と　へんなことを　いつて、金目の黒ねこは……」と、鷲尾のテキストが続いていることから判断すれば、翻訳の段階で、子どもにもわかりやすい日本語の洒落を思い付いたのかも知れない。

では、日本のアリスであるまりちゃんは、どのような少女として描かれているのだろうか。読者を尋常小学二三年生（七、八歳）に設定し、自分の六歳（現在の年齢では五歳程度）の長女に意見を聞いているところから推測すると、おそらく、まりちゃん自身も近い年齢に設定されていると考えて間違いない。つまり、主人公の年齢は、キャロル自身が設定した七歳に極めて近く、鷲尾の描写は、七歳ぐらいのまりちゃんの気持ちに立って書かれているのが特徴である。さらに、鷲尾作品のもう一つの特徴は、読者の年齢を、明治以降に出版された翻訳のなかで最も低年齢の子ども、とくに、先に言及したように、女の子を読者の対象として設定した点にある。たとえば、涙の池で二十日ネズミを見つけた時のまりちゃんの驚きと怖れを、鷲尾は、女の子の読者や子どもの年齢に配慮して、次のように意訳している。

するとむかふの方で、またパチヤーンとおそろしい、大きなおとがしました。まりちやんはびつくりして、大わにか大かばだらうと思ひました。しかしじぶんがこんなに小さいのだから、むかふもやつぱり、小さいものにちがひないとおもつて、げんきを出して、およいで行つて見ると、どうやら……（1925：30）

まりちゃんの性格には、明治の良妻賢母教育のなかで育った娘的な性格は全く影もかたちもないが、反面、キャロル原作のもつ知性、好奇心、強さ、強情さなどもほとんど影を潜め、思いやりや謙虚さといった日本の戦前の中流階級の少女のもつ理想的な側面が、より強調されている。たとえば、第四章「兎がビルを送り込む」において、アリスが白ウサギに手袋と扇子をもって来るよう命じられる場面で、日英のアリスの反応を比較してみると、キャロルのテキストでは、アリスはウサギが自分をお手伝いと間違えたのだと思いながら、次のように心のなかで冷静な判断を下す。“How surprised he'll be when he finds out who I am! But I'd better take him his fan and gloves—that is, if I can find them.”(38) まりちゃんは、「あんなに　こまつて　居るのだから、早く　もつて行つてあげませう。すぐ　見つかれば　いいが。」(1925: 60) と間違って命令された驚きだけではなく、ウサギの立場をおもいやる優しさをあわせもつ。また、赤ん坊がブタに変身した場面では、アリスは、これ以上、抱いているのはばかげていると冷静に対応するのに対し、まりちゃんは、驚きで、胸が高鳴る余り、赤ん坊を落としてしまう。いわば、このまりちゃんの繊細な思いやりやか弱さは、当時としては普通であり、まりちゃんに原作のアリスの個性である理屈っぽさや強さという側面はほとんどうかがえないのも当然といえば当然である。

「あらつ」と　びつくりして、まりちやんは　赤んばうを　草の上へ　はふり出しました。まりちやんは　あんまりびつくりして、むねが　どきどき　しました。(1925: 112)

また、ドードーがコーカスレースの後、アリスへの御褒美を考える場面を比較してみると、キャロルのアリスはあくまで冷静である。

“But she must have a prize herself, you know,” said the Mouse.

“Of course,” the Dodo replied very gravely. “What else have you got in your pocket?” it went on, turning to Alice.

“Only a thimble,” said Alice sadly.

"Hand it over here," said the Dodo.

Then they all crowded round her once more, while the Dodo solemnly presented the thimble, saying "We beg your acceptance of this elegant thimble"; and, when it had finished this short speech, they all cheered.

Alice thought the whole thing very absurd, but they all looked so grave that she did not dare to laugh . . . she simply bowed, and took the thimble, looking as solemn as she could. (1959 : 34)

一方、鷲尾のテキストでは、まりちゃんには日本の女の子的な性格が顕著に見られる。

「いいえ、これで　いいのよ。みんなに　一つ　づつ　あたつたのよ。」

……

「いいえ、わたしは　いいの。」

「いえ、それは　いけません。はうびの　あたらない人が　できます。おじやうさん、もう　ありませんか。」

「ええ、もう　ないわ。でも　わたし　いいのよ。」

「それでは　なにか　ほかの　ものを、もつて　いらつしやいませんか。」

「さうね、もう　なんにも　ないわ。ゆびわが　一つ　あるだけよ。」

「ああ、ちやうど　いい。それを　わたしに　ください。」

「いやよ、これは　おかあさんから　いただいた、大じな　ゆびわですもの。」

「なんでも　いいから、ください。」

だてうは　むりに、まりちゃんの　ゆびわを、とつて　しまひました。だてうは　それを　たかく　さしあげて、

「みなさん、おじやうさんに　あげる、ごはうびが　できました。……」（傍点筆者 1925: 48-49）

つまり、まりちゃんは、日本人が行うように褒美を何度も辞退するほどに謙虚でありながらも、状況に応じて自分の意見をはっきりいう芯の強さも合わせもつ。まりちゃんのごほうびは、指ぬきではなく指輪、それも母からのプレゼントという貴重品である。普段はやさしいまりちゃんが、母への愛と孝行から、指輪を手渡すのを「いやよ」と、きっぱりと拒絶する。ここに、謙虚な思いやりを示しつつも、大切な点では自分の意見をかえない日本女性の受け身的な芯の強さが垣間見られる。

しかし、反面、こうした原作からの変更はアリスの性格のみならず、キャロルのテキストのもつ不思議の国の魔界性や不条理を消し去ってしまうという、問題点も合わせもつ。『まりちゃんの夢の國旅行』では、不思議の国の顕著な特徴の一つであるコミュニケーションのギャップがない。たとえば、キャロルテキストの第三章「コーカス・レース」においては、不思議の国のコミュニケーションの欠如や乖離を象徴するかのように、ネズミの長いテール（tale / tail）は“dry”な（無味乾燥な）話となり、濡れた身体を乾かすためにはじめたコーカスレースには、ルールも秩序も見られない。（“There was no ‘One, two, three, and away!’ but they began running when they liked, and left off when they liked, so that it was not easy to know when the race was over” 33）ところが、鷲尾の『まりちゃんの夢の國旅行』では、みんなが走る丸い輪の列から離れるものもいるにはいるが、仲間の関係はいたって良好である。「まりちやんが　よわつて　くると、うしろから　カンガルーが　しんせつに、みじかい　手で　かかへるやうにして、はしらせて　くれました」（1925: 42）となる。この楽し気な一団の情景は、斎田喬のイラ

ストに如実に視覚化されている。その他のシーン、たとえば、鳩がアリスを蛇に間違え、首がお化けのようにのびる無気味なシーンなども、鷲尾のテキストからは完全に削除される。いわば、先にあげた、ハートの専制的な女王をふくめた、ほとんどすべての悪夢的要素が鷲尾の作品からは姿を消し、まりちゃんと動物の間にはやさしく思いやりに満ちた関係が築かれている。

斎田喬の挿絵

『まりちゃんの夢の國旅行』の挿絵は、日本の『アリス』挿絵史上、特異な存在である。斎田喬の絵画技法は斬新で、まりちゃんという近代的な少女像が斎田によって創成されたといえる。挿絵画を担当した斎田喬（一八九五―一九七六年）は、児童劇作家として名をなしている。しかし、反面、彼の画家としての業績はあまり一般には注目されていない。

斎田は、当初、小学校の教師をしながら学校劇活動に力を注ぎ、その後、児童劇団を創設、児童劇のために、五十数年にわたり八百編をこえる脚本を書き、第二次世界大戦後に至るまで、日本の児童劇活動に多大の貢献をした。

挿絵画家としての斎田は、幼いころから、画才を認められ、京都高等工芸学校図案科に進み、油絵を学ぶが、父の病のため帰郷、郷里の小学校教師として、教鞭につくことになった。その後、児童演劇活動の傍ら、一九二〇年代から小川未明の『飴チョコの天使』（一九二四）など、数多くの児童書の挿絵、装丁を担当、同時に、既成画壇でも活躍し、個展を開催、一九二九年からは二科展へ一五回入選を果たす。しかし、後年は、児童劇作家として活路を見出され、次第に、美術界からは遠ざかっていくが、『まりちゃんの夢の國旅行』に挿絵を描いた一九二五年当時、斎田は多くの児童書に挿絵を描いていた。

図版1　斎田喬

図版2　ジョン・テニエル

図版3　チャールズ・ロビンソン

斎田は、影響を受けた画家として、初山滋とビアズレーの名前をあげ、「それ（初山滋の『知と力兄弟の話』の絵）を見て非常に感動して、象徴的な深みのある童画を描きたいと思いましたね」（上笙一郎 1974：116）と後年述べている。

斎田喬の絵画手法の斬新さは、とりわけ、その独自な構図と意匠性にある。まず、彼の特徴が顕著に見られる斎田の「黒猫とまりちゃん」の挿絵（図版1）を他の日英同時代の同じシーンを描いたアリス図像と比較してみたい。第一に、斎田の図版1とジョン・テニエルの同じ場面の挿絵（図版2）を比較してみると、ネコが枝に乗り、アリスがそのネコを見上げるという配置は、伝統的なテニエルの構図を踏襲している。しかし、それ以外の細部の描写や構図は、テニエルの作品と比較すると、かなり相違が目立ち、とりわけ、大胆な白と黒のコントラストを活かした斎田の意匠性は際立っている。斎田喬の絵を英米の挿絵と比較すると、写実的な一九世紀のテニエルから、二〇世紀初頭のチャールズ・ロビンソン（図版3）、二〇年代のA・L・ボウリー（一九二一年）（図版4）、さらに、斎田の後、ニューヨークで出版されたモダンなウィリー・ポガーニー（一九二九年）（図版5）の挿絵と比較してみても、斎田の構図とデザインにおける独創性がきわだっていることがわかる。

斎田の「黒猫とまりちゃん」は、彼自身が影響を受けたという初山滋の第三章で取り上げた同じシーンを扱ったカラー挿絵[6]、ビアズ

図版4　A. L. ボウリー

図版5
ウィリー・ポガーニー

レーの細密描写とも全く異なっている。繊細かつ簡潔な曲線の妙味と色彩によって幻想的な象徴性を描き出した初山のアリス画に対し、斎田の構図は、画面を白黒二色に二分し、その中央の白いひし形の画面のなかで、チェックの服を着た黒ネコとまりちゃんが、枝を中央に左右非対称に向き合っている。この左右非対称の構図は、日本の伝統工芸の技法に通じる。

西岡文彦は『ジャパネスクの見方』において、「やまと絵」としての純日本風な絵画について、「精神性を重んじた硬質、精緻な写実が中国画の特徴であるのに対し、日本画は意匠性を重んじた柔和で典雅な表現をとる。よりデザイン的なのである」(1989:78) と、日本画における意匠性に注目する。西岡は、日本風なデザイン感覚として、「アシンメトリカルかつ情緒的意匠」(116) をあげている。斎田は画面を左右、上下対称に分割しながらも、対角線を使うことによって日本の片身替えの技法を一部取り入れている。さらに、四辺を縁取る三角形の黒い背景に浮かぶ木の葉は、左右非対称、中央のまりちゃんとネコの配置は、日本的分割構図法の「あうんの呼吸のコントラスト」(西岡 1989:25) を踏襲しつつ、現代風なアレンジを加えている。ネコが木の左上部からまりちゃんをながめ、一方まりちゃんは、木の左下部から、背中を見せながら横顔をネコの方に向け見上げる構図は「あうん」を象徴していると西岡が定義するジャパネスク様式(7)である。

さらに、ふたりの視線が大胆なひし形の斜線とほぼ平行に走る点も日本的技法を踏襲していると考えられ、その二人の視線が、ちょうど、木の幹の中央で交差し、木の葉も木の枝もまたまりちゃんの服や黒猫の格子柄もデザイン化されながらも和洋折衷の趣をかもしだしている。白黒のコントラスト、対称と非対称、あうんの呼吸の技法等、現代的なデザイン感覚と伝統的な美術の技法と感性を活かした、考え抜いた作品と言える。さらに、きわめて珍しいことではあるが、このネコは白黒の格子模様のふろしきあるいは服を着て、ふしぎなまなざしでまりちゃんをながめ、一方、まりちゃんはネコを誘うかのように左手を差し出している。ふたりの間の空間にはふしぎな緊張がみなぎっている。

第二に、斎田の『アリス』解釈の注目点は、文字テキストとしての鷲尾の解釈と異なり、『アリス』作品本来の不思議の国の魔界性、幻想性を、図像テキストとして、一部再現した点にある。たとえば、「茸と芋虫」の場面を例にあげると（口絵22）青みがかった木立の茂みを連想させる深い神秘的な青紫を背景に、毒々しい朱色の茸が浮かび上がり、芋虫の腕は、背景と草や花に溶け込むような同系色で描かれ、着物の長い袂とも蝶に孵化する寸前の羽とも連想される。茸や芋虫、まりちゃんの輪郭がぼかしの技法で描かれ、白っぽい茸の茎とまりちゃんの白い顔と手足が、青緑の背景のなかでぼうっと浮かび上がるような幻想的な効果を生んでいる。グウィネズ・ハドソン（Gwynedd M. Hudson 一九二二年）のペルシャ画を思わせる細密な挿絵（口絵23）は、オレンジ色とセピア色を基調とした画面のなかで、中央にたつアリスが、毒々しい花に囲まれた茸の上で長いキセルを吸うオリエンタルな雰囲気をもつ芋虫に対峙している。それに対し、斎田の『アリス』画は、またひと味ちがった日本のオリエンタリズムと幻想性を表象するのに成功している。

その他、斎田の描写には、彼自身がビアズレーから影響を受けたと述べている流麗、細密な線の妙味が見られる。しかし、斎田の描線は、初山やビアズレーのような伸びやかな曲線と比べてより象徴的、装飾的であり、「まりちゃんの腕」（図版6）の描写などを例にとるまでもなく、チャールズ・ロビンソンの装飾的、意匠的な細部描写（図版7）に通じるものがあり、その技法が、不思議の国の幻想性を描き出すのに一役かっている。

次に、斎田の「アリス」「まりちゃん」描写ついて、考えてみたい。まず、鷲尾が文字テキストのなかで描写したまりちゃんと比べてみると、図像テキストである斎田のまりちゃんは、個々の挿絵によって幅があるものの、鷲尾よりもう少し年長に設定され、そのため、子ども、つまり女の子というよりは、少なくとも、その面差しに思春期の影がすでに投げかけられた少女としての実在感があるといっても過言ではない。さらに、斎田のまり

図版6　斎田喬

図版7　チャールズ・ロビンソン

ちゃんの特徴は、日本において少女小説が流行し、「少女」概念が誕生した大正時代の時代思潮を色濃く反映している点にある。

では、斎田のアリス像を、英米のアリス描写さらに日本の同時代のアリス描写と比較することによって、その独自性を明らかにしたい。すでに言及した「茸と青虫」「黒猫とまりちゃん」の二枚の挿絵においては、明治の挿絵とは異なり、まりちゃんは、子どもから少女に至る時期の女の子だけがもつ繊細さ、潔癖さと現実から遊離した不安定さと危うさが、描き出され出色である。まりちゃんは、人形のような愛らしい少女でも、男性が時として少女に期待する誘惑しながら拒否をするウラジミール・ナボコフのロリータに代表される少女でもない、大正に生きた日本の子どもから思春期にいたる微妙でデリケートな年齢の少女だけがもつ特徴、その可愛さ、可憐さ、優しさを体現しているといえる。

一言でいえば、斎田のまりちゃんには、上記のような思春期の前段階の特徴と同時に、日本の大正期の時代性、感傷とやるせなさとモダンさが同居している。彼女の服装は、当時、「モガ」とよばれた、都会の中流階級の流行に敏感な家の女の子がきていた服装であり、髪型もオシャレでモダンなショートカット、パーマをかけたのであろうか毛先はわずかにカールしている。また、内表紙には、両手を顎の下におき首を傾け伏し目がちに物思いに耽っているまりちゃんが描かれている（図版8）。年若い女性の憂いを含んだ描写で一世を風靡した竹久夢二（一八八四―一九三四年）の叙情性と世紀末的デカダンスを、彷彿させる。竹久夢二は、大正時代、日本の浮世絵と、アール・ヌーボー様式に影響された西洋的近代画法を融合し、日本的感傷と時代に漂うやるせなさを滲ませた独自の美人画を描き、圧倒的な人気を博した。竹久は子どものための本の装丁挿絵も担当したが、当時の、挿絵画家で、夢二の影響を受けない挿絵画家はほとんどなかっただろう。

図版8　斎田喬

斎田以前に、児童雑誌『赤い鳥』と『金の船』に描いた清水良雄、鈴木淳、岡本帰一の挿絵と比較すれば、斎田のアリスの特徴がより、明白となるだろう。『赤い鳥』の鈴木淳の挿絵は、無垢で幼さのなかに優しさを秘めた女の子の実在感を詩情豊かに伝えていた。しかし、鈴木の「アリス」は、年齢もおそらく実在のアリスより少し年少であるためか、幼さが支配的で、原作のアリスのもつ自負心と強さ、好奇心があまり見られない。『金の船』の岡本帰一のアリス（図版9）は、鈴木よりは年長であるが、類型的な可愛い女の子として描かれ、知性や好奇心のみならず、人物としての個性に乏しいという欠点をあわせもつ。むろんそのコ

図版9　岡本帰一

図版10　ウィリー・ポガーニー

ミック的な描写が子どもや大衆にわかりやすく、人気があった点でもあろうが。この二人のアリスには、夢二に見られるようなデカダンスも感傷性もあまり見受けられない。両人ともに、既成の洋画家としての教育を受けたこともあり、また、児童雑誌としての性格上も、時代思潮である感傷とデカダンス的要素は、意識的に排除した可能性が強いと考えられる。清水良雄のアリスには、子どもから少女に移行する時期に見られる繊細さと揺らめき、さらに自己の内面を凝視し、俗世を拒否する潔癖さが見られる。惜しむらくは、清水のアリスには、彼が描く他の少女像と比較したアリスとしての個性が少し、足りないという欠点はあるにしても、清水の他の子供たちのように、都会性と、知性のかげりと神経質な文学的性質から起因する病弱さのようなものが見えかくれする。とりわけ「御褒美」においては、黒一色のバックのなかで思春期に向かう少女の憂い、弱さ、揺らめき、頑な生真面目さが描き出されていて、出色である。おそらく、油彩画家として出発しアカデミックな美術教育を受けた清水良雄は、夢二に代表されるような同時代的感傷性と大衆性を、決然と排除したのであろう。

斎田は活躍の場が絵画より劇にあった分、そうした画家としての気負いやプライドから自由に、時代思潮を受け入れたと考えられる。斎田のアリス描写は叙情の流れすぎる要素もあるにはあるが、鷲尾の翻案の主人公まりちゃんとして考えれば、日本の少女としての実在感と個性という近代性をもつに十分である。たとえば、表紙（口絵24）においては、まりちゃんは感傷を排した現代的明るさと浮き立つような躍動感と生命感をみなぎらせて、小ブタを追っている。それは、一九二九年にニューヨークで出版されたウィリー・ポガーニーのアリスがもつ近代的な個性——ショートカットでミニスカートをはいた、活発で現代的な類型的ではないアイデンティティをもったアリス（図版10）と比類されるまでの、個性をもっているといっても、過言ではない。

図版 11　斎田喬

斎田の挿絵は表紙、内表紙を入れるとカラーが二枚、白黒が八枚、そのうち、まりちゃんが描かれている挿絵は合計七枚、まりちゃんはそれらの絵のなかでハッキリと中心人物として描かれている。いいかえれば、斎田にとってまりちゃんの描写は得意なテーマであったと考えられる。斎田のまりちゃんには、確かに時代的な憂いの影が見えかくれするが、彼女には単なる類型的な描写を超えた個性がある。たとえば、コーカスレースを連想させるかけっこの場面（図版11）では、他の動物たちとたのしげに軽やかに走るまりちゃんの躍動感とリズム感が絵の隅々まで伝わってくる。その楽し気な一体感や躍動感は、画面を五線譜のように横切る風に散る桜の花びらのなかを駆けるまりちゃんや、彼女が走るのを後ろから支えてくれるカンガルー、大きな鳥や小さな鳥、カニ、モルモット、狼からも伝わってくるのである。英米の同時代の挿絵と比較しても、これ程の軽快さと楽しさを描き出した作品は、他にあまり例を見ないと思われる。二〇世紀初頭以降の英米の挿絵のなかからこの場面を描いた作品を年代順に見ていくと、一九〇四年のマリア・カーク（Maria Kirk）一九〇七年のW・H・ウォーカー（Walker）（図版12）とチャールズ・ロビンソン（図版13）、一九一〇年のメイベル・ルーシー・アトウェル（図版14）とジョージ・ソーパー（George Soper 一九一一年）（図版15）そして、一九二一年のA・L・ボウリー（Bowley）（図版16）にいたるまで、コーカスレースのスピード感とアリスの愛らしさはそれなりに表現されている。しかし、キャロルの原作では、コーカスレース自体が、ルールも協調性も必要のない無秩序なゲームとして描写されているためか、斎田の挿絵に見られるような、うきうきと弾むような動物との楽し気な一体感は画面全体からもまたアリス本人からもうかがえない。

図版12　W. H. ウォーカー

いわば、斎田のまりちゃんは、日本のアリス挿絵史において、初めて、同時代を生きる少女、女性でも子どもでもないまりちゃんという個性をもった日本の「少女」を描写したという意味において先取性がある。いうまでもなく、たとえ、夢二の挿絵の女性描写に見られるように、俗世のなかで生きる男性が、それによって浄化されたいと考える男性原理に基づく理想や憧れとしての大正期の少女像や、大正の「やるせなさ」的時代思潮が、まりちゃんに反映していることは完全には否定できないとしても、斎田喬によってはじめて、大正日本に生まれで

図版 14　メイベル・ルーシー・アトウェル

図版 13　チャールズ・ロビンソン

THE CAUCUS RACE.

図版 15　ジョージ・ソーパー

simply bowed, and took the thimble, looking as solemn as she could.
The next thing was to eat the comfits; this caused some
A.L.B.

図版 16　A. L. ボウリー

た個性をもった少女まりちゃんが描き出された意義は大きい。

むすび

今まで、日英比較文化的な観点から、『まりちゃんの夢の國旅行』を、文字テキストと図像テキストの両面から、見てきたが、最後に、時代とアリス翻訳の関係について言及しむすびとしたい。

鷲尾知治の翻案は、日本ではじめて、子どもとくに女の子の視点から創作されたという点で画期的である。日本では、戦後、幼児化され、原作の毒を抜かれた「かわいさ」のみを追求したアリス像が怒濤のように輩出し、一方、矢川澄子のような女性の作家による少女的視点にたった翻訳や図像が生まれ、さらに、精神分析的あるいはアリスにニンフェットとしての役割を求めるナボコフ的解釈といったような、時代の多様性を反映したような様々な解釈が生まれ出た。しかし、はるか時代をさかのぼる一九二五（大正一四）年、日本が最後のつかの間の民主的な雰囲気を謳歌していた時代、男性作者によって、原作のルイス・キャロルの基本理念に近い日本の女の子の視点に立つ翻訳が、第二次世界大戦前の日本で出版された意義は大きい。

斎田喬の図像は、アーサー・ラッカムが描くような、少女としてのアリスの創成に、日本ではじめて成功した作品である。しかし、斎田が描くアリス像は、単なる、欧米のアリス図像の模倣をはるかに超えた、大正日本の都会の少女まりちゃんとしてのアイデンティティを、感じさせるに充分である。「はかなさ」「叙情性」といった時代的な風潮を体現しながらも、まりちゃんのもつ明るさ、モダンさ、封建的な時代思潮を超えた生き生きとした少女としての実在感は、原作のアリスの性格に通じるものがある。少女概念が定着しつつあった日本において、斎田喬が描くまりちゃんは日本の女の子や少女たちに、アリス物語をより身近な作品と感じさせたことであろう。

さらに、彼の作品は、挿絵という制約にもかかわらず、構図、色彩、そして作品解釈そのいずれをとっても、日本美術の意匠性を駆使した、他の日英米の『アリス』挿絵には全く例を見ない独創性をもつとともに、美術作品としての高い完成度をもつ。

斎田喬氏の長女山根玲子氏は、手紙のなかで、「父は画家になりたくて昭和七年（一九三二年）ヨーロッパに絵の勉強に行ったのですが、油絵画家になるつもりが劇作家の道の方が開けてしまい人生の八割を児童劇の作家として生きました」（筆者宛　二〇〇四年五月二八日付）と、書いている。画家としての斎田喬の仕事の、再評価も今後の課題となろう。

顧みれば、『アリス』翻訳は日本の各時代の政治、文化政策、なによりも、ジェンダーの抱える問題、そして時として、狂信論的なジェンダー論から見落とされたまま軽視されがちな「少女」原理が投影された合わせ鏡のような存在なのであるが、次に菊池寛・芥川龍之介共訳、平澤文吉・海野精光絵による『アリス物語』と、棟方志功絵の『鏡の國』で、アリスの変相をジェンダー的側面から眺めてみたい。

六・三　『アリス物語』（海野精光口絵、平澤文吉表紙／菊池寛・芥川龍之介共訳）

プロローグ

興文社が出版した「小学生全集」は全巻予約制で毎月一円で配本する当時の出版界を席巻した円本と呼ばれる全集であり、児童文学分野の円本としては他にアルス社の「日本児童文庫」があり、互いに覇を競っていた。この二八巻に『アリス物語』が収録されている。翻訳は、菊池寛と芥川龍之介の共訳、海野精光が口絵を平澤文吉が表紙と挿絵を担当している。

まず、『アリス物語』の挿絵をとりあげ、海野精光と平澤文吉の図像が、ジョン・テニエルやマーガレット・タラント（一九一六年）をはじめとする英米の『アリス』図像の影響を深く受けながらも、どのように日本美術の伝統と融合した日本の『アリス』図像としての独創性をもつにいたったのかについて考えてみたい。また、後半では、明治・大正のアリス翻訳においては、ほとんど成功しなかった「言語遊戯」が、菊池寛・芥川龍之介によって、どのように日本語のノンセンス作品として再構築を試みられたのかを検証する。さらに、明治翻訳に色濃く漂っていた封建的な「良妻賢母」教育調が、大正デモクラシーと童心主義的な一九二〇年代を経た昭和初期、大正デモクラシーに基づく童心主義の退潮と、第二次世界大戦に日本が突入していく時代に、菊地・芥川の翻訳のなかでどのような変貌を遂げたのか、言葉遊びと少女の表象を軸に、『アリス物語』における、受容と再構築の様態を、図像、翻訳の両面から考えていきたいと思う。

『アリス物語』のイラスト

『アリス物語』に添えられた挿絵は合計一五枚、平澤文吉による一四葉の白黒挿絵と海野精光の彩色口絵一葉がある。その他、表紙の装丁と表紙と裏表紙の内側の影絵も平澤の担当である。

海野精光の口絵（口絵25）は、イギリスの特定の挿絵を参考にした形跡は少なく、西洋および日本にも例を見ないきわめてオリジナルな『アリス』図像といえる。アリスは、大正期、都会のモダンな家庭の子どもが身につけていた服装で、斎田のまりちゃんと似てモダンだ。色彩もモダンで他に類を見ない。アリスの洋服と帽子の黄色と背景の青の原色がコントラストをなし、美しい。さらにアリスのソックスの緑色と、トランプのハートや帽子の折り返し絵の縁取りのオレンジ色が、画面全体を引き立たせる。黄・青・赤の三原色を使った実に効果的な配色といえる。さらに、背景を大胆に省略し青一色で塗りつぶし、前面のアリスとトランプを浮き出す効果を狙った色彩処理は、出色である。

さらに、アリスは、子どもから少女に至る年頃に設定されている。その容貌から判断すると、類型的な西洋人形とも封建的家庭で育った日本の娘とも異なる、何か大正時代特有の「少女的特質・意識」がうかがえる点は評価に値するだろう。しかし、海野のアリスは、赤みがかった金髪におちょぼ口、斎田のまりちゃんと比べると、少女らしい個性は感じられず類型的である。

また、海野は、原作のアリスの性格や内容を十分に理解し解釈していないかのようだ。アリスは、舞い降りて来るトランプを、マジシャンのように両手をあげ楽しんでいるが、その表情や帽子をかぶって立ち上がる様子からは、原作のアリスがトランプに追われ悪夢からさめる終幕の緊張やドラマティックな瞬間の緊迫感がまったく感じられない。さらに、芥川や菊池の翻訳の内容にも忠実とはいいがたい。おそらく、原作はもちろんのこと芥川・菊池の共訳も通読しないで、手元にあったテニエルなどの挿絵を独自にアレンジしたのだろう。しかし、明治期に芳村椿花が『子供の夢』で描いた姉のひざで夢からさめる幼いアリスの挿絵とは全く異なったアリスとしての実在感が感じられる。いわば、海野精光のアリスは、大正日本における、その活発さと好奇心に満ちた少女像の描出という観点において、非常に興味深い作品といえる。

海野の絵を他の西洋の画家と比較してみよう。イギリスのチャールズ・ロビンソンの同じ場面を描いた絵（口絵26）は、緊迫感と不思議の国の魔界性を表象している。アリスの目の前を白兎、マッド・ハッター、ネズミがトランプとともに、一陣の風となって舞い上がる。また、ロビンソンの色彩も、不思議の国のおどろおどろしい魔界性をひきだすのにぴったりだ。画面全体を包む暗緑色と背景の灰色の暗い色調が、キャロルテキストの終幕の悪夢的雰囲気を醸し出し、そのほの暗い背景から白っぽいトランプとアリスの顔が、ぼうと闇のなかから浮か

図版 17　アーサー・ラッカム

図版 18　アーサー・ラッカム

びあがる。ロビンソンのアリスは、海野のアリスより少し年下のように見えるが、手を上げたままこの劇的な瞬間を眼にし、驚愕で目を見開き凍りついたように、身じろぎもしない。

他方、アーサー・ラッカムの絵（図版17）は、この緊迫の瞬間をほぼ地面すれすれの下方からの斬新なアングルでとらえ、上のほうに舞い上がり、舞い落ちるトランプの緊迫した躍動感に迫る。舞い上がるときには驚きを顔いっぱいにあらわした手足のついたトランプのカードが上昇し舞い落ちるにつれて、顔も手足もない生命のないただの数字だけが書かれたトランプの紙の札に変貌し、アリスの上に舞い落ちる。ラッカムの描写は、ロビンソンの象徴的・非写実的描写に比べ、写実的である。しかし、皮肉なことに、写実に徹したラッカムの手法が、キャロルの非現実的な悪夢世界のドラマティックな瞬間をより強烈に表象する効果をもつ。ラッカムのアリスは、基本的には穏やかで優雅な少女である。彼女は、マッド・ティー・パーティのような混乱を極めたノンセンスな場面（図版18）でも、ほとんどその表情を変えることはない。しかし、図版17の終幕の場面ではローアングルから描写したアリスのかすかに開く口元や見開いた目元に、彼女の驚愕や恐怖が見える。しかし、このラッカムの彩色画の独自性は、アリスの表象以上に、絵全体にみなぎる躍動感流動感にあるといえよう。舞い上がるトランプから身を守ろうとしてかかげた両腕、大きく広がったスカート、スイングした髪の毛が、画面を覆う渦を巻いたような風と混乱、舞い広がるトランプのカードや飛び上がる小さな動物、そうしたすべての動きがひとつになり、画面全体の緊迫感を引き出している。

海野のアリス図像を、イギリスの二人の画家の表象と比較してみると、彼の作品はキャロル作品のテキストを詳細に読み込み、その緊迫感を引き出すことができずにおわったといえるが、一九二五年、日本で出版された大正後期のモダンな日本の少女表象とその透明感のある色彩感覚は、評価に値する。

平澤文吉の表紙画（口絵27）は赤、緑、黄土色、黒というインパクトの強い四色使い、赤の王様がプロフィールで、前面の右手には三人の兵士、左手には花をもった女王が描かれている。赤いトランプのハートが、中央の王様の背景と左手の女王の服の模様に配されハートの王と女王だとわかる。しかし、女王はトランプのカードの絵のように手に花を持ち優しげにこちらを見つめる、その描写は、暴力的で残酷な「首を切れと」と繰り返すハートの女王のイメージとそぐわない。イギリスのマーガレット・タラント（一九一六年）が描いた挿絵（口絵28）では、女王が左手に同じような四弁の花を持ち、王様の背後にハートの形のイスの後背がみえる。おそらく、平澤はタラントの挿絵を参照したのであろう。

また、平澤が描いた見返しの影絵（図版19）は、緑色一色で、物語に登場するアリスやチェシャ猫、兎、グリフォンや子豚がシルエットで描かれている。影絵は二〇世紀はじめに、アーサー・ラッカムなどが豪華本でよく使った手法で、日本では先に述べた岡本帰一などが『金の船』や『コドモノクニ』などでよく描いていたが、平澤もそのテクニックをここで使ったと考えられる。物語のキャラクターが庭園で一同に会する構図と構想は、英国のタラントの挿絵から着想をえている。タラントの作品にも表紙の内扉に同様な描写、つまり、アリスやチェシャ猫やその他の主要キャラクターが噴水のあるお庭に会した場面があり、物語の概要が一目でわかる（図版20）ただ、平沢の影絵は木の上から顔をのぞかせたチェシャ猫のひげや二本足で走っている子豚、それを見つめる白兎やアリスなど幾分描写がタラントと異なっている点も見られる。アリスは画面右手に描かれ紅鶴に手を伸ばし互いに見つめ合っているようにみえるが、主人公というよりキャラクターのひとりとして扱われている。彼女の広げた右手の指の動きはエレガントで、髪のスタイルもボブ、紅鶴を抱え女王から逃げようとする原画とは異なり、他のキャラクターと優しげにコミュニケーションをとり、日本のアリス図像らしいほのぼのとした雰囲気が感じられる。

また、平澤文吉の白黒挿絵も、イギリスのマーガレット・タラントの挿絵を元にして描かれている。にもかかわらず、この時期に日本人のイラストレーターによって描かれた三作品――斎田喬装画『ふしぎなお庭』、海野精光・平澤文吉画『アリス物語』、棟方志功画『鏡の國　アリス物語』――のなかで、もっとも日本美術の伝統を保持している。そういう意味において、平澤の『アリス』図像は、大正末期から昭和初期の日本のアリス画家が、英米版『アリス』図像をどのように受け入れ、その過程で変容させたのかを考えるケース・スタディーとしてふさわしい。

平澤文吉が描いた白黒挿絵一三枚のなかで、マーガレット・タラントの挿絵からの直接的な影響がみとめられるものが四枚、類似したものが六枚、全く関連がないものが四枚ある。マーガレット・タラントの挿絵版がどの程度の冊数、一九二〇年代の日本で流布していたかは、詳しい調査をしていないためにわからない。しかし、原作に挿入されているテニエルの挿絵には見られないタラントの優しく親しみやすく上品な雰囲気が、当時の日本の編集者や読者に受け入れられやすかったのであろう。テニエル以後、数多く出版された西洋挿絵のなかで、当時の邦訳のかなりな版に彼女の挿絵が挿入されている。具体的には、楠山正雄訳『不思議の國』（一九二〇年）の口絵、益本青小鳥訳『お転婆アリスの夢』（一九二五年）の函・表紙・口絵・挿絵、大戸喜一郎訳『不思議國めぐり』（一九二六年）の表紙と口絵など三種に使われ、菊池・芥川の『アリス物語』の平澤文吉の挿絵の元ともなっていることから判断して、日本にもある程度の冊数が輸入されていたと考えられる。

図版 19　平澤文吉

図版 20　マーガレット・タラント

図版 21　平澤文吉

図版 22　マーガレット・タラント

まず、平澤とタラントのイラストを何枚かとりあげて比較検討しながら、その影響と変更点、平澤挿絵のヴィジュアル・テキストとしての解釈力、さらに、芸術作品としての評価について考えてみたい。まず、「アリスと子犬」の平澤（図版21）とタラント（図版22）の挿絵を比較してみたい。二人の挿絵は、子犬とアリスの外見、アザミを中央に配した画面構成はきわめて似ているが、平澤の挿絵からは、犬を撃退するためにアリスが手にしている木の枝が削除されている。おそらく、日本の女の子に棒は相応しくないと考えたためであろう。また、タラントが得意とする、ジャポニズムの影響を受けたと考えられる丸い輪郭のなかに子犬を描いた縦長の画面が、平澤作品では日本の装飾美術でよく使われる左右見開き二ページの横長の画面に変更されて、左のページの小さなアリスの上部に本文がレイアウトされている。この丸い輪郭はそのなかから覗く子犬とアリスをさえぎる境界とも考えられ、効果的であるが、平澤の威圧するように大きく描いた子犬を中央で遮る構図もなかなか興味深い。

続く『御褒美』の場面では、平澤は、タラントの元の絵に大胆な変更を加える。（図版23）まず、タラントの『御褒美』（図版24）では、ドードーから贈呈された指ぬきをアリスが英語の curtsy という女性が高貴な人に対して行う西洋風なお辞儀をして受け取る場面が、丸い画面に描かれている。このアリスとドードーを取り巻く円の外側の前景では、一列に並んだ小さな動物たちが両者に喝采をおくる。この長方形の画面のなかに効果的に円形を配するジャポニズム手法は、当時の西洋の他の美術工芸分野に影響を与えていたが、前景の動物たちは芝居か映画を見る観客のようにも見える。

一方、平澤はこの小動物たちが並ぶ前景を省略し、アリスとドードー二者に肉薄する。この手法は伝統的な日本の浮世絵や新聞写真などに使われる手法であるが、平澤はドードーとアリスをタラントの全身描写から上半身に絞り込む。その結果、日本の読者でも理解しやすく違和感のない絵画となった。いいかえれば、アリスの上半身と右手だけが描かれたために、元のアリスの西洋風なおじぎは日本風なおじぎのようにも見え、日本人にはまったくなじみのないドードーも、「昔印度洋の Mauritius に住んで居た大きな鳥」(48) と説明され、違和感を与えない。いわば、平澤は細部にこだわらずに主要な対象物に肉迫し、その対象を簡潔な描線で平面的に描き、背景には直接テーマとは関係がないと思われる伝統的な流水模様を配する。要するに、平澤は、こうした空白処理、アリスとドードーをアップで切りとった構図、白黒の線を主体とした二次元描写、背景の流水を思わせる意匠的な装飾模様など創意工夫を凝している。いいかえれば、平澤は、タラントの画にヒントをえながら、日本の読者が違和感なく受け入れられる、原画とは全く趣を異にする日本の伝統的な美術様式をもあわせもつアリス図像を創作することに成功したといえる。

図版 23　平澤文吉

図版 24　マーガレット・タラント

では次に、第二章「涙の池」に題材をとった二種の挿絵、涙の池のアリスとネズミと、涙の池のなかをガヤガヤと泳ぐ動物たちをとりあげ、平澤が取り入れた伝統的な装飾技法についてさらに詳しく考えてみたい。まず、図版25のタラントの「涙の池を泳ぐアリスとネズミ」は、日本の伝統的な絵画技法を連想させる。ダイナミックな非対称、飛び上がったネズミの躍動感、画面上部の紺色を主体にした濃い色彩から下部のほぼ空白にみえるほどに薄く塗られた水色へのグラデーション、中央で渦巻く水の流れ、様式化されたぼかしの技法などである。しかし、平澤の挿絵（図版26）に比べると、タラントの作品は構図や描写がまだまだ写実的であるが、当時、西洋絵画や挿絵に強い影響を与えたジャポニズムの痕跡がみとめられる。一方、平澤の作品は様式化、意匠化、平面化がはるかに徹底されている。たとえば、水から飛び上がるネズミのおどけたような所作やまなざしはタラントに似通っているものの、平澤のネズミの両手を広げるポーズは、歌舞伎役者の所作のように擬人化様式化され、そのジェスチャーや眼差しはコメディアンあるいはコミック作品のなかに出てくるキャラクターのように誇張されている。この平澤の画も見開き二ページに挿絵と本文が左右非対称に配され、アリスの周りで輪となった水の流れが右手下の飛びあがったネズミの下に生じた水の渦へと回遊していく。あるいは、逆に、この流れがネズミの下からアリスの方に回遊するとも解釈することができる。A・E・ジャクソンの挿絵（図版27）は、タラントと同じように、左右非対称の配置という意味では日本的であるが、平澤とは異なり擬人化もコミック化もなく、ネズミとアリスがリアルに描写される。ウィリー・ポガーニーの絵（図版28）では、余白の処理や水の流れの象徴性と意匠性などは平澤に近いが、アリスとネズミが左右中央に配される構図は、テニエル（図版29）に近いといえる。いわば、平澤の作品は、アリスの構図や表情、描写は、タラントとは全く異なる。しかし、写実的なタラントやテニエルなどの西洋挿絵にくらべ、平沢の挿絵は、上記の御褒美にもまして、日本美術の伝統に立脚した様式美、線を主体とした象徴性、装飾性、意匠性に特徴がある。

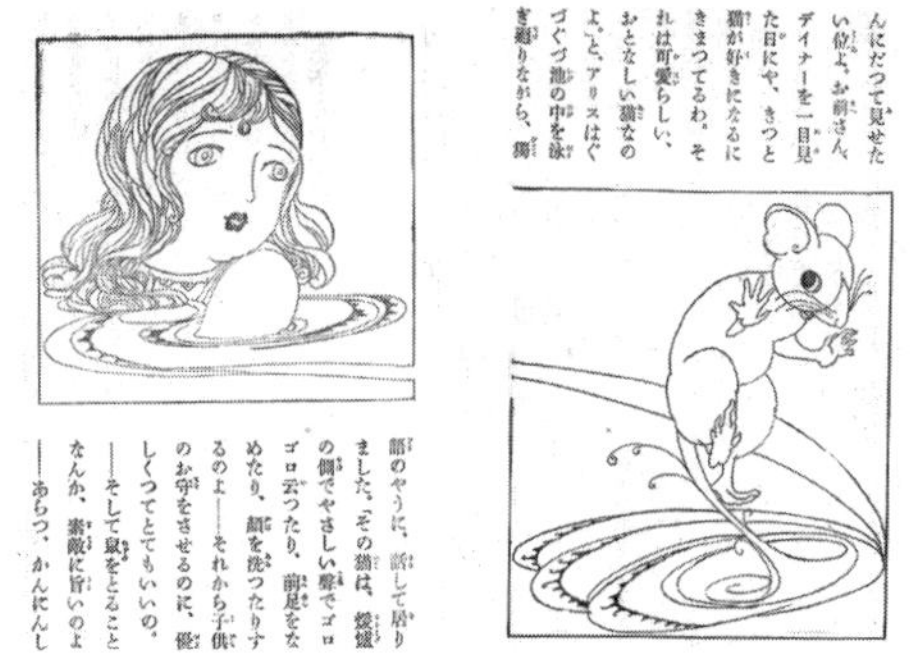

図版 26　平澤文吉

図版 25　マーガレット・タラント

図版 28　ウィリー・ポガーニー

図版 27　A. E. ジャクソン

図版 29　ジョン・テニエル

次に、涙の池をテーマにした平澤の別の挿絵「涙の池の動物たち」（図版30）をとりあげてみよう。幸いタラントが、この構図の挿絵を描かなかったために、平澤はタラントの呪縛から解放され、伸び伸びと独自の画法で描くことができた。では、タラント以外の他の英米の主要作品と比較してみるとどうであろうか。たとえば、チャールズ・ロビンソン（図版31）とアーサー・ラッカム（図版32）は平澤より二十年ほど前に同じシーンを描いているが、当時流行したジャポニズムの影響であろうか、伝統的な日本美術の左右非対称の構図が使われている。アーサー・ラッカムのカラー挿絵では、画の上部に水中を泳ぐ多くの動物が集まり、その真ん中には大きな図体の白いペリカンとドレスのドレープを広げた水の妖精のようなアリスがすべるように泳いでいる。また、画の下部は水中の描写のためであろうか、透明感のある薄い青みがかった淡色に色づけされている。ラッカムは、水の流れを強調した他のイラストレーターとは異なり、水のなかを泳ぐアリスや動物たちの半身がすけてみえる水の透明感を、水彩画の特性を活かし、強調する。ラッカムの絵筆は、彼特有のセピア色を基調にした淡い色彩と克明な写実描写で、アヒルやヒインコ、子ワシや奇妙な動物たちが一団となって、岸辺をめざして泳ぐその一瞬を的確にとらえている。

ラッカムが、水彩画の特性を活かし、水のなかを泳ぐアリスや動物たちの半身がすけて見える水の透明感に重点をおいているのに対し、チャールズ・ロビンソンは暗い水面を岸辺へと急ぐアリスと動物たちのざわめきを、白黒の木口木版のテクニックを使い効果的に描き出す。動物たちが泳ぐたびに水面に生じる水の流れや輪は、白黒で描かれているためにより一層、涙の池の暗さと不気味さが浮き彫りとなる。このロビンソンの曲線を活かした描線の使い方は平澤に近いといえるだろう。しかし、平澤が単純化された描線の意匠性を重視しているのに対し、ロビンソンは、暗い水面とざわめきながら岸辺へと泳ぐこの奇妙な一団を白黒のコントラストを駆使しながら描き、不思議の国の底流に流れる暗くおどろおどろしい魔界性を象徴的に表象してみせる。平澤と同じく、ロ

図版 30　平澤文吉

図版 31　チャールズ・ロビンソン

ビンソンも日本の装飾芸術の特徴のひとつである対角的な構図を多用する。しかし、同じ斜線をつかっても、水の流れや動物たちの進む方向が、画面左下にほぼ対角線で一直線で伸びる平澤の図版30に比べると、ロビンソンの絵は、西洋のジャポニズム絵画に見られるように、視線がそれぞれ一点に集中することなく複数の方向に向かっている。いわば、斜線の処理が、日本美術の構図を継承した平澤とは異なっている。

図版 32　アーサー・ラッカム

いわば、平澤のアリス画の特徴のひとつは、象徴的・簡潔化され意匠化された流水の妙味にあり、日本美術の「野筋雲水」の伝統を受け継いでいると考えられる。西岡文彦は、『ジャパネスクの見方』のなかで、野筋雲水は、「いずれも流れるものによる視覚的接続詞である。雲も水も流れ、大雨が降れば野中の道が川に変わることからも分かる通り、道の筋も地形を水のように縫って進む。画中に描かれた場合、『野筋雲水』の造形的運動性は同一の原理に従っている。……雲や水の流れは地形の様子と共に、自然・天象の時間の流れを暗示する効果を持ち、野筋は見る者が画中に遊ぶことによって、人間の行為の介在する時間を暗示する」（西岡文彦 1989：94）と述べている。西岡は、この野筋雲水は日本的人工自然の基本構造であるとし、「野筋、雲、水の流れによる『筋』は、画中の諸物諸空間を一つに纏める造形的な文脈を形成しているのである」（西岡文彦 1989：95）と述べ、筋の散策性や回遊性が、画中の造形的コンテキストとなると評する。

この原理に従って、図版26を見ると、アリスの身体の下を渦のように取り巻く水の流れは、画面を左右に横切り、ネズミが飛び上がった水の輪に行き着き、その水の輪はしばらくネズミの下の水を数度回遊して最終的にネズミのしっぽに行き着く。この水の流れの回遊性は、アリスのネズミにむける視線の回遊と動きを一にする効果を生み出しているのである。さらに、動物たちが泳ぐ平澤の図版30で、水面の流れがすべて画面左下の一点に向かう、という方向性を持つとともに、このネズミを先頭に、動物たちが岸に向かい一心に泳ぐ、その行為の運動性と介在する時間をも暗示していることになる。そこが、西洋のイラストレーターによる水の動きと全く異なる点であろう。さらに、平澤のアリスとネズミの絵には、先の斎田の絵で言及した左右非対称の均衡と調和をあらわす「あうんの構図」が隠され、二重にジャパネスクの効果が見られる。

西岡は「あうんの構図」について、「ヨーロッパ絵画の伝統では、構図法といえば、『イソケファリ』と呼ばれる頭を同じ高さに並べる様式や『ピラミッド型』の三角形の調和を目指す手法が一般的であった。……こういった長い伝統を持つヨーロッパ的構図法を、一挙にふっ切って『あうんの呼吸』を呑み込むのは……」（西岡 1989：32）ヨーロッパ人には難しいと述べ、さらに、「あうんの呼吸」と同時に、日本絵画の特徴である「空白」、空間処理について、次のように、言及している。

そして、この『気』を表わす余白の『虚』にあたる空間があるからこそ、山水や樹木を描く『実』の画面も映える。『あうん』は、あくまで相手あってのコントラストの妙であり、双方の間に通う『気』があっての相互作用なのである。余白と金雲とが、これもまた『あうん』の対比を示しつつひとつの様式を形成していることも、ジャパネスクの一大特徴である。（西岡 1989：56）

つまり、西洋の伝統的な画法では、空白を作らないようにすること、いいかえれば、画面をうめることがひとつの常套手段であり、余白の美を強調する日本美術の空白処理とはまったく異なっていた。さらに、西岡は、こうしたジャパネスク技法の基盤にあるのは造園法に見られる「遠回し」の美意識であると考える。「日本式庭園は、景観が左右に対称形であったり、真ん中に大切なものが置かれたりして構造があからさまに見えることを、不自然で作為的なこととして嫌う。……『花は水影に看、竹は月影に看、美人は御簾影に看る』という言葉が古式の作庭書に見える。あからさま、説明的ということを嫌う日本的な『遠回し』の美意識を要約した言葉といえる」（西岡 1989：68）と述べ、この「あうんの呼吸」における非対称と「虚」と「気」における余白の処理法が、日本の婉曲的な美意識と関係があると論じている。

平澤のアリス挿絵に目を転じれば、英米の『アリス』図像にくらべて、背景などの細密描写を大胆に省略するという空間処理に特徴があったが、その空白が反対に対象物を鮮明に際立たせる効果をもつという点で、例えば、平澤の図版23、26、30の挿絵は、日本の伝統技法を踏襲した平澤らしい作品と考えられる。平澤のアリス図像が、日本近代の『アリス』図像のなかで、とりわけ西洋から評価されるゆえんもここにある。テニエルに代表される西洋的な細密写実描写と対極にある平澤の『アリス』図像の妙味は、その二次元描写や意匠性、さらに「あうん」の構図と余白の使い方にある。平澤の画法は、すでに本書で論じた同時代の日本の『アリス』画家である『赤い鳥』の清水良雄や鈴木淳、『金の船』の岡本帰一、『ふしぎなお庭』の斎田喬といった西洋絵画の技法を学んだ画家とはまったく異なる。一見、遠近法を軽視し、デッサン力も不足しているようにみえるが、それは彼の技量不足というよりは伝統的な日本美術技法を踏襲した結果であり、彼の独自性とも考えられる。

しかし、ここで平澤の作品の弱点も指摘しておきたい。彼の作品の際立った弱点は、主人公アリスの描写にある。平澤は、テニエルのように、あまりアリスに関心をいだいていない風だ。彼の挿絵のなかで、アリスの表情がハッキリと描かれている場面は三枚しかない、また、たとえアリスを描いている場合でも、十分に自分のものとして対象をとらえきれないぎこちなさや自信のなさが透けて見える。

女性であったタラントはアリスの「少女性」、そのイギリスの中産階級の少女らしい優雅さ繊細さ優しさを、伸びやかに描出しているが、アリスを余りにもやさしく甘美な少女として表象したために、キャロル原作のもつアリスの好奇心や強さ、あるいはテニエルが描いた強情さや冷静さ、といった側面をなおざりにしたことも事実である。一方、平澤のアリスでは、優しさや優雅さといった個性は陰を潜め、類型的である。そういう意味で、日本の少女像を創成した斎田喬のアリスとは対照的といえよう。平澤のアリスは、原作の七歳よりはるかに年長で、そのふくよかな肢体や風貌、すこし女性的な雰囲気から判断すると十代初めか半ばの年齢でありながら、子どもから少女に成長するこの時期特有の堅さや排他性、非現実的な願望や夢といった要素はほとんどうかがえない。むしろ、少女というより、男性が想像する娘、すでに大人の女性に近付きつつある娘という印象が強い。彼女には、アイデンティティや個性も感じられず、小さなおちょぼ口に引きまゆ、長くカールした金髪と虹彩の明るい大きな目をしたアリス（図版33）は、当時の流行歌で歌われたアメリカ生まれの「青い目をしたお人形さん」のように、没個性的である。

「ウサギの家のアリス」のシーンを取りあげてみよう。元のタラントの挿絵（口絵29）は、突然、頭が天井につかえるほど大きくなり中腰で当惑しているアリスを描写しているにもかかわらず、全体の印象は優しく優雅な雰囲気が漂う。基調となるサーモンピンクの色使いは少女たちが好む色彩である。壁紙のサーモンピンクと絨毯の紫がかったピンクの背景に、アリスのドレスの白さと、髪の毛のブロンド、小さな部屋に窓からふりそそぐまぶしい夏の光がみえる。この画全体の雰囲気は、キャロルが原作で書いた悪夢的な恐ろしい世界、身動きできずに閉じこめられた兎の小さな家とは程遠い。むしろ、大きなドールハウスのなかに入った優雅なアリスといった風情である。

図版33　平澤文吉

一方、平澤は余分な線描をそぎ落とし、アリスの描写に迫る（口絵30）。室内の調度品はドアを除いて省略され、アリスの服なども細部が省略されている。ただ、窮屈そうに天井に頭をつかえたアリスが画面いっぱいに広がる。平澤の大胆な画面構成が、実に効果的にこの緊迫の瞬間を切り取っている。アリスのスカートの奥に隠れるような小さなドアと、下からのアングルを用いて彼女の大きさを強調した大小のコントラスト。画面全体のほぼ三分の二を占めるスカートの空白が画面を対角線で横切る。その上部の中央には、首を傾け視線を迫りくる天井に向けたアリスの頭とその窮屈さを支えようと右手を天井に、左手を床につける構図。アリスの窮屈さと巨大さが実に如実に表象されアリスそのものに迫る。構図やアリスのポーズは明らかにタラントから借用しているが、画面をトリミングすることによって閉所恐怖症的な不安感を掻き立てる効果を狙っている。天井が画面の上部のアリスの頭の位置とほぼ同じ高さまで迫り、アリスの髪の毛やパフスリーブの袖などのやや細かい描写が画面上部に集中しているため、スカートに覆われた余白が強調される。

一方、構図や視点の斬新さに比べてアリスの描写は凡庸である。この緊急時にあっても、アリスの口元はいつもと同じように小さく閉じられたまま、不快げに見上げた目もとにわずかに感情があらわれる。いいかえれば、平澤にはアリスを一貫した同一の人物として描く技術が欠如している。しかし、彼が描くアリスは日本の娘にも西洋の少女にもみえる。平沢のアリス表象は、西洋の少女イメージの大正日本への受容、あるいは、逆に、アリス図像におけるオリエント・イメージの継承発展という観点から考えれば、実に興味深い。平澤が描写するアリスは、完全な日本人にも西洋人にもみえない中途半端なアンビバレントな存在である。また、西洋人がいだく日本の女の子とも異なる。おそらく、平澤のアリス図像を、日本の美人画の系譜、あるいは、日本における西洋人物イメージの受容というテーマから論じてみれば面白い題材かもしれない。しかし、本書の重要なテーマである少女的観点からのアリス分析からは、かなり逸脱する可能性もあり、本論ではこれ以上の言及は控えたい。

西岡文彦は島国日本の地理的・文化的な位置づけについて次のように語っている。

> 雄大かつ厳密な中国的シンメトリーのかたわらで自らの様式を確立していった日本文化なので、どこか屈折したところがある。

中心に最も大切なものがあるとする思想のことを中華思想というが、この中華思想の総本山中国のすぐそばにあって、日本は常にいちばんすごいものは海を渡った大陸の彼方にあるという発想に慣れてしまった。文化の輸入先を唐天竺（中国・インド）からアメリカに鞍替えした今日も、その基本姿勢はあまり変わっていない。

したがって、真っ向ひた押しの正攻法の迫力で押すことをせず、最初から、受け入れたものをどうアレンジするかの方に熱意もエネルギーも集中しがちである。……

シンメトリカルなデザインを受容しなくなっていくのも、それを「くずす」ことの方にむしろ自らのアイデンティティを求めたためなのだろう。（西岡 1989 : 132）

明治・大正を通じた日本人画家による『アリス』図像のなかで、平澤のアリス図像は、英米のアリス画の影響をもっとも受けた作品である。にもかかわらず、その影響を「アレンジし」日本の伝統芸術のなかに活かし、イギリスの挿絵を日本の挿絵に変容させることにものの見事に成功した。ある意味、平澤のアリス画は、まったく異なった二つの文化――イギリス文化と日本文化――の受容と融合の様態を示す好例ともいえるのである。

菊池寛・芥川龍之介共訳『アリス物語』

第一次『赤い鳥』が廃刊される二年前の一九二七年、鈴木三重吉は福富高市にあてた手紙のなかで、「世間の不景気と、児童文庫や小学［生］全集のごとき、予約本の影響で、少年少女雑誌は、いづれも苦しんでゐます。……私が赤い鳥をよしたら、もう二度とあんな雑誌は生まれません(8)」と、雑誌経営の苦しさと、『赤い鳥』が児童文学へ果たした貢献自負を吐露する。

昭和初期、出版文化の世界で特記すべき事柄は、『赤い鳥』をはじめとする既存の児童文学に打撃を与えたこの廉価な予約本「円本」の刊行といえる。昭和二（一九二七）年「円本」シリーズが興文社とアルスの二社から刊行される。興文社は『アリス物語』（一九二七年）を収録する「小学生全集」（全八八巻、一九二九年まで刊行）を、アルスは「日本児童文庫」（全七六巻、一九三〇年まで刊行）を出版する。それぞれ八〇巻近いシリーズを刊行したが、この「円本」の興隆は、反面、『赤い鳥』に代表される自由主義的な児童文学の衰退と、軍部の台頭、『アリス』翻訳冬の時代の到来を告げる。「日本児童文庫」は、充実した内容をもったインテリ向け、「小学生全集」は庶民層向けであったが、両社は過当な出版競争により相前後して倒産する。以後、不景気にともなう文化の衰退と通俗的な読物が、第二次世界大戦終了まで、出版業界を席巻していくこととなる。

「小学生全集」に収録された『アリス物語』の内表紙には、菊池寛・芥川龍之介共訳と印刷されている。しかし、菊池寛がそのあとがきで[9]「この『アリス物語』と『ピーターパン』とは、芥川龍之介氏の擔任のもので、生前多少手をつけてゐてくれたものを、僕が後を引き受けて、完成したものです。故人の記念のため、これと『ピーターパン』とは共訳と云ふことにして置きました」と書いている事実と、他の外国名作の数多くが菊池寛訳として出版されていること、芥川龍之介がその出版直後に自殺していることを考えあわせると、おそらく、大半が菊池の訳あるいは、一部下請けに出した可能性も完全に否定できなくもない。菊池寛は、大衆小説家として一世を風靡していたが、翻訳のみならず、創作においても代作者を使っていたことは有名であった。「食えないでいるまわりの若い文士たちに仕事を与えるために仕事を請け負ってきた。……できてきた原稿に菊池寛が徹底的に手を入れて、菊池寛の名で発表するというスタイル」（井上ひさし 1999：136）を考えあわせると、このアリス翻訳も下訳をさせた草稿に菊池が最後に手を入れた可能性を完全に否定することはできないだろう。

芥川龍之介は、『アリス物語』出版当時、神経衰弱からくる不眠症と、家庭内のトラブルと経済的な理由で、精力的に創作執筆活動や講演、さらに菊池寛と共同で携わっていた「小学生全集」の編集にと、多忙をきわめていた。『河童』や『或阿呆の一生』など最晩年の名作は、この時期に執筆されているが、おそらく、芥川は『アリス物語』の翻訳にはほとんど手をつけていなかったと推測され、「小学生全集」の共同編集に関しても、菊池寛が自ら語るように、[10]菊池への友情ゆえに参加したが、主体的に関わったわけではなかった。

一方、菊池寛は、多忙中にもかかわらず、児童文学の出版に参入する熱意と自負、さらに、自分が経営する文芸春秋社からの出版という経済的理由など、「小学生全集」に積極的にかかわる理由が、多々あった。菊池寛は、自分の子どもの読物の選択に窮し、「芸術的潤いの少しもない教科書と、児童の精神的発育に対して何等の良心を持っていない童話雑誌」と、「国定教科書の芸術的うるおいのなさを正面から批判し、かつ、多くの児童雑誌のひよわさを批判して、このしごとに積極的にのりだしている」（滑川道夫：1974 42-43）。菊池は、自ら編集出版した『小学童話読本』（一九二五年）の序文で、「私はこの読本に依つて、児童に物を——自然を——人間を——人生を見る眼を与へたいと思ふ。次に美しく優しく素直に感ずる心を与えたいと思ふ。最後に、囚われずに正しく動く道念を与へたいと思ふ」と、児童文学への意欲と自らの信条を語っている。こうした高潔な目的とは裏腹に、反面、菊池寛は、大衆にアピールする通俗的な価値観と、妻がいながらも何人もの愛人や女性との関係を公言してはばからない私生活に代弁されるような現実肯定的・男性中心的道徳観、家父長的家族観や子ども観女性観をいだいていた。彼のこの姿勢は、児童文学にかかわってからも、変わりなく、『赤い鳥』に代表される大正期の児童文学雑誌を男性原理から断罪し、子どもに大人の理想としての「美しさ優しさ素直さ」を、自己を顧みることなく一方的に押し付けてはばからない。こうした発想は、明治から昭和に続く平均的な日本人男性の常であったとも考えられ、それが『アリス』翻訳にどのような影響を与えたのか、興味深いテーマといえよう。

菊池はあとがきにおいて、『アリス物語』について、以下のように述べている。

アリス物語は、英国のルウヰス・カロルと云ふ数学者の書いた有名な童話です。英国のヴヰクトリヤ女王がお読みになつて大変感心遊ばされ、此の作者の他の著作をもお求めになつて見たところ、それらはみんな数学書であつたと云ふ逸話さへ伝はつてゐます。「ピーターパン」などと併称され、英国の児童に最も人気のある童話です。日本の童話などとはまた違つた夢幻的な奇抜な奔放な味のある面白い物語です。かうした童話も、一冊だけは本全集に入れねばならぬと思ひます。(傍点筆者)

彼はこのあとがきで微妙な表現をしている。というのも「奇抜な」という言葉は、肯定的にも否定的にも読み取れるからだ。『不思議の国のアリス』がイギリスでとても人気のある童話であること、それは、「夢幻的な奇抜な奔放な味のある面白い物語」ではあるが、日本の童話と全く異なっていること、あるいは、菊池が理想とする子どもの読物ではないが、少なくとも「小学生全集」八八巻の中の一冊としては入れざるを得ないと云うのがその主旨であろう。「児童の心に精神的背骨を造ること」「囚われずに正しく動く道念を与えたいとする」菊池にとって、はからずも、アリス物語の夢幻的で奇抜奔放な味わいは、彼が理想とする日本の子どもに相応しい読物ではないが一冊はぜひ必要だと云う主旨であろう。では、『アリス』のどの点を、菊池が子どもに与えたい本としてあまり適切でないと考えたのだろうか。彼女の好奇心、強さ、その物語のファンタジー性、あるいは常識でははかれないノンセンスなのか、なかなか興味深い。

一九二〇年に楠山正雄が翻訳した『不思議の國』は、『アリス』邦訳史において、厳密にいうと、最初の忠実な二冊の『アリス』完訳である。楠山は解説のなかで、この作品の神髄を、「空想と滑稽」と述べる。

突拍子もなく、何の係り合ひのないものが自分勝手に係り合つたり、物の筋道がどうにかこうにか行く所まで行つては、ふいに中絶えがして外のことに変つてしまつたり、終始馬鹿にされたような、小じれつたいやうな、……奇妙な感じを、飽迄子供の経験する世界のことにして書いたのがこの本です。ただその子供の世界が、あんまり作者の生まれたイギリスの国の子供の世界に即きすぎてゐるので、人情風俗のちがつた日本の小さい人たちには大分親みにくい所もあるでせうが、この本の作者のふしぎな頭に組み立てられたおもしろい空想と滑稽とは相応に皆さんを愉快にする力のあることを訳者は信じてゐます。(1920: 1-2)

楠山正雄の翻訳は原作を忠実に翻訳しているために、反面、キャロルのノンセンス世界を日本の読者が楽しめる生き生きした日本語世界に再現できなかったという弱点をも、あわせもつ。

事実、楠山はあまりにも直訳にこだわったがために、キャロルの原作の言葉遊びの重要さを理解していたにもかかわらず、偽海亀の物語のなかで頻発する英語の言葉遊びを、ついに適切な日本語の言葉遊びに直すことができなかった。また、日本語に対する感性がほかの文学者のように豊かでなかったために、きらきらと活気に満ちた女の子としてアリスを日本語で表象することもできずにおわった。

一方、一九二七年版の芥川・菊池の共訳は、楠山正雄の翻訳よりも自然な日本語で、子どもがはるかに親近感をもてる作品に仕上がっている。『アリス物語』は、物語の流れや描写が自然で、単に訳文が原作に忠実というだけではなく、日本語作品としても違和感がなく、読者の興味を引く。いわば、現代でも通用するような魅力のある作品である。翻訳もあまりミスがなく、流暢である。また、言葉遊びはそれ以前の『不思議の国のアリス』の邦訳に比較して、かなり工夫が凝らされている。たとえば、本来であれば正確に more and more curious というべきアリスの言葉を、curiouser and curiouser とおかしみを込めて意図的に使った英語も「変ちきりん変ちきりん」という元の英文と同じように楽しげでありながら変な響きをもつニュアンスの日本語に翻訳される。また地口の翻訳も、今まで出版された『アリス』翻訳のなかでは最も成功している。といっても、翻訳困難な言葉遊びの大部分は英語表記を残し、日本語の解説を加えているのはいうまでもない。おそらく、日本語による同じような言葉遊びを考案することがほぼ不可能に近かったからであろう。しかし、菊池の言葉遊びの翻訳が、成功している例もある。たとえば、原昌は、「偽海亀の物語」の次のような巧みな言葉遊びの翻訳例をその例としてあげている。[11] 以下、原文と翻訳を併記してみたい。

"[W]e went to school in the sea. The master was an old *Turtle*—we used to call him *Tortoise*—" ... "We called him *Tortoise* because he *taught* us," said the Mock Turtle angrily. (italics mine, 93)

「海の中の学校にいきました。先生は年をとつた海亀でした。——わたし達は先生のことを正学坊先生、といつもいつてゐました。——。」……

「なぜつて小学本（正学坊）を教えますからさ。」とまがひ海亀は怒つていひました。

（傍点筆者、芥川・菊池 1927: 200）

同音異義語の "taught us"（「教える」）と "Tortoise"（「陸ガメ」）を使った同音異義語の言葉遊びを、「小学本（正学坊）」を教える「正学坊先生」とカッコの説明をしながら、日本語のシャレで紹介する。さらに、海の中の学校の正課である、「読み」（"reading"）「書き」（"writing"）さらに、算数の、「足し算」（"addition"）「引き算」（"subtraction"）「掛け算」（"multiplication"）「割り算」（"division"）が次のようなシャレに変えられる。

"*Reeling* and *Writhing*, of course, to begin with," the Mock Turtle replied; "and then the different branches of Arithmetic— *Ambition*, *Distraction*, *Uglification*, and *Derision*" (italics mine, 94)

それぞれ、"reeling"（「よろめく」）"writhing"（「のたくる」）"ambition"（「野心」"distraction"（「気晴らし」）"uglification"（「醜悪化」）"derision"（「嘲笑」）へと変わったシャレを、菊池は次のような流暢な日本語に変える。

> 「まづ初めは、勿論、千鳥足だの、からだのくねり曲げさ。」とまがひ海亀は答へました。「それからいろいろな算術に、野心術、憂晴術、醜面術、それに嘲弄術。」
>
> （傍点筆者、203）

楠山が、「ぐるぐるまわり」「這いずりまわり」「秘術に、奇術に、醜顔術」と邦訳したのと比べると、菊池の翻訳にはかなりな努力のあとがみえる。さらに、dry tale は、「干からびて面白くない話」に直しているが、一部の言葉遊び——long tale (tail)、mine、lessen と lesson などは、カッコのなかに英語を記し、また、「ドードー」などは、日本語で「昔印度洋の Mauritius に住んで居た大きな鳥」などの説明をくわえる。さらに、一部、日本の読者になじみがない箇所は、最低限ではあるが、明治期の初期の『アリス』翻訳に見られるような日本の事物に置きかえる努力は怠らない。例えば、the rabbit-hole は「井戸」に、tart は「おまんじゅう」に変えられている。一部、ミスもある。たとえば、「デイナー」「アダ」などに見られるように名前の発音が誤って表記される。また、"Oh my dear" の代わりに兎にとって大切な ears と whiskers におきかえた "Oh my ears and whiskers" (18) が「私の毛皮と髭」と、逐語訳される。

しかし、西洋文化への同化が進んだ一九二〇年代の翻訳者たちは、明治邦訳に見られるストーリーやエピソードの変更や省略、日本的なものへの置きかえから少しづつ解放されたことがわかる。つまり、こうした芥川・菊池や楠山正雄の翻訳を見ると、キャロルのテキストに忠実な日本語に、つまり、翻訳がキャロルの原典により忠実になってきていることがわかる。さらに、菊池寛は、「はしがき」と「あとがき」のなかで、「アリス物語は一つの夢であります。読んでゐるうちに、児童の心を知らず知らず、夢の国へつれて行つてしまふ、物語でありまず……日本の童話などとはまた違つた夢幻的な奇抜な奔放な味のある面白い物語です」と述べている。要するに、この時期になると、『不思議の国のアリス』の神髄は「ファンタジー」と「ノンセンス」であると読者も理解し、そのノンセンスを、一部日本語の言葉遊びで、一部日本語の説明で、日本の子ども達が楽しむことができるようにまでなってきた。

菊池は、学生時代から多くの翻訳を手掛け、また、英語が堪能であった。その彼が、「日本文学の現状」という演題で英語の講演をしたことがあった。そのなかで日本語を外国語に翻訳する難しさについて解説し、「日本文学の発展障碍は言語の翻訳の困難にあると云った」（村松梢風 1956: 240）という。菊池の『アリス物語』が翻訳のみならず、文学作品としても高水準なのは、彼が英語力に堪能であり正確な翻訳を心がけただけではなく、日英の言語的相違と翻訳の困難さ、さらに文学作品としての芸術性を十分に尊重していたからでもあった。

菊池が描くアリスは、個性にはかけるものの良家の上品な娘風。菊池のアリスが話すのは、大正時代の典型的な中流階級の言葉である。その言葉遣いは、子どもや少女というより、もう少し年上の娘言葉に近い。そういう意味で、平澤文吉が描くアリス図像とちょうど年齢と雰囲気をいつにしている。さらに、菊池は、最後にアリスのお姉さんがアリスの話を聞き、自分もアリスと同じような夢を見て、アリスの将来に思いを馳せる年長の娘の優しさや悲しみなどの女性心理もうまく翻訳しているが、それは、小説家としての菊池寛が、女性描写に定評があったことからもうなずける。

しかし、菊池の翻訳は子どもの目線に立ったものではなかった。たとえば、第一章で、一人二役で遊んでいたクロケーゲームで自分をだましたとして、自分の顔を平手でたたこうとしたことがあったという説明の後、ナレーションで、アリスを次のように説明する箇所がある。"*for this curious child* was very fond of pretending to be two people" (italics mine, 21). 菊池は、イタリック体の"*this curious child*"を「この変わり者の子どもは」と翻訳している。そこにはネガティブな意味合いも含まれていて、おそらく、菊池自身がアリスの好奇心にキャロルほどの共感をいだいていないことを如実に物語っている証左ともいえる。さらにまた、菊池は子どものみならず女の子ともかなり隔たった視点に立つ。最後のシーンで、アリスの冒険を聞いた後、アリスの将来に思いをはせる姉のことばを英文で読んでみよう。

Lastly, she pictured to herself how this same little sister of hers would, in the after-time, be herself a grown woman; and how she would keep, through all her riper years, the simple and loving heart of her childhood … and how she would feel with all their *simple sorrows*, and find pleasure in all their *simple joys*, remembering her own child-life, and the happy summer days. (italics mine, 120)

このイタリック体で書かれた子どもたちの"simple sorrows"と"simple joys"を、菊池は「単純な悲しみ」と「単純な喜び」と翻訳する。一方、七年前に翻訳をした楠山正雄は、"this curious child"を「この奇妙な子は」と、菊池と同じようなニュアンスに訳し、後者を、「単純な悲しみ」「単純な喜び」とまったく同じ訳語をあてていた。というより、菊池が同じ訳語をあてたのである。また、初期明治翻訳のなかでは画期的であった『愛ちゃんの夢物語』の翻訳者丸山英観は、「この不思議な子供は」と前者を訳し、後者を「こんな無邪気な心」と「悲しみとよろこび」を「心」とひとまとめにし、「無邪気」と原文のおもむきを伝えている。丸山英観の翻訳が明治期の翻訳においては最も女の子アリスの視点に立っていると先で論じたが、この菊池の翻訳から判断すると大正においてもなお、丸山の訳文は新鮮であることがわかる。さらに、現代の翻訳に眼を向ければ、矢川澄子は「なにしろ変わった子で」と現代の女の子が話す自然な口語体にかえ、また後者も「たあいない悲しみ」「無邪気な喜び」と少女たちがつかう言葉そのままで再現する。いわば、菊池の翻訳からうかがえるのは、アリスの活発で利発な性格や行動を「奇妙な」と感じる程にネガティブに受け止めると同時に、子どもを「単純に」一面的に眺める菊池の視点である。それはアリスに共感をいだいているのではなく、アリスを大人の視点から客観的、冷静に判断している証拠のひとつといえる。

さらに、菊池寛は、原作のアリスのもつ好奇心、強靱さ、積極性や生き生きとしたきらめきを、再構築できずに終わった。原作者ルイス・キャロルが共有できた幼い女の子の気持ちが理解できなかったのは当然であるが、それ以上に、菊池が日本の男性原理的な観点からアリスを解釈しなおしたからであろう。菊池にとって、アリスは、常に目上の男性の立場から道徳や作法を教え導く、自分の子どもあるいは娘のような存在、将来結婚し家庭生活をいとなむその準備段階に既に一歩踏み出した未来の女性にすぎない。優れたノンセンス翻訳にもかかわらず、菊池の翻訳が、キャロルと同じ七歳ぐらいの女の子を読者の対象とした鷲尾知治や丸山英観の翻訳に見るような女の子の視点に、ついに、近づくことなく終ったのは、日本のアリス翻訳受容史においては、まことに残念なこと、といわざるをえない。

六・四　『アリス』とジェンダー――棟方志功の『アリス』図像

棟方志功

楠山正雄の『不思議の国』と『鏡の国』の初訳は一九二〇年、ジョン・テニエルの挿絵入りで出版されているが、棟方志功の挿絵が楠山正雄の翻訳に添えられたのは一九三三年、春陽堂の少年文庫から新たに楠山正雄訳『鏡の國　アリス物語』が出版された年である。[12]

棟方志功は、近代日本の版画家のなかで、世界的にその名声を知られた数少ない芸術家のひとりである。彼は、一九〇三年青森の鍛冶屋の息子に生まれた。幼少の頃から画才を認められ、上京し油彩画で身をたてようと志し、当時画家の登竜門であった帝展に入選するべく独学で絵を学ぶ。しかし、極度の近視に加え、正規の美術教育を受けることのできなかった彼は、師弟関係に影響されることの多い画壇で脚光を浴びる機会は少なく、その後、油彩から版画に転向する。自叙伝『板極道』のなかで、棟方はその転向当時の心境と自らの芸術理念について語っている。少し長くなるが引用してみよう。

そのころから、帝展の油絵の在り方に疑いを持つようになりました。油絵には何か腑に落ちないものがある。……当時、日本の洋画壇には、和田英作、中村不折、中沢弘光、岡田三郎助、藤島武二氏などという大家がいて、帝展出品の洋画家はみなその傘下にありましたが、わたくしは、梅原竜三郎、安井曾太郎の両先生こそ洋画壇の二ツの大きな峰であると思いつめていました。梅原、安井の神様のような両先生でさえ、西洋人の弟子でなかったか、……日本人のわたくしは、日本から生まれ切れる仕事こそ、本当のモノだと思ったのでした。そして、わたくしは、わたくしだけではじまる世界をもちたいものだと、生意気に考えました。目が弱いわたくしは、モデルの身体の線も見えて来ないし、モデルも生涯使わないで行こう。こころの中に美が祭られているのだ。それを描くのだ。先生もいないし、存分に材料を買う資力もっていない。しかし、洋画でいう遠近法をぬきにした、布置法による画業を見出したかったのでした。それには、日本が生む絵にもっとも大切な、この国のもの、日本の魂や、執念を、命がけのものをつかまねば、わたしの仕業にならない。……

そのとき、わたくしの想いのなかに、一ツの天啓というか、火の玉というのでしょうか、からだ全体をもやす焔がひらめいたのです。ひところわたくしの絵を赤一色に塗らせたゴッホが、このときも先達であったのです。ゴッホが発見し、高く評価して、賛美をおしまなかった日本の木版画があるではないか。よし板画で、それを表現しよう。自分の全部をそのことに展開させよう、これこそ、現代の世界画壇におくる日本画壇の一本の太い道だ。その橋を架けよう、日本木版の大橋を。……昭和三年、二十六の時です。（棟方 1976: 59-60）

ここに後年大成する棟方芸術の原型が語られている。彼は、西洋芸術の継承ではなく、日本人として日本に根付く芸術のアイデンティティとしての版画をめざし、さらに、世界画壇を射程距離に入れ自己の芸術を大成させようと考える。技法にかんしては、自分の個性を活かし、西洋的遠近法ではなく日本美術の伝統である布置法による画法、弱い視力の弱点を克服すべくモデルを使わないイマジネーション重視をこころにきめる。日本の美術においても、また世界美術においてもきわめて特異であった棟方芸術がここに誕生したといえる。当時の日本の芸術家としては稀な世界に通用する作品を模索し、自らの基盤である出生地津軽のねぶたに代表される風土と文化、さらに、彼のなかでつちかわれた仏教や文学的関心をひとつにした、独創的な作風の確立を模索した。

棟方が、『アリス』挿絵を描いた一九三三年頃は、彼の画歴のなかでは、一九三六年の『大和し美わし』にはじまり『釈迦十大弟子』にいたる数年の油の乗り切った時期の前段階にあたる。棟方はそのころ生活のために、少年少女向きの本に挿絵を描いていた。しかし、文学に共感をいだく棟方は、大成してからも岡本かの子の詩による『女人観世音板画巻』や、宮沢賢治の詩による『不来方の柵』、また谷崎潤一郎の『鍵』に挿絵を寄せていることからわかるように、アリスの原画は、制作においても手を抜くことなく、誠心誠意描いている。

棟方とテニエル

棟方志功の原画は「繊維の粗い画用紙のような紙に、ペンと筆を使い分け、黒一色で」[13]描かれているが、テニエルの挿絵から構想、構図等の影響を受けていることは明白だ。棟方の挿絵は合計一〇枚、そのうち二枚はテニエルの挿絵にはない場面を選択し、その他「ライオンとユニコーン」は全く独自の構図、描写といえるが、残り七枚は多少ともテニエルの挿絵から明らかに着想をえている。

しかし、二人の挿絵には決定的な相違がある。それは、アリスの表象にある。テニエルのアリスには少女とも子どもともつかない硬質な魅力、子ども特有の強さと冷たさが感じられるが、棟方のアリスには堅さや頑なさというよりは、むしろ積極性や柔軟な強さ、存在感がみえる。反面、テニエルの『鏡の國』で描かれたアリスに垣間見られる思春期特有の危うさや自分の領域に閉じこもり異質なものを排除する潔癖さがみえない。この棟方の欠点は、見方を変えれば、長所に転じる。いいかえれば、躍動感に満ち実在感を感じさせる日本のアリスの誕生の瞬間ともいえる。例えば、第七章「ライオンとユニコーン」の最後で、アリスがドラムの音に堪え切れなくな

図版 34　ジョン・テニエル

図版 35　棟方志功

るシーンでは、テニエルが耳を押さえる場面（she dropped to her knees, and put her hands over her ears, vainly trying to shut out the dreadful uproar, 214 図版34）を選択しているのに対し、棟方は驚いて小川を飛び越すシーン（She started to her feet and sprang across the little brook in her terror, 214 図版35）を描く。耳を押さえ頑なに身体をこわばらせ、うずくまるテニエルのアリスと、編んだ髪をなびかせて軽やかに小川を飛び越える志功のアリスは対照的だ。テニエルのアリスは、ドラムの音を拒否し耐えている。棟方のアリスは逞しい足で跳躍し、今にも着地しようとする。その顔にはこけしのようなおさない面ざしがかすかに残る。キャロルのテキストのほぼ同じ箇所を選択しながら、二人がまったく異なる瞬間を選択した意味は大きい。

棟方芸術

長部日出雄は、棟方志功の芸術の特徴は、アニミズム、ダイナミズム、フェミニズムにあると考え、次のように解説している。

それにちょっとおさまり切れない、多神教的で汎神論的な彼の宗教心の根底に潜んでいたのは、アニミズムであったのではないかとおもいます。山川草木、森羅万象、すべてに神がいて、仏がいる。そういったアニミズムであったろうとおもうのです。……棟方芸術の奥底にあるのは、最も根本的な生命力で、それは今地球上のそこかしこで次第に希薄になりつつあるような気もします。……それから、志功が少年のころから持ち続けてきたフェミニズムも、今やはり世界中の人間にとって大事な問題になってきています。

とすると、フェミニズム、アニミズム、ダイナミズムといった棟方志功の特徴を共通して貫いているのは、根本的な生命力の賛美で、それはこれから二一世紀にかけて、地球人類にとって最も大事なものになって来るのではないかとおもわれるのです。(1991: 138)

この棟方の三つの芸術的特性は、アリス挿絵においても、重要な要素である。ダイナミズムはアリスの強さやアイデンティティとして表現されるが、キャロルのテキストにおけるアリスの強さは、棟方的な原初的な強さというより、表層的論理をそのまま通用させようとする、一面的な知性にもとづく強さであり、思春期直前の頑なさと危うさをあわせもつ。それに対し、棟方芸術がもつようなアニミズム的根源的な生命力の表象においては、女性はすべて、母性や生殖を体現した存在と考えられ、子どもから思春期に至るアリスの揺らめきと危うさを表象するテキストとは最も乖離した存在といえる。さらに、棟方のフェミニズムは、ジェンダー論に立ったフェミニズムというより、上記のアニミズムに基づく、生殖と母性をつかさどる生命力の根源としての女性崇拝であり、それが女性の本性か否かの問題を含めて、ともすれば男性側から見た女性憧憬といい直した方が正しく、また、子どもから女性へと変化する思春期における少女がもっとも厭う要素のひとつといえよう。

大越愛子は西洋近代と近代日本における、宗教とジェンダー・イデオロギーの関係について次のように解説している。

近代キリスト教は、国民道徳を、愛国心を説いた。女性に対しては、近代的性別役割分業家族の中心となり、立派な国民を産み育成することが、神に課せられた最大の使命であると説いたのである。

近代日本の場合は、個々の女性にジェンダー・イデオロギーを内面化させていく装置としての近代家族は存在していなかった。……文化的女性原理の源泉は、多くの場合宗教である。欧米においてはキリスト教が、近代性別役割分業家族を補強する強力な役割を果たした。キリスト教には、マリアやマルタ、中世の殉教者である女性聖人など、霊的な女性形象が豊富だった。

日本の宗教において、仏教、儒教などは男尊女卑的色彩が濃厚であり、女性の霊的地位はあまりにも低かった。そこでは、生殖か快楽かの現実的な女性役割しか求められず、文化的女性原理が育成されるすべはなかった。(1997: 140)

少女の成長にともなって附随して来る「生殖」と「快楽」(若い女性や少女の立場から言えば、快楽を享受する存在としてよりはむしろ快楽を与える存在)は、西洋のみならず日本においても、精神的あるいは宗教的な裏づけがあってこそ初めて、少女が戸惑いながらも受け入れられるものである。従来、日本の文学や文化は、近代に至るまで、平安の女流文学作品においてさえ、女性を恋愛や生殖快楽の対象という視点からとらえる社会的・文化的通念を超えることはなかった。近代までの日本文学作品の特徴のひとつとしてあげられるのが、巧みな女性の心理描写である。にもかかわらず、明治期の樋口一葉などの一部の作品や大正期の少女小説を除き、日本の文学作品には、少女固有の感受性や少女的な視点が欠如していた。その理由のひとつとして、女性の神聖さや霊的地位の低さがあげられるだろう。それは、健康的なエロティシズムを描く棟方志功の絵画においても例外ではない。

図版 36　棟方志功

図版 37　棟方志功

棟方のアリスと日本美術

まず、棟方の『アリス』画に見られる日本美術と日本文化的特質について、考えてみたい。第七章「ライオンとユニコーン」の挿絵（図版36）は、きわめて伝統的な構図と描写を踏襲している。同じ場面を描いたジョン・テニエルの挿し絵では、プラムケーキの皿をもったアリスが中央で、その左右で眼鏡をかけたライオンと洋服をきたユニコーンがにらみあう。棟方は、ライオンを日本絵画によく見られるライオンに似た「獅子」に、一角獣を判別のつかない想像上の動物として描いている。一角獣らしい動物の丸めた身体と獅子の伸び上がり腕を組んだ身体が、ひとつの円となる構図は、伝統的な日本美術や工芸の様式であると考えられる。更に、中央の二頭の視線が対角線上でぶつかり、丁度この円のほぼ中央部で重なる。ユーモラスで生き生きとした描写とともにアリス絵画がこれほど日本風に様式化され、図案化された例は他にない。また、アリスと子鹿の挿絵（図版37）の鹿の造型や首を一八〇度曲げる描写も日本美術の様式化、装飾化と考えられる。

アリスの描写にも、日本美術の影響が見られる。「アリス女王」は、日

図版38　棟方志功

図版39　ジョン・テニエル

本の仏像の様式を継承している。棟方の挿絵（図版38）を元のテニエルのイラスト（図版39）と比較すると、棟方自身が自覚していたデッサン力の不備が（棟方志功 1971: 51）アリスの肢体の描写からうかがえるが、それ以上に、あきらかに仏像の様式を継承している。棟方は座ったアリスの全身を描いているが、これは蓮の上に座る仏像の様式を踏襲しているように見え、棟方の「観音経」板画（図版40）と比較しても、台座の上にひざを組み、左右の手を動かし指を曲げる仏像独特のポーズと、酷似している。さらに、アリスの面影は、棟方の出身地である東北の特産の民芸品こけしの細く穏やかな目もととかぎ鼻、おちょぼ口に相通じる。

図版40　棟方志功

棟方のアリス図像の独自性

しかし、棟方志功の『アリス』絵画の特徴は、何にもまして、そのテキスト解釈の独自性にある。例えば、「アリスと羊」のシーンで描かれたアリス描写を取り上げ、棟方のアリス解釈（図版41）[14]と岡本帰一の作品（図版42）と比較すると、先に紹介した岡本帰一のアリスは、童心を体現したかのようにあくまで可愛く、日本人形のように、生身の少女としての実在感を感じさせない。それは、竹久夢二や斎田喬描くところの生身の性を超越した夢のような非現実的な少女像に通じるものである。

図版 41　棟方志功

一方、テニエルの作品（図版43）と比較すると、克明なリアリズムに徹したテニエルに対し、棟方は、燈心草を摘もうとして身を乗り出し、魔物の目にも見間違えるように波立つ水面を一心に覗き込んでいるアリスの好奇心や強さその実在感を、象徴的に造形化する。

図版 43　ジョン・テニエル

図版 42　岡本帰一

図版44　マービン・ピーク

小高根二郎は、棟方の「善知鳥」（一九三八年）について、「とりわけ、志功の描いた人物が、日本人になり切っていることに感嘆した。文明開化以降の日本の画家が、はたして幾人日本人を描きえていたか？　眼のくま、鼻柱の陰、或いは身のこなしの何処かに、西欧の面輪面影が潜んでいた。開化以前は唐であった。……『善知鳥』以前はこうはいかなかった」（1973：311）と、棟方を含む日本人画家の作品に見る外国風な面ざしを、批判する。むろん、『鏡の国』の主人公アリスが、イギリスの少女であり、その限りにおいて、棟方のアリスに西洋風な面ざしが残るのはしごく当然ではあるが、彼のアリスには西洋の少女とも日本の少女とも限定できない個性、テニエルのアリスとは性質を異にしながらも、類型的な人形ではない独自性個性がある。上品で少し気取ったテニエルのヴィクトリア時代のアリス像に比較し、棟方のアリスは、もう少し年長で、ボートから出した両腕やその面影にはすでに成熟味が感じられる。富永惣一は棟方の女性像の特色、理想的イメージについて次のように語っている。「どれを見ても円福で豊満である。その顔立ちは完全に円形であるものの、やや長く楕円形をなすものがあるけれども、常に満ち明るい。ただこの女体はとりわけ肩から胸にかけて一段と肉付き豊かに官能的で、これを強調しているかに見える」（118）。例えば、図版38の女王アリスにも見られたが、棟方のアリスは子どもでありながら、彼の他の作品のように、エロテックとはいわないまでも豊満な女性的特徴が見てとれる。

棟方のアリスの実在感は、英米挿絵のなかでも際立った近代性を持ち、一九四六年におけるマービン・ピーク

図版 45　棟方志功

図版 46　ジョン・テニエル

の画期的なアリス解釈にも匹敵するような実在感を感じさせる。ピークの作品（図版44）でもアリスは同じようにボートを漕ぐのも忘れ、燈芯草に魅入られる。ピークが描いたのは、アリスが燈芯草をとろうとして水に手を入れた瞬間である。他方、棟方は、その少し後の瞬間、燈芯草を摘みながらも、その摘んだ燈芯草がつぎつぎと消えてしまうのも気にかけずに、新しい燈芯草に夢中になるその刹那を表象している。水面に浮かび上がる魔物の眼のような水の輪とそれに魅了されたアリスという対比を使い、棟方は臨場感を込めて水中の不思議な燈芯草に魅了されたアリスという少女の好奇心を的確に描き出す。

棟方のハンプティ・ダンプティの場面（図版45）にも斬新な解釈がくわえられている。ジョン・テニエルの挿絵（図版46）では、塀の上で尊大そうに座っているハンプティ・ダンプティに精一杯手をのばしている優雅なアリスの後ろ姿がみえる。一方、棟方の挿絵には、アリスに論駁され頭を掻いているとぼけたような人間味のあるハンプティ・ダンプティと、片手でつたを持ち、もう一方の手を豊かな腰にあてて決然とした態度を崩さないアリスの強い

図版 47　マービン・ピーク

図版 48　棟方志功

意志とゆるぎない自信が対比的にとらえられている。最後までハンプティ・ダンプティのちぐはぐな論理に譲ることのなかったアリスの強情さ、ハンプティ・ダンプティに対して、「今まであった不愉快な人みんなのなかで――」（'of all the unsatisfactory people I ever met―'）（203）最も不快だ、と厳しい判断を下したアリスの激しさを、まざまざと描き出している。一方、ピークは、アリスの知性や強さ以上にそのコケットリーを強調したゆえに、崩れかけた塀の上に口を真一文字に結び座るハンプティ・ダンプティひとりを描き（図版47）、二人のコミュニケーションの欠如はアリスの個性以上にハンプティ・ダンプティの強情さにあると暗示する。

棟方志功のアリス挿絵は、一見テニエルの挿絵を参考にしているかに見えながら、その一瞬の場面選択の相違、些細な描写や表情の相違の背後に、キャロルのテキストに切り込む鋭い読みとひらめきが垣間見られた。彼のテキスト解釈の独自性は、アリス描写のみならず、細部にわたっている。図版48は、棟方が、独自に選択した唯一の挿絵であり、原画ゆえに、墨による筆致が勢いよく伝わってくる。これは、第四章「トゥィードル・ダムとトゥィードル・ディ」のなかで、空がにわかに曇り、雷雲ではないかとおもうと、それがカラスに変化するという変転きわまりないシーンである。その場面は、キャロルのテキストでは次のように描写されている。

アリスは森に少し走って行き、大きな木の下でとまった。「ここだったら私のところまではこないは」と思った。「木の間に入るには大きすぎるから。でも、翼をあまりばたばたしなければいいのだけれども――でないと森の中でハリケーンが起こるわ――誰かのショールが飛ばされていくわ。」(178)

アリスの頭上の枝の木の葉が、疾風の黒雲に取り巻かれ今にもカラスに変貌していく様が墨の濃淡で見事に描かれ、木の葉の下の黒い陰は黒雲ともカラスともショールとも解釈できる。その下には、落ち着いて確保した安全な場所から、この混乱を見上げながら、しっかりと冷静にことの推移を見守っているアリスがいる。長部日出雄は棟方の作品には、「当時もっとも前衛的であったドイツ表現主義の画風と非常に共通するところがあって、志功が、題材には古いものを選んでも、表現は常に新しい先鋭的なものを追求していたことが、はっきり分かります」(1991: 109)と述べているが、登場人物の心象を主観的に表現する技法には、たしかに、新しい表現主義的特徴が見られる。

要するに、棟方のアリスには、日本の少女、あるいは、棟方のアリスとしての存在感、その土着的なアニミズム的強靭さ、自立心と行動性が際立ち、彼の並々ならぬ「文学への志向」(匠秀夫 1984: 63)が、おそらくキャロルテキストに対する深い読みと解釈に導いたのだろう。そういう意味において、棟方志功のアリス画は、近代的な自我をもった主人公として、マービン・ピークが一九四六年に描いたアリス像に先駆けた個性とアイデンティティをもったアリスの造形化に成功したという意味において、卓越した作品であり、その個性は他の棟方の版画における女性像より際立っているとも考えられる。

棟方志功と初山滋

しかし、棟方志功の絵に欠けているものが、初山滋のアリス画にあり、初山に欠けたものが棟方にはある。まず、二人の日本美術とのかかわりから考えてみたい。橋本興家は初山滋と日本美術の関連について「彼の絵は日本美術の伝統を自然のうちに持ち続けたものと思う。東洋の美術は西洋のそれと本質的に異なる。これは彼の作品を一見してもわかることであるが、宗教的とも言える瞑想的な簡素な形態と、線、色ともに繊細優美な温か味を内に秘めた流れるような装飾性、そんな版画が彼の作品である」（1973：34）と、論じている。棟方の作品にも装飾性と簡素な形態が見られるが、初山滋のそれとは遥かに異質である。いいかえれば、ねぶたの太く大胆な線描と原色の色彩が、棟方の装飾性の根源にあり、初山が愛好する江戸時代の洗練された意匠性、透明な色彩、優雅な形態からは程遠い。むしろ、棟方は日本美術や文化に題材をとりながらプリミティブな力強さに満ちた縄文美術やねぶた的要素に支配されている。

二人とも、西洋絵画の伝統技法である遠近法による立体的な造型ではなく、初山は布置法と充塡法、棟方も「布置法による装飾的な構成」（匠秀夫 1984：58）をめざした。初山はデューラーやビアズレーといった西洋絵画以上に、師宣、春信などの浮世絵から影響を受ける。一方、棟方は、ゴッホにあこがれ油彩画をはじめたが、ゴッホが影響を受けた「日本から生まれ切れる仕事」をめざし板画に辿り着く。いわば、二人とも西洋美術の受容を経て、日本独特の芸術世界を創作した。棟方志功の作品を発掘し評価した民芸運動の第一人者柳宗悦は、日本から生まれた棟方の芸術を次のように結ぶ。

棟方の絵は美しいとか醜いとかの範疇から一歩出たものといふ方がよい。ここに棟方の強みがある。美しくなければいけないといふやうな窮屈なものではない。何かもっと自在なのである。こだはるもののない自由さから、あの独創が湧いてくるのである。それ故美とか醜とかが未だ別れない前に出来て了ふ絵である。……棟方には模倣の性質が殆どない。(1982: 321-322)

次に、主人公アリスに肉迫して、初山と棟方のアリス表象を比較検討し、年若い少女の解釈や表現の違いについて考えてみよう。長部日出雄は、棟方と日本芸術との関連について次のように語っている。

日本の文化の流れは、遠い昔から、力はあるけれども乱雑ではみ出すような縄文的なものをできるだけ排除して、整然とまとまっていて美しい弥生的なものを重んずる方向に進んできました。それがわが国における文化の洗練であったのです。

ところが、志功は、突然縄文的な、野蛮とも見えるほど原始的な力を体現して時代にあらわれた。(1991: 113)

棟方の芸術に見られる縄文的な土着性は、アリス描写にも投影されるが、初山滋の繊細で優美な洗練されたアリス像の対極にある。初山が多くの西洋の物語に挿絵をつけ、生っ粋の東京生まれであったことも関連するのであろうが、初山のアリスには好奇心と繊細さ意志の強さと優しさ、若い女性の現実感覚と少女期の危うさと繊細さといった相対立する感情が表現されている。一方、棟方は、克明にキャロルのテキストを読み込み、アリスのもつ好奇心や強さを巧みに描き出したにもかかわらず、アリスのもつ少女的特性、その危うさと、アンビヴァレンス、洗練された感性が、あまり表象されることなく終わっている。しかし、棟方芸術を支えているのは、人柄でなくむしろ土地柄であるように、棟方のアリスには、大正期になってはじめて都会の知識階層のなかで認識されはじめた少女概念が存在するはずもない。むしろ日本の弘前や青森のような地方で一般的であった「わらし」や「むすめっこ」あるいは「こけし人形」に見られるような無垢さと幼さと、彼が本来好んで描く成熟した女性美にむかう「娘」が融合したアリス、いいかえれば、退廃的なエロティシズムの陰の射さないあくまで向日的な少女が棟方によって創造されたのである。

要するに、棟方の芸術の特徴は、他に例を見ない独創性、土着性、向日性と原初的女性崇拝と反洗練にあった。棟方にとって、西洋的、近代的、進歩的な女性像はまったく未開拓の分野であり、そのため、彼が描くアリスは、自分の子どもであり娘であり、また成熟に向かう女性の総体であった。この根源的な生命力の礼讃は、永遠の子どもを希求した原作者ルイス・キャロルともまったく異なった視点であり、子どもから少女に移行する時期にある『鏡の国のアリス』におけるアリスとはかけ離れている。キャロル自身は成長を、成熟を、拒否あるいは回避し、子ども達にもそれを願いつつ、最終的には、『鏡の国』のアリスは、子どもから少女に向かう時期の危うさ、恐れ、現実逃避や夢などの思春期的特徴を通過し、女王に、少女に、なっていった。棟方は、キャロルのテキストにおける、この微妙で繊細なアンビヴァレントな思春期的感性を、少女自身の感性と視点からえがきだすことができなかった。そこに棟方のアリス挿絵の限界がある。しかし、それは、おそらく棟方のみならず、平澤文吉も、斎田喬でさえも、いや、戦前の大多数の男性画家あるいはふつうの一般の日本人の想像を超えた世界であった。

むしろ、わたくしたちは、棟方が先駆的に描き出すことに成功したアリスの個性とヴィヴァシティ、一九三〇年代「日本からうまれた」アリスの誕生と完成を評価すべきであろう。いわば、硬直化した既成画壇から離れ、童画へ版画へとそれぞれ向かわざるをえなかった初山滋と棟方志功の二人によって、双璧をなす独自の日本版アリスの代表作が制作されたことを、誇りたいと思う。

おわりに

大正期から昭和初期に単行本出版された『アリス』邦訳について、ジェンダーや少女観点から考えてきたが、最後に、次の二点、（一）時代とアリス翻訳、（二）日本文化における受容の「様式」と個性の問題について、まとめてみたい。

第一に、時代が閉塞するとアリス翻訳は衰退し、時代が民主的になると、もっと正確にいえば、民主的な思潮と反動的な風潮が相克する時代背景のなかで、アリス翻訳は輩出した。とりわけ、『アリス』翻訳の流行は、各時代の文化的な関心、たとえば、明治の女性運動や大正デモクラシーや標準語政策と、呼応していたといえる。

一方、明治・大正・昭和において、アリス翻訳が中断したのは、政治文化的に暗い時代であった。『アリス』翻訳は一九三四年の大戸喜一郎の翻訳を最後に第二次世界大戦後まで姿を消す。昭和初期、すでに児童文学の冬の時代がはじまり、廉価で粗悪な児童書が巷を席巻した。一九二九年の世界大恐慌の勃発、プロレタリア運動の波が、児童文学における自由主義的な童心主義的な息吹を消し去る。一九三三年国定教科書が全面的に改定され、教育目的が「臣民の道」の教化と軍部による「忠君愛国」精神の鼓舞に大幅に変更される。時代は、国家による思想言論統制の時代へと突入していく。学校教育も出版業界もそして社会全体が、軍国主義とナショナリズムに覆い尽くされ、『アリス』翻訳も衰退していった。そういう意味において、棟方志功のアリス画の出版は、暗たんたる日本の軍国化寸前に、つかの間花開いた、戦前の日本版『アリス』画の集大成であり、初山滋と双璧をなす、世界に誇り得る『アリス』挿絵の絶品であると言えよう。

西岡文彦は、日本美術における型と個性のかかわりについて、次のように評する。

近代・現代と違って、当時［平安時代］は単に「新しい」ことや「独創的」であることが尊ばれていなかった。むしろ、古来より定型化されたイメージをどう確認して、そこへどう回帰していくかの方が審美的な価値としては尊ばれていたのである。まず、先例・典拠があり、それとの関わりで表現というものがとらえられ、伝統に身を任せることで美の普遍性を知り、その普遍性を確認した上で、それとのギャップで自らの個別性も確認する――そういう型との対話を通して、自らの固有の形を模索するという手法が、全ジャンルの芸術に共通してあったのだ。（1989 160）

この日本文化における受容の様式は、近代になっても、あまり変化がないようである。模倣あるいは踏襲によって元の形を確認した上で、その痕跡を認めないほどに同化させ変容させるこの手法。それは、失敗がないと同時にまた、殆どの場合、規模の小さい小手先の芸術を生み出していくという、欠点をあわせもつ。しかし、伝統的なすべてのジャンルで、「芸は教えられるより、眼で見盗め」と言われてきた。ごく一部のものがきわめて稀に独自性を打ち立てていくが、それが一般に受け入れるまでに、長い時間を要する。しかし、一度、評価が決まればそれが形としての力と権威を発揮し続けていく。いわば、独創や個性が生まれにくい文化的風土が、日本にはある。

日本は自国の独創的なものの異端的なものを容易に受け入れず、外来文化、近代においてはとりわけ西洋文化の受容と変容に力を注いできた。また、国際的に評価されたものに弱いという弱点をもつ。イギリスの児童文学を代表する『アリス』の受容と変容は、日本の芸術家にとっても文学者にとっても、また文化にとっても、その文化的資質が試される、試金石でもあった。多くの優れたアリス挿絵にも、西洋のイラストレーターの影響や時代思潮、子ども、女性、少女観や美術様式の陰が色濃くうかがわれる。ときとして、余りにも没個性的な作品も多く、ヴィクトリア時代と同様、本の挿絵はファイン・アーツとしての美術からは一段低いものと見なされ、また、子どものための読物は純文学より劣ると見なされてきたために、片手間仕事をしたものもいれば、また、誠実な作品を残したものもいる。

おそらく、最も個性的な世界に誇れる『アリス』絵画の傑作が、既成の日本画壇の外側で活躍した芸術家たち、とりわけ、日本美術界の異端児であり海外での評価が先行した初山滋と棟方志功によって成し遂げられたことは、一考に値する。

エピローグ——現在のアリス

子ども期と思春期

フィリップ・アリエス（Philippe Ariès）は「子どもの誕生」（*Centuries of Childhood*）のなかで、子ども期・思春期・青年期について次のような有名な言葉を残している。

> 歴史上のある時期と、特権的な年齢と人間の生涯を区切る時期が、それぞれ呼応するようにおもわれる。たとえば、「若者時代」は一七世紀に注目され、「子ども時代」は一九世紀に、そして、二〇世紀には「思春期」が重んじられた。（アリエス 1962: 32）

おそらくフィリップ・アリエスの定義は正しい。それぞれの時代にはその時代にふさわしい時代を表象するキーワードがある。一七世紀にはあまり認識されなかった子どもあるいは子ども時代が、一九世紀になると評価されるようになり、二〇世紀になると一九世紀には十分に認識されていなかった思春期が、注目されるようになる。本書で論じた『アリス』図像と二〇世紀邦訳にとって、「思春期」概念がこの時期に生まれたことは注目に値する。いいかえれば、「この頃［一九〇〇年ごろ］、若さを表すのは思春期であり、まもなくそれが文学的テーマとなり道徳家や政治家にとっても関心事となった……第一次世界大戦終了後、若さを自覚することが一般的な現象となった」（アリエス 1962: 31）のである。

二〇世紀になると、今までは子ども期から成人期への単なる移行期ととらえられていた思春期が、多様に解釈されるようになる。二〇世紀に出版された西洋のアリスイメージには、初頭のアーサー・ラッカム（一九〇七年）やトーマス・メイバンク（一九〇七年）から、マーガレット・タラント（一九一六年）、グウィネズ・M・ハドソン（一九二二年）、さらに近代的なアメリカのヴィリー・ポガーニー（一九二九年）、マーヴィン・ピークのコケティッシュなアリス（一九四六年）などにより、思春期のやさしさ、穢れなさや神秘性、さらにその繊細なアンビヴァレンスが、個性的に表現され図像化されるようになった。すでに本書で論じたように、日本の翻訳にもよく似た傾向は見られた。思春期の女性特有の少女らしい無垢さや潔癖さを強く意識した「少女」概念が生まれ、さらに、日本で描かれたアリスの面差しにも思春期の面影が見られるようになった。挿絵についていえば、一九〇八年の川端龍子にはじまり、一九二〇年代の斎田喬（一九二五年）、平澤文吉（一九二七年）や初山滋（一九二八年）のアリスには思春期の面影が宿る。また、翻訳についていうと、挿絵のように簡単に分析するのは容易ではないが、少なくとも、永代静雄（一九〇八年）と菊池寛（一九二七年）の翻訳で描写されたアリスには、思春期前後の少女の面影がある。

フロイト解釈

二〇世紀に起こった思春期への強い関心に、フロイト解釈は大きな影響を与えた。にもかかわらず、アリスのイラストに、フロイトやユング的な解釈が出現するのは第二次世界大戦終了後であり、大戦以前には、日本のアリスの挿絵に、精神分析学的なアリス解釈が投影されることはなかった。しかし、「身体的機能を強調する数え切れない精神分析学的な読みが生まれ、おそらくこうした論調はたとえ彼［キャロル］を打ち砕かなかったとしてもいらだたせたことであろう」（フィリップス 1972 : xiii）とロバート・フィリップスが述べるように、キャロルが生きていればこうした解釈に穏やかな気持ちではいられなかったであろう。たとえば、精神分析学的観点からのキャロル研究としては、A・M・E・ゴールドシュミットの論文「精神分析学的観点から見た不思議の国のアリス」（"*Alice in Wonderland* Psychoanalyzed" 1933）(1)とポール・シルダーの「不思議の国のアリスとルイス・キャロルに関する精神分析学的考察」（"Psychoanalytic Remarks on *Alice in Wonderland* and Lewis Carroll" 1938）(2)があげられる。しかし、第二次世界大戦が終了するとともに、ウラジーミル・ナボコフ（Vladimir Nabokov）がキャロルのアリスに啓発されて『ロリータ』（*Lolita* 1955：フランス版、1958：アメリカ版）を創作した。それに伴いロリータ風にアリスを描くイラストレーターも誕生しはじめる。たとえば、イギリスでは先で述べたマービン・ピークの先駆的なアリス（一九四六）、さらに、グレエム・オベンデン（Graham Ovenden）による油彩画（一九六九）、そして、ブライアン・パートリッジ（Brian Partridge）の細密なペン画、日本では、オリベッティ社が顧客のために制作した豪華なギフト本に描かれた金子國義の挿絵（一九七四）や宇野亜喜良の作品（一九八八）がその系譜といえるだろう。

キャロルにとっての思春期

ルイス・キャロルは『アリス』創作時、ファンタジックで斬新なノンセンス『アリス』で年若い女の子の読者を啓発し、しばしば当時の道徳律を転覆させようと図った。しかし、晩年になると態度は微妙に異なってくる。二十年以上もの歳月を経て執筆した『シルヴィーとブルーノ』の前書きで、次回作について次のように意欲を示す。

もし、もうすこし読者が我慢してくれるならば、この機会に……心に浮かんだ執筆したい書物についてのアイデアを記しておきます。まず、子どもの聖書……第二に、聖書からの選集……第三に、聖書以外の散文や詩の選集……そして第四に女の子たちのためのシェイクスピアです。（キャロル 1939：258-9）

キャロルの願いがどんなに真摯で謙虚であろうとも、こうした書物が出版された暁に、子どもたちが、この分別ある宗教書や古典に、『アリス』ほど魅了され熱中するだろうか。おそらく、いや、確実に、答えはノーだ。すでにキャロルと子どもたちの距離は想像以上に離れ、『不思議の国のアリス』創作時にはつぎつぎとあふれでた「空想の泉が枯れ」（"The wells of fancy dry"）アリスたちの「喜びに満ちた声」（"happy voices"）[3]が薄れていった今、キャロルには過去を回顧するしかすべがなかった。一方、若い彼の読者やそのイラストレーターたちは、未来、来るべき新しい二〇世紀を見据えていた。

しかし、キャロル自身に目を転じれば、二冊の『アリス』物語を執筆していたとき、彼は子どもたちに共感をいだき、親密な関係を築いていた。しかし、その子どもたちが成長し、やがて、子ども時代に別れを告げる彼女たちを、ただひとり見送らねばならないときが近づくにつれて、彼女たちの変化とその決別の刹那を、最も繊細に感じ取っていたのは、実は、キャロル自身であった。その時点で、彼は半世紀近くの歳月を経て、やがて概念として具体化する「思春期」概念をすでに感知していたといえるのである。アリエスの定義に従えば、少なくともキャロルは子ども時代と新たに勃興したいわゆる「思春期」とのあいだに横たわるその相違と乖離、「思春期」概念誕生への劇的な転換を、一九世紀後半にすでに鋭く予知していたといえるのである。

第二次世界大戦以降の多様な解釈

第二次世界大戦が終息するとともに、西洋および日本のあらゆる文化的側面で画一性という規範が崩壊した。第二次世界大戦以降のイギリスの『アリス』挿絵においてもこの衝撃は計り知れないほど大きく、いまだに残存していたヴィクトリア時代のテニエルの伝統を脱した多様な解釈が可能となった。マービン・ピークやラルフ・ステッドマン（Ralf Steadman 一九六七年）などの大胆かつ刷新的な『アリス』のイラストが誕生する。また、こうした変革の衝撃を示すように、日本の戦後の翻訳やイラストにも世界的な潮流が押し寄せる。美術史的な潮流や思想文化の多様化に伴い、多岐にわたる『アリス』解釈が急速に拡大するようになる。

たとえアリエスの定義が、一般的にはある時代の思潮と合致するとしても、さらに詳細に検証すれば、子ども時代を理想化するような現象は、単に一九世紀だけの傾向ではなく、広く一八世紀末から二〇世紀にかけて見られた。時期やグループ、あるいは地域によって内容が微妙に相違しているものの、その内実はもっと複雑であった。たとえば、二〇世紀にはいりアリスは一般的には思春期前後の少女として描かれることが多くなったにもかかわらず、戦後、広く流通するようになった絵本や、アニメ映画やグッズなどでは、子どもとして描かれ、原作に近い幼い七歳前後の女の子のイメージが広く流布した。アリスを取り巻く解釈定義も曖昧になり、さらに多義的になった。

日本では、大正期に児童雑誌『赤い鳥』や『金の船』で紹介された無垢で理想化された幼いアリスのイメージが、母国イギリス以上に、一般読者に受け入れられた。戦後出版された抄訳[4]や完訳の出版以降も、その傾向はいまだ下火にはならない。こうした傾向が、明治期や大正期のアリス表象にも見出された特徴であったことを考え合わせれば、日本の児童雑誌の編集方針からだけでは説明がつかない。むしろ現在にまでつづく「かわいい」「かわいさ」を愛好する日本の文化的な特徴の一端と考えたほうがわかりやすい。

第二次世界大戦終了直後の一九四〇年代から五〇年代、アリスの挿絵画家として活躍したのが熊田五郎（一九五〇年）や上田次郎（一九五二年）太田大八（一九六五年）などである。彼らが描いたのは本格的な完訳本ではなく幼い読者をターゲットにした絵本であった。かわいくスウィートなアリスのイメージがこうしたダイジェスト版やピクチャーブックで人気を博したが、このかわいいアリスの系譜のなかでも、最も影響力があり人気を博したのが、一九五一年に制作されたウォルト・ディズニーの映画と何版にもわたり出版された絵本である。ディズニー以降もかわいさの系譜は続き、宮田武彦（一九五七）や松本かつぢ（一九六〇年）などに脈打っている。

かわいいアリスの伝統は、現在、アメリカから英国日本さらに世界各国に流布している。さらに、かわいさやスウィートさを強調した『アリス』のキャラクターやイメージが、あらゆるメディアに広がり、書物、雑誌、漫画[5]、劇、バレー、さらにポップミュージックや映画、ゲーム、コマーシャル、さらに近年ではインターネットサイトにまで、広く深く浸透し、数限りなく生み出され消費されている。

女性の時代

二〇世紀は女性の時代であった。一方、ヴィクトリア時代、女性は二次的従属的な立場に甘んじていた。しかし、そうした抑圧的な時代を経て、二〇世紀に入ると女性の権利が確立され進展するとともに、女性は日陰の存在から日の当たる存在となりはじめた。アリス描写も、こうした時代変革の影響をこうむらないわけはなかった。たとえば、二〇世紀初頭の英国のメイバンクは当時流行していた着心地のいいローウエストのドレス姿で、ラッカムはエレガントで動きやすいワンピース姿でアリスを描く。海を渡ったアメリカのウィリー・ポガーニーは、軽快なミニスカートにハイソックス、当時の最先端を切る短いボブカットの溌剌としたアリスを図像化してみせた。テニエルの影響が厳然と存在しているにもかかわらず、イラストレーターが生きた時代の流行や思潮が、アリス表象に鮮やかに反映されるようになる。

二〇世紀前半と比べると、第二次世界大戦後の女性や少女の立場状況は劇的に変化した。一九四五年以降、現代に至るまでに、女性は、少なくとも公には、男性とほぼ同等の社会的法的権利を手にする。女性、とくに若い女性はヴィクトリア時代の道徳や第二次世界大戦前の社会的な因習から解放され、多様なライフ・スタイルを選択できるようになった。経済的にも社会的にも自立が可能となり、制約はあるものの能力と努力さえあれば自分の希望の職業を選択することもでるようになった。むろん、遠くはなれた日本の女性の状況ははるかに厳しく、西洋の女性と同じような自由や自立を享受できなかったことはいうまでもない。にもかかわらず、日本の女性や少女たちは戦前の女性から見れば想像もできないほどの自由を手に入れる。しかし、法的公的な平等が保障されていたにもかかわらず、現実には社会的な制約や因習が存在していた。たとえば、親は娘に息子ほどの高等教育を期待していなかった。また、女性は男性より行儀よく自己主張しないほうがいいと考えられ、未婚の女性の妊娠や出産は、西洋ほど社会や家族のなかで容易に認められてはいなかった。いいかえれば、こうした因習や道徳・社会通念が、今でも日本の女性たちの日々の行動や思考に見えない影を、投げかけている。

にもかかわらず、女性が自由を享受する機会が多くなり、少しずつ自由に目覚めていくにつれて、日本の『アリス』翻訳者やイラストレーターは『アリス』に新しい解釈をくわえはじめる。戦前にはいなかった女性のイラストレーターが生まれる。(6) 以前は男性的な視点からだけで解釈されていた『アリス』挿絵に新たな女性の視点がくわわる。いうまでもなく、この女性の創作者に関しては、英国の後塵を拝していた。イギリスでは、すでに二〇世紀はじめ、メイベル・ルーシー・アトウェルやマーガレット・タラントのような女流イラストレーターが出現していた。しかし、『アリス』作品解釈に女性の視点を広く取り入れるようになったのは、日本でもイギリスでも第二次世界大戦後、いや、きわめて最近になってからである。

女性の『アリス』翻訳者としては、矢川澄子が第一人者であろう。矢川の翻訳（一九九〇年）は口語調の自然な日本語表現でアリスのキャラクターの真髄を生き生きと再現している。現代のイラストでは、緒方直（一九七九年）はおてんばで、ユニーク、個性的なアリスを描いた。緒方の構図やデザインはモダンで斬新である。一方、山本容子（一九九三年）は、自由奔放で力強い地に足をしっかりとつけて立つたくましいアリスを表象した。この緒方と山本のアリスには感傷的な甘く弱弱しいイメージはまったく見られない。

「かわいい」アリス

現在、日本の女性が「かわいさ」や「かわいいもの」を愛好し、その傾向はアニメやファッションまで及ぶことは、すでに世界的に知られている。「かわいい」がすでに英語でも表記されるようになった。かわいく感傷的なアリスイメージが日本で多く生まれたのも、この日本的特性に起因するのかもしれない。現在の日本では『アリス』を愛好するのは、子どもだけではなく、圧倒的に少女、あるいは若い女性である。むろん、『アリス』の読者を年齢で区別することは難しいだろう。アジアとくに日本では、女性はいつまでも若くかわいくありたいと願う。また、『アリス』の物語やキャラクターを愛し、年齢とは関係なくアリスに関係のあるグッズを愛好する女性も多い。

日本でアリスがとくに人気があるのは、この女の子らしいかわいさを過度に尊重し愛好する日本人気質にある。「かわいい」という言葉で表象される日本のサブカルチャーの流行の兆しの一つともなった「アリスブーム」を分析するのはあまり容易なことではない。しかし、戦後から現在に至る日英『アリス』挿絵と邦訳に関する今後の研究のプロローグとして、最後に、現在の日本の時代思潮とおそらく関連があるこのブームについて簡単にふれておきたい。

かわいいアリス人気の理由はいくつかあげられるであろう。第一に、ディズニーのアニメの影響がある。すでに原作テニエルのイメージはディズニーに陵駕されてしまった。テニエルの挿絵は現代の読者が初版の挿絵だとは想像できないほどに、暗く恐ろしい異質な存在となり、原作、とくに英文の言葉遊びを十分に読んだこともない読者にとっては、金髪に水色のドレス、白いエプロンを着たスウィートなディズニーのアリスが古典である。原作の神髄であったノンセンスやアリスの個性を骨抜きにしたダイジェスト版の流布もこの傾向に拍車をかけた。

また、かわいさや若さが高く評価されている日本の風潮の影響も大きい。日本では少女だけではなくほとんどの女性が、若くかわいくみえたい、あるいはそういう振りをしたいと願う。西洋で女性が成熟や知性、セクシーさを強調するのとは対照的である。実在のアリス・リデルも、作中のアリスも、成長や変化という現実を自然なこととして受け止め、キャロルは、その成長をただ傍観するしかすべはなかった。日本のアリスであるほとんどの少女、あるいはときとして既に成長した女性さえもが、子ども時代が限りなく続くことを願い、「七歳」のままでいてほしいと願うキャロルの気持ちそのままの願いをいだく。かつて心理学者が「シンデレラ・コンプレックス」と呼んだ風潮が、その言葉が風化した現代でも日本社会を席巻している。いわば、多くの少女や若い女性はファンタジーや永遠の少女を夢見て、現実が不条理で不確定なぶん、よりいっそうその現実から逃避したいと願う。

なぜアリスがある種の男性に愛好されるのだろうか。おそらく、この分析ははるかに複雑で難しい。厳しい現実を、一時的に純粋なノンセンスやファンタジーへの逃避や惑溺によって、忘れたいと願っているのかもしれない。また、言葉遊びを愛好する人もいれば、アリスから連想されるロリータ的なニンフエット（小悪魔的な美少女）に魅了されるものもあろう。バーチャルな仮想空間のなかで幻想を膨らます人びとや「オタク」とよばれる、コミュニケーションの方法を十分に習得できずに狭い世界に閉塞し孤立する人々が増え社会現象化している。こうした男性（あるいは女性）が『アリス』の物語やアリスのキャラクターを愛好する時もある。アリスはあくまでフィクション上のキャラクターであり、作品のなかでは強靭で生意気であっても、読者の空想のなかでは幼い子どもそのままに無防備だ。この女性読者と男性読者の相異なるアリス嗜好は、そのいずれもが、成長を恐れできる限り長いあいだ夢の世界で浮遊したいと願う点において、まさに互いに向かう方向は同じといえるのである。

戦後の翻訳——センスの崩壊の時代

第二次世界大戦以降、戦前の『アリス』翻訳に決定的な影響を与えていた厳しい道徳律はほとんど影を潜めた。日本の社会や文化が大きく変容し、もはや、少女たちは明治・大正・昭和初期の狭い「良識」や「分別」という概念に支配されることもない。それゆえに、日本の翻訳者たちはキャロルがパロディ化した「ヴィクトリア時代の良識《グッドセンス》」を明治・大正期の翻訳者が苦心した「明治・大正期の分別《センス》」（往々にしてパロディ化されなかったが）に再構築する必要はなくなった。にもかかわらず、キャロルの物語の真髄である「ノンセンス」は、現代の日本語翻訳においても、削除、あるいはあまりにも忠実な逐語訳によって簡単に意味を失いノンセンス化されている。ノンセンスや言葉遊びは、ある意味、日本文学や日本の風土、日本人の感性にあわない要素なのかもしれない。ノンセンスは、いやノンセンスのなかに存在するセンスは、日本の作家が、今後さらに開拓するべきテーマでもあろう。

しかし、キャロル原作の真髄に回帰しようとする日本の翻訳者もいた。一九四〇年代後半から五〇年代に出版された日本の『アリス』翻訳のなかで、最もすばらしい作品は、一九五二年に出版された三島由紀夫の邦訳である。三島の『ふしぎの国のアリス』は章やプロット[7]を大胆に省略したため、言葉も内容もわかりやすく自然である。ほとんどの言葉遊びは省略されているが、唯一成功したシャレからは彼の洗練された文学的センスのひらめきがかいま見られる。三島は、アリスとハートの女王の会話を次のように再現する。


「くびを　きって　しまえ。」

と、大ごえで　さけびました。

「なにを　いうの。きれ　きれ　きれって、いつも　ハートが　きりふだって　きまった　ものでも　ないのに。」(54)

じょおうさまは　がまんできなく　なって、

「この　おんなの　くびを　きれ！」

と　さけびました。

「あんな　ことを　いって、みんな　たかが　トランプじゃ　ないの。きれるなら　きってごらんなさいよ。」(62)


原昌も「みごとなしゃれ」(1993：177) と指摘した、日本語の同音異義語「きる」を使い、「首を切る」と「トランプをきる」の二つの意味をかけた三島の言葉遊びである。三島は、日本語の特徴である豊富な擬音語や擬態語などもまじえながら流れるように自然な日本語に移管している。「ちょうど　エレベーターで　おりて　いくような　きもちでした」(9) などと、現代の子どもにもわかりやすいような比喩などもつけくわえる。また、三島のアリスは、物腰や言葉使いも上品であるだけではなく、原作のアリスの好奇心や強さをもあわせもつ。さらに、彼の翻訳からはキャロル原作がもつファンタジックで奇想天外な雰囲気も感じられる。

一九六〇年代以降、キャロル研究は高橋康也などの研究者によって広く紹介され、多くの大人の読者の関心を引くようになる。一九七〇年代半ばから現在に至るまで多くの完全翻訳が出版される。その完訳は、大きく分けて二種類。つまり、言葉や意味に忠実な翻訳と、内容や意図に忠実な翻訳に、分類されよう。

なかでも、柳瀬尚紀の二冊の『アリス』翻訳（一九八七年と一九八八年）は、言語的にもまた文化的にも、英国ヴィクトリア時代のキャロル作品を現代日本の文脈のなかに置きかえることに成功したといえる。柳瀬の文体は口語調であり、アリスやその他の登場人物には、あたかも現代の日本に生きているかのように生き生きとした現実感がある。

柳瀬は、注や英語の説明をつけることなく、英語の言葉遊びを日本のことわざや仮名や漢字の組み合わせを駆使し、元の原作の香りを伝える、日本のノンセンス作品として再現することに成功した。たとえば、lessen と lesson のシャレは、日本語の同音異義を使った「時限」と「時減《じげん》」に変える。また、単なる翻訳ではない日本語による独創的な言葉遊びも、それ以前の翻訳以上に大胆かつ意欲的に試みる。たとえば、キャロルが英語の格言を使って、“take care of the sense”（元は pence）と“the sounds（元は pounds） will take care of themselves”（88）の言葉遊びを考案したのに対し、柳瀬は日本の侍の常套語を使い『遠からん者は音（元は「耳」）にも聞け、近くば寄って意味を（元は「目にも」）見よ』（柳瀬 1987: 125）と、キャロルのように古い言い回しを使って、「音」と「意味」の翻訳に成功している。また、柳瀬は、キャロルが原文では考えつかなかった日本語のシャレまで工夫する。さらに、日本の読者には馴染みのないエピソードや語句をまるで語りかけるかのような口調で説明しているが、それはキャロル自身の技法でありチャレンジでもあった。

柳瀬の功績は、キャロルが使った言語にきわめて近い適切な意味の日本語を考案しただけではなく、キャロルが創作した世界を、日本の読者が生き生きと想像できる日本語世界に再創造するために、日本文化の特質を有効に使った点にある。そういう意味において、柳瀬の『アリス』は日本の『アリス』邦訳史における傑作のひとつ

であり、すでに日本で生まれた『アリス』作品といえるのである。(8)

柳瀬のような稀な才能をもってしてはじめて、キャロルのヴィクトリア時代のノンセンスの真髄を現代の日本文化として日本語に移し変え、日本の少女たちが日々の生活のなかで強いられていた日本の「良識《グッドセンス》」をパロディ化することができたのである。柳瀬がこうした成功を成し遂げられたのは、彼の類稀なる言語感覚と、初訳以来、日本文化と社会が経てきた多くの変動と翻訳者やイラストレーターたちの研鑽の賜物であろう。

現在、すでに日英のあいだには、大きな伝統的文化的乖離はない。そのために、明治や大正時代の翻訳者や挿絵画家のような大きな変更を余儀なくされることもなくなった。もはや、外国文化の受容や融合に大きな関心を払う必要がなくなりつつあるのかもしれない。しかし、現在においても、二つの文化のあいだには、意思の疎通や障害・ギャップは存在する。日英の言語的相違、ユーモアやエチケットなどの文化的なギャップ、さらに、イギリスヴィクトリア時代にアリスたち少女が強いられていた抑圧や常識に対する無知さなど、日本の読者が知らないことも多い。これからも、目前に立ちはだかる障害を越えるべく、日本の翻訳者や挿絵画家はアリス作品の再構築に挑戦し続けることであろう。柳瀬尚紀の翻訳の偉業を見れば、新しい名訳、新機軸を打ち立てるような独創的図像の可能性も夢ではない。

二一世紀のアリス研究——視覚表象研究の未来

本書は多角的な研究手法を用い、多岐にわたる分野を対象とした学際研究である。日英比較文化研究、カルチュラルスタディーズ、翻訳研究、児童文学、さらに文学と視覚表象にかかわる比較研究と扱う分野は多い。なかでも文学と視覚芸術にかかわる表象研究はいまだ未開拓な分野といえよう。しかし、近年、若い人びとを中心にその分野への関心は広がっている。たとえば、大学生が書く卒業研究やレポートには、ヴィジュアル資料を駆使したテーマが数多く見られる。

さらに、図像から広範囲な映像表象へと、その研究の広がりも期待できよう。たとえば、ヤン・シュヴァンクマイエルが一九八八年に発表した映画『アリス』は、幾多ある『アリス』映画のなかでも、群を抜いたシュールさで観客をひきつけてやまない。シュヴァンクマイエルが実写と人形を使って描き出したノンセンスでバイオレントな不条理世界は、キャロルが創作した世界を、文字と図像の代わりに映像によって再表象した、シュヴァンクマイエルという鏡に映った『アリス』世界である。キャロルが現代に生きていれば、夢中になった演劇や挿絵の代わりに、いや、それ以上にこうした新しいメディアに興味をいだき熱中したことであろう。

本書のなかで、日本をそして日本文化を論じてきた。しかし、日本を凝視し肉薄してきたかに見えながら、その実、イギリスをそしてイギリス文化を合わせ鏡のように覗き込んできたのかもしれない。二〇世紀日本で出版された『アリス』図像には、日本文化、とりわけ、日本の装飾芸術や浮世絵の影響が見られた。初山滋の章ですでに論じたように、英国で書かれたノンセンス作品『アリス』と英米の挿絵が日本の翻訳者や挿絵画家、さらに日本の読者や社会に影響を与えてきた。しかし、同時に、西洋の美術や挿絵もまたジャポニズムやアール・ヌーボーの例に見るように、日本文化から深い影響を受けてきたといえる。

わたくしたちはアリスを見ながら自分を凝視し、英米の図像に日本の面影を見る。そして、日本の図像や翻訳を見ながら、そこに英国文化の影を見る。永遠に続く虚像と実像の円環のなかに、ヴィクトリア時代のアリスや明治・大正時代のすずこちゃんや美ちゃんがあらわれ消えていく。いわば、日本版『アリス』は日本社会を写す鏡であると同時に、また、それによって、世界を、キャロルの生きたイギリス・ヴィクトリア社会と文化を逆照射する合わせ鏡のような存在である。では、二一世紀のアリス邦訳とヴィジュアルテキストは、現代世界を映すどのような幻影としてわたくしたちの前に姿を現わすのだろうか。

あとがき

それは一九九四年の秋、ケンブリッジにはじまる。「日本人がイギリスで博士論文を書くことはとても難しいだろうが、決して不可能ではない。」躊躇するわたくしに、ジョン・ハーヴィー先生はめずらしく厳しい口調でたしなめられた。ゼミの研修が行なわれたフィッツ・ウイリアム・ミュージアムの前での情景が今も鮮やかによみがえる。当時、はじめての、そして、一度限りの、長期の在外研究でケンブリッジに客員フェローとして一年滞在していた。ハーヴィー先生は、渡英前に収集持参した『アリス』邦訳挿絵資料を見て、この資料を使った日英比較研究で博士論文を完成するように薦めておられた。しかし、すでに日本の短期大学で専任講師の職についていたわたくしは、眼前に続く遠く果てしない道のりに戸惑い、逡巡していた。しかし、この言葉を契機に、本書の構想が練られ、後にイーストアングリア大学から博士号を取得した。タイトルは、*Sense in Nonsense: The Alice Books and Their Japanese Translators and Illustrators*、二〇〇三年のことであった(1)。すでに、着手してから二十年以上もの歳月が過ぎた。

本書は、この博士論文を基礎にその後調査発掘した資料を編集加筆し、法政大学出版局からの出版のために、新たに日本語で書き下ろした。法政大学出版局の編集者のアドバイスなども入れながら、最終原稿を二〇一二年秋に完成したが、その後、諸事情で出版が遅れていた。今回やっと新しい編集者前田晃一氏・郷間雅俊氏のご尽力をえて、出版されることになった。そのため、今年になり原稿に再度、手をいれ、書誌などを補完することになったが、この間に出版された研究資料への検証が不十分な場合もあるかもしれないが、ご容赦いただきたい。

本書で論じた図像テキストだけではなく、写真や映像さらにアニメやゲームなどのポップカルチャーなど、視覚表象の広がりは可能性に満ちている。文学と挿絵という二つの分野を横断するこの研究に着手しはじめた頃、いちばん不安をいだいたのは、図像分析であった。文学図像の分析は難しい。むろん、文字テキストとの関連を論じたり、美術史や社会文化史的観点からのアプローチは自明のことである。しかし、研究途上で茫洋とした不安に襲われたのは、それぞれのイラストを前に分析を試みようとしたときであった。文学と視覚芸術にかかわる先駆的研究者でありみずからも芸術家であるジョン・ハーヴィ先生はそのポイントを次のように教示してくれた。つまり、「最後にはヴィジュアル作品に対する自分の感性・鑑賞眼を信じることである」と。これは簡単なようで実はきわめて難しい手法であった。なぜなら、そこには定石がないからである。しかし、図像を前にし、じっと目を凝らし熟視しているうちに、絵が語りかけはじめ、ある想念やアイデアが浮かび、その切れ切れの想念がやがてかたちをなしていく。そのプロセスは、どきどきとするような神秘的な体験でもあった。文学研究がテキストにはじまり、テキストにおわるように、視覚表象研究も視覚テキストにはじまり、視覚テキストにおわる。先行研究がほとんどないゆえに、また自由な発想や独創的な解釈が可能でもある。

そのあいだ、わたくしはアリス研究にとらわれてきたともいえるだろう。いまだその幻影から逃れられないが、今回、やっとその全容を日本語で紹介することができることとなった。本書の刊行を素直に喜びたいと思う。

この本が出版されるまでに多くの方々のお世話になった。ケンブリッジ大学のハーヴィー先生、ジリアン・ビア教授、ルイス・キャロル協会のエドワード・ウエイクリング氏からも長期にわたり適切なアドバイスをいただいた。また、指導教授のクライブ・スコット教授にはいつも温かくご指導いただき、客観的な論証の仕方をご教示いただいた。貴重な資料を、初山斗作氏、山根玲子氏、丸山邦雄氏、小原俊一氏、木下信一氏、三輪峻氏からご提供いただいた。また、従来、小高根二郎『棟方志功――その画魂の形成』の口絵に『不思議の國』として掲載されていた一枚を除き、公開されていなかった棟方志功画『鏡の國』の原画六枚を、棟方良氏と石井頼子氏のご協力で、本書に掲載させていただくこととなった。友人のニコラス・マーフィールド、マルコ・ロッツェラ、デュニ・ビロドーさんには英文の校閲編集にご助力いただいた。友人の三神弘子さん、千田彰一さんやケンブリッジ大学図書館の小山騰氏、法政大学出版局の編集部の皆さん、前任校大阪明浄女子短期大学（現大阪観光大学）や山梨県立大学、現在の帝京大学の同僚や職員の方々からも多くのサポートを受けた。最後に、わたくしの長期にわたる渡英を温かく見つめていてくれた、今は亡き母、千森ちづにこの本をささげたいと思う。

千森幹子

二〇一四年八月一九日　ケンブリッジにて

注

プロローグ

（1）『鏡の国のアリス』は一八七一年一二月に出版されたが、書物には一八七二年と記されているので、本書では一八七二年と表記する。

（2）吉田新一は、戦前の二人の『アリス』画家（岡本帰一と清水良雄）と現代の八人の日本人画家について、簡単にふれている。（「『アリス』に魅せられた画家たち」『不思議の国の〝アリス〟――ルイス・キャロルとふたりのアリス』（東京：求龍堂、1991）94-96.

（3）原昌「『二つのアリス』、日本での受容史」アプトインターナショナル・寺岡襄編『不思議の国のアリス展』（東京：アプトインターナショナル、1993）174-177.

（4）小原俊一『日本における Charles Lutwidge Dodgson 関係文献目録』（横浜：私家本、1991）

（5）成田みゆき・藤原万記子『日本におけるルイス・キャロル書誌』（私家本、1975）

（6）他の論文への言及がない場合もあれば、注釈や引用が不十分、不明瞭であるため、元の引用がどこにあるのか、どこからどこまでが著者の考えなのか、他の研究者の考えなのか区別することが難しいこともある。たとえば小原俊一が報告書「『子供の夢』発掘調査報告」（1996-1997）で、『子供の夢』と『お正月お伽噺』は、それぞれ同一の編者と挿絵画家によって描かれたと推測しているが、楠本は同じ考えを小原の論文に言及することなく論じている。また、拙論 "Japanese *Through the Looking Glass* in the *Golden Ship* Magazine" (1997) は、論文名も明記されずに、注のなかで「この八十のハンプティ・ダンプティ風詩の解釈での nonsense, wordplay, pun, portmanteau words を大阪明浄女子短期大学の千森幹子さんが英文で紹介している。『ミッシュマッシュ』第二号、日本ルイス・キャロル協会、一九七九［一九九七］年、一二三［一二四］頁～一二五頁」（楠本 2001：229-230）と、言及しているが、本論文は、単なるハンプティ・ダンプティのことば遊びのみならず、『金の船』における『アリス』翻訳「鏡國めぐり」の翻訳と図像を広く大正文学・美術・社会・文化的文脈から読み解く初めての試みであるが、楠本はその点には全くふれていない。詳細は拙論 *Sense in Nonsense: The Alice Books and Their Japanese Translators and Illustrators* (2003：4-7) 参照。

（7）たとえば、丹羽五郎が一九一一年出版の『子供の夢』で「チェシャ猫」を「金目の黒猫」と翻訳したことについて、「おそらく原書として使ったと思われるウォード・ロック社のマーガレット・タラントの挿絵を見て、まよわずにその訳語を決めたのだろうと思う。」(2001: 51) と推測しているが、このタラントの挿絵版の初版の出版は、丹羽五郎版の後の一九一六年である。また、柳瀬尚紀が翻訳 (1987) で 'Mock-turtle' を「海亀フー」と訳しているのに対し、「フー」をらしいという「風」とニックネームの「フー」の言葉遊びにかけているのを、ジョナサン・スウィフトの『ガリヴァー旅行記』に出てくる人間の末裔　ヤフー (Yahoo) との連想から論じている (2001: 147) が、醜悪なヤフーと偽海亀の連想は少し無理があるように思われる。

（8）Mikiko Chimori, "The Readership of Early Japanese *Alice* Translations," *Studies in Comparative Culture* 48 (2000): 10-25, "Tenkei Hasegawa's *Kagami Sekai*," *The Carrollian: The Lewis Carroll Journal* 6 (2000): 28-30 と "Early Wonderland Translations in Meiji Japan" (*The Lewis Carroll Journal: the Carrollian*, 二〇〇〇年提出・受理される)。

（9）たとえば、丹羽の翻訳についての次のコメントにも散見される。「ここにおもしろい事実が顔を出した。『アリス』が日本にこれだけ受け入れられたのは、すでに須磨子のところでも触れたが、強くて寛大で忍耐づよく、自己主張をしない「優等生の」アリスが当時の日本の女性の理想像にぴったりだったという事実である。」(楠本 2001: 47) その他の詳細に関しては、拙論 *Sense in Nonsense: The* Alice *Books and Their Japanese Translators and Illustrators* (2003: 5-6) を参照。

（10）Michael Hancher, *The Tenniel Illustrations to the "Alice" Books* (Columbus: Ohio State University Press, 1985: 56).

（11）一九二六年一一月から一二月まで『少女の友』に掲載された『お伽奇譚　アリスの不思議探検』の著者は玉村美（羊）子と記されているので女性と推測されるが確証はない。楠本君恵は「この訳者は女性名だが、……ひょっとしたら須磨子のように、女性の名を借りた男性かと思ってしまう」(2001: 9) と記している。

第一章

（1）アン・クラークは「これはアリスがチャールズ・ラトウィッジ・ドジソンと出会った最初の記録である。文学的にはダンテがベアトリーチェと出会ったのと同じくらい重要である」(1981: 46) と、述べている。

（2）James Kincaid, *Child Loving: The Erotic Child and Victorian Culture* (New York: Routledge, 1992). Anne Higonnet からの引用 (1998: 132)。

（3）My own Aggie を、英語の苦痛という単語 Agony にかけて、Agg-own-ie とかえたキャロルの言葉遊び。

（4）彼は芸術家に、景色が描かれているバッククロスを使わずに、背景の景色を描きこむように頼んだ（コーエン 1977: 26）。さらに、彼はヘンダーソン夫人に、画家が彩色した写真を選ぶように薦めた（コーエン 1977: 26）。

（5）Florence Becker Lennon, *The Life of Lewis Carroll* (New York: Dover, 1972: 217).

（6）この「正真正銘の子どもの想像力」という表現自体、子どもを類型的に見ている可能性もあるが。

（7）この問題に関しては、Elaine Showalter, *The Female Malady: Women, Madness and English Culture, 1830-1980* (London: Viargo Press, 1987) で詳しく論じている。

第二章

（1）Florence Milner, *The Rectory Umbrella and Mischmasch.* By Lewis Carroll (London: Cassell, 1932: vi).

（2）ロドニー・エンジェンによると、ルイス・キャロルはラファエル前派の彫刻家であるトーマス・ウルナーから、「ラファエル前派の重要な教義である「自然に忠実に」と響き合う実物からのみ描くべきだという忠告を受けた」(1991: 68)。

（3）この『鏡の国のアリス』の「失われた」章は、その後一九七七年、マーチン・ガードナーの前書きと註をつけて、単行本として出版された。また、この章をいれた全部のストーリーが出版されたのは一九八六年、ラルフ・ステッドマンの挿絵が掲載された。

（4）Furniss (1908: 50)。Engen からの引用（1991: 98)。

（5）細かい平行線の交差によって陰影を入れること。

（6）Hancher (1985: 60)。

第三章

（1）「オリエント」は『大辞泉』（第一版〈増補・新装版〉）では、第一に「東方の国。東洋。東方。」第二に「メソポタミアおよびエジプトを中心とする地方。……」と定義され、*The New Oxford Dictionary of English* (1998) では、'the countries of the East, especially east Asia' と定義されている。本書では、広義に解釈し「東方の国」の一つである「日本」を「オリエント」と記した。

（2）Benveniste (1966: 52) Marina Yaguello からの引用（1998: 75)。

（3）Benveniste (1966: 82) Marina Yaguello からの引用（1998: 75)。

（4）真田信治は、日本語における標準語の確立について論じ、標準語登場期は一八九五年の帝大教授であった上田万年の論文「標準語教育に就きて」にはじまるが、この時代は、国家権力による標準語強制、方言弾圧期であり、標準語の完成期として第二次世界大戦以後のマス・メディアを通じた標準語の地域社会への普及をあげる。(2000: 18-19) さらに、この権力による強制・弾圧の時代において、「東京語準拠論が明示的に規定されたのは、大正五年（1916）に、国語調査委員会の研究成果の一つとして刊行された『口語法』によってである」（真田 2000：90）と述べている。いわば、この明治・大正における国家における標準語要請と、『アリス』翻訳の輩出の時期がたまたま機をいつにする。その理由は定かではないが、この時期、少なくとも日本人が日本語教育と日本語のシンタックスや文体に関心を示していたことは確実である。

（5）言葉遊びは言語の誕生と同じぐらい古いと考えられるが、……文学ジャンルとして考えると……一九世紀以前にはナンセンスを見出すことはできない（Tigges 1988：138）。

（6）ここでは、翻訳者と挿絵画家が同一人物と考えられる丹羽五郎の『長篇お伽噺　子供の夢』とうさぎ山人の『お正月お伽噺』を二種としている。

（7）この理由は、英語が本来単義的で合理的であるのに対し、日本語が多義的で曖昧だからではない。事実、日本語の文法やシンタックスは英語と比較しても論理的であり、英語は日本語とよく似た特徴、混成語からなる語彙があるために、少なくとも他のヨーロッパ言語と比較できないほどに、言葉の微妙な相違を表現することが可能である。ただ、英語では慣用語法が多いために、初期の翻訳者を含めた多くの英語に精通した日本人をもってしても誤訳が生じる結果となったと考えられる。

（8）斎藤佐次郎『金の船』創刊号、編集後記（一九一九年一一月号：80）。

（9）陶山国見「文明開化と児童読み物」『日本児童文芸誌』（1983：56）。

（10）例えば、『月刊絵本　特集初山滋』（一九七三年七月号）『子どもの本・一九二〇年代展図録』（1991）では、それぞれ「一九二八年の作品」「一九二八年の作品（出典不明）」と記されていた。

（11）岡田隆彦（1985：114）：堀尾青史（1974：79）。

第四章

（1）幼いころからドイツ語に堪能な巌谷は、一九〇〇年、ベルリン大学東洋語学校講師として、渡欧したが、帰国後、一九〇三年から、坪内逍遥と同じ、早稲田大学の講師となる。

（2）そのころ、長谷川や巌谷以上にイギリス文学に造詣の深かった坪内が、『アリス』の選択について、長谷川にアドバイスをした可能性も考えられる、とのアイデアを、ケンブリッジ大学図書館小山騰氏からご教示いただいた。

（3）丸山英観の表記に関しては、内表紙に丸山薄夜と記述しているが、奥付に、著作者、丸山英観とあるので、本書では、以降、丸山英観と表記する。

（4）詳細は小原俊一「『子供の夢』発掘調査報告書1～6」参照。

（5）日本人学生のために出されたこの種の翻訳は、文法や語法について解説した語学用テキストであり、初期『不思議の国のアリス』翻訳としての興味は薄いため、本書では、その詳細は論じない。
（6）永代静雄に関しては大西小生『「アリス物語」「黒姫物語」とその周辺』参照。
（7）「『不思議の国のアリス』の翻訳者・丸山英観再考――『不思議の国のアリス』と山梨」『やまなし地域女性史研究プロジェクト 二〇〇七年度研究報告書』（2008：34-46）に詳しい。
（8）丸山邦雄氏および英観氏は、元号を使用しているが、一部西暦表記を付加した。
（9）以下、丸山邦雄氏および英観自筆による年齢はすべて数え年表記である。
（10）丸山が大阪の『日本一』で記者として活躍していた時代の詳細については、林希美男「丸山英観の大阪時代を探して」（前編）『Looking-Glass Letters』103（2009：5）と、「丸山英観の大阪時代を探して」（後編）『Looking-Glass Letters』104（2009：6）を参照。
（11）丸山英観に関する拙論「『不思議の国のアリス』の翻訳者丸山英観再考――『不思議の国のアリス』と山梨」には、紙面の関係で、丸山英観家の家系図を挿入できなかったために、参考までに、以下に記載する。

丸山英観系図

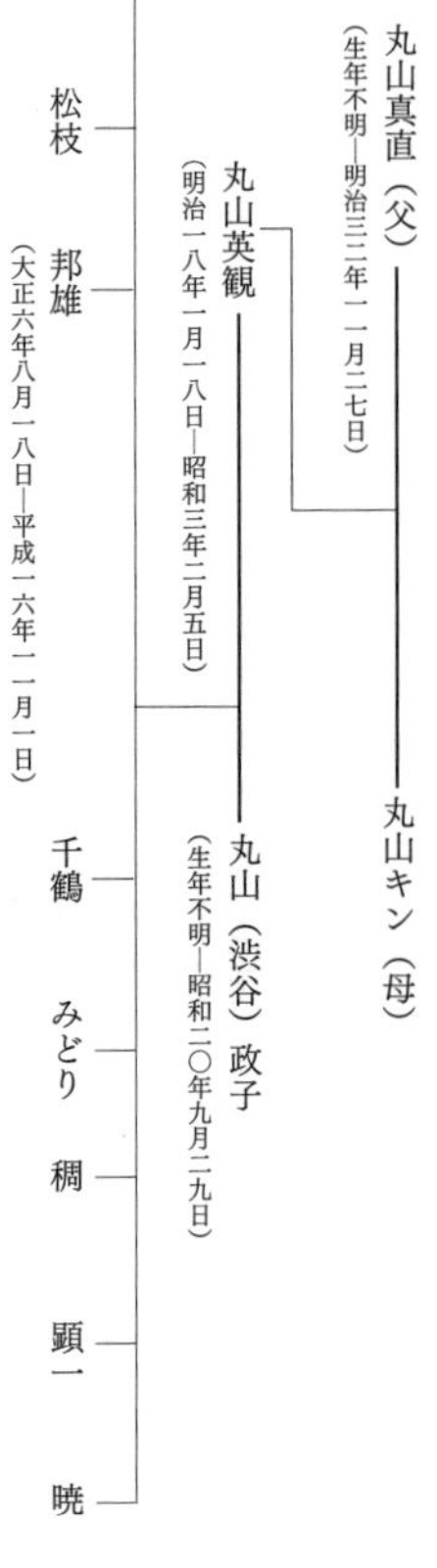

渋谷家系図

（12）『翻訳の国のアリス』（2001）でもイソップ唱歌に置きかえられていると述べている（p. 46）が、拙論“Early Wonderland translations in Meiji Japan”（二〇〇〇年提出・受理）ですでに言及しているので引用しない。以下同様に扱う。

（13）楠本君恵は、当時の日本人になじみの深いものに変えなかった理由について「いずれ日本でもそれらが馴染みのものになり、言葉も移植されるのがわかっていたのだろう」（2001：39）と推論している。

（14）星野は、同じような編集方針を『少女の友』の作者（たとえば『アリス物語』の永代静雄など）にも要請していたと考えられる。

第五章

（1）『幼年の友』掲載のアリス抄訳『フシギナ　クニ』については、西田良子が『児童文学事典』において指摘している（1988：792）ことは、大西自身も言及しているが、『アリス』邦訳史研究においては、大西以前に指摘するものはいなかった。

（2）第四巻第一一号の『アリス物語（六）』の最後に（ツヾク）と記されていることから判断して、少なくとも五巻二号とのあいだに出版された二号のうち一回は連載があったと推測できる。

（3）鈴木三重吉「『赤い鳥』の標榜語《モットー》」『赤い鳥』創刊号（一九一八年七月号：n.p.）。

（4）鈴木三重吉「青木健作へ」一九一三年一二月二二日、434『鈴木三重吉全集』第6巻（東京：岩波書店、1938：303）。以下、鈴木三重吉の書簡に関しては、書簡番号と日付を簡略化して（一九一三年一二月一一日：434）として、カッコ内引用として、本文中に記述する。

（5）一方、鈴木三重吉は、ライバル雑誌『金の船』の帰一の絵を、「達者なばかりで汁気のない、感情のないもの。まるで大人が子供の扮装をした底の画で、屁とも思はねど、一冊に対し終始一貫、大ムキになってかき、テイサイの上に、いろいろ努力するところは買つてやるべきか。」（『月刊児童文学』（一九六〇年一〇月号：29）と、評している。

（6）鈴木三重吉「在米小池恭へ」一九二四年一二月二〇日、697『鈴木三重吉全集』第6巻（東京：岩波書店、1938：472）。

（7）鈴木三重吉から清水良雄への手紙にその旨、記述されている。（一九一九年七月一一日付）松居正「鈴木三重吉の手紙」『月刊児童文学』（一九六〇年一〇月：26）。

（8）『月刊児童文学』（一九六〇年一〇月号：26）。

（9）鈴木三重吉、「清水良雄へ」一九一九年一二月一八日、555『鈴木三重吉全集』第6巻（東京：岩波書店、1938：378）。「清水良雄へ」一九二〇年二月一八日、569、390-391。

（10）清水良雄の弟子である甲斐信枝氏に、「兎の時計」のみが鈴木淳の制作である理由をお尋ねしたが、理由についてはお伺いした記憶はございませんとの返信をいただいた。（一九九四年一〇月八日付筆者宛の書簡）。
（11）鈴木三重吉「深沢省三へ」一九一九年二月二九日、570『鈴木三重吉全集』第6巻（東京：岩波書店、1938: 391）。
（12）鈴木三重吉「清水良雄宛」一九一七年三月二一日「鈴木三重吉への手紙」松居正編『月刊児童文学』（一九六〇年八月）: 23。
（13）現代を代表するイギリスの『アリス』イラストレーター、ラルフ・ステッドマンは拙論 "Japanese *Alice* Books in the 1920's" (1996) を読んで、筆者宛の手紙のなかで、清水の作品を次のように評している。「清水の作品はアルファベットの文字やヴィクトリア女王の似顔絵などを描いたウイリアム・ニコルソン（William Nicholson）の影響を強く受けている。彼の作品はすばらしいが西洋風だ。」（一九九八年四月二〇日筆者宛）。
（14）鈴木三重吉『鈴木三重吉全集』第5巻（東京：岩波書店、1938: 595）。
（15）記者「岡本帰一先生」『コドモノクニ　臨時増刊　岡本帰一傑作集』（一九二一年五月：3）。
（16）斎藤佐次郎『斎藤佐次郎　児童文学史』（107）からの引用。
（17）岡本帰一がポガーニーのイラストを参考にしたことについては、拙論「大正日本の『ガリヴァー旅行記』図像――岡本帰一と初山滋」で詳細に論じている。

第六章

（1）一九二〇年から一九二七年に単行本出版された六種の邦訳については、拙著『不思議の国のアリス～明治大正昭和初期邦訳復刻集成』解説（2009: xxiv-xliii）参照。
（2）一九二〇年出版、楠山正雄訳の『不思議の国のアリス』『鏡の国のアリス』はジョン・テニエルの挿絵を添えている、原文に忠実な翻訳であるが、本稿では、とくに詳細に論じない。
（3）『児童文学と社会』（88）。
（4）以後、『ふしぎなお庭　まりちゃんの夢の國旅行』を『まりちゃんの夢の國旅行』と略す。
（5）鷲尾がキャロルのノンセンス作品を明治の児童文学で一般的であったカテゴリーである「お伽噺」と呼んでいる点は注目するべきであろう。
（6）初山滋の同場面を描いた挿絵は、一九二八年に制作された。一九二五年斎田が描いたこの挿絵が、初山の『アリス』作品と画風が似ているわけはないが、一般論として、影響を受けたといわれる初山の『アリス』図像と比較している。

（7）西岡文彦は日本美術の伝統様式をジャパネスクと呼んでいるが、ヨーロッパで一九世紀に流行したジャポニズムとは一線を画する。

（8）鈴木三重吉「福富高市あて」一九二七年一二月二七日、757『鈴木三重吉全集』第6巻、（東京：岩波書店、1938: 518-519）。

（9）版によって、奥付の後ろに挿入されている場合と、口絵の後ろに挿入されている場合がある。

（10）『芥川と菊池――近世名勝負物語』（204-5）。

（11）原昌「『二つのアリス』、日本での受容史」『「不思議の国のアリス」展』アプトインターナショナル・寺岡襄編（東京：アプトインターナショナル、1993: 176）。

（12）『不思議の国』は一九三二年一二月に同じ春陽堂から出版されているが、Gwynedd M.Hudson の挿絵付きなので（小原 1991: 18）本章では、とくに言及しない。

（13）旧棟方版画美術館の元学芸員で棟方志功の孫の石井頼子氏から著者へのメール。（二〇一五年二月三日付）

（14）従来、小高根二郎『棟方志功――その画魂の形成』の口絵に「不思議の國」として掲載されていた原画一枚を含む九枚の、今までまったく公開されていなかった志功の『鏡の國』の原画の画像を、今回、石井頼子氏からご提供いただき、「あとがき」にも言及したが、同氏と棟方良氏のご協力を得て本書に掲載をさせていただいた。

エピローグ

（1）A. M. E. Goldschmidt, "*Alice in Wonderland* Psychoanalyzed," *Aspects of Alice*, ed. Robert Phillips (London: Victor Gollancz, 1972: 279-282).

（2）Paul Schilder, "Psychoanalytic Remarks on *Alice in Wonderland* and Lewis Carroll," *Aspects of Alice*, ed. Robert Phillips (London: Victor Gollancz, 1972: 283-292).

（3）Lewis Carroll, *The Complete Works of Lewis Carroll* (London: The Nonesuch Press, 1939: 13).

（4）原昌は戦後のダイジェスト本の特徴のひとつに「アリスの〈かわいい子像〉」への変更をあげている。（原 1993: 177）

（5）原は『アリス』本の一九六〇年ごろの出版界の大衆化について、「やがて六〇年代に入って高度経済成長の波をうけ、出版界をコマーシャリズムが支配し、たくさんのダイジェスト本を生み出すことになります。……『不思議の国』の名を装った虚像が、まかり通ることになったのです。……『不思議の国』は、古典的名作として位置づけられたことで、こうした受難の歴史をはぐくむことになったのです」（原 1993: 176-7）と、評している。

（6）小原俊一編『日本における Charles Lutwidge Dodgson 関係文献目録』（横浜：私家本、1991）参照。

（７）原昌は次のように指摘している。「なかでも、三島の本は、原文の四つの章が欠落していますが、現代的感覚での再話化でした。」（1993：177）
（８）柳瀬の翻訳は、拙論 “Modern Japanese Translations of *Alice*,” *Studies in Comparative Culture* 40 (1998): 123-132 で、詳しく論じている。本論文は、ライデン大学で行なわれた第一五回国際比較文学会での口頭発表（一九九七年八月二〇日）を元にしている。

あとがき

（１）Mikiko Chimori, *Sense in Nonsense: The* Alice *Books and Their Japanese Translators and Illustrators*, PhD Dissertation, University of East Anglia, 2003.

初出一覧

2003. *Sense in Nonsense: The* Alice *Books and Their Japanese Translators and Illustrators*, PhD 論文（University of East Anglia）

第一章「キャロルと二つのアリス物語」

1989.「Metamorphosis の旅――『鏡の国のアリス』試論」『大阪明浄女子短期大学紀要』第四号、一三—二六。

1990.「キャロルの内と外なるアリス」『大阪明浄女子短期大学紀要』第五号、一—一八。

1994.「ヴィクトリア時代のアリスたち」『大阪明浄女子短期大学紀要』第八号、四三—六一。

第二章「挿絵画家キャロルとテニエル」

1996. “Collaboration of Lewis Carroll the Illustrator with John Tenniel: The Case of the *Alice* Books”『大阪明浄女子短期大学紀要』第一〇号、一—二六。

1997. “John Tenniel’s Alice”『大阪明浄女子短期大学紀要』第一一号、一—一七。

第三章「アリスとオリエント」

1998. “Modern Japanese Translations of *Alice*” 日本比較文化学会発行『比較文化研究』第四〇号、一二三—一三二。

1999. “Shigeru Hatsuyama’s Unpublished *Alice* Illustrations: A Comparative Study of Japanese and Western Art.” *The Carrollian: The Lewis Carroll Journal* 4: 45-62.

2000. “The Readership of Early Japanese *Alice* Translations”『比較文化研究』第四八号、一〇—二五。

第四章「初期『アリス』翻案と翻訳

2000. "Tenkei Hasegawa's Kagami Sekai." *The Carrollian: The Lewis Carroll Journal* 6: 21-34.

2001. "Japanese *Alice* Translations: A Comparison of Underlying Linguistic and Literary Features"『比較文化研究』第五三号、六九―八一。

2005.「明治のアリス図像（1）――『アリス物語』」『翻訳と歴史』第二五号、一五―二二。

2005.「明治のアリス図像（2）――『愛ちゃんの夢物語』」『翻訳と歴史』第二六号、一八―二二。

2008.「『不思議の国のアリス』の翻訳者丸山英観再考――『不思議の国のアリス』と山梨」『やまなし地域女性史研究プロジェクト』二〇〇七年度研究報告書、三四―四六。

第五章「大正児童雑誌における『アリス』」

1995.「『赤い鳥』と『アリス』」『大阪明浄女子短期大学紀要』第九号、一―二二。

1997. "Japanese *Through the Looking Glass* in the *Golden Ship* Magazine." *Mischmasch* 2: 116-137.

第六章「一九二〇年から一九三三年の『アリス』翻訳

2002.「ジェンダーとアリス――楝方志功のケース」『比較文化研究』第五六号、八七―一〇五。

2006.「『アリス』翻訳にみる子どもの視点の確立と少女像の創成――『ふしぎなお庭　まりちゃんの夢の国旅行』」『児童文学翻訳作品総覧　イギリス編1』東京、大空社、ナダ出版センター

［著者］

千森幹子（ちもり・みきこ）

帝京大学外国語学部教授。英国イーストアングリア大学大学院で博士号（Ph.D.）を取得。大阪明浄女子短期大学講師・助教授，ケンブリッジ大学クレアホール学寮客員フェロー，山梨県立大学国際政策学部教授を経て，2014年から現職。専門領域は18世紀～19世紀イギリス小説，日英比較文学，図像研究，翻訳研究。
主な著書に，*Sense in Nonsense: The* Alice *Books and Their Japanese Translators and Illustrators*（単著）（Ph.D. 論文，2003），『不思議の国のアリス～明治・大正・昭和初期邦訳本復刻集成』（編集解説，エディションシナプス，2009），*Tove Jansson Rediscovered*（共著，Cambridge Scholars Publishing, 2007），*Illustrating Alice*（共著，Artists' Choice Edition, 2013），『図説　翻訳文学総合事典　第5巻　日本における翻訳文学（研究編）』（共著，大空社，2009），『十八世紀イギリス文学研究［第4号］――交渉する文化と言語』（共著，開拓社，2010）など。主な論文に，Shigeru Hatsuyama's Unpublished *Alice* Illustrations: A Comparative Study of Japanese and Western Art（*The Carrollian: The Lewis Carroll Journal,* No. 4, 1999），"Tenkei Hasegawa's *Kagami Sekai*：The First Japanese *Alice* Translation"（*The Carrollian,* No. 6, 2000）などがある。

表象のアリス
テキストと図像に見る日本とイギリス

2015年 4 月 30 日　初版第 1 刷発行

著　者　千森幹子
発行所　一般財団法人　法政大学出版局
〒102-0071 東京都千代田区富士見 2-17-1
電話 03(5214)5540 振替 00160-6-95814
組版：HUP　印刷：平文社　製本：誠製本

Printed in Japan

ISBN978-4-588-49509-0

索引

あ 行

アール・ヌーヴォー　163, 235-41
『愛ちゃんの夢物語』　175, 192, 195, 198, 203-04, 207-08, 210, 219, 222, 231, 235, 238-40, 251, 358
アウエルバッハ，ニーナ（Auerbach, Nina）　16, 19, 39, 43, 152-54
「あうんの構図」　344
『赤い鳥』　131, 139-41, 145, 246-47, 251-57, 259-60, 262-64, 268-69, 275-77, 279-83, 285, 296, 298, 300-01, 303-05, 311-14, 325, 346, 349-51, 383
芥川龍之介　254-56, 304, 331-33, 337, 349-51, 353-54, 356
アトウェル，メイベル・ルーシー（Attwell, Mable Lucie）　151, 160-62, 166-67, 169, 172-73, 240, 251, 264-67, 272, 278, 328-29, 385
荒木博之　119
『アラビアン・ナイト』（*Arabian Nights*）　112, 146, 283, 293
アリエス，フィリップ（Ariès, Philippe）　379-80, 382-83
『アリスの地下の冒険』（*Alice's Adventures Under Ground*）　5, 9, 24, 40, 61, 66, 69-74, 76, 82, 96, 152-53, 158, 228
『アリス物語』（菊池寛・芥川龍之介共訳）　304, 331-32, 336-37, 349-53, 356
『アリス物語』（永代静雄著）　192-94, 196, 200, 212, 214, 222-24, 230, 242, 246-47
『アリス夢物語』　193
アンビヴァレンス／アンビヴァレント　24, 31, 55-56, 158, 162, 374, 380
「いかさまの宮殿」（“The Palace of Humbug”）　20
巌谷小波　115, 141, 148, 176-77, 185, 188, 195, 248, 253, 303
上田次郎　384
ウォーカー，W. H.　88, 265, 328
浮世絵　5, 163-64, 168-69, 171-72, 236, 255-56, 271, 325, 339, 372, 392
うさぎ山人　115, 193, 196, 303
ウッドワード，アリス（Woodward, Alice B.）　272-73
宇野亜喜良　381
海野精光　304, 331-36
『英語之友』　193
『穎才新誌』　147
『繪入全譯　お転婆アリスの夢』　304, 337
大越愛子　306-08, 363
太田大八　384
大戸喜一郎　304, 337, 375
大西小生　245, 247-48
大溝惟一　193
岡田隆彦　163, 166, 170-72
岡本帰一　188, 246, 256, 263, 279, 283-86, 289, 292-98, 325-26, 335, 346, 367
長部日出雄　362, 371, 373
『お正月お伽噺』　115, 193, 196, 222, 230-31, 234, 303
小高根二郎　368
『おとぎの世界』　253, 256, 282-83, 300
「お伽噺」（お伽話）　114, 303, 313
小原俊一　3, 149, 193, 222
オベンデン，グレエム（Ovenden, Graham）　381

か 行

ガードナー，マーティン（Gardner, Martin）

27, 52-53, 57, 86
『鏡國めぐり』 131, 183, 279, 283, 286-87, 291-92, 296
『鏡世界』 7, 115, 143, 175, 177-81, 183-92, 201, 212, 219, 223, 280
『鏡の國　アリス物語』(『鏡の國』) 304, 331, 336, 359
『鏡の国のアリス』(『鏡の国』)(*Through the Looking-Glass*) 2, 5, 8-9, 19, 24, 26, 28-29, 31, 40, 42-43, 46, 48-51, 53, 55-56, 60-61, 63-66, 78, 80, 82-83, 87, 89, 96-97, 99, 109, 112, 122, 128, 131, 143, 157-58, 175-77, 179-84, 186, 188-89, 192, 212, 223, 241, 257, 259, 263, 279-81, 286, 288-92, 294, 303-04, 336, 359, 368, 374
学制 131-32, 135-36
「学校令」 132
ガッテニョ，ジャン（Gattégno, Jean）14, 19, 39-40, 56
ガットマン，ベッシー・パース（Gutmann, Bessie Pease）166, 240, 262-64, 266-68, 270, 272-73, 278
金子國義 381
上笙一郎 144-45, 246, 250, 255, 262-63, 268, 270, 274, 276, 285, 293-94, 305, 320
『ガリヴァー旅行記』(*Gulliver's Travels*) 53, 113, 146, 234
河北倫明 169
川戸道昭 3, 180, 182-83
川端章太郎（龍子） 2, 192, 222-31, 240, 247-48, 251, 292, 380
河原和枝 137-39, 144, 175, 304
菊池寛 304, 331-33, 337, 349-52, 353-58, 380
北原白秋 253, 255, 277, 280-81, 291
「教育令」 132
金田一春彦 117-22
『金の船』 131, 139, 183, 186, 188, 246-47, 251, 253, 256-57, 263, 279-86, 291-92, 294, 296-97, 300-01, 303-04, 325, 335, 346, 383
楠本君恵 3
楠山正雄 131, 280, 283, 303-04, 337, 352-53, 355-57, 359
クラーク，アン（Clark, Anne） 6, 17-18, 22, 28, 30, 49, 61-62, 92
クレイン，ウォルター（Crane, Walter） 262
桑原三郎 176, 308
「研究社英文譯註叢書」 150
「高等女学校令」 132-33, 142
コーエン，モートン（Cohen, Morton） 13, 22, 26, 29, 33-35, 41
国分一太郎 298-99
言葉遊び 2, 6-7, 33, 54, 110, 112, 116, 125, 127, 180-83, 191, 196, 209-11, 242, 249, 257-59, 261, 277, 287-89, 291, 314, 332, 353-56, 387-90
子ども観 4, 6, 23, 135-37, 139-41, 221, 244, 305, 351
『コドモノクニ』 247, 256, 283-84, 286, 335

さ 行

西条八十 183, 186, 188, 246, 253, 257, 259, 279-83, 286-89, 291-92, 294, 300
斎田喬 9, 304, 318-28, 330-33, 336, 344, 346, 367, 374, 380
斎藤佐次郎 279-85, 300-01
サルザーノ，F.（Sarzano, Frances） 76, 84, 89, 91, 95
シェール，エリザベス（Sewell, Elizabeth） 123, 125, 127
ジェンダー 5, 121, 306-07, 331, 359, 363-64, 375
思春期 8, 23-24, 26, 28-29, 46, 49, 53, 55-56, 72, 104, 122, 155, 158-59, 173, 214, 217-18, 228, 243, 323-24, 326, 361, 363, 374, 379-83
清水良雄 246, 252, 255-57, 262-63, 267-72, 274-76, 278-79, 283-85, 297-98, 325-26, 346
ジャクソン，A. E.（Jackson, A. E.） 158-60, 172, 340-41

写真　13, 18-19, 22, 32-36, 66, 68-69, 77, 153, 155
ジャバーウォッキー（Jabberwocky）　50, 52, 288-89, 294
「小学生全集」　331, 350-52
「少女」　6, 8, 119, 142-45, 242, 309-10, 324, 328, 331, 380
『少女の友』　2, 143, 192, 196, 200, 207, 212, 214, 222-24, 229-30, 242, 246-47, 249, 251, 253, 292
『少年園』　147-48
『少年世界』　115, 143-44, 148, 175-77, 188, 192, 223, 241, 253, 280, 286
「女子寮生について」（"Resident Women-Students"）　38
『シルヴィーとブルーノー』（*Sylvie and Bruno*）　19
鈴木淳　246, 252, 256-57, 262-64, 266-68, 270-72, 278, 297, 325, 346
鈴木三重吉　146, 246, 252, 255, 257-58, 262, 276, 279, 281, 283-84, 305-07, 312, 314, 349
スターン，ジェフリー（Stern, Jeffrey）　73-75
ステッドマン，ラルフ（Steadman, Ralph）　383
スパックス，パトリシア・メイヤー（Spacks, Patricia Meyer）　46
『青鞜』　129
瀬田貞二　164, 256, 263, 269, 276, 293
ソーパー，ジョージ（Soper, George）　328-29
ソシュール，フェルディナン・ド　（Saussure, Ferdinand de）　116

た 行

大正デモクラシー　129, 134-35, 241, 304, 306-07, 311, 332, 375
高橋康也　15-16, 18, 21, 25, 46-47, 55, 389
高原英里　309-10
滝沢馬琴　140
竹久夢二　223, 236, 256, 311, 325, 367
タラント，マーガレット（Tarrant, Margaret）　265-67, 272-73, 332, 335-42, 346-48, 380, 385
ダリ，サルバドール（Dalí, Salvador）　1
『地中の世界』　131, 246, 252, 257-59, 261-62, 267, 269-70, 276-79, 282, 312
『鳥獣人物戯画』　224, 226
『長篇お伽噺　子供の夢』（『子供の夢』）　115, 192-93, 196, 198, 202, 207, 210, 215, 217, 222, 230-31, 234, 249, 303, 312, 333
坪内逍遥　176
ディズニー　1, 6, 384, 387
デイビス，ジョン（Davis, John）　155
テニエル，ジョン（Tenniel, John）　1-2, 5-6, 40, 64-66, 69, 71-73, 76, 78-80, 82-106, 150-62, 164, 166-67, 172-73, 177, 179, 184, 188-89, 223-29, 232-35, 240-41, 249-50, 263-65, 267-68, 270-73, 278, 292, 294-98, 320-21, 332-33, 336, 340-41, 346, 359, 361-62, 365-70, 383-84, 387
テリー，エレン（Terry, Ellen）　17, 31
ドイル，リチャード（Doyle, Richard）　80-82, 90
「童心」　137-39, 259, 282, 303, 305
ドジソン，メネッラ（Dodgson, Menella）　22
トンプソン，ガートルード（Thompson, Gertrude）　17, 31, 87
トンプソン，イアン（Thompson, Ian）　116-17, 119-20
トンプソン，ドロシー（Thompson, Dorothy）　27

な 行

永代静雄　192-94, 196-202, 205, 207-09, 212-19, 222, 227, 229-30, 241-42, 244, 246-47, 380
ナボコフ，ウラジミール（Navokov, Vladimir）　1, 324, 330, 381
西岡文彦　322, 344-45, 348-49, 376

日本化　198, 207-08, 290
日本美術　2, 151, 163, 168-70, 172-73, 226, 230, 234, 236-37, 241, 331-32, 336, 340, 342-46, 360, 365, 372, 376-77
『日本幼年』　131, 245-46, 248-51, 278
丹羽五郎　115, 146, 192, 196, 198-99, 202-03, 205, 207-08, 210-11, 215-19, 230, 232-34, 241, 243, 249, 303, 312-13
野筋雲水　344
野溝七生子　309
ノンセンス　2-4, 6-7, 28, 41, 45, 55-56, 58, 67, 76, 82-83, 93, 110, 112-13, 123-27, 180-83, 187, 190-91, 209-11, 213, 241-43, 257-59, 261-62, 277-78, 288-89, 291-92, 300, 314, 332, 334, 352-53, 356, 358, 381, 387-88, 390-92

は 行

ハーグリーヴズ，レジナルド（Hargreaves, Reginald）　61
パートリッジ，ブライアン（Partridge, Brian）　381
バートン，ティム（Burton, Tim）　2, 59
ハーン，マイケル（Hearn, Michael Patrick）　66, 72, 76, 87, 97, 99, 105
長谷川天溪　7, 115, 143, 175-93, 201, 212, 219, 241, 280, 286-87, 303
長谷川康　193
初山滋　9, 149-51, 162-73, 231, 256, 283, 285, 294, 298, 320-23, 372-73, 375-77, 380, 392
ハドソン，デレック（Hudson, Derek）　14, 36, 67, 69
ハドソン，グウィネズ，M.（Hudson, Gwynedd M.）　323, 380
バドック，メアリー・ヒルトン（Badcock, Mary Hilton）　96-97
原昌　3, 354, 389
『パンチ』（Punch）　78, 80, 89-90, 102, 151-52
ハンチャー，マイケル（Hancher, Michael）　71, 73, 78, 84, 86, 91, 93-96, 101-02, 105
ピーク，マービン（Peake, Mervyn）　156, 172, 368-70, 372, 380-81, 383
ヒグノット，アン（Higonnet, Anne）　22, 36
ヒューズ，アーサー（Hughes, Arthur）　66, 74-75, 88, 155
平澤文吉　304, 331-32, 335-49, 356, 374, 380
平塚らいてう　129
ヒンデ，トーマス（Hinde, Thomas）　33, 37
ファーニス，ハリー（Furniss, Harry）　37, 83, 87, 91, 99, 102, 104
ファンタジー　7, 60, 63, 76, 93, 123, 155, 176, 181, 185, 190, 195, 261, 352, 356, 387
深沢省三　253, 256-57, 263, 268, 270
『不可思議國探検記』　193
福田清人　253-54
『不思議國めぐり』　304
『ふしぎなお庭　まりちゃんの夢の國旅行』（『まりちゃんの夢の國旅行』）　304, 310-12, 318-19, 330
『フシギナ クニ』　131, 245, 247-48, 251
『不思議の國』　131, 280, 304, 312, 337, 352
『不思議の国のアリス』（『不思議の国』）（*Alice's Adventures in Wonderland*）　2, 5, 7, 9, 19, 22-24, 30, 39-43, 64-65, 69-71, 78-79, 82, 86, 89, 91, 96, 100, 102-03, 109, 112-13, 122, 128, 130-31, 134, 149, 151, 155, 175, 192-93, 196, 198-200, 203, 207, 209, 212, 219, 221-22, 231, 241, 245, 249, 252, 257, 259, 261, 263, 276-77, 279-80, 303-04, 352-53, 356, 382
藤島武二　236-37, 239-40, 263, 359
船木枳郎　140, 141, 171, 291-92
ブルーミングデール，ジュディス（Bloomingdale, Judith）　15, 19, 39, 45
ヘンダーソン夫人（Mrs. Henderson）　33-34
ボウリー，A. L.（Bowley, A. L.）　321, 328
ボーマン，アイザ（Bowman, Isa）　37

ポガーニー，ウィリー（Pogany, Willy） 293, 321, 326-27, 340-41, 380, 384
『牧師館の雨傘』（The Rectory Umbrella） 19, 66-67
星野水裏　214, 223-24, 229
本田和子　144, 147-48

ま 行

前島とも　254, 257
マクドナルド，メアリー（MacDonald, Mary） 58
マクドナルド，ジョージ（Macdonald, Gorge） 89
マザーグース（Mother Goose） 53, 113, 126, 183, 190
益本青小鳥（重雄） 304, 337
マックジリス，R.（McGillis, Roderick） 94-95, 97, 100, 154
マドセン，S. T.（Madsen, S. Tschudi） 235, 237-38, 240
丸山薄夜（英観） 115, 192, 195-96, 198-99, 203-10, 219-21, 235, 239, 243, 358
三島由紀夫　109-11, 120-21, 123, 291, 388-89
ミス・プリケット（Miss Prickett） 18, 28-29
『みだれ髪』 133, 236-37, 239
『ミッシュマッシュ』（*Mischmasch*） 66-68
ミドル・クラス　18, 27, 43, 62, 158
宮田武彦　384
ミュシャ，アルフォンス（Mucha, Alfons Maria） 238
ミル，ジョン・スチュアート（Mill, John Stuart） 17, 63
ミルナー，フローレンス（Milner, Florence） 67-68
棟方志功　9, 304, 331, 336, 359-63, 365-75, 377
村松定孝　147-48
メイバンク，トーマス（Maybank, Thomas） 158-60, 172, 264-65, 380, 384

や 行

矢川澄子　330, 358, 386
ヤゲーロ，マリーナ（Yaguello, Marina） 110, 125-26
柳瀬尚紀　390-91
山本夏彦　296
ヤンソン，トーベ（Jansson, Tove） 1
『有用かつ教訓的なる詩』（*Useful and Instructive Poetry*） 66-67, 69
『幼年の友』 131, 143, 245-47
与謝野（鳳）晶子　129, 133, 136-37, 236, 239
芳村椿花　193, 217, 222, 230-34, 333
吉屋信子　144, 309
『よろこびのおとづれ』 147

ら 行

ラウントリー，ハリー（Rountree, Harry） 265
ラスキン，ジョン（Ruskin, John） 32, 69, 79
ラッカム，アーサー（Rackham, Arthur） 151, 155-62, 164, 166, 172-73, 263-65, 272, 293, 330, 334-35, 342-43, 380, 384
ラッキン，ロナルド（Rackin, Donald） 15, 40, 46, 56-57, 76-77, 92-94
ラファエル前派　40, 66, 73-75, 79, 88, 95, 99, 153-55, 163, 171
ラブキン，エリック（Rabkin, Eric S.） 56, 60
リア，エドワード（Lear, Edward） 41, 67, 76, 113
リデル夫人（Mrs. Liddell） 16-18, 22, 28-29, 33, 62
リデル，アリス（Liddell, Alice） 2, 6, 22-23, 26, 29, 31, 39-40, 46, 49, 52, 54-55, 61, 63, 69-70, 73, 387
リデル，イーディス（Liddell, Edith） 96-97
「良妻賢母」 8, 130, 132, 135, 143-45, 188,

191, 220, 227, 251, 306-07, 315, 332
料治熊太　168
ルソー，ジャン・ジャック（Rousseau, Jean-Jacques）　305
レノン，フローレンス・ベッカー（Lennon, Florence Becker）　15, 28, 32, 37, 40
ローランサン，マリー　（Laurencin, Marie）　1
『ロビンソン・クルーソー』（*Robinson Crusoe*）　113, 146
ロビンソン，チャールズ（Robinson, Charles）　160-62, 251, 265-66, 272, 320-21, 323-24, 328-29, 333-34, 342-43
ロブソン，キャサリン（Robson, Catherine）　32
『ロリータ』（*Lolita*）　381

わ 行

ワーズワース，ウイリアム（Wordsworth, William）　52, 139, 305
若松賤子　148
鷲尾知治　304, 310-15, 317-19, 323, 327, 330, 358
ワッツ，アイザック（Watts, Issac）　41, 66, 113, 126, 259

参考文献

1．テキスト

Lewis Carroll. *The Complete Works of Lewis Carroll.* Intro. Alexander Woolcott. Illus. John Tenniel. London: The Nonesuch Press, 1939.

2．『不思議の国のアリス』邦訳書誌

1908（明治 41）年 2 月，『黄金の鍵』須磨子（永代静雄）川端昇太郎絵『少女の友』1 巻 1 号

1908（明治 41）年 3 月，『トランプ國の女王』須磨子（永代静雄）川端昇太郎絵『少女の友』1 巻 2 号

1908（明治 41）年 4 月，『海の学校』須磨子，川端昇太郎絵『少女の友』1 巻 3 号

1909 年 10 月～ 1910 年 7 月，*Alice's Adventures in Wonderland*『不可思議國探検記』長谷川康訳注『英語之友』＊

1910（明治 43）年 2 月，*Alice's Adventures in Wonderland*『愛ちやんの夢物語』Lewis Carroll 丸山英観（薄夜）訳，東京：内外出版協会

1911（明治 44）年 4 月，『長編お伽噺　子供の夢』丹羽五郎編，芳村椿花絵，東京：籾山書店

1911（明治 44）年 12 月，*Alice's Adventures in Wonderland*『アリス夢物語』ルイス・カロル原著，大溝惟一（弧木）訳，初等語学文庫，第 2 編，東京：日進堂＊

1911（明治 44）年 12 月，『お正月お伽噺』うさぎ山人編，椿花山人画，東京：彩文舘スミヤ書店。

1912（大正元）年 12 月，『アリス物語』永代静雄著，中村和絵，東京：紅葉書店

1917（大正 6）年 1 月～ 6 月『フシギナ　クニ』『幼年の友』9 巻 1 号～ 7 号

1918（大正 7）年 6 月～ 8 月，11 月『アリス物語』（一）～（三）（五）（六）『日本幼年』4 巻 6 号～ 8 号，4 巻 10 号～ 11 号

1920（大正 9）年 3 月，『不思議の國』ルイス・カロル作，楠山正雄訳，世界少年文学名作集，第 9 巻，東京：家庭読物刊行会

1921（大正 10）年 8 月～ 1922（大正 11）年 3 月，『地中の世界』鈴木三重吉，鈴木淳・清水良雄画『赤い鳥』7 巻 2 号 8 月号～ 8 巻 3 号 3 月号

1923（大正 12）年 8 月，『アリスの不思議國めぐり』レイズ・カアロル原著，望月幸三訳，東京：紅玉堂書店

1925（大正 14）年 1 月，『ふしぎなお庭　まりちやんの夢の國旅行』鷲尾知治編，斎田喬装画，児童図書館叢書，東京：イデア書院

1925（大正 14）年 12 月，『繪入全言譯　お転婆アリスの夢』リュイス・カロル，益本青小鳥（重雄）訳，東京：成運堂書店

1926（大正 15）年 1 月～ 12 月，『お伽奇譚　アリスの不思議探検』玉村美（羊）子，『少

女の友』19巻1号～12号
1926（大正15）年5月，『不思議國めぐり』大戸喜一郎編，世界少年少女名著体系22，東京：金の星社
1927（昭和2）年11月，『アリスの不思議國めぐり』ルイズ・カアロル原著，青山三郎訳，文光堂書店
1927（昭和2）年11月，『アリス物語』菊地寛・芥川龍之介共訳，海野精光画，平澤文吉挿画，小学生全集，第28巻，東京：興文社・文藝春秋社
1929（昭和4）年4月，*Alice's Adventures in Wonderland*『不思議國のアリス』カロル作，岩崎民平訳注，研究社訳注叢書，20巻，東京：研究社
1929（昭和4）年9月，*Alice's Adventures in Wonderland*『不思議の國のアリス』ルイス・キャロル，長澤才助訳註，東京：英文學社
1952（昭和27）年4月，『ふしぎの国のアリス』三島由紀夫文，熊田五郎絵，世界絵文庫，東京：あかね書房
1987（昭和62）年12月，『不思議の国のアリス』柳瀬尚紀訳，佐藤泰生絵，東京：筑摩書房
1990（平成1）年5月，『ふしぎの国のアリス』矢川澄子訳，ジョン・テニエル絵，東京：東京図書

3．『鏡の国のアリス』邦訳

1899（明治32）年4月～12月，『鏡世界』長谷川天溪『少年世界』5巻9号～5巻26号
1921（大正10）年1月～12月，『鏡國めぐり』西条八十，岡本帰一絵『金の船』3巻1号～12号
1922（大正11）年6月，『西条八十童話集第一篇　鏡國めぐり外三篇』西条八十，岡本帰一装画，東京：稲門堂書店
1933（昭和8）年1月，『鏡の國　アリス物語』リュイス・カロル，楠山正雄，棟方志功画，少年文庫85，東京：春陽堂

(1) 邦訳は基本的には1945年以前の版を，それ以降は，本文で言及した版のみこの書誌に入れた。
(2) 同一の翻訳者の版が複数ある場合には，初版のみを掲載した。
(3) 対訳本には，＊を記した。

4．イラスト

『不思議の国のアリス』のイラスト

Adams, Frank, illus. 1910. London: Oxford University Press.
Attwell, Mable Lucie, illus. 1910. London: Raphael Tuck.
Blackman, Charles, illus. 1982. Wellington: A H & A W Reed PTY.
Bowley, A. L., illus. 1927 ([1] 1921). London: Raphael Tuck & Sons.
Cloke, Rene, illus. 1943. London: P. R. Gawthorn.
Folkard, Charles, illus. 1934. London: A. & C. Black.

Gutmann, Bessie Pease, illus. 1908 ([1] 1907). London: John Mine.
Hudson, Gwynedd M., illus. 1922. London: Hodder & Stoughton.
Jackson, A.E., illus. 1919 ([1] 1914). London: Humphrey.
Kaneko, Kuniyoshi, illus. 1974. London: Olivetti.
Kirk, Maria, illus. n.d. (1904). New York: Federick A. Stokes.
Maraja, illus. 1958. London: A. H. Allen.
Maybank, Thomas, illus. 1907. London: George Routledge and Sons.
Newell, Peter, illus. 1910. New York: Harper & Brothers.
Ovenden, Graham, paint. Victoria Albert Museum, London.
Oxenbury, Helen, illus. 1999. London: Walker Books.
Partridge, Brian, illus. Brian Partridge (private collection), York.
Pogany, Willy, illus. 1929. New York: E. P. Dutton and Company.
Rackham, Arthur, illus. 1907. London: William Heinemann; New York: Double Day Page.
Robinson, Charles, illus. 1907. London: Gassell.
Rountree, Harry, illus. 1908. London: Nelson.
Soper, George, illus. 1911. London: Headley Bros.
Sowerby, Millicent, illus. 1907. London: Chatto & Windus.
Steadman, Ralph, illus. 1967. London: Dennis Dobson.
Tarrant, Margaret W., illus. 1916. London: Ward Lock.
Tenniel, John, illus. 1865. London: Macmillan.
Walker, A. H., illus. 1907. London; New York: John Lane.
Woodward, Alice B., illus. 1913. London: G. Bell & Sons.

『鏡の国のアリス』のイラスト

Newell, Peter, illus. 1902. New York: Harper & Brothers.
Steadman, Ralph, illus. 1973 ([1] 1972). New York: Clarkson N. Potter.
Tenniel, John, illus. 1872. London: Macmillan.
Themerson, Franciszka, illus. 2001. Oxford: Inky Parrot Press.

『不思議の国のアリス』『鏡の国のアリス』のイラスト

Gough, Philip, illus. 1949. London: Heirloom Library.
Monro, Helen, illus. n.d. London: Thomas Nelson and Sons.
Peake, Mervyn, illus. 1946. Stockholm: Zephyr Books.
____, illus. 1954. London: Allen Wingate.
Sale, J. Morton, illus. 1933. London: William Clowes & Sons.

5．書誌

小原俊一編 1991.『日本における Charles Lutwidge Dodgson 関係文献目録』横浜：私家本
川戸道昭・榊原貴教編 2005.『児童文学翻訳作品総覧　明治大正昭和平成の 135 年翻訳目録』第 1 巻【イギリス編】1　東京：大空社・ナダ出版センター

6. 参考文献

安部能成 1936. 「鈴木三重吉の小説其他」『赤い鳥　鈴木三重吉追悼号』12.3: 130-134.

相原由美子 2005. 「明治中期日本で言及されたルイス・キャロル——ハーンとチェンバレンの手紙・ハーンの東大講義録」『東日本英学史研究』第 4 号：75-76.

Alice in Wonderland. 1951. The Walt Disney Studios.

安藤美紀夫 1974. 「あくたれの思想——シンポジウムのための報告」『児童文学と社会——報告とシンポジウム』講座＝日本児童文学，第 2 巻，猪熊葉子・神宮輝夫・続橋達雄・鳥越信・古田足日・横谷輝編，東京：明治書院，54-65.

荒木博之 1994.『日本語が見えると英語も見える———新英語教育論』東京：中央公論社

荒俣宏編 1980.『妖精画廊挿絵黄金期の絵師たち』東京：月刊ペン社

Ariès, Philippe. 1962. *Centuries of Childhood.* Trans. Robert Baldick. London: Jonathan Cape.

Aspin, Roy. 1989. *Lewis Carroll and his Camera.* Ilford: Brent Publications.

Auerbach, Nina. 1973. "Alice's Invasion of Wonderland." *PMLA*: 92-97.

____. 1982. *Woman and the Demon: The Life of a Victorian Myth.* Cambridge: Harvard University Press.

____. 1982. "Falling Alice, Fallen Women, and Victorian Dream Children." *Soaring with the Dodo: Essay on Lewis Carroll's Life and Art.* Ed. Edward Guiliano and James R. Kincaid. Carroll Studies IV. The Lewis Carroll Society of North America. 46-64.

____. 1987. "Alice and Wonderland: A Curious Child." *Lewis Carroll.* Ed. Harold Bloom. New York: Chelsea House Publishers. 31-44.

____. 1995. *Our Vampires, Ourselves.* Chicago: The University of Chicago Press.

Batchelor, John. 1974. *Mervyn Peake: A Biographical and Critical Exploration.* London: Gerald Duckworth.

Bakewell, Michael. 1996. *Lewis Carroll: A Biography.* London: Heinemann.

Benedict, Ruth. 1974. *The Chrysanthemum and the Sword: Patterns of Japanese Culture.* New York: New American Library.

Blake, Kathleen. 1974. *Play, Games, and Sport: The Literary Works of Lewis Carroll.* Ithaca: Cornell University Press.

____. 1982. "Three Alices, Three Carrolls." *Soaring with the Dodo: Essay on Lewis Carroll's Life and Art,* Ed. Edward Guiliano and James R. Kincaid. Carroll Studies IV. New York: The Lewis Carroll Society of North America. 131-138.

Bloom, Harold, ed. 1987. *Lewis Carroll.* New York: Chelsea House Publishers.

Bloomingdale, Judith. 1971. "Alice as Anima: The Image of Woman in Carroll's Classic." *Aspects of Alice: Lewis Carroll's Dreamchild as Seen through the Critics' Looking-Glass 1865-1971.* Ed. Robert Philips. New York: The Vanguard Press. 378-390.

Bowman, Isa. 1972. *Lewis Carroll: As I Knew Him.* New York: Dover Publications.

Burton, Margaret E. 1914. *The Education of Women in Japan.* New York: Fleming H. Revell Company.

Carroll, Lewis. 1865. *Alice's Adventures in Wonderland.* Illus. John Tenniel. London: Macmillan.

____. 1872. *Through the Looking-Glass and What Alice Found There.* Illus. John Tenniel. London: Macmillan.

____. 1980 ([1]1886). *Alice's Adventures Under Ground.* Leicester: William Cloowes.

____. 1889. *The Nursery "Alice."* Illus. E. Gertrude Thompson and John Tenniel. London: Macmillan.

____. 1889. *Sylvie and Bruno*. Illus. Harry Furniss. London: Macmillan.
____. 1893. *Sylvie and Bruno Concluded*. Illus. Harry Furniss London: Macmillan.
____. 1898. *Three Sunsets and Other Poems*. Illus. E. Gertrude Thomson. London: Macmillan.
____. 1907. *Feeding the Mind*. London: Chatto and Windus.
____. 1929. *Phantasmagoria and Other Poems*. Illus. Arthur B. Frost. London: Macmillan.
____. 1932. *The Rectory Umbrella and Mischmasch*. London: Cassell.
____. 1932. *The Collected Verse of Lewis Carroll*. London: Macmillan.
____. 1939. *The Complete Works of Lewis Carroll*. Intro. Alexander Woolcott. Illus. John Tenniel. London: The Nonesuch Press.
____. 1954. *Useful and Instructive Poetry*. London: Geoffrey Bles.
____. 1977.『ルイス・キャロル詩集　不思議の国の言葉たち』高橋康也・沢崎順之助訳, 筑摩書店.
千森幹子（Chimori, Mikiko）1987.「スウィフトとキャロル――〈フウイヌム国〉と〈鏡の国〉をめぐって」京都外国語大学英米語科研究会発行『Sell』第 4 号：87-105.
____. 1989.「Metamorphosis の旅――『鏡の国のアリス』試論」『大阪明浄女子短期大学紀要』第 4 号：13-26.
____. 1990.「キャロルの内と外なるアリス」『大阪明浄女子短期大学紀要』第 5 号：1-18.
____. 1991.「受難の旅人ガリヴァーとアリス」『大阪明浄女子短期大学紀要』第 6 号：13-28.
____. 1994.「ヴィクトリア時代のアリスたち」『大阪明浄女子短期大学紀要』第 8 号：43-61.
____. 1995.「『赤い鳥』と『アリス』」『大阪明浄女子短期大学紀要』第 9 号：1-22.
____. 1996. "Collaboration of Lewis Carroll the Illustrator with John Tenniel: The Case of the *Alice* Books"『大阪明浄女子短期大学紀要』第 10 号：1-26.
____. 1996. "Japanese *Alice* Books in the 1920's." *Mischmasch* 1: 95-107.
____. 1997. "John Tenniel's *Alice*"『大阪明浄女子短期大学紀要』第 11 号：1-17.
____. 1997. "Japanese *Through the Looking Glass* in the *Golden Ship* Magazine." *Mischmasch* 2: 116-137.
____. 1998.「『アリス』画家ラルフ・ステッドマンとルイス・キャロル没後百年」*Mischmasch* 3: 5-20.
____. 1998. "Modern Japanese Translations of *Alice*," *Studies in Comparative Culture*（『比較文化研究』）第 40 号：123-132.
____. 1999. "Shigeru Hatsuyama's Unpublished *Alice* Illustrations: A Comparative Study of Japanese and Western Art." *The Carrollian: The Lewis Carroll Journal* 4: 45-62.
____. 2000. "The Readership of Early Japanese *Alice* Translations." *Studies in Comparative Culture*（『比較文化研究』）第 48 号：10-25.
____. 2000. "Tenkei Hasegawa's *Kagami Sekai*." *The Carrollian: The Lewis Carroll Journal* 6: 21-34.
____. 2001. "Images of Alice: Japanese Perceptions of Western Interpretations, Arthur Rackham, Tarrant and Tenniel." *The Journal of the Arthur Rackham Society* 33: 10-27.
____. 2001. "Japanese *Alice* Translations: A Comparison of Underlying Linguistic and Literary Features." *Studies in Comparative Culture*（『比較文化研究』）第 53 号：69-81.

____. 2002.「ジェンダーとアリス――楝方志功のケース」『比較文化研究』第 56 号：87-105.

____. 2003. *Sense in Nonsense: The* Alice *Books and Their Japanese Translators and Illustrators*, PhD 論文（University of East Anglia）

____. 2005.「明治のアリス図像（1）――『アリス物語』」『翻訳と歴史』第 25 号：15-22.

____. 2005.「明治のアリス図像（2）――『愛ちゃんの夢物語』」『翻訳と歴史』第 26 号：18-22.

____. 2006.「初期『不思議の国のアリス』翻訳にみる諸相（I）」『比較文化研究』第 72 号：1-10.

____. 2006.「『アリス』翻訳にみる子どもの視点の確立と少女像の創成――『ふしぎなお庭　まりちゃんの夢の国旅行』」『児童文学翻訳作品総覧　イギリス編 1』東京：大空社，ナダ出版センター，87-106.

____. 2007.「初期『不思議の国のアリス』 翻訳にみる諸相（II）――ジェンダーおよび少女の視点を中心として」『比較文化研究』第 79 号：1-14.

____. 2008.「『不思議の国のアリス』の翻訳者丸山英観再考――『不思議の国のアリス』と山梨」『やまなし地域女性史研究プロジェクト』2007 年度研究報告書：34-46.

____. 編集・解説 . 2009.『不思議の国のアリス～明治・大正・昭和初期邦訳本復刻集成～全 4 巻』東京：エディション・シナプス

____. 2013. "Alice in Japan." *Illustrating Alice: An International Selection of Illustrated Editions of Lewis Carroll's Allice's Adventures in Wonderland and Through the Looking Glass*. London: Artists' Choice Editions. 60-67.

____. 2013.「日本のアリス挿絵に見る流れの表象」『ルイス・キャロル・ハンドブック――アリスの不思議な世界』東京：七つ森書館，206-216.

千野香織・西和夫 1991.『フィクションとしての絵画』東京：ペリカン社

Clark, Anne. 1979. *Lewis Carroll: A Biography*. London: J. M. Dent & Sons.

____. 1981. *The Real Alice: Lewis Carroll's Dream Child*. London: Michael Joseph.

Clark, Beverly Lyon. 1986. *Reflections of Fantasy: The Mirror-Worlds of Carroll, Nabokov, and Pynchon*. New York: Peter Lang.

Cohen, Morton N. 1979. *Lewis Carroll, Photographer of Children: Four Nude Studies*. Philadelphia: The Rosenbach Foundation; New York: Clarkson N. Potter.

____. 1980. *Lewis Carroll and the Kitchins: Containing Twenty-five Letters Not Previously Published and Nineteenth of his Photographs*. New York: Lewis Carroll Society of North America.

____. 1987. *Lewis Carroll and the House of Macmillan*. Cambridge: Cambridge University Press.

____. 1995. *Lewis Carroll, A Biography.* London: Macmillan.

____, ed. 1979. *The Selected Letters of Lewis Carroll*. London: Macmillan.

____, ed. 1989. *Lewis Carroll: Interviews and Recollections*. London: Macmillan.

Collingwood, Frances. 1964. "The Carroll-Tenniel Partnership." *Books for Children* 356 (November-December): 232-235.

Collingwood, Stuart Dodgson. 1898. *The Life and Letters of Lewis Carroll (Rev. C. L. Dodgson)*. London: T. Fisher Unwin.

Daiken, Leslie. 1949. *Children's Games: Throughout the Year*. London: B. T. Batsford.

Davidoff, Leonore. 1990. “The Family in Britain.” *The Cambridge Social History of Britain 1750-1950.* Ed. F. M. L. Thompson. Cambridge: Cambridge University Press. 71-129.

Davidoff, Leonore and Catherine Hall. 1987. *Family Fortunes: Men and Women of the English Middle Class, 1780-1850.* London: Hutchinson.

Davis, John: intro. 1979. *The Illustrators of Alice in Wonderland and Through the Looking Glass.* London: Academy Editions; New York: St Martin's Press. 5-18.

De Freitas, Leo John. 1988. *Tenniel's Wood-Engraved Illustrations to Alice*. London: Macmillan.

De la Mare, Walter. 1932. *Lewis Carroll.* London: Faber & Faber.

Dusinberre, Juliet. 1999. *Alice to the Lighthouse: Children's Books and Radical Experiments in Art*. Basingstoke: Macmillan.

遠藤寛子 1986.「『少女の友』，その栄光の時代」『児童文学研究』17：27-43.

Engen, Rodney. 1991. *Sir John Tenniel: Alice's White Knight*. Cambridge: Scholar Press.

Felmingham, Michael. 1989. *The Illustrated Gift Book 1880-1930*. Aldershot: Wildwood House.

藤田圭雄 1974.「詩と童話の系譜」『名著復刻　日本児童文学館第二集　解説』東京：ほるぷ総連合，48-59.

____. 1983.「庶民的な暖かさ」『雑誌金の船＝金の星復刻版別冊解説』東京：ほるぷ出版，26-29.

藤岡啓介 2000.『翻訳は文化である』東京：丸善

深沢省三 1979.「『赤い鳥』の挿絵を描いて」『「赤い鳥」復刻版・執筆者索引』東京：日本近代文学館，66-68.

福田清人 1979.「『赤い鳥』総論」『「赤い鳥」復刻版・執筆者索引』東京：日本近代文学館，2-11.

船木枳郎 1961.『改訂現代児童文学史』東京：文教堂出版

____. 1967.『日本童謡童画史』東京：文教堂出版

Gardner, Martin, intro. and notes. 1970. *The Annotated Alice: Alice's Adventure in Wonderland and Through the Looking-Glass by Lewis Carroll.* London: Penguin Books.

____, preface, intro. and notes. 1977. *The Wasp in a Wig: A “Suppressed” Episode of Through the Looking-Glass and What Alice Found There.* By Lewis Carroll. London: Macmillan.

____, intro. and notes. 1999. *The Annotated Alice: The Definitive Edition*. By Lewis Carroll. New York: Norton & Company.

ガードナー，マーチン注『鏡の国のアリス』高山宏訳，東京：東京図書

Gattégno, Jean. 1970. *Lewis Carroll.* Paris: José Corti.

____. 1977. *Lewis Carroll: Fragments of a Looking-Glass from Alice to Zeno*. Trans. Rosemary Sheed. New York: Thomas Y. Crowell Company.

____. 1997.『ルイス・キャロル――Alice から Zénon まで』東京：鈴木晶訳，法政大学出版局

Gernsheim, Helmut. 1949. *Lewis Carroll: Photographer*. London: Max Parrish.

____. 1969. *Revised Edition Lewis Carroll: Photographer*. New York: Dover Publications.

Gilmore, Maeve and Shelagh Johnson. 1974. *Mervyn Peake: Writings and Drawings*. London: Academy Editions.

Goldschmidt, A.M.E. 1972 (^{1}1933). “*Alice in Wonderland* Psychoanalyzed.” *Aspects of Alice*. Ed. Robert

Phillips. London: Victor Gollancz. 279-282.

Gordon, Colin. 1982. *Beyond the Looking Glass: Reflections of Alice and her family*. London: Hodder and Stoughton.

Graham, Malcolm. 1992. *Images of Victorian Oxford*. Phoenix Mill: Alan Sutton.

Graham, Neilson. 1973. "Sanity, Madness and Alice." *Ariel* 4. 2: 80-89.

Green, Roger Lancelyn, ed. 1954. *The Diaries of Lewis Carroll*. 2 vols. New York: Oxford University Press.

Greenacer, Phyllis M.D. 1955. *Swift and Carroll: A Psychoanalytic Study of Two Lives*. New York: International Press.

Grotjahn, Martin. 1947. "About the Symbolization of *Alice's Adventures in Wonderland*." *American Imago* 4.4: 32-41.

Guiliano, Edward. 1976. "Lewis Carroll as Artist: Fifteen Unpublished Sketches for the *Sylvie and Bruno* Books." *Lewis Carroll Observed: A Collection of Unpublished Photographs, Drawings, Poetry, and New Essays*. Ed. Edward Guiliano. New York: Clarkson N. Potter. 145-160.

Guiliano, Edward and James R. Kincaid, eds. 1982. *Soaring with the Dodo: Essays on Lewis Carroll's Life and Art*. New York: The Lewis Carroll Society of North America.

浜野卓也 1983.「〝作家の発想〟から〝読者の発想〟へ」『雑誌金の船＝金の星復刻版別冊解説』東京：ほるぷ出版，96-97.

____. 1983.「鈴木三重吉と『赤い鳥』」『日本児童文芸史』福田清人・山主敏子編，東京：三省堂，126-136.

Hamilton, James. 1990. *Arthur Rackham: A Life with Illustration*. London: Pavilion Books.

____. 1992. *William Heath Robinson*. London: Pavilion Books.

Hancher, Michael. 1985. *The Tenniel Illustrations to the "Alice" Books*. Columbus: Ohio State University Press.

半田淳子 1998.『永遠の童話作家　鈴木三重吉』東京：高文堂出版社

原昌 1974.『児童文学の笑い』東京：牧書店

____. 1991.『比較児童文学論』東京：大日本図書

____. 1993.「『二つのアリス』，日本での受容史」アプトインターナショナル・寺岡襄編『不思議の国のアリス展』東京：アプトインターナショナル，174-177.

____. 1999. "Two Alice Stories: A Historical Survey of the Translations into Japanese." *The Carrollian* 3: 51-54.

Hargreaves, Caryl. 1932. "Alice's Recollections of Carrollian Days: As Told to Her Son, Caryl Hargreaves." *The Cornhill Magazine* 73 (July): 1-12.

Harvey, John. 1970. *Victorian Novelists and their Illustrators*. London: Sidgwick and Jackson.

____. 1995. *Men in Black*. London: Reaktion Books.

橋本興家 1973.「初山滋の版画」『月刊絵本』第 3 号：32-35.

畑中圭一 1997.『文芸としての童謡――童謡の歩みを考える』京都：世界思想社

林希美男 2009.「丸山英観の大阪時代を探して」（前編）*Looking-Glass Letters* 103: 5.

林希美男 2009.「丸山英観の大阪時代を探して」（後編）*Looking-Glass Letters* 104: 6.

Hearn, Michael Patrick. 1983. "Alice's Other Parent: John Tenniel as Lewis Carroll's Illustrator." *American Book Collector* 4 (May-June): 11-20.

Hinde, Thomas. 1991. *Lewis Carroll: Looking-Glass Letters*. London: Collins and Brown.
Highwater, Jamake. 1991. *Myth and Sexuality*. London: Meridian.
Higonnet, Anne. 1998. *Pictures of Innocence: The History and Crisis of Ideal Childhood*. London: Thames and Hudson.
Hodnett, Edward. 1983. *Image and Text: Studies in the Illustration of English Literature*. London: Scolar Press.
本田和子 1983.『子どもの領野から』京都：人文書院
____. 1985.『子どもの発見』東京：光村書店出版
本間正義 1980.「棟方志功――板の人」『近代美術の開拓者たち 2　私の愛する画家彫刻家』東京：有斐閣，185-212.
堀尾青史 1974.「初山滋の人と仕事」『季刊銀花』第 17 号（3 月）: 77-80.
Hudson, Derek. 1954. *Lewis Carroll*. London: Constable.
____. 1977. *Lewis Carroll: An Illustrated Biography*. New York: Meridian.
____, intro. 1954. *Useful and Instructive Poetry*. By Lewis Carroll. London: Geoffrey Bles. 7-13.
Huxley, Francis. 1976. *The Raven and the Writing Desk*. London: Thames and Hudson.
市川禎男 1973.「先生・その思い出」『月刊絵本』1 巻 3 号：41-45.
飯澤匡 1973.「初山先生」『月刊絵本』1 巻 3 号：46-47.
____. 1984.「解説　清水良雄」『別冊太陽』45：36-40.
____. 1993.「二人の畫家　初山滋と武井武雄」『飛ぶ教室』47: 82-84.
Inglis, Fred. 1981. *The Promise of Happiness: Value and Meaning in Children's Fiction*. Cambridge: Cambridge University Press.
Imholtz, August A. Jr. and Charlie Lovett, comp. and ed. 1998. *In Memoriam Charles Lutwidge Dodgson 1832-1898: Obituaries of Lewis Carroll and Related Pieces*. New York: Lewis Carroll Society of North America.
今江祥智 1973.「頌歌―初山さんの絵本世界」『月刊絵本』1 巻 3 号：27-31.
稲木昭子・沖田知子 1991.『アリスの英語――不思議の国のことば学』東京：研究社出版
____. 1994.『アリスの英語――鏡の国のことば学』東京：研究社出版
猪熊葉子 1971.「日本の児童文学と世界の児童文学――日本児童文学の特質」『国文学』16 巻 14 号（11 月）：23-29.
猪熊葉子・神宮輝夫・続橋達雄・鳥越信・古田足日・横谷輝編 1974.『児童文学と社会――報告とシンポジウム』講座＝日本児童文学，第 2 巻，東京：明治書院
井上ひさし 1999.『菊池寛の仕事』東京：文藝春秋社
乾孝 1974.「後記」『児童文学と社会――報告とシンポジウム』講座＝日本児童文学，第 2 巻，猪熊葉子・神宮輝夫・続橋達雄・鳥越信・古田足日・横谷輝編，東京：明治書院，228-230.
いぬいとみこ 1973.「〈アトリエ訪問〉初山滋さん」『月刊絵本』1 巻 3 号：60-63.
犬飼和雄 1988.「不思議の国の妙訳・迷訳」『海外児童文学通信』8（6 月）：2-16.
____. 1988.「鏡の国の妙訳・迷訳」『海外児童文学通信』9（12 月）：2-12.
入江春行 1996.「近代日本女性の歩み」『大谷女子大学国文』26: 1-16.
石川春江 1980.「日本における『ふしぎの国のアリス』の初期翻訳」『参考書誌研究』第 21 号：62-63.

James, Philip. 1947. *English Book Illustration 1800-1900*. Harmondsworth: Penguin Books.
神宮輝夫 1965.「『赤い鳥』時代のさし絵について」『赤い鳥研究』日本児童文学学会編，東京：小峰書店，276-288.
Jones, Jo Elwyn and J. Francis Gladstone. 1998. *The Alice Companion: A Guide to Lewis Carroll's* Alice *Books*. Basingstoke: Macmillan.
甲斐信枝 1976.「清水良雄先生を憶う」『母の友』6（7 月号）：32-39.
____. 1979.「清水先生の思い出」『「赤い鳥」復刻版解説・執筆者索引』，81-84.
上笙一郎 1974.『聞き書き　日本児童出版美術史』東京：大平出版社
____. 1979.「『赤い鳥』の児童出版美術」『「赤い鳥」復刻版解説・執筆者索引』，41-49.
____. 1979.「日本最初の翻訳絵本は」『児童文学世界』2（6 月）：167-172.
____. 1980.『児童出版美術の散歩道』東京：理論社
____. 1983.「金の船＝金の星の児童出版美術――岡本帰一・寺内萬治郎そのほか」『雑誌金の船＝金の星復刻版別冊解説』東京：ほるぷ出版，101-105.
____. 1981.「童画を確立した童画家たち――武井武雄・初山滋・岡本帰一」『日本の童画 2　武井武雄・初山滋・岡本帰一』東京：第一法規，69-73.
____. 1994.『児童文化の森』東京：大空社
嘉門安雄 1977.「藤島武二作品解説」『現代日本美術全集 7　青木繁 藤島武二』東京：集英社，114-130.
菅忠道 1956.『日本の児童文学』東京：大月書店
金森トシエ・藤井治枝 1977.『女の教育一〇〇年』東京：三省堂
唐澤富太郎 1968.『図説明治百年の児童史』東京：講談社
笠井勝子・舟崎克彦 1991.『不思議の国の〝アリス〟――ルイス・キャロルとふたりのアリス』東京：求龍堂
片山清一 1984.『近代日本の女子教育』東京：建帛社
川端龍子 1972.『画人生涯筆一管』東京：東出版
河原和枝 1997.「〈子供〉の発見と児童文学」『児童文学の思想史・社会史』日本児童文学学会編，東京：東京書籍，47-72.
____. 1998.『子ども観の近代』東京：中央公論社
河北倫明 1970.『棟方志功芸業大韻』東京：講談社
____. 1974.『初山滋の作品』『初山滋作品集』東京：講談社，268-269.
____. 1977.「初山滋の芸術」『初山滋版画集』東京：講談社，2-4.
川本哲夫録 1973.「初山滋ききがきノート（上）」『月刊絵本』1 巻 3 号：64-73.
川戸道昭 1999.「キャロル・イン・ザ・メイジ・イアラ――アリスに関する文献数種」川戸道昭・榊原貴教編『明治翻訳文学全集《新聞雑誌編》II　サッカレー／キャロル集』東京：大空社，363-371.
____. 2000.「明治のルイス・キャロル①　長谷川天渓訳『鏡世界』」『翻訳と歴史』第 2 号：4-8.
____. 2000.「明治のルイス・キャロル②　永代静雄と『トランプ国の女王』」『翻訳と歴史』第 3 号：1-6.
____. 2001.「明治のルイス・キャロル③　丸山英観と『愛ちゃんの夢物語』」『翻訳と歴史』第 4 号：1-8.

____. 2001.「明治のルイス・キャロル④　丹羽五郎編『子供の夢』」『翻訳と歴史』第 5 号：1-9.
____. 2005. 川戸道昭「明治の『アリス』――ナンセンス文学受容の原点」川戸道昭・榊原貴教編『児童文学翻訳作品総覧　イギリス編 1』東京：大空社，ナダ出版センター
Kelly, Richard. 1982. "'If You Don't Know What a Gryphon Is': Text and Illustration in *Alice's Adventures in Wonderland*." *Lewis Carroll: A Celebration: Essays on the Occasion of the 150th Anniversary of Charles Lutwidge Dodgson*. Ed. Edward Guiliano. New York: Clarkson N. Potter. 62-74.
Kendall, Richard and Griselda Pollock, eds. 1992. *Dealing with Degas: Representations of Women and the Politics of Vision*. London: Pandora.
菊池寛 1994.『菊池寛』作家の自伝第 10 巻，東京：日本図書センター
木下信一 1996.「『アリス』邦訳ブックレビュー」*Mischmasch* 創刊号：45-62.
____. 1998.「『鏡の国のアリス』言葉遊びの翻訳」*Mischmasch* 第 3 号：179-187.
金田一春彦 1982.『金田一春彦日本語セミナー――〈1〉日本語とは』東京：筑摩書房
____. 1991.『日本語の特質』東京：日本放送出版協会
岸邊福雄 1921.「子供の為に己を没す」『コドモノクニ臨時増刊　岡本帰一傑作集』第 10 巻第 6 号：1.
小林一郎監修 1992.『田山花袋記念館第 8 回特別展――もう一人の『蒲団』のモデル――永代静雄展』館林市教育委員会文化振興課発行
国分一太郎 1977.「大正期の児童文学――その二三の問題点」『児童文学　日本文学研究資料叢書』日本文学研究資料刊行会編，東京：有精堂出版，119-127.
小宮豊隆 1979.「三重吉のこと」『赤い鳥　鈴木三重吉追悼号』東京：日本近代文学館，152-159.
黒澤亜理子 1987.「近代日本文学における〈両生の相克〉問題――田村俊子の『生血』に即して」『ジェンダーの日本史』下巻，脇田晴子・S. B. ハンレー編，東京：東京大学出版会，259-288.
楠本君恵 2001.『翻訳の国の「アリス」』東京：未知谷
____. 2001.「『アリス』の翻訳に見る日本人的発想」*Mischmasch* 5: 45-67.
桑原三郎 1974.「近代児童出版を育てた人々」『名著復刻　日本児童文学館第二集　解説』東京：ほるぷ総連合，63-112.
____. 1979.『諭吉　小波　未明――明治の児童文学』東京：慶応通信
____. 1983.「巌谷小波と創作児童文芸」『日本児童文芸史』福田清人・山主敏子編，東京：三省堂，61-73.
Leach, Karoline. 1999. *In the Shadow of the Dreamchild: A New Understanding of Lewis Carroll*. London: Peter Owen.
Lecercle, Jean-Jacques. 1994. *Philosophy of Nonsense: The Intuitions of Victorian Nonsense Literature*. London: Routledge.
Lennon, Florence Becker. 1972. *The life of Lewis Carroll*. New York: Dover Publications.
Lovett, Charles. 1998. *Lewis Carroll's England: An Illustrated Guide for the Literary Tourist*. London: White Stone Publishing.
____. 1999. *Lewis Carroll and the Press: An Annotated Bibliography of Charles Dodgson's Contributions to Periodicals*. Newcastle: Oak Knoll Press; London: British Library.

Lull, Janis. 1982. “The Appliances of Art: The Carroll-Tenniel Collaboration in *Through the Looking-Glass.*” *Lewis Carroll: A Celebration: Essays on the Occasion of the 150th Anniversary of Charles Lutwidge Dodgson.* Ed. Edward Guiliano. New York: Clarkson N. Potter. 101-111.

Madsen, S. Tschudi. 1967. *Art Nouveau.* Trans. R. I. Christopherson. London: Weidenfeld and Nicolson.

マドセン，S. T. 1983.『アール・ヌーヴォー』高階秀爾・千足伸行訳，東京：美術公論社

前島とも 1979.「懐かしいあの頃」『「赤い鳥」復刻版解説・執筆者索引』，75-77.

Mahony, Bertha E., Louise Payson Latimer and Beulah, comp. 1961. *Illustrators of Children's Books 1744-1945.* Boston: Horn Book.

松居直 1958.「鈴木三重吉の幼年童話」『赤い鳥代表作集』坪田譲二・与田準一ほか編，東京：小峰書店，328-336.

____. 1960.「鈴木三重吉の手紙（第一回）」『月刊児童文学』（8 月）22-28.

____. 1960.「鈴木三重吉の手紙（第二回）」『月刊児童文学』（9 月）16-21.

____. 1960.「鈴木三重吉の手紙（第三回）」『月刊児童文学』（10 月）22-31.

____. 1961.「鈴木三重吉の手紙（第四回）」『月刊児童文学』（3 月）2-11.

桝居孝 1995.「雑誌「少年赤十字」と巖谷小波・岡本帰一」『大阪国際児童文学館紀要』10（3 月）：74-90.

____. 1998.「雑誌『ちゑのあけぼの』とその時代――明治十九年〜明治二十一年」『大阪国際児童文学館紀要』13（3 月）：1-20.

松尾 尊兊 1974.『大正デモクラシー』東京：岩波書店

松本竜之助 1980.『明治大正文学美術人名辞書』東京：国書刊行会

まつやまふみお 1973.「初山さんの童画のこと――戦前を中心に」『月刊絵本』第 3：36-40.

May, Jill P. 1995. *Children's Literature and Critical Theory: Reading and Writing for Understanding.* New York: Oxford University Press.

McClintock, Anne. 1995. *Imperial Leather: Race, Gender, and Sexuality in the Colonial Contest.* New York: Routledge.

McGillis, Roderick F. 1977. “Tenniel's Turned Rabbit: A Reading of Alice with Tenniel's Help.” *English Studies in Canada* 3: 326-335.

Millikan, Ruth Garrett. 1993. *White Queen Psychology and Other Essays for Alice.* London: The MIT Press.

Milner, Florence. Foreword. 1932. *The Rectory Umbrella and Mischmasch.* By Lewis Carroll. London: Cassell, v-xii.

三島由紀夫 1975.「文章読本」『三島由紀夫全集』第 28 巻，東京：新潮社

三井秀樹 1999.『美のジャポニズム』東京：文藝春秋

三宅興子 1991.「『少年世界』のイギリス児童文学つまみ喰い」『名著サプリメント』4 巻 10 号通巻 53 号（12 月）：4-6.

三宅興子・香曽我部秀幸編 2009.『大正期の絵本・絵雑誌の研究――一少年のコレクションを通して』東京：翰林書房

Monma, Yoshiyuki. 1994. “Why Is Alice Popular in Japan.” *Proceedings of The Second International Lewis Carroll Conference.* Ed. Charlie Lovett. Winston-Salem: Lewis Carroll Society of North Ameri-

ca. 135-138.
森蘊 1988.『「作庭記」の世界』東京：日本放送出版協会
森本順子 1996.『日本語の謎を探る――外国人教育の視点から』東京：筑摩書房
Moore, Alice and Richard Landon. 1999. *All in the Golden Afternoon: The Inventions of Lewis Carroll: An Exhibition Selected from The Joseph Brabant Collection*. Toronto: Thomas Fisher Rare Book Library; University of Toronto.
Muir, Percy. 1954. *English Children's Books 1600-1900*. London: B. T. Batsford.
棟方志功 1975.『わだばゴッホになる』東京：日本図書センター
____. 1976.『板極道』東京：中央公論社
村松定孝 1983.「明治文壇と児童文芸」『日本児童文芸史』福田清人・山主敏子編，東京：三省堂，75-88.
村松梢風 1956.『芥川と菊池――近世名勝負物語』東京：文藝春秋新社
Nabokov, Vladimir. 1993 ([1]1955). *The Annotated Lolita Revised and Updated*. Ed. Alfred Appel, Jr. London: Weidenfeld and Nicolson.
永井萌二 1983.「大正文壇と児童文芸」『日本児童文芸史』福田清人・山主敏子編，東京：三省堂，151-171.
奈原瑞恵 1996.「晶子の児童文学」『与謝野晶子研究』116 (3 月)：15-13.
____. 1996.「晶子の児童文学 2」『与謝野晶子研究』117 (5 月)：5-21.
中村悦子 1989.『幼年絵雑誌の世界――幼児の教育と子どもの生活の中から』東京：高文堂出版社
滑川道夫 1970.『児童文化論』東京：東京堂出版
____. 1974.「児童文学と国語教育」『名著復刻日本児童文学館 第二集 解説』東京：ほるぷ出版，31-47.
____. 1983.「明治の児童雑誌」『日本児童文芸史』福田清人・山主敏子編，東京：三省堂，89-124.
____. 1988.「お伽噺」『児童文学事典』日本児童文学会編，東京：東京書籍，135.
成田みゆき・藤原万記子 1975.『日本におけるルイス・キャロル書誌』私家本
根本正義 1973.『鈴木三重吉と「赤い鳥」』東京：鳩の森書房
日本児童文学学会編 1974.『日本の童話作家』2 巻，東京：ほるぷ総連合
日本児童文学学会編 1976.『日本児童文学概論』東京：東京書籍
日本国際児童図書評議会編 1991.『子どもの本・1920 年代展図録』東京：日本国際児童文学評議会
西田良子 1976.「大正期」日本児童文学会編『日本児童文学概観』東京：東京書籍，50-67.
____. 1984.「『おとぎの世界』の創作童話」『雑誌「おとぎの世界」復刻版別冊』東京：岩崎書店，14-26.
西岡文彦 1989.『ジャパネスクの見方』東京：作品社
野上暁 1983.「『金の船』＝『金の星』のイメージ」『雑誌金の船＝金の星復刻版別冊解説』東京：ほるぷ出版，94-95.
野本三吉 1995.『近代日本児童生活史序説』東京：社会評論社
小原俊一 1996-1997.「『子供の夢』発掘調査報告書 1 ～ 6」*The Looking-Glass Letter* 14 (1996): 3, 15: 2, 16: 4-5, 17: 4-5, 18: 3-6, 20 (1997): 4-5,

小高根二郎 1973.『棟方志功――その画魂の形成』東京：新潮社
____ 1974.「棟方志功言行録」『別冊太陽　棟方志功』7 号：77-84.
小田島雄志 2000.『駄ジャレの流儀』東京：講談社
大越愛子 1997.『近代日本のジェンダー　現代日本の思想的課題を問う』東京：三一書房
岡田隆彦 1985.「洋風童画から浮世絵の現代化へ――初山滋の出発点と到達点」『別冊太陽』4 号（8 月）：113-116.
岡本帰一 1931.「日記抄　吾が子の為に祈る」『コドモノクニ臨時増刊　岡本帰一傑作集』第 10 巻第 6 号：2.
岡谷照雄 1982.「『赤い鳥』の自由画」『改訂　鈴木三重吉への招待』鈴木三重吉赤い鳥の会編，東京：教育センター，207-213.
大西小生 2007.『「アリス物語」「黒姫物語」とその周辺』大阪：ネガ！スタジオ
小野かおる 1992.「『コドモノクニ』（1920 年代）とその時代」『子どもの本・1920 年代』東京：日本国際児童図書評議会，20-23.
大野晋 1999.『日本語練習帳』東京：岩波書店
長部日出雄 1974.「棟方志功と津軽」『別冊太陽　棟方志功』7 号：44-51.
____. 1991.『棟方志功の世界　柳は緑，花は紅』東京：講談社
大島清次 1980.『ジャポニスム――印象派と浮世絵の周辺』東京：美術公論社
Ovenden, Graham, ed. 1972. *The Illustrators of Alice in Wonderland and Through the Looking Glass*. Intro. John Devis. London: Academy Editions; New York: St. Martin's Press.
小澤俊夫 1988.「昔話」『児童文学事典』日本児童文学学会編，東京：東京図書
Parker, Rozsika and Griselda Pollock. 1995. *Old Mistresses: Women, Art, and Ideology*. London: Pandora Press.
Pearsall, Ronald. 1993. *The Worm in the Bud: The World of Victorian Sexuality*. London: Pimlico.
Perkin, Joan. 1993. *Victorian Women*. London: John Murray.
Phillips, Robert, ed. 1972. *Aspects of Alice: Lewis Carroll's Dreamchild as Seen through the Critics' Looking-Glasses 1865-1971*. London: Victor Gollancz.
Pollock, Griselda. 1988. *Vision and Difference: Femininity, Feminism and Histories of Art*. New York: Routledge.
Rabkin, Eric S. 1976. *The Fantastic in Literature*. Princeton: Princeton University Press.
Rackin, Donald. 1974. "Alice's Journey to the End of Night." *Aspects of Alice: Lewis Carroll's Dreamchild as Seen through the Critics' Looking-Glasses 1865-1971*. Ed. Robert Phillips. Harmondsworth: Penguin Books. 452-480.
____. 1976. "Laughing and Grief: What's So Funny about *Alice in Wonderland*?" *A Collection of Unpublished Photographs, Drawings, Poetry, and New Essays*. Ed. Edward Guiliano. New York: Clarkson N. Potter. 1-18.
____. 1982. "Love and Death in Carroll's Alices." *Soaring with the Dodo: Essay on Lewis Carroll's Life and Art*, Ed. Edward Guiliano and James R. Kincaid. Carroll Studies IV. The Lewis Carroll Society of North America. 26-45.
____. 1991. *Alice's Adventures in Wonderland and Through the Looking-Glass: Nonsense, Sense, and Meaning*. Boston; New York: Twayne Publishers.
Reed, Langford. 1932. *The Life of Lewis Carroll*. London: W. and G. Foyle.

Reid, Forrest. 1975. *Illustrators of the Eighteen Sixties: An Illustrated Survey of the Work of 58 British Artists*. New York: Dover Publications.

Robb, Brian. 1965. "Tenniel's Illustrations to the 'Alice's Books'." *Listener* 74: 310-311.

Robinson, W. Heath. 1974. *My Line of Life*. Wakefield: EP Publishing.

Robson, Catherine. 2001. *Men in Wonderland: The Lost Girlhood of the Victorian Gentleman*. Princeton: Princeton University Press.

料治熊太 1974.「版に溢れた『藍の抒情』――初山滋の版画に想う」『季刊銀花』第 17 号（3 月）：80-83.

____. 1977.「初山滋の版画とその歩いた道」『初山滋版画集』東京：講談社，20-23.

西条八十 1923.『詩の味い方』東京：交蘭社

____. 1927.『母性読本――童謡の作り方と味ひ方』東京：文化生活研究会

____. 1927.『西条八十訳詩集』東京：交蘭社

____. 1951.「白孔雀」『現代訳詩集』現代日本文学訳詩集，第 93 巻，東京：筑摩書房

西条八十著作目録刊行委員会編 1972.『西条八十著作目録・年譜』東京：中央公論社

斎藤佐次郎 1983.「金の船＝金の星の回顧」『雑誌金の船＝金の星復刻版別冊解説』東京：ほるぷ出版，172-200.

____. 1996.『斎藤佐次郎・児童文学史』宮崎芳彦編，東京：金の星社

阪本一郎 1958.「赤い鳥運動の意義」『赤い鳥代表作集』東京：小峰書店，305-313.

真田信治 2000.『脱・標準語の時代』東京：小学館

Sarzano, Frances. 1948. *Sir John Tenniel*. London: Art and Technics.

Schilder, Paul. 1972 ([1]1938). "Psychoanalytic Remarks on *Alice in Wonderland* and Lewis Carroll." *Aspects of Alice*. Ed. Robert Phillips. London: Victor Gollancz. 283-292.

瀬木慎一 1992.『色と空の日本美術――近世美術史異説』東京：里文出版

関秀雄 1979.「『赤い鳥』の童話」『「赤い鳥」復刻版解説・執筆者索引』，12-21.

____. 1983.「『金の星』の魅力」『雑誌金の船＝金の星復刻版別冊解説』東京：ほるぷ出版，21-22.

関口安義 1992.『芥川龍之介　闘いの生涯』東京：毎日新聞社

____. 1995.『芥川龍之介』東京：岩波書店

____. 1997.「日本児童文学の成立」『児童文学の思想史・社会史』日本児童文学学会編，東京：東京書籍，11-46.

____. 2000.『芥川龍之介と児童文学』東京：久山社

瀬田貞二 1973.「内外絵本作家評伝 3〈初山滋〉」『月刊絵本』第 3 号：15-26.

____. 1976.『十二人の絵本作家たち』東京：すばる書房

____. 1982.『落穂ひろい』下巻，東京：福音館書店

____. 1985.『絵本論――瀬田貞二子どもの本評論集』東京：福音館書店

瀬田貞二・猪熊葉子・神宮輝夫 1971.『英米児童文学史』東京：研究社

Sewell, Elizabeth. 1952. *The Field of Nonsense*. London: Chatto and Windus.

____. 1974. "Lewis Carroll and T. S. Eliot as Nonsense Poets." *Aspects of Alice: Lewis Carroll's Dreamchild as seen through the Critics' Looking-Glasses 1865-1971*. Ed. Robert Phillips. Harmondsworth: Penguin Books. 155-163.

____. 1976. "The Nonsense System in Lewis Carroll's Works and in Today's World." *Lewis Carroll Ob-*

served: A Collection of Unpublished Photographs, Drawings, Poetry, and New Essays. Ed. Edward Guiliano. New York: Clarkson N. Potter. 60-67.
シュエール，E. 1972.「ノンセンス詩人としてのキャロルとエリオット」柴田稔彦訳，『別冊　現代詩手帖』第 1 巻第 2 号（6 月）：202-8.
____. 1981.「ルイス・キャロル作品と現代世界にみるノンセンスのシステム」高山宏訳，『ユリイカ　特集ノンセンスの王国』第 13 巻第 5 号（5 月）：72-80.
島多訥郎 1974.「初山滋の一時期」『季刊銀花』第 17 号（3 月）：83-84
清水真砂子・八木田宜子編 1972.『英米児童文学年表・翻訳年表』東京：研究社
清水良雄 1936.「創刊前後片影」『赤い鳥　鈴木三重吉追悼号』12.3: 120-121.
____ 1979.「鈴木三重吉を想う」『「赤い鳥」復刻版解説・執筆者索引』，58-60.
Simmons, Cyril. 1991. *Childhood and Adolescence in Japan*. Loughborough: Loughborough University.
Simpson, Roger. 1994. *Sir John Tenniel: Aspects of His Work*. Rutherford: Fairleigh Dickinson University Press; London: Associated University Presses.
Skinner, John. 1947. "Lewis Carroll's Adventures in Wonderland." *American Imago* 4.4: 3-31.
Smith, Lindsay. 1998. *The Politics of Focus: Women, Children and Nineteenth-century Photography.* Manchester: Manchester University Press.
Spacks, Patricia Meyer. 1981. *The Adolescent Idea: Myths of Youth and the Adult Imagination*. New York: Basic Books.
Stern, Jeffrey. 1976. "Lewis Carroll the Pre-Raphaelite: 'Fainting in Coils'." *Lewis Carroll Observed: A Collection of Unpublished Photographs, Drawings, Poetry, and New Essays*. Ed. Edward Guiliano. New York: Clarkson N. Potter. 161-180.
Steadman, Ralph. 1998. *My After-Dinner Speech*. Luton: White Stone Publishing.
____, illus. 1986. *The Complete Alice and the Hunting of the Snark*. Illus. Ralph Steadman. London: Jonathan Cape.
杉本つとむ 1980.『外国語と日本語』東京：桜楓社
砂田弘 1974.「児童文学と社会構造――シンポジウムのための報告」『児童文学と社会――報告とシンポジウム』講座＝日本児童文学，第 2 巻，猪熊葉子・神宮輝夫・続橋達雄・鳥越信・古田足日・横谷輝編，東京：明治書院，8-52.
陶山国見 1983.「文明開化と児童読み物」『日本児童文芸史』福田清人・山主敏子編，東京：三省堂，48-59.
鈴木三重吉 1938.『鈴木三重吉全集』第 5 ～ 6 巻，東京：岩波書店
____. 1938.「私の好きな女」『鈴木三重吉全集』第 5 巻，東京：岩波書店，348-352.
____. 1958.「童話と童謡を創作する最初の文学運動」『赤い鳥代表作集』坪田譲二・与田準一ほか編，東京：小峰書店，337-340.
鈴木孝夫 1990.『日本語と外国語』東京：岩波書店
高原英里 1999.『少女領域』東京：国書刊行会
高階秀爾 1983.「解説『アール・ヌーヴォー』と現代」『アール・ヌーヴォー』S. T. マドセン著，千足伸行訳，東京：美術公論社 . 283-288.
高橋康也 1976.『キャロル イン ワンダーランド』東京：新書館
____. 1977.『ノンセンス大全』東京：晶文社
高橋康也編 1973.『アリスの絵本――アリスの不思議な世界』東京：牧神社

高橋康也編 1976.『アリス幻想』東京：すばる書房
匠秀夫 1974.「棟方志功――その芸業の展開」『別冊太陽　棟方志功』7 号：52-76.
____. 1984.『棟方志功讃』東京：平凡社
種村季弘 1969.『ノンセンス詩人の肖像』東京：竹内書店
Taylor, Roger and Edward Wakeling. 2002. *Lewis Carroll: Photographer*. Princeton; Oxford: Princeton University Press.
Tigges, Wim. 1988. *An Anatomy of Literary Nonsense*. Amsterdam: Rodopi.
Thomas, Donald. 1996. *Lewis Carroll: A Portrait with Background*. London: John Murray.
Thompson, Dorothy. 1969. *The British People, 1760-1902*. London: Heinemann.
Thompson, Ian. 1987. "Japanese Speaker." *Learner English: A Teacher's Guide to Interference and Other Problems*. Ed. Michael Swan and Bernard Smith. Cambridge: Cambridge University Press. 212-223.
戸川エマ 1981.「岡本帰一の絵」『日本の童画――武井武雄／初山滋／岡本帰一』東京：第一法規，68.
富永惣一 1975.『現代日本の美術第 12 巻　棟方志功』現代日本美術全集 2 期，東京：集英社
____. 1976.『棟方志功』現代日本の美術，第 14 巻，東京：集英社
鳥越信 1957.「大正の児童雑誌（上）――前期『赤い鳥』,『金の船』『童話』を中心に」『文学』25（4 月）：96-102.
____. 1957.「大正期の児童雑誌（下）――大衆児童雑誌と同人誌・理論誌」『文学』25（6 月）：678-687.
____. 1965.「『赤い鳥』の周辺雑誌――鈴木三重吉の書簡を中心に」『赤い鳥研究』日本児童文学学会編，東京：小峰書店，43-57.
外山滋比古 1984.『日本の文章』東京：講談社
続橋達雄 1996.『大正児童文学の世界』東京：おうふう
宇野浩二 1941.『日本児童文学小史』東京：昭和書房
____. 1967.『芥川龍之介』東京：筑摩書房
Wakeling, Edward. 1992. "The Illustration Plan for *Through the Looking-Glass*." *Jabberwocky* 21.2 (spring): 27-38.
____. ed. 1993-2001. *Lewis Carroll's Diaries: The Private Journals of Charles Lutwidge Dodgson*. 6 vols. Luton: The Lewis Carroll Society.
脇田晴子・S. B. ハンレー編 1995.『ジェンダーの日本史』東京：東京大学出版会
Weaver, Warren. 1964. *Alice in Many Tongues: The Translation of Alice in Wonderland*. Madison: The University of Wisconsin Press.
White, Gleeson. 1970. *English Illustration 'The Sixties': 1855-70*. Bath: Kingsmead Reprints.
Williams, Sidney Herbert, and Falconer Madan. 1931. *A Handbook of the Literature of the Rev. C. L. Dodgson (Lewis Carroll)*. London: Oxford University Press.
Williams, Sidney Herbert and Falconer Madan. 1979. *The Lewis Carroll Handbook: Being a New Version of a Handbook of the Literature of the Rev. C. L. Dodgson*. Dawson: Archon Books.
Wullschläger, Jackie. 1995. *Inventing Wonderland: The Lives and Fantasies of Lewis Carroll, Edward Lear, J. M. Barrie, Kenneth Grahame and A. A. Milne*. London: Methuen.
Yaguello, Marina. 1998. *Language Through the Looking Glass: Exploring Language and Linguistics*. Adapt.

Trevor Harris and the author. Oxford: Oxford University Press.
ヤゲーロ，マリナ 1997.『言葉の国のアリス』青柳悦子訳，東京 : 夏目書店
山本夏彦 1983.「表紙と口絵」『雑誌金の船＝金の星復刻版別冊解説』東京 : ほるぷ出版，29-32.
柳宗悦編 1958.『棟方志功の板画』東京：中央公論社
____. 1982.『柳宗悦全集』第 14 巻，東京：筑摩書房
____. 1982.『柳宗悦全集』第 12 巻，東京：筑摩書房
柳田泉 1961.『明治初期翻訳文学の研究』東京：春秋社
柳瀬尚紀 2000.『翻訳はいかにすべきか』東京：岩波書店
与謝野晶子 1979-1981.『定本与謝野晶子全集』全 20 巻，東京：講談社
吉田精一 1959.「長谷川天渓」『明治・大正・昭和翻訳文学目録』国会図書館編，東京：風間書房
吉田新一 1991.「〝アリス〟に魅せられた画家たち」『不思議の国の〝アリス〟—ルイス・キャロルとふたりのアリス』舟崎克彦・笠井勝子著，東京：求龍堂，94-96.
____. 1993.「『アリス』に挑んだイラストレーターたち」『「不思議の国のアリス」展』アプトインターナショナル・寺岡襄編，東京：アプトインターナショナル，27-29.
吉本隆明 1986.『吉本隆明政治思想全集撰 3　政治思想』東京：大和書房

図版リスト

口絵

口絵 1.　Arthur Rackham, illustration from Chapter 4 of *Alice's Adventures in Wonderland* (London: William Heinemann, 1907) n.p..

口絵 2.　Mable Lucie Attwell, illustration from *Alice in Wonderland* (London: Raphael Tuck, 1910) n.p..

口絵 3.　初山滋，彩色画『1928 年の作品』初山斗作蔵，東京 .

口絵 4.　椿花山人，『お正月お伽噺』表紙，東京：彩文舘スミヤ書店 .

口絵 5.　芳村椿花，『長編お伽噺　子供の夢』表紙，東京：粉山書店，1911.

口絵 6.　芳村椿花，『長編お伽噺　子供の夢』裏表紙，東京：粉山書店，1911.

口絵 7.　画家名不明，『愛ちやんの夢物語』表紙，東京：内外出版協会，1910.

口絵 8.　Alphonse Mucha, poster for Job cigarette papers, 1897.

口絵 9.　画家名不明，『愛ちやんの夢物語』裏表紙，東京：内外出版協会，1910.

口絵 10. 画家名不明，『アリス物語（一）』『日本幼年』4.6（1918 年 6 月）n.p..

口絵 11. 画家名不明，『アリス物語（三）』『日本幼年』4.8（1918 年 8 月）n.p..

口絵 12. 画家名不明，『アリス物語（二）』『日本幼年』4.7（1918 年 7 月）n.p..

口絵 13. 画家名不明，『アリス物語（六）』『日本幼年』4.11（1918 年 11 月）n.p..

口絵 14. 鈴木淳，表紙「兎の時計」，『地中の世界』『赤い鳥』7.2（1921 年 8 月）.

口絵 15. Bessie Pease Gutmann, frontispiece of *Alice's Adventures in Wonderland* (1907; London: John Mine, 1908).

口絵 16. Authur Rackham, illustration from Chapter 1 of *Alice's Adventures in Wonderland* (London: William Heinemann, 1907) n. p..

口絵 17. 清水良雄，口絵「御褒美」，『地中の世界』『赤い鳥』7.3（1921 年 9 月）.

口絵 18. 清水良雄，表紙「茸と青虫」，『地中の世界』『赤い鳥』7.6 (1921 年 12 月).

口絵 19. 岡本帰一，口絵「アザラシの唄」，『鏡國めぐり』『金の船』3.5（1921 年 5 月）.

口絵 20. John Tenniel, illustration from Chapter 4 of *Through the Looking-Glass* (1872), *The Complete Works of Lewis Carroll* (London: The Nonesuch Press, 1939) 170.

口絵 21. 岡本帰一,『西条八十童話集　第一版―鏡國めぐり』口絵, 東京：稲門堂書店, 1922.

口絵 22. 斎田喬，『ふしぎなお庭　まりちやんの夢の國旅行』口絵，東京：イデア書院，1925.

口絵 23. Gwynedd M. Hudson, illustration from *Alice's Adventures in Wonderland* (London: Hodder & Stoughton, n.d.) n.p..

口絵 24. 斎田喬，『ふしぎなお庭　まりちやんの夢の國旅行』表紙，東京：イデア書院，1925.

口絵 25. 海野精光，『アリス物語』口絵，東京：興文社・文藝春秋社，1927.

口絵 26. Charles Robinson, illustration from *Alice in Wonderland* (London: Raphael Tuck, 1907) n.p..

口絵 27. 平澤文吉，『アリス物語』表紙，東京：興文社・文藝春秋社，1927.

口絵 28. Margaret Tarrant, illustration from *Alice's Adventures in Wonderland* (London: Ward Lock, 1916) 289.
口絵 29. Margaret Tarrant, illustration from *Alice's Adventures in Wonderland* (London: Ward Lock, 1916) 91.
口絵 30. 平澤文吉，『アリス物語』東京：興文社・文藝春秋社，1927. 61.

第一章

図版 1. Charles L. Dodgson, 2 June 1857, Deanary garden, Christ Church, Oxford.
図版 2. Lorina, Alice and Edith Liddell, summer 1858, Deanary garden, Christ Church, Oxford.
図版 3. Alice Liddell, July 1860, Dearnary garden, Christ Church, Oxford.
図版 4. Miss Prickett, from *Beyond the Looking Glass* (London: Hodder and Stoughton, 1944) 108.
図版 5. Mrs. Liddell, from *Beyond the Looking Glass* (London: Hodder and Stoughton, 1944) 57.
図版 6. Alice Liddell, 25 June 1870, Badcock's Yard, Oxford.

第二章

図版 1. Lewis Carroll, drawings from "Rules and Regulations" in *Useful and Instructive Poetry* (1845; London: Geoffrey Bles, 1954) n.p..
図版 2. Lewis Carroll, drawing from a frontispiece of *The Rectory Umbrella* (1849-1950), *The Rectory Umbrella and Mischmasch* (London: Cassell, 1932) n.p..
図版 3. Lewis Carroll, drawing from *The Rectory Umbrella* (1849-1850), *The Rectory Umbrella and Mischmasch* (London: Cassell, 1932) 85.
図版 4. Lewis Carroll, drawing from "The Three Voices" in *Mischmasch* (1854), *The Rectory Umbrella and Mischmasch* (London: Cassell, 1932) 148.
図版 5. Lewis Carroll, drawing from Chapter I of *Alice's Adventures Under Ground* (1886: Leicester: William Cloowes, 1980) n.p..
図版 6. Lewis Carroll, drawing from Chapter III of *Alice's Adventures Under Ground* (1886: Leicester: William Cloowes, 1980) n.p..
図版 7. Lewis Carroll, drawing from Chapter III of *Alice's Adventures Under Ground* (1886: Leicester: William Cloowes, 1980) n.p..
図版 8. John Tenniel, illustration from Chapter 5 of *Alice's Adventures in Wonderland* (1865), *The Complete Works of Lewis Carroll* (London: The Nonesuch Press, 1939) 53.
図版 9. John Tenniel, illustration from Chapter 5 of *Alice's Adventures in Wonderland* (1865), *The Complete Works of Lewis Carroll* (London: The Nonesuch Press, 1939) 51.
図版 10. Lewis Carroll, drawing from Chapter II of *Alice's Adventures Under Ground* (1886; Leicester: William Cloowes, 1980) n.p..
図版 11. John Tenniel, illustration from Chapter 4 of *Alice's Adventures in Wonderland* (1865), *The Complete Works of Lewis Carroll* (London: The Nonesuch Press, 1939) 40.
図版 12. Lewis Carroll, sketches for *Alice's Adventures Under Ground*, Christ Church Library, Oxford.
図版 13. Lewis Carroll, sketches for *Alice's Adventures Under Ground*, Christ Church Library, Oxford.
図版 14. Lewis Carroll, drawing from Chapter II of *Alice's Adventures Under Ground.* (1886; Leicester: William Cloowes, 1980) n.p..

図版 15. Arthur Hughes, oil painting of "The Lady with the Lilacs," Art Gallery of Ontario, Toronto. 1863.

図版 16. Lewis Carroll, drawing from Chapter III of *Alice's Adventures Under Ground* (1886: Leicester: William Cloowes, 1980) n.p..

図版 17. John Tenniel, illustration of "Bomba's Big Brother" from *Punch* 11 October 1856.

図版 18. Lewis Carroll, title page designs for *Alice*, Christ Church Library, Oxford.

図版 19. Lewis Carroll, notes for scenes for *Through the Looking-Glass*, Christ Church Library, Oxford.

図版 20. John Tenniel, drawing designed for *Through the Looking-Glass,* from *The Tenniel Illustrations to the "Alice" Books* (Columbus: Ohio State University Press, 1985) 104.

図版 21. John Tenniel, illustration from Chapter 9 of *Through the Looking-Glass* (1872), *The Complete Works of Lewis Carroll* (London: The Nonesuch Press, 1939) 237.

図版 22. John Tenniel, drawing designed for *Through the Looking-Glass,* from *The Tenniel Illustrations to the "Alice" Books* (Columbus: Ohio State University Press, 1985) 104.

図版 23. John Tenniel, illustration from Chapter 9 of *Through the Looking-Glass* (1872), *The Complete Works of Lewis Carroll* (London: The Nonesuch Press, 1939) 231.

図版 24. John Tenniel, illustration from Chapter 8 of *Alice's Adventures in Wonderland* (1865), *The Complete Works of Lewis Carroll* (London: The Nonesuch Press, 1939) 79.

図版 25. Lewis Carroll, drawing from Chapter IV of *Alice's Adventures Under Ground.* (1886: Leicester: William Cloowes, 1980) n.p..

図版 26. Lewis Carroll, drawing from Chapter IV in *Alice's Adventures Under Ground* (1886: Leicester: William Cloowes, 1980) n.p..

図版 27. Mary Hilton Badcock, from S. H. Williams and F. Madan, *A Handbook of the Literature of the Rev. C. L. Dodgson (Lewis Carroll)* (1931).

図版 28. Edith Liddell, July 1860, Dearnery garden, Chirst Church, Oxford.

図版 29. John Tenniel, fresco of "A Song for St. Cecilia's Day," House of Lords, London, 1850.

図版 30. John Tenniel, illustration from Thomas Moore's *Lalla Rookh* (London: Longman, Green, 1861) 302.

図版 31. John Tenniel, illustration from Chapter 2 of *Alice's Adventures in Wonderland* (1865), *The Complete Works of Lewis Carroll* (London: The Nonesuch Press, 1939) 27.

図版 32. John Tenniel, illustration from Chapter 2 of *Alice's Adventures in Wonderland* (1865), *The Complete Works of Lewis Carroll* (London: The Nonesuch Press, 1939) 28.

図版 33. John Tenniel, illustration from Chapter 8 of *Through the Looking-Glass* (1872), *The Complete Works of Lewis Carroll* (London: The Nonesuch Press, 1939) 228.

図版 34. John Tenniel, illustration from Chapter 9 of *Through the Looking-Glass* (1872), *The Complete Works of Lewis Carroll* (London: The Nonesuch Press, 1939) 231.

図版 35. John Tenniel, illustration from Chapter 9 of *Through the Looking-Glass* (1872), *The Complete Works of Lewis Carroll* (London: The Nonesuch Press, 1939) 236.

図版 36. John Tenniel, illustration from Chapter 12 of *Through the Looking-Glass* (1872), *The Complete Works of Lewis Carroll* (London: The Nonesuch Press, 1939) 248.

図版 37. John Tenniel, illustration from *The Nursery "Alice"* (London: Macmillan, 1889) 29.

図版 38. Quinten Massys, painting of *A Grotesque Old Women*, The National Gallery, London.

図版 39. F. W. Fairholt, illustration from Thomas Wright's *A History of Caricature and the Grotesque in Literature and Art* (1865) 29.
図版 40. John Tenniel, illustration from *Punch* 22 Sep. 1855.
図版 41. John Tenniel, illustration from Chapter 5 of *Through the Looking-Glass* (1872), *The Complete Works of Lewis Carroll* (London: The Nonesuch Press, 1939) 180.
図版 42. Harry Furniss, illustration from *Sylvie and Bruno* (London: Macmillan, 1889) 307.
図版 43. Harry Furniss, illustration from *Sylvie and Bruno* (London: Macmillan, 1889) 193.

第三章

図版 1. John Tenniel, illustration from Chapter 4 of *Alice's Adventures in Wonderland* (1865), *The Complete Works of Lewis Carroll* (London: The Nonesuch Press, 1939) 63.
図版 2. Thomas Maybank, illustration from Chapter 4 of *Alice's Adventures in Wonderland* (London: George Routledge and Sons, 1907). 76.
図版 3. A. E. Jackson, illustration from Chapter 4 of *Alice's Adventures in Wonderland* (1914; London: Humphrey, 1919) n.p..
図版 4. Charles Robinson, illustration of *Alice's Adventures in Wonderland* (London: Gassell, 1907) 83.
図版 5. Charles Robinson, illustration of *Alice's Adventures in Wonderland* (London: Gassell, 1907) 85.
図版 6. 初山滋，ペン画『1928 年の作品』初山斗作蔵，東京 .
図版 7. 初山滋，ペン画『1928 年の作品』初山斗作蔵，東京 .
図版 8. 初山滋，ペン画『1928 年の作品』初山斗作蔵，東京 .
図版 9. 初山滋，ペン画『1928 年の作品』初山斗作蔵，東京 .
図版 10. Mable Lucie Attwell, illustration from *Alice in Wonderland* (London: Raphael Tuck, 1910) n.p..
図版 11. 初山滋，版画『花，鳥』1953.
図版 12. Mervyn Peake, illustration from *Alice's Adventures* and *Through the Looking-Glass* (Stockholm: Zephyr Books, 1946) 11.

第四章

図版 1. John Tenniel, illustration from Chapter 2 of *Through the Looking-Glass* (1872), *The Complete Works of Lewis Carroll* (London: The Nonesuch Press, 1939) 144.
図版 2. 画家名不明，『（お伽噺）鏡世界』『少年世界』5.12（1899 年 5 月）29.
図版 3. 画家名不明，『（お伽噺）鏡世界』『少年世界』5.9（1899 年 11 月）29.
図版 4. 画家名不明，『（お伽噺）鏡世界』『少年世界』5.9（1899 年 4 月）22.
図版 5. 画家名不明，『（お伽噺）鏡世界』『少年世界』5.24（1899 年 11 月）23.
図版 6. 画家名不明，『（お伽噺）鏡世界』『少年世界』5:9（1899 年 4 月）30.
図版 7. 川端昇太郎，『トランプの國の女王』『少女の友』1.2（1908 年 3 月）63.
図版 8. John Tenniel, illustration from Chapter 8 of *Alice's Adventures in Wonderland* (1865), *The Complete Works of Lewis Carroll* (London: The Nonesuch Press, 1939) 77.
図版 9. 川端昇太郎，『トランプの國の女王』『少女の友』1.2（1908 年 3 月）69.
図版 10. John Tenniel, illustration from Chapter 12 of *Alice's Adventures in Wonderland* (1865), *The Complete Works of Lewis Carroll* (London: The Nonesuch Press, 1939) 118.

図版 11. 鳥羽僧正，『鳥獣人物戯画』高山寺，京都
図版 12. 川端昇太郎，『トランプ國の女王』『少女の友』1.2（1908 年 3 月）62.
図版 13. 川端昇太郎，『海の学校』『少女の友』1.3（1908 年 4 月）65.
図版 14. 川端昇太郎，『黄金の鍵』『少女の友』1.1（1908 年 2 月）63. 函館市中央図書館蔵
図版 15. 川端昇太郎，『黄金の鍵』『少女の友』1.1（1908 年 2 月）65. 函館市中央図書館蔵
図版 16. John Tenniel, illustration from Chapter 10 of *Alice's Adventures in Wonderland* (1865), *The Complete Works of Lewis Carroll* (London: The Nonesuch Press, 1939) 97.
図版 17. 川端昇太郎，『海の学校』『少女の友』1.3（1908 年 4 月）69.
図版 18. 川端昇太郎，『海の学校』『少女の友』1.3（1908 年 4 月）66.
図版 19. 川端昇太郎，『アリス物語』『少女の友』2.3（1909 年 3 月）53.
図版 20. 芳村椿花，『長編お伽噺 子供の夢』東京：籾山書店，1911. n.p.. 国会図書館蔵
図版 21. 芳村椿花，『長編お伽噺 子供の夢』東京：籾山書店，1911. n.p.. 国会図書館蔵
図版 22. John Tenniel, illustration from Chapter 3 of *Alice's Adventures in Wonderland* (1865), *The Complete Works of Lewis Carroll* (London: The Nonesuch Press, 1939) 36.
図版 23. 芳村椿花，『長編お伽噺 子供の夢』東京：籾山書店，1911. n.p.. 国会図書館蔵
図版 24. 芳村椿花，『長編お伽噺 子供の夢』東京：籾山書店，1911. n.p.. 国会図書館蔵
図版 25. 芳村椿花，『長編お伽噺 子供の夢』東京：籾山書店，1911. n.p.. 国会図書館蔵
図版 26. 藤島武二，『みだれ髪』表紙，東京：東京新詩社・伊藤文友館，1901.

第五章

図版 1. John Tenniel, illustration from Chapter 1 of *Alice's Adventures in Wonderland* (1865), *The Complete Works of Lewis Carroll* (London: The Nonesuch Press, 1939) 15.
図版 2. Charles Robinson, illustration of *Alice's Adventures in Wonderland* (London: Gassell, 1907) 2.
図版 3. Mabel Lucie Attwell, frontispiece of *Alice's Adventures in Wonderland* (London: Raphael Tuck, 1910)
図版 4. Margaret Tarrant, illustration from *Alice's Adventures in Wonderland* (London: Ward Lock, 1916) 20.
図版 5. John Tenniel, illustration from Chapter 3 of *Alice's Adventures in Wonderland* (1865), *The Complete Works of Lewis Carroll* (London: The Nonesuch Press, 1939) 36.
図版 6. 清水良雄，『地中の世界』『赤い鳥』7.4（1921 年 10 月）12-13.
図版 7. John Tenniel, illustration from Chapter 5 of *Alice's Adventures in Wonderland* (1865), *The Complete Works of Lewis Carroll* (London: The Nonesuch Press, 1939) 48.
図版 8. Alice Woodward, illustration from *Alice's Adventures in Wonderland* (London: Headley Bros, 1911) n.p..
図版 9. Margaret Tarrant, illustration from *Alice's Adventures in Wonderland* (London: Ward Lock, 1916) 124.
図版 10. Bessie Pease Gutmann, illustration of *Alice's Adventures in Wonderland* (1907; London: John Mine, 1908) n.p..
図版 11. 岡本帰一，『鏡國めぐり』『金の船』3.10（1921 年 10 月）8-9.
図版 12. 岡本帰一，『鏡國めぐり』『金の船』3.8（1921 年 8 月）16-17.
図版 13. John Tenniel, illustration from Chapter 5 of *Through the Looking-Glass* (1872), *The Complete*

Works of Lewis Carroll (London: The Nonesuch Press, 1939) 189.

図版 14. 岡本帰一,『鏡國めぐり』『金の船』3.8(1921 年 8 月) 19.

図版 15. John Tenniel, illustration from Chapter 2 of *Through the Looking-Glass* (1872), *The Complete Works of Lewis Carroll* (London: The Nonesuch Press, 1939) 144.

図版 16. 岡本帰一,『鏡國めぐり』『金の船』3.3(1921 年 3 月) 20-21.

第六章

図版 1. 斎田喬,『ふしぎなお庭　まりちやんの夢の國旅行』東京:イデア書院, 1925. 107.

図版 2. John Tenniel, illustration from Chapter 6 of *Alice's Adventures in Wonderland* (1865), *The Complete Works of Lewis Carroll* (London: The Nonesuch Press, 1939) 65.

図版 3. Charles Robinson, illustration from *Alice's Adventures in Wonderland* (London: Gassell, 1907) 89.

図版 4. A. L. Bowley, illustration from *Alice's Adventures in Wonderland* (1921; London: Raphael Tuck & Sons, 1927) 112.

図版 5. Willy Pogany, illustration from *Alice's Adventures in Wonderland* (New York: E. P. Dutton and Company, 1929) 94.

図版 6. 斎田喬,『ふしぎなお庭　まりちやんの夢の國旅行』東京:イデア書院, 1925. 71.

図版 7. Charles Robinson, illustration from *Alice's Adventures in Wonderland* (London: Gassell, 1907) 9.

図版 8. 斎田喬, 内表紙『ふしぎなお庭　まりちやんの夢の國旅行』東京:イデア書院, 1925.

図版 9　岡本帰一,「鏡國めぐり」『金の船』3.1(1921 年 1 月) 4.

図版 10. Willy Pogany, illustration from *Alice's Adventures in Wonderland* (New York: E. P. Dutton and Company, 1929) 30.

図版 11. 斎田喬,『ふしぎなお庭　まりちやんの夢の國旅行』東京:イデア書院, 1925. 43.

図版 12. W. H. Walker, illustration from *Alice's Adventures in Wonderland* (London; New York: John Lane, 1907) n.p..

図版 13. Charles Robinson, illustration from *Alice's Adventures in Wonderland*(London: Gassell, 1907) 42.

図版 14. M. L. Attwell, illustration from *Alice in Wonderland* (London: Raphael Tuck, 1910) 30.

図版 15. George Soper, illustration from *Alice's Adventures in Wonderland* (London: Headley Bros, 1911) 47.

図版 16. A. L. Bowley, illustration from *Alice's Adventures in Wonderland* (1921; London: Raphael Tuck & Sons, 1927) 51.

図版 17. Arthur Rackham, illustration from *Alice's Adventures in Wonderland* (London: William Heinemann, 1907) n.p..

図版 18. Arthur Rackham, illustration from *Alice's Adventures in Wonderland* (London: William Heinemann, 1907) n.p..

図版 19. 平澤文吉,『アリス物語』見開き, 東京:興文社・文藝春秋社, 1927.

図版 20. Margaret Tarrant, Spread of *Alice's Adventures in Wonderland* (London: Ward Lock, 1916).

図版 21. 平澤文吉,『アリス物語』東京:興文社・文藝春秋社, 1927. 92-93.

図版 22. Margaret Tarrant, illustration from *Alice's Adventures in Wonderland* (London: Ward Lock, 1916) 113.

図版 23. 平澤文吉，『アリス物語』東京：興文社・文藝春秋社，1927. 31.

図版 24. Margaret Tarrant, illustration from *Alice's Adventures in Wonderland* (London: Ward Lock, 1916) 69.

図版 25. Margaret Tarrant, illustration from *Alice's Adventures in Wonderland* (London: Ward Lock, 1916) 58.

図版 26. 平澤文吉，『アリス物語』東京：興文社・文藝春秋社，1927. 44-45.

図版 27. A. E. Jackson, illustration from *Alice's Adventures in Wonderland* (1914; London: Humphrey, 1919) n.p..

図版 28. Willy Pogany, illustration from *Alice's Adventures in Wonderland* (New York: E. P. Dutton and Company, 1929) 35.

図版 29. John Tenniel, illustration from Chapter 2 of *Alice's Adventures in Wonderland* (1865), *The Complete Works of Lewis Carroll* (London: The Nonesuch Press, 1939) 28.

図版 30. 平澤文吉，『アリス物語』東京：興文社・文藝春秋社，1927. 49.

図版 31. Charles Robinson, illustration from *Alice's Adventures in Wonderland* (London: Gassell, 1907) 31.

図版 32. Arthur Rackham, illustration from *Alice's Adventures in Wonderland* (London: William Heinemann, 1907) n.p..

図版 33. 平澤文吉，『アリス物語』東京：興文社・文藝春秋社，1927. 133.

図版 34. John Tenniel, illustration from Chapter 7 of *Through the Looking-Glass* (1872), *The Complete Works of Lewis Carroll* (London: The Nonesuch Press, 1939) 213.

図版 35. 棟方志功，原画『鏡の國　アリス物語』東京：春陽堂，1933. 149.

図版 36. 棟方志功，原画『鏡の國　アリス物語』東京：春陽堂，1933. 139.

図版 37. 棟方志功，原画『鏡の國　アリス物語』東京：春陽堂，1933. 57.

図版 38. 棟方志功，原画『鏡の國　アリス物語』東京：春陽堂，1933. 171.

図版 39. John Tenniel, illustration from Chapter 8 of *Through the Looking-Glass* (1872), *The Complete Works of Lewis Carroll* (London: The Nonesuch Press, 1939) 228.

図版 40. 棟方志功，板画『観音経』1938.

図版 41. 棟方志功，原画『鏡の國　アリス物語』東京：春陽堂，1933. 103.

図版 42. 岡本帰一，『鏡國めぐり』『金の船』3.8 (1921 年 8 月)：16-17.

図版 43. John Tenniel, illustration from Chapter 5 of *Through the Looking-Glass* (1872), *The Complete Works of Lewis Carroll* (London: The Nonesuch Press, 1939) 189.

図版 44. Mervyn Peake, illustration from *Alice's Adventures and Through the Looking-Glass* (Stockholm: Zephyr Books, 1946) 257.

図版 45. 棟方志功，『鏡の國　アリス物語』東京：春陽堂，1933. 125.

図版 46. John Tenniel, illustration from Chapter 6 of *Through the Looking-Glass* (1872), *The Complete Works of Lewis Carroll* (London: The Nonesuch Press, 1939) 193.

図版 47. Mervyn Peake, illustration from *Alice's Adventures and Through the Looking-Glass* (Stockholm: Zephyr Books, 1946) 263.

図版 48. 棟方志功，原画『鏡の國　アリス物語』東京：春陽堂，1933. 125.